山南诗选译注

[清] 严如熤 辑

刘昌安 温勤能 释注

本书获

陕西理工大学汉水文化重点学科、汉水文化研究中心建设

项目经费资助出版

山南詩選

淑浦嚴如熤樂園採輯

唐

權德輿

皐之子按舊唐書德輿字載之天水畧陽人生四歲能屬詩七歲居父喪以孝聞十五為文數百篇編為童蒙集名聲日大韓洄黜陟河南辟為從事試秘書省秘書郎貞元初復為江西觀察使李兼判官再遷監察御史府罷杜佑裴冑皆奏請三表同日至京德

清光緒十三年《山南詩選》刻本書影

097 山南詩選

山南詩選 四卷、嚴如熤輯、一八二五道光五年例言、一八八七光緒十三年序刊。

この「山」は陝西の南山、すなわち終南山、また秦嶺である。「山南」はその南の陝南である。
嚴如熤は、字は炳文、號は樂園、一號蘇亭、湖南辰州府漵浦縣の人、一七五九〜一八二六。十三歲で諸生となり、優貢生に擧げられた。一七九五乾隆六十年、二二〇キロ西の省境から貴州苗族の叛亂集團が侵入してくると、「平苗議十二章」を地方政府に上申した。一八〇〇嘉慶五年、制科の孝廉方正に擧げられ、翌年、陝南の洵陽縣知縣となり、これより三十四年間の陝南生活を送ることになった。當時、四川・湖北・陝西の省域では、「敎匪」すなわち白蓮敎徒の殘薨が、なお出沒をくりかえしていた。嚴如熤の相手は南山にひそむ「敎匪」であった。一八〇八年からまもなく、

本集は京大東アジアセンターに藏せられる。

この文から察すると、前記（二）の『詳註』本の前に、楊逢春の選輯だけの列本が先行していたと考えられる。

試帖」收錄八十首ですでに言及したが、別に「榮氏一家稿」には「試帖」收錄八十首ですでに言及したが、別に「榮氏一家稿」には「試帖」四卷を收錄する（京大東アジアセンター藏）。楊杏橋先生「青雲集」を編輯して以って世に行われ、而して沈氏昆仲 復た註釋を加え、誠に律詩至善の本たり（京大東アジアセンター藏 楊杏橋先生編輯青雲集以行世、而沈氏昆仲復加註釋、誠律詩至善之本。然其中猶有訛而未備之憾）。

余 覯（後に通ず）陋を揣らずして妄に增註を爲せば、則わち遺憾は頗に釋け、而して腹笥の未だ充たざる者に獲益すること良に多し。坊友に原註・增註を將って合して一と爲さんと欲する者有りて、序を余に問う（余不揣鄙陋、妄爲增註、則遺憾頗釋、而腹笥未充者、獲益良多矣。坊友有欲將原註增註合而爲一者、問序於余）。

（日）松村昂《清诗总集叙录・山南诗选简介》

序

马 强[*]

壬寅之秋的一天早晨，忽然接到陕西理工大学刘昌安教授的微信，嘱我为他与夫人温勤能女士合著的《山南诗选释注》写个序言。踌躇良久，我还是答应了。并非我具备多少为同代学人作序的资格，而是昌安教授是我多年来相知敬重的学界老朋友，他研治古典文学数十年，对《诗经》《楚辞》、汉魏文学及其汉水上游区域文学都颇有研究，且治学严谨，学风朴实，时有创见，在陕西乃至国内学术界享有一定良好影响。近年他致力于嘉庆年间曾经长期担任汉中知府的清代名臣严如熤《山南诗选》一书的整理工作，现在书稿已经完成，准备出版。我近年担任《陕西理工大学学报》特邀编委、因该学报每期按时寄我的缘故，也关注学报"汉水文化专栏"栏目刊载的文章，曾经在该学报上看到过他发表的《清诗选本视野下〈山南诗选〉的文学文献价值论析》宏文，感到他对严如熤及其《山南诗选》的研究已经颇有深度，现在知道他已经将严如熤的《山南诗选》注解完成，深为昌安教授又一部重要学术著作杀青而高兴。又因近年来我也在致力于国家社科基金重大项目历代蜀道文献的搜集、汇编、整理工作，前

---

[*] 马强，西南大学教授，历史学博士，博士生导师，中国历史学会历史地理研究会理事，重庆三国文化研究会会长，国家社科基金重大项目"蜀道文献整理与研究"首席专家。

不久刚刚汇编完严如熤《乐园诗稿》中的蜀道诗,因此也很想拜读一下昌安教授的书稿,于是就复信请他把书稿发来先看了再说。

　　清代乾隆末期至嘉庆年间,川、陕、楚交界地区动乱动荡,白莲教徒"匪乱"甚炽,劫掠流窜,飘忽不定,苗民起义也此起彼伏,朝廷多次清剿却功效甚微,以至于一度一筹莫展。《山南诗选》的编撰者严如熤是湖南溆浦人,少负大志,究心舆地、兵法等经世之学,嘉庆五年(1800)应召廷试策对而受到嘉庆皇帝的赏识,特地派遣他去白莲教"重灾区"陕南一带做官,历任洵阳县令、汉中知府、陕安兵备道。对地方治理颇有方略,在陕南剿抚并施,保境安民,劝课家桑,大兴教育,短短几年就将陕南地方治理得井井有条,他自己也成为闻名遐迩的"能臣",深受朝野赞许。同时严如熤学识渊博,淹贯经史,长于诗赋,勤于著述,富于忧患意识与人文情怀,著有《乐园诗稿》《三省边防备览》《洋防辑要》等著作,是清代经世学派的代表人物之一。《山南诗选》是在其任职汉中府太守期间利用公干之余选编的一部陕南地域诗歌选集,选编取材自唐代至清中叶有关秦巴山地汉水上游的诗歌,也是历史第一部有关"山南"地区的诗歌选编集粹。

　　"山南"是南北朝以来形成的一个约定俗成历史地理语汇,在清代,地理范围概指当时的汉中府与兴安府,即今日之陕西汉中、安康地区,也涉及今日鄂、陕、渝毗邻部分地带。这一地区因地处中国南北地理分界线上,战略地位显要,历史人文厚重,风俗民情古朴,自然风光旖旎。西汉张骞自城固走出,再从长安走向西域,开辟了著名的丝绸之路;造纸术的发明者蔡伦封侯汉中洋县龙亭,名垂千秋;东汉城固人李固享有"北斗喉舌"之誉,人格文章天下仰慕,也为现代共和国领袖毛泽东所赞赏;三国"第一丞相"诸葛亮开府汉中沔阳,五出祁山,赫然功耀青史。历代郡守知府、文人墨客在此留下的诗歌辞章十分丰富。早在先秦时期的《诗经》中就有《旱麓》等多首涉及山南汉水上游的诗歌。汉魏以降，特别是在唐宋时期，汉中、安康区位日显重要，秦蜀交通渐趋繁荣，有关山南的诗歌也日趋纷繁。守备官员、过境诗人骚客诗作纷陈。明清时期山南地域文化上升，本土文人文学创作趋向活跃，留下十分丰富的诗歌作品。如嘉庆年间洋县岳震川等本土诗人就有诗文集《赐葛堂集》刊本问世。严如熤虽为湘人，但在陕南仕宦多年，对"山南"山川地理、风土民俗浸润日久，十分熟谙。"山南"历史悠久、人文丰富，但直至清代嘉庆年间却一直缺少一部有关山南的诗歌选集。有感于此，严如熤于戎马倥偬之余继晷焚膏，钩沉索隐，艰辛搜罗，终于编撰成一部上自唐代权德舆下至嘉道之际田种玉、张峻迹等一百多个"山南"诗人多达734首诗歌(此据注释者最新统计，见该书《前言》)的《山南诗选》，从而诞生了山南之地历史上第一部地域诗歌选集。《山南诗选》所入选的诗人除了少数名臣显宦外，大部分是默默无闻、寂然于世的普通文人，包括州县小吏、乡村秀才、寺僧道人、处士、闺淑等名不见经传者，但他们的诗歌却多角度地反映了历史上特别是清代有关陕南的社会、民生、战乱、民俗、交通、信仰等历史信息。虽然《山南诗选》在选材上同样存在某些诗人郡望考证不严(如将唐代秦州籍人权德舆的地望误为汉中略阳县)、入选不当的弊病，其采摭入选的这些诗歌的文学价值与历史价值也还有待于深入讨论，但至少就保存山南地域文学文献之功而言，严如熤可谓功德无量。

古语云：诗无达诂。从一定意义上讲，选诗难，古诗注释更难。既是古诗注释，必然涉及对诗人家世、生平、事迹的钩沉，更要对古诗中的用典、人物、山川、州郡、职官、典章、民俗、历史事件、历史背景进行详细的查证与解释，也不时会遇到相关文献的辑佚、考证等,同时还要求注释者熟悉古诗选本的历史背景、文化语境、时代特征、地域学风等,尤其要求注释者必须有深厚的文史舆地功底,诚如清人杭世骏在《李义山诗注序》中所说:"诠释之学,较古昔作者尤难。语必溯源,一也;事必数典,二也;学必贯三才而穷七略,三也"。① 否则难以担当难"注释"之任。其中古诗注释尤难,故明人陈琏为南宋周弼编纂的《唐诗三体》所写序言云:"选诗固难,注诗尤难,非学识大过于人焉能及此哉?"。②《山南诗选》作为一部清人所编撰的陕南地方性诗歌选集,取材历史跨度长,自唐代至清代后期,入选诗人庞杂,刊刻以来流传不广,更无注本可以参考,近年虽然有郭鹏先生的一个整理本,但只是作了简单的标点断句,并无注释③,因此其注释难度不言而喻。特别是对一些地方诗人的生平事迹钩沉考订近乎是无米之炊。但或许是感于这部陕南地域文学文献的重要,刘昌安教授夫妇知难而上,积数年之勤奋,以其积累多年的深厚文史功底及其对严如熤与诗文的广博把握,历数载寒暑,爬梳多种文献典籍,条分缕析,孤心苦诣,终于完成对《山南诗选》的校勘、注释,首先值得敬佩与庆贺! 作为一部洋洋数十万字的《山南诗选释注》,作者用力之勤是无疑的。除了符合一般古籍校注的体例外,通读之后不难发现这部著作具备以下几个突出特点:

第一,注释详尽,兼具文史。举凡诗篇中涉及到的字词、人名、地名、官名、器物名、典章制度、年代、历史事件等,尽可能出注;不限于语言、文学方面,对史实典故,尤加重视,兼顾文史。

---

① 杭世骏:《道古堂集》卷八《李义山诗注序》。
② 陈琏:《琴轩集》卷四《唐诗三体序》。
③ 郭鹏整理,汉中诗词协会编:《山南诗选》,西安出版社2017年版。

第二，考证详实，言之有据。不同文本相互参校，发疑正读，考训摭佚，力求使文意顺通，读者明晓。文字的通假、古今、生僻等现象，均注音说明，并据辞典、正史、方志等标出，不作臆断。

第三，旁征博引，蔚为大观。该书释注文字除单字、单词注释外，欲寻源溯流，博采他书以相证，所引诸书涉及经、史、子、集及佛、道典籍，释注丰赡。不仅极大地丰富了原著，对读者阅读理解诗篇而言更是不无裨益。

第四，地域特色鲜明，广言山南风物。因为是"山南诗选"，故紧扣陕南地域特色，特别注重对秦巴山地山川风貌的释注。不仅依据汉中府(所领三厅一州八县)、兴安府(所领一厅六县)等地方府、厅、州、县志的载记，也参阅其他史志材料(见该书后"参考文献")，而且也注意吸收当代学者对陕南汉水流域研究的成果，纳入释文中，使普及性的注释兼具学术质量。当然，由于汉中、安康二地的诗作者，除极个别有诗集行世外，绝大多数作者没有诗集流传，也没有事迹载入方志，严如熤编辑时作了小传，弥足珍贵。有些诗中提及的人名，也无法查询，为了慎重，付之阙如，作存疑待考处理，无疑也是严谨而科学的治学态度。

严如熤在山南为官数十年，政绩显著，曾捐资修缮汉南书院，贡献最大者，当数重视文化建设，编辑《山南诗选》，保存文化基因，十分难得。日本学者松村昂的评述，应该说从一个侧面也说明《山南诗选》在清诗选本中的地位与价值。

我与昌安教授相识于二十世纪八十年代，我大学毕业分配至汉中工作时，他是汉中师范学院中文系大四学生，正跟随李星教授参与《诗经》与汉水流域课题的研究。当时的他已经颇有文史功底，且勤奋向学，嗜书如命，曾从我处借阅《华阳国志》、《三国志》等书。后来我们在陕南一个地方高校作为同事十几年，他在中文系,我在历史系,常有过从,切磋学问。印象特别深的是上世纪九十年代初,社会上下海经商之风甚盛,高校一些青年教师不忍贫寒也纷纷闻风而动,辞职下海者不乏其人。但昌安教授却能安之若素,在夫人支持下以有限的工资购买许多典籍史料,处陋室而坐拥书城,专心埋头搞学术研究,常有论文发表。2003年我负笈入川读博,离开了汉中,一晃近二十年过去了,这期间我们实际上很少相聚,但知道他一直在陕西理工大学从事古典文学教学与科研,并承担古典文学专业研究生培养工作。近年来年他连续出版了数部学术著作,都是他积多年之功的学术研究结晶。2018年,他在中国社会科学出版社出版的厚实专著《〈诗经〉"二南"研究》,并远程寄赠。翻阅散发着油墨清香的沉甸甸厚实之书,眼前不禁浮现出多年前相识于汉中师范学院的情景……

　　清代是我国地域诗歌总集或选集编纂整理的鼎盛时期①,就邻近陕南的四川而言,清代就有孙桐生编纂的《国朝全蜀诗钞》与李调元的《蜀雅》等重要诗歌文学文献著作传世,严如熤编纂的《山南诗选》正是在这一学术文化大背景下产生的代表性地域文献之一。对地域古代诗歌文献的整理与编纂是近年来清代文学研究的一个新亮点,但学界对清代陕西地域诗歌选集与总集的整理却似乎迟迟未有多大动静。刘昌安、温勤能夫妇合著的《山南诗选释注》学术价值是毋庸置疑的,在付梓出版之前我能得到书稿先睹为快,是一件十分荣幸的事。从学术意义而言,我相信此书的出版,无论是对清代地域诗选的整理与研究,抑或是对汉中、陕南地域文化的挖掘与弘扬,都是近年来一项不可多

---

① 夏勇:《清代地域诗歌总集编纂流变述略》,《西南交通大学学报》,2009年第1期。

得的学术新成果,并且会受到学界的重视与好评。以上只是拜读是书的一些零散感想,或许远远未能揭示这部学术著作的精深要旨及学术价值,期冀将来有更加专业的文学评论来作评价。是为序。

马　强

2022 年 11 月 2 日夜于重庆北碚西南大学

《山南诗选》的文学文献价值在当代的意义（代前言）

《山南诗选》是清代汉中知府严如熤编辑的一部山南地区的诗歌选集。严如熤在道光五年(1825)编竣，尚未付梓，次年即逝世。后城固县进士高万鹏任湖南长沙知府时，从严氏后人处获得书稿，于顺天府(今北京市)知府任内将《山南诗选》稿本详加校订，光绪十三年(1887)在北京付梓刊印。高万鹏卸任后，拟将此书刻板捐赠汉南书院，希望故乡后来的人们永加护惜①。

《山南诗选》的编选者严如熤(1759——1826)，字炳文，号乐园，湖南溆浦人。嘉庆五年(1800)，举孝廉方正科，廷试，上万言策，受嘉庆帝称许，后任洵阳县令。嘉庆八年(1803)官知定远厅。嘉庆十三年(1808)为汉中知府。道光元年(1821)擢升陕安兵备道。道光四年(1824)官至陕西按察使。道光六年(1826)卒，追赠陕西布政使。严如熤平生究心舆图、兵法、天文、河渠等学，主张经世致用。为官清正廉洁，勤于政务，在陕南十余年，政绩显著，为人称道，是清代中后期名臣。严如熤一生著述甚丰，有诗集《乐园诗稿》，文集《乐园文钞》传世。另编著有《苗防备览》《洋防备览》《三省山内风土杂识》《三省边防备览》，续编《汉中府志》，编辑《山南诗选》等。《清史稿》列传卷一四八、《清史列

---

① 高万鹏：《山南诗选序》，清光绪十三年刻本。

传》卷七五载其事迹。

作为一部地域性的诗歌选集,《山南诗选》在清代众多的地域性诗歌选本中,有何地位,其文学与文献价值怎样,在山南地域的文学史和文化史上有何意义,是值得关注的问题。

一、一本尘封已久的诗歌选集

中国是一个诗的国度,从古至今诗作不计其数,留下的总集、别集也是数不胜数。清初以来,通过对前代诗歌发展的经验总结和受文人诗风的熏染,编辑诗集、诗选成为普遍的文学现象。如沈德潜辑《国朝诗别裁集》、王相辑《国初十大家诗钞》等一批全国性的诗集,也有如王鸣盛采录《江浙十二家诗选》、毕沅辑《吴会英才集》、杨淮辑《国朝中州诗钞》、邓显鹤辑《沅湘耆旧集》等一批地方性的诗歌选集。乾嘉时期的严如熤所辑的《山南诗选》就是山南地区(清代汉中、兴安二府)诗歌的选集。

所谓山南者,指的是秦岭以南的地区。具体以指太华、终南两山以南之地,在两晋、北魏之世,主要指今南阳、商洛地区;西魏、北周时代,渐扩展到荆襄、梁汉及巴峡,包括今陕豫二省南部、湖北与重庆大部及川东地区。唐代在太宗贞观元年(627),省并州郡,以秦岭为界,置"山南道"[①],唐玄宗开元二十一年(733)分置山南东、西二道[②],山南东道治襄州(今湖北襄樊市),山南西道治梁州(今陕西汉中市),其所统地域大抵相当于今陕西南部汉中、安康、商州三地区,河南南阳地区,湖北省大部,重

---

① 欧阳修《新唐书》卷三七《地理志》一、刘昫《旧唐书》卷三八《地理志》一、杜佑《通典》卷一七二《州郡》二。

② 《唐六典》卷三《尚书户部》"山南道"条。

庆市大部及四川省东部的广大地区①。宋、元、明、清，山南地域主要还是秦巴山区，分属湖北、四川、陕西、河南四省。唐宋以至明清，在一些诗歌、散文、野史笔记及史志里，文人雅士常讲的山南即专指今陕西的汉中、安康二市。

《山南诗选》共四卷，该书辑录了唐、宋、元、明、清时期山南地区129位诗人之作。其中，汉中府（汉中）101人，兴安府（安康）22人，商州（商洛）1人，方外（域外）5人。诗题627篇（含同题多首作品），诗作734首。卷一有18位诗人，诗题135篇，诗作152首；卷二有46位诗人（雷淑声收重，不计），诗题197篇，诗作227首；卷三有33位诗人，诗题137篇，诗作163首；卷四有32位诗人，诗题158篇，诗作192首。诗集中的诗人基本上都是山南本土之人，所选诗作主要是清代乾嘉时期山南地区的诗歌，这是古代山南地区第一部诗歌选集。其体例、内容，编选的目的、标准以及该书的流传等相关的问题，在编辑者严如熤的"例言"和刊行者高万鹏的"序言"中都有说明。

通过查询国家图书馆和相关省图书馆以及著名高校的图书馆馆藏古籍，检索日本学者松村昂著《清诗总集叙录》中有关《山南诗选》的版本②，可知严如熤于道光五年（1825）编订例言，高万鹏于光绪十三年（1887）补注序刊的《山南诗选》是目前唯一版本，没有翻刻本。该版本在国家图书馆、上海图书馆、北京大学图书馆、南开大学图书馆和汉中市博物馆均有收藏。

对于这样一部地方文学作品集，生活于山南地区、汉水上游的人们，除了极少数研究汉水流域文化的学者关注过、阅读过

---

① 鲁西奇：《"山南道"之成立》，《中国历史地理论丛》，2009年第2期。
② （日）松村昂：《清诗总集叙录》（日文版），东京：汲古书院2010年版，第391—393页。

外,一般的人并不能见到。2017年,郭鹏整理《山南诗选》,作为"汉中文库"系列丛书,由西安出版社出版。据该书"整理说明"言:"本次整理,主要是对原著断句、标点、勘误、纠错"①,整理本虽然有将原著面世之功,但在断句、标点、字句等还存在错讹,且没有校注,对一般读者而言,阅读欣赏仍然存在障碍。

对《山南诗选》的研究,学界的关注很少,只有很少的文章中提及。有关《山南诗选》的内容思想、诗歌风格、文献价值等很多重要问题仍有待进一步梳理和深入研究。因此,把这一部尘封已久的《山南诗选》介绍给广大读者,尤其是陕南的读者,就是十分必要的。

二、一部值得关注的地方文学文献

地方文献是某一地域内各个时期的自然现象、社会现象以及人的群体活动方式的记录之和,是地方文化的结晶与乡愁的渊薮,是促进地域社会经济与科学文化事业面向未来发展的战略性资源,也是人们认识某一地域的工具。山南地区是一个相对独立而完整的自然地理空间与人文文化区域,具有独特的区位优势及文化禀赋。《山南诗选》是汉水上游地区最重要的一部诗歌选集,也是汉水流域上游重要的地方文献,更应该是汉水上游地区的精神文化产品,有强烈的地域文化特色。

从文本的角度来看,《山南诗选》保存了山南地区100多位诗人作品,除个别诗人岳震川、刘应秋等人有诗文集传世,很多诗人的作品没有专集,借以《山南诗选》而流传于世,这对于保存山南地区的文学资料有着重要的价值。通过对这些诗人作品的

---

① 汉中诗词家协会编,郭鹏整理:《山南诗选》,西安出版社2017年版,第7页。

阅读,可以很好地挖掘山南地区的诗歌传统和文献价值,结合清乾嘉时期文学的时代风貌,探讨山南诗人的文学成就和山南诗歌演变的历史。

从文学与地域的关系角度来看,《山南诗选》作家群体基本上是出生于汉水上游地域,因此作品更多地展现山南的地域风貌和民俗风情,其中有许多抒写山南士子的人文情怀,反映他们仕宦、流放、战乱以及人生追求的诸多方面,是一个时代、一个地域文化精神的集中再现,对研究地域文学有极好的借鉴作用。

从诗辑与编辑者的作品对比角度来看,诗辑《山南诗选》与编辑者严如熤所著《乐园诗稿》有密切的关系。《乐园诗稿》内容极其丰富,有《汉南集》一卷,《汉南感旧集》一卷,《汉台咏史》一卷,《苏亭集乐府》一卷,《苏亭集》二卷,其诗歌或抒情或写景或纪事或抒怀,都如实地反映出严氏真实的情感与思想。民国徐世昌编选的《晚晴簃诗汇》,评价《乐园诗稿》中的诗时称"《华阳吟》及《木厂》《铁厂》《纸厂》诸咏,《塞堡行》《团练行》《前后乡兵行》,皆关于南山风土、形势军事,亦采风者所必取"[①]。这些丰富的内容与《山南诗选》的内容正好相互呼应,相映生辉,是汉水上游社会生活的形象反映。

三、一段永远铭记的文化历史

在清代乾隆嘉庆年间,是中国学术史的辉煌。但是,乾嘉考据之学,也确实有很多值得反思的方面,学术成为纯粹的学术,与社会生活有很大的距离,甚至对学术研究的实践功能鄙视,认为不是学术之正道。这种倾向在道光咸丰以后因社会的变革而

[①] 徐世昌:《晚晴簃诗汇》卷一二二,闻石点校,中华书局1990年版,第5232页。

有所改观。

《山南诗选》的编辑，正处乾嘉道时期，是严如熤由经世致用的学理向事功转化的阶段，主张学术要为社会政治服务，要与现实社会相结合起，要研究明体达用之学。"这种编纂态势的形成，有主、客观两方面的原因。一方面，由于清代处在中国古代社会的末期，其文献积累、文化积淀自然远较前朝丰富，加之清人诗歌创作的风气空前兴盛，数量异常庞大，从而为通代、本朝两类地方清诗总集都提供了极其丰富的源头活水。另一方面，也和清代编者的思想观念有关。清人普遍有着保存文献的自觉意识，而搜集整理乡邦文献、表彰乡贤诗学成就，在他们看来，更是责无旁贷"①。

严如熤仕宦于汉十余年，对山南的有着深厚的情感，在《山南诗选》的"例言"中说："兴、汉两郡，俗尚醇朴，儒者多无刻本"；"山间向学之士，蒸蒸蔚起，不独科第联翩，穷经汲古，后学迭出。搜岩采干，司土者与有责焉"。因此，编辑诗选，"表彰前贤，所以风厉后进"②，成为他义不容辞的责任。他编选山南诗歌选集，有感于乡邦先贤文献散佚、事迹无考的缺憾，认识到如果乡邦先贤的事迹不遇表扬，文献不被保存的话，则将湮没无闻，故要通过编选选本来阐扬先辈，"俾诸前辈著作不致湮没，吾乡文人学士亦可以见先正典型"③，以赓续地域文学传统。由于地域选本编选宗旨与选诗内容的独特性，其文化价值主要表现为：一是保存了大量地方文献；二是具有珍贵的史料价值；三是传承了文学

---

① 夏勇：《论地方类清诗总集的成就与特点》，《中国石油大学学报（社会科学版）》，2008年第4期。
② 严如熤：《山南诗选例言》，清光绪十三年刻本。
③ 郭师泰：《津门古文所见录》卷首，光绪十八年刻本。

的社会功能,如此丰富的内容,成为汉水流域文化的重要组成部分。

蒋寅在《清代诗学与地域文学传统的建构》一文中认为,明清以来区域经济的普遍开发,促进了地域文化的多元发展。人们对地域文化差异和地域传统的认识,随着交通和传播的发达而加深。与地方志编纂相伴的地方性文学总集、选集和诗话不断涌现,使文学的地域传统日益浮现出来,并在人们的风土和文化比较中得到深化,从中不断建构起来的地域文学传统。[1]

地域文化传统,依赖于长久的特定的地域生活,人与地方易于形成有机的互动关系,并逐渐养成特有的地方趣味与地方感觉,这种趣味与感觉构成了地方文化传统深层内涵。尤其是像诗歌这样的精神文化的载体,是一个地域的形象标志,富于时代气息和独特个性,是一个地域的灵魂。《山南诗选》的文化价值与历史底蕴正是在这里。

(原文《清诗选本视野下〈山南诗选〉的文学文献价值论析》,刊载在《陕西理工大学学报(社会科学版)》2019年第4期,收入本书,题目、内容有修改。)

---

[1] 蒋寅:《清代诗学与地域文学传统的建构》,《中国社会科学》,2003年第5期。

凡　例

一、本书注释底本采用汉中博物馆藏光绪十三年(1887)本，并参校国家图书馆、上海图书馆、北京大学图书馆、南开大学图书馆等藏本。

二、本书卷一权德舆诗校注，用《权德舆诗文集》《文苑英华》《全唐诗》等参校。

三、本书保留原本中所收诗篇在标题后所做的自注及诗歌正文中的夹注，字体或字号用小一号字体以示区别。夹注也正常出注。

四、对诗文的典故进行概况注释，并征引典故出处，标明作者和书名。

五、对部分生僻字、不常用字，在注释中使用现代汉语拼音标注读音。

六、部分诗歌中涉及的某些人或事，因史志未载，则阙疑不注。

七、对本书所收诗的作者小传，若有新资料内容则补充，若无，则照原文列出。需要作注的，则出注。

目　　录

序 …………………………………………… 马强（1）
《山南诗选》的文学文献价值在当代的意义（代前言）……… （1）

山南诗选序 ………………………………… 高万鹏（1）
山南诗选例言 ……………………………… 严如熤（4）

山南诗选　卷一 …………………………………… （8）
　唐 ……………………………………………… （8）
　　权德舆 ……………………………………… （8）
　　　奉和圣制九日言怀赐中书门下及百寮 …………… （9）
　　　奉和圣制重阳日中外同欢，以诗言志，因示百寮 … （10）
　　　奉和圣制仲春麟德殿会百寮观新乐 ……… （11）
　　　奉和圣制重阳日即事六韵 ……………… （12）
　　　刘绍相访夜话，因书即事 ………………… （13）
　　　卧病喜惠上人、李炼师、茅处士见访，因以赠 ……… （14）
　　　多病戏书，因示长孺 ……………………… （15）
　　　古兴 ………………………………………… （16）
　　　感寓 ………………………………………… （17）
　　　南亭晓坐，因以示璩 ……………………… （18）
　　　竹径偶然作 ………………………………… （19）

拜昭陵过咸阳墅 …………………………………… (19)
早春南亭即事 ……………………………………… (21)
书绅诗 ……………………………………………… (21)
侍从游后湖宴坐 …………………………………… (23)
晨坐寓兴 …………………………………………… (25)
郊居岁暮因书怀 …………………………………… (26)
暮春闲居示同志 …………………………………… (28)
田家即事 …………………………………………… (29)
寓兴 ………………………………………………… (30)
浩歌 ………………………………………………… (31)
知非 ………………………………………………… (32)
诫言 ………………………………………………… (33)
奉和鄜州刘大夫,麦秋出师遮虏,有怀中朝亲故 … (33)
太原郑尚书远寄新诗,走笔酬赠,因代书贺 ……… (35)
奉和许阁老酬淮南崔十七端公见寄 ……………… (37)
和司门殷员外早秋省中书直夜,寄荆南卫象端公 … (41)
奉和崔评事寄外甥刘同州,并呈杜宾客、许给事、王
　侍郎、昆弟杨少尹、李侍御并见寄之作 ……… (42)
奉酬从兄南仲见示十九韵 ………………………… (44)
酬崔千牛四郎早秋见寄 …………………………… (46)
酬冯绛州早秋绛台感怀见寄 ……………………… (47)
伏蒙十六叔寄示《嘉庆感怀三十韵》,因献之……… (49)
酬李二十二兄主簿马迹山见寄 …………………… (54)
酬陆四十楚源春夜宿虎丘山,对月寄梁四敬之兼见
　贻之作 …………………………………………… (57)
酬穆七侍郎早登使院西楼感怀 …………………… (59)
奉和李大夫题郑评事江楼 ………………………… (61)

和李大夫西山祈雨,因感张曲江故事十韵…………(63)
户部王曹长、杨考功、崔刑部二院长,并同钟陵使府
　　之旧,因以寄赠,又陪郎署喜甚常僚,因书所怀,
　　且叙所知 …………………………………………(64)
唐开州文编远寄新赋,累惠良药,咏叹仰佩,不觉斐
　　然走笔,代书聊书还答……………………………(68)
待漏假寐,梦归江东旧居……………………………(70)
祗命赴京,途次淮口,因书所怀………………………(71)
省中春晚,忽忆江南旧居,戏书所怀,因寄两浙亲故
　　杂言 ………………………………………………(72)
早发杭州泛富春江,寄陆三十一公佐…………………(74)
自杨子归丹阳,初遂闲居,聊呈惠公…………………(75)
赠老将 …………………………………………………(75)
戏赠表兄崔秀才 ………………………………………(76)
奉送韦起居老舅,百日假满归嵩阳旧居………………(76)
奉送孔十兄宾客,承恩致政归东都旧居………………(79)
送张阁老中丞持节册吊回鹘…………………………(80)
送正字十九兄归江东,醉后绝句……………………(81)
送张仆射朝见毕归镇…………………………………(81)
送崔谕德致政东归……………………………………(83)
送安南裴都护…………………………………………(84)
送别沅泛………………………………………………(85)
送张曹长工部大夫奉使西番…………………………(88)
送商州杜中丞赴任……………………………………(88)
送殷卿罢举,归淮南旧居……………………………(89)
送孔江州………………………………………………(90)
酬别蔡十二见赠………………………………………(91)

· 3 ·

送李城门罢官归嵩阳	(92)
送上虞丞	(93)
送从弟谒员外叔父回归义兴	(94)
送谢孝廉移家越州	(94)
送陆拾遗祗召赴行在	(95)
送山人归旧隐	(95)
送李处士归弋阳山居	(96)
送清泬上人,谒信州陆员外	(97)
赠别表兄韦卿	(97)
古离别	(98)
早夏青龙寺致斋,凭眺感物,因书十四韵	(99)
中秋朝拜昭陵	(101)
甲子岁元日呈郑侍御明府	(103)
九日北楼宴集	(104)
严陵钓台下作	(104)
晓发武阳馆即事书情	(106)
丰城剑池驿感题	(107)
奉使宜春,夜渡新淦江,陆路至黄蘖馆,路上遇风雨作	(107)
渭水	(109)
朝元阁	(109)
石瓮寺	(110)
盘豆驿	(110)
晚渡扬子江,却寄江南亲故	(111)
月夜江行	(112)
陪包谏议湖墅路中举帆	(112)
富阳陆路	(113)

过隐者湖上所居 …………………………………… (113)
春日同诸公过兵部王尚书林园 …………………… (114)
与沈十九拾遗同游栖霞寺,上方于亮上人院会宿
　二首 ………………………………………………… (115)
题柳郎中茅山故居 ………………………………… (117)
奉和张仆射朝天行 ………………………………… (117)
和李中丞慈恩寺清上人院牡丹花歌 ……………… (120)
锡杖歌送明楚上人归佛川 ………………………… (121)
马秀才草书歌 ……………………………………… (122)
杂诗五首 …………………………………………… (123)
古意 ………………………………………………… (126)
古乐府 ……………………………………………… (127)
秋闰月 ……………………………………………… (127)
薄命篇 ……………………………………………… (128)
放歌行 ……………………………………………… (130)
玉台体十二首 ……………………………………… (132)
祗役江西路上,以诗代书寄内 …………………… (136)
桃源篇 ……………………………………………… (138)
酬南园新亭宴会,璩新第慰庆之作,时任宾客 …… (139)
玉山岭上作 ………………………………………… (141)
题邵端公林亭 ……………………………………… (142)
酬裴杰秀才新樱桃 ………………………………… (142)
舟行夜泊 …………………………………………… (143)

宋 …………………………………………………… (144)

　张知退 ……………………………………………… (144)
　　一盌泉 …………………………………………… (144)
　雍冲 ………………………………………………… (144)

有怀杨冲远……………………………………(145)
元………………………………………………(147)
　林东…………………………………………(147)
　　大丙山……………………………………(147)
　　太古石……………………………………(148)
明………………………………………………(149)
　王昱…………………………………………(149)
　　哀李烈妇歌………………………………(149)
　张羽…………………………………………(150)
　　杜宇………………………………………(152)
　　春山瑞霭图………………………………(152)
　　吴兴南门怀古……………………………(153)
　李嘉宾………………………………………(153)
　　游佛岩次韵………………………………(154)
　刘宇…………………………………………(154)
　　春夜饮六峰寺……………………………(155)
　李乔岱………………………………………(155)
　　文笔塔鹳巢………………………………(156)
　李景贞………………………………………(156)
　　隐居黄金峡………………………………(157)
　李遇知………………………………………(157)
　　牡丹行……………………………………(159)
　　上乞休疏…………………………………(160)
　　鄘都山……………………………………(161)
　　奇石篇……………………………………(161)
　洪如钟………………………………………(163)
　　乾明寺……………………………………(164)

老了头……………………………………………………(164)
　王应泰………………………………………………………(165)
　　汉中刑厅刘公,察盘事竣,登城眺望,邑治焕然维
　　　新,喜赋一律,次韵奉和……………………………(166)
　喻于信………………………………………………………(166)
　　游万春寺………………………………………………(167)
　席增光………………………………………………………(167)
　　却聘……………………………………………………(168)
　　悲愤二首………………………………………………(169)
　　正气歌…………………………………………………(170)
　魏知微………………………………………………………(171)
　　望夫山…………………………………………………(171)
　魏希微………………………………………………………(171)
　　朝阳洞…………………………………………………(172)
　　咏怀……………………………………………………(172)
　刘绍基………………………………………………………(173)
　　香溪道中………………………………………………(173)
　　香溪暮归………………………………………………(174)

山南诗选　卷二……………………………………………(175)
　国朝…………………………………………………………(175)
　温启魁………………………………………………………(175)
　　春日观梁间燕子有感…………………………………(175)
　张叶玉………………………………………………………(176)
　　重阳后一日……………………………………………(176)
　　访守一羽客看菊………………………………………(176)
　李国禧………………………………………………………(177)

冬日远别二首……………………………………(177)
　　黄河渡遇风………………………………………(178)
　　延津早发…………………………………………(179)
　　过邯郸吕公祠,和壁间原韵二首 ………………(179)
　　京都喜逢故友刘躬如……………………………(180)
　　夏日访宋先生村居………………………………(180)
　　满兵携眷移驻伊犁………………………………(181)
　　红柳园有感………………………………………(181)
　　低窝铺遇李秀士…………………………………(182)
　　宿大泉茨蓬………………………………………(182)
　　赤金峡……………………………………………(183)
　　玉门访同乡韩学博留饮…………………………(183)
　　游大佛寺…………………………………………(184)
楚文暻…………………………………………………(184)
　　东湖塔影…………………………………………(185)
　　天台暮雪…………………………………………(185)
　　龙江晓渡…………………………………………(186)
　　汉巘樵歌…………………………………………(186)
李天叙…………………………………………………(187)
　　明珠桥看柳………………………………………(187)
　　落花………………………………………………(188)
李瑞涞…………………………………………………(188)
　　春　晓……………………………………………(189)
　　鹤腾岩……………………………………………(189)
李文炳…………………………………………………(190)
　　谷雨日苏台看牡丹………………………………(190)
王珽……………………………………………………(191)

和赵嘉吾见赠原韵 …………………………………… (191)
咏朴亭同年书斋盆兰，步景潘四兄韵 ………… (192)
王见周 …………………………………………………… (192)
初游宝峰寺 …………………………………………… (192)
陈道坦 …………………………………………………… (194)
将之江苏，次王惟一、杨礼堂赠别元韵 ………… (194)
何步衢 …………………………………………………… (195)
过马鬼坡 ……………………………………………… (196)
孙征槐 …………………………………………………… (196)
拴马岭谒张桓侯庙 ………………………………… (197)
杨朝宗 …………………………………………………… (197)
野望 …………………………………………………… (198)
樊德辉 …………………………………………………… (198)
饮牡丹花傍 …………………………………………… (198)
李时华 …………………………………………………… (199)
暮春行将归峡，留别宗瘦石 ……………………… (199)
留别紫岚 ……………………………………………… (200)
庚午秋于役岐门即事 ……………………………… (200)
静山解三水都府篆，诗以送之 …………………… (201)
雷淑声 …………………………………………………… (202)
凤岭旧有果亲王诗碣，倾埋崖下。乙亥秋，马云
　房异出之，壁间有王惟一诗，依韵奉和 ………… (202)
孙鸿绪 …………………………………………………… (203)
谷雨日苏台看牡丹 ………………………………… (203)
杨筠 ……………………………………………………… (203)
天久不雨，民皆苦旱，乐园师步祷酆都之涌泉洞，
　甘霖大作，赋诗以志 …………………………… (204)

· 9 ·

示同学诸子……………………………………………(206)
哭龚恩斋师……………………………………………(206)
春晚偕诸同入东郊散步………………………………(207)
荆花……………………………………………………(209)
早春得雪………………………………………………(209)
送茂才黄湘纫昆仲扶榇归粤西………………………(210)
读《垩室录》感赋……………………………………(211)
汉南书院,自松制府后,废为公廨久矣。戊辰秋仲,
　严乐园师来守汉郡,下车即筹修复。爰购东西邻
　地,增葺斋舍,广生童膏火、名额,自是远方之士日
　至。公暇,辄至院,集诸生讲解经义,以李司徒、张
　博望诸先达相勖。延姑臧龚恩斋先生主讲。庚午
　秋闱,领乡荐者六人,中副车二,甚盛事也,因赋此
　以志乐育之效云…………………………………(212)
嘉庆癸酉,郿匪煽乱,延及汉沔。兵尚未至,乐园师
　捐赀,练义勇数百,严巡边境,感而赋此 …………(214)
汉中水利,导源自太白山。岁旱祷雨辄应,乐园师
　建祠城西北隅,掘土得泉。诗以纪之 ……………(215)
校郡志成………………………………………………(215)
丁丑十一月哭王汉章…………………………………(216)
凤仙……………………………………………………(218)
严乐园师初夏雨霁,清晖亭集同人赋芍药花 ……(218)
褒城张玉泉师,卒于凤翔学署,柩归长林,即位
　哭之………………………………………………(219)
元月念三日,王惟一以诗稿见寄,并惠黄花一枝,
　有"赠君金蘂蕊,贻我玉堂诗"之句,率笔答之 …(221)
叠前韵…………………………………………………(222)

· 10 ·

元日…………………………………………（222）
　　马伏波祠………………………………………（223）
杨镰…………………………………………………（223）
　　赠别杨兆江回鹿原……………………………（224）
陈国选………………………………………………（224）
　　谷雨日苏台看牡丹……………………………（224）
　　亦乐楼落成喜雨………………………………（225）
楚屿…………………………………………………（226）
　　小铜炉…………………………………………（226）
　　晓发史村至高河………………………………（226）
　　晚宿灵石小水头………………………………（227）
黄元龙………………………………………………（227）
　　送张池亭自安定左迁归韩城二首……………（228）
　　延安野猪山取湫………………………………（229）
　　老马感赋………………………………………（229）
　　题府谷苏玉章画莲……………………………（231）
　　癸未将回南郑别弟……………………………（231）
　　甲申梦至先师陈汉鸥家,醒后感赋……………（232）
　　丙戌题铜堤村店壁……………………………（232）
　　夜闻蟋蟀二首…………………………………（233）
　　二谢集题词……………………………………（234）
　　题扇头画白菜…………………………………（236）
黄作柽………………………………………………（237）
　　廉泉让水歌……………………………………（238）
黄作棐………………………………………………（239）
　　汉高皇拜将坛…………………………………（239）
余翔汉………………………………………………（239）

· 11 ·

山云	(240)
卧雪	(240)
过姜东哲村居	(241)
夕望	(241)
奉和苏太守署篆汉南,寄怀省中诸僚友原韵	(242)
初夏漫兴	(243)
晚眺	(243)
夏日过龚人龙书堂	(244)
西园	(244)
立石	(245)
夜坐怀陇西赵自涤	(245)
闻蝉	(246)
秋日言怀	(246)
弃妾词	(247)
东溪即事	(247)
过友人山居	(248)
汉江秋	(248)
重阳有怀	(249)
闲居	(250)
寒夜吟	(250)
冬日登郡西城楼	(251)
野步	(251)
雨夜喜魏妹倩瑄见过	(252)
三里村即事	(252)
雪居杂兴	(253)
黄沙陈先生怀慎见过	(253)
同孟廷弼、陈希圣、彭绶昌、王运会春夜宴集	(254)

除夕	(255)
春皋上作	(255)
拟古	(256)
栈中	(256)
题魏妹倩瑂书屋	(257)
林皋	(257)
林皋值雨	(258)
西山	(258)
听钟	(259)
五丁关	(259)
秋夜独坐	(260)
朝天舟中	(260)
旅次剑门	(261)
送李孝廉仁伯之京	(261)
春郊即事	(262)
送熊才归旗	(262)
挽周鼎臣	(263)
登雁塔绝顶望秋怀古	(264)
昭化夜渡	(264)
同陈长复登郡城南楼秋望	(265)
凤城邸舍元夕	(265)
留侯祠	(266)
凤岭	(267)
旅夜	(267)
兴平道中	(268)
雁塔	(268)
和三中诗原韵	(269)

游灵岩寺……………………………………………（271）
寄别魏妹倩辑五……………………………………（271）
余士鹏……………………………………………………（272）
和杨孝则题《红拂图》原韵…………………………（272）
忧旱…………………………………………………（273）
戊寅元日……………………………………………（274）
元日雨雪……………………………………………（275）
余道隆……………………………………………………（275）
秋夜怀友……………………………………………（276）
秋日闲居……………………………………………（276）
东皋晚归……………………………………………（277）
过友人隐居…………………………………………（277）
拟古…………………………………………………（278）
江皋即事……………………………………………（279）
丁南英……………………………………………………（279）
送邑侯郭髯樵先生南旋……………………………（279）
雷淑声……………………………………………………（280）
山居…………………………………………………（280）
晚春闲步……………………………………………（280）
张嵩年……………………………………………………（281）
黄河清………………………………………………（281）
卢和………………………………………………………（282）
睡鹤独立图…………………………………………（282）
谷雨日苏台看牡丹…………………………………（283）
卢师范……………………………………………………（284）
重九日，侍家严暨玉珊、惟一两师，同出西郊登高，
遂谒赵嘉吾先生墓………………………………（284）

陈琚 …………………………………………（284）
　商山四皓歌 …………………………………（285）
杨璜 …………………………………………（286）
　春雪 …………………………………………（286）
　不寐 …………………………………………（287）
宋师濂 ………………………………………（287）
　忧旱有感 ……………………………………（287）
蒋全福 ………………………………………（288）
　太白神泉 ……………………………………（288）
王德馨 ………………………………………（289）
　小辋川志景 …………………………………（289）
　闻南郑梦禅陈明府勘验水灾感怀 …………（293）
　晓雪 …………………………………………（293）
　山行 …………………………………………（294）
　九月十八日从马鞍山归 ……………………（294）
　亦乐楼落成喜雨 ……………………………（295）
　题洽天雏丈藏画 ……………………………（297）
　画眉关 ………………………………………（298）
　寄胡先生 ……………………………………（298）
　送段槐庭先生归兰州 ………………………（299）
盛登魁 ………………………………………（299）
　西庄遇雨,寄黄秋岩 …………………………（300）
盛际斯 ………………………………………（300）
　西郊遇雨,敬次家大人元韵 …………………（301）
党直 …………………………………………（301）
　秋兴 …………………………………………（301）
　秋宫怨 ………………………………………（302）

夜雨…………………………………………………(302)
彭绶昌………………………………………………(302)
 斋居即事……………………………………………(303)
 紫柏山留侯祠………………………………………(304)
 秀野堂杂咏…………………………………………(305)
张炳蔚………………………………………………(306)
 拜将坛怀古…………………………………………(306)
焦升…………………………………………………(307)
 栈中晓行遇雨………………………………………(307)
 马援故里……………………………………………(307)
陈毓彩………………………………………………(308)
 汉台…………………………………………………(308)
 将坛…………………………………………………(309)
 孤山杂兴……………………………………………(309)
张熙载………………………………………………(310)
 谷雨日苏台看牡丹…………………………………(310)
 长安雨夜感怀，奉桂山先生………………………(311)
任銈肃………………………………………………(312)
 出郭…………………………………………………(312)
 见峰…………………………………………………(313)
 香山…………………………………………………(313)
 到家…………………………………………………(315)
 和祝兰坡题高平演元观，有明襄陵王塑像，恭谒后
  周览画壁原韵……………………………………(315)
 和杨蓉裳《雨窗对菊》元韵………………………(317)
任本让………………………………………………(318)
 凉州…………………………………………………(318)

甘泉 …………………………………… (319)

玉门 …………………………………… (319)

哈密 …………………………………… (320)

天山 …………………………………… (321)

岳公台 ………………………………… (322)

巴里坤 ………………………………… (323)

石人子 ………………………………… (323)

灵山 …………………………………… (324)

伊犁二首 ……………………………… (325)

山南诗选　卷三 …………………………… (327)

国朝 ……………………………………… (327)

李发 ……………………………………… (327)

　晚渡塥水 ……………………………… (327)

叶华晫 …………………………………… (328)

　登杜台 ………………………………… (328)

康世德 …………………………………… (329)

　感怀 …………………………………… (329)

康坦岳 …………………………………… (330)

　苍山祷雨志喜 ………………………… (330)

康坦嵋 …………………………………… (331)

　梦游汉台吊淮阴 ……………………… (332)

　范二兄招饮，归家口占 ……………… (332)

康锡新 …………………………………… (333)

　舜弹琴处 ……………………………… (333)

　自嘲 …………………………………… (334)

　中秋无月 ……………………………… (335)

· 17 ·

夏夕南村漫兴…………………………………………（335）

　　适兴………………………………………………………（336）

　　七夕拈韵…………………………………………………（337）

　　俗传七夕拜星，可以求富，戏题一绝……………………（338）

　　石鼓歌……………………………………………………（338）

刘天宠……………………………………………………………（342）

　　五日逐穷，枕上口占……………………………………（343）

田种玉……………………………………………………………（343）

　　武侯墓……………………………………………………（344）

韩履宠……………………………………………………………（344）

　　题渊明松菊图……………………………………………（345）

　　秋夜待月…………………………………………………（345）

高树勋……………………………………………………………（346）

　　仲春寿严乐园夫子………………………………………（347）

和盐鼎……………………………………………………………（350）

　　吊饶氏抱女死节…………………………………………（351）

张资深……………………………………………………………（351）

　　蟾宫吸月亭………………………………………………（352）

余发林……………………………………………………………（352）

　　书院秋思…………………………………………………（352）

秦天锡……………………………………………………………（353）

　　恭读御制诗《滋麦如酥雨》………………………………（353）

刘翼………………………………………………………………（354）

　　当口寺……………………………………………………（354）

　　题定军山图………………………………………………（354）

陈海霖……………………………………………………………（355）

　　艮岳石歌…………………………………………………（355）

· 18 ·

闻芥航观察迁河帅，寄一律志喜 ………………… (358)
　　观蒋节相阅大兵，因赠小村观察 ………………… (359)
　　挽王听山太史 …………………………………… (360)
高绥宇 ……………………………………………… (360)
　　嘉庆癸酉乡试，病未终场，中秋对月志感 ……… (361)
　　别长安诸友 ……………………………………… (363)
　　咸阳夕渡 ………………………………………… (364)
　　兴平晓发 ………………………………………… (364)
　　道旁乞人 ………………………………………… (365)
高建瓴 ……………………………………………… (365)
　　寿严乐园夫子 …………………………………… (366)
赵志昂 ……………………………………………… (369)
　　白云山留侯祠 …………………………………… (370)
　　送张世兄归蜀 …………………………………… (371)
　　观音碥 …………………………………………… (371)
杜华 ………………………………………………… (372)
　　蟾宫吸月亭 ……………………………………… (372)
刘亨吉 ……………………………………………… (373)
　　读《赤壁赋》 ……………………………………… (373)
　　读《秋声赋》 ……………………………………… (374)
许斓 ………………………………………………… (375)
　　丙申秋旱，署篆王明府步祷三日，大雨，赋诗以志 … (375)
许天魁 ……………………………………………… (375)
　　丙申秋旱，署篆王明府步祷三日，大雨，赋诗以志 … (376)
张勇 ………………………………………………… (376)
　　过崆峒山 ………………………………………… (377)
屈振奇 ……………………………………………… (377)

感怀	(378)
常九经	(378)
鄠都山	(378)
黄玉铉	(379)
游佛岩楼	(379)
齐士琬	(380)
斗山	(380)
李友竹	(381)
长新店遇雨	(381)
邯郸道中	(382)
沔县谒诸葛武侯祠二首	(382)
鸡头关	(383)
岳震川	(384)
弟震有省予城固寓舍	(384)
运粮夫	(385)
双剑歌	(386)
二月初五日绝句	(387)
二月初三日书所见	(388)
城洋民穿穴避寇,死者百余人	(389)
城固城西二十里外,贼骑突至,男女趋渡无舟,赴江死者数十人	(390)
吊明经尚君惨死寇兵	(390)
吊贤良方正尚君死高均德之难	(391)
两广文先生致脤	(391)
正月廿四日,陈、姚诸生为余安笔砚尊经阁下	(392)
破竹	(393)
三月初五日送内子旋里	(393)

初六日记所见	(394)
农蚕篇	(395)
书感	(395)
三月初六日示钦曾	(396)
不寐放歌	(397)
洋县城北周家坎,周氏妇刘,年二十三,贼杀其舅姑,掠其夫及叔。骂贼,割裂其唇辅,骂益厉,经宿死。高生献昆之姨也,述其事,纪以诗	(399)
赠何敬修大兄	(400)
三月十二日灯下	(400)
答劲香	(401)
二月十三日夜梦先君	(402)
三月晦日	(403)
咏史	(404)
余家沟	(405)
为表弟粆小成作	(406)
二月九日	(407)
赠演三紫台	(408)
赠陈玉珊同年	(408)
寄李汉京暨邓生实修	(409)
赠蓝介甫七兄、樊仲山二兄	(410)
寄逊甫洋县	(410)
御寇诗一篇七章	(411)
二月二十五日作	(415)
又赋	(416)
奉怀王汉川先生	(416)
守戎张公帐中谈兵	(417)

· 21 ·

城固龙头寺李氏之女，嫁陈氏数月，与三十五妇人
避寇寺后，持矛贼胁之去，其祖姑叩头乞哀，贼
曰："不去杀汝。"妇抗声答曰："杀，不去。"遂受
矛而毙。嘉庆三年二月初四，社日也 …………(418)
咏时薛氏死贼事……………………………………(420)
薛、牛二生死贼歌 ………………………………(420)
洋县戚氏村生员宋天赐之母李，贞女也，未及请旌，
母子死于贼………………………………………(422)
二月二十一日夜，大风至晓不息 ………………(423)
洋州…………………………………………………(423)
渡汉…………………………………………………(424)
恶人鼻………………………………………………(425)
三插河………………………………………………(425)
书房湾………………………………………………(426)
文溪里………………………………………………(426)
平地…………………………………………………(427)

赵贞……………………………………………………(427)
子房山留侯辟谷处…………………………………(427)

陈洪范…………………………………………………(428)
谷口纳凉……………………………………………(429)
拟柳子厚商於路《孤松》…………………………(430)
商山怀古，用陶渊明《赠羊长史》使秦经商山韵 …(430)
孤山父子歌，用王禹偁《不见阳城驿》韵 ………(432)
六月插秧……………………………………………(434)
棘人行，送何敬修旋里 ……………………………(434)
敬题郭髯樵先生戴笠图……………………………(436)
题郭友源小照………………………………………(437)

商南忆在京诗友,用罗隐《商於驿与于韫玉话别》
  韵……………………………………………………(438)
商路早行,步温庭筠韵 ………………………………(439)
商南略似汉中,用温纯《入层峰驿宿武关》韵 ……(439)
送岳一山,携赵、史二生赴商南……………………(440)
初到鄞山作……………………………………………(440)
留客……………………………………………………(441)
金华寺晓钟……………………………………………(441)
闰四月…………………………………………………(442)
池河街…………………………………………………(443)
商山四皓歌……………………………………………(443)
僧院……………………………………………………(444)
从荆子关舟行,出丹江抵汉水………………………(444)
舟次老河口……………………………………………(445)
龙窝滩…………………………………………………(445)
月夜泊均州……………………………………………(446)
马鬃滩…………………………………………………(446)
难滩……………………………………………………(447)
鄞山晓望………………………………………………(447)
留侯祠…………………………………………………(448)
午日忧旱………………………………………………(448)
得全椒师友书…………………………………………(449)
怀骆二亭………………………………………………(450)
由潼至商南,用王摩诘《送李太守由阳城驿赴上洛》
  韵……………………………………………………(451)
李南枝………………………………………………………(451)
  乙酉秋,霖雨决堰堤,水溢民居,官吏购饼以济,赋

诗记之 ·· (452)
　　雨霁 ·· (453)
　　苦雨吟 ·· (454)

山南诗选　卷四 ·· (456)
国朝 ·· (456)
段秀生 ·· (456)
　　拴马岭谒张桓侯庙 ·· (456)
刘煦 ·· (457)
　　谷雨日苏台看牡丹 ·· (457)
王栾 ·· (459)
　　戊子八月,浙江闱中恭祝万寿,敬占一律 ·················· (460)
严公均 ·· (460)
　　黔中春望 ·· (461)
　　赠菊 ·· (461)
　　春日感怀 ·· (462)
　　旅行 ·· (462)
　　山宿 ·· (463)
　　登银顶关楼 ·· (464)
严庆云 ·· (464)
　　温泉道上 ·· (465)
　　冰 ·· (465)
　　游玉龙寺次壁韵 ·· (466)
　　茹不群招游灵隐寺 ·· (467)
　　新霁 ·· (467)
　　崆峒谷 ·· (468)
　　广成泉 ·· (468)

雷神峰	(469)
野居	(469)
独眺	(470)
闻居	(470)
关山道中	(471)
哭阎生華	(471)
晚游蟠龙寺	(472)
法华寺晓望	(472)
春郊	(473)
舟行	(473)
哭何子畏	(474)
云栈道中	(475)
寄谢冷轩	(475)
游崆峒	(476)
问道宫	(476)
塞上	(477)

严景云 (479)
拟古	(479)
赠王会之	(480)

余殿魁 (480)
凤翔留别湖南周先生	(481)
晋阳与楚海洲夜饮思亲	(481)
寄汧阳陆友	(482)
乙卯秋新乐即事	(482)
桑	(483)
去南和,别金、谷二广文	(483)
移家到南和	(484)

灯花 (485)
望家书 (485)
即事 (486)
从军 (486)
游密云县石匣城南白龙潭,忆县丞牛公 (487)
自太原往岚县道中 (488)
久旱得雨 (489)
直隶需次,忆泾阳韩景文 (489)
护索伦兵出直隶,忆差人携家未到 (490)
舍弟汝翼寄书,谓余老而不归,诗以答之 (491)
夜中又寄汝翼弟 (491)
九日登高,遣兴二首 (492)

刘应秋 (493)
赤崩湾 (493)
万春寺 (494)
饶风岭怀古 (494)

刘瑞星 (495)
乘鹤观 (495)

郑圣时 (496)
太悬岩,和友人汪若玕招隐 (496)

董诏 (497)
文昌阁 (497)
高辛庙 (500)
同龚尉游临崖寺 (501)
再叠前韵 (502)
龙须草 (503)
伎陵城行 (506)

禹穴 …………………………………………………… (508)

　　淯阳旧治 ………………………………………………… (510)

　　黄土旧县 ………………………………………………… (511)

　　大夫营 …………………………………………………… (511)

　　庚寅闰五月志异 ………………………………………… (512)

　　辛卯五月志庆 …………………………………………… (514)

　　游万春寺 ………………………………………………… (517)

　　魏山吉都护庙 …………………………………………… (519)

　　丙子九月,汉阴小住,呈梅江公祖 …………………… (522)

　　稿园十咏 ………………………………………………… (527)

　　碧血坊 …………………………………………………… (533)

郑侨恭 ……………………………………………………… (533)

　　郑烈女 …………………………………………………… (534)

王运昌 ……………………………………………………… (534)

　　送广文李巢林先生归里 ………………………………… (534)

汪毓珍 ……………………………………………………… (535)

　　壬寅九月,余山居,构亭于铁溪,武进高众偕来访。
　　　时清秋气爽,邀余游,为搜遗山,得一岩,甚异。
　　　人迹罕到,故无名,众偕名焉。属余为诗,以记
　　　之 ……………………………………………………… (536)

王承烈 ……………………………………………………… (537)

　　邑侯郝公劝养山蚕,既有成效,作歌纪之 ………… (537)

　　山县四首 ………………………………………………… (540)

　　春日游南原 ……………………………………………… (542)

邱通理 ……………………………………………………… (542)

　　朝阳洞 …………………………………………………… (543)

　　九日龙岗登高 …………………………………………… (543)

· 27 ·

行经灌台……………………………………………(544)
　　　青崖观音殿…………………………………………(545)
　　　堰坪……………………………………………………(545)
　刘成珠……………………………………………………(546)
　　　鹤观棋枰……………………………………………(546)
　　　鼓台神峰……………………………………………(547)
　汪泽延……………………………………………………(547)
　　　送汪邑侯……………………………………………(548)
　　　夏节妇………………………………………………(548)
　　　温孺人冰蘖颂………………………………………(549)
　许又将……………………………………………………(549)
　　　登擂鼓台……………………………………………(550)
　　　饯县令狄公…………………………………………(550)
　许又衡……………………………………………………(552)
　　　饯邑侯狄公…………………………………………(552)
　刘崇………………………………………………………(553)
　　　归田作………………………………………………(554)
　于文选……………………………………………………(554)
　　　汉中司理刘公,察盘事竣,登城眺望,邑治焕然维
　　　　新,喜赋一律,次韵奉和……………………………(554)
　　　凤凰山………………………………………………(555)
　张峻迹……………………………………………………(556)
　　　入汉阴界有感………………………………………(556)
侨寓…………………………………………………………(557)
　谢申………………………………………………………(557)
　　　长安…………………………………………………(557)
　　　河间…………………………………………………(557)

· 28 ·

扬州……………………………………………(558)

　　岳州……………………………………………(559)

　　永州……………………………………………(559)

　　自汉中抵襄阳…………………………………(560)

　　九日登慈恩塔…………………………………(562)

　　张子房辟谷处…………………………………(562)

　　露筋祠…………………………………………(563)

　　题周氏酒家壁…………………………………(564)

　　见月……………………………………………(565)

　　商山歌…………………………………………(565)

　　武侯祠石琴……………………………………(566)

　　方正学先生祠…………………………………(567)

　　忧来篇…………………………………………(568)

　　赠褒城吕县长…………………………………(569)

　　寄及门任廷奏、王世琳………………………(572)

　　赠褒城金县长四首……………………………(573)

赵应会………………………………………………(575)

　　过马嵬坡………………………………………(575)

　　捣衣……………………………………………(576)

孙洪勋………………………………………………(577)

　　赠杨菊坡徵士…………………………………(578)

陆兆隆………………………………………………(579)

　　闻捷……………………………………………(579)

　　岁暮即事………………………………………(579)

　　过金鸡口………………………………………(580)

　　宿乌阳关军营…………………………………(580)

　　春日许香泉送余赴楚三首……………………(581)

・29・

阻雨……(582)
雨夜舟泊白河县,寄王惟一……(583)
思归……(583)
和钱味菽《秋夜述怀》韵……(584)
重阳前二日……(585)
月夜宿慈光上人禅室二首……(585)
秋日寄王惟一……(586)
元日述怀,忆本明上人……(586)
偶望……(587)
归来……(587)
祖承佑……(588)
粤西有感,寄呈康吉人二首……(588)

闺秀……(590)
叶秀……(590)
偶望……(590)

方外……(591)
释心玉……(591)
夜坐……(591)
同兴……(592)
无题……(592)
虚白道人……(592)
石琴……(593)
晚步闻樵唱声……(593)
沔阳道中……(594)
七盘关……(595)
成都留别吴正亭……(595)
定远厅冒雪过星子山……(596)

登汉武帝祈仙台 (596)
白玉楼晚眺 (597)
再登黄鹤楼 (597)
送张文甫之长安 (598)
望四皓墓 (598)
人皇寺送性园上人游华山,呈张律师 (599)
登灵灏楼寄友 (599)
望太华山 (600)
龙门洞赠陈野仙 (601)
游韩城县象山,听惠风律师讲金丹大道,步许莲塘先生原韵 (601)
潼关晓望 (603)
过杨升庵故里 (603)
次汉中府 (604)
登峨嵋绝顶漫兴 (605)

附录 (607)
　清史稿·严如熤传 (607)

参考文献 (611)

后记 (615)

· 31 ·

山南诗选序

高万鹏

乐园严公[1],为国朝名臣,官陕南久,善政不可枚举,尤加意培植人才,一时乡先达皆出其门,先父兰溪公亦与焉[2]。

光绪壬午[3],(万鹏)出守常德,调长沙,距公溆浦故里千余里[4]。访其家,则三世孀居,抚公元孙名德辆[5],年未十龄,属其邑令,时加存恤。公侧室任家妇[6],向年俱八十许[7],泣属其戚舒文泉广文[8],以《南山诗选》稿本见寄,乃道光乙酉秋[9],公在陕安道任内所手辑者。其明年春,升陕臬[10],三月二日卒于官,未及选定付梓。长公仙舫银台[11]仕中州时,倩名手删削,编辑未竟。丁母忧,揣归存于家,阅六十年矣。

(万鹏)由湘迁凤颖道[12],旋擢京尹[13],公余详加校订,梓于都门[14]。窃念陕南同治初遭兵燹[15],老成凋谢殆尽。(万鹏)合家殉难,先世遗稿散佚无存。兹编犹载遗诗数章,则此集之传,非惟副公素愿[16],实亦吾乡所深幸也。

汉南书院昔经川楚教匪之乱[17],废为行馆。公捐资拓地重修,人文称盛。迨公讣至,汉郡士民请迎榇入南山[18],不得,因设位书院以哭。值公忌日,辄集绅耆[19],申奠酹[20],岁以为常。公之灵爽[21],固宜于此式凭欤[22]。

今诗板拟寄存汉南书院[23],冀吾乡后期者永加护惜,爰记其始末如此。至选诗意旨,有公自撰《例言》在,不敢再赘一词云。

时光绪十有三年[24],岁次丁亥九月乙卯朔,城固高万鹏抟九氏,识于顺天尹署[25]。

【注释】

[1] 乐园严公:即严如熤,字炳文,号乐园,清湖南溆浦人。嘉庆间任洵阳县令、知定远厅、汉中知府。道光年间擢升陕安兵备道,官至陕西按察使,卒后追赠陕西布政使。著有《乐园诗稿》《乐园文钞》及编有《苗防备览》《洋防备览》《三省山内风土杂识》《三省边防备览》《汉中府志》《山南诗选》等。事迹见《清史稿》《清史列传》《(同治)溆浦县志》等。

[2] 兰溪公:即高建瓴,高万鹏之父。字汉屋,号兰溪,城固县人。曾任广东省澄海、高明等县知县,连平知州。后在城固斗山书院主讲二十余年,著有《十三经精义》等。

[3] 光绪壬午:清光绪八年,公元1882年。

[4] 溆浦:严如熤故里,今湖南省怀化市辖县。

[5] 元孙:即玄孙,玄系避讳。亲属称谓,本义为长孙。 德辀:严如熤长孙,严正基之子。

[6] 冢妇:嫡长媳。此指严如熤长子严正基妻任氏。

[7] 向年:即往年,前些年。

[8] 舒文泉:严氏家亲戚。 广文:唐天宝九年(750)设广文馆。设博士、助教等职,主持国学。明清时因称教官为"广文",亦作"广文先生"。

[9] 道光乙酉:清道光五年,公元1825年。

[10]陕臬：即陕西按察使。臬,清代提刑按察使司、按察使别称。

[11]仙舫：严正基,字厚吾,号仙舫,严如熤的长子。河南知县、通政使。　银台：职官名。明、清置通政司,职掌相当,故称通政司为"银台"。

[12]凤颍道：今安徽舒城县。清雍正十三年(1735)置。

[13]京尹：京兆尹。指升任顺天府(今北京市)尹。

[14]都门：京都城门,借指京都。

[15]遭兵燹：指同治二年(1863)太平军西进汉中,汉中府城及府属州县,除凤县城围而未破外,均被攻陷,在汉中历史上影响甚大。

[16]非惟：不但,不仅。　副：符合。

[17]汉南书院：清乾隆四年(1739)陕西道副使岳礼、知府朱闲圣、南郑县知县侯天章创建。嘉庆十七年(1812)知府严如熤、知县杨大垣等捐资增建文昌祠、奎星阁及斋房等。光绪三十一年(1905)知府恩开改建为汉中中学堂。

[18]迎榇：迎接灵棺。榇(chèn),棺木,棺材。

[19]绅耆：指地方上有地位权势的老年人。

[20]奠酹(zhuì)：即奠酒,祭祀时把酒浇在地上。

[21]灵爽：指神明,精气。犹言精爽。

[22]式凭：依靠,依附。

[23]诗板：指高万鹏在顺天府刻刊的《山南诗选》棨版。

[24]光绪十三年：公元1887年,丁亥年。

[25]高万鹏：字抟九,号森若、陕西城固人。同治七年(1868)进士,选翰林院庶吉士,散馆授编修,官至布政使。《清史稿》有传。　顺天尹署：官署名。顺治元年(1644)设顺天府,直隶中央,管理京师附近州县。

山南诗选例言

严如熤

江汉肇咏，载在葩经[1]，其作者皆圣贤之徒，吾儒童而习之，白首莫穷其蕴，兹选不敢远引。

南郑大司徒李郃、李固、李燮祖孙父子[2]，数世渊源，文学甲于一郡，而蔚宗汉史[3]，传中只叙德行，未详诗篇。城固博望侯张骞[4]，班氏《汉书》亦不著诗文[5]，想尔时诗教未邕故也[6]。

诗盛于唐，略阳权文公[7]诗名重于中唐，今于《全唐诗》[8]中，择其尤佳及有关出处者录之，冠诸编首，其余美不胜收也。

宋时盛讲道学，兴、汉两郡[9]，俗尚醇朴，儒者多无刻本，诗亦寥寥，留心采取，仅得一二人。

元代山内凋敝，不及弦诵[10]，士流稀少，传者阙如，仅于钞本中得一人，埒诸吉光片羽[11]。

前明文教丕兴[12]，诗必继起，然汉中从无刻专集者，故科名虽盛[13]，而以古学流传，仅得李尚书、洪中丞、席解元数人[14]，余皆不存。想没于兵燹[15]、毁于荒烟蔓草者不少矣。

国朝仁渐义摩[16]，庠序远播[17]，百八十年中，山间向学之士[18],蒸蒸蔚起[19],不独科第联翩[20],穷经汲古[21],后先迭出。搜岩采干[22],司土者与有责焉[23]。

采取诸诗,惟就见闻所及,慎选一二,人亡集散,全册多难悉目,文献不足,匪独宣圣有感慨之思。

古人选诗,多以人存诗,或以诗存人。兹为人之纯正,学之深邃者录之,而名之显晦无论。

罗江李雨村太史有《蜀雅》二十卷[24],扬州阮芸台制军有《淮海英灵集》二十一卷[25],彼皆以乡人传先达,此则微有不同。

表彰前贤,所以风厉后进[26],他日若再有佳作,无妨续登,莫以人往风微为憾。

侨寓、闺秀、方外在所不遗,有志风雅,自当相赏于风尘之外。

编次前代诗人,以时代先后为次。至国朝人众,分县编辑;其人之时代先后,难尽考稽。列显宦、甲科于前,举贡、诸生次之;有祖孙父子均入选者,连类编辑,以证渊源。

道光五年八月[27],溆浦严如熤乐园识。

【注释】

[1] 葩经:即《诗经》。唐韩愈《进学解》:"《诗》正而葩。"后因称《诗经》为"葩经"。

[2] 李郃:字孟节,东汉南郑(今属汉中市城固县)人,父李颉,以儒学闻名。官至尚书令、司空、司徒。　李固:字子坚,李郃之子。少好学,通古今,为人正直,敢于直言进谏,与外戚梁冀的斗争中被害,被誉为"北斗喉

舌"。南朝宋范晔《后汉书》。 李燮：李固之子,官拜议郎,为人清廉正直,有父风范。

[3]蔚宗：范晔,字蔚宗,顺阳(今河南南阳淅川)人,南朝宋史学家、文学家,著有《后汉书》。

[4]张骞：字子文,汉中郡城固(今陕西省城固县)人,汉代外交家。建元二年(前139),奉汉武帝之命,出使西域,以军功封博望侯。

[5]班氏：班固,字孟坚,扶风安陵(今陕西咸阳东北)人,东汉著名史学家、文学家。著有《汉书》《两都赋》等。

[6]诗教：指的是自古以来通过诗教化民众的方法,相关作品有《诗经》。 未鬯：鬯通畅,不兴旺。

[7]权文公：权德舆,唐代文学家,政治家。字载之,天水略阳(今甘肃省秦安县东)人。唐德宗、宪宗时,历任太常博士,中书舍人,礼部、兵部、吏部侍郎,迁太常卿,拜礼部尚书,同平章事等。卒后赠左仆射,谥曰文,后人称为权文公。著有《权载之文集》五十卷。事见两《唐书》本传及韩愈《唐故相权公墓碑》。

[8]《全唐诗》：唐五代诗歌总集。清康熙时彭定求等十人奉敕编校。

[9]兴、汉两郡：指兴安府、汉中府,今安康市、汉中市。明洪武三年(1370)改兴元路为府,设汉中府。乾隆四十七年(1782)兴安州改设兴安府。1913年废陕安道汉中府、兴安府。

[10]弦诵：古代授《诗》、学《诗》,配弦乐而歌者为弦歌,无乐而朗读者为诵,合称"弦诵"。

[11]埒(liè)：等于;相等。 吉光片羽：是古代汉族传说中神兽的一小块毛皮,比喻残存的珍贵文物,也作"吉光片裘"。此处是指美好的诗篇。

[12]丕兴：大兴。丕,大,宏大。

[13]科名：科举考中而取得的功名。

[14]李尚书、洪中丞、席解元：指本诗选收录明代的洋县籍诗人李遇知、南郑籍诗人洪如钟、南郑籍诗人席增光。

[15]兵燹(xiǎn)：指的是因战乱而遭受焚烧破坏的灾祸。

[16] 仁渐义摩：用仁惠浸润人们，用节义砥砺人们。形容用道德教育百姓。渐，浸渍；摩，磨砺。

[17] 庠序：庠序：古代的地方学校，后也泛称学校或教育事业。指对百姓进行的仁义孝悌教育。 远播：传播到远方。

[18] 向学：立志求学，好学。

[19] 蔚起：蓬勃兴起。

[20] 科第：指科举考试。因科举考试分科录取，每科按成绩排列等第。 联翩：鸟飞翔时的一种姿态。比喻连续不断。

[21] 穷经：谓极力钻研经籍。 汲古：谓钻研或收藏古籍、古物，如汲水于井。

[22] 搜岩采干：比喻多方搜求民间遗才，想方设法罗致闲散的人才。

[23] 司土者：指地方长官。

[24] 李雨村：指李调元，字羹堂，号雨村，别署童山蠢翁，四川罗江县（今属四川省绵阳市安州区）人。清代四川戏曲理论家、诗人。著有《方言藻》《万善堂诗》《童山全集》。《清史列传》载其事迹。《蜀雅》二十卷，李调元辑，书中收录明清时代四川诗人的诗作。 太史：明清两代，修史之事由翰林院负责，又称翰林为"太史"。

[25] 阮芸台：指阮元，字伯元，号云台（一作芸台），江苏仪征（今江苏仪征县）人。清代学者，被尊为三朝阁老、九省疆臣，一代文宗。《清史稿》有传。《淮海英灵集》收集江苏扬州地区的文人诗歌，嘉庆三年（1798）编成付刊。 制军：明清时总督的别称，又称"制台"。

[26] 风厉：鼓励；劝勉。

[27] 道光五年：乙酉年，公元1825年。

山南诗选　卷一

唐

权德舆

　　皋之子。按《旧唐书》：德舆字载之，天水略阳人。生四岁，能属诗；七岁，居父丧，以孝闻；十五为文数百篇，编为《童蒙集》，名声日大。韩洄黜陟河南，辟为从事，试秘书省秘书郎。贞元初，复为江西观察使李兼判官，再迁监察御史，府罢，杜佑、裴胄皆奏请，三表同日至京。德宗雅闻其名，征为太常博士，转左补阙，迁起居舍人，兼知制诰，转驾部员外郎、司勋郎中，职如旧，迁中书舍人。贞元十七年冬，以本官知礼部贡举，来年真拜侍郎，凡三岁，掌贡士，号为得人。转户部侍郎。元和初，历兵部、吏部侍郎，坐郎吏误用官阙，改太子宾客，复为兵部侍郎。迁太常卿，拜礼部尚书、平章事，与李藩同作相。及李吉甫自淮南诏征，未一年，上又继用李绛。吉甫、绛议政颇有异同。其有诣于理者，德舆亦不能为发明，竟以循默而罢。复守本官，寻以检校吏部尚书，为东都留守，后拜太常卿，改刑部尚书。十一年，复以检校吏部尚书出镇兴元。十三年八月，有疾，诏许归阙，道卒，年六十，赠左仆射，谥文。有集行于世，诗赋十卷，文四十卷，碑铭八卷，议论二卷，记二卷，集序三卷，赠送序四卷，策问一卷，书二卷，疏表状五卷,祭文三卷,制集五十卷。张雪岩先生云:权文公祠墓、后裔俱在秦州,即今秦安县之陇城里。吾尝亲过其地,或唐时地属略阳,不知何时割入秦州。

奉和圣制九日言怀赐中书门下及百寮[1]

令节在丰岁[2],皇情喜乂一作久安[3]。丝竹调六律[4],簪裾列千官[5]。烟霜暮景清,水木秋光寒。筵开曲池上[6],望尽终南端[7]。天文丽庆霄一作天丽庆霄汉[8],墨妙惊飞鸾[9]。愿言黄花酒[10],永奉今日欢。

【注释】

[1]此诗作于贞元四年(788)九月。奉和:谓作诗词与别人相唱和。圣制:即御制,指帝王所作的诗。时德宗在曲江亭大宴群臣并赋诗,群臣唱和。 九日:农历九月九日,即重阳节。 中书门下:唐代宰相的办公处所。代指宰相。 寮:通"僚"。

[2]令节:佳节。

[3]乂(yì)安:太平无事。

[4]丝竹:丝,琴瑟之属;竹,笛箫之属。代指音乐。 六律:古乐音标名称。乐律有十二,阴阳各六,阳为律,阴为吕。

[5]簪裾:显贵者的服饰,借指群臣。

[6]曲池:曲江池,乃唐代长安城之游赏胜地,遗址在今陕西西安市东南郊。

[7]终南:终南山。在今陕西长安区南,属秦岭山脉。

[8]天文:日月星辰等天体在宇宙间分布运行等现象。 庆霄:即庆云,五色云,乃吉祥之气。

[9]墨妙:绝妙的文词。指德宗的诗作。 鸾:传说中凤凰之类的神鸟。

[10]黄花酒：即菊花酒，用菊花浸制之酒。

奉和圣制重阳日中外同欢，以诗言志，因示百寮—作群臣[1]

玉醴宴嘉节[2]，拜恩欢有馀。煌煌菊花秀[3]，馥馥萸房舒[4]。白露秋稼熟[5]，清风天籁虚[6]。和声度箫韶[7]，瑞气深储胥[8]。百辟皆醉止[9]，万方今宴如[10]。宸衷—作理在化成[11]，藻思焕琼琚[12]。微臣徒窃抃[13]，岂足歌唐虞[14]。

【注释】

[1]此诗作于贞元十一年(795)九月。唐德宗原诗见《全唐诗》卷四。中外：宫廷内外。

[2]玉醴：美酒。

[3]煌煌：光辉貌。

[4]馥馥：香气浓烈。　萸房：茱萸花的子房。古人于重阳节佩戴茱萸，以祛邪避灾。

[5]白露：秋天的露水。

[6]天籁：自然界的音响。

[7]和声：和谐的乐音。　度箫韶：作乐。度，作曲。箫韶，相传为舜乐。

[8]瑞气：瑞祥之气。　储胥：汉宫馆名。后泛指宫阙。

[9]百辟：本指诸侯。辟即君。后泛指公卿大臣。

[10]宴如：逸乐、太平。

[11]宸衷：帝王的心意。　化成：教化成功。

[12]藻思：华美的文思。　琼琚:华美的佩玉。借以形容诗文。

[13] 抃(biàn)：鼓掌。
[14] 唐虞：唐尧、虞舜,历史传说中的圣君。借指德宗。

奉和圣制仲春麟德殿会百寮观新乐[1]

仲春一作月蔼芳景,内庭宴群臣[2]。森森列干戚[3],济济趋钩陈[4]。大乐本天地[5],中和序人伦[6]。正声迈咸濩[7],易象含羲文[8]。玉俎映朝服[9],金钿明舞茵一作裀[10]。韶光雪初霁[11],圣藻风自熏[12]。时泰恩泽溥[13],功成行缀新[14]。赓歌仰昭回[15],窃比华封人[16]。

【注释】
[1] 此诗作于贞元十四年(798)二月。　仲春：农历二月。唐德宗原诗见《全唐诗》卷四。　麟德殿：唐宫殿名。是长安大明宫中最主要的宫殿之一,唐帝常在此设宴招待远人及群臣。
[2] 内庭：宫禁内。
[3] 干戚：干,盾牌;戚,大斧。这里指宫卫或仪仗。
[4] 钩陈：即极星,在紫微垣内。借指帝居。
[5] 大乐：古代指庄重典雅之音乐,用于帝王朝贺、宴享等。
[6] 中和：中庸之道的主要内涵。语出《礼记·中庸》:"喜怒哀乐之未发谓之中,发而皆中节谓之和。"
[7] 咸濩：即"咸頀(hù)"。相传尧乐有《大咸》,汤乐有《大頀》。后泛指古乐正声。
[8] 易象：《易》的卦象。易,《周易》。古六经之一。　羲文：伏羲和周文王的并称。古传伏羲画八卦,文王演八卦为六十四卦,成为后来的《周易》。
[9] 玉俎：古代祭祀、宴享时,用以盛牲的礼器。

[10]金钿：钿，把金属宝石等镶嵌在器物上作装饰。此处代指舞伎伶人。 舞茵：跳舞时铺的垫子。

[11]韶光：美好的时光,此指美丽的春光。 霁：雪停天晴。

[12]圣藻：皇帝的文辞。 风自熏：即"熏风"，意为和暖的风，也指初夏时的东南风，这里是代指《南风歌》。见《礼记·乐记》。

[13]时泰：时世太平。 溥(pǔ)：广大，普遍。

[14]行缀新：新制舞乐。行缀，舞队行列。

[15]赓歌：意为酬唱和诗。典出《尚书·益稷谟》。 昭回：本谓日月光耀回转，此处指日、月，以比唐德宗。

[16]华封人：华封，指华州之地。华州人对上古贤者唐尧的三个美好祝愿，即：祝寿、祝富、祝多男子，合称三祝。今以"华封三祝"为祝颂之辞。典出《庄子·天地》。

奉和圣制重阳日即事六韵[1]

嘉节在阳数[2]，至欢朝野同。恩随千钟洽[3]，庆属五稼丰[4]。时菊洗露华，秋池涵霁空。金丝响仙乐[5]，剑舄罗宗公[6]。天道光下济[7]，睿词敷大中[8]。多惭击壤曲[9]，何以答一作达尧聪[10]。

【注释】

[1]此诗作于贞元十七年(801)九月。德宗原诗见《全唐诗》卷四。

[2]阳数：指九月九日重阳节,古以"九"为阳数。

[3]千钟：即千钟禄。意谓俸禄优厚。

[4]五稼：五谷。

[5]金丝：精美的弦乐器。

[6]剑舄(xì)：即佩剑着履。经皇帝准许，重臣上朝时可不解剑,不脱

履,以示恩宠,称"剑履上殿"。 宗公:此指大臣。

[7]下济:利泽下施,长养万物。指君王施恩于臣下及百姓。

[8]睿词:敬词,古代颂扬帝王用语。此指帝王所写的诗。 敷:传布。 大中:指无过与不及之中正之道。

[9]击壤曲:击壤,是源于狩猎生产的古老游戏。后来,"帝尧之世,击壤而歌"成了太平盛世的一个典故。参见《艺文类聚》引《帝王世纪》。

[10]尧聪:谓帝王的聪明才智。

刘绍相访夜话,因书即事[1]

故人怆久别,兹夕款郊扉[2]。山僮漉野酝[3],稚子褰书帷[4]。清露泫珠莹[5],金波流玉徽[6]。忘言我造适[7],瞪视君无违[8]。但令静胜躁,自使癯者肥[9]。不待蘧生年[10],从此知昔非。

【注释】

[1]刘绍:汾州刺史刘暹之后,金州防御判官刘详之子,处士。

[2]兹夕:此夕。 款:叩,敲。

[3]山僮:山居人家的奴仆。 漉(lù):滤酒。 野酝:谓山野间所酿之酒。

[4]稚子:稚,就是年幼的意思。 褰:撩起。 书帷:书斋的帷帐,借指书斋。

[5]泫:露滴下垂。

[6]金波:指月光。 流玉徽:琴声。玉徽,玉制的琴徽,借指琴。

[7]忘言:是指心中领会其意,不须用言语来说明。语出《庄子·外物》。 造适:寻访、造访。

[8]瞪视:睁大眼睛看。 无违:没有差异。

[9] 癯(qú)：瘦的意思。

[10] 蘧(qú)生年：此处用蘧伯玉之典。春秋时卫国大夫蘧瑗年五十而知四十九年非。参见《庄子·则阳》《淮南子·原道训》。后以"蘧瑗知非"为不断迁善改过之典。

卧病喜惠上人、李炼师、茅处士见访，因以赠[1]

沉疴结繁虑[2]，卧见书窗曙。方外三贤人[3]，惠然来相亲[4]。整巾起曳策[5]，喜非车马客[6]。支郎有佳文[7]，新句凌碧云。霓裳何飘飘[8]，浩志凌紫氛[9]。复有沉冥士[10]，远系三茅君[11]。各言麋鹿性[12]，不与簪组群[13]。清言出象系[14]，旷迹逃玄纁[15]。心源暂澄寂[16]，世故方纠纷[17]。终当逐师辈，岩桂香氤芬[18]。

【注释】

[1] 惠上人李炼师茅处士：即诗中所说的方外"三贤人"。上人，佛教称上德之人为上人。炼师，旧时以某些道士懂得"养生""炼丹"之法，尊称为"炼师"。处士，就是善于自处，不求闻达于当时的清高代号。 见访：敬词，称别人访问自己。

[2] 沉疴：是指久治不愈的病，重病。

[3] 方外：世俗之外。

[4] 相亲：相互亲近友好。

[5] 曳策：曳，拉，牵引。策，手杖，拐棍。

[6] 车马客：指乘车马的达官显贵。

[7] 支郎：三国时月氏国僧人支谦，博学多艺，孙权拜为博士，时人称他为"支郎"。见《高僧传·康僧会传》。此指惠上人。

[8]霓裳：此指道士的衣服。此谓李炼师。

[9]紫氛：犹紫云。道教所说的祥云。

[10]沉冥士：指隐居的人。此指茅处士。

[11]远系：犹远裔,谓后世子孙。　三茅君：又称三茅真君,道教茅山派创教祖师。大茅君茅盈,中茅君茅固,三茅君茅衷,他们大约是汉景帝至汉宣帝时的人。见《神仙传》卷五。

[12]麋鹿性：指与麋鹿为伍,即隐居世外的志趣。麋鹿,又名"四不像",是世界珍稀动物,属于鹿科。

[13]簪组：指冠簪和冠带,后指达官显贵。

[14]象系：《周易》的《象》传和《系辞》传,借指《易》学。此处比喻三方外人言行高迈。

[15]旷迹：旷达之行迹。　玄纁：指黑色和浅红色的布帛,古代帝王常以玄纁为延聘贤士的贽礼。

[16]心源：佛教认为,心为万物之根源,故曰心源。语见《菩提心论》。　澄寂：澄彻静寂。

[17]世故：世事。

[18]岩桂：也称少花桂,为樟科樟属的植物。　氲(yūn)芬：指浓郁的香气。

多病戏书,因示长孺[1]

行年未四十[2],已觉百病生。眼眩飞蝇影,耳厌远蝉声。甘辛败六藏[3],冰炭交七情[4]。唯思曲肱枕[5],搔首掷华缨[6]。

【注释】

[1]长孺：即权长孺,字直卿,权德舆同高祖兄弟。

[2] 行年：经历过的岁月,即年龄。

[3] 甘辛：甜味与辣味。 六藏(zàng)：六腑。《难经·三十九难》以心、肝、脾、肺、肾、命门为六腑。

[4] 冰炭：喻指矛盾冲突。 七情：喜、怒、哀、惧、爱、恶、欲为人之七情。见《礼记·礼运》。

[5] 曲肱枕：曲臂以为枕,喻指清贫闲适的生活。

[6] 搔首：抓头挠发,有所思貌。 掷华缨：喻弃官。华缨,仕宦者的冠带。

古　兴

月中有桂树[1],无翼难上天。海底有龙珠[2],下隔万丈渊。人生大限虽百岁[3],就中三十称一世[4]。晦明乌兔相推迁[5],雪霜渐到双鬓边[6]。沉忧戚戚多浩叹,不得如意居太一作大半[7]。一气暂聚常恐散[8],黄河清兮白石烂[9]。

【注释】

[1] 桂树：俗传月中有桂树。见《初学记》卷一引虞喜《安天论》。

[2] 龙珠：骊龙珠。传说得之骊龙颔下。见《庄子·列御寇》。

[3] 大限：生命的极限,谓死期。

[4] 一世：三十年。

[5] 晦明：从夜到明,昼夜。 乌兔：古代神话说日中有乌,月中有兔。因称日月为乌兔。 推迁：推移、变迁。

[6] 雪霜：喻头发变白。

[7] 太半：大半。

[8] 一气：混沌之气。古代以为构成万物的本源,气散人卒。

[9]黄河清:黄河水浑浊。因以黄河清喻罕见之事。见《文选·李康〈运命论〉》。 白石烂:本谓山石洁白耀眼。参见《史记·鲁仲连邹阳列传集解》引汉应劭语。此喻不可能的事。

感 寓

残雨倦欹枕[1],病中时序分[2]。秋一作寒虫与秋叶,一夜隔窗闻。虚室对摇落[3],晤言无与群[4]。冥心试观化[5],世故如丝梦[6]。但看鸢戾天[7],岂见山出云[8]。下里一作一歌徒击节[9],朱弦秘南熏[10]。梧桐一作椅梧秀朝阳[11],上有威凤文[12]。终待九成奏,来仪瑞吾君[13]。

【注释】

[1]欹枕:即倚枕,卧床。
[2]时序:时节。
[3]虚室:空室。 摇落:草木零落。
[4]晤言:见面谈话。
[5]冥心:潜心默思。 观化:观察造化。
[6]世故:世事。 丝梦:纷乱如丝。梦,假借为"纷",纷乱、杂乱。
[7]鸢戾天:语出《诗经·大雅·旱麓》"鸢飞戾天"。此喻指飞黄腾达。
[8]山出云:即云出山,喻无意于名利而归隐。用陶渊明《归去来兮辞》"云无心以出岫"。
[9]下里:指乡间俚俗之曲。 击节:指打拍子。后用来形容对别人的诗、文或艺术等的赞赏。
[10]朱弦:用熟丝制的琴弦。借指琴瑟类乐器。
[11]梧桐秀朝阳:语出《诗经·大雅·卷阿》。

[12]威凤:旧说以凤有威仪,故称威凤。

[13]"终待"二句:语出《尚书·益稷》:"箫韶九成,凤凰来仪。"指国家的祥瑞。

南亭晓坐,因以示璩[1]

隐几日无事[2],风交松桂枝。园庐含晓霁,草木发华姿。迹似南山隐[3],官从小宰移[4]。万殊同野马[5],方寸即灵龟[6]。弱质常多病,流年近始衰[7]。图书传授处,家有一男儿[8]。

【注释】

[1]璩:即权璩,字大圭,权德舆之子。

[2]隐几:倚着几案。

[3]南山隐:指隐居。用南山之玄豹遇雾雨而不出典,见《列女传·陶荅子妻》。

[4]小宰:邑宰,指地方小官。

[5]万殊:指各种不同的事物、现象。野马:指游气浮尘。语出《庄子·逍遥游》。

[6]方寸:指心。 灵龟:用来占卜有灵性的龟。此句意谓人心灵明,可感通万物。

[7]流年:光阴,年华。

[8]"图书"二句:汉蔡邕有女无子,欲将家中书籍传于王粲。事见《三国志·魏书·王粲传》。此二句反用其意。

竹径偶然作

退朝此休沐[1],闭户无尘氛[2]。杖策入幽径[3],清风随此君[4]。琴觞恣偃傲[5],兰蕙相氛一作氤氲[6]。幽赏方自适,林西烟景曛[7]。

【注释】
[1]休沐:官吏休息沐浴,指法定休假日。唐官员十日一休沐,称为旬休。
[2]尘氛:尘俗的气氛。
[3]杖策:拄杖。
[4]此君:指竹。晋王徽之于宅中种竹,并说:"何可一日无此君耶!"见《晋书·王徽之传》。
[5]琴觞:抚琴饮酒。 偃傲:偃仰啸傲,即任性恣肆。
[6]兰蕙:皆为香草名。 氛氲:指浓郁的香气。
[7]曛:日落的余光。

拜昭陵过咸阳墅[1]

季子乏二顷[2],扬雄才一廛[3]。伊予此南亩[4],数已逾前贤。顷岁辱明命[5],铭勋镂贞坚[6]。遂兹操书致[7],内顾增缺然[8]。乃葺场圃事[9],迨今三四年[10]。适因昭陵拜,得抵咸阳田。田夫竞致辞,乡豪争来前[11]。村盘既罗列,鸡黍皆珍鲜[12]。古称禄代耕[13],

人以食为天[14]。自惭廪给厚[15]，谅使井税先[16]。涂涂沟塍雾[17]，漠漠桑柘烟[18]。荒蹊没古木，精舍临秋泉[19]。池笼岂所安[20]，樵牧乃所便[21]。终当解缨络[22]，田里谐因缘[23]。

【注释】

[1] 昭陵：唐太宗李世民之陵墓。在今陕西省礼泉县东北之九嵕(zōng)山。 咸阳墅：权德舆在咸阳所置田舍。

[2] 季子：战国纵横家苏秦字季子。他曾说,假使我洛阳有二顷田,怎能佩六国相印？见《史记·苏秦列传》。

[3] "扬雄"句：扬雄,西汉末年文学家。扬雄未仕前,仅有一廛之地。

[4] 伊予：作者自称。伊,发语词,无义。 南亩：泛指田亩。

[5] 顷岁：近年。 辱：谦词,犹秉承、承蒙。 明命：指君命。

[6] 铭勋：铭功。在金石上刻写纪述功勋的文辞。

[7] 书致：谓图书于板,丈尺委曲,而致尊者。见《礼记·曲礼上》。

[8] 内顾：关心家室之事。 缺然：缺憾。

[9] 葺(qì)：本指修补房屋。此处指整治、从事。 场圃：收打谷物和种蔬菜之地。圃,菜园。

[10] 迨(dài)：及、至。

[11] 乡耋(dié)：村中老人。耋,七八十岁的年纪,指老人。

[12] 鸡黍：指饷客的饭菜。语本《论语·微子》。

[13] 禄代耕：指官吏的俸禄。

[14] 人以食为天：即"民以食为天"。因避李世民讳,改"民"为"人"。

[15] 廪给：俸禄。

[16] 谅：委实。 井税：田税。

[17] 涂涂：浓厚貌。 塍(chéng)：田中畦埒,田埂。

[18] 漠漠：弥漫貌。 桑柘：桑木与柘木。柘,亦桑属,叶可养蚕。

[19] 精舍：书斋。

[20]池笼：鱼池与鸟笼，借指羁绊和束缚。
[21]樵牧：砍柴放牧。借指隐居。
[22]缨络：缠绕，比喻世俗的束缚。
[23]田里：田园庐舍。　谐：谐合。　因缘：指情缘。

早春南亭即事

虚斋坐清昼[1]，梅坼柳条鲜[2]。节候开新历[3]，筋骸减故年[4]。振衣惭艾绶[5]，窥镜叹华颠[6]。独有开怀处，孙孩戏目前。

【注释】

[1]虚斋：寂静的居室。
[2]梅坼(chè)：梅花绽放。
[3]节候：时令气候。　新历：新岁的历书。
[4]筋骸：犹筋骨。引申指身体。
[5]振衣：整衣。　艾绶：绿色的印绶。汉制官秩二千石以上者用之。
[6]华颠：白头，指年老。

书绅诗[1]

和静有真质[2]，斯人称最灵[3]。感物惑天性[4]，触里一作理纷多名[5]。祸机生隐微[6]，智者鉴未形[7]。败礼因近习[8]，哲人自居贞[9]。当今念虑端[10]，鄙嫚不能萌[11]。苟非不逾矩[12],焉得遂性情[13]。谨之在事初,动用各有程[14]。千里起步武[15],彗云自纤茎[16]。心源一流放[17],骇浪奔长鲸。渊木苟端深[18],枝流则贞清[19]。和理通性术[20],悠久方昭明。先师留中庸[21],可以导此生。

【注释】

[1] 书绅:把要牢记的话写在绅带上。绅带,士大夫束腰的大带。

[2] 和静:和谐安静。 真质:本质,实质。

[3] 斯人称最灵:《尚书·泰誓上》:"惟人万物之灵。"斯,代词,此,这个。

[4] 感物:接触事物。感,触。 天性:先天的的品质及性情。指首句所谓"和静"。

[5] 触里:接触事理。 多名:名分繁多。

[6] 祸机:指祸患潜伏,一触即发,有如机括。 隐微:幽暗细微之处。

[7] 未形:谓事物尚未显示出形迹、征兆。

[8] 败礼:败坏礼制。 近习:宠信亲近之人。

[9] 居贞:遵守正道。

[10] 念虑:思虑。 端:直,正。

[11] 鄙嫚(màn):鄙陋媒慢之心。

[12] 不逾矩:不越出规矩。此用《论语》"七十从心所欲不逾矩"之意。

[13] 遂性情:顺适性情,即从心所欲之意。

[14] 动用:使用。 程:限度,规程。

[15] 步武:脚步。指足下。

[16] 彗云:犹摩天。此代指摩天之树。 纤茎:纤细的幼茎。

[17] 心源:即心灵。 流放:放纵。

[18]渊木端深：水深树直。

[19]枝流贞清：树枝正，水流清。

[20]和理：中和之道。　性术：人的秉性、气质，即性情。

[21]先师：指孔子。　中庸：中庸之道。主张待人处事不偏不倚，无过无不及。

侍从游后湖宴坐[1]

绝境殊不远[2]，湖塘直吾庐[3]。烟霞旦夕生，泛览诚可娱。慈颜俯见喻[4]，辍尔诗与书。清旭理轻舟，嬉游散烦痾[5]。宿雨荡残燠[6]，惠风与之俱[7]。心灵一开旷，机巧眇已疏[8]。中流有荷花，花实相芬敷[9]。田田绿叶映[10]，艳艳红姿舒[11]。繁香好风结，净质清露濡[12]。丹霞无容辉[13]，嫮色亦踟蹰[14]。秋芳射水木[15]，欹叶游龟鱼[16]。化工若有情[17]，生植皆不如[18]。轻舟任沿溯[19]，毕景乃踌躇[20]。家人亦恬旷[21]，稚齿皆忻愉[22]。素弦激凄清[23]，旨酒盈樽壶[24]。寿觞既频献[25]，乐极随歌呼[26]。圆月初出海，澄辉来满湖。清光照酒酣，俯仰百虑无[27]。以兹心目畅，敌彼利名途。轻肥何为者[28]，浆藿自有馀[29]。愿销区中累[30]，保此湖上居。无用诚自适[31]，年年玩芙蕖[32]。

【注释】

[1]侍从：随侍长者。此谓随侍母亲。　后湖：又名练湖、练塘，在曲阿县(今江苏丹阳县)西北。权氏在练湖有别业。　宴坐：闲坐。

[2] 绝境：景物极美之处。

[3] 直：当，临。

[4] 慈颜：代指母亲。

[5] 烦劬(qú)：疲劳。

[6] 宿雨：昨夜之雨。　残燠：残热。

[7] 惠风：和风。

[8] 机巧：功利机巧之心。　眇：通"渺"，远。

[9] 芬敷：茂盛。

[10] 田田：莲叶盛密貌。

[11] 艳艳：光彩貌。

[12] 净质：清丽之质。　濡：浸润。

[13] 容辉：光辉。

[14] 嫮色：美色。　踟蹰：本为徘徊不前之意，此处意为美色亦显得黯然失色。

[15] 秾芳：浓郁的芳香。　水木：谓园林沼池之胜景。

[16] 欹叶：倾斜的荷叶。

[17] 化工：自然造化之力。

[18] 生植：此处指生物。

[19] 沿溯：沿，顺流；溯，逆流。

[20] 毕景：日影已尽，谓入暮。　跨踏：从容自得。

[21] 恬旷：安静闲逸。

[22] 稚齿：儿童。　忻愉：欣喜愉快。忻，同"欣"。

[23] 素弦：素琴之弦。素琴，不加修饰的琴。

[24] 旨酒：美酒。

[25] 寿觞：祝福之酒。

[26] 歌呼：歌唱。

[27] 俯仰：比喻狂饮。

[28] 轻肥：轻车肥马。借指高官显宦。

[29] 浆藿：浆，泛指饮料；藿，豆叶。代指简朴的饮食。

[30] 区中：人世间。
[31] 无用：没有用处。道家有无用以为用之说。见《庄子·人间世》。
[32] 芙蕖：即荷花的别名。

晨坐寓兴

清晨坐虚斋[1]，群动寂未喧[2]。泊然一室内[3]，因见万化源[4]。得丧心既齐[5]，清净教益敦[6]。境来每自愜，理胜或不言[7]。亭柯见荣枯[8]，止水知清浑[9]。悠悠世上人[10]，此理法难论[11]。

【注释】
[1] 虚斋：静寂的居室。
[2] 群动：谓各种动物。
[3] 泊然：淡然，寂然。
[4] 万化：万事万物。
[5] 得丧：得失。 心既齐：意谓内心已把得失同等看待。即庄子的"齐物"思想。
[6] 清净：佛教谓远离一切尘垢烦恼。
[7] 不言：即不说。
[8] 亭柯：亭旁之树。
[9] 止水：静止的水。
[10] 悠悠：众多貌。
[11] 法：常规。 论：推知。

郊居岁暮因书怀

养拙方去喧[1],深居绝人事[2]。返耕忘帝力[3],乐道疏代累[4]。翛然衡茅下[5],便有江海意[6]。宁知肉食尊[7],自觉儒衣贵[8]。烟霜当暮节[9],水石多幽致[10]。三径日闲安[11],千峰对深邃[12]。策藜出村渡[13],岸帻寻古寺[14]。月魄清夜琴[15],猿声警朝寐[16]。地偏芝桂长[17],境胜烟霞异。独鸟带晴光[18],疏篁净寒翠[19]。窗前风叶下[20],枕上溪云至[21]。散发对农书[22],斋心看道记[23]。清言覈名理[24],开卷穷精义[25]。求誉观朵颐[26],危身陷芳饵[27]。纷吾守孤直[28],世业常恐坠[29]。就学缉韦编[30],铭心对欹器[31]。元和畅万物[32],动植咸使遂[33]。素履期不渝[34],永怀丘中志[35]。

【注释】

[1] 养拙:谓才能低下而闲居。用为退隐的谦词。

[2] 人事:指仕途。

[3] 返耕:归耕农桑。 帝力:帝王的作用或恩德。

[4] 乐道:乐守圣贤之道。 疏代累:疏远了世俗之事的拘牵。代,世。

[5] 翛(xiāo)然:自然超脱貌。 衡茅:衡门茅屋,指简陋的房屋。

[6] 江海意:隐居之意。

[7] 肉食:指以肉为食。见《左传·庄公十年》。故用肉食者指享有厚禄的官员。

[8] 儒衣:儒生之衣。此指儒家的学问节操。

[9] 暮节：指晚年。

[10] 幽致：幽雅之兴致。

[11] 三径：代指隐士之居。见《三辅决录·逃名》。　闲安：清闲安静。

[12] 深邃：幽深的山谷。

[13] 策藜：拄着藜杖。藜，一年生草本植物，老茎可为杖。

[14] 岸帻(zé)：推起头巾，露出前额。形容简率不拘。

[15] 月魄：本指月缺时不明亮的部分，借指月亮。

[16] 警：通"惊"，惊动；惊醒。　朝(zhāo)寐：谓晨睡之意。

[17] 芝桂：芝草与桂树。皆为古代以为祥瑞的植物。

[18] 晴光：晴天的日光。

[19] 疏篁：疏落的竹子。　寒翠：指常绿树木在寒天的翠色。

[20] 风叶：因风吹落之树叶。

[21] 溪云：溪涧之云。

[22] 散发：发不束髻，解冠散发。

[23] 斋心：即"心斋"。摒除杂念，使心境虚静纯一。语见《庄子·人间世》。　道记：道书。

[24] 清言：犹清谈。　覈(hé)：通"核"，推究，考察。　名理：名称与道理。

[25] 精义：精深微妙的义理。

[26] 求誉：求名声。　观朵颐：用《周易·颐》："舍尔灵龟，观我朵颐。"意谓羡慕窥伺他人宠禄，躁进求取，而舍弃自己的正道。

[27] 危身：危害其身。　芳饵：芳香的诱饵。

[28] 纷吾：语本《楚辞·离骚》，纷，盛貌；吾，自称。　孤直：孤高耿直。

[29] 世业：世代相传的事业。

[30] 缉韦编：谓积累学识。缉，聚集。

[31] 攲(qī)器：倾斜易覆之器。

[32] 元和：犹"太和"。天地间冲和之气。

[33]使遂：使生长。

[34]素履：比喻人行事淳朴坦白。　不渝：不改变。

[35]丘中志：指隐居之志。

暮春闲居示同志

避喧非傲世[1]，幽兴乐郊园[2]。好古每开卷[3]，居贫常闭门。曙钟来古寺[4]，旭日上西轩[5]。稍与清境会[6]，暂无尘事烦。静看云起灭，闲望鸟飞翻。乍问山僧偈[7]，时听渔父言[8]。体羸谙药性[9]，事简见心源[10]。冠带惊年长[11]，诗书喜道存。小池泉脉凑[12]，危栋燕雏喧[13]。风入松阴静，花添竹影繁。灌园输井税[14]，学稼奉晨昏[15]。此外知何有，怡然向一樽[16]。

【注释】

[1]傲世：高傲自负，轻视世人。

[2]幽兴：幽雅的兴致。

[3]每：常。

[4]曙钟：拂晓的钟声。曙，天刚亮。钟，钟声。

[5]西轩：西边的长廊房屋。

[6]稍：渐。

[7]乍：偶尔。　偈(jì)：佛经中的颂词，梵语"偈陀"的简称。

[8]渔父言：《楚辞·渔父》中的渔父曾唱此歌劝屈原隐退，此处暗用《楚辞·渔父》意。

[9]体羸(léi)：就是指身体瘦弱多病。

[10]心源：心灵，心性。

[11] 冠带：戴帽束带。古时成人的装束。
[12] 泉脉：地中伏流之泉水。　湊：汇聚。
[13] 危栋：高大屋梁。
[14] 灌园：指从事田园劳动。后谓退隐家居。　井税：田税。
[15] 学稼：学种庄稼；务农。见《论语·子路》。　晨昏：早晚；旦暮。"晨昏定省"之略语，谓朝夕慰问奉侍。旧时侍奉父母的日常礼节。语出《礼记·曲礼上》。
[16] 一樽：一杯酒。樽，是古代的盛酒器具。

田家即事

闲卧藜床对落晖[1]，翛然便一作更觉世情非[2]。漠漠稻花资旅食[3]，青青荷叶制襦一作裳衣[4]。山僧相访一作劝期中饭[5]，渔父同游或夜归。待学向平婚嫁毕[6]，渚烟溪月共忘机[7]。

【注释】
[1] 藜床：用藜草编成的床。
[2] 翛然：自然超脱貌。
[3] 漠漠：茂盛、浓郁貌。　旅食：平民百姓的饮食。
[4] 荷叶制襦衣：用荷叶制衣。语出《离骚》。
[5] 期中饭：共进午饭。期，会合。
[6] 向平：向长，又作尚平，东汉朝歌人。安贫乐道，不应征辟。事见《艺文类聚》卷三六引嵇康《高士传》。
[7] 忘机：道家语，意为消除机巧之心。常用以指甘于淡泊，忘掉世俗，与世无争。见《列子·黄帝》。

寓　兴

弱冠无所就[1],百忧钟一身[2]。世德既颠坠[3],素怀亦堙沦[4]。风烟隔嵩丘[5],羸疾滞漳滨[6]。昭代未通籍[7],丰年犹食贫。敢求庖有鱼[8],但虑甑生尘[9]。俯首愧僮仆,蹇步羞亲宾[10]。岂伊当途者[11],一一由中人[12]。已矣勿复言,吾将问秋旻[13]。

【注释】

[1]弱冠:男子二十岁称弱冠,行冠礼,以示成年,见《礼记·曲礼》。就:完成;成功。

[2]钟:集中,专一。

[3]世德:累世的功德。　颠坠:衰亡。

[4]素怀:平素的怀抱。　堙(yīn):沉沦,埋没。

[5]风烟:指战乱。　嵩丘:即中岳嵩山。在河南省登封县北,为五岳之一。

[6]滞漳滨:滞留于漳水边,此指卧病。典出建安七子刘桢,见《文选》载刘桢《赠五官中郎将四首》其二。

[7]昭代:清明的时代。即本朝。　通籍:谓朝中已有名籍。

[8]敢:岂敢。　庖有鱼:庖,厨房。有鱼,犹谓食有鱼。暗用战国冯谖客孟尝君事,事见《战国策·齐策》及《史记·孟尝君列传》。

[9]甑(zèng)生尘:煮饭的瓦器生满灰尘,形容家境贫寒,生计无着。典出东汉范冉,见《后汉书·独行传》。

[10]蹇步:步履艰难。

[11]岂伊:难道。　当途者:当权者。

[12]中人:宦官。

[13] 秋旻(mín)：秋季的天空。旻即秋季的天。

浩　歌

杖策出蓬荜[1],浩歌秋兴一作愁思长[2]。北风吹荷衣[3],萧飒景气凉[4]。通逵抵山郭[5],里巷连湖光。孤云净远峰,绿水溢芳塘。鱼鸟乐天性[6],杂英互芬芳[7]。我心独何为,万虑萦中肠[8]。履道身未泰[9],主家谋不臧[10]。心为世教牵[11],迹寄翰墨场[12]。出处两未定[13],羁一作孤赢空自伤[14]。沉忧不可裁[15],伫立河之梁[16]。晚归茅檐下,左右陈壶觞[17]。独酌复长谣[18],放心游八荒[19]。得丧同一域[20],是非亦何常[21]。胡为苦此生,矻矻徒自强[22]。乃知一作泛杯中物[23],可使一作令忧患忘一作亡。因兹谢时辈[24],栖息无何乡[25]。

【注释】

[1] 杖策：拄杖。　蓬荜："蓬门荜户"的省语。编蓬草、荆竹为门,贫者所居。

[2] 秋兴：秋日的情怀和兴会,指本有某种感慨,于秋日而发。杜甫有《秋兴》八首最为有名。

[3] 荷衣：此处指处士之服。

[4] 萧飒：萧条冷落,萧索。

[5] 通逵：四通八达的大道。

[6] 鱼鸟乐：以鱼鸟之乐喻纵情山水,逍遥游乐。鱼乐,典出《庄子·秋水》。

[7] 杂英：各色花卉。

[8]万虑：反复思考,思绪万端。 中肠：犹内心。

[9]履道：躬行正道。《周易·履》:"履道坦坦,幽人贞吉。"

[10]主家：持家。 谋不臧：计划不好。臧,良好。

[11]世教：指当世的正统礼教。

[12]迹：行迹,行动。 翰墨场：指文坛。

[13]出处(chǔ)：谓出仕或隐退。

[14]羁羸：客居而病弱。

[15]沉忧：深深的忧伤。

[16]伫立：久立,长时间地站立着。 河之梁：河梁,即桥梁。

[17]陈壶觞：这里指摆上酒。壶觞,酒器。

[18]长谣：长歌。

[19]放心：纵怀。 八荒：八方,犹称"天下"。

[20]得丧：得失。 同一域：同一范围。意谓同等看待。

[21]何常：即无常之意。

[22]矻矻(kū)：极劳累貌。

[23]杯中物：指酒。

[24]谢：告别。 时辈：此指当世之人。

[25]无何乡：无何有之乡,即无所有之乡。典出《庄子·逍遥游》。

知　非

名教自可乐[1],搢绅贵行道[2]。何必学狂歌[3],深山对丰草。

【注释】

[1]名教：礼教。 自可乐：《世说新语·德行》："王平子、胡毋彦国诸人,皆以任放为达,或有裸体者。乐广笑曰：'名教中自有乐地,何为乃尔也。'"

[2]搢绅：即缙绅，士大夫。
[3]狂歌：纵情高歌。暗用楚狂接舆事，见《论语·微子》。

诚　言

言之或未行[1]，前哲所不取[2]。方寸虽浩然[3]，因之三缄口[4]。

【注释】
[1]或未行：有的不能付诸行动。
[2]前哲：前代贤哲。
[3]方寸：谓心。　浩然：正大豪迈貌。
[4]三缄口：三缄其口。指慎于言语，少说或不说话。参见《说苑·敬慎》。

奉和鄜州刘大夫，麦秋出师遮虏，有怀中朝亲故[1]

天子爱全才，故人雄外台[2]。绿油登上将[3]，青绶亚中台[4]。亭障鸣笳入[5]，风云转斾来[6]。兰坊分杳杳[7]，麦垄望莓莓[8]。月向雕弓满[9]，莲依宝剑开。行师齐鹤列[10]，锡马尽龙媒[11]。壮志征梁甫[12]，嘉招萃楚材[13]。千寻推直干[14]，百炼去纤埃。间阔劳相望[15]，欢言幸早陪。每联花下骑，几泛竹间杯。芳讯双鱼远[16]，流年两鬓催。何时介圭觐[17]，携手咏康哉[18]。

【注释】

[1] 鄜州：治所在今陕西省富县。　刘大夫：刘公济，字景通，德宗贞元十八年十一月以同州刺史迁为鄜州刺史。参见郁贤皓《唐刺史考·鄜州》、岑仲勉《唐人行第录》。此诗约作于贞元十九年四月。　麦秋：指农历四月，为麦收季节。　遮虏：拦阻敌军。　中朝：朝中。

[2] 外台：指节度使、刺史等地方长官。

[3] 绿油：即绿油幢。绿色的军幕。

[4] 青绶：青色印带。汉代御史大夫位上卿，银印青绶。刘公济带御史大夫衔，故称。　中台：星名。古以三台（上台、中台、下台）象征三公（西汉初以丞相、太尉、御史大夫为三公）之位。　亚：次于。此盖以御史大夫为下台。

[5] 亭障：古代边塞的堡垒。　鸣笳：贵人出行时，前导者吹笳开路。

[6] 转旆：谓风吹旌旆飘转。

[7] 兰坊：谓植兰之所。　杳杳：遥远的样子。

[8] 莓莓：美盛貌。

[9] 雕弓：装饰精美之弓。　满：兼有"满弓""满月"意。

[10] 行师：用兵、出兵。　鹤列：如鹤之列。喻指军阵齐肃。

[11] 锡马：天子所赐之马。　龙媒：言天马为神龙之类，指骏马。

[12] 梁甫：指《梁甫吟》。此处指隐者。

[13] 招：征聘。　楚材：春秋时公孙归生谈到楚国人才外流，有"楚材晋用"之叹（见《左传·襄公二十六年》）。后以"楚材"称美人才。

[14] 千寻：古以八尺为寻，"千寻"比喻极高。此句言极高之木首推树干笔直者。庾信《周大将军司马裔碑》："直干千寻，澄陂万顷。"

[15] 间阔：犹久别。

[16] 芳讯：美好的音问。　双鱼：指书信。见古乐府《饮马长城窟》。

[17] 介圭觐：指入朝。介圭，即大圭，用途如同后来的笏。

[18] 咏康哉：舜作歌以咏君明臣贤，后遂以"咏康哉"指称颂太平之世。见《尚书·益稷》。

太原郑尚书远寄新诗,走笔酬赠,因代书贺[1]

晓开阊阖出丝言[2],共喜全才镇北门[3]。职重油幢推上略[4],荣兼革履见深恩[5]。昔岁经过同二仲[6],登朝并命惭无用[7]。曲台分季奉斋祠[8],直笔系年陪侍从[9]。芬芳鸡舌向南宫[10],伏奏丹墀迹又同[11]。公望数承黄纸诏[12],虚怀自号白云翁[13]。戎装蹀躞纷出祖[14],金印煌煌宠司武[15]。时看介士阅犀渠[16],每狎儒生冠章甫[17]。晋祠汾水古并州[18],千骑双旌居上头[19]。新握兵符应感激[20],远缄诗句更风流[21]。缁衣诸侯谅称美[22],白衣尚书何可比[23]。只今麟阁待丹青[24],努力加餐报天子[25]。

【注释】

[1] 太原:指太原府,为唐时北都,即今山西太原市。 郑尚书:郑儋,贞元十六年,诏以行军司马郑儋为检校工部尚书兼太原尹、御史大夫、河东节度使、北都留守。

[2] 阊(chāng)阖(hé):传说中的天门,代指皇宫之正门。 丝言:指称皇帝圣旨,此指任命郑儋的诏书。语本《礼记·缁衣》。

[3] 镇北门:指郑儋出任北都留守。此指太原。

[4] 油幢:即青油幢,指油布帐幕。此谓军帅幕府。

[5] 革履:革制之履。用郑崇事,见《汉书·郑崇传》。此处指郑儋为检校工部尚书。

[6] 经过:交往。 二仲:西汉羊仲、裘仲的合称。见《初学记》引汉赵岐《三辅决录》,后用以泛指廉洁隐退之士。

[7]登朝：进用于朝廷。 并命：一同受命于朝。 惭无用：作者自谦之辞。

[8]曲台：秦、汉宫殿名。汉时作天子射宫，又立为署，置太常博士弟子，为著述校书之处。此借指太常寺。作者贞元八年(792)为太常博士。斋祠：斋戒祭祀。

[9]直笔：如实记载。 系年：指依照年月记载政事。此指贞元十年作者为中书省起居舍人事。

[10]鸡舌：鸡舌香，即丁香。汉代尚书郎入朝时口含鸡舌香，欲其奏事对答，气味芬芳。 南宫：尚书省之别称。此句指作者自贞元十一年后历驾部员外郎、司勋郎中。

[11]丹墀：指宫殿的赤色台阶或赤色地面，此指朝廷。 迹又同：谓与郑儋曾同为尚书省郎官。

[12]公望：与三公的重要职位相称的声望，指郑儋。 黄纸诏：用黄纸书写封授官爵的诏书。

[13]白云翁：指隐者。用南朝陶弘景诗意，见《诏问山中何所有赋诗以答》。后因以白云表示隐居之所。

[14]躞(xiè)蹀(dié)：即"蹀躞"，徘徊。 出祖：外出时祭路神。引申为饯行送别。

[15]金印：汉制，列侯、三公、将军用金印。 司武：司马的别称。此郑儋出为河东节度使行军司马。

[16]介士：武士。 犀渠：此指铠甲。

[17]狎：亲近。 章甫：商代的冠名。见《论语·先进》。后用以称儒生。

[18]晋祠：在山西太原市西南悬瓮山麓。晋为周初唐叔虞始封地，晋祠为祀叔虞之祠。 汾水：水名。源出山西宁武县管涔山，经太原斜穿山西中南部，于河津县入黄河。 并州：州名。开元十一年改并州为太原府。

[19]千骑：唐武官名。参阅《通典·职官十》，《新唐书·兵志》。双旌：唐代节度使赐双旌双节。此指郑儋为河东节度使。

[20] 握兵符：掌兵权。兵符，调遣军队的符节。

[21] 远缄：远寄诗书。诗题有"远寄新诗"，即此。

[22] 缁衣诸侯：指州郡长官或节度使。

[23] 白衣尚书：东汉郑均致仕后终身享受尚书俸禄，时称白衣尚书。见《后汉书》本传。

[24] 麟阁：即麒麟阁。西汉宣帝曾令人把霍光、苏武等十八位功臣的像画在麒麟阁上，以表彰他们的功勋。见《汉书·苏武传》。后指卓越的功勋或最高的荣誉。　丹青：绘画用的颜料。此指图画。

[25] 努力加餐：尽量多吃饭，常用作勉励保重之语。语本汉无名氏《古诗十九首·行行重行行》。

奉和许阁老酬淮南崔十七端公见寄[1]

文行蕴良图[2]，声华挹大巫[3]。抡才超粉署[4]，驳议在黄枢[5]。自得环中辨[6]，偏推席上儒[7]。八音谐雅乐[8]，六辔骋康衢[9]。密侍全一作金锵佩[10]，雄才本弃襦[11]。炉烟霏琐闼[12]，宫漏滴铜壶[13]。旧友双鱼至[14]，新文六义敷[15]。断金挥丽藻[16]，比玉咏生刍[17]。交辟尝推重[18]，单辞忽受诬[19]。风波疲贾谊[20]，歧路泣杨朱[21]。溟涨前程险[22]，炎荒旅梦孤[23]。悲空鹜跕水[24]，翻羡雁衔芦[25]。故国方迢递[26]，羁愁自郁纡[27]。远献来象魏[28]，霈泽过番禺[29]。尽室扁舟客[30]，还家万里途。索居因仕宦[31]，著论拟潜夫[32]。帆席来应驶[33]，郊园半已芜。夕阳寻古一作井径，凉吹动纤枯[34]。忆昔同驱传[35]，忘怀或据梧[36]。幕庭依古刹[37]，缙税给中都[38]。瓜步经过惯[39],龙沙眺听殊[40]。春山岚漠漠,秋渚露涂涂。德舆建中、兴元之间[41],与崔同为盐铁邑大夫,居扬子既济寺[42]。贞元初,德舆受辟于江西廉推,崔又知度支院,同在焉[43]。孰谓原思病[44],非关宁武愚[45]。方看簪豻豸[46],俄叹絷骕骦[47]。芳讯风情在[48],佳期岁序徂[49]。二贤欢久最[50],三益义非无[51]。柏悦心应尔[52],松寒志不渝[53]。子将陪禁掖[54],亭伯限江湖[55]。交分终推毂[56],离忧莫向隅[57]。分曹日相见[58],延首忆田苏[59]。

【注释】

[1]许阁老:许孟容,京兆长安(今西安)人。曾为徐州节度使张建封从事,后任礼部员外郎,迁给事中、太常卿、尚书左丞等。两《唐书》有传。阁老,唐代中书舍人资深者称阁老,中书、门下省属官亦互称阁老。 淮南:指淮南节度使,治所在扬州。 端公:唐侍御史之俗称。

[2]文行:文章德行。 良图:良策。

[3]声华:美好的名声。 挹(yì):推崇。 大巫:比喻学问、技艺高超者。见《太平御览》引《庄子》。

[4]抡才:选拔人才。 粉署:尚书省之别称。

[5]驳议:给事中对朝廷决策有"驳正违失"之职责。 黄枢:指门下省。给事中是门下省属官。

[6]环中辨:谓齐是非、泯彼我的智慧。环中,圆环的中心,《庄子·齐物论》中用以比喻无是非之境。

[7]席上儒:称赞人富有才德,受到重视为"席上儒"。此处称美许阁老。有时作"席上珍",喻指卓越不凡的才识。

[8]八音:古代称金、石、丝、竹、匏、土、革、木为八音。

[9]六辔(pèi):古代一车四马,马各二辔,共八辔,其中两骖马的内两

辔在轼前不用,故御者只执六辔,因以六辔指一车四马。

[10] 密侍:近侍,谓近臣。　仝:即"同"。　锵佩:指身上玉佩所发出之铿锵声。

[11] 弃繻:繻,古时出入关津的凭证,书帛有字,裂而分之,出关时取以合符,乃得复出。典出《汉书·终军传》。此处用以称赞许阁老抱负远大。

[12] 炉:香炉。　琐闼(tà):宫殿门上镂刻连锁图案,因称宫门为琐闼。

[13] 宫漏:宫中滴水计时器。

[14] 双鱼:指书信。

[15] 六义:指《诗》大序所言六义,即风、雅、颂、赋、比、兴。

[16] 断金:犹谓知心朋友。语出《周易·系辞上》。　丽藻:华美的文辞。

[17] 比玉:如玉。　咏生刍(chú):后汉郭林宗之典,见《后汉书·徐稺传》。这里用指崔端公其德如玉。

[18] 交辟:指地方大吏争相征聘。

[19] 单辞:无对质无证据的片面之辞。

[20] 贾谊:洛阳(今河南洛阳东)人,西汉初年著名政论家、文学家,世称贾生,亦称贾长沙、贾太傅。《史记》《汉书》本传载其事。

[21] "歧路"句:旧云杨朱身临歧路,为方向迷乱而感伤。事见《淮南子·说林训》。后因用作悲叹前途之典。

[22] 溟涨:泛指大海。此句指前程茫茫险如大海。

[23] 炎荒:南方边远之地。

[24] 鸢(yuān)跕(diē)水:飞鸢坠入水中。指南方蛮荒险恶之地。用《后汉书·马援传》之典。

[25] 雁衔芦:指雁北归。见晋崔豹《古今注》卷中。

[26] 故国:故乡。

[27] 羁愁:行旅之人的愁思。

[28] 远猷:远大的谋略。　象魏:皇宫前的阙门。代指朝廷。

[29]濡泽:雨水,比喻恩泽。此指赦书。 番禺:县名,在今广州市。

[30]尽室:全家。

[31]索居:孤独地居于一方。

[32]"著论"句:典出《后汉书·王符传》,王符曾隐居著《潜夫论》。

[33]帆席:指帆船。

[34]凉吹:凉风。 纤枯:枯草。

[35]驱传(zhuàn):犹驱车。传,驿站所备车马。

[36]据梧:依梧树而休息。语出《庄子·齐物论》。此指征旅中歇息。

[37]幕庭:此指幕府。 古刹:古寺,即下文自注之既济寺。此句言同为盐铁使包佶之从事。

[38]缗税:即税钱。缗,穿线的绳子。 中都:京城。

[39]瓜步:镇名,在今江苏六合县东南,南临大江。

[40]龙沙:沙洲名,在今江西新建县北。

[41]建中、兴元:唐德宗年号。

[42]盐铁邑大夫:即包佶。见后晋刘昫《旧唐书·德宗纪》上。 扬子:县名,治所在今江苏邗江南。

[43]受辟于江西廉推:贞元初,权德舆以大理评事摄监察御史受辟于江西观察使李兼幕。

[44]原思:即原宪,孔子的学生,个性狷介,一生安贫乐道,不肯与世俗合流。《庄子·让王》《孔子家语》载其事迹。

[45]宁武愚:宁武,即宁俞,春秋卫国大夫,谥武子,后世亦称"宁武"。《论语·公冶长》:"子曰:'宁武子,邦有道则知,邦无道则愚。'"后以宁武子为国家有道则进用其智能,无道则佯愚以全身的政治家的典型。

[46]簪獬(xiè)豸(zhì):指戴獬豸冠,即为侍御史。獬豸乃传说中的神兽,能别曲直,触佞邪。汉代以之为法冠,御史等戴之。

[47]騊(táo)駼(tú):良马名。见《山海经·海外北经》。

[48]风情:风采、神态。

[49]佳期:指与友人欢叙之日。 岁序徂:岁月消逝。徂,往,消逝。

[50]二贤:指许、崔二人。

[51] 三益：交友之道以"友直、友谅、友多闻"为三益。见《论语·季氏》。

[52] 柏悦：陆机《叹逝赋》："昔松茂而柏悦。"喻亲交之兴盛。

[53] 松寒：冬天最寒冷之时，只有松柏挺拔、不落，以喻君子之品行。见《论语·子罕》。

[54] 子将：东汉许劭，字子将。《后汉书》有传。此借指许阁老。陪禁掖：陪侍君王于宫廷。

[55] 亭伯：东汉崔骃，字亭伯。见《后汉书》本传。此处借指崔十七。

[56] 交分：交情。 推毂：推车前进。古代帝王任命将帅时的隆重礼遇，参见《史记·张释之冯唐列传》。此指援引、推荐。

[57] 向隅：面对着角落。后遂以比喻孤独失意或不得机遇而失望。

[58] 分曹：官署分部治事。此指作者与许同时在朝中为官。时权德舆为中书舍人。

[59] 田苏：春秋时晋国贤士，曾称赞韩起"好仁"。见《左传》襄公七年。后因以喻指知友。此指崔端公。

和司门殷员外早秋省中书—无书字直夜，寄荆南卫象端公[1]

共嗟王粲滞荆州[2]，才子为郎忆旧游[3]。凉夜偏宜粉署直[4]，清言远待玉人酬[5]。风生北渚烟波阔[6]，露下南宫星汉秋[7]。早晚得为同舍侣—作旅[8]，知君两地结离忧。

【注释】

[1] 司门员外：官名，即司门员外郎。 省中：谓尚书省。 荆南：指荆南节度使。 卫象：诗人，贞元中为荆南节度从事，带监察御史或殿

中侍御史衔,与李端、司空曙友善。《全唐诗》存其诗二首。事见《酉阳杂俎》《唐诗纪事》。　夜:原作衣,据《全唐诗》《权德舆诗文集》改。

[2] 王粲:字仲宣,三国魏山阳高平(今山东微山)人。建安七子之一,博学多识,文思敏捷,与曹植并称"曹王"。事见《三国志·王粲传》。此处以王粲滞留荆州比卫象。

[3] 旧游:昔日的朋友。

[4] 粉署直:在尚书省值宿。粉署乃尚书省之别称。

[5] 清言:指殷员外之诗。　玉人:形容人容貌仪态之美。《晋书·卫玠传》称卫玠为"玉人"。此指卫象。

[6] 北渚:北面的水涯。此指卫象所在之荆南。

[7] 南宫:尚书省之别称。　星汉:银河。

[8] 早晚:何时。　同舍侣:同僚。

奉和崔评事寄外甥刘同州,并呈杜宾客、许给事、王侍郎、昆弟杨少尹、李侍御并见寄之作[1]

芳讯来江湖,开缄粲瑶碧[2]。诗因乘黄赠[3],才擅雕龙格[4]。深陈名教本[5],谅以仁义积[6]。藻思成采章[7],雅音闻皦绎[8]。清时左冯翊[9],贵士一作仕二千石[10]。前日应星文[11],今兹敞华戟[12]。谢公尝乞音气墅[13],宁氏终相宅[14]。往岁疲草玄[15],忘年齐举白[16]。酒酣吟更苦,夜艾谈方剧[17]。枣巷风雨秋,石头烟水夕[18]。多逢长者辙[19],不屑诸公辟[20]。酷似仰牢之[21],雄词挹亭伯[22]。老骥念千里[23],饥鹰舒六翮[24]。讵能舍郊扉[25],来偶朝中客[26]。

· 42 ·

【注释】

[1] 评事:官名,即大理评事。 刘同州:同州(治冯翊,即今陕西大荔县)刺史刘公济。 宾客:太子宾客,东宫属官。 侍郎:官名,中书、门下二省及尚书六部副长官皆曰侍郎。 少尹:京兆、河南等府之副长官曰少尹。 侍御:指殿中侍御史、监察御史。

[2] 粲瑶碧:灿烂的美玉。称美崔评事诗。

[3] 乘黄:传说中的神马名。后因以称骏马。此处喻指俊才。

[4] 雕龙:战国齐人邹奭为文长于修饰,如雕镂龙文,时人称他为"雕龙奭"。见《史记·孟子荀卿列传》。后因以称人善于文辞。

[5] 名教:礼教。

[6] 谅:委实、的确。

[7] 藻思:作文的才思。 采章:彩色花纹。喻指诗章。

[8] 皦(jiǎo)绎:形容音节分明、连续不断。语出《论语·八佾》。

[9] 清时:太平盛世。 左冯(píng)翊:汉代郡名,为拱卫首都的三辅之一。唐之同州即汉左冯翊境内。

[10] 贵士:仕宦显达。 二千石:汉代上自太常下至郡尉的俸禄等级,都是二千石。见《汉书·百官公卿表》。这里指郡守,即刘同州。

[11] 星文:星象。

[12] 华戟:华美之戟。唐制,各州衙署皆得立戟于门,称为戟门。此借指刘为州刺史。

[13] "谢公"句:晋谢安曾于大敌压境时,从容与其侄谢玄下棋赌别墅,棋未终,谢安以优势离去,临行时对外甥羊昙说:"以墅乞汝。"见《晋书·谢安传》。此处用以比喻崔评事及刘同州。乞(qǐ)墅,给予别墅。

[14] 宁氏相宅:用魏舒因相宅而显贵之典,见《晋书·魏舒传》。此处言刘同州终当显贵。

[15] 草玄:玄原作元,为讳改,今据《全唐诗》《权德舆诗文集》改。指东汉扬雄《太玄经》,见《后汉书·扬雄传下》。后因以喻甘于淡泊,寄情著述。

[16] 忘年:谓忘年交。 举白:举杯。白,即大白,酒杯。

[17] 夜艾：夜尽。　剧：极,甚。

[18] 石头：古城名。故址在今江苏南京市清凉山。本楚之金陵城,唐以后城废。又,洪州(今江西南昌)亦有地名石头,在今南昌市北。

[19] 长者辙：汉丞相陈平微时贫居陋巷,却时常有显贵者来访,见《史记·陈丞相世家》。

[20] 诸公辟：指众公卿的征辟。

[21] 仰牢之：东晋何无忌,少有大志,为镇北将军刘牢之外甥,酷似其舅。常参与议事,并结识牢之参军刘裕。后佐刘裕讨桓玄,位致通显。事见《晋书·何无忌传》。

[22] 挹(yì)：推崇。　亭伯：东汉崔骃,字亭伯,博学多识,工文辞,屡直谏。见《后汉书》本传。此喻指崔评事。

[23] "老骥"句：谓年老而志不衰。

[24] 六翮(hé)：健飞的鸟翼。

[25] 讵能：岂能。

[26] 偶：与人共处。　朝中客：指朝中官员。

奉酬从兄南仲见示十九韵[1]

晋季天下乱[2],安丘佐关中[3]。德辉霭家牒[4],侯籍推时功[5]。簪缨盛西州[6],清白传素风[7]。逢时有舒卷[8],缮性无穷通[9]。吾兄挺奇资[10],向晦道自充[11]。耕凿汝山下[12],退然安困蒙[13]。诗成三百篇,儒有一亩宫[14]。琴书满座右,芝术生墙东[15]。丽藻粲相鲜,晨辉艳芳丛。清光杳无际,皓魄流霜空[16]。邦有贤诸侯[17],主盟词律雄[18]。荐时比文举[19],理郡迈文翁[20]。楼中赏不独[21],池畔醉每同[22]。圣朝辟四门[23],发迹贵名公[24]。小生何为者,往岁学雕虫[25]。华簪映武弁[26],一年被微躬[27]。开缄捧新诗,琼玉寒青葱[28]。谬进空内讼[29],结怀远忡忡[30]。时来无自疑[31],刷翮摩苍穹[32]。

【注释】

[1] 从兄南仲:权南仲,权德舆族兄。从兄,堂兄。

[2] 晋季:指西晋末年。

[3] 安丘:指其十二代祖权翼。翼有功于前秦苻坚王朝,封安丘公。

[4] 德辉:功德之光辉。　家牒:家谱。

[5] 侯籍:此谓载入诸侯名册。　时功:当时的功勋。

[6] 簪缨:古代官吏之冠饰。喻显贵。　西州:此指今陕西地区。

[7] 素风:纯朴清白之家风。

[8] 舒卷:犹进退、隐显。

[9] 缮性:修养本性。　无穷通:无论困厄与显达。

[10] 奇资:独特的天资禀赋。

[11] 向晦:天将黑。此处借指养晦守拙。

[12] 耕凿:耕田凿井,指隐居田园。　汝山:汝州之山。治所在梁县(今河南临汝县)。

[13] 退然:柔和貌。　困蒙:艰难窘迫。

[14] 一亩宫:称寒士之简陋居处。见《礼记·儒行》。

[15] 芝术(zhú):原作木,据《全唐诗》《权德舆诗文集》改,药草名。

[16] 皓魄:月亮。

[17] 邦:地区。此指汝州。　诸侯:此指刺史。

[18] 主盟:指倡导并主持文士之盟会。

[19] 文举:东汉诗人孔融,字文举,建安七子之一。

[20] 文翁:汉庐江舒人,任蜀郡守,于成都起官学,于是蜀中大化。事见汉班固《汉书》本传。

[21] 楼中赏:用庾亮南楼事。《晋书·庾亮传》。

[22] 池畔醉：用山简事。山简镇襄阳，每至高阳池畔酣饮。见《晋书·山简传》。

[23] 四门：四方之门。见《尚书·舜典》。言广视听于四方。

[24] 发迹：谓立功扬名。 名公：有名望的显要。

[25] 雕虫：比喻从事不足道的微末技艺，常指诗赋之学。见《法言·吾子》。

[26] 华簪：华贵的冠簪，贵官所用。 武弁：武冠。

[27] 被：加上，给予。 微躬：自谦之词。微贱的自身。

[28] 琼玉：喻指对方之诗文。 青葱：翠绿色。

[29] 谬进：自谦之词。谓无才德而侥幸升迁。 内讼：内心自责。

[30] 结怀：谓怀念。 忡忡：忧愁貌。

[31] 时来：时运来临。

[32] 刷翮：梳理羽翼。

酬崔千牛四郎早秋见寄[1]

浩歌坐虚室[2]，庭树生凉风。碧云灭奇彩，白露萎芳丛[3]。感此时物变，悠然遐想通。偶来被簪组，自觉如池龙[4]。少年才藻新，金鼎世业崇[5]。凤文已彪炳[6]，琼树何青葱[7]。联镳长安道[8]，接武承明宫[9]。君登玉墀上[10]，我侍彤庭中[11]。疲病多内愧，切磋常见同。起予览新诗[12]，逸韵凌秋空。相爱每不足，因兹寓深衷[13]。

【注释】

[1] 崔千牛：崔懿伯，德宗朝宰相崔适之，权德舆之妻弟。千牛，千牛

备身,掌宿卫侍从,属唐禁军左右千牛卫。

［2］虚室：空室。

［3］白露：秋天的露水。

［4］池龙：池中之龙。比喻受束缚。

［5］金鼎：国之重器,亦喻宰辅重臣之位。　世业：世代相传之业。

［6］凤文：传说凤凰毛羽为五彩色,此处喻崔氏之文辞有风采。　彪炳：文采焕发貌。

［7］琼树：仙树名。喻指品格高洁之人。此处称美崔氏。

［8］联镳：谓并骑而行。

［9］接武：行路足迹相接。武,足迹。　承明宫：汉代宫殿名,在未央宫内。此处借指唐宫殿。

［10］玉墀(chí)：对宫殿台阶的美称。

［11］彤庭：汉代皇宫以朱色漆中庭,称彤庭。这里指唐代朝会时,千牛备身升殿侍奉,列于御座之旁。

［12］起予：指得到他人的启发、教益。参见《论语·八佾》。

［13］深衷：犹衷肠、深情。

酬冯绛州早秋绛台感怀见寄[1]

良牧闲无事[2],层台思眇然[3]。六条萦印绶[4],三晋辨山川[5]。洗嬓一作碛讴谣合[6],开襟眺听偏[7]。秋光连大卤[8],霁景下新田[9]。叶落径庭树[10],人归曲沃烟[11]。武符颁美化[12],亥字访疑年[13]。经术推多识[14],卿曹亦累迁[15]。斋祠常并冕[16],官品每差肩[17]。按部青丝骑[18],裁诗白露天[19]。知音愧相访[20],商洛正闲眠[21]。

【注释】

[1] 绛州：唐州名,治正平,在今山西新绛县。 绛台：春秋晋平公(一说晋灵公)在国都所建之高台。

[2] 良牧：贤良的刺史。指冯绛州。牧,州郡长官。

[3] 眇然：渺然。

[4] 六条：汉制,刺史颁行六条诏令,以考察官吏。

[5] 三晋：春秋末,晋国为韩、赵、魏三家卿大夫瓜分,各立为国,史称三晋。此指唐代河东道。

[6] 洗婧：婧通帻,洗帻,用后汉巴祇事。言其任地方官时廉洁。

[7] 开襟：开扩心胸。 偏：远。

[8] 大卤(lǔ)：古地名,太原晋阳县。见《春秋·昭公元年》晋杜预注。后借指并州(太原府)。

[9] 新田：地名。春秋时晋地。故址在今山西曲沃县西。

[10] 径庭：小路及庭院。

[11] 曲沃：县名。故治在今山西曲沃县东。

[12] 武符：即虎符。唐人避唐高祖之祖李虎讳,改为"武符"。汉时与郡守为铜虎符。见《史记·文帝本纪》。这里借指刺史。 美化：淳美之教化。

[13] 亥字访疑年：慰问长寿老人。典出《左传·襄公十三年》。此处用绛县老人事切绛州,美称冯绛州尊贤爱老。

[14] 经术：经学。

[15] 卿曹：九卿之官署。疑冯氏与作者曾同在太常寺为官,故下句"斋祠常并冕"。

[16] 斋祠：指朝庭祭祀之事。 并冕：与下文"差肩"意同,即并肩之意。

[17] 官品：官阶等级。 差肩：肩挨肩,相并之意。

[18] 按部：刺史巡视属县。 青丝骑：有青色丝缰的坐骑。

[19] 裁诗：作诗。 白露天：秋天。

[20] 知音：用伯牙、钟子期典,载《列子·汤问》。后世遂以"知音"比

喻知己、同志。此处喻指冯绛州。

[21]商洛:唐县名,属商州,在今陕西丹凤西。汉初有"商山四皓"隐居于此。此处借指隐居闲处。

伏蒙十六叔寄示《嘉庆感怀三十韵》,因献之[1]

受氏自有殷[2],树功缅前秦[3]。圭田接土宇[4],侯籍相纷纶[5]。十二代祖,前秦射安邱敬公,事具《十六国春秋》及《晋书》[6],八代祖,周宜昌公、七代祖隋鄘城公[7]、六代祖皇朝封平凉公[8],皆以勋庸而受爵土也[9]。道义集天爵[10],菁华极人文[11]。握兰中台并[12],折桂东堂春[13]。五代伯祖[14],屯田郎中;府君叔祖[15],水部员外郎;府君同登省闱[16],事具《南宫故事》[17]。曾王父[18],成都府君;曾祖叔[19],梓州府君,长安府君[20],同以进士居甲科[21],载在《登科记》之内也[22]。祖德蹈前哲[23],家风播清芬[24]。王父古羽林禄事[25],府君与席文公建侯有善[26]。又与苏司业源明、包著作融[27],为文章之友,唱酬往复,各有文集。先公秉明义[28],大节逢艰屯[29]。独立挺忠孝,至诚感神人。命书备追锡[30],迹远道不伸[31]。小生谅无似[32],积庆遭昌辰[33]。九年西掖忝[34],五转南宫频[35]。司理因旷职[36],曲台仍礼神[37]。愧非夔龙姿[38],忽佐尧舜君[39]。内惟负且乘[40],徒以弱似仁[41]。岂足议大政,所忧玷彝伦[42]。叔父贞素履[43],含章穷《典》《坟》[44]。百氏若珠贯[45],九流皆翚分[46]。黄钟蕴声调[47],白玉那缁磷[48]。清论坐虚空,长谣宜幅巾[49]。开关接人一作仁祠[50],支策无俗宾[51]。种杏当暑热[52],

烹茶含露新[53]。井径交碧藓[54],轩窗栖白云[55]。飞沉禽鱼乐[56],芬馥兰桂熏[57]。经术弘义训[58],息男茂嘉闻[59]。筮仕就色养[60],宴居忘食贫[61]。四方有翘车[62],上国有蒲轮[63]。行当反招隐[64],岂得常退身。秦吴路杳杳[65],朔海望沄沄[66]。侍坐驰梦寐[67],结怀积昏昕[68]。发函捧新诗,慈诲情殷勤[69]。省躬日三复[70],拜首书诸绅[71]。

【注释】

[1] 伏蒙:犹"承蒙"。　嘉:《全唐诗》《权德舆诗文集》作"喜"。喜庆,指元和五年权德舆入阁为相。

[2] 受氏:谓得到姓氏。　有殷:指殷商。商代武丁之裔孙封于权(江汉间小国),因以封地为氏。

[3] 前秦:东晋列国之一。建于公元352年,亡于公元394年。权氏十二代祖权翼,字子良,有功于前秦,为前秦右仆射,封安丘公。

[4] 圭田:古代卿大夫士供祭祀用的田地。　土宇:封疆,领土。

[5] 侯籍:诸侯名册。此谓载入侯籍。　纷纶:众多。

[6] 《十六国春秋》:据《魏书·崔光传》,为崔鸿所撰,一百卷,原书亡于北宋。今传本乃明代屠乔孙、项琳据《晋书》中有关十六国事迹,并《艺文类聚》,《太平御览》所引佚文,汇编而成,仍署名崔鸿。

[7] 七代祖:权荣,仕隋为开府仪同三司,封鄘城公。

[8] 六代祖:权文诞,唐涪、常二州刺史,封平凉公。　皇朝:指唐朝。

[9] 勋庸:功勋。庸,功劳。　爵土:爵位和封地。

[10] 天爵:指高尚的道德修养。

[11] 极人文:深究礼乐教化。

[12] 握兰:指皇帝左右处理政务的近臣。见汉应劭《汉官仪》。　中台:尚书省,武后曾改尚书省为中台。

[13] 折桂:喻登科。东堂为晋宫之正殿,后因郤诜于东堂殿试得第,

亦称试院为东堂。

[14] 五代伯祖：权崇基，官屯田郎中。

[15] 府君：这里是对已故者的敬称。　叔祖：权崇先，官水部员外郎。

[16] 省闼：禁中，朝廷。

[17]《南宫故事》：武后时宰相王方庆撰。取前后有关尚书省政事而成书，凡十二卷。

[18] 曾王父：曾祖父，名无待，官成都尉。

[19] 曾祖叔：权若讷，历官右补阙，桂、歙、梓三州刺史。

[20] 长安府君：权同光，历官河南县尉、长安县丞。若讷、同光皆为无待之弟。

[21] 甲科：犹甲第。唐进士及第者依成绩之高下分甲第、乙第。

[22]《登科记》：唐人进士及第者常将自己的姓名、郡望、年龄、行第等题为名录，以作纪念。后形成专书，此似指崔氏《显庆登科记》，今佚。

[23] 祖德：此指祖父之德行风范。

[24] 清芬：喻高洁之风。

[25] 王父：祖父，权德舆祖父权倕，官右羽林军录事参军。

[26] 席文公建侯：席豫，字建侯，襄阳(今属湖北)人。事见两《唐书》本传，清徐松《登科记考》卷四及卷五。

[27] 苏司业源明：苏源明，初名预，字弱夫，京兆武功(今陕西武功西北)人。事见《新唐书·文艺传中》《资治通鉴》。　包著作融：包融，润州延陵(今江苏丹阳县)人。事见两《唐书》《唐才子传》卷二。唐秘书省有著作郎二人。按，包融为著作郎，不见记载。

[28] 先公：谓已故的父亲权皋，字士繇，进士及第，曾任临清尉，卒赠秘书少监。元和中，追赠太子太保，谥曰贞孝。见《新唐书》。

[29] 大节：临难不苟的节操。　艰屯(zhūn)：艰难的困苦。

[30] 命书：皇帝的诏命。　追锡：追赐。

[31] 迹：行迹。

[32] 小生：作者自称。　无似：原作"无事"，《全唐诗》《权德舆诗文

集》作"无似",据改。无似,犹言"不肖",谦词。

[33] 积庆:谓祖先行善积福。 昌辰:犹谓盛世。

[34] 九年:指贞元十年(794)至十八年(802)。其间权德舆任起居舍人兼知制诰,转驾部员外郎、司勋郎中,皆知制诰,迁中书舍人。"凡四任九年,专掌诏诰"(唐杨嗣复《权载之文集序》)。 西掖忝:忝居中书省知制诰之职。西掖,唐中书省之别称。

[35] 五转:权德舆贞元十八年(802)至元和三年(808),任礼部侍郎等职,即权德舆《谢除太常卿表》所谓"五居列曹"。 南宫:尚书省别称。

[36] 司理:此谓自己掌管的工作。 旷职:旷废职守,失职。元和元年末,权德舆为吏部侍郎,坐郎吏误用宫阙,改太子宾客,复为兵部侍郎。

[37] 曲台:秦汉宫殿名。此借指太常寺。权德舆元和四年四月自兵部侍郎迁为太常卿。掌礼乐、郊庙、社稷之事。

[38] 夔龙:相传为虞舜的二臣名。夔为乐官,龙为谏官。见《尚书·舜典》。后用以指辅弼良臣。

[39] 佐尧舜:辅佐圣君。权德舆元和五年自太常卿入阁为相。"尧舜"指代唐宪宗。

[40] 负且乘:语出《周易·解》。意谓卑贱者背着别人的财物坐在马车上炫耀,就会招致强盗。后以谓才不称职,居非其位,会招致祸患。

[41] 弱似仁:懦弱好像是仁德。意谓还不具备仁德。

[42] 彝伦:典范,表率。借指宰辅之位。

[43] 贞素履:纯朴的言行举止。语出《周易·履》。

[44] 含章:含美于内。语出《周易·坤》。 《典》《坟》:皆为传说中上古典籍,泛指古代经典。

[45] 百氏:指"诸子百家"。 珠贯:成串的珍珠。

[46] 九流:即儒、道、阴阳、法、名、墨、纵横、杂、农等九家,乃战国时九个学术流派。 翚分:像五彩山雉的羽毛一样色彩分明。

[47] 黄钟:古乐律十二律之第一律。

[48] 那缁磷:谓玉不会被染黑,不会被磨薄。比喻操守坚贞。那,

岂,不。缁磷,因染而变黑谓缁,因磨而变薄损谓磷,比喻受环境影响而起变化。语出《论语·阳货》。

[49] 长谣:高歌。 幅巾:男子用细绢一幅束发,称为幅巾。

[50] 开关:开门。 人祠:"人"一本作"仁"。仁祠,佛寺。代指僧人。

[51] 支策:持杖击节。"支策据梧"之省,见《庄子·齐物论》,后用此形容用心劳神。这里指研讨学问。

[52] 种杏:三国董奉之典,董仙杏林。见《神仙传》卷六。用作咏隐士的典故。

[53] 含露新:谓以所接新露烹茶。

[54] 井径:此指居处小径。

[55] 轩:有窗槛的长廊。

[56] 飞沉:指鸟飞鱼沉。

[57] 芬馥:香气浓郁。 熏:发出香气。

[58] 经术:经学。 义训:对字义、词义的解释。

[59] 息男:亲生儿子。 嘉闻:美好的名声。

[60] 筮仕:古人将出仕,占卜吉凶,谓之筮仕。后亦以指初做官。色养:古人称承顺父母颜色、侍奉父母为色养。

[61] 宴居:闲居。 食贫:生活贫困。

[62] 四方:指京师以外的地区,谓各节度使、刺史等。 翘车:礼聘贤士之车,见《左传·庄公二十二年》。

[63] 上国:京师。此指代朝廷、皇帝。 蒲轮:用蒲草裹轮,使车不震动,古时征聘贤士用之。参见《汉书·枚乘传》。

[64] 行当:正应当。 反招隐:晋左思、陆机均有《招隐》诗,咏隐居之乐,招人归隐。晋王康琚有《反招隐诗》,主张出仕。

[65] 秦吴:作者身在京城,是为秦地。十六叔在吴地。

[66] 朔海:谓北地与大海。朔,朔方,即北方。 沄沄(yún):流水浩荡貌。

[67] 侍坐:陪坐于尊长近旁。此谓陪侍十六叔。

[68] 结怀:结念,怀念。 昏昕:泛指时日。

[69] 慈诲：指长辈的教诲。
[70] 省躬：谓自我反省。
[71] 拜首：古代礼节，跪后两手相拱至地，俯首至地。

酬李二十二兄主簿马迹山见寄[1]并序

族内兄畅[2]，纯静而深，直方而文，与予同偶居丹阳[3]。丹阳郭北四十里所，有马迹山。山有奇峰怪石，且多昔贤真仙之所游践，方外士殷涣然[4]，通《易经》、老、严之旨[5]，居于山下。从舅原均[6]，探异好古，亦往来栖息其间。贞元元年，兄以典校秘书[7]，调补江陵松滋主簿[8]，以地远不就职。予以还卫冗秩[9]，罢漕挽从事[10]，且久家居食贫，里巷相接。其明年，兄命驾游此山[11]，予以疾故，不克偕往[12]。既而猥辱钟陵檄召[13]，兄自山中以诗一首见贻。理精词达，清涤心府，三复其文[14]，如至山下，终篇则戏以出处之迹见诮[15]，故予复之。于此章仍加六十字，以就全数。

杳杳尘外想[16]，悠悠区中缘[17]。如何战未胜[18]，曾是教所牵[19]。远郊有灵峰，夙昔栖真仙。鸾声去已久[20]，马迹空依然[21]。丹崖转初旭[22]，碧落凝秋烟[23]。松风共萧飒，萝月想婵娟[24]。内兄蕴遐心[25]，嘉遁性所便[26]。不能栖枳棘[27]，且复探云泉[28]。中有冥寂人[29]，闲读逍遥篇[30]。联袂共支策[31]，抠衣尝绝编[32]。徐行石上苔，静韵风中弦[33]。烟霞湿儒服，日月生寥天[34]。新诗来起予[35]，璀璨六义全[36]。能尽含写意[37]，转令山水鲜[38]。若闻笙鹤声[39]，宛在耳目前。

登攀阻心赏[40],愁绝空怀贤。出处岂异途,心冥即真筌[41]。暂从西府檄[42],终卧东菑田[43]。不嫌予步蹇[44],但恐君行膻[45]。如能固旷怀[46],谷口期穷年[47]。

【注释】

[1]主簿:官名,指县主簿。掌管文书簿籍及印鉴,为县令佐臣。此诗作于贞元二年秋。

[2]族内兄:同族兄弟的舅氏之子年长为兄者,今称族表兄。

[3]丹阳:县名,唐时属润州,在今江苏丹阳县。

[4]方外士:世外之人。

[5]老、严:老指《老子》;严谓《庄子》。东汉明帝名庄,时人避讳,改"庄"为严。

[6]从舅:母亲的叔伯兄弟。

[7]典校秘书:谓秘书省校书郎。

[8]江陵:唐江陵府,治所在今湖北江陵。 松滋:县名,在今湖北松滋县北。

[9]还卫:《全唐诗》《权德舆诗文集》作"环卫"。环卫,禁卫官,此处指权德舆为江淮水陆盐铁使包佶从事时所带之右金吾卫兵曹参军衔。冗秩:有班位而无职事的散官。

[10]漕挽从事:指为江淮水陆盐铁使包佶的幕僚。水运曰漕,陆运曰挽。从事,谓幕僚。

[11]命驾:命人驾车马。

[12]不克:不能。 偕往:同往。

[13]猥辱:谦词,犹言承蒙。 钟陵檄召:言贞元二年春江西观察使李兼聘为幕府判官。钟陵,县名,即豫章,今江西南昌市,唐代为洪州刺史、江西观察使治所。檄召,征聘。檄乃用以征召的文书。

[14]三复:反复诵读。

[15]出处之迹:即选择出仕与隐居的行为表现。 见诮:责备,嘲笑。

[16]尘外想：指隐居之思。

[17]区中缘：尘世的俗情。

[18]战未胜：言隐居之想未能战胜尘世俗情。

[19]教所牵：指为名教所累。

[20]鸾声：传说仙人常乘鸾,此谓仙人已去。

[21]马迹：指马迹山。

[22]丹崖：绮丽的崖壁。

[23]碧落：天空。

[24]萝月：藤萝间的月色。　婵娟：形容月色明媚。

[25]遐心：避世隐居之心。

[26]嘉遁：旧时谓合乎正道的退隐。　性所便：与本性相宜。

[27]枳棘：枳木与棘木,二木多刺,被称为恶木,因以喻艰难险恶之环境。

[28]云泉：白云、清泉。

[29]冥寂人：静默之人,指隐遁修道者。此指殷涣然。

[30]逍遥篇：指《庄子·逍遥游》。

[31]联袂：同"连袂"。携手。　支策：见本卷《伏蒙十六叔寄示〈嘉庆感怀〉三十韵,因献之》注[51]。

[32]抠衣：古人趋迎时提起衣服的前襟,以示敬谨。此指李、殷交往。　绝编：即孔子"韦编三绝"。后因以"绝编"为读书勤奋刻苦。

[33]静韵：幽静的韵味。　风中弦：指风吹物体发声,即风声。

[34]寥天：指辽阔的天空。

[35]起予：指得到他人的教益。

[36]六义：风、雅、颂、赋、比、兴是为《诗》之六义。见《诗》大序。

[37]含写意：或含蓄或发抒之情意。

[38]转：更。

[39]笙鹤声：犹谓仙音,用王子乔仙去事。见《神仙传》。

[40]心赏：心中称赏(景色)。句指不克共游。

[41]心冥：内心澄净纯一。　真筌：犹真谛。

· 56 ·

[42]西府檄：官府的征召。此指江西观察使之聘召。即序中"猥辱钟陵檄召"之谓。

[43]东菑田：泛指田园。

[44]步蹇：步履艰难，不顺利。

[45]行膻：用《庄子·徐无鬼》典，言李主簿德行难免令人所知而受到仰慕，离出仕不远了。

[46]旷怀：开阔的胸怀。

[47]谷口：古代地名，在今陕西淳化西北，秦时于此置云阳县。西汉于此置谷口县，东汉废。参见《汉书·王贡两龚鲍传序》《三辅决录》《华阳国志·卷十（下）》。谷口，一说在陕西汉中褒谷口。见任乃强校注《华阳国志校补图注》。后多指隐居之地。　穷年：终年。

酬陆四十楚源春夜宿虎丘山，对月寄梁四敬之兼见贻之作[1]

东风变蘅薄[2]，时景日妍和[3]。更想千峰夜，浩然幽意多。蕙香袭闲趾[4]，松露泫乔柯[5]。潭影漾霞月，石床封薜萝[6]。夫君非岁时[7]，已负青冥姿[8]。龙虎一门盛[9]，渊云四海推[10]。骎骎步骥裹[11]，婉婉骞长离[12]。悬圃尽琼树[13]，家林轻桂枝[14]。声荣徒外奖[15]，恬淡方自适。逸气凌颢清[16]，仁祠访金碧[17]。芊眠瑶草秀[18]，断续云窦滴[19]。芳讯发幽缄[20]，新诗比良觌[21]。故人石渠署[22]，美价满中朝[23]。落落杉松直，芬芬兰杜飘[24]。雄词鼓溟海[25]，旷达豁烟霄[26]。营道幸同术[27]，论心皆后凋[28]。循环伐木咏[29]，缅邈招隐情[30]。惭兹拥肿才[31]，爱彼潺湲清[32]。拘牵尚多故[33],梦想何由并。终结方外期[34],不待华发生。

【注释】

[1]虎丘山:在今江苏苏州市西北阊门外。相传春秋时吴王阖闾葬于此,三日有虎踞其上,故名。 梁四敬之:梁肃,字敬之,一字宽中,有文名,能奖励后进。《新唐书》有传。肃行二,"四"乃传刻之讹(见今人岑仲勉《唐人行第录》)。

[2]蘅薄:蘅原作蓟,据《全唐诗》《权德舆诗文集》改。蘅薄,香草丛。蘅,杜蘅,香草名。薄,草木丛生处。

[3]妍和:美好而和暖。

[4]蕙:香草名。 闲趾:信步闲游的脚步。

[5]泫:水滴下垂。 乔柯:高大的树枝。

[6]薜萝:薜荔、女萝,皆蔓生植物名。

[7]夫君:称友人。此指陆楚源。 非岁时:犹言不是收获之时。谓年少。

[8]青冥姿:直上云天之资质。青冥,青天。

[9]龙虎:喻俊杰。

[10]渊云:汉王褒(字子渊)、扬雄(字子云)的并称,二皆以赋著名。借指俊才。

[11]骎骎(qīn):马行疾貌。 骥(yǎo)褭(niǎo):良马名。泛指骏马。

[12]婉婉:宛转屈伸的状态。 翥(zhù):飞举。 长离:传说中的灵鸟名,即凤。

[13]悬圃:亦作"玄圃"。传说中昆仑山顶的神仙居处。 琼树:仙树名。

[14]家林:自家园林。此喻指自家人才。 桂枝:称科举及第为"折桂",意即桂枝。参见《晋书·郤诜传》。

[15]声荣:声名荣耀。 外奖:来自外部的褒奖。

[16]逸气:脱俗的气度。 颢清:清澈的天空。

[17] 仁祠：僧寺。
[18] 芊眠：犹芊绵。草木茂密绵延貌。 瑶草：仙草。
[19] 云窦：云气出没之穴。此指山上泉穴。
[20] 芳讯：对亲友音问的美称。 幽缄：密封。借指信封。
[21] 良觌：欢会。
[22] 故人：指梁肃。 石渠署：即石渠阁。汉代宫中藏书处，在未央宫北。此处借指东宫左春坊司经局、崇文馆，二处皆置校书。
[23] 中朝：朝中。
[24] 兰杜：兰草和杜若，皆香草。
[25] 溟海：泛指大海。
[26] 烟霄：云霄。
[27] 营道：研究道艺。
[28] 论心：倾心交谈。 后凋：比喻交情坚贞，如松柏之不凋。语见《论语·子罕》。
[29] 伐木咏：咏友情的诗。此指陆楚源诗。伐木，《诗经》篇名，后因以喻友情。
[30] 招隐：此指招人隐居。
[31] 拥肿才：喻大而无用之才。拥肿，木瘤盘结。参见《庄子·逍遥游》。
[32] 潺溪清：山水之清幽。
[33] 拘牵：受牵制。
[34] 方外期：归隐之约。

酬穆七侍郎早登使院西楼感怀[1]

耿耿宵欲半[2]，振衣庭户前[3]。浩歌抚长剑，临风泛清弦[4]。晴霜丽寒芜[5]，微月露碧鲜。杉松韵幽籁[6],河汉明秋天[7]。良夜虽可玩,沉忧逾浩然[8]。楼中迟启明[9],林际挥宿烟[10]。晨风响钟鼓,曙色映山川。滔滔天外一作大江驶,杲杲朝日悬[11]。因穷西南永[12],得见天地全。动植相纠纷[13],车从竞喧阗[14]。鱣鲔跃洪流[15],麇麚倚荒阡[16]。喈喈白云雁[17],嘒嘒清露蝉[18]。一气鼓万殊[19],晦明相推迁[20]。羲和无停軏[21],不得常少年。当令志气神,及此鬒发玄[22]。岂唯十六族[23],今古称其贤。夫君才气雄[24],振藻何翩翩[25]。诗轻沈隐侯[26],赋拟王仲宣[27]。小鸟抢榆枋[28],大鹏激三千[29]。与君期晚岁[30],方结林栖缘[31]。

【注释】

[1] 穆七侍郎:指穆赏。贞元元年(785)至六年(790),李兼为江西观察使时,穆赏曾为幕宾,带殿中侍御史衔,与权德舆同幕,后又入淮南杜佑幕。"侍郎"应为"侍御"之误。参见岑仲勉《唐人行第录》、戴伟华《唐方镇文职僚佐考》。　使院:节度、观察使的官署。

[2] 耿耿:谓心事重重。

[3] 振衣:抖去衣尘。

[4] 清弦:清越的琴声。

[5] 寒芜:寒霜中的野草。

[6] 韵幽籁:发出幽雅的声音。

[7] 河汉:银河。

[8] 逾:超过,胜过。　浩然:广大壮阔貌。

[9] 迟:等待。　启明:启明星。指日出前出现于东方的金星。

[10] 宿烟:昨夜的烟雾。

[11] 杲杲:明亮貌。

[12] 西南:此指唐江南西道一带。与江南东道相对而言。故称西

南。　永：长。

［13］纠纷：杂乱交错。

［14］车从：车马随从。　喧阗：喧闹声。

［15］鳣(zhān)：鳇鱼。　鲔(wěi)：鲟鱼。

［16］麇(jūn)：獐子。　麚(jiā)：牡鹿。　荒阡：荒野。

［17］噰噰(yōng)：鸟声和鸣。

［18］嘒嘒(huì)：蝉鸣声。

［19］一气：宇宙之元气。　万殊：各种不同的事物。

［20］晦明：昼夜。　推迁：推移变迁。

［21］羲和：神话中太阳的御者。　停鞅：停车。

［22］玄：黑色。

［23］十六族：即十六相。"八元""八恺"的合称。古代传说中的十六个贤德之士。见《左传·文公十八年》。

［24］夫君：指穆七。

［25］振藻：发挥才思而成诗。　翩翩：言文采优美。

［26］沈隐侯：南朝诗人沈约，字休文，入梁拜为尚书仆射，封建昌侯，卒后谥隐，后人称为隐侯。

［27］王仲宣：三国魏诗人王粲，字仲宣，建安七子之一。

［28］抢榆枋：突过了榆树枋树。语出《庄子·逍遥游》。

［29］激三千：化用《庄子·逍遥游》："鹏之徙于南冥也，水击三千里。"

［30］晚岁：年老时。

［31］林栖：谓隐居。

奉和李大夫题郑评事江楼[1]

达士无外累[2]，隐几依南郭[3]。茅栋上江开[4]，布帆当砌落[5]。支颐散华发[6]，欹枕曝灵药[7]。入鸟不乱行[8],观鱼还自乐[9]。何时金马诏[10],早岁建安作[11]。往事尽筌蹄[12],虚怀寄杯杓[13]。邦君驻千骑[14],清论时间酌[15]。凭槛出烟埃[16],振衣向寥廓。心源齐彼是[17],人境胜岩壑[18]。何必栖冥冥[19],然为一作后避矰缴[20]。

【注释】

[1] 李大夫:指李兼。贞元元年四月以鄂岳观察使迁洪州刺史、江西观察使兼御史大夫。贞元六年入朝为国子祭酒,七年五月卒。

[2] 达士:超脱凡俗、见识高明之士。 外累:指尘俗之束缚。

[3] 隐几:凭着几案。 南郭:即南郭子綦。他凭几坐忘,修道有成。见《庄子·齐物论》。

[4] 茅栋:茅屋。 上江:靠近江边。

[5] 当砌落:船帆在门槛前落下。意谓帆船在门前收帆停靠。砌,台阶。

[6] 支颐:以手托颊。

[7] 欹枕:倚枕。

[8] 入鸟:谓与鸟同游。见《庄子·山木》。

[9] 观鱼:庄子与惠子游于濠梁,辩论鱼之乐否,以形容任达自乐。见《庄子·秋水》。

[10] 金马诏:指朝廷征召的诏书。金马,汉代宫门名。应征者待诏之处。此借指朝廷。

[11] 建安作:具有建安风骨的诗作。

[12] 筌蹄:捕鱼和捕兔的两种工具。《庄子·外物》以得鱼忘筌、得兔忘蹄比喻得意而忘言,这里借喻需淡忘的往事。

[13] 虚怀:此指谦虚而淡泊的情怀。 杯杓:借指饮酒。

[14] 邦君:地方长官,指刺史等。此指李兼。 千骑:喻指刺史。

[15] 间:间或。

[16]凭槛：意指靠着栏杆。

[17]心源：谓心灵。　齐彼是：等同彼此，同等看待一切事物。即《庄子·齐物论》的思想。

[18]岩壑：山峦溪谷。借指遁世隐居处。

[19]冥冥：幽深貌。此指远离尘世之地。

[20]矰(zēng)缴(zhuó)：系有丝绳用以射鸟的短箭。此泛指世间险恶。

和李大夫西山祈雨，因感张曲江故事十韵[1]

亚相冠貂蝉[2]，分忧统十联[3]。火星当永日[4]，云汉倬炎天[5]。斋祷期灵贶[6]，精诚契昔贤[7]。中宵出驺驭[8]，清夜—作旭旅牲牷[9]。触日—作石看初起[10]，随车应物先[11]。雷音生绝巘[12]，雨足晦平阡[13]。潇洒四冥合[14]，空蒙万顷连。歌谣喧泽国[15]，稼穑遍原田。故事三台盛[16]，新文六义全[17]。作霖应自此[18]，天下待丰年。

【注释】

[1]李大夫：李兼。　西山：在江西新建县西南，即古散原山，为登览佳处。　张曲江：即张九龄，字子寿，韶州曲江(今广东韶关)人。长安二年(702)进士及第，卒谥曰文献。两《唐书》有传。　故事：旧事。唐张九龄官洪州都督时有《洪州西山祈雨是日辄应因赋诗言事》诗。此诗作于贞元三年(787)。

[2]亚相：秦汉御史大夫"掌副丞相"(《汉书·百官公卿表》)，后因称御史大夫为亚相，此指李兼。　貂蝉：汉代侍中、中常侍冠上饰以金蝉貂

尾。唐制,中书令、侍中、散骑常侍冠皆饰以金蝉貂尾。

　　[3]十联:即"十连",十个州郡。统十联指为观察使。
　　[4]火星:大火星。　永日:长日。
　　[5]云汉:银河。见《诗经·大雅·云汉》。　倬:高大,显著。
　　[6]斋祷:斋戒祈祷。　灵贶(kuàng):神灵赐与。
　　[7]昔贤:指张九龄。
　　[8]中宵:半夜。　驺驭:驾驭车马的随从。
　　[9]旅:陈列。　牷(quán):毛色纯而体完具的牲畜。此指祈雨用的牺牲。
　　[10]触日:日,一作"石"。古谓云触石而出。见《公羊传·僖公三十一年》。
　　[11]随车:谓时雨随着车子而降。参见《后汉书·郑弘传》唐李贤注引吴谢承《后汉书》。
　　[12]绝巘(yǎn):险峻的高山。
　　[13]雨足:又称"雨脚",即密集落地的雨点。　晦:晦暗。　平阡:平野。
　　[14]潇洒:雨落貌。　四冥:通"四溟",即四海,指天下。
　　[15]泽国:境内多泽之地。此指江西一带。
　　[16]三台:星宿名。古以星宿象征人事,称三公为三台。此指张九龄。
　　[17]新文:指李兼西山祈雨诗。
　　[18]作霖:降大雨。又喻为相。见《尚书·说命上》。

户部王曹长、杨考功、崔刑部二院长,并同钟陵使府之旧,因以寄赠,又陪郎署喜甚常僚,因书所怀,且叙所知—作前好[1]

忽惊西江侣[2],共作南宫郎[3]。宿昔芝兰室[4],今

· 64 ·

兹鸳鹭行[5]。子猷美风味[6],左户推公器[7]。含毫白雪飞[8],出匣青萍利[9]。子云尝燕居[10],作赋似相如[11]。闲成考课奏[12],别贡贤良一作能书[13]。子玉谅贞实[14],持刑慎丹笔[15]。秋天鸿鹄姿[16],晚岁松筠质[17]。伊予诚薄才[18],何幸复趋陪。偶来尘右掖[19],空此忆中台[20]。时节东流驶,悲欢追往事。待月登庾楼[21],排云上萧寺[22]。盍簪莲府宴[23],落帽龙沙醉[24]。极浦送风帆[25],灵山眺烟翠[26]。解颐通善谑[27],喻指穷精义[28]。搦管或飞章[29],分曹时按吏[30]。雨散与蓬飘[31],秦吴两寂寥[32]。方期全拥肿[33],岂望蹑扶摇[34]。夜直分三署[35],晨趋共九霄[36]。外庭时接武[37],广陌更连镳[38]。北极星辰拱[39],南熏气序调[40]。欣随众君子[41],并立圣明朝。

【注释】

[1]户部王曹长:指王绍,京兆万年人。本名纯,永贞元年,因避宪宗讳,改名绍,事见两《唐书》本传。曹长,尚书丞、郎相呼为曹长。 杨考功:即杨於陵,字达夫,弘农(今河南灵宝)人。事见两《唐书》本传。 崔刑部:指崔载华。刑部,刑部四司之一。时崔当官刑部郎中或员外郎。 院长:郎中、员外郎、拾遗、补阙相呼为院长。 钟陵使府:指江西观察使府。郎署:本汉代宿卫官之官署,此指尚书省郎官之署。

[2]西江侣:指贞元初同为江西观察使李兼之僚属。西江指赣江。

[3]南宫郎:言王、杨、崔三人同在尚书省做郎官。南宫乃尚书省别称。

[4]宿昔:从前。 芝兰室:比喻与贤人的交往,见《孔子家语·六本》。此处言从前与王、杨、崔同处。

[5]鸳鹭行:喻朝官班列。此言同入朝为官。

[6]子猷：东晋王徽之字子猷，王羲之之子，性卓荦不羁。 风味：风采。此借指王绍。

[7]左户：即户部。户部由尚书左丞管辖，故称。 公器：喻指有才能的官员。

[8]含毫：以口吮笔，谓写作。 白雪：即"阳春白雪"，喻其诗作高雅。见宋玉《对楚王问》。

[9]青萍：剑名。见《抱朴子·博喻》。喻指有杰出的才能。

[10]子云：汉代辞赋家扬雄，字子云。此处借指杨於陵。 燕居：闲居。

[11]相如：指西汉辞赋家司马相如。

[12]考课：考察官吏成绩。吏部考功司掌内外文武官吏的考课。

[13]贤良书：指推荐贤才的上书。

[14]子玉：东汉崔瑗字子玉，为当时大儒，居官清正，此处指崔刑部。贞实：公正诚实。

[15]持刑：掌握刑法。 丹笔：书写罪人名册所用的红笔。

[16]鸿鹄：古人对大雁、天鹅之类飞行极为高远鸟类的通称，后用来形容远大的志向。

[17]松筠质：以松竹喻指坚贞的品质。

[18]伊予：作者自称。伊，发语词。

[19]尘：污染。作者自谦之词。 右掖：又称右省，即中书省。权德舆贞元八年(792)至十八年(802)任职中书省。

[20]中台：指尚书省。武后曾改尚书省为中台。

[21]庾楼：即庾公楼，为咏月夜的典故。见《晋书·庾亮传》。

[22]排云：排开云层。指佛寺高耸入云。 萧寺：佛寺。相传梁武帝萧衍造佛寺，命萧子云飞白大书曰萧寺，后世因称佛寺为萧寺。见《唐国史补》。

[23]盍簪：指士人聚首。 莲府：也称莲花府，指幕府。见《南史·庾杲之传》。此指李兼府。

[24]落帽：孟嘉落帽，形容才子名士的气度宽宏，潇洒儒雅。见陶渊

明《晋故征西大将军长史孟府君传》,亦见《晋书》卷九十八《桓温列传·孟嘉》,《世说新语·识鉴》。　龙沙:沙洲名,在江西新建县北,乃重阳节登高之处。

[25] 极浦:遥远的水边。

[26] 灵山:仙山。

[27] 解颐:开颜欢笑。　善谑:善意的玩笑。

[28] 喻指:喻示旨意。　精义:事物之精妙微义。

[29] 搦管:执笔。　飞章:紧急的奏章。

[30] 分曹:指分部治事。　按吏:巡查部属。

[31] 蓬飘:如飞蓬飘转。言各自分散东西。

[32] 秦吴:京城与吴越一带。

[33] 全拥肿:谓无用而得全生。语见《庄子·逍遥游》。

[34] 蹑:追踪。　扶摇:盘旋而上的风暴。语见《庄子·逍遥游》。此处比喻仕途升迁。

[35] 夜直:夜间值班。　三署:汉时宫廷宿卫诸郎分别属五官、左、右中郎将,统称三署郎。此指郎署。

[36] 晨趋:指早朝。　九霄:原作"九宵",此指天空极高处。宵与霄形近而误,径改。此处喻宫禁。

[37] 外庭:对"内廷"而言,指在宫外的官署。　接武:足迹相接。武,足迹。

[38] 连镳:并骑同行。镳,马嚼子。借指乘骑。

[39] 北极:北极星,又称"北辰"。喻指朝廷。　星辰拱:众星拱卫。语见《论语·为政》。

[40] 南熏:指《南风歌》,谓帝王恤民。见《礼记·乐记》。　气序:气候。　调(tiáo):和谐。

[41] 众君子:指王、杨、崔三人。

唐开州文编远寄新赋,累惠良药,咏叹仰佩,不觉斐然走笔,代书聊书还答[1]

　　风雨竦庭柯[2],端忧坐空堂[3]。多病时节换,所思道里长。故人朱两轓[4],出自尚书郎[5]。下车今几时[6],理行远芬芳[7]。琼瑶览良讯[8],茮苡满素囊[9]。结根在贵州[10],蠲疾传古方[11]。采撷当五月[12],殷勤逾八行[13]。深情婉如此,善祝何可忘。复有金玉音[14],焕如龙凤章[15]。一闻灵洞说[16],若睹群仙翔。三清飞庆霄[17],百汰成雄铓[18]。体物信无对[19],洒心愿相将[20]。昔年同旅食[21],终日窥文房[22]。春风眺芜城[23],秋水渡柳杨。君为太史氏[24],弱质羁楚乡[25]。今来忝司谏[26],千骑遥相望[27]。归云夕鳞鳞[28],圆魄夜苍苍[29]。远思结铃阁[30],何人交羽觞[31]。伫见征颍川[32],无为薄淮阳[33]。政成看再入,列侍炉烟傍[34]。

【注释】

　　[1]唐开州:唐次,字文编,建中初进士及第。事见两《唐书》本传。开州,属山南西道,治盛山,当今四川开县。　斐然:犹翩然。此诗当作于贞元八年(792),时作者初任左补阙。

　　[2]竦:振动。　庭柯:庭树。

　　[3]端忧:深忧。

　　[4]朱两轓(fān):《汉书·景帝纪》:"令长吏二千石车朱两轓。"汉太守秩二千石,此处指刺史。轓,车两旁如耳的部分,用以遮蔽尘土,即障泥。

· 68 ·

[5]尚书郎：唐次以尚书省礼部员外郎出为开州刺史。

[6]下车：称初到任。

[7]理行(xíng)：犹治行、政绩。

[8]琼瑶：美玉。语见《诗经·卫风·木瓜》。对别人诗文之美称。

[9]芣苢：即车前子，可入药。语见《诗经·周南·芣苢》。此代指新寄良药。

[10]贵州：尊称开州。

[11]蠲(juān)疾：除病。

[12]采撷：一作"探撷"。寻找采摘。

[13]八行：书信之代称。

[14]金玉音：对题中"新赋"之美称。

[15]龙凤章：龙凤的花纹，喻赋文之美好。

[16]灵洞：仙洞。

[17]三清：道教所指玉清、太清、上清三清境，是道教的最高仙境。庆霄：即庆云，五色之云，古人以为瑞祥之气。

[18]百汰：多次洗濯。极言遣词造句之认真工细。　铓：刀剑之尖锋。

[19]体物：铺陈描摹事物。　无对：无与匹敌。

[20]洒(xǐ)心：洗涤心灵。　相将：相共，相随。

[21]旅食：客居。

[22]文房：书房。

[23]芜城：古城名，即广陵城，指扬州。

[24]太史氏：指史官。

[25]弱质：弱体，作者自称。　楚乡：楚地。

[26]忝司谏：任谏官。指作者贞元八年为左补阙。忝，自谦之词，有辱、有愧于。

[27]千骑：代指州刺史。

[28]鳞鳞：形容云状如鱼鳞。

[29]圆魄：圆月，魄，月初出或将没时的微光。代指月。

· 69 ·

[30]铃阁:此指州郡长官办公之地。

[31]羽觞:酒器,代指饮酒。

[32]征颍川:西汉黄霸为颍川太守,有治绩,被征为京兆尹。见《汉书·黄霸传》。

[33]薄淮阳:用汉汲黯事。见《史记·汲黯列传》。此处以汲黯比唐次,劝其勿嫌开州僻小。

[34]炉烟:朝会时殿中设炉燃香,见《新唐书·仪卫志》。此句指入朝为官。

待漏假寐,梦归江东旧居

一下有"因寄惠阇黎、茅处士。时德舆秉政,未果会也"。[1]

十年江浦卧郊园[2],闲夜分明结梦魂。舍下烟萝通古寺[3],湖中云雨到前轩[4]。南宗长老知心法[5],东郭先生识化源[6]。觉后忽闻清漏晓[7],又随簪佩入君门[8]。

【注释】

[1]待漏:百官清早入朝,等待时间到,朝见皇帝。漏,古代计时器。江东:自汉至隋唐称安徽芜湖以下的长江下游南岸地区为江东,权氏家居丹阳,即属江东。

[2]十年:指权德舆未出仕前家居时期。

[3]烟萝:指林野。

[4]湖中:指丹阳之练湖。

[5]南宗:指佛教禅宗之南宗,又称顿门。 长老:僧人中年德俱高者。 心法:佛教语,称佛经文字之外,以心相印证的佛法。

[6]东郭先生:指汉武帝时齐人东郭先生,见《史记·滑稽列传》。后

因以指寒士,此指茅处士。　化源:教化之本源。

[7] 清漏晓:指天亮。

[8] 簪佩:冠簪和衣带上的饰物,借指朝臣。

祗命赴京,途次淮口,因书所怀[1]

弱植素寡偶[2],趋时非所任[3]。感恩再登龙[4],求友皆断金[5]。彪炳睹奇采[6],凄锵闻雅音[7]。适欣佳期接[8],遽叹离思侵[9]。靡靡遵远道[10],忡忡劳寸心[11]。难成独酌谣[12],空奏伐木吟[13]。泬寥清冬时[14],萧索白昼阴。交欢谅如昨,滞念纷在今[15]。因风试矫翼[16],倦飞会归林。向晚清淮驶[17],回首楚云深。

【注释】

[1] 祗命:犹奉命。祗,恭敬。　次:止,停留。此诗当作于贞元七年(791)冬应召赴京时。

[2] 弱植:指身世寒微,势孤力单者。作者自谓。　寡偶:少有朋友。

[3] 趋时:迎合时尚。

[4] 登龙:指升官。典出《后汉书·李膺传》注引《三秦记》。

[5] 断金:喻知音、同心。

[6] 彪炳:文采焕发貌。

[7] 凄锵:象声词。形容有节奏的音响。

[8] 佳期:指与友人欢会。

[9] 遽:忽然。

[10] 靡靡:迟缓貌。　遵:沿着。　远道:指赴京之途。

[11] 忡忡:忧愁貌。

[12] 独酌谣：独酌者满腹孤寂的感喟。参见南朝陈沈炯《独酌谣》。

[13] 伐木吟：以喻友情，参见《诗经·小雅·伐木》序。

[14] 泬(xuè)寥：空旷貌。

[15] 滞念：泛指牵挂。

[16] 矫翼：展翅而飞。

[17] 向晚：傍晚。　清淮：指淮水。

省中春晚，忽忆江南旧居，戏书所怀，因寄两浙亲故杂言[1]

前年冠獬豸[2]，戎府随宾介[3]。去年簪进贤[4]，赞导法宫前[5]。今兹戴武弁[6]，谬列金门彦[7]。问我何所能，头冠忽三变。野性惯疏闲，晨趋兴暮还[8]。花时限清禁[9]，霁后爱南山[10]。晚景支颐对尊酒[11]，旧游忆在江湖久。庾楼柳寺共开襟，枫岸烟塘几携手。结庐常占练湖春[12]，犹寄藜床与幅巾[13]。疲羸只欲思三径[14]，戆直那堪备七人[15]。更想东南多竹箭[16]，悬圃琅玕共葱蒨[17]。裁书且附双鲤鱼[18]，偏恨相思未相见。

【注释】

[1] 省中：指门下省。　两浙：唐肃宗时，分置江南东道为浙江东西二路，钱塘以南为浙东，以北为浙西。此诗当作于贞元九年(793)。时作者任左补阙。

[2] 前年：指贞元七年(791)。　冠獬(xiè)豸(zhì)：一名法冠，御史所戴。指在入京以前在江西观察使府时带监察御史衔。

[3] 戎府：军府，此指江西观察使李兼幕府。　宾介：泛指宾从。此

指李兼幕僚。

[4]簪进贤：戴进贤冠。指贞元八年正月入为太常寺博士。唐代诸寺九品以上官,皆戴进贤冠。

[5]赞导：举行典礼时唱赞引导。 法宫：帝王处理政事的正殿。

[6]戴武弁：指贞元八年六月自太常博士迁左补阙。武弁,武冠,惠文冠。唐武官及门下、中书九品以上官皆戴武弁。左补阙属门下省。

[7]谬列：自谦之辞。 金门彦：仕宦的俊才。金门,即"金马门",汉代宫门名。应征者待诏之处。此借指朝廷。

[8]晨趋：指早晨上朝。 兴：悦。

[9]限：阻隔,限制。 清禁：宫禁,皇宫。

[10]南山：即终南山。在今陕西西安市南。

[11]支颐：以手托住脸颊。

[12]练湖：湖名。又名后湖,在江苏丹阳县西北。

[13]藜床：用藜茎编的床。泛指简陋的坐榻。 幅巾：古代男子用全幅细绢束发,称幅巾。这是一种简率的装束。

[14]疲羸：疲乏羸弱。 三径：用西汉羊仲、求仲典,此指归隐者的家园。

[15]戆(zhuàng)直：刚直。 备：凑数,充数。 七人：孔子认为古来因不满社会而采取避世态度的有七人,见《论语·宪问》。后因以指隐逸高迈之士。

[16]竹箭：即筱,细竹,也称"箭竹"。

[17]悬圃：也称玄圃。传说中昆仑山顶上的仙境,为神仙所居,语出《楚辞·天问》。 琅玕：传说中的仙树,出于昆仑。见《抱朴子·祛惑》。葱蒨：青翠茂盛貌。

[18]裁书：作书。 双鲤鱼：古藏书信之函,亦指书信,因作鱼形,故曰双鲤鱼。

早发杭州泛富春江,寄陆三十一公佐—作佑[1]

候晓起徒驭[2],春江多好风。白波连青云,荡漾晨光中。四望浩无际,沉忧将此同[3]。未离奔走途[4],但恐成悲翁[5]。俯见—作视触饵鳞[6],仰目凌霄鸿[7]。缨尘日已厚[8],心累何时空[9]。区区—作泛泛此人世[10],所向皆樊笼[11]。唯应杯中物[12],醒醉为穷通[13]。故人悬圃姿[14],琼树纷青葱[15]。终当此山去,共结兰桂丛。

【注释】

[1] 富春江:浙江在富阳、桐庐县境内的一段称富春江。 陆三十一公佐:陆佐,字公佐,吴郡人。贞元中先后入黔中观察使李模、浙东观察使皇甫政幕。

[2] 徒驭:驾车马的仆从。

[3] 沉忧:深忧。 将:与,共。

[4] 奔走途:指为仕途而奔波道中。

[5] 成悲翁:此言怕壮年事无所成,老来伤悲。

[6] 触饵鳞:吃饵的鱼,比喻为名利禄位所诱者。

[7] 凌霄鸿:高飞之天鹅。喻志趣不凡者。

[8] 缨尘:奔波中衣冠所积灰尘。

[9] 心累:心中的牵累。指为尘俗名利所累。

[10] 区区:小,少。形容人生短暂。

[11] 樊笼:关鸟兽的笼子,喻受束缚。

[12] 杯中物:谓酒。

[13] 穷通:困窘与显达。

[14] 故人：指陆公佐。
[15] 琼树：仙树名。此喻陆公佐。

自杨子归丹阳，初遂闲居，聊呈惠公[1]

移疾喜无事[2]，卷帘松竹寒。稍知名是累[3]，日与静相欢。蹇浅逢机少[4]，迂疏应物难[5]。只思闲夜月，共向沃州看[6]。

【注释】

[1] 杨子：即扬子，唐县名，属扬州，故址在今江苏仪征东南。此处指扬州。　丹阳：唐县名，权德舆居家于此，今江苏丹阳县。
[2] 移疾：作书称病。乃居官者求退的婉辞。
[3] 稍知：渐知。
[4] 蹇浅：憨直浅陋。　机：机缘。
[5] 迂疏：迂拙疏阔。　应物：待人接物。
[6] 沃州：即"沃洲"，山名，在浙江新昌县东。相传晋高僧支遁曾隐居于此。

赠老将[1]

白草黄云塞上秋[2]，曾随骠骑出并州[3]。辘轳剑折虬须白[4]，转战功多独不侯[5]。

【注释】

[1]本篇一作皇甫曾诗。见《全唐诗》卷一九九与卷三一二。两处皆失注。笔者按:《文苑英华》卷三〇〇、四部丛刊本《权载之集》、四库全书本《权文公集》、明铜活字本《权德舆集》皆作权德舆诗,当可信。

[2]白草:指一种干熟后变成白色的多年生草本。见《汉书·西域传》唐颜师古注。

[3]骠骑:将军名号。此借指唐将。 并州:泛指今山西、内蒙一带。

[4]辘轳剑:剑柄顶端镶以辘轳形玉饰的宝剑。 虬须:一作"虬髯"。

[5]"转战"句:用汉李广典。《史记·李将军列传》。

戏赠表兄崔秀才

何事年年恋隐沦[1],成名须遣及青春。明时早献甘泉去[2],若待公车却误人[3]。

【注释】

[1]隐沦:隐居。

[2]明时:政治清明的时代。 献甘泉:甘泉为秦汉时宫殿名。汉扬雄献《甘泉赋》而待诏承明殿,后因以"献甘泉"指献赋求官。

[3]公车:汉代官署名。为卫尉的下属机构,掌宫中司马门之警卫。凡臣民上书和征召,都由公车受理。此指等待朝廷征召。

奉送韦起居老舅,百日假满归嵩阳旧居[1]

威凤翔紫气一作氛[2],孤云出寥天[3]。奇采与幽姿,缥缈皆自然。尝闻陶唐氏[4]，亦有巢由一作许全[5]。以此耸风俗[6]，岂必效羁牵[7]。大君遂群方[8]，左史蹈前贤[9]。振衣去朝市[10]，赐告归林泉[11]。滑稽固难久[12]，循性得所便[13]。有名皆畏途[14]，无事乃真筌[15]。旧壑穷杳篠一作冥[16]，新潭漾沦涟[17]。岩花落又开，山月缺复圆。轻策逗萝径[18]，幅巾凌翠烟[19]。机闲鱼鸟狎[20]，体和芝术鲜[21]。四皓本违一作避难[22]，二疏犹待年[23]。况今寰海一作宇清[24]，复此鬓发玄[25]。顾惭缨上尘[26]，未绝区中缘[27]。齐竽终自退[28]，心寄嵩峰巅[29]。

【注释】

[1] 此诗作于贞元九年，见权德舆《送韦起居老舅假满归嵩阳旧居序》。 起居：官名。唐时于门下省置起居郎，中书省置起居舍人，掌记录皇帝起居言行。 百日假满：长期病假，假满百日，实即变相辞官。见《唐会要》卷八二《休假》。 嵩阳：县名，即登封县(今河南登封县)。

[2] 威凤：旧传凤有威仪，故称。比喻才德高者。 紫气：祥瑞之气。气，一作"氛"。

[3] 孤云：比喻孤高之士。 寥天：寂寥、高远之天。

[4] 陶唐氏：指帝尧。尧初居于陶，后封于唐，故称陶唐氏。

[5] 巢由：巢父和许由，相传为尧时隐士。尧欲让位于二人，皆不受。由，一作"许"。

[6] 耸：劝勉。

[7] 羁牵：羁绊牵制。借指做官。

[8] 大君：天子。 遂：顺从。 群方：万方。

[9] 左史：官名，周代史官分左、右二史。左史记言，右史记事。唐时门下省起居郎在高宗时曾改称左史，旋复旧。

[10]振衣：抖去衣尘。　去：离开。　朝市：朝廷与市井。借指名利场。

[11]赐告：准予告假。此指韦起居归隐。　林泉：山林与泉石。此指隐居之地。

[12]滑(gǔ)稽：谓扰乱中和之道。语见《庄子·德充符》。稽，一作"和"。

[13]循性：顺着本性。

[14]畏途：艰险之途。

[15]无事：即"无为"。　真筌：即真理。

[16]杳窱(tiǎo)：幽深貌。窱，一作"冥"。

[17]沦涟：沦漪，微波。

[18]轻策：轻杖。　逗：逗留。

[19]幅巾：男子以整幅细绢束发，称巾头。

[20]机闲：机心止息。谓没有机巧功利之心。　鱼鸟狎：与鱼鸟相亲。

[21]体和：身心和谐。　芝术(zhú)：灵芝与白术，古人认为服之可长寿。

[22]四皓：即商山四皓，事见《史记·留侯世家》，亦见《汉书·王贡两龚鲍传序》《高士传》等。后用此来泛指有名望的隐士。　违难：避难。违，一作"避"。

[23]二疏：指汉宣帝时名臣疏广与兄子疏受。事见《汉书·疏广传》。　犹待年：谓尚须等到年老才致仕。

[24]寰海：宇内，海内。海，一作"宇"。

[25]玄：黑色。原作"元"，系避清讳。

[26]缨上尘：冠带上之灰尘。喻为仕宦而奔忙。此处为作者自指。

[27]区中缘：尘世间之因缘。

[28]齐竽：战国时齐人南郭处士冒充会吹竽，后逃走。见《韩非子·内储说上》。后以喻无真才实学，此处乃作者自谦之辞。

[29]嵩峰：即嵩山。

奉送孔十兄宾客,承恩致政归东都旧居[1]

达人旷迹通出处[2],每忆安居旧山去。乞身已见抗疏频[3],优礼新闻诏书许[4]。家法遥传阙里训[5],心源早逐嵩丘侣[6]。南史编年著盛名[7],东朝侍讲常虚伫[8]。角巾华发忽自遂[9],命服金龟君更与[10]。白云出岫暂逶迤[11],鸿鹄入冥无处所[12]。归路依依童稚乐[13],都门蔼蔼壶觞举[14]。能将此道助皇风[15],自可殊途并伊吕[16]。

【注释】

[1]孔十兄:当指孔述睿,见今人岑仲勉《唐人行第录》,两《唐书》有传。 致政:归还政事,犹致仕。

[2]旷迹:豁达的行为。 出处:进与退,仕与隐。

[3]乞身:请求放还自身。封建时代以做官为委身事君,因称辞官为乞身。 抗疏:直言上书。

[4]优礼:优待礼遇。

[5]阙里训:孔子之训。阙里,孔子故里,在今山东曲阜城内。见《孔子家语·七十二弟子解》。

[6]心源:即心灵。 嵩丘侣:隐居嵩山的伴侣。

[7]南史编年:孔述睿曾任史馆修撰,或曾参与过《南史》的相关撰述。

[8]东朝侍讲:指任太子侍读。东朝,东宫。太子所居。 虚伫:虚心期待。

[9]角巾:方巾,古代隐士所服。 华发:斑白的头发。 自遂:顺应自己的本性。指隐退。

[10]命服：古代帝王按等级赐给公侯、卿大夫的官服。　金龟：唐代三品以上官员之佩饰,太子宾客秩正三品。

[11]白云出岫：自在遂性之意。　逶迤：从容自得貌。

[12]鸿鹄入冥：语见《法言·问明》。指超然世外以全身远害。

[13]依依：亲爱。　童稚：指儿童,小孩。

[14]都门：京都之门。　蔼蔼：盛多貌。　壶觞：酒器。谓举杯饯行。

[15]皇风：皇家政教之风。

[16]并伊吕：与伊吕相比。伊吕,伊尹和吕尚。伊尹佐商汤,吕尚佐周文王、武王,二人皆为天子所师事。

送张阁老中丞持节册吊回鹘[1]

旌旆翩翩拥汉官[2],君行常得远人欢[3]。分职南台知礼重[4],辍书东观见才难[5]。金章玉节鸣驺远[6],白草黄云出塞寒。欲散别离一作愁唯有醉一作酒,暂烦宾从驻征鞍[7]。

【注释】

[1]张阁老：即张荐,字孝举,深州陆泽(今河北深州西南)人。事见两《唐书》本传。贞元十一年,回鹘可汗死,张荐以秘书少监兼御史中丞,持节入使回鹘,册立回鹘毗伽怀信可汗。　回鹘：唐时少数民族政权,原称回纥,乃今维吾尔族祖先。

[2]旌旆：旗帜。这里指出使的尊驾、大驾。

[3]远人：指外族或外国人。此指回鹘。

[4]分职：分掌职务,兼职。　南台：御史台之别称。张荐兼御史中丞,故称。　礼重：礼敬尊重。谓朝廷礼重张荐。

［5］辍书：放下书。此指张荐放下秘书少监的工作出使回鹘。

［6］金章：金印。 玉节：玉制的符节。使者持以为凭。 驺远：显贵出行，随从之骑卒吆喝开道，称鸣驺。

［7］宾从：随从。 征鞍：远行之坐骑。

送正字十九兄归江东，醉后绝句[1]

命驾相思不为名[2]，春风归骑出关程。离堂莫起临歧叹，文举终当荐祢衡[3]。

【注释】

［1］正字：官名，掌校雠典籍，刊正文章，属秘书省。

［2］命驾：命人驾车，即出行。

［3］文举：汉末名士孔融，字文举，爱才好士。 祢衡：字正平，少有才辨而负气傲物。与孔融交好，孔融荐之于曹操。两人事迹见《东观汉记》《后汉纪》等。

送张仆射朝见毕归镇[1]

青光照目青门曙[2]，玉勒雕戈拥驺驭[3]。东方连帅南阳公[4]，文武吉甫如古风[5]。独奉新恩来谒帝，感深更见新一作歌诗丽[6]。共有三接欲为霖[7]，却念百城同望岁[8]。双旌去去恋储胥[9]，归路莺花伴隼旟[10]。今日汉庭求上略[11]，留侯自有一编书[12]。

【注释】

[1] 张仆射：即张建封，字本立，邓州南阳(今河南南阳)人。事迹见权德舆《徐泗濠节度使张公文集序》、《唐国史补》卷上、两《唐书·张建封传》、《唐诗纪事》卷三五。此诗即作于贞元十四年。　镇：藩镇。此指徐泗濠节度使治所徐州。

[2] 青光：春光。　青门：汉长安城东南门，又名霸城门。门外有灞桥，汉人送客至此折柳赠别。

[3] 玉勒：玉制的马衔。　雕戈：有刻镂雕饰之戈，作仪仗用。　骍驭：轻骑随从。

[4] 东方连帅：指张建封为徐州刺史兼徐泗濠节度使，其地在东部，故称。连帅，古十国诸侯之长。唐多指节度使、观察使。　南阳公：张建封乃邓州南阳人，故称。

[5] 文武吉甫：语出《诗经·小雅·六月》。吉甫，尹吉甫，周宣王时名臣，文武双全，曾率师北伐猃狁至太原。此以喻张氏。

[6] 感深：谓感激皇帝深恩。　新诗：指张建封《朝天行》，见《新唐书·张建封传》。

[7] 三接：三度接见。见《周易·晋》。后多以"三接"喻皇帝之恩宠优奖。　为霖：降大雨。见《尚书·说命上》。

[8] 百城：指张氏所辖之地。　望岁：盼望丰收。

[9] 双旌：唐代节度使赐双旌双节。　储胥：汉宫馆名，后泛指宫殿。

[10] 隼旟(yú)：绘有隼鸟的旗帜。为州郡长官所建。此指张氏出行的仪仗。

[11] 汉庭：借指唐朝廷。　上略：上策。

[12] 留侯：汉张良封留侯。　一编书：相传张良遇黄石公得"一编书"，即《太公兵法》，见《史记·留侯世家》。

送崔谕德致政东归[1]

天子坐法宫[2],诏书下江东[3]。懿此嘉遁士[4],蒲车赴丘中[5]。褐衣入承明[6],朴略多古风。直道侍太子[7],昌言沃宸聪[8]。岩居四十年,心与鸥鸟同[9]。一朝受恩泽,自说如池龙[10]。乞骸归故山[11],累疏明深衷[12]。大君不夺志[13],命锡忽以崇[14]。旭旦出国一作东门[15],轻装若秋蓬。家依白云峤[16],手植丹桂丛[17]。竹斋引寒泉,霞月相玲珑[18]。旷然解赤绶[19],去逐冥冥鸿[20]。

【注释】

[1]崔谕德:崔公颖,以隐逸召为太子右谕德。权德舆有《奉送崔二十三丈谕德承恩致政东归旧山序》。谕德,东宫属官。

[2]法宫:帝王处理政事的正殿。

[3]江东:指芜湖以下长江以南地区。崔曾隐于茅山(今江苏西南部)。

[4]懿:赞美。 嘉遁:旧时谓合乎正道的退隐。见《周易·遁》。

[5]蒲车:用蒲草裹轮的车。古代征聘隐士之用。 丘中:犹"丘园",指隐居之处。

[6]褐衣:粗劣的衣服,贫贱者所服。 承明:汉宫殿名,此借指唐宫。

[7]直道:正直之道。

[8]昌言:善言,正言。 沃:启发,丰富。 宸聪:指帝王的听闻。

[9]鸥鸟:典故出《列子·黄帝》,意谓隐居不可藏有心机,应与万物

和同,方能"养生"、"体道"。

[10] 池龙：池中之龙。比喻受束缚。

[11] 乞骸：即"乞骸骨",指请求辞官归乡。

[12] 累疏：多次上疏。

[13] 大君：天子。　夺志：迫使改变其志向。

[14] 锡：赐。

[15] 国门：京城之门。国,一作"东"。

[16] 白云：表示隐居之所。　峤：山尖而高。泛指高而陡峭的山峰。

[17] 丹桂：桂树的一种,又叫金桂。见《南方草木状》卷中。

[18] 玲珑：空明貌。

[19] 解赤绶：谓辞官。赤绶,赤色丝带,用来系印。唐时五品以上官员绶用赤色。

[20] 冥冥鸿：指超然世外以全身远害,语本《法言·问明》。

送安南裴都护[1]

忽佩交州印,初辞列宿文[2]。莫言方任远[3],且贵主忧分[4]。迥转朱鸢路[5],连飞翠羽群[6]。戈船航涨海[7],旌旆卷炎云。绝徼褰帷识[8],名香夹毂焚[9]。怀来通北户[10],长养洽南熏[11]。暂叹同心阻[12],行看异绩闻[13]。归时无所欲,薏苡或烦君[14]。

【注释】

[1] 安南：指安南都护府,唐代六都护府之一,辖今云南东南部、广西南部及越南北部,治所在交州(今越南河内)。　裴都护：指裴泰。权德舆有《送安南裴中丞序》,诗与序皆作于贞元十八年。

[2] 列宿：喻指尚书郎。

· 84 ·

[3] 方任：一方重任，指地方长官的职务。此指安南都护。

[4] 主忧分：皇帝的忧心得到臣下的分担。

[5] 朱鸢(yuān)：县名，在交州南。

[6] 翠羽：翡翠鸟，交州多有出产。

[7] 戈船：古战船之一种。　涨海：南海的古称。

[8] 绝徼：极远之边地。徼，边界。　褰帷：撩起车帷。典出后汉贾琮，见《后汉书·贾琮传》。

[9] 夹毂焚：意谓沿途吏民随车焚香迎拜。

[10] 怀来：招来。　北户：上古国名，代指外蕃。此指安南。

[11] 长养：犹言养育。

[12] 同心：此指志同道合的朋友。

[13] 行看：将看。　异绩：优异的功绩。

[14] 薏苡(yì yǐ)：植物名，子粒供食用、酿酒，亦入药。东汉伏波将军马援在交址，常饵薏苡实，并从交址载回一车薏苡。《后汉书·马援传》。

送别沅—作阮泛[1]

念尔强学殖[2]，丱贯早从师[3]。温温禀义方[4]，愊愊习书诗[5]。计偕来上国[6]，宴喜方怡怡[7]。经术既修明[8]，艺文亦葳蕤[9]。伊予谅无取[10]，琐质荷鸿慈[11]。偶来贰仪曹[12]，量力何可支。废业固相受[13]，避嫌诚自私。徇吾刺促心[14]，婉尔康庄姿[15]。古人贵直道[16]，内讼乖坦夷[17]。用兹处大官[18]，无乃玷清时[19]。羸车出门去[20]，怅望交涕洟[21]。琢磨贵分阴[22]，岁月若飙驰[23]。千里起足下，丰年系镃基[24]。苟令志气坚，伫见缨佩随[25]。斑斓五彩服[26]，前路春物熙。旧游忆江南，环堵留蓬茨[27]。湖水白于练[28],莼羹细若丝[29]。别来十三年[30],梦寐时见之。宠荣忽逾量[31],荏苒不自知[32]。晨兴愧华簪[33],止足为灵龟[34]。遝路各自爱[35],大来行可期[36]。青冥在目前[37],努力调羽仪[38]。

【注释】

[1]沉:一作"阮"。此诗当作于贞元十九年(803),时作者为吏部侍郎知贡举。

[2]强:努力。 学殖:指学业。

[3]丱贯:指孩童时。丱,儿童束发如两角之状;贯与"卝"通。

[4]温温:谦和貌。 义方:做人的正道。

[5]慥慥(zào):诚实貌。 书诗:指《书》与《诗》,借指经书。

[6]计偕:汉代被荐举的人才偕计吏(州郡掌簿籍负责上计的官员)入京,后遂用"计偕"指举子入京赴试。 上国:京城。

[7]宴喜:喜悦。 怡怡:安适自得貌。

[8]经术:经学。

[9]艺文:诗文才学。 葳蕤(ruí):鲜明貌。

[10]伊予:作者自谓。 谅:确实。 无取:无可取之处。

[11]琐质:卑微的资质。 荷:承受。 鸿慈:指皇帝的洪恩。

[12]贰仪曹:为礼部副职,即礼部侍郎。贰,副职。仪曹,即礼部。隋置礼部,兼前代祠部、仪曹之职。贞元十八年、十九年、二十一年权德舆为礼部侍郎知贡举。

[13]废业:荒废本业。指未做好礼部侍郎应做之事。 固相受:本是朝廷所授。受,同"授"。

[14]徇:顺从。 刺促:惶恐不安。

[15]婉:一作"踠",屈,曲。 康庄姿:喻指宏阔的胸襟才略。康庄,通衢大道。

[16]直道:直道而行。

[17]内讼:内心自责,惭愧不安。 乖:背离。 坦夷:指坦荡的胸怀。

[18]用兹:以此。

[19]无乃:岂不是。 清时:清明的时代。

[20]羸车:破败之车。

[21]交涕洟:泪交流。洟,鼻液。

[22]琢磨:指钻研学业。 分阴:指极短的时间。

[23]飙驰:暴风飞驰。

[24]系:决定于。 镃基(zī jī):农具名,大锄。也作"镃錤"。见《孟子·公孙丑上》。

[25]伫见:行将见到。 缨佩:缨冠佩玉,借指高官显爵。

[26]五彩服:用老莱子着五彩斑斓之衣以娱亲事。见《太平御览》卷四一三引《孝子传》。此指沉泛将归家行孝娱亲。

[27]环堵:四围土墙。 蓬茨:以蓬草为顶的房屋,指陋室。见《庄子·让王》。

[28]湖水:指练湖。 练:指白绢。

[29]莼羹:用莼菜烹制的羹。用西晋张翰之典。事《晋书·张翰传》、《世说新语·识鉴》。此处用以形容对家乡的思念之情。

[30]十三年:权德舆于贞元七年(791)奉诏入京,至十九年(803)为十三年。

[31]逾量:过量。

[32]荏苒:时光推移。

[33]晨兴:早晨起床。 华簪:华丽的冠簪。喻显贵的官职。

[34]止足:即知止知足。 灵龟:神龟。喻长寿者。

[35]遐路:远路。

[36]大(tài)来:即"泰来"。好运来临。

[37]青冥:犹"青云",青天。

[38]羽仪:羽翼。

送张曹长工部大夫奉使西番[1]

殊邻覆露同[2],奉使小司空[3]。西候车徒出[4],南台节印雄[5]。吊祠将渥命[6],导驿畅皇风[7]。故地山河在[8],新恩玉帛通[9]。塞云凝废垒,关月照惊蓬。青史书归日[10],翻轻五利功[11]。

【注释】

[1]张曹长工部:即张荐。见本卷《送张阁老中丞持节册吊回鹘》注[1]小传。　西番:旧时称西部地区的少数民族。此指吐蕃。

[2]殊邻:远邻。　覆露:荫庇、沾润。

[3]小司空:隋唐时称工部侍郎为小司空。也称"少司空"。

[4]西候:西路的驿馆。　车徒:车马随从。

[5]南台:御史台之别称。　节印:符节官印。

[6]吊祠:吊唁祭奠。　渥命:恩命。

[7]导驿:翻译。《玉篇·马部》:驿,译也。驿有翻译之意。　皇风:皇帝的教化。

[8]故地:指河西陇右之地,原唐朝故地,安史之乱后,渐为吐蕃侵吞。

[9]玉帛通:指休战和好。玉帛,圭璋和束帛。

[10]青史:指史籍。　书:记载。

[11]翻:同"反"。　五利功:春秋晋国大夫魏绛进言"和戎有五利",取得成功。事见《左传·襄公四年》。

送商州杜中丞赴任[1]

安康地里接商於[2],帝命专城总赋舆[3]。夕拜忽辞青琐闼[4],晨装独捧紫泥书[5]。深山古驿分驺骑[6],芳草闲云逐隼旟[7]。绮皓清风千古在[8],因君一为谢岩居[9]。

【注释】

[1]本篇一作皇甫曾诗。见《全唐诗》卷一九九与卷三一二。两处皆失注。笔者按:《文苑英华》卷二七三、四部丛刊本《权载之集》、四库全书本《权文公集》、明铜活字本《权德舆集》皆作权德舆诗,当可信。 商州:治所在今陕西商县。 杜中丞:指杜兼,于元和二年(807)出商州刺史。则诗当作于是年,其时皇甫曾已死了二十三年。

[2]安康:今陕西安康市。 商於:为古代秦楚边境地域名。在今陕西商南县、河南淅川县一带。

[3]专城:称州郡长官为"专城",见汉乐府《陌上桑》。 赋舆:兵车,此泛指军事。

[4]夕拜:指门下省。 青琐闼:指宫门。刻有连琐状图纹,涂以青色。见《初学记》卷一二引《汉旧仪》。

[5]紫泥书:皇帝诏书封袋用紫泥封口,泥上盖印,故称紫泥诏或紫泥书。见《汉旧仪》上、《太平御览》卷七四引《陇右记》。

[6]驺骑:侍从之骑。

[7]隼旟(sǔn yú):指绣绘隼鸟的旗帜,为州郡长官的仪仗。见《周礼·春官·司常》。

[8]绮皓:即商山四皓,见《史记·留侯世家》。

[9]岩居:犹"岩居穴处",指隐居。

送殷卿罢举,归淮南旧居[1]

计偕十上竟无成[2],忽忆岩居便独行。志业尝探绝编义[3],风尘虚作弃繻生[4]。岁储应叹山田薄[5],里社时逢野酝清[6]。惆怅中年群从少[7],相看欲别倍关情[8]。

【注释】

[1] 罢举:指应试落第。

[2] 十上:战国纵横家苏秦说秦惠王,"书十上而说不行"。见《战国策·秦策一》。借指多次应试。

[3] 绝编:用孔子韦编三绝典,指读书用功。

[4] 风尘:行旅艰辛。 弃繻生:用汉终军弃繻之典,见《汉书·终军传》。指求取功名。繻,古代作通行证用的帛,上写字,分成两半,过关时验合。

[5] 岁储:一年的积储,即一年的农田收获。

[6] 里社:古时里中祀土地神之处。借指乡里。 野酝:山野人家酿制之酒。

[7] 群从:指堂兄弟及子侄。

[8] 关情:指感动,牵动情怀。

送孔江州—作送人之九江[1]

九派寻阳郡[2],分明似画图。秋光连瀑布[3],晴翠辨香炉[4]。才子厌兰省[5],邦君荣竹符[6]。江城多暇日[7],能寄八行无[8]。

【注释】

[1] 孔江州:指孔戣(kuí)。戣于元和初年任江州刺史。参见今人郁

贤皓《唐刺史考》。两《唐书》有传。　江州：唐州名,治浔阳(今江西九江市)。诗题一作《送人之九江》。

[2]九派：指江西九江市北的一段长江。亦为浔阳的别称。　寻阳郡：西晋时置,即唐之江州。

[3]瀑布：指庐山香炉峰下瀑布。

[4]香炉：即香炉峰,在庐山之北。奇峰突起,状如香炉,故名。

[5]才子：指孔江州。　兰省：指秘书省,盖孔由秘书省出刺江州。

[6]邦君：指太守、刺史等地方长官。　竹符：即"竹使符"。汉代分与郡国守相的信符。后因以指代州郡长官。

[7]江城：指江州城。

[8]八行：书信。古代信笺多每页八行。　无：通"否"。

酬别蔡十二见赠[1]

伊人茂天爵[2],恬澹卧郊园。傲世方隐几[3],说经久颛门[4]。浩歌曳柴车[5],讵羡丹毂尊[6]。严霜被鹑衣[7],不知狐白温[8]。游心羲文际[9],爱我相讨论。潢污忽朝宗[10],传骑令载奔[11]。峥嵘岁阴晚[12],愀怆离念繁[13]。别馆丝桐清[14],寒郊烟雨昏。中饮见逸气[15],纵谈穷化元[16]。伫见一作看公车起[17],圣代待乞言[18]。

【注释】

[1]此诗作于贞元七年(791)冬。时权德舆应召赴京。

[2]伊人：此人。指蔡十二。　天爵：天然的爵位,语出《孟子·告子上》。指高尚的道德品质。

[3] 隐几：凭几坐忘之意，用《庄子·齐物论》中南郭子綦之典故。

[4] 说经：讲解经籍。 颛(zhuān)门：即专门，自成一家。

[5] 柴车：简陋无饰的车子。

[6] 讵：岂。 丹毂：用朱红漆轮之车，达官所乘，因以指代权贵。

[7] 严霜：寒霜。 鹑衣：指褴褛的衣服。鹑尾无羽，因以形容衣服破烂褴褛。

[8] 狐白：狐腋下的白毛皮。以此制成的皮裘，极轻暖贵重。

[9] 游心：注意，留心。 羲文：伏羲和周文王，指《周易》。

[10] 潢污：停聚不流之水。作者自喻。 朝宗：小水流入大水流。喻指朝拜皇帝。此指作者贞元七年应召赴京。

[11] 传(zhuàn)骑：驿站传递音信命令的骑吏。

[12] 岁阴：岁暮。

[13] 愀怆：忧伤。

[14] 丝桐：指琴。古多以桐木制琴，练丝为弦，故称。

[15] 中饮：犹半酣。 逸气：脱俗的气概。

[16] 纵谈：畅谈。 化元：造化的本原。

[17] 伫见：行将看到。 公车：汉代官署名。为卫尉的下属机构，掌宫中司马门之警卫。凡臣民上书和征召，都由公车受理。此指等待朝廷征召。

[18] 乞言：古代朝廷养一些德高望重的老人，以便向他们求教，叫乞言。末二句谓蔡十二将被征召。

送李城门罢官归嵩阳[1] 城门院在遗补院东[2]

与君相识处，吏隐在墙东[3]。启闭千户静，逢迎两掖通[4]。罢官多暇日，肄业有儒风[5]。归去尘寰外[6]，春山桂树一作兰桂丛。

【注释】

[1] 城门：官名，即城门郎，掌京城、皇城、宫殿锁钥，属门下省。

[2] 城门院：指城门郎官署。　遗补院：指门下左补阙、左拾遗官署。

[3] 吏隐：居官而不以利禄萦怀，犹如隐者。　墙东：《后汉书·逢萌传》载，王君公遭乱独不去，侩牛自隐，时人为之语曰："避世墙东王君公。"谓君公隐于朝市。

[4] 两掖：门下省（东掖）、中书省（西掖），因在大明宫宣政殿左右掖，因称两省为两掖。

[5] 肄业：修习学业。

[6] 尘寰外：尘世之外。

送上虞丞[1]

越郡佳山水[2]，菁一作清江接上虞。计程航一苇[3]，试吏佐双凫[4]。云壑窥仙籍[5]，风谣验地图[6]。因寻黄绢字[7]，为我吊曹盱[8]。

【注释】

[1] 上虞丞：上虞县丞。上虞，县名，属越州，即今浙江上虞县。丞，县令之佐官。

[2] 越郡：即越州。

[3] 一苇：指小船。语出《诗经·卫风·河广》。

[4] 试吏：初作官曰试吏。　佐双凫：谓任县丞之职。双凫，指县令。用王乔之典，事见《风俗通》卷二、《后汉书·方术传上》。

[5] 仙籍：仙人名册。

[6] 风谣：反映风俗民情之歌谣。　验地图：指勘察县境。

[7] 黄绢字：借指曹娥碑，汉杨修解"绝妙好辞"。事见《世说新语·

捷悟》及注。

[8]曹盱：东汉孝女曹娥之父，会稽上虞人。邯郸淳撰《曹娥碑》，事见《后汉书·曹娥传》。

送从弟谒员外叔父回归义兴[1]

异乡兄弟少，见尔自依然[2]。来酌林中酒[3]，去耕湖上田。何朝逢暑雨，几夜泊鱼烟。馀力当勤学，成名贵少年。

【注释】

[1]义兴：县名，属常州，在今江苏宜兴市。
[2]依然：留恋的样子。
[3]林中酒：三国时名士嵇康等"竹林七贤"常于竹林游宴。见《三国志·魏书·王粲传》裴松之注引《魏氏春秋》。因"竹林七贤"中有阮籍、阮咸叔侄，故这里暗以阮咸比从弟。

送谢孝廉移家越州[1]

家承晋太傅[2]，身慕鲁诸生[3]。又见一帆去，共愁千里程。沙平古一作烟树迥，潮满晓一作晚江晴。从此幽深去，无妨隐姓名。

【注释】

[1]孝廉：唐时以孝廉为明经(乡贡明经)之称。 越州：州名，治会

稽县(今浙江绍兴市)。

[2]晋太傅:指东晋谢安,安卒后赠太傅。

[3]鲁诸生:鲁地诸生。语见《汉书·叔孙通传》。

送陆拾遗祗召赴行在[1]

鹓鹭承新命[2],翻飞入汉庭[3]。歌诗能合雅[4],献纳每论经[5]。月晓蜀江迥,猿啼楚树青[6]。幸因焚草暇[7],书札访沉冥[8]。

【注释】

[1]陆拾遗:当指陆质。见两《唐书》本传。 祗召:犹奉诏。 行在:行在所。指帝王巡行所至之处,此指梁州(今陕西汉中市)。

[2]鹓鹭:喻朝官。此指陆拾遗。

[3]汉庭:指朝廷。

[4]合雅:合乎雅正之音。

[5]献纳:建言以供采纳。 论经:讲论经义。

[6]蜀江、楚树:当时德宗正在避难梁州,陆氏盖由淮南节度使府(在扬州)经荆楚巴蜀赴行在,故云。

[7]焚草:焚掉奏章的草稿,以示谨密。用晋羊祜事。见《晋书·羊祜传》。

[8]沉冥:谓沉沦之士,作者自谓。

送山人归旧隐

工为楚辞赋[1],更着鲁衣冠[2]。岁俭山田薄[3],秋深晨服寒。武人荣燕颔[4],志士恋渔竿。会被公车荐[5],知君久晦难[6]。

【注释】

[1] 工：擅长。　楚辞赋：指楚辞体诗赋。
[2] 着鲁衣冠：着儒服。
[3] 岁俭：收成不好。
[4] 燕颔：东汉班超燕颔虎颈,相士说他有封万里侯之相。见《后汉书》卷四十七。
[5] 公车荐：指被朝廷征召任用。
[6] 久晦：长久埋没。

送李处士归弋阳山居[1] 限姓名中用韵

暂来城市意何如,却忆葛阳溪上居[2]。不惮薄田输井税[3],自将嘉句着州闾[4]。波翻极浦樯竿出[5],霜落秋郊树影疏。想到家山无俗侣[6],逢迎只是坐篮舆[7]。

【注释】

[1] 弋阳：县名,今江西弋阳县。
[2] 葛阳溪：即弋水,在弋阳。弋阳县原名葛阳县,隋开皇十二年改今名。
[3] 井税：田税。
[4] 州闾：泛指乡里。
[5] 极浦：远方水滨。　樯竿：船桅。
[6] 家山：家乡。
[7] 逢迎：迎接,过往。　篮舆：古代供人乘坐的交通工具,见《晋

书·孝友传·孙晷》。

送清洨上人，谒信州陆员外[1]

暂辞长老去随缘[2]，候晓轻装寄客船。佳句已齐康宝月[3]，清谈远指谢临川[4]。滩经水濑逢新雪，路过渔潭宿暝烟。暇日若随千骑出，南岩只在郡楼前[5]。

【注释】

[1] 信州：州名，治所在上饶(今江西上饶市)。 陆员外：疑指陆长源。陆长源，字泳之，苏州吴(今江苏苏州人)。事见两《唐书》本传、《吴郡志》卷二一、《唐才子传》卷五。

[2] 长老：对住持僧的尊称。 随缘：佛教语，随外界之机缘而行。指无固定目的，顺其自然之游方。

[3] 齐：同。 康宝月：南朝齐武帝时僧人，善解音律，诗有清句。见《诗品》及《乐府诗集》卷四十八《估客乐》解题。

[4] 谢临川：指南朝宋诗人谢灵运，灵运曾任临川内史。

[5] 南岩：山名，在信州南，上有禅寺。

赠别表兄韦卿

新读兵书事护羌[1]，腰间宝剑映金章[2]。少年百战应轻别，莫笑儒生泪数行。

【注释】

[1] 护羌：即护羌校尉，西汉宣帝时置，见《汉书·赵充国传》。
[2] 金章：金印。

古离别[1]——作古别离

人生天地间，瞥若六辔驰[2]。夭寿既常数[3]，奈何生别离。迹当中人域[4]，正性日已衰[5]。是非千万境[6]，杳霭情尘滋[7]。出门事何常[8]，暂别亦难期[9]。冉冉叹流景[10]，悠悠限山陂[11]。尽此一夕欢，华樽会前墀[12]。鸡鸣东方曙，凤驾临通逵[13]。欲出强移步，欲留难致辞。两情不得已[14]，念此留何为。天明去已远，寂默居人归[15]。入门复上堂，怳怳生惊疑[16]。经履同游处[17]，犹言常相随。览物或临盘——作镜，翻怪来何迟[18]。乃知前日欢，本为今日悲。特此——作翻思别后心，宁及未见时[19]。则知交疏分[20]，久久翻易持[21]。报君未别后，别后当自知。

【注释】

[1] 古离别：一作"古别离"，乐府杂曲歌辞名。
[2] 瞥：倏忽。 六辔：指车马。古代一车四马，一马二辔，两边骖马之内辔系于轼，故御者只执六辔。
[3] 夭寿：夭折与长寿。 常数：定数。
[4] 中人：平常人。
[5] 正性：自然纯正的禀性。佛教谓离断烦恼为正性。

[6] 境：佛教语，指人的认识对象。

[7] 杳霭：茂盛貌。　情尘：佛教语，指世俗的情欲、情爱。

[8] 何常：无常。

[9] 难期：难以预料。

[10] 冉冉：形容时光渐渐流逝。　流景：流逝的日光。

[11] 悠悠：遥远。　限：阻隔。　山陂：山坡。

[12] 华樽：华丽的酒樽。　前墀：前阶。

[13] 夙驾：早起驾车出行。　通逵：四通八达之大路。

[14] 不得已：无可奈何。

[15] 寂默：默默无言。　居人：指未出行之人。

[16] 怳怳：心神不定。

[17] 经履：经历，经过。

[18] 翻：同"反"。

[19] 宁及：怎。

[20] 交：所交，指朋友。　疏分：分别。

[21] 易持：友情容易保持。

早夏青龙寺致斋，凭眺感物，因书十四韵[1]
寺壁有舅氏庶子诗

晓一作晚出文昌宫[2]，憩兹青莲宇[3]。洁斋奉明祀[4]，凭览伤复古[5]。秦为三月火[6]，汉乃一抔土[7]。诈力自湮沦[8]，霸仪终莽卤[9]。中南横峻极[10]，积翠泄云雨。首夏谅清和[11]，芳阴接场圃[12]。仁祠閟严净[13]，稽首洗灵府[14]。虚室僧正禅[15]，危梁燕初乳[16]。通庄走声利[17]，结驷乃旁午[18]。观化复何如[19]，刳心信为愈[20]。盛时忽过量[21],弱质本无取[22]。静永环中枢[23],益愧腰下组[24]。尘劳期抖擞[25],陟降聊俯偻[26]。遗韵留壁间[27],凄然感东武[28]。

【注释】
[1]青龙寺:在长安新昌坊,地势高敞,为城中登眺佳地。 致斋:举行祭祀或典礼以前整洁身心。 凭眺:据高远望。
[2]文昌宫:尚书省之别称。
[3]憩:休息。 青莲宇:指佛寺。
[4]洁斋:沐浴斋戒。 明祀:指重大的祭祀。
[5]敻(xiòng)古:远古。
[6]三月火:指秦末项羽屠咸阳,火三月不灭。见《史记·项羽本纪》。
[7]一抔土:指坟墓。见《汉书·张释之传》。
[8]诈力:欺诈与暴力。见《史记·秦始皇本纪》。 湮沦:沉没。
[9]霸仪:犹霸道。 莽卤:即卤莽,荒地上的野草。
[10]中南:即终南,指终南山,在今陕西长安县南。 峻极:极高的山。
[11]首夏:农历四月。 谅:确实。 清和:天清气和。"清和"本指暮春初夏天气。后来多用为农历四月的别称。
[12]场圃:收打谷物和种蔬菜之地。
[13]仁祠:佛寺的别称。 閟(bì):幽深。 严净:庄严洁净。
[14]稽(qǐ)首:旧时所行跪拜礼。叩首至地,是九拜中最恭敬之礼。 灵府:精神之宅,即"心"。
[15]虚室:空室。指禅房。 禅:坐禅。
[16]危梁:高大之屋梁。 燕初乳:谓燕子正孵雏。
[17]通庄:大道。 声利:声名利禄。
[18]结驷:并驾四马之车。 旁午:交错,纷繁。
[19]观化:观察事物的变化。

·100·

[20] 劓(kū)心：道家语。谓清除内心的杂念。见《庄子·天道》。信为愈：确实是正确的道理。

[21] 盛时：盛世。　过量：谓荣宠过甚。

[22] 弱质：作者自谓，乃自谦语。　无取：无可取之处。

[23] 永：同"咏"。　环中枢：环中，空也。言游乎虚空，超脱是非之境。枢，道之枢要。见《庄子·齐物论》。

[24] 腰下组：腰下系印之绶带，借指所居官位。

[25] 尘劳：佛教语，即烦恼。　抖擞：佛教语，去掉尘垢烦恼之义。

[26] 陟降：升降，上下。这里借指在皇帝左右为近臣。语本《诗经·大雅·文王》。　俯偻：低头曲背。恭谨事人之貌。

[27] 遗韵：指舅氏所题诗。

[28] 东武：《东武吟》，乐府楚调曲名，内容多感叹人生无常、时光易逝。

中秋朝拜昭陵[1]

清秋寿原上[2]，诏拜承吉卜[3]。尝读贞观书[4]，及兹幸斋沐[5]。文皇昔潜耀[6]，隋季自颠覆[7]。抚运斯顺人[8]，救焚非逐鹿[9]。神祇戴元圣[10]，君父纳大麓[11]。良将授兵符[12]，直臣调鼎铼[13]。无疆传庆祚[14]，有截荷亭育[15]。仙驭凌紫氛[16]，神游弃黄屋[17]。方祇护山迹[18]，先正陪岩腹[19]。杳杳九嵕深[20]，沉沉万灵肃[21]。鸟飞田已辟[22]，龙去云犹簇[23]。金气爽林峦[24]，干冈走崖谷[25]。吾皇弘孝理[26]，率土蒙景福[27]。拥佑乃清夷[28]，威灵谅回复[29]。礼承三公重[30]，心愧二卿禄[31]。展敬何所伸[32]，曾以斧山木[33]。

【注释】

[1]昭陵：唐太宗李世民之陵墓,在今陕西礼泉县东北之九嵏山。

[2]寿原：指陵地。

[3]吉卜：吉利的卜兆。

[4]贞观书：指《贞观政要》,开元时吴兢撰,记太宗事迹。

[5]斋沐：斋戒沐浴。

[6]文皇：指唐太宗李世民。李世民卒,群臣上谥曰文宗。 潜耀：隐藏光辉。

[7]隋季：隋末。

[8]抚运：顺应时运。 顺人：顺从民心。

[9]救焚："救焚拯溺"之省。犹言救民于水深火热之中。焚,指火灾。 逐鹿：喻指争夺统治权。鹿,喻帝位。

[10]神祇：天地之神。 戴：尊奉,推崇。 元圣：大圣人,指唐太宗。

[11]君父：指唐高祖。 纳大麓：语出《尚书·舜典》。麓,本谓山足,伪孔《传》训麓为录,言尧纳舜使大录万机之政,后因谓纳麓指总揽大政,领录天子之事。

[12]授兵符：授予军权。兵符,调遣军队的凭证。

[13]直臣：忠诚正直之臣。 调鼎铼(sù)：烹调食物。喻任宰相治理国家。

[14]庆祚：幸福。

[15]有截：语出《诗经·商颂·长发》。后来诗文中割取"有截"二字以为九州、天下的代称。 亭育：抚育、培养。

[16]仙驭：指仙人骑的鹤。古代喻指人死为驾鹤仙游,因称仙驭,此指太宗去世。 紫氛：紫色云气,古代以为祥瑞之气。

[17]黄屋：帝王之车。帝王车盖,以黄缯为盖里,故称。又,帝王宫室亦称黄屋。

[18]方祇(zhī)：很恭敬的。 山迹：此指山陵。

[19]先正：先代之臣。指已逝的贞观朝臣。 陪岩腹：指陪葬。

[20]九嵏(zōng)：九嵏山,在陕西礼泉县东北。有九峰高耸,故名。

102

昭陵就在这座山上。

[21]万灵：众神。

[22]田已辟：据传大禹卒后葬会稽,鸟为之耕田。见《文选》载晋左思《吴都赋》。

[23]龙去：谓太宗逝去,用鼎湖事。见《史记·封禅书》,后称皇帝陵墓为鼎湖。

[24]金气：秋气。

[25]干冈：居西北方位的山冈。旧时被视为适于营建帝王陵寝。

[26]吾皇：此指宪宗。 孝理：孝治。

[27]率土：谓境域以内。语出《诗经·小雅·北山》。 景福：大福。

[28]拥佑：保佑。 清夷：清平,太平。

[29]威灵：显赫的声威。 谅：确实。

[30]三公：唐代以太尉、司徒、司空为三公。唐制,每年二月、八月,差公卿朝拜诸陵。参见《唐会要》卷二〇。

[31]二卿：指参加拜陵的两个卿。权德舆当为二卿之一,诗盖作于权德舆官太常卿时。

[32]展敬：祭拜。 伸：陈述。

[33]斧山木：用斧砍去山木。参见《唐会要》卷二〇。

甲子岁元日呈郑侍御明府[1]

万里烟尘合[2],秦吴遂渺然[3]。无人来上国[4],洒泪向新年。世故看风叶[5],生涯寄海田[6]。屠苏聊一醉[7],犹赖主人贤。

【注释】

[1]甲子岁：唐德宗兴元元年(784)。 明府：县令的别称。

[2]烟尘：此指战火。

[3]秦吴：京城长安一带与吴越一带。

[4]上国：京城。

[5]世故：世事变故。

[6]海田：沧海桑田。参见《神仙传》卷七。

[7]屠苏：酒名。古代风俗于农历正月初一饮屠苏酒。见《荆楚岁时记》。

九日北楼宴集

萧飒秋声楼上闻，霜风漠漠起阴云。不见携觞王太守[1]，空思落帽孟参军[2]。风吟蟋蟀寒偏急，酒泛茱萸晚易醺[3]。心忆旧山何日见[4]，并将愁泪共纷纷。

【注释】

[1]携觞王太守：王太守即王弘。作者此处以陶渊明自比。

[2]落帽孟参军：晋孟嘉的典故。参见《世说新语》《晋书》。

[3]茱萸：植物名，其味香烈，古俗于重阳节佩戴茱萸，以祛邪避灾。醺：醉。

[4]旧山：故乡。

严陵钓台下作[1]

绝顶耸苍翠，清湍石磷磷[2]。先生晦其中[3]，天子不得臣。心灵栖颢气[4]，缨冕犹缁尘[5]。不乐禁中卧，却归江上春。潜驱东汉风[6],日使薄者醇[7]。焉用佐天子,特此报故人[8]。人一作则知大贤心[9],不独私其身[10]。弛张有深致[11],耕钓陶天真[12]。奈何清风后[13],扰扰论屈伸[14]。交情同市道[15],利欲相纷纶[16]。我行访遗台,仰古怀逸民[17]。矰缴鸿鹄远[18],雪霜松桂新。江流去不穷,山色凌秋旻[19]。人世自今古,清辉照无垠[20]。

【注释】

[1] 严陵钓台:东汉严光垂钓处。在今浙江桐庐富春山下。

[2] 磷磷:水石明净貌。

[3] 先生:指严子陵。 晦:隐藏,谓隐居。

[4] 颢气:盛大之气。

[5] 缨冕:系冠的带子和礼冠。代称仕宦。 缁尘:黑色灰尘。

[6] 风:风度,节操。

[7] 薄者醇:浇薄的人变得淳厚。

[8] 故人:老朋友。

[9] 人:一本作"则"。

[10] 私其身:私爱其身。此谓归隐以全身远祸。

[11] 弛张:拉紧弓弦曰张,松开曰弛。借指归隐与出仕。 深致:深远意味。

[12] 陶天真:陶冶疏旷放达、不受约束的品性。

[13] 清风:高洁的品格。

[14] 扰扰:纷乱貌。 屈伸:谓仕途之穷达进退。

[15] 市道:市场买卖。

[16] 纷纶:纷乱、纷杂。

[17] 仰古:敬慕古风。 逸民:避世隐居之人。

[18] 矰缴:系有丝绳用以射鸟的短箭。 远:远离,高飞。

[19]秋旻：秋空。

[20]清辉：喻指严光的高风亮节。

晓发武阳馆即事书情

清晨策羸车[1]，嘲哳闻村鸡[2]。行将骑吏亲[3]，日与情爱暌[4]。东风变林樾[5]，南亩事耕犁[6]。青菰冒白水[7]，方塘接广畦。杂英被长坂[8]，野草蔓幽蹊。潟一作舄卤成沃壤[9]，枯株发柔荑[10]。芳树莺命雏[11]，深林麏引麑[12]。杳杳途未极，团团日已西[13]。哲士务缨弁一作绂[14]，鄙夫恋蓬藜[15]。终当税尘驾[16]，盥濯依春溪[17]。

【注释】

[1]羸车：破旧之车。

[2]嘲哳(zhāo zhā)：象声词。

[3]将：与、共。 骑吏：骑马的随从。

[4]暌：分离。

[5]林樾：林树。

[6]南亩：泛指农田。

[7]菰：植物名，俗称茭白，生于河边、陂泽。

[8]杂英：杂花。 坂：山陂。

[9]潟(xì)卤：瘠薄的盐碱地。潟，一作"舄"。

[10]柔荑(tí)：泛指草木的芽。

[11]命雏：呼唤雏鸟。

[12]麏(jūn)引麑(ní)：大鹿领着小鹿。麏，同"麇"，即獐子，鹿的一

种;麑,幼鹿。

[13]团团:圆形。

[14]哲士:贤人。　缨弁:借指仕途。

[15]鄙夫:庸浅之人。作者自谓。　蓬藜:指简陋之居。

[16]税(tuō):《集韵》他括切,音脱,解脱。　尘驾:落满尘土的车乘。指在尘世奔波。

[17]盥濯:洗漱。

丰城剑池驿感题[1]

龙剑昔未发[2],泥沙一作池相晦藏。向非张茂先[3],孰辨斗牛光[4]。神物不自达[5],圣贤亦彷徨。我行丰城野,慷慨心内伤。

【注释】

[1]丰城:县名,即今江西丰城县。　剑池驿:丰城县西南有剑池,相传是晋雷焕得龙泉宝剑处。参见《晋书·张华传》。

[2]龙剑:指丰城剑。

[3]向非:假如不是。　张茂先:晋张华,字茂先,范阳方城(今河北固安)人。西晋时期政治家、文学家、藏书家,著有《博物志》。

[4]斗牛光:即张华登楼见斗牛之间有紫气,事见《晋书·张华传》。

[5]自达:自己显现。

奉使宜春,夜渡新淦江,陆路至黄蘗馆,路上遇风雨作[1]

草草理夜装,涉江又登陆。望路殊未穷,指期今已促[2]。传呼戒徒御[3],振辔转林麓[4]。阴云拥岩端,霪一作霈雨当山腹。震雷如在耳,飞电来照目。兽迹不敢窥,马蹄唯务速。虔心若斋礼一作祷,濡体如沐浴。万窍相怒号[5],百泉暗奔瀑。危梁虑足跌[6],峻坂忧车覆[7]。问我何以然,前日受微禄[8]。转知人代事,缨组乃徽束[9]。向一作何若家居时[10],安枕春梦熟。遵途稍已近[11],候吏来相续[12]。晓霁心始安[13],林端见初旭[14]。

【注释】

[1]此诗重见清彭定求《全唐诗》卷一九九皇甫曾集,题作《遇风雨作》。笔者按:四部丛刊本《权载之集》、四库全书本《权文公集》、明铜活字本《权德舆集》、《文苑英华》卷二九三皆作权德舆诗,今从。据两《唐书·权德舆传》,疑为贞元初权德舆任江西观察使李兼判官时所作。

[2]指期:限期。

[3]徒御:驾车者。御,一作"驭"。

[4]振辔:抖动马缰,使之加速。

[5]窍:孔,洞。

[6]危梁:高架于山谷的桥。梁,桥。

[7]峻坂:高陡的山坡。

[8]受:原作"爱",误,据丛刊本、四库本、活字本、《英华》及《全唐诗》权德舆集改。 微禄:微薄的俸禄。

[9]缨组:冠带与印绶,代指官职。 徽束:束缚。

[10]向若:假若,假如。

[11]遵途:沿着道路前进。 稍:渐。

[12]候吏:指驿吏,负责迎送过往的官员。

[13]晓霁:天亮雨停明朗。

[14]林端:林木的顶端。初旭:初出的阳光。

渭　水[1]

吕叟一作氏年八十[2],皤然持钓钩[3]。意在静天下[4],岂唯食营丘[5]。师臣有家法[6],小白犹一作乃尊周[7]。日暮驻征策[8],爱兹清渭流。

【注释】

[1] 渭水：即今渭河。源于甘肃渭源西北鸟鼠山,入陕西境横穿渭河平原,东流至潼关入黄河。

[2] 吕叟：指姜太公吕尚,事见《史记·齐太公世家》。

[3] 皤然：头发斑白的样子。

[4] 静天下：安定天下。

[5] 食：食邑。　营丘：周武王封吕尚于营丘,为齐国。参见《史记·周本纪》。意谓吕尚辅佐周王不是为了个人利禄。

[6] 师臣：指吕尚。周文王立吕尚为师,武王尊之为"尚父"。见《史记·齐太公世家》。

[7] 小白：春秋时齐桓公名,为吕尚后人。　犹：一作"乃"。　尊周：尊奉周王室。

[8] 征策：远行的车马。策,竹制马鞭。

朝元阁[1]

缭垣复道上层霄[2],十月离宫万国朝[3]。胡马忽来清跸去[4],空馀台殿照山椒[5]。

【注释】

[1]朝元阁:唐代阁名,在骊山华清宫中。
[2]缭垣:缭绕的围墙。 复道:架设于空中的楼阁间通道。
[3]十月离宫:指十月的华清宫。唐玄宗例于每年十月至华清宫,到十一月、十二月或第二年正月方返长安。
[4]胡马忽来:指安禄山于天宝十四载(755)发动叛乱,次年攻陷潼关,占领长安。 清跸(bì)去:言唐玄宗西行入蜀。清跸,皇帝出行,清道戒严。
[5]山椒:山巅。

石瓮寺[1]

石瓮灵一作寒泉胜宝井[2],汲人回挂青丝绠[3]。厨烟半逐白云飞,当昼老僧来灌顶[4]。

【注释】

[1]石瓮寺:本名福严寺,故址在陕西临潼华清宫东,半山下有石瓮寺,故名。见《类编长安志》卷五。
[2]灵泉:即石瓮泉。见《类编长安志》卷八。
[3]汲人:从泉中取水之人。 青丝绠:青丝做成的汲水之绳。
[4]灌顶:佛教密宗的仪式,凡弟子入门,须先经本师以水或醍醐灌头顶。

盘豆驿[1]

盘豆绿云上古驿[2],望思台下使人愁[3]。江充得计太子死,日暮戾园风雨秋[4]。

【注释】

[1] 盘豆驿:在阌(wén)乡(治今河南灵宝县故县镇)。相传汉武帝过此,父老以牙盘献豆,因名盘豆。参阅《读史方舆纪要》四八《河南府·阌乡县》。

[2] 绿云:喻指树叶繁茂。

[3] 望思台:台名,汉武帝建,为追思太子刘据,事见《汉书·武五子传》。

[4] 戾园:汉宣帝时,追谥太子据为"戾","以湖阌乡邪里聚为戾园"(《汉书·武五子传》)。其址在今河南灵宝县境。

晚渡扬子江,却寄江南亲故[1]

返照满寒流,轻舟任摇漾。支颐见千里[2],烟景非一状。远岫有无中[3],片帆风水上。天清去鸟灭,浦回寒沙涨[4]。树晚叠秋岚[5],江空翻宿浪[6]。胸中千万虑,对此一清旷。回首碧云深,佳人不可望[7]。

【注释】

[1] 扬子江:长江在江苏仪征、扬州一段,古称扬子江。

[2] 支颐:以手托颊。

[3] 远岫:远处的峰峦。

[4] 浦回:水边的回流。

[5] 秋岚:秋季山林的雾霭。

[6] 宿浪:夜晚的浪。

[7] 佳人:此指亲故。

月夜江行[1]

扣船一作舷不得一作能寐[2],浩露清衣襟[3]。弥伤孤舟夜[4],远结万里心。幽兴惜瑶草[5],素怀寄鸣琴[6]。三奏月初上[7],寂寞一作寥寒江深[8]。

【注释】
[1]此诗重见《全唐诗》卷四五四杨衡集,题作《旅次江亭》。
[2]扣船:敲击船的边沿,为歌唱打拍子。
[3]浩露:浓重的露水。
[4]弥伤:愈发感伤。
[5]瑶草:中国神话传说中的仙草。这里是对草的美称。
[6]素怀:平素的怀念。 鸣琴:指抚琴。
[7]三奏:指多次弹奏。 月初上:月亮刚刚升起。
[8]寂寞:空廓,寂静。

陪包谏议湖墅路中举帆[1]同用山字

萧萧凉雨歇,境物望中闲[2]。风际片帆去,烟中独鸟还。断桥通远浦[3],野墅接秋山。更喜陪清兴,尊前一解颜[4]。

【注释】
[1]包谏议:即包佶,字幼正,润州延陵(今江苏丹阳)人。包融子,包

何弟,事见《新唐书》本传。　　湖墅:地名,在浙江余杭县。

[2] 境物:四周的景物。

[3] 断桥:桥名,在今杭州市白堤上。

[4] 解颜:开颜而笑。

富阳陆路[1]

又入乱峰去,远程殊未归。烟萝迷客路[2],山果落征衣。欹石临清浅[3],晴云出翠微。渔潭明夜泊,心忆谢玄晖[4]。

【注释】

[1] 富阳:县名,即今浙江富阳县。

[2] 烟萝:指山野,林野。

[3] 欹石:倾侧不平的山石。

[4] 谢玄晖:即谢朓,字玄晖。陈郡阳夏(今河南太康)人。南朝齐杰出的山水诗人。玄晖,原作元晖,系编书时避清讳,此径改。

过隐者湖上所居

蜗舍映平湖[1],幡然一鲁儒[2]。唯将酒作圣[3],不厌谷名愚[4]。兵法窥黄石[5],天官辨白榆[6]。行看软轮起[7],未可号潜夫[8]。

【注释】

[1]蜗舍：指狭小简陋的房舍。

[2]鲁儒：泛指儒者。

[3]酒作圣：犹嗜酒。

[4]谷名愚：愚公谷,在今山东淄博西,指隐士居处,见《说苑·政理》,这里借指隐居之地。

[5]黄石：指黄石公。见《史记·留侯世家》。

[6]天官：天文。　白榆：星名,在北斗星旁。

[7]软轮：软车轮,用蒲草裹轮以减轻颠簸,即安车蒲轮,用以征聘德高望重之人或隐士。见《汉书·武帝纪》。

[8]潜夫：东汉王符,字节信,安定临泾(今甘肃镇原)人。政论家、文学家,著《潜夫论》,事迹见《后汉书》本传。

春日同诸公过兵部王尚书林园[1]

休沐君相近[2],时容曳履过[3]。花间留客久,台上见春多。松色明金艾[4],莺声杂玉珂[5]。更逢新酒熟,相与藉庭莎[6]。

【注释】

[1]王尚书：王绍,京兆万年人。本名纯,因避宪宗讳,改名绍。见两传《唐书》本传。

[2]休沐：休假。

[3]曳履：拖着鞋子,形容悠闲。

[4]金艾：指金印艾绶。谓贵官之服饰。艾,绿色。

[5]玉珂：马勒上的装饰物,玉制或贝制,马行时振动作声。

[6]藉庭莎：坐在庭院里的莎草上。

与沈十九拾遗同游栖霞寺，上方于亮上人院会宿二首[1]

摄一作躡山标胜绝[2]，暇日谐想瞩[3]。萦纡松路深[4]，缭绕云岩曲。重楼回树杪[5]，古像凿山腹[6]。人远水木清，地深兰桂馥。层台耸金碧，绝顶摩净绿[7]。下界诚可悲[8]，南朝纷在目[9]。焚香入古殿，待月出深竹。稍觉天籁清，自伤人世促。宗雷此相遇[10]，偃放从所欲[11]。清论松枝一作月轮低[12]，闲吟茗花熟。一生如土梗[13]，万虑相桎梏[14]。永愿事潜师[15]，穷年此栖宿。

【注释】

[1] 沈十九：疑指沈既济（据今人岑仲勉《唐人行第录》）。既济曾为左拾遗，《新唐书》有传。　栖霞寺：在今江苏南京市东北栖霞山上。为江南名寺之一。　上方：道家称天上仙界为上方，此指地势高处。

[2] 摄：通"躡"。　标：峰顶。

[3] 谐：合。　想瞩：想望。指登眺游览之思。

[4] 萦纡：回旋曲折。

[5] 杪：树梢。

[6] 古像：指石窟佛像。

[7] 净绿：此指天空。

[8] 下界：指人间。

[9] 南朝：指东晋以后中国南方的宋、齐、梁、陈四朝。

[10] 宗雷：宗炳与雷次宗，均为南朝宋时著名隐士，时人称为宗居士、雷居士。见《宋书·隐逸传》。此以宗、雷比自己与沈拾遗。

[11] 偃放：闲放。

[12] 清论：清谈。

[13] 土梗：泥偶，遭雨则坏。喻轻贱无用。

[14] 桎梏：此指束缚。

[15] 潜师：指竺法潜。为晋代名僧，居于剡县沃洲山。晋哀帝时，曾奉诏赴朝廷讲经，颇受礼敬。此指亮上人。

偶来人境外[1]，心赏幸随君[2]。古殿烟霞夕，深山松桂熏。岩花点寒溜[3]，石磴扫春云。清净诸天近[4]，喧尘下界分[5]。名僧康宝一作保月[6]，上客沈休文[7]。共宿东林夜[8]，清猿彻曙闻[9]。

【注释】

[1] 人境外：人世之外。

[2] 心赏：称心的游赏。

[3] 溜：小股水流。

[4] 清净：佛教谓远离一切罪恶与烦恼。 诸天：佛教认为三界（欲界、色界、无色界）共有三十二天，总谓之诸天。

[5] 喧尘：喧闹的尘世。

[6] 康宝月：南朝齐武帝时僧人。见《诗品》《乐府诗集》卷四十八《估客乐》解题。

[7] 沈休文：指沈约，字休文。南朝宋、齐、梁朝时期著名的诗人、史学家，吴兴武康（今浙江德清）人。著作有《宋书》等数十种，大多已佚。此处用以美称沈拾遗。

[8] 东林：指庐山东林寺，东晋名僧慧远所居，此喻指栖霞寺。

[9] 彻曙：直到天亮，彻夜。

题柳郎中茅山故居[1] 一作柳谷汧故居

下马荒阶一作郊日欲曛[2],潺潺石溜静中闻[3]。鸟啼花落人声绝[4],寂寞山窗掩白云[5]。

【注释】

[1]茅山:即"三茅山",道家传说中的三神仙山。诗题一作《柳谷汧故居》。本诗又见于李德裕集,题作《题柳郎中故居》。

[2]曛:黄昏。

[3]石溜:岩石间的小股流水。

[4]落:一作"发"。

[5]寂寞:寂静,闲静。

奉和张仆射朝天行[1]

元侯重寄贞师律[2],三郡一作都四封今静谧[3]。丹毂常思阙下来[4],紫泥忽自天中出[5]。军装喜气倍趋程,千骑鸣珂入凤城[6]。周王致理称申甫[7],今日贤臣见明主。拜恩稽首纷无已[8],凝旒前席皇情喜[9]。逢时自是山出云[10],献可还同石投水[11]。昔岁褒衣《梁甫吟》[12],当时已有致君心[13]。专城一鼓妖氛静[14],拥旆十年天泽深[15]。日日披诚奉昌运[16],王人织路传清问[17]。仙酝尝分玉斝浓[18],御闲更辍金羁骏[19]。元正前殿朝君臣[20],一人负扆百福新[21]。宫悬彩仗俨然合[22],瑞气炉烟相与春[23]。万年枝上东风早[24],佩玉晨趋光景好[25]。涂山已见首诸侯[26],麟阁终当画元老[27]。温室沉沉漏刻移[28],退朝宾侣每相随[29]。雄词乐职波涛阔[30],旷度交欢云雾披[31]。自古全才贵文武,懦夫只解冠章甫[32]。见公抽匣百炼光[33],试欲磨铅谅无助一作取[34]。

【注释】

[1] 张仆射:即张建封。参见本卷《送张仆射朝见毕归镇》注[1]。张建封于贞元十三年(797)冬入京师朝觐,赋《朝天行》以献。

[2] 元侯:指重臣,此谓张建封。 贞师律:谓使军队的纪律严明正确,指统帅军队。语本《周易·师》。

[3] 三郡:指徐、泗、濠三州。建封时任三州节度使。 四封:四境之内。

[4] 丹毂:朱轮车。贵者所乘。

[5] 紫泥:帝王诏书用紫泥封,因以为诏书之代称。

[6] 鸣珂:珂为马勒上的玉饰,马行则作响,谓之鸣珂。 凤城:京城的代称。

[7] 致理:致治,使国家安定清平。 申甫:周代贤臣申伯和仲山甫。见《诗经·大雅·崧高》。

[8] 稽首:古代一种跪拜礼。行跪拜礼时,拱手胸前先拜,而后叩头至地,为古人最恭敬的礼节。

[9] 凝旒:冕旒静止不动。形容帝王神情专注。 前席:欲更接近,移坐而前。见《史记·商君列传》。

[10] 逢时:遇到圣明之时。 山出云:云出山。喻出仕。

[11] 献可:即"献可替否"之省。指议论国事兴革,语见《左传·昭公二十年》。 石投水:比喻君臣投契,言论被皇帝接受,参见三国魏李康《运命论》。

[12]褒衣:犹"褒衣博带",即宽衣大带,儒者之服。 《梁甫吟》:见《三国志·诸葛亮传》。

[13]致君:辅佐君王,使之成为圣君。

[14]专城:主宰一方的州郡长官。 一鼓:击鼓一次,引申谓一举。

[15]拥旄:指统率军队。 十年:指张建封自贞元四年为徐州刺史、徐泗濠节度使,至十三年入觐京师,主持徐州军政共十年。 天泽:皇帝的恩泽。

[16]披诚:表露忠诚。 奉昌运:佐助昌盛的国运。

[17]王人:此指皇帝的使臣。 织路:即"织络"。谓往来奔走,好似穿梭织布。 清问:清审详问,表示关怀。

[18]仙酝:指美酒。 玉斝(jiǎ):玉制酒器。

[19]御闲:犹御厩,皇家马厩。 辍:通缀,牵。 金羁骏:套着金络头的骏马。

[20]元正:此指贞元十四年元旦。

[21]一人:指天子。 负扆(yǐ):谓天子听政。扆,户牖间画有斧纹的屏风。天子接见臣下,背扆南面而立,故称负扆。

[22]宫悬:古时钟磬等乐器悬挂于架上,帝王四面悬挂,称宫悬。 俨然:整齐有序的样子。

[23]炉烟:香炉散出的香烟。

[24]万年枝:即冬青树。东汉许昌景福殿、晋时洛阳华林园皆植冬青树。后即用以描写宫中景色。

[25]晨趋:指早晨上朝。

[26]"涂山"句:古史称禹会诸侯于涂山,在今安徽怀远县东南,淮河东岸,又名当涂山。参见《左传·哀公七年》,《太平寰宇记·濠州》。

[27]麟阁:也称麒麟阁,西汉宣帝于此书画功臣。参见《汉书·苏武传》。

[28]温室:汉殿名。借指唐宫。

[29]宾侣:宾客与伴侣。

[30]乐职:诗篇名,见汉王褒《四子讲德论》,这里借指张建封所作

119

《朝天行》。

[31]旷度：开朗的气度。　云雾披：用晋卫伯玉赏识名士乐广之典，见《世说新语·赏誉》。

[32]章甫：商代的冠名，后用以称儒生之冠。

[33]抽匣：拔刀。　百炼：古宝刀名。见《古今注·舆服》。借指张建封之诗才。

[34]磨铅：磨钝刀。比喻才能低劣，勉力而为。铅，铅刀。此乃作者自谦。

和李中丞慈恩寺清上人院牡丹花歌[1]

澹荡韶光三月中[2]，牡丹偏自占春风。时过宝地寻香径[3]，已见新花出故丛。曲水亭西杏园北[4]，浓芳深院红霞色。擢秀全胜珠树林[5]，结根幸在青莲域[6]。艳蕊鲜一作仙房次第开[7]，含烟洗露照苍苔。庞眉倚杖禅僧起[8]，轻翅萦枝舞蝶来。独坐南台时共美[9]，闲行古刹情何已。花间一曲奏阳春[10]，应为芬芳比君子。

【注释】

[1]慈恩寺：在唐长安城东南曲江北。宋时已毁，仅存寺塔，即大雁塔。今寺为近代所建，在今陕西西安南郊。

[2]澹荡：犹荡漾。　韶光：指春光。

[3]宝地：佛地。

[4]曲水亭：亭名。即曲江亭，在长安城东南曲江池边。　杏园：园名，故址在大雁塔南，曲江池西南，与慈恩寺南北相对。为新及第进士游宴之地。

[5]擢秀：草木之欣欣向荣。　珠树：神话传说中可结珠的仙树。

见《山海经·海外南经》《淮南子·墬形训》。

[6] 青莲域：指佛寺。此指慈恩寺。

[7] 鲜：一作"仙"。 房：花房。

[8] 庞眉：眉毛花白，年老貌。

[9] 南台：御史台之别称。

[10] 阳春：谓高雅之曲，见宋玉《对楚王问》，此借指李中丞牡丹花歌之高雅。

锡杖歌送明—无明字楚上人归佛川[1]

上人远自西天竺—作至，头陀行遍国—作南朝寺[2]。口翻贝叶古字经[3]，手持金策声泠泠[4]。护法护身唯振锡[5]，石濑云溪深寂寂[6]。乍来松径风更—作露寒[7]，遥映霜天月成魄[8]。后夜空山禅诵时，寥寥挂在枯树枝。真法常传心不住，东西南北随缘路[9]。佛川此去何时回，应真莫便游天台[10]。

【注释】

[1] 此诗重见《全唐诗》卷一九九，作皇甫曾诗。笔者按：四部丛刊本《权载之集》、四库全书本《权文公集》、明铜活字本《权德舆集》、《文苑英华》卷二八五皆作权德舆诗，当可信。 锡杖：即禅杖，杖头有铁卷，振时锡锡作声，故称。 明楚上人：《全唐诗》下注"一无明字"。按：《文苑英华》题无"明"字，作"楚上人"。

[2] 头陀：梵语音译，佛教的苦行之一。有乞食等十二项修行规定。此指行脚乞食。

[3] 贝叶：贝多罗树之叶，此树产于印度等地，高四、五丈，叶大有光

泽,古印度人多用它刻写佛教经文,称贝叶经。

[4]金策:此指锡杖。 泠泠:形容声音清脆。

[5]振锡:摇动锡杖。

[6]石濑(lài):石上急流。

[7]更:《文苑英华》等作"露"。《全唐诗》"更"下注"一作露"。

[8]魄:月黑无光的部分。月成魄,谓月缺。

[9]随缘:随其机缘而行,不加勉强。

[10]应真:上应天道。此指明楚上人已是得道高僧。 天台:山名,在今浙江天台县北,佛教法华宗的发源地。

马秀才草书歌大理马正之子[1]

伯英草圣称绝伦[2],后来学者无其人。白眉年少未弱冠[3],落纸纷纷运纤腕[4]。初闻之子十岁馀,当时时辈皆不如。犹轻昔日墨池学[5],未许前贤团扇书[6]。艳彩芳姿相点缀,水映荷花风转蕙[7]。三春并向指下生[8],万象争分笔端势。有时当暑如清秋,满堂风雨寒飕飕。乍疑崩崖瀑水落,又见古木饥鼯愁[9]。变化纵横出新意,眼看一字千金贵[10]。忆昔谢安问献之[11],时人虽见那得知。

【注释】

[1]大理马正:大理正马某。唐代大理寺置正二员,从五品下,为大理卿属官。

[2]伯英:张芝,字伯英,东汉书法家,善章草,后创"今草",三国魏韦诞称他为"草圣"。

[3] 白眉：原指三国马良,见《三国志·蜀书·马良传》,此处以马良称美马秀才。　弱冠：古代男子二十岁行冠礼,以示成人,因体犹未壮,故称"弱冠"。

[4] 纤腕：细腕。

[5] 墨池学：指张芝的草书。　墨池：洗笔砚的池子。古代书法家张芝、王羲之等皆有墨池的传说。传张芝临池学书,池水尽黑。

[6] 未许：不佩服。　团扇书：借指王羲之书法,参见《晋书·王羲之传》。

[7] 风转蕙：蕙草在风中摇动。蕙,香草名。

[8] 三春：春天之孟春、仲春、季春三个月的合称。

[9] 鼯(wú)：鼠名,俗称飞鼠。形似蝙蝠,能在树林中滑翔。

[10] 一字千金：意思是字值一千金,原指改动一个字赏赐千金,形容文字价值极高,文辞精彩奇妙。典出《史记·吕不韦列传》。这里是指马氏书法作品的珍贵。

[11] 谢安：字安石,陈郡阳夏(今河南太康)人。东晋政治家、名士,事见《晋书·谢安传》。　献之：字子敬,东晋著名书法家、诗人、画家,"书圣"王羲之第七子,与其父王羲之并称为"二王"。事见《晋书·王羲之传》附《王献之传》。这里用此事称美马氏子草书自有特色。

杂诗五首

婉彼嬴氏女[1],吹箫偶萧史。彩鸾驾非一作霏烟[2],绰约两仙子。神期谅交感[3],相顾乃如此。岂比成都人[4],琴心中夜起[5]。

【注释】

[1] 嬴氏女：秦穆公女弄玉,见《列仙传》卷上。嬴,秦君之姓。

［2］非烟：指庆云，五色祥云。
［3］神期：犹言"神契"。　交感：互相吸引感应。
［4］成都人：指西汉辞赋家司马相如。相如为蜀郡成都人。
［5］琴心：琴声表达的情思。此谓司马相如以琴心挑动卓文君，文君遂私奔相如。

阳台巫山上[1]，风雨忽清旷。朝云与游龙[2]，变化千万状。魂交复目断[3]，缥缈难比况。兰泽不可亲[4]，凝情坐惆怅。

【注释】

［1］阳台：此首咏宋玉《高唐赋》《神女赋》之巫山神女。阳台乃神女居处。
［2］与：犹"如"。
［3］魂交：梦中精神交往。　目断：一直望到看不见。
［4］兰泽：用兰浸的油脂，用以润发肤。语出宋玉《神女赋》。此借指其体肤。

淇水春正绿[1]，上宫兰叶齐[2]。光风两摇荡[3]，鸣佩出中闺[4]。一顾授横波[5]，千金呈瓠犀[6]。徒然路傍子，悦悦复凄凄[7]。

【注释】

［1］淇水：水名，在今河南省北部。古为黄河支流。源出淇山，南流至今汲县东北淇门镇南入河。
［2］上宫：语本《诗经·鄘风·桑中》，上宫乃男女约会之地。
［3］光风：丽日与和风。
［4］鸣佩：佩玉声响。　中闺：闺中。

[5]横波:比喻眼神流盼,如水闪波。

[6]千金:即千金一笑,指美人笑之难得。 瓠犀:瓠瓜的子。喻女人洁白整齐的牙齿。见《诗经·卫风·硕人》。

[7]悦悦:悦,即恍。心神不定,失意的样子。

  碧树泛鲜飙[1],玉琴含妙曲。佳人掩鸾镜[2],婉婉凝相瞩[3]。文袿映束素[4],香黛宜曼绿[5]。寂寞远怀春,何时来比目[6]。

【注释】

[1]鲜飙:清新之风。

[2]鸾镜:指妆镜。

[3]婉婉:和顺貌。 凝相瞩:凝眸眺望。

[4]文袿(guī):有文彩之女上衣。 束素:形容女子的细腰。素,白色生绢。

[5]香黛:女子用以画眉的青黑色颜料。 曼绿:美目。

[6]比目:古人认为鲽鱼一目,须两两相并方能游行,称之为比目鱼。后以喻夫妇、情人。

  含颦倚瑶瑟[1],丹慊结繁虑[2]。失身不自还,万恨随玉箸[3]。蘼芜山下路[4],团扇秋风去[5]。君看心断时[6],犹在目成处[7]。

【注释】

[1]含颦:凝眉。 瑶瑟:以玉为饰的瑟。

[2]丹慊:犹丹诚。

[3]玉箸:比喻眼泪。

[4]蘼芜:香草名。参见《玉台新咏·古诗》之一,此用其意。

· 125 ·

［5］团扇：用班婕妤《团扇歌》之事。参见《汉书·外戚传》。

［6］心断：心碎。

［7］目成：男女以眉目传情而两心相许，见《楚辞·九歌》。

古　意

家人强进酒,酒后一作复能忘情。持杯未饮时,众感纷已盈[1]。明月照我房,庭柯振秋声[2]。空庭白露下,枕席凉风生。所思万里馀,水阔山纵横。佳期凭梦想,未晓愁鸡鸣。愿将一作得一心人一作二心人[3],当年欢乐平[4]。长筵映玉俎[5],素手弹秦筝[6]。曼睇呈巧笑[7],惠音激凄清[8]。此愿良未果[9],永怀空如醒一作醒[10]。

【注释】

［1］盈：满足。

［2］庭柯：庭树。

［3］将：携。

［4］当年：华年,壮年。　欢乐平：欢乐和好。

［5］玉俎：古代祭祀设宴时,用以盛牲的礼器。

［6］素手：指佳人洁白之手。　秦筝：古弦乐器,相传为秦蒙恬所造,故云。

［7］曼睇：流盼,借指美目。　巧笑：美好的笑容。语见《诗经·卫风·硕人》。

［8］惠音：清和之音。

［9］良：的确。　未果：未实现。

[10]永怀：长久思念。　醒(chéng)：病酒。

古乐府

　　风光一作光风澹荡百花吐[1]，楼上朝朝学歌舞。身年二八婿侍中[2]，幼妹承恩兄尚主[3]。绿窗珠箔绣鸳鸯[4]，侍婢先焚百和香[5]。莺啼日出不知曙，寂寂罗帏春梦长。

【注释】
[1]澹荡：荡漾。
[2]侍中：汉代宫中的近侍官。
[3]承恩：蒙受恩泽。指为皇帝嫔妃。　尚主：娶公主为妻。
[4]珠箔：即珠帘。
[5]百和香：以多种香料配制而成的香。

秋闺月

　　三五二八月一作光如练[1]，海上天涯应一作人共见[2]。不知何处玉楼前，乍入深闺玳瑁筵[3]。露浓香径和愁坐，风动罗帏照独眠。初卷珠帘看不足。斜抱箜篌未成曲[4]。稍映妆台临绮窗[5]，遥知不语泪双双。此时愁望知何极[6]，万里秋天同一色。霭霭遥分陌上光[7]，迢迢对此闺中忆。早晚归来欢宴同[8]，可怜歌吹月明中[9]。此夜不堪肠断绝,愿随流影到辽东[10]。

【注释】

[1] 三五:每月十五。二八:每月十六。
[2] 海上天涯:见张九龄《望月怀远》:"海上生明月,天涯共此时。"
[3] 玳瑁筵:谓精美的筵席。
[4] 箜篌:古代一种弦乐器。
[5] 稍映:渐渐照到。 绮窗:雕画精美的窗户。
[6] 何极:无尽。
[7] 霭霭:朦胧貌。
[8] 早晚:何时。
[9] 歌吹:歌声和乐声。
[10] 流影:指流光,月光。 辽东:郡名。秦置,汉因之,辖有今辽宁东南部辽河以东地。古诗中常用以泛指北方边地。

薄命篇——作妾薄命篇[1]

昔住邯郸年尚少[2],只是娇羞弄花鸟。青楼碧纱大道边[3],绿杨日暮风袅袅。婵娟玉貌二八馀,自怜—作矜颜色花不如。丽质全胜秦氏女[4],藁砧宁用专城居[5]。岁去年来年渐长,青春—作蛾红粉全堪赏[6]。玉楼珠箔但间居,南陌东城讵来往[7]。韶光日日看渐迟[8],摽梅既落行有时[9]。宁知燕赵娉婷子[10],翻嫁幽并游侠儿[11]。年年结束青丝骑[12],出门一去何时至。秋月空悬翡翠帘[13],春帏懒卧鸳鸯被[14]。沙塞经时不寄书[15],深闺愁独意何如。花前拭泪情无限,月下调琴一作弦恨有馀[16]。离别苦多相见少[17],洞房愁梦何由晓[18]。闲看双燕泪霏霏[19],静对空床魂悄悄[20]。镜里红颜不自禁[21],陌头香骑动春心[22]。为问佳期早晚是,人人总解有黄金[23]。

【注释】

[1]薄命篇:《文苑英华》《唐五十家诗集》题作《妾薄命篇》,《四库全书》无题下"一作《妾薄命篇》"六字。《妾薄命》为乐府杂曲歌辞名。

[2]邯郸:战国赵国国都,秦置邯郸郡,隋唐时改置县,即今河北邯郸。

[3]碧纱:即碧纱厨,帏幛之属,夏令张之以避蚊蝇。

[4]秦氏女:见汉乐府《陌上桑》,后用"秦氏女(秦罗敷)"指代美女。

[5]藁(gǎo)砧(zhēn):一作"橐椹",亦作"稿砧",古代行斩刑的用具。参见明周祈《名义考》。 专城居:指州牧、太守等地方长官。

[6]青春:春,《全唐诗》"春"下注:"一作蛾"。此指年轻貌美。青蛾则指以青黛画的蛾眉。二字皆通。 红粉:妇女化妆用的胭脂与白粉。

[7]陌:《唐五十家诗集》作"北"。

[8]韶光:美好的时光,多指春光。

[9]摽(biào)梅:言梅熟而落,比喻女子已到结婚年龄。语本《诗经·召南·摽有梅》。

[10]娉婷子:美女。

[11]幽并:幽并二州的并称。 游侠儿:古代幽、并二州多豪侠。语出三国魏曹植《白马篇》。

[12]结束:装束,打扮。 青丝骑:用青丝做缰绳的骏马。

[13]翡翠帘:以翡翠羽毛编织的帷帘。

[14]鸳鸯被:绣有鸳鸯图案的被子。

[15]沙塞:沙漠边塞。 经时:长时间。

[16]琴:《文苑英华》《唐五十家诗集》作"弦"。《文苑英华》"弦"下

注:"一作琴"。《全唐诗》"琴"下注:"一作弦"。

[17] 苦多:极多。苦,甚。

[18] 洞房:指闺房。

[19] 霏霏:纷纷。

[20] 悄悄:忧愁貌。

[21] 不自禁:不能自制。

[22] 香骑:美女的坐骑。

[23] 解:分析。　有黄金:谓黄金尚未用尽,故不归。苏秦游说秦惠王,黄金用尽,失意而归,见《战国策·秦策一》。此反用其意。

放歌行[1]

夕阳不驻东流急,荣名贵在当年一作时立[2]。青春虚度无所成,白首衔悲亦何及。拂衣西笑出东山[3],君臣道合俄顷间。一言一笑玉墀上[4],变化生涯如等闲。朱门杳杳列华戟[5],座中皆是王侯客。鸣环动佩暗珊珊[6],骏马花骢白玉鞍[7]。十千斗酒不知贵[8],半醉留宾邀尽欢。银烛一作灯煌煌夜将久,侍婢金罍泻春酒[9]。春酒盛来琥珀光[10],暗闻兰麝几般香[11]。乍看腕皓映罗袖,微听清歌发杏梁[12]。双鬟美人君不见[13],一一皆胜赵飞燕[14]。迎杯乍举石榴裙[15],匀粉时交合欢扇[16]。未央钟漏醉中闻[17],联骑朝天曙色分[18]。双阙烟云遥霭霭[19],五衢车马乱纷纷[20]。罢朝鸣佩骤归鞍,今日还同昨日欢。岁岁年年恣游宴,出门满路光辉遍。一身自乐何足言,九族为荣真可羡[21]。男儿称意须及时,闭门下帷人不知[22]。年光看逐转蓬尽[23],徒咏东山招隐诗[24]。

【注释】
[1] 放歌行:乐府曲名,属相和歌辞瑟调曲。
[2] 当年:华年,壮年。
[3] 拂衣:振衣。 西笑:西望京师长安而笑,即渴慕帝都之意。语见《新论·琴道》。 东山:山名,在今浙江上虞县西南。晋谢安早年曾隐居东山,见《晋书·谢安传》。
[4] 玉墀:玉砌的宫殿台阶。
[5] 列华戟:唐制,官、阶、勋、俱三品,得列戟于私第门前。华戟,即画戟,古兵器名,因有彩饰,故称。
[6] 环、佩:两种玉饰。 珊珊:玉佩声。
[7] 花骢:毛色青白相杂的马。
[8] 十千:极言酒美价高。
[9] 金罍:古代的一种酒器。 春酒:冬酿春熟之酒。见《诗经·豳风·七月》。
[10] 琥珀光:形容酒色如琥珀。琥珀是松柏树脂的化石,黄色或褐色。
[11] 兰麝:兰草和麝香。泛指香气。
[12] 清歌:清亮的歌声。 杏梁:文杏所制的屋梁。指华丽的屋宇。
[13] 双鬟:青年女子梳的两个环形发髻。
[14] 赵飞燕:汉成帝皇后。初学歌舞,以体态轻盈,号曰飞燕。与其妹合德专宠十余年。
[15] 乍举:忽然飘动。 石榴裙:红裙。
[16] 匀粉:施粉化妆。 时交合欢扇:谓团扇时时交错会合。合欢扇,指团扇,绘有对称图案,象征男女合欢。
[17] 未央:汉宫名,故址在今陕西西安西北。 钟漏:钟声及漏壶滴水声。

［18］联骑：并骑而行。　朝天：朝见天子。

［19］双阙：指宫殿。

［20］五衢：通五方的大路。

［21］九族：由自己上推至本世高祖，下推及四世玄孙，称九族。一说父族四、母族三、妻族二为九族。

［22］闭门下帷：西汉大儒董仲舒为弟子讲诵时放下帷幕，以避干扰，自己曾三年不窥园舍。见《史记·儒林列传》。这里用"闭门下帷"表示埋头苦读。

［23］年光：年华。　转蓬：随风飘转的蓬草。

［24］东山：此指隐居之地。　招隐诗：晋左思、陆机有《招隐诗》，招人归隐。

玉台体十二首[1]

鸾啼兰已红，见出凤城东[2]。粉汗宜斜日[3]，衣香逐上风[4]。情来不自觉，暗驻五花骢[5]。

【注释】

［1］玉台体：南朝陈徐陵辑梁以前诗为《玉台新咏》，除选录乐府民歌外，多为南朝文士及梁朝诸帝有关宫廷生活、男女情爱等的绮靡艳丽之作，后来文人拟作，称为宫体，亦称玉台体。

［2］凤城：京城。

［3］粉汗：犹言"香汗"。

［4］上风：风向的上方。

［5］五花骢：即五花马。唐人把马鬃修剪成瓣以为装饰，剪成五瓣的叫五花。骢，青白色的马。

婵娟二八正娇羞[1],日暮相逢南陌头。试问佳期不肯道[2],落花深处指青楼[3]。

【注释】
[1] 婵娟：指美女。　二八：指十六岁。
[2] 佳期：此指男女约会的时间。
[3] 青楼：此指富贵人家豪华精致的楼房。

隐映罗衫薄,轻盈玉腕圆[1]。相逢不肯语,微笑画屏前[2]。

【注释】
[1] 玉腕：洁白温润的手腕。
[2] 画屏：有图画的屏风。

知向辽东去[1],由来几许愁[2]。破颜君莫怪[3],娇小不禁羞。

【注释】
[1] 辽东：郡名。秦置,汉因之,辖有今辽宁东南部辽河以东地。古诗中常用以泛指北方边地。
[2] 由来：历来。　几许：多少,若干。
[3] 破颜：开颜而笑。

楼上吹箫罢[1],闺中刺绣阑。佳期不可见,尽日泪潺潺[2]。

【注释】

[1] 吹箫：用萧史事，见《列仙传》卷上。
[2] 泪潺潺：眼泪流淌的样子。潺潺，水徐缓流动的样子。

  泪尽—作昼足珊瑚枕[1]，魂销玳瑁床[2]。罗衣不忍着—作看，羞见绣鸳鸯[3]。

【注释】

[1] 珊瑚枕：饰以珊瑚之枕。
[2] 玳瑁床：用玳瑁的甲片作装饰的床。
[3] 绣鸳鸯：指罗衣上所绣鸳鸯。

  君去期花时[1]，花时君不至。檐前双燕飞，落妾相思泪。

【注释】

[1] 期：约定。 花时：花开之时，指春天。

  空闺灭烛后—作夜，罗幌独眠时[1]。泪尽肠欲断，心知人不知。

【注释】

[1] 幌：帷幔，此指床帐。

  秋风一夜至，吹尽后庭花[1]。莫作经时别[2]，西邻是宋家[3]。

【注释】

[1] 后庭花:花名,一说鸡冠花的一种。参见《碧鸡漫志》卷五。一说雁来红的异名。见《农政全书》卷五九引明朱橚《救荒本草》。

[2] 经时:长时间。

[3] "西邻"句:化用宋玉《登徒子好色赋》之意。此诗的女主人公以"东邻女"自喻,劝丈夫不要经久不归。

独自披衣坐,更深月露寒。隔帘肠欲断,争敢下阶看[1]。

【注释】

[1] 争敢:怎敢。

昨夜裙带解,今朝蟢子飞[1]。铅华不可弃[2],莫是藁砧归。

【注释】

[1] 蟢(xǐ)子:蜘蛛的一种,即蟏蛸,又名喜子。体细长,暗褐色,长脚。古人认为,有蟢子着衣,预示有喜事来临。

[2] 铅华:搽脸之粉。

万里行人至,深闺夜未眠。双眉灯下扫[1],不待镜台前[2]。

【注释】

[1] 扫:画。

[2] 镜台:有镜之梳妆台。

祗役江西路上，以诗代书寄内[1]

辛苦事行役[2]，风波倦晨暮。摇摇结遐心[3]，靡靡即长路[4]。别来如昨日，每见缺蟾兔[5]。潮信催客帆[6]，春光变江树。宦游岂云惬[7]，归梦无复数。愧非超旷姿，循此局促步[8]。笑言思暇日，规劝多远度[9]。鹑服我久安[10]，荆钗君所慕[11]。伊予多昧理[12]，初不涉世务。适因拥肿材[13]，成此懒慢趣。一身常抱病，不复理章句[14]。胸中无町畦[15]，与物且多忤[16]。既非大川楫[17]，则守南山雾[18]。胡为出处间[19]，徒使名利污。羁孤望予禄[20]，孩稚待我哺[21]。未能即忘怀，恨恨以此故。终当税鞿鞅[22]，岂待毕婚娶[23]。如何久人寰[24]，俯仰学举措[25]。衡茅去迢递[26]，水陆两驰骛[27]。晰晰窥晓星[28]，涂涂践朝露[29]。静闻田鹤起[30]，远见沙鸠聚[31]。怪石不易跻[32]，急湍那可溯。渔商闻远岸[33]，烟火明古渡。下碇夜已深[34]，上碕波不驻[35]。畏途信非一，离念纷难具。枕席有馀清[36]，壶觞无与晤[37]。南方出兰桂[38]，归日自分付[39]。北窗留琴书，无乃委童孺[40]。春江足鱼雁，彼此勤尺素。早晚到中闺[41]，怡然两相顾。

【注释】

[1] 祗(zhī)役江西：指作者于贞元二年(786)应江西观察使李兼之

辟,为观察判官兼监察御史。祇役,奉命任职。　内:内人,指妻子。

[2] 行役:因公务而跋涉在外。

[3] 摇摇:心神不安。　结遐心:蕴积着深长的离思。

[4] 靡靡:迟缓貌。语见《诗经·王风·黍离》。

[5] 每见:屡见。　缺蟾兔:月缺。传说月中有蟾蜍及玉兔,因以蟾兔指月亮。

[6] 潮信:潮水。

[7] 宦游:外出谋官或做官。

[8] 局促:拘束,窘迫。

[9] 远度(dù):高远的器度。

[10] 鹑服:褴褛的衣服。鹑尾秃,故称。鹑,鹌鹑。

[11] 荆钗:素钗。荆钗布裙乃贫家妇女的装束。

[12] 昧理:愚钝而不懂事理。

[13] 拥肿材:无用之材。见《庄子·逍遥游》。

[14] 理章句:指作诗文。

[15] 町畦:田界。喻规矩、约束。

[16] 物:此指世人。　忤:违逆,抵触。

[17] 大川楫:指治理大国的人才。典出《尚书·说命》:"若济巨川,用汝作舟楫。"

[18] 守南山雾:指隐居,参见《列女传·陶答子妻》。

[19] 出处:出仕与隐居。

[20] 羁孤:孤独的寄居者。

[21] 孩稚:幼儿。　哺:喂养。

[22] 税:同"脱",解脱。　羁靮:马缰绳。比喻束缚。

[23] 毕婚娶:用东汉尚平事。事见《艺文类聚》卷三六引嵇康《高士传》。《后汉书·逸民传》"尚"作"向"。

[24] 人寰:人间,人世。

[25] 俯仰:周旋、应付。　举措:举动。

[26] 衡茅:衡门(横木为门)茅屋。比喻简陋的房舍。

[27] 驰骛：奔走。

[28] 晰晰：明亮貌。

[29] 涂涂：浓重貌。

[30] 田鹤：田间野鹤。

[31] 沙鸠：鸠，鸟名。常群栖息于沙滩洲渚。

[32] 跻：登，升。

[33] 渔商：渔父商贩。

[34] 下碇(dìng)：停船靠岸。碇，停船时稳定船身的石墩。

[35] 上碕(qí)：上岸。碕，曲岸。

[36] 有馀清：谓十分清冷。

[37] 壶觞：盛酒的器具，借指酒。

[38] 兰桂：兰草与桂花。二者皆以香闻名，故诗文中常喻君子品德。

[39] 分付：分别付与。

[40] 无乃：恐怕是。

[41] 中闺：即闺中。指内室。闺，上圆下方的圭形小门。

桃源篇[1]

小年尝读桃源记[2]，忽睹良工施绘事。岩径初欣缭绕通，溪风转觉芬芳异。一路鲜云杂彩霞，渔舟远远逐桃花。渐入空蒙迷鸟道[3]，宁知掩映有人家。庞眉秀骨争迎客[4]，凿井耕田人世隔。不知汉代有衣冠[5]，犹说秦家变阡陌[6]。石髓云英甘且香[7]，仙翁留饭出青囊[8]。相逢自是松乔侣[9]，良会应殊刘阮郎[10]。内子闲吟倚瑶瑟[11]，玩此沉沉销永日。忽闻丽曲金玉声[12]，便使老夫思阁笔[13]。

【注释】

[1] 桃源：指陶渊明《桃花源记》虚构的世外桃源。

[2] 小年：幼年，少年。 桃源记：即陶渊明的《桃花源记》。

[3] 鸟道：形容山路之险，仅通鸟飞。

[4] 庞眉：年老者眉毛黑白间杂。 秀骨：指超凡的气度。

[5] 汉代衣冠：指汉朝的礼教文明。《桃花源记》谓桃源中人"乃不知有汉，无论魏晋。"

[6] 秦家变阡陌：指秦朝统一六国后，在全国范围内修筑驰道（行车大道）。《桃花源记》称桃源中人"自云先世避秦时乱，率妻子邑人来此绝境。"

[7] 石髓：石钟乳，可入药，道教以为仙药，参见《列仙传》卷上《邛疏》。 云英：矿石名，云母的别称，可入药，古谓服石髓云英可长生。

[8] 青囊：指仙道之书。参见《晋书·郭璞传》。

[9] 松乔：赤松子与王子乔，传说中之仙人。见《列仙传》。

[10] 刘阮：用东汉刘晨阮肇天台遇仙事。见《太平御览》卷四一引刘义庆《幽明录》。

[11] 内子：卿大夫的嫡妻。后用来对别人称自己的或别人的妻子，这里是称自己的妻子。

[12] 丽曲：指其妻所作咏桃源之诗。 金玉声：喻诗作之美。

[13] 阁笔：即"搁笔"。阁，通"搁"，放，放置。

酬南园新亭宴会，璩新第慰庆之作，时任宾客[1]

南宫一作亭烟景浓，平视中一作终南峰。官闲似休沐[2]，尽室来相从[3]。日抱汉阴瓮[4]，或成蝴蝶梦[5]。树老欲连云，竹深疑入洞[6]。欢言交羽觞[7]，列坐俨成行[8]。歌吟不能去，待此明月光。好述蕴明识[9]，内顾多惭色[10]。不厌梁鸿贫[11],常讥伯宗直[12]。予婿信时英[13],谏垣金玉声[14]。男儿才弱冠[15],射策幸成名[16]。偃放斯自足[17],翛然去营欲[18]。散木固无堪[19],虚舟常任触[20]。大隐本吾心[21],喜君流好音[22]。相期悬车岁[23],此地即中林[24]。

【注释】

[1] 璩新：权德舆子权璩,字大圭,元和二年(807)进士及第。 慰庆之作：欣慰欢庆之作,指崔氏诗。 宾客：权德舆在元和元年或二年坐郎吏误用官阙,由吏部侍郎改太子宾客。

[2] 官闲：太子宾客为东宫属官,乃闲职。 休沐：官员休假。

[3] 尽室：全家。

[4] 抱汉阴瓮：表示纯朴无邪,对事物无所刻意用心,见《庄子·天地》。

[5] 蝴蝶梦：即庄周梦蝶。见《庄子·齐物论》。

[6] 洞：谓神仙洞府。

[7] 羽觞：古代的一种酒器。

[8] 俨：严肃恭敬貌。

[9] 好逑：好的配偶。语出《诗经·周南·关雎》。此指妻崔氏。明识：高明的见识。

[10] 内顾：指对家事的顾念。

[11] 梁鸿：汉梁鸿与妻孟光隐居霸陵山中事,见《后汉书·逸民传》,此处作者以梁鸿自比。

[12] 伯宗：春秋晋大夫,好直言,每次上朝,妻子劝戒他不要直言而贾祸,后来伯宗果然遭谗被杀,见《左传·成公十五年》。后因以此事称美贤妻。

[13] 予婿：权德舆女婿独孤郁。《旧唐书》卷一六八有传。 时英：当世之俊才。

[14] 谏垣：谏官官署。时独孤郁任左拾遗。

[15] 男儿：儿子。指权璩。　弱冠：二十岁，行冠礼，表示已成人。
[16] 射策：汉代取士有对策、射策之制，此指参加科举考试。
[17] 偃放：纵情闲放。
[18] 翛(xiāo)然：自在超脱的样子。　营欲：欲望。
[19] 散木：不成才之木。见《庄子·人间世》。　无堪：无可用。
[20] 虚舟：空船。《淮南子·诠言》借虚舟与它船相撞的故事，论证"虚己以游于世"之道，后因以喻襟怀旷达。
[21] 大隐：指身居朝市而知在玄远的人。见晋王康琚《反招隐》。
[22] 流好音：发出悦耳的声音。指崔氏之诗。
[23] 悬车：指致仕。古人年七十辞官家居，废车不用，故曰悬车。
[24] 中林：林中。

玉山岭上作[1]

悠悠驱匹马，征路上连冈。晚翠深云窦[2]，寒苔净石梁[3]。荻花偏似雪[4]，枫叶不禁霜。愁见前程远，空郊下夕阳。

【注释】

[1] 本篇重见《全唐诗》卷一九九皇甫曾集，《全唐诗》卷三一八作权德舆诗。全诗两处皆失注。笔者按：《文苑英华》卷一五九、四部丛刊本《权载之集》、四库全书本《权文公集》、明铜活字本《权德舆集》皆作权德舆诗，当可信。　玉山：一名怀玉山，在今江西玉山县西北。疑为贞元初权德舆任江西观察使李兼判官时所作。

[2] 云窦：云雾弥漫的山洞。

[3] 苔：原作"台"，据《文苑英华》、丛刊本、四库本、活字本、《全唐诗》权德舆诗改。

[4]获：原作"秋"，据《文苑英华》、丛刊本、四库本、活字本、《全唐诗》权德舆诗改。

题邵端公林亭[1]

春光何处好一作足[2]，柱史有林塘[3]。莺啭风初暖，花开日欲长。凿池通野一作旧水，扫径阅新芳。更置盈尊酒，时时醉楚狂[4]。

【注释】

[1]端公：侍御史的别称。
[2]好：《全唐诗》下注"一作足"。
[3]柱史：即柱下史，周秦官名，唐人用以代称侍御史。
[4]楚狂：指春秋时楚国隐士陆通，字接舆。事见《论语·微子》、《高士传》卷上。

酬裴杰秀才新樱桃[1]

新果真琼液[2]，来应宴紫兰[3]。圆疑窃龙颔[4]，色已夺鸡冠[5]。远火微微辨，残星隐隐看[6]。茂先知味易一作好[7]，曼倩恨偷难[8]。忍用烹骍骆[9]，从将玩玉盘[10]。流年如可驻，何必九华丹[11]。

【注释】

[1]此诗一作杜牧诗，见《全唐诗》卷五一七。酬，杜诗作"和"。

[2] 琼液：传说中仙人的酒浆。

[3] 来：杜诗作"人"。

[4] 窃龙颔：谓骊珠，相传得之于龙颔下的宝珠。见《庄子·列御寇》。疑，《全唐诗》权德舆诗作"凝"。

[5] 鸡冠：亦称肉冠，鸡的头部色泽鲜艳，此喻樱桃之色。

[6] 残星隐隐看：《全唐诗》杜牧诗此句作"繁星历历看"。

[7] 茂先：晋张华，字茂先，有《博物志》传世。

[8] 曼倩：东方朔，字曼倩，汉武帝时人，见《史记》本传。后代传其异闻甚多。旧题班固《汉武故事》称他曾三次偷王母仙桃。

[9] 驿骆：奶酪。驿，杜牧诗作"酥"。

[10] 玉盘：比喻圆月。

[11] 九华丹：道家所炼仙丹。

舟行夜泊[1]

萧萧落叶送残秋[2]，寂寞寒波急暝流[3]。今夜不知何处泊，断猿晴月引孤舟[4]。

【注释】

[1] 夜泊：夜晚停船靠岸。

[2] 萧萧：凄清冷落的样子。

[3] 暝流：暗流。

[4] 断猿：以猿的哀鸣喻处境的凄凉。参见《水经注·江水二》。

宋

张知退

字恬中,襄城人。能属文,隐居教授不仕。

一盎泉[1]

泉形如盎水波圆,一勺之多可悟全。试看灵湫轻沥处[2],甘霖顷刻遍秦川[3]。

【注释】
[1] 盎泉:形容像盎的泉。盎,即"碗"。
[2] 灵湫:深潭,大水池。古时以为大池中往往多灵物,故称。
[3] 甘霖:及时雨。 秦川:泛指今陕西、秦岭以北的关中平原地带。

雍 冲[1]

字澹墅,洋县人。绍圣中为太学生[2]。章惇辈变更元祐政事[3],追削元祐党人[4]。冲曰:"士尚可以仕乎?"乃上书数其罪,乞斩其变更者。有旨移兴元府[5]。张浚试吏兴元[6],与之交好,后隐居不仕。

【注释】
[1] 雍冲:字退翁,洋州(今陕西洋县)人。少有气节,因参奏新党章

惇,被遣归隐,后与川陕宣抚使张浚友善。

[2]绍圣:宋哲宗赵煦年号,计5年。

[3]章惇:字子厚,号大涤翁,建宁军浦城(今福建省南平市浦城县)人。事见《宋史》卷四七一。

[4]元祐:宋哲宗赵煦年号,计9年。　元祐党人:北宋哲宗时,司马光任宰相,废除王安石变法、恢复旧制,历时9年。至此,支持变法的政治派别,被时人称之为"元丰党人",反对变法一派,则被称之为"元祐党人"。宋徽宗用蔡京为相,前后将元祐党人三百〇九人,刻石"扬恶",称之"元祐党人碑",并株连子孙。参看《元祐党籍碑》。

[5]兴元府:唐德宗兴元元年(784)改梁州置,治所在南郑县(今陕西汉中东)。辖境相当今陕西汉中市及南郑、勉县、城固等县地。见《元和郡县图志》。

[6]张浚:字德远,世称紫岩先生。汉州绵竹县(今四川绵竹)人。南宋名臣、学者。事见《宋史》卷三六一。

有怀杨冲远[1]

积雪盖重峰,岩松迷翠影。扶节启静扉[2],耐此茅檐冷。幽涧冻鸣泉[3],钓翁立舴艋[4]。伊人不可即[5],忧怀结怲怲[6]。

【注释】

[1]杨冲远:《(嘉庆)汉中府志》卷十五"人物"载:杨冲远,兴元人。张浚试吏兴元,与之友善。

[2]扶节:拄着手杖。

[3]鸣泉:冰冻的泉水的响声。

[4]钓翁:即渔翁。　舴艋:形似蚱蜢的小船。古诗词中的作者常

用"舴艋舟"形容小船。

[5] 伊人：这些人；这个人。今多指女性，常指"那个人"；有时也指意中人。语出《诗经·秦风·蒹葭》。此处指杨冲远。

[6] 怲怲：满怀忧愁的样子。语出《诗经·小雅·頍弁》。

元

林 东

字震首,略阳人,至正中举进士[1],不乐仕进,或劝之仕,辄曰:"迟之,所以养吾器也"[2]。或又促之,曰:"大器晚成,君何促为?"[3]穷约自甘[4],遂终其身。

【注释】

[1] 至正:元顺帝年号,计28年。

[2] 器:喻才能、本领。

[3] 大器晚成:指大的器物需要经过长时间的加工才能做成。语出《老子》四十一章,后比喻大才之人,其成就晚。

[4] 穷约:穷困;贫贱。

大丙山[1]

丙山分大小,鱼产却同归[2]。春水流通处,潜渊自息机[3]。

【注释】

[1] 大丙山:《太平御览》引《周地图记》谓顺政郡(今陕西略阳)有丙山,山有穴,即丙穴,在今陕西省略阳县东南,与勉县接境。

[2] 鱼产:相传丙山有大、小两山,二山相连,有穴出嘉鱼。参见《诗经·小雅·南有嘉鱼》后世注疏。晋左思将"嘉鱼"与"丙穴"相联系,故后

世诗文多有咏嘉鱼的作品。

[3]潜渊：指没入水中的活动，引申为隐藏，深藏。见《诗经·小雅·鹤鸣》。《酉阳杂俎》记载略阳有"雷穴鱼"之事，后世认为即"丙穴嘉鱼"。息机：本佛教语，意谓息灭机心。此指鱼在深渊中停止活动。

太古石

独立空山受雨风，苍凉阅尽古鸿蒙[1]。乾坤开辟劖工杳[2]，只有坚完伴冷枫[3]。

【注释】

[1]鸿蒙：宇宙形成以前的混沌状态，也指宇宙间的元气。
[2]劖(chán)工：刀削斧凿之功。
[3]冷枫：寒冷中的枫树。

明

王　昱

南郑人。弘治甲子举人[1],官知县。

【注释】
[1] 弘治:明孝宗朱佑樘的年号,计18年。原作"宏治",系避清讳,径改。　甲子:明弘治十七年,公元1504年。

哀李烈妇歌[1]

汉江水深浪如屋,一妇江头仰天哭。哭声绕江江水平,玉颜一掷鸿毛轻[2]。想当汪汪双眼底,只见良人不见水[3]。抱儿语儿儿无啼,妾身不是河伯妻[4]。苍皇鱼腹期同葬[5],不道良人固无恙。妾身虽死心则生,洋洋秋水同澄清[6]。愿身莫化为精卫[7],愿夫善射如后羿[8]。化作金仆姑[9],杀射萑苻徒[10]。

【注释】
[1] 李烈妇:见《(嘉庆)汉中府志》卷十五"人物·列女"。此篇疑为作者咏叹该烈妇。　歌:诗体的一种。如《长恨歌》。
[2] 鸿毛:即鸿羽,比喻轻微之物。
[3] 良人:古时夫妻互称为良人,后多用于妻子称丈夫。
[4] 河伯妻:河伯,传说中的黄河之神。河伯妻典出《史记·滑稽列传》。

西汉褚少孙补续《史记》有"西门豹治邺"故事。此处李烈妇以河伯妻作喻。

[5] 苍皇：匆忙而慌张。　鱼腹：谓葬身鱼腹，淹死。语本《楚辞·渔父》。

[6] 洋洋：水势浩荡的样子。

[7] 精卫：古代神话中鸟名。典见《山海经·北山经》、《述异记》卷上，此用"精卫填海"之故事。

[8] 后羿：上古人名。传说是夏代有穷国的君主，善于射箭，后被他的臣子寒浞所杀。参阅《尚书·五子之歌》《左传·襄公四年》《楚辞·离骚》《史记·吴世家》。古代神话中有羿射十日及妻嫦娥奔月等传说。参阅《淮南子·本经训》《淮南子·览冥训》等。

[9] 金仆姑：箭名。见《左传·庄公十一年》，后遂用以咏战事。

[10] 萑(huán)苻：泽名。见《左传·昭公二十年》，后以称盗贼出没之处，此处指盗贼、草寇。

张　羽[1]

字伯翔，南郑人。弘治乙丑进士，授行人[2]。正德初[3]，逆瑾用事[4]，执政不阿。瑾败，以御史巡按山东。时宰以故人为托，至部，按其人则山东大猾也[5]，立劾去之。中官导上出游[6]，上疏，力谏不听。出守广平[7]，创书院课士[8]。时旁郡讼狱，咸来质成。顺德有囚[9]，母通于僧[10]，子有后言[11]，母赴井死，子以死论。羽曰："既负夫与僧奸，又可杀其子，绝夫嗣乎？"释之。巨鹿有妇诉宦杀其夫者[12]，按置诸法。宦赂朱宁[13]，诬奏羽，下狱。吏民争欲赂宁，为羽解，羽却之，后得理还郡。寻调守河间[14]，豪强敛迹[15]。别驾周礼以贫死[16]，羽为偿其所贷，择地安其妻子。岁时省其墓[17]，曰："此固良吏也。"武宗南狩[18]，惟河间以官钱治具，声名特著。升山西布政[19]，以不善造请[20]左迁贵州。晋南大理寺卿[21]，多所平反。转南工部侍郎[22]，以考绩迁。疾卒,上为震悼[23]。

【注释】

[1] 张羽:南郑人,明弘治乙丑(1505)考中进士。为官三十年,清正廉洁,深受民众称赞,也得到朝廷的褒奖。

[2] 行人:官名,最早见《周礼·秋官·司寇》。明代有行人司,有抚谕诸蕃,征聘贤才,奉使地方等职责。

[3] 正德:明武宗朱厚照的年号,计16年。

[4] 逆瑾用事:逆,抵触,不顺从。瑾,刘瑾,武宗时专权的宦官。指张羽不按刘瑾的意愿办事。

[5] 大猾:狡猾、奸诈的人。

[6] 中官:指宦官。

[7] 广平:地名,今属河北。

[8] 课士:考核士子的学业。

[9] 顺德:地名,今河北巨鹿、广宗、沙河一带。

[10] 通于僧:与僧人通奸。

[11] 后言:背后评论人的短处。语见《尚书·益稷》。

[12] 巨鹿:地名,今河北巨鹿县。

[13] 朱宁:明朝宁王朱宸濠,明太祖朱元璋五世孙。正德十四年(1519年)造反,兵败伏诛,封国废除。见《明史·诸王传》《诸王世表》。

[14] 寻:随后,不久。 河间:地名,今河北河间市。

[15] 敛迹:收敛行迹。言有所顾忌而不敢放肆。

[16] 别驾:官名,亦称别驾从事,简称"别驾"。明、清时期主管粮运及农田水利事务。

[17] 岁时:岁,指年。时,指春夏秋冬四时。 省其墓:扫墓,探视、祭奠先人的坟墓。此指张羽在年岁和四时祭奠周礼。

[18] 武宗南狩:明武宗朱厚照。南狩,到南面打猎。

[19] 山西布政:明代官职,山西布政使的简称,执掌一省民政、田赋、户籍等。

[20]造请：指登门晋见。

[21]南大理寺卿：明朝在明成祖迁都北京后，保留在南京的大理寺主官称呼。大理寺卿，古代官职，掌握全国刑狱的最高长官。

[22]南工部侍郎：就是保留在南京的工部副长官称呼。工部侍郎，古代官职。明清两朝六部之一工部副长官，为管理全国工程事务的机关。

[23]震悼：皇上听到后震惊而哀悼。

杜　宇[1]

国亡知几代[2]，啼血转声频。尔自无归处[3]，何须更劝人。烟深青嶂晓，花落故城春。任是无情者，闻时亦怆神[4]。

【注释】

[1]杜宇：俗称杜鹃。杜宇相传为的古蜀国开国国王，号曰望帝，死后化作鹃鸟，昼夜鸣叫，声音凄切。《蜀王本纪》《华阳国志》等载其事迹。

[2]"国亡"句：在杜宇取代鱼凫王，建蜀国之前，蜀地尚有较长的发展历史，见《蜀王本纪》。

[3]尔自：你自己。

[4]怆神：指伤心。

春山瑞霭图[1]

莺啼山雨歇，前川绿正繁。人家在深树，鸡犬昼无喧。澹澹流水意，依依田父言[2]。漫鼓木兰楫[3]，往溯桃花源[4]。

【注释】

[1] 瑞霭：吉祥之云气，亦以美称烟雾，类似于祥云。
[2] 田父：从事农业生产长久而经验丰富的老农。
[3] 木兰楫：用木兰做的船桨。楫，船桨，短称楫，长称棹。
[4] 桃花源：是陶渊明《桃花源记》描写的一个美好的世外仙界，后世以"桃花源"指代理想境界。

吴兴南门怀古[1]

郭门南面似襄州[2]，野树寒山对倚楼。公子城空无食客[3]，霸王宅在有荒丘[4]。夕阳冉冉仍西下，秋水茫茫共北流。只是今时已惆怅，不应更为昔人愁。

【注释】

[1] 吴兴：地名，今浙江湖州。
[2] 襄州：地名，今湖北襄阳。
[3] 公子城：是指战国时楚春申君黄歇所筑菰城，菰城是湖州的旧称。今浙江湖州南郊金盖山下之下菰城遗址，为战国时楚春申君黄歇封地。
[4] 霸王：指秦末西楚霸王项羽。唐颜真卿任湖州刺史所作《石柱记》中，就有"项王庙"的记载，至今遗迹尚存。

李嘉宾

字孔昭，号萍野，汉中人，嘉靖戊午举人[1]。历官兵部员外。

著有《崇俭二约》《救弊四事》。没后,从祀乡贤祠。

【注释】

[1]嘉靖:明世宗朱厚熜的年号,计45年。

游佛岩次韵

河上有岩岩上楼,栖岩人去几经秋[1]。心含诸佛元来面,偈对延英说到头[2]。千古知音流水去[3],百年世事野云悠。独留清景共逸兴[4],漫道蓬莱是胜游[5]。

【注释】

[1]栖岩:意思是栖息于山岩,此指隐居山林。
[2]偈:佛经中的唱词。 延英:高大的房屋,特指帝王所居和朝会的宫殿,或供奉神佛的宝殿。
[3]知音流水:意即"高山流水",比喻知己或知音。见《列子·汤问》《吕氏春秋·孝行览·本味篇》。
[4]逸兴:超脱豪迈的兴致。
[5]蓬莱:是古代中国神话传说中的神山名,后常泛指仙境。参《史记·封禅书》。

刘　宇

字伯大,兴安州人[1]。有孝行,万历癸未进士[2],官南京兵部职方司郎中[3]。

【注释】

[1] 兴安州：州、府名。治汉阴县，今陕西汉滨。

[2] 万历：明神宗朱翊钧的年号，计48年。

[3] 职方司郎中：官名，职方清吏司郎中之简称，明清兵部职方清吏司主官，掌司事。

春夜饮六峰寺[1]

春江带雪访禅关[2]，路人崎岖野寺间。屏叠翠微千嶂合[3]，山含清浅六峰寒。老僧灯话浑农事，村酒筒传近夜阑[4]。欲学无生因问舍，小楼几共月团圆。

【注释】

[1] 六峰寺：旧隶安康城西南锁龙沟，今属岚皋县佐龙镇。僧临渊于宋宣和元年结庵修炼，绍兴五年僧宣明募化建修，元末寺毁于水，明嘉靖时重修，明末毁于兵火，清乾隆时重修而名锁龙寺。

[2] 禅关：是指禅门或比喻悟彻佛教教义必须越过的关口。

[3] 翠微：青翠的山色，也泛指青翠的山。　千嶂：形容高险像屏障的山。

[4] 夜阑：是指夜深，夜将尽时。阑，将尽，将完。

李乔岱

洋县人。万历辛丑进士，历官莱州府知府[1]。

【注释】

[1] 莱州府：州、府名。治所在掖县，今山东掖县。

文笔塔鹳巢[1]

洋城佳气郁人豪[2],文笔凌霄集瑞毛。雪顶霜清涵月影,云衣风送拂天高。双瞻雁塔鹏程远,齐步蟾宫鹗翼翱[3]。应拟秋来折桂子[4],充庭振鹭总时髦[5]。

【注释】

[1] 文笔塔:《(嘉庆)汉中府志》卷六:"文笔塔,在县(即洋县)东城上。"

[2] 洋城:即洋州,今陕西洋县。

[3] 蟾宫:即广寒宫,是中国神话中嫦娥居住的宫殿,也叫月宫。鹗:鸟名,又名鱼鹰,性凶猛,常栖水边,捕鱼为食。

[4] 折桂子:即蟾宫折桂。传说月中有蟾蜍、桂树,参见《晋书·郤诜传》。唐宋以来称科举及第为"蟾宫折桂",因以"蟾宫"指科举考试。

[5] 振鹭:振,鸟群飞貌;鹭,白鹭,水鸟,白色,故又谓之白鸟。参见《诗经·周颂·振鹭》。

李景贞

字符亮,洋县人,乔岱次子。崇祯甲戌进士[1],官礼部主事。慷慨明大义,李贼之变[2],弃家,遁入宝台[3],抱恨而没。

【注释】

[1] 崇祯:明思宗朱由检的年号,计17年。

[2] 李贼之变:指崇祯十七年(1644),李自成进京之事。

[3]宝台：对佛寺、佛塔的美称。

隐居黄金峡[1]

西山晴望翠烟微[2]，杜宇声声只劝归。空谷为谁留蕨味[3]，白云何处觅荷衣[4]。终南佳地真无限[5]，桃渡人家早是稀[6]。闻道田夫尽自好，紫芝虽瘦可充饥[7]。

【注释】

[1]黄金峡：是汉江第一峡，系汉江流经洋县东南部金水、桑溪和黄金峡镇的一段河谷。参见《(嘉庆)汉中府志》卷四"山川"。

[2]翠烟：青绿色的山气。

[3]蕨味：蕨菜之味。蕨，是野菜名，即蕨菜。

[4]荷衣：用荷叶制成的衣服，表示人品的高洁。语出屈原《离骚》。后世常借"荷衣"指隐士之服。

[5]终南：指终南山。

[6]桃渡：即桃叶渡，南京秦淮河的古渡。此指黄金峡上的渡口。

[7]紫芝：真菌的一种，似灵芝，古人以为瑞草，道教以为仙草。参见《论衡·验符》。

李遇知[1]

洋县人。万历庚戌进士，知东明县[2]。县境为黄河故道，筑堤障河，河不为害。人呼曰"李公堤"。以卓异入谏垣[3]。会论魏忠贤[4]，又荐邹元标[5]。忠贤遂嗾卢承钦[6]诬遇知"引用匪人"，夺其官，归里。忠贤又密侦其行，欲置之死。忠贤败，上以吏科左给事召[7],册封蜀藩,却王馈。晋太常少卿,移南大理卿,升工部侍郎。以修陵功,升仓场尚书[8]。屡经枚卜,见阻于温体仁[9]。上疏乞休,不允。加宫保[10],转南吏部尚书,又改北。陛见上,曰:"卿,朕所知也。"甲申之变[11],携笏印缢于红庙[12],从者强解之,不得死。为贼所执,勒之仕,叱曰:"国亡身殉,义也。"不食七日,死。夫人王氏,城未破,先自缢。遇知一生介直,居官日,念念不忘乡里,洋人德之[13],祀乡贤。

【注释】

[1]李遇知:字伸伯,明末洋县人。万历三十八年(1610)进士。崇祯十七年(1644),李自成入北京,明朝灭亡,遇知绝食七日死。《明史》有传。

[2]东明:地名,今山东东明县。

[3]谏垣:指谏官官署,即专职进谏官吏的办公场所。

[4]魏忠贤:字完吾,北直隶肃宁(今河北肃宁)人,明熹宗时宦官。《明史》有传。

[5]邹元标:字尔瞻,号南皋。江西吉水人。明代东林党首领之一,《明史》有传。

[6]嗾(sǒu):唆使,怂恿。 卢承钦:余姚(今属浙江)人。承钦官至太仆少卿卒。《明史》有传。

[7]吏科左给事:官名,是吏科左给事中之省称,明清吏科之副长官。

[8]仓场尚书:明、清时总督全国粮仓的官员,由户部尚书、户部侍郎头衔兼署,故又称仓场尚书、仓场侍郎等。

[9]温体仁:字长卿,号园峤,浙江乌程(今浙江湖州)人,《明史》有传。

[10]宫保:是明、清各级官员的虚衔,缘大臣加衔或死后赠官,通称宫衔。

[11]甲申之变:指李自成起义。此年为明思宗崇祯十七年,干支纪年为甲申,即公元1644年,故称。

[12] 笏印：是古代官吏官阶、职权的标志。　红庙：旧北京的关帝庙因围墙是红色，故称红庙。李遇知在红庙自缢，有忠义之举。

[13] 洋人：指李遇知故里洋县人。

牡丹行[1]

世人爱牡丹，濂溪笑其俗[2]。所以独爱莲，仰续渊明菊[3]。我有半亩园，天香种如簇。当其蓓蕾时，床头酒亦熟。木难暨火齐[4]，陆离堆金谷[5]。水边见洛神[6]，偏警陈思目[7]。恍如白毫光[8]，说法坐天竺[9]。忽现紫金身[10]，庄严不可触。醉月且坐花，不道醒堪独。谓言此花浓，我本淡无欲。物原无代谢[11]，心自生剥复。岂必淡味荣，岂必浓为辱。但使涅不缁[12]，不须薄粱肉[13]。无人不自得，岂受尘缘蹙[14]。此义通于禅，解脱是清福。

【注释】

[1] 牡丹行：歌咏牡丹的一种诗体。行，古行体的诗，古辞有"陇西行""长干行""折杨柳行"等。

[2] 濂溪：湖南省道县水名。宋理学家周敦颐世居溪上。晚年移居江西庐山莲花峰下，峰前有溪，因取旧居濂溪，以为水名，并自以为号，世称濂溪先生。

[3] 渊明：即晋代陶渊明。

[4] "木难"句：木难：宝珠名，又写作"莫难"。参见《文选·曹植〈美女篇〉》。火齐，如玫瑰一般色泽的宝珠。一说为红宝石。参见《文选·张衡〈西京赋〉》。比喻珍奇难得之物，多指诗文书画等。

[5] 陆离：色彩繁杂。 金谷：指钱财和粮食。

[6] 洛神：即宓妃，是中国先秦神话中，黄河之神河伯的配偶，司掌洛河的地方水神。

[7] 陈思：即陈思王曹植，曾作《洛神赋》。

[8] 白毫光：指的是佛光，也称"白毫相"。

[9] 天竺：古代中国以及其它东亚国家对当今印度和其它印度次大陆国家的统称。见《史记·大宛传》，当时称为身毒。

[10] 紫金身：佛教认为修炼达到最高境界，可成真身，呈现紫金色身，成为佛门肉身舍利，成为佛门珍宝，佛教称为"全身舍利"。

[11] 代谢：更替、交替变换。

[12] 涅不缁：是比喻意志坚定的人不会受环境的影响。语见《论语·阳货》。

[13] 梁肉：泛指美食佳肴。

[14] 尘缘：佛教称尘世间的色、声、香、味、触、法为"六尘"，人心与"六尘"有缘分，受其拖累，叫做尘缘，泛指世俗的缘分。

上乞休疏[1]

《陈情》疏奏圣人前[2]，一点微诚欲动天。战罢频思欢社鼓[3]，懒多常畏听朝鞭。材同散木原无用[4]，病比维摩不是禅[5]。邱陇松楸时系念[6]，可能归拜旧封阡[7]。

【注释】

[1] 乞休：自请辞去官职。

[2]《陈情》：指晋李密《陈情表》。

[3] 社鼓：旧时社日祭神所鸣奏的鼓乐，也指社庙内敲的鼓。

[4]无用：无用之用。典出《庄子·逍遥游》。

[5]维摩：维摩诘的省称。意译为净名、无垢尘,意思是以洁净、没有染污而著称的人。参见《维摩诘经》。

[6]邱陇：乡间,家园。　松楸：为松树与楸树,墓地多植,因以代称坟墓。有时特指父母坟茔。参见《容斋续笔·思颍诗》。

[7]封阡：通往坟墓的道路。

酆都山[1]

西极重寻到古坛[2],春阴不断晓犹寒。兴来人自尘中出,雨后山从画里看。涛涌长江松树老,雪迷两袖柳花残。崚嶒直上最高顶[3],疑是凌风振羽翰[4]。

【注释】

[1]酆都山：位于陕西汉中洋县前湾向北部,宋元丰年间在山顶建庙宇48座,名崇道观。

[2]西极：西边的尽头,谓西方极远之处。

[3]崚嶒：形容山势高峻。

[4]羽翰：翅膀,意为飞翔,飞升。

奇石篇

瞻彼中梁山[1],秀洁气葱葱。上有石丈人,匠意见天工。巨灵潜呵护[2],千古长鸿蒙[3]。百川时灌河[4],短棹波溶溶。泛彼一叶舟,直下汉江东。移石入我园,一壶碧玲珑[5]。浪落天河水[6]，窗明玉女峰[7]。淡冶碧云合，巑元皓月通[8]。或根如紫芝，或黛如青铜。或如嶰谷笋[9]，或如林虑童[10]。或瘠如五老[11]，青天削芙蓉。或狂如楚猿[12]，海上侣仙翁。我有一斗室，偃盖两株松。入林复叩室，泠泠欲御风[13]。自惭漱石人，性乃嗜疏慵。卓哉王子乔[14]，知我蹑幽踪。补天之所余[15]，突兀下虚空。袍笏追米颠[16]，登车愧次公[17]。陶陶惟一醉[18]，长啸倚崆峒[19]。

【注释】

[1]中梁山：指汉中南郑区汉山，见《大清一统志》《(嘉庆)汉中府志》。

[2]巨灵：巨灵是神话传说中劈开华山的河神，见《搜神记》。

[3]鸿蒙：宇宙形成前的混沌状态，后来泛指称远古时代。见《庄子·在宥》。

[4]百川时灌河：化用《庄子·秋水》"秋水时至，百川灌河"句意。

[5]玲珑：明彻貌。

[6]天河：在中国古代又称银河、银汉、星河、星汉、云汉。

[7]玉女峰：似指中梁山的高峰。

[8]巑元：山峰耸列的样子。　皓月：明亮的月亮。

[9]嶰谷：指昆仑山北谷名，传说黄帝使伶伦取嶰谷之竹以制乐器。见《汉书·律历志》。

[10]林虑童：用桥顺二子师事卢子綦于隆虑山之典。见吴淑《事类赋》"林虑之双童不食"注。隆虑山，因避讳改称林虑山。

[11]五老：神话传说中的五星之精。见《竹书纪年》卷上。

[12]楚猿：楚山之猿。因其啼声悲哀，常用以渲染悲情。

[13]泠泠欲御风：化用列御寇之典，见《庄子·逍遥游》。

162

[14] 王子乔：传说中的仙人名。事见《列仙传·王子乔》《太平御览》卷六六五。

[15] 补天：古代神话传说，女娲炼石补天，见《淮南子·览冥训》。后遂用作典故，常以喻挽回世运。

[16] 袍笏：袍：古代的官服。笏(hù)，古代大臣上朝手里拿的手板。米颠：北宋书画家米芾的别号，以其行止违世脱俗，倜傥不羁，人称"米颠"。

[17] 次公：汉盖宽饶、黄霸，两人均字次公。为官廉正不阿，得吏民心，所至有政绩。事见《汉书·盖宽饶传》《汉书·循吏传·黄霸》。后因以"次公"称刚直高节之士或廉明有声的官吏。

[18] 陶陶：指欢乐、广大貌。语出《诗经·王风·君子阳阳》。

[19] 崆峒：山高峻貌，也借指仙山。

洪如钟

字两峰，南郑人。万历丙辰进士，未第时，读书中梁山寺，后历任巡抚。遥题七律，命知府某，锲石以纪[1]。初，如钟穷居多年，屡试不售[2]。郡守某公，举宾兴典，见如钟至，守曰："老了头[3]，又来徒啜乎？今日当试以诗，如不能者，不许入座。"如钟援笔立就[4]，守笑而礼之，赠以资斧[5]，是科即登乡荐。

【注释】

[1] 锲石：刻石。
[2] 不售：指考试不中。
[3] 老了头：指多次科考不中，郡守戏称洪如钟。
[4] 援笔：执笔的意思。
[5] 资斧：旅费、盘缠。

乾明寺[1]

乾明僧刹水西头,地迥林深景更幽。山自远来临北郭[2],江分流去露中洲。小池霜落冰初合,短碣苔封字半留[3]。老衲抱瓶汲清浅[4],月团新碾瀹磁瓯[5]。

【注释】

[1] 乾明寺:南郑乾明寺位于今汉中市南郑县梁山镇中梁山,又名中梁寺,唐朝时为陕南规模最大的寺院之一。参见《(嘉庆)汉中府志》《关中金石记》民国《续修南郑县志》等。

[2] 北郭:古代城邑外城的北部。亦指城外的北郊。

[3] 短碣苔封字半留:指南宋时僧人修信撰写的《乾明寺碑记》碑石。

[4] 汲:指从井里打水,取水。

[5] 瀹(yuè):煮。 磁瓯:指中国古代酒器,古人也将陶瓷简称为瓯,饮茶或饮酒用,形为敞口小碗式。

老了头

虽有容华懒艳妆,停机敛手问穹苍[1]。人皆早早题红叶[2],我独迟迟守绿窗[3]。烹饪堪调金鼎味[4],拈针能补衮龙裳[5]。于今匹配期方定[6],只虑居贫无嫁妆。

【注释】

[1] 停机:停下心思和念头。 敛手:拱手。表示恭敬。 穹苍:

亦作"穹仓"或"苍穹",苍天。见《诗经·大雅·桑柔》。

[2]题红叶:《题红叶》是相传为唐宣宗时宫女韩氏所作的一首诗,即红叶题诗传情的故事。参见《本事诗·情感》《云溪友议》《北梦琐言》《补侍儿小名录》《青琐高议·流红记》等。

[3]绿窗:绿色纱窗,指女子居室。此处指作者独守绿窗喻贫困。

[4]金鼎:古代的一种用黄金做的容器。

[5]衮龙裳:饰有龙纹的衣裳,是中国古代天子祭祀先王时所穿的绣有龙的礼服。

[6]方定:将定。

王应泰

汉阴人。天启壬戌进士[1],知宝坻县[2]。有干才,历官吏部稽勋司郎中[3]。归籍,四方多故,流贼出没汉沔[4],应泰纠合乡勇,保障一方。崇祯十年[5],流贼夜袭城,应泰为所获,围守数重,卒以智脱。

【注释】

[1]天启:明熹宗朱由校的年号,计7年。 壬戌:天启二年,公元1622年。

[2]宝坻:今天津宝坻。

[3]稽勋司郎中:官名,是稽勋清吏司郎中的简称,明清吏部稽勋清吏司主官,掌司事。

[4]汉沔:汉,指汉水;沔,指沔水,在今陕西南部与汉水合流。后汉沔泛指汉水中上游地区。

[5]崇祯十年:公元1637年。

汉中刑厅刘公[1]，察盘事竣[2]，登城眺望，邑治焕然维新，喜赋一律，次韵奉和

抱瓮高风世罕俦[3]，停车相问实相谋[4]。龙蟠汉水云方雨[5]，豹隐泰山春复秋[6]。幸有贤明恢旧邑[7]，可容愚拙效新讴[8]。携儿指点《甘棠》下[9]，欢羡深仁似水流。

【注释】

[1] 刑厅：掌管刑事的官吏。

[2] 察盘：考察盘问、审验。

[3] 抱瓮：典故名。典出《庄子·天地》。后以此典指保持纯朴的本心，不追求变诈机巧。

[4] 相问：互相赠送。这里是询问，质问的意思。

[5] 龙蟠：像龙一样屈曲、环绕、盘伏，这里借指汉水的形似龙蟠。

[6] 豹隐：典故名，典出《列女传》卷二《贤明传·陶荅子妻》。后因以"豹隐"比喻洁身自好，隐居不仕。

[7] 恢：恢本意是广大，引申指扩大，用作动词。

[8] 讴：歌颂，赞颂。

[9]《甘棠》：《诗经》篇目，思念颂扬召公爱民。

喻于信

字可斋，兴安人。天启庚午举人[1]，官项城知县[2]。

【注释】

[1] 庚午：此处有误。天启是明熹宗朱由校的年号，共七年(辛酉、壬戌、癸亥、甲子、乙丑、丙寅、丁卯)，公元1621—1627年，干支纪年无庚午。庚午是明思宗朱由检崇祯三年，即公元1630年。

[2] 项城：古县名，今河南省东南部，周口市下辖县级市。

游万春寺[1]

汉广间行访圣僧[2]，半轮山月照萝藤。此间也有菩提树[3]，欲采昙花愧未能[4]。

【注释】

[1] 万春寺：万春寺位于陕西安康劳动乡汉水北岸白云山上。唐代怀让禅师创建，原名不可考。宋、明、清时期有摩崖题刻(大多移存安康市博物馆)。参见《舆地纪胜》卷一八九金州、《大清一统志·兴安府二》。

[2] 汉广：本是《诗经·周南》中的篇名，后代指汉水。

[3] 菩提树：是桑科榕族榕属的大乔木植物。在印度，将菩提树视为"神圣之树"。

[4] 昙花：双子叶植物，仙人掌科。花美丽芬芳，多在夜间开放，仅数小时，故有"昙花一现"之说。

席增光

号旦庵，南郑人。崇祯癸酉解元[1]，性秉忠孝，喜造就后学。甲申闻变[2]，焚衣冠及平居所为诗，入南山鸠谷中[3]，誓与世绝，作《悲愤》《浩气》诸什[4]，绝食而死。

【注释】

[1]癸酉:明崇祯六年,公元1633年。 解元:指科举制度中乡试第一名。

[2]甲申闻变:指崇祯十七年(甲申年,1644),李自成进京之事。

[3]鸠谷:地名,在南郑县汉山边。参见《(嘉庆)汉中府志·山川上》。另,作者撰有《鸠谷茅沟山记》一文,载《(乾隆)南郑县志》卷十五"艺文"。

[4]诸什:众多的诗篇。

却　聘[1]

生来骨相异公侯[2],一任疏狂便自休。野鹤随云心殆远,沙鸥逐水意何求。不闻园绮妨萧相[3],几见皋夔觅许由[4]。寄谢弋人空设想[5],鸿飞天外已难留[6]。

【注释】

[1]却:推辞、拒而不受。

[2]骨相:指人的骨骼、形体、相貌。中国古代算命术中有"骨相学",可根据人的骨相判断人的命数。参见清曾国藩所著《冰鉴》。

[3]园绮:"商山四皓"中的东园公和绮里季的并称,借指隐居的才德之士。 萧相:指汉萧何。见《史记·萧相国世家》。

[4]皋夔:皋陶和夔的并称,后常借指贤臣。事见《尚书·舜典》。许由:亦作"许繇",传说中的隐士。相传尧让以天下,不受,遁居于颍水之阳箕山之下。

[5]弋人:射鸟的人。

[6]鸿飞:鸿雁远翔,比喻超脱尘世。

悲愤二首

闻道渔阳纷战鼓[1],忽惊幽蓟播哀音[2]。草茅敢谓孤臣远[3],涕泗悬知万里心[4]。龙去鼎湖云黯黯[5],鹤飞华表影沉沉[6]。遥瞻北斗天门杳[7],明月芦花恨转深。

【注释】

[1]渔阳:古代地名,因其位于渔水(今白河)之阳而得名。 纷战鼓:指唐安史之乱。参见白居易《长恨歌》。

[2]幽蓟:古幽州和蓟州的并称。今北京、天津一带。

[3]草茅:草野、民间。比喻鄙陋微贱。 孤臣:指孤立无助或不受重用的远臣。今指当为有自己的思想和个人操守,不追求名利权势而趋炎附势的人。

[4]涕泗:眼泪和鼻涕。语出《诗经·陈风·泽陂》。

[5]鼎湖:地名,即位于今河南灵宝。用黄帝仙逝升天于鼎湖的典故,见《史记·封禅书》,这里借指帝王(唐玄宗)。

[6]鹤飞华表:鹤飞,用丁令威的典故,见《搜神后记》卷一。后用以比喻人世的变迁。华表,古代用于表示王者纳谏或指路的木柱。见《古今注·问答解义》。

[7]遥瞻:遥望。 北斗:指北斗星,此喻帝王。 天门:谓"天宫"之门,此喻指帝王宫殿的门。

愁云惨雾锁桑干[1],五凤楼中曙色残[2]。望断瑶池八骏杳[3],泪深湘竹九嶷寒[4]。披坚执锐铜驼易[5],雪窖冰天马角难[6]。何若乘云遗剑履[7],光华日月照长安。

【注释】

[1]桑干:河名,今永定河之上游。相传每年桑葚成熟时河水干涸,故名。

[2]五凤楼:楼名,是宫城正门的一种形制。

[3]瑶池:古代汉族神话传说中昆仑山上的池名,西王母所居美池,位于昆仑山上。见《山海经》。 八骏:传说中周穆王驾车用的八匹骏马,名称说法不一,见《穆天子传》。后用以泛指骏马,也指皇帝的车驾。

[4]湘竹:湘妃竹。古代神话传说舜和娥皇女英的故事。事见《列女传》《艺文类聚》。 九嶷:即九嶷山,又名苍梧山。九嶷山得名于舜帝之南巡,见《史记·五帝本纪》。

[5]铜驼:铜铸的骆驼,古代置于宫门外。参见《邺中记》、《太平寰宇记》引陆机《洛阳记》。借指京城,宫廷。

[6]马角:马生角,喻不可能之事或处境困难。事见《燕丹子》。

[7]剑履:重臣的地位尊贵显达,皇帝特许上殿时可不解佩剑,不脱履,以表示殊荣,即"剑履上殿"。见《史记·萧相国世家》。

正气歌

茫茫今古,厥惟尊亲。漫焉出处,何以为人。嗟予屯蹇[1],命也不辰。国亡家破,无主谁怜。屈身二姓兮[2],此心安忍,扬名显亲兮,无君何因。嗟乎!存山林之志,以答我后。笃发肤之爱[3],以报吾亲。而今而后,庶几可伸。含笑入地,吾爱吾贫。

【注释】

[1] 屯蹇：原为《周易》二卦名。两个卦中都有艰难困苦的意思,后用屯蹇指代挫折、不顺利。

[2] 二姓：指两个封建王朝。参见《汉书·龚胜传》《宋书·袁粲传》。

[3] 笃：很,甚。　发肤：头发与皮肤,借指身体。《孝经·开宗明义》："身体发肤,受之父母,不敢毁伤,孝之始也。"

魏知微

紫阳人。贡生,官副使。

望夫山[1]

山头怪石拟山妻,翘首巍巍望陇西[2]。蓬鬓乱堆云气懒,黛眉愁映月光低[3]。衣衫岁久成苔藓,脂粉年深坠土泥。妾意自从君去后,一番风雨一番啼。

【注释】

[1] 望夫山：古迹名。参阅《水经注·江水三》等记载。

[2] 陇西：陇西因在陇山以西而得名,自古为"四塞之国",兵家必争之地。

[3] 黛眉：黛画之眉,特指女子之眉。

魏希微

汉阴人,贡生。

朝阳洞[1]

丁凿知何岁[2],凭高更有楼。溪深潮自落,岚远曙长留。仙境虹桥峻,禅关鹿洞幽。为寻高士迹[3],遥拟步丹邱[4]。

【注释】

[1]朝阳洞:位于汉阴东龙冈之首悬崖上,洞口有古寺曰朝阳寺。参见《汉阴厅志》。

[2]丁凿:即"五丁凿",为咏力士改造山川的典故。事见《艺文类聚》卷七引汉扬雄《蜀王本纪》。《华阳国志·蜀志》《水经注·沔水注》亦有载。

[3]高士:指隐居不仕或修炼者,这里指僧人。

[4]丹邱:传说中神仙所居之地。

咏 怀

春雨濛濛草满除,春风吾自爱吾庐[1]。高情喜颂闲居赋[2],老眼能抄种树书[3]。金马昔年贫曼倩[4],文园今日病相如[5]。焚香燕坐心如许[6],一任门多长者车。

【注释】

[1]吾庐:我的茅屋。

[2]闲居赋:即《闲居赋》,是西晋潘岳所作。

[3]种树书:即《种树书》,是明代俞贞木所作的农书。见《献徵录》卷

八七、《明人小传》卷一、《明诗纪事》甲签卷一七。

[4] 金马：指金马门。此指东方朔待诏金马门，事见《汉书·东方朔传》。 曼倩：汉东方朔，字曼倩，文学家。

[5] 文园：即汉代孝文帝的陵园。因司马相如曾任文园令，故后世称司马相如为司马文园。

[6] 燕坐：指坐禅。

刘绍基

字景郁，兴安人[1]。万历朝进士卿之子[2]。十岁通经史，十二能文章，一目十行俱下。随父游京师，得借读秘书，一时海内称神通者，凡六人（详《六子大云篇》）[3]，绍基居一。惜未登科目，十九遂亡。著有《听溪山房》《太岳行吟》《扪虱散谈》诸集。

【注释】

[1] 兴安：指兴安府，今陕西安康。

[2] 万历朝进士卿之子：此指刘绍基。刘绍基父刘卿，万历八年（1580）进士，死后归葬安康，石碑、石兽华表犹存。

[3]《六子大云篇》：刘绍基与被誉为神童的李休微、吴仁仲等友好，结为大云社，著《六子大云篇》，风行于市。

香溪道中[1]

游春时已暮，偷暇过溪边。香到榆钱渺[2]，风回麦浪旋。有人驱岸犊，傍晚起炊烟。我恨非摩诘[3]，犹疑住辋川[4]。

【注释】

[1] 香溪：此指陕西安康的香溪洞。香溪洞位于安康城南郊，南依巴山，北临汉水，相传曾是吕洞宾修炼会仙之地。

[2] 榆钱：榆荚，形状圆而小，像小铜钱。因为它酷似古代串起来的麻钱儿，故名榆钱儿。因它与"余钱"谐音，村人在房前屋后种榆树也有讨口彩的意思在里面。

[3] 摩诘：梵语维摩诘的省称。唐代诗人王维字摩诘，号摩诘居士。

[4] 辋川：水名，即辋谷水。在陕西省蓝田南，源出秦岭北麓，北流至县南入灞水。唐代诗人王维曾置别业于此。参见《新唐书·文艺中·王维》。

香溪暮归

晴来爽气蘸柴门[1]，采药独行溪上原。归马别山山欲暮[2]，万家灯火送黄昏。

【注释】

[1] 柴门：用散碎木材、树枝等做成的简陋的门。旧时用来比喻贫苦人家。也作杂木为门，与朱门相对应。

[2] 归马：此指归家。

山南诗选 卷二

国朝

温启魁

字斗占,汉中府学,廪生[1]。

【注释】

[1] 廪生:廪膳生员,科举制度中生员名目之一。明清两代称由公家给以膳食的生员,又称廪膳生。

春日观梁间燕子有感

黄口呢喃盼母归[1],归巢辛苦哺儿饥。往来莫怪匆匆甚,惟恐伤雏不远飞[2]。

【注释】

[1] 黄口:此指雏燕。见《说苑·敬慎》。 呢喃:形容燕子的叫声。
[2] 雏:幼小的燕子。

张叶玉

字瑞五,号石桥,汉中府学,廪生。雅意好古,积书数百卷。尝蓄陈白沙、杨石斋两先生琴,又造一松涛石鼓[1],摩挲于古松之下[2],名流多咏歌之。

【注释】

[1]松涛石鼓:张叶玉、张熙载家藏物,置张家苍松之下,故名。石鼓上有《松涛铭》,今存于汉中市博物馆(古汉台)。冯岁平撰有《清张叶玉及其松涛石鼓》一文介绍。

[2]摩挲:是指用手轻轻按着并一下一下地移动或用手抚摸或用手抚摩,也作"摩娑""摩莎"。

重阳后一日

今朝却是小重阳[1],樽酒何妨再举觞[2]。罢去登高还对菊,强欢自笑老犹狂。

【注释】

[1]小重阳:夏历九月十日,即重阳后一日。见《岁时广记》卷三五引宋吕原明《岁时杂记》。

[2]樽酒:杯酒,代指酒食。

访守一羽客看菊[1]

访菊过幽阶,香飞适老叟[2]。看花对秋容,载饮陶公酒[3]。

【注释】

[1]守一：是道教早期修炼方术之一,源于老庄。 羽客：道士的别称。

[2]老叟：老头儿,年老的男人。

[3]陶公：指晋陶渊明。

李国禧

字晏如,南郑人。乾隆乙丑进士[1],官汝南知县[2]。

【注释】

[1]乾隆乙丑：即清乾隆十年,公元1745年。

[2]汝南：古地名。今属河南省驻马店市。

冬日远别二首

落拓天涯客[1],萧条怅远行。一官浑似梦,百事恨无成。割面风霜厉[2],牵裾儿女情。征鞍频洒泪,欲语更吞声。

【注释】

[1]落拓：此指穷困潦倒,寂寞冷落。

[2]割面：此指刺脸,谓风寒而烈。

消魂惟有别[1],况复在他乡。羸马空奔走[2],敝裘干雪霜[3]。功名无定局,赵孟可能常[4]。边塞迢迢路[5],严寒透薄装。

【注释】

[1] 消魂:俗谓人的精灵为魂。因过度刺激而神思茫然,仿佛魂将离体,多用以形容悲伤愁苦时的情状。

[2] 羸马:瘦弱的马。成语有"弊车羸马",典出《三国志·吴书·刘繇传》注引《续汉书》。

[3] 敝裘:破旧的皮衣。战国策士苏秦厄秦时,裘皮破敝,钱财用完,愧而归家。见《战国策·秦策》。后形容功名未遂,失意穷困。

[4] 赵孟:是人们对春秋战国时期晋国赵氏历代宗主的尊称,参见《左传》《史记·赵世家》等。

[5] 迢迢:形容道路遥远。

黄河渡遇风[1]

烟水茫无际,征帆晚渡河。穷途多险阻[2],宦海任风波[3]。巨浪吞舟急,飞沙扑面过。惊魂浑未定,飘泊命如何。

【注释】

[1] 黄河渡:黄河古渡口。

[2] 穷途:路的尽头,比喻处境艰危。

[3] 宦海:指官场。因仕宦升沉无定,多风波险阻,如处海潮之中,故称。

延津早发[1]

薄衾犹未暖[2],征马又前溪。古木栖残月,钟声度晓鸡。霜欺鹑结破[3],雾压驿尘低。凛冽愁无奈,沙深路转迷。

【注释】

[1] 延津:古地名,夏分九州,延津属豫州,今属河南省新乡市。
[2] 薄衾:很薄的被子。
[3] 鹑结:即"鹑衣百结",形容破旧不堪的衣服。鹑,鸟名,鹌鹑。《正字通》言鹑尾特秃,若衣之短结,故凡敝衣曰"衣若悬鹑"。

过邯郸吕公祠,和壁间原韵二首[1]

迢递乡关入梦频[2],此身徒自堕红尘。途穷尚问邯郸道[3],枕上卢生亦笑人[4]。

【注释】

[1] 邯郸吕公祠:位于邯郸北的黄粱梦镇,是依据唐代沈既济所著传奇《枕中记》故事而建的,始建于北宋初期。吕公:即八仙中之吕洞宾。
[2] 迢递:遥远貌。 乡关:犹故乡。
[3] 邯郸:古赵国都城。
[4] 卢生:卢生是《枕中记》里的人物。后以卢生"黄粱梦""邯郸梦"喻虚幻之事。

南来北往未辞频,几辈超然远俗尘。幻境参来宜早醒[1],卢生犹是梦中人[2]。

【注释】
[1]"幻境"句：指卢生做梦之事。
[2]"卢生"句：事见《枕中记》。

京都喜逢故友刘躬如

君向山林坚笑傲,我从湖海任遨游[1]。浮沉于世浑无定,聚散随缘不自由。学古非云邀薄俸,入官岂肯逐时流。丁宁莫负和丸训刘母抚孤成立[2],捧檄归来慰白头[3]。

【注释】
[1]湖海：泛指四方各地。
[2]丁宁：叮咛,嘱咐,告诫。　和丸：原注：刘母抚孤成立。笔者注：比喻母亲教子勤学。见明汪廷讷《狮吼记·抚儿》。
[3]捧檄：指孝子为母出仕的典故。典出《东观汉记》卷十五(传十)"毛义",《后汉书·刘平等传序》亦载。

夏日访宋先生村居

先生高卧处,古木野云遮。著述名山重[1],耕犁绿水斜。声华标艺苑[2],杖履任天涯[3]先生以孝廉居塞外。

载酒临风坐,池塘落晚霞[4]。

【注释】
[1] 名山:借指着书立说。参见《报任少卿书》。
[2] 艺苑:指文学艺术荟萃的处所,亦泛指文学艺术界。
[3] "杖履"句:原注:先生以孝廉居塞外。笔者注:杖履,本指老者所用的手杖和鞋子。此处是对老者、尊者的敬称。
[4] "池塘"句:化用南朝宋谢灵运《登池上楼》《石壁精舍还湖中作》中诗句。

满兵携眷移驻伊犁[1]

车马纷驰去,茫茫事远迁。弓刀冲晓月,粉镜湿寒烟[2]。画角西风惨,征旗北雁联[3]。封侯何处觅,渺渺怅遥天。

【注释】
[1] 伊犁:古地名,今为新疆维吾尔自治区的自治州之一。
[2] 粉镜:指古代妇女施粉的镜子,还是指镜子的一种,待考。
[3] 北雁:候鸟之一,因其每年秋分后由北南飞,故称。

红柳园有感[1]

翠黛含烟思渺茫,春深古驿塞云黄。马蹄踏遍无芳草,九烈微醺醉夕阳[2]。

【注释】

[1] 红柳园：是中国古代一个驿站的名称。现属甘肃省酒泉市瓜州县下的柳园镇。

[2] 九烈：形容酒的烈度极强。

低窝铺遇李秀士[1]

怜尔青衿老[2]，途穷兴自赊。穴居依乱石，野处傍荒沙。结伴连枝戚，谋生卖饼家[3]。相逢滋太息[4]，难禁泪痕斜。

【注释】

[1] 低窝铺：古地名，在今甘肃省玉门市区西北部戈壁滩上，属玉门镇，为古代的交通要道。 李秀士：不详。

[2] 青衿：语出《诗经·郑风·子衿》，后用"青衿"代指周朝国子生，这里作为贤士的代称。

[3] 卖饼：出卖饼食，旧时以为贱业。

[4] 太息：叹息、叹气。

宿大泉茨蓬[1]

野戍村烟少，停车傍短篱[2]。有泉堪饮马，无地可牵帷。凿石檐妨帽，支篷户碍眉[3]。怒号风雪夜[4]，辗转倍凄其。

【注释】

[1]茨蓬：用茅草和芦苇盖屋，也指用茅草盖的屋。
[2]短篱：低矮的篱笆。
[3]"凿石"二句：化用南北朝庾信的《小园赋》："檐直倚而妨帽，户平行而碍眉。"
[4]怒号：大风刮得像发怒一样号叫。

赤金峡[1]

峡石崚嶒号赤金[2]，十年奔走杳难寻。不忧壮士无颜色，暮夜清风懔素心[3]。

【注释】

[1]赤金峡：古地名，在今甘肃玉门市西北赤金镇赤峡村。清代设有驿站和军塘，历来是丝绸古道必经之地和兵家必争之地。
[2]崚嶒：高耸突兀。
[3]素心：本心，素愿。

玉门访同乡韩学博留饮

与君同话旧，桑梓系情深[1]。绝塞一樽酒，江乡万里心。黄沙劳远道将有肃州之役[2]，白首羡知音[3]。欲问年来事，萧条剩短琴。

【注释】

[1] 桑梓：借指故乡或乡亲父老。见《诗经·小雅·小弁》。

[2] 肃州之役：此指明嘉靖三年，甘肃巡抚陈九畴和总兵姜奭率军抗击吐鲁番首领满速儿进攻肃州(今甘肃酒泉)，事见《明史》。

[3] 知音：用俞伯牙与钟子期之典。见《列子·汤问》及《吕氏春秋·孝行览·本味》等。

游大佛寺[1]

避喧入佛寺，拾级叩禅关。楼影低沉水，钟声远度山。云留虚阁静[2]，松伴老僧闲。啜茗蒲团坐[3]，俗尘千虑删。

【注释】

[1] 大佛寺：疑指甘肃张掖大佛寺。

[2] 虚阁：佛寺里亭阁的雅称。

[3] 啜茗：喝茶，饮茶的文雅表达。蒲团：是指以蒲草编织而成的圆形、扁平的座垫，又称圆座，乃修行人坐禅及跪拜时所用之物。

楚文暶

字子晋，号果斋，南郑人。乾隆戊辰进士[1]，官宁德知县[2]。以经术饬吏治，兴文教，立义仓，化悍讼，弭窃盗。两期，俗顿革，人文蔚起，邑人戴之。性至孝，父母在堂，屡请迎养，不许，遂告归。先是，南郑科名寥落，自文暶登第后，继起不绝，岳蕉园观察尝表其庭[3]。

【注释】

[1]乾隆戊辰：清乾隆十三年，公元1748年。

[2]宁德：地名，今福建省宁德市。

[3]岳蕉园：即岳礼，字会嘉，号蕉园，满洲正白旗人，累官陕西汉兴兵备道。创立汉南书院，政绩显著。见《(嘉庆)汉中府志》卷九"秩官"。观察：官署名称。此借用以尊称道员。

东湖塔影[1]

汉阳萧寺塔[2]，飞影入东湖[3]。波皱佛龛动[4]，浪明宝顶孤。镜花真变幻，水月有虚无。悠悠奇景在，千载话浮图[5]。

【注释】

[1]东湖塔影：汉中八景之一。汉台区东关有佛塔净明寺，寺塔高耸，塔影入东湖(即饮马池)，故有此景。见《(嘉庆)汉中府志·祀典》。

[2]汉阳：即汉水北。　萧寺塔：指佛塔。

[3]飞影：形容净明寺塔影直入东湖。

[4]佛龛：供奉佛像、神位等的小阁子，此指佛寺。

[5]浮图：对佛教建筑的称呼，后也有指高塔。

天台暮雪[1]

天台凌北望，雪景晚初开。隐隐六花萃[2]，盈盈万玉堆[3]。晶光涵落日，练色印层台[4]。薄暮遥相望，春从何处来。

【注释】

[1] 天台：指天台山。天台暮雪为汉中八景之一。见《(嘉庆)汉中府志·山川上》。

[2] 六花：雪花结晶六瓣，故名。

[3] 万玉：比喻众多色泽如玉之物，此指雪。

[4] 练色：指白色。　层台：高台。

龙江晓渡[1]

关津通岫路[2]，晓景在龙江。无楫波还动，停舟水自撞。晨星辉柳岸，残月照蓬窗。不道千门曙[3]，沙鸥渡影双。

【注释】

[1] 龙江：沔水的支流，出勉县，入汉水。龙江晓渡为汉中八景之一。

[2] 关津：指水陆交通必经的要道，关口和渡口，泛指设在关口或渡口的关卡。　岫路：指山路。

[3] 千门：犹千家。　曙：天刚亮。

汉巘樵歌[1]

汉山耸地立[2]，云内闻樵歌。《伐木》同声应[3]，求仙未烂柯[4]。乐从苦里出，曲自静中和。蹊径行还住，听余清兴多。

【注释】

[1] 汉巘(yǎn)樵歌：汉中八景之一，指汉中的地方民歌。汉，此指大汉山；巘，此指小汉山。

[2] 汉山：古称旱山，今属陕西南郑。见《(嘉庆)汉中府志·山川上》。

[3]《伐木》：指《诗经·小雅·伐木》，有求友之意，故云"同声应"。

[4] 烂柯：用晋王质典故，谓岁月流逝，人事变迁。典出《述异记》卷上。

李天叙

字典章，号凤冈，南郑人。操行醇笃，博学工文。乾隆癸酉举人[1]，丁丑，捷南宫[2]，未廷对[3]，卒，士林惜之。著有《凤冈诗草》，子瑞涞。

【注释】

[1] 乾隆癸酉：清乾隆十八年，公元1753年。

[2] 南宫：指礼部会试，即进士考试。

[3] 廷对：又称"廷试""御试""殿试"等，是唐、宋(金)、元、明、清时期科举考试之一。

明珠桥看柳[1]

探得骊珠胜迹留[2]，画桥碧柳荡轻舟[3]。江神静躐洪流去[4],水孽长潜古渡头。《摭遗录》:明珠桥,在汉中府城西二里。相传旧有一斗户,量米得一珠,吞之,遂化为龙。排荡成渠,几为居民害。有神人驱之去,得免。后建桥其上,故名。今犹画神人按剑驱龙像,悬于桥亭。[5]鳞甲隐浮沙涨险,烟波遥起旅人愁。过来豁我游春目,适兴高登万里楼。

【注释】

[1] 明珠桥:在汉中西关,始建于明代。见《(嘉庆)汉中府志》卷七"津梁"。

[2] 骊珠:宝珠,传说出自骊龙颔下,故名。语见《庄子·列御寇》。

[3] 画桥:意思是雕饰华丽的桥梁。

[4] 江神:在古诗文中,江神是指长江之神。本诗江神指地方性的神祇,即明珠桥下之水神。

[5] 水孽:水中妖孽。

落　花

新嫩枝头多惹风[1],花飞点点衬苔红[2]。嘱童莫向阶前扫,留待良朋醉月中。

【注释】

[1] 惹风:招引风来。

[2] 苔红:青苔之红色。

李瑞涞

字辑五,号浣玉,南郑人。廪生,文行并美,工绘兰竹,书宗米襄阳[1],惜蚤[2]逝。妻杨静姬,守节以终。

【注释】

[1] 米襄阳:即米芾,字符章,自号鹿门居士,北宋书画家,有"米颠"之称。

[2] 蚤:同"早"。

春 晓

满地严霜傍晓寒,春来未减雪华残[1]。重裘于我犹嫌冷,得路随人莫畏难。暖日放晴催柳绽,薄冰依砌润苔干。病躯服药洟流甚[2],何日郊游眼界宽。

【注释】

[1] 雪华:即雪花。
[2] 洟流:洟(yí),汉许慎《说文》:"洟,鼻液也。"

鹤腾岩[1]

危崖云起处,骑鹤看仙飞[2]。瀑布三峰挂,残碑半岭依。洞深人罕到,源远棹还稀[3]。欲画山屏景,抽毫想翠微[4]。

【注释】

[1] 鹤腾岩:在汉中市南郑区濂水北岸高台镇石科村。传说山谷里

有仙鹤出没,山沟叫仙鹤沟,沟边的山岩叫鹤腾岩,因仙鹤腾飞而得名。鹤腾岩道观建于东汉末年,与张鲁在汉中的道教传播有关。

[2]骑鹤:谓仙家、道士乘鹤云游。

[3]棹还:乘船返回。棹,船桨,借指船。

[4]抽毫:借指写字、作文、画画。 翠微:青翠的山色,形容山光水色青翠缥缈,也泛指青翠的山。

李文炳

字仲虎,号星垣,南郑人。天叙之孙,优贡生[1]。

【注释】

[1]贡生:科举时代,挑选府、州、县生员(秀才)中成绩或资格优异者,升入京师的国子监读书,称为贡生。参见《大清会典事例》礼部"贡举"。

谷雨日苏台看牡丹[1]

才经谷雨彩成堆,第一花教最后开[2]。春色含滋留节署[3],天香带润放苏台。霞流绮阁提壶醉[4],翠映青郊布谷催[5]。不惜锦袍笼日夜,嫩红深浅舞徘徊。

【注释】

[1]谷雨:二十四节气之一,春季的最后一个节气,于每年公历4月19日—21日交节。

[2]第一花:指牡丹花。

[3]节署:指官署、官衙。

[4]提壶:提壶芦,一种鸟。提壶醉用欧阳修《啼鸟》:"独有花上提壶

芦,劝我沽酒花前醉。"

[5]布谷:杜鹃鸟的别称。

王　琔

字摺方,号听山,南郑人。嘉庆壬戌进士[1],翰林院庶吉士[2],改通渭县知县[3]。子见周。

【注释】

[1]嘉庆壬戌:清嘉庆七年,公元1802年。

[2]庶吉士:亦称庶常,其名称源自《尚书·立政》篇中"庶常吉士"之意,是中国明、清两朝时翰林院内的短期职位,为皇帝近臣。

[3]通渭:县名,今属甘肃定西。

和赵嘉吾见赠原韵[1]

春前我亦出褒斜[2],为接乡音又抵家。三十年来心膂壮,四千里外路途赊[3]。那知更伴商於客[4],依旧同观汉上花[5]。离合人生浑莫定,金台有日挂星槎[6]。

【注释】

[1]赵嘉吾:即赵应会,字嘉吾,商州人。乾隆壬子举人,官汉中教授,卒后,贫不能归,友人卢和葬于郡城之西郊。本书卷四收有诗作。

[2]褒斜:指褒斜道,古代穿越秦岭的山间大道。褒斜道南起褒谷口(汉中市大钟寺附近),北至斜谷口(眉县斜峪关口),贯穿褒斜二谷,故名。见《(嘉庆)汉中府志》,《(道光)褒城县志》。

[3] 赊：遥远。

[4] 商於：为古代秦楚边境地域名,在今陕西商洛、河南淅川、西峡一带。

[5] 汉上花：汉水边的花。

[6] 金台：源见"黄金台",喻招聘贤士之处。参见旧本题汉东方朔《海内十洲记·昆仑》。 星槎：往来于天河的木筏。见《博物志》卷十、《荆楚岁时记》。

咏朴亭同年书斋盆兰,步景潘四兄韵

兰室花开日正舒,穿帘时倩软风梳[1]。清高孰与联同谱,一缕茶烟一卷书。

【注释】

[1] 倩：即请。

王见周

字莲夫,号宝峰,南郑人,诸生。

初游宝峰寺[1]

乱山耸危峰,一峰名锡宝。云根斗笋奇[2],石骨结莲巧[3]。崩崖挂寒泉,清流泻浩淼。出山润田塍[4],蜿蜒类蛇鸟。雨余山更佳,天际烟云袅。支筇纵遐观[5],

数峰青未了[6]。我行到此山,山桃艳妖娆。如入武陵源[7],如依瑶华岛[8]。断霞落溪涧,旭日出林杪。秾郁霏古香,殷红衬芳草。延缘过山麓,凤鸾晤先考[9]"文峰秀起"四字乃先考题镌。大书森岬崖,笔墨惊酣饱。楹书愧能读[10],手泽幸完好[11]。昔闻父老言,兹山结脉早。寻龙龙欲飞,策杖杖为倒。郭璞著《葬经》[12],俗儒肆搜讨[13]。岂知穴在心,修省事非杳。耕读守圣言[14],履善强哉矫。积久德自昌,潜修储伟抱[15]。亟望天苍茫,努力前儒绍。深山隐高朋,谁谓知音少。爺衙寓真仙[16],俯瞰众山小。

【注释】

[1] 宝峰寺:在今陕西省汉中市汉台区北褒河镇哑姑山上,始建于元代至正年间。见《(嘉庆)汉中府志》。

[2] 云根:深山云起之处。　斗笋:谓云山之间的连接和拼合榫头。

[3] 石骨:指坚硬的岩石。

[4] 田塍(chéng):亦作"田畻",即田埂。

[5] 支笻:拄着拐杖。笻,古书上说的一种竹子,可以做手杖。

[6] 青未了:山色不尽,青山连绵不绝。化用唐杜甫《望岳》。

[7] 武陵源:指陶渊明《桃花源记》所写的胜景。

[8] 瑶华岛:即"瑶华圃",为传说中仙人居住的地方。

[9] "凤鸾"句:原注:"文峰秀起"四字乃先考题镌。笔者注:凤鸾:泛指凤凰之类的神鸟。　先考:对已离世的父亲的称呼。

[10] 楹书:遗言、遗书。参见《晏子春秋·杂下三十》。

[11] 手泽:先辈存迹。见《礼记·玉藻》。

[12] 《葬经》:古代的风水著作,晋代郭璞所著。

[13] 俗儒:浅陋而迂腐的儒士,和"大儒""通儒"相对。　搜讨:搜索。

[14]耕读：利用农耕之余，致力学问的生活方式。

[15]潜修：潜心修炼。伟抱：远大的抱负。

[16]谽谺(hān xiā)：同"岈岈"，山谷空深貌。

陈道坦

字履吉，号汉皋，南郑人。嘉庆甲戌进士[1]，官上元知县[2]，有政声。

【注释】

[1]嘉庆甲戌：清嘉庆十九年，公元1814年。

[2]上元：上元县是南京自唐朝起下辖的一个县，也是唐朝时期南京的称呼之一，后并入江宁县。

将之江苏，次王惟一、杨礼堂赠别元韵[1]

数遍时艰愧俸镪[2]，敢萌他念启蜂衙。月明久慕龙无吠[3]，露浥仍防鼠有牙[4]。美锦自来需利器[5]，长途何日驾轻车[6]。琳函锡我珠玑满[7]，一诵新诗一拜嘉。

【注释】

[1]王惟一：指王德馨，本诗集中收有诗作。　杨礼堂：指杨筠，本书卷二收有诗作。　元韵：原韵。

[2]镪(chā)：钱的别名。

[3]尨(máng)无吠：尨，多毛的狗。意为狗未吠叫。语本《诗经·召南·野有死麇》。

[4]"露浥"句：出《诗经·行露》："厌浥行路……谁谓鼠无牙,何以穿我墉。"

[5]美锦：典故名。典出《左传·襄公三十一年》,即操刀伤锦,比喻不谙政事而出任官职必致败事。利器：指精良的工具。

[6]轻车：古代兵车名,为兵车中最为轻便者。见《周礼·春官·车仆》。

[7]琳函：指装诗集的精美封套。

记办轻装又贷镪,花黄联辔过槐衙[1]。板桥茆店今羊角[2],流水高山旧伯牙[3]。凤沼伫看君破浪[4],鸡坛宁羡我乘车[5]。同人定报秋闱捷[6],为指前途事孔嘉[7]。

【注释】

[1]槐衙：指古代长安天街两旁排列成行的槐树。见《中朝故事》。

[2]板桥：木板架设的桥。　茆店：简陋的茅店、客舍。用温庭筠"鸡声茅店月,人迹板桥霜"之意。　羊角：一种大旋风。此句言当年景致已不复存在,如经羊角旋风一般。

[3]伯牙：指俞伯牙。此用"高山流水遇知音"之典。

[4]凤沼：指凤凰池。喻腾飞之意。

[5]鸡坛：为交友拜盟之典。典出《说郛》卷六十引晋周处《风土记》。

[6]秋闱：秋试。明清时乡试在秋季举行,故名。　闱：考试的地方。

[7]孔嘉：非常美好。《诗经·豳风·东山》："其新孔嘉,其旧如之何。"

何步衢

字东桥,南郑人。乾隆壬子举人[1],官南和知县[2]。

【注释】

[1] 乾隆壬子：清乾隆五十七年,公元 1792 年。

[2] 南和：古县名,西汉时置。今河北南和。

过马嵬坡[1]

时事分明属佞臣[2],千年饮恨绮罗人[3]。秦山当墓晴如黛,蜀雨淋铃泪湿巾。未必红颜能误国[4],可堪玉辇暂蒙尘[5]。马嵬归客秋风里,欲采黄花吊太真[6]。

【注释】

[1] 马嵬坡：即马嵬驿,地名,位于陕西省兴平市西,唐杨贵妃被赐死之地。白居易《长恨歌》等诗文及戏剧作品多吟咏此事。

[2] 佞臣：指奸邪诌媚的臣子。

[3] 绮罗人：指富贵中人。

[4] 红颜：指美女。此指杨玉环。

[5] 玉辇：天子所乘之车,以玉为饰,又称玉辂。此借指唐明皇。

[6] 黄花：指菊花。表达作者凝重、感伤的心绪,隐含着生命已逝的悲哀。　太真：唐杨贵妃号。见《旧唐书·后妃传上·玄宗杨贵妃》。

孙征槐

字摺三,号容斋,南郑人。乾隆乙卯举人[1],官诏安知县[2]。

【注释】

[1] 乾隆乙卯：清乾隆六十年,公元 1795 年。

[2]诏安：古县名。今福建省漳州市辖县。

拴马岭谒张桓侯庙[1]

百尺嶙峋未易攀[2]，当年虎将驻层关[3]。霜蹄暂憩寒林下，雾鬣遥钟峻岭间[4]。绝壁声高雷吼涧，排云影动铁为山。峨峨祠宇频瞻拜[5]，归向廉泉让水湾[6]。

【注释】

[1]拴马岭：古地名。位于陕西省汉中市镇巴县境北部的陈家滩乡拉溪塘村境内，为三国蜀张飞途经此岭拴马憩息之地，故名。见《(光绪)定远厅志》。 张桓侯：张飞死后谥曰桓侯，见《三国志》本传。

[2]嶙峋：形容山石等突兀、重叠。

[3]层关：山关层叠之处。

[4]雾鬣：浓密的鬣毛，亦借指马。 遥钟：远处的钟声。

[5]峨峨：高耸的样子。

[6]廉泉让水：廉泉、让水为古水名。原比喻为官廉洁，后也比喻风土习俗淳美。典出《南史·胡谐之传》。

杨朝宗

字海屋，南郑人。乾隆丙子举人[1]，官麻城知县[2]。

【注释】

[1]乾隆丙子：清乾隆二十一年，公元1756年。

[2]麻城：古地名。今湖北省直辖、黄冈市代管的一个县级市。

野　望

一抹青螺雨后山[1],郊原缓辔乐宽闲[2]。园花马上堆成锦,溪水桥边折似环。老病枉从佳节过,时清好向旧游攀。娇红嫩绿春如许,肯负鹅儿杯酒间[3]。

【注释】
[1]青螺:喻青山。
[2]缓辔:指放松缰绳,骑马缓行。
[3]负:这里是辜负之意。　鹅儿:指鹅黄酒。见宋陆游《立秋后四日雨》。

樊德辉

字美中,南郑人。乾隆壬午举人[1],官广西库大使[2]。

【注释】
[1]乾隆壬午:清乾隆二十七年,公元1762年。
[2]库大使:官名。始设于元朝,主管官库。参见《清史稿·职官三》。

饮牡丹花傍

曲栏春暮雨风斜,策杖同看第一花。湖海有人饶意气,楼台是处足繁华。旃檀恍觉开仙界[1],村杏无烦问酒家[2]。拚取酡颜相掩映[3],眼前艳福亦堪夸。

【注释】

[1] 旃(zhān)檀：又名檀香、白檀。参见《酉阳杂俎》卷一八《木篇》。
[2] 村杏无烦问酒家：化用唐杜牧《清明》诗句。
[3] 酡颜：意思为饮酒脸红的样子。亦泛指脸红,也称酡红。

李时华

字实之,号南桥,南郑人。嘉庆戊午举人[1],官乐昌知县[2],改合水训导[3]。著有《南桥诗草》。

【注释】

[1] 嘉庆戊午：清嘉庆三年,公元1798年。
[2] 乐昌：古县名。今广东省辖县级市,韶关市代管。
[3] 合水：古县名。今属于甘肃省庆阳市。　训导：官名,明清地方学校之学官。参见《清史稿·职官三·儒学》。

暮春行将归峡,留别宗瘦石[1]

久客非长策,为官愧不才。聊将离别意,共把落花杯。笔墨宗前辈,文章耀上台。汉南林下老[2],时望好音来[3]。

【注释】

[1] 宗瘦石：未详。

[2]汉南:指汉中南郑。
[3]好音:犹言好消息。

留别紫岚[1]

客迹如蓬转,人情似海深。几年怀故里,何处觅知心。别雨催花泪,离愁寄鸟音。归装宜早计,不必费沉吟[2]。

【注释】
[1]紫岚:此处疑为作者朋友的雅号。
[2]沉吟:遇到复杂或疑难的事,迟疑不决,低声自语。

庚午秋于役岐门即事[1]

岐门停晚棹[2],一夜雨滂沱。水自山巅涨,船从树杪过。泷喧人语乱[3],缆急橹声多[4]。伏枕终宵客[5],何曾惹睡魔[6]。

【注释】
[1]庚午:清嘉庆十五年(1810)。 于役:此指因公务奔走在外。出自《诗经·王风·君子于役》。
[2]棹:指船。
[3]"泷喧"句:言急流水声与人语夹杂,显得很乱。
[4]缆急:拉船的粗绳绷的很紧。 橹声:指摇橹声。

[5] 终宵：彻夜、通宵。
[6] 睡魔：谓使人昏睡的魔力。比喻强烈的睡意。

五日昌山令[1]，徒经坎险多。入官劳案牍[2]，出使畏风波。短楫逆泷上[3]，重滩冒雨过。惊魂怜仆隶[4]，悲笑莫相呵[5]。

【注释】
[1] 昌山令：即乐昌县令。昌山，在今广东乐昌市东。
[2] 案牍：公事文书。
[3] 短楫：短桨，亦指代小船。
[4] 仆隶：奴仆。
[5] 相呵：相互呼声。参见《山海经·南山经》及晋郭璞注。

静山解三水都府篆，诗以送之[1]

生平疏懒性，未惯与人群。把酒浑忘我，谈诗赖有君。一船胥水月[2]，千里海峰云。握别情无限，骊歌不忍闻[3]。

【注释】
[1] 三水：本汉南郡番禺四会二县地。 都府篆：指官印的代称，也借指官职，此指三水府衙。
[2] 胥水：即湑水。古称左谷水，清末改名湑水，汉江左岸支流。
[3] 骊歌：为古代客人离别时所唱的歌，告别之歌。见先秦逸诗《骊驹》。

雷淑声

字春元,南郑人。嘉庆辛酉拔贡[1],已卯举人[2]。

【注释】

[1] 嘉庆辛酉:清嘉庆六年,公元1801年。 拔贡:是科举制度中由地方贡入国子监的生员之一种。参阅《听雨丛谈》卷五、《清史稿·选举志一》。

[2] 已卯:清嘉庆二十四年,公元1819年。

凤岭旧有果亲王诗碣,倾埋崖下。乙亥秋,马云房舁出之,壁间有王惟一诗,依韵奉和[1]

若木光华笔有灵[2],能教造化也垂青。山公呵护潜幽草[3],墨客搜罗列翠屏[4]。的皪元珠腾赤水[5],雌雄宝剑跃沧溟[6]。古来神物终须显,此地权为问字亭[7]。

【注释】

[1] 凤岭:在今宝鸡凤州留凤关。参见《(嘉庆)汉中府志》。 果亲王:和硕果亲王是清朝世袭亲王。雍正元年,康熙帝第十七子胤礼被封郡王,封号果,死后谥号毅。参见《清史稿·诸王列传六》。 乙亥秋:嘉庆二十年秋,即1815年秋。 舁(yú):共同用手抬,携带。

[2] 若木:古代神话中的树名。见《山海经·大荒北经》。

[3] 山公:古代指代表山神受享祭的男子,或谓雄性山魈。参见《后汉书·宋均传》、《太平广记》卷四二八引唐戴孚《广异记·斑子》。

[4] 墨客:指诗人、作家等风雅的文人,也指有文化的人。 翠屏:

形容峰峦排列的绿色山岩。

[5]的砾(lì)：光亮、鲜明貌。　赤水：凤县境内的一条河流。

[6]雌雄宝剑：雌雄剑相传春秋时吴人干将铸二剑,雄号干将,雌号莫邪。见《吴地记》。　沧溟：意为苍天、大海。

[7]问字：典故名,指从人受学或向人请教。典出《汉书·扬雄传》。

孙鸿绪

字述之,号丕臣,南郑人。嘉庆已卯举人[1]。

【注释】

[1]嘉庆已卯：清嘉庆二十四年,公元1819年。

谷雨日苏台看牡丹

得意东风里,丹心不染埃[1]。春阴逢谷雨,花气透苏台。青绕窗三面,红团锦一堆。如围金带发[2],谁似相公才。

【注释】

[1]丹心：赤心,忠心。

[2]金带：金饰的腰带。古代帝王、后妃、文武百官所服腰带,有革、金、玉、银等差别,其制度各代不同,亦多变易。

杨　筠

字礼堂,号可亭,南郑举人。著有《听琴山房诗草》。

天久不雨,民皆苦旱,乐园师步祷酆都之涌泉洞,甘霖大作,赋诗以志[1]

郁律旱云起,祝融张火旗[2]。洪炉扇太乙[3],炎风鼓南箕[4]。山田石磊磊,低田甲拆龟[5]。连畦正扬穗,叶倦苗其萎。桔槔转荦确[6],人力聊相施。溪涧水泉涸,村民愁攒眉。太守今元结[7],恝焉心如锥[8]。召灾实司牧[9],曰余咎莫辞,小民亦何辜。立视忍靡遗。斋心告上帝,鞠脪陈危词[10]。酆都蟠云洞[11],蝙蝠穴尧时。盘盘路诘曲,灵迹留龙池[12]。官为民请命,戒曰蹑崄巇[13]。赤脚着芒屦[14],挥盖露丰肥[15]。踽躅登峻坂[16],呼吁蹲路歧[17]。父老群叹息,酸辛官为谁。结幡杂铙鼓[18],吏民走相随。凄怆动玉阙[19],恍惚盘蛟螭[20]。须臾云叆叇[21],雨声来山隈[22]。盆倾亦瓴建[23],坡陀水漫弥。枯草一时活,绀翠青四垂[24]。茎抽甫翼翼,实结旋离离。泥首拥道左,我官信仁慈。祷祈岁常有,甘霖鲜应期[25]。非官心专一,明神讵鉴之。苍穹尚感格,民忍甘匪彝[26]。从此服教化,牙角戒越思[27]。从此务敦朴,唐魏景风诗[28]。上以德弥灾,俗以醇而移。屡丰承天锡[29],鼓腹歌恬熙[30]。

【注释】

[1] 乐园师:指严如熤,号乐园。　酆都:祈祷的场所。　涌泉洞:

在今汉中市汉台区天台山。见《(嘉庆)汉中府志》卷四"山川上"。

[2] 祝融：华夏族上古神话人物、火神。

[3] 太乙：天神名。

[4] 南箕：星名,即箕宿。夏秋之间见于南方,故称。

[5] 甲拆龟：由于干旱,农田裂开如同龟壳一样。拆,同"坼(chè)",裂开,绽开。

[6] 荦确：嶙峋的山石。

[7] 元结：唐代诗人、官吏,关心民生疾苦,"救世劝俗",诗作多注重反映政治现实,后世诗中因用作咏良吏的典故。此处将严乐园比作元结。

[8] 怒(nì)：同"惄",忧思伤痛之意。

[9] 司牧：管理统治地方的官吏。

[10] 鞠腾(jì)：跪着、手合揖(拜)鞠躬的意思。腾,"跽"的异体字。

[11] 蟠云洞：似指诗题中的涌泉洞。

[12] 龙池：池名。具体地方不详。

[13] 岭巇：指险峻崎岖的山地。

[14] 芒屦(jù)：芒鞋,用植物的叶或秆编织。

[15] 丰肥：丰满肥胖。

[16] 踯躅(zhí zhú)：以足击地,顿足。指行走艰难之状。

[17] 路歧：歧路,岔道。

[18] 结幡：本是道家最玄妙神奇的一种法事活动,这里指祈祷中的仪式。　铙鼓：铙和鼓。泛指打击的响器。

[19] 玉阙：传说中天帝、仙人所居的宫阙。

[20] 蛟螭：犹蛟龙。亦泛指水族。

[21] 叆叇(ài dài)：指的是云彩很厚的样子,形容浓云蔽日。

[22] 山隈：山的弯曲处。

[23] 瓴建：瓴,盛水的瓶子;建,倒水、泼水。把瓶子里的水从高层顶上倾倒,比喻居高临下,不可阻遏。

[24] 绀翠：青色。　四垂：四边,四周。

[25] 甘霖：是指久旱以后所下的雨。

205

[26] 匪彝：意思是违背常规的行为。
[27] 牙角：犹锋芒。
[28] 景风：指四时祥和之风。见《尸子》卷上。
[29] 天锡：是上天赐予的意思。
[30] 恬熙：安乐。

示同学诸子

于盲问道误知津[1]，二六年来只此身[2]。未必诸生非玉树[3]，莫嫌故我若荆榛[4]。输他桃李争春暖，冀得芝兰与岁新[5]。雨露即今优渥甚[6]，可能相长出风尘[7]。

【注释】

[1] 知津：犹言识途。语见《论语·微子》载长沮、桀溺事。
[2] 二六年：即十二年，称一纪。
[3] 玉树：古诗文中指神话传说中的仙树，此处指同学诸子。
[4] 荆榛：泛指丛生灌木，多用以形容荒芜情景，此处作者自喻。
[5] 芝兰：两种香草，此与前"桃李"相对，指优秀的子弟。
[6] 优渥：雨水充足。后引申为优厚的待遇。
[7] 相长(zhǎng)：彼此促进。语见《礼记·学记》。　风尘：此指宦途、官场。

哭龚恩斋师 甘肃武威人，戊辰进士，汉南书院主讲[1]

不老蓬蒿知遇奇 夫子戊辰至汉，初视筠卷，有"应非老于蓬蒿"弁语。[2]，今朝何忍赋哀离。昌明博大钦前训，事业勋名付与谁。捧檄空传毛有母[3]，遗经窃恨邓无儿[4]。我怀搔首青天问[5]，几度《招魂》废《楚辞》[6]。

【注释】

[1] 龚恩斋：即龚溥，字恩斋，甘肃武威人，清嘉庆十三年进士。嘉庆十四年(1809)受汉中知府严如熤之邀，兼任汉南书院山长。 戊辰：清嘉庆十三年(1808)。 主讲：担任讲授或讲演，古代书院多设主讲。

[2] 蓬蒿：飞蓬和蒿子，借指草野民间。 筠(yún)：指诗作者杨筠。弁语：弁言，书籍或长篇文章的序文、引言。

[3] 毛有母：指毛义辞官之事。见本卷《京都喜逢故友刘躬如》注[4]"捧檄"。

[4] 邓无儿：指晋邓攸救侄而使己无子。事见《晋书》卷九十《良吏列传·邓攸》。

[5] 搔首：以手搔头，焦急或有所思的样子。 青天：也称青冥，指碧蓝的天空。

[6]《招魂》：《楚辞》作品。《史记·屈原贾生列传》认为是屈原作品。《楚辞章句》称《招魂》作者是宋玉。招魂是一种民间信仰与宗教活动。《楚辞》：先秦诗歌总集，西汉刘向所编。另，"楚辞"之名首见于《史记·酷吏列传》，其本义是泛指楚地的歌辞，以后才成为专称，指以屈原的创作为代表的新诗体。

春晚偕诸同入东郊散步

春景逢良朋，此遇最称巧。春风沂水天[1]，几度虚怀抱。友人为我言，芳塍碧未了[2]。载酒喜同行，喜趁游人少。步屧至东郊[3]，满眼绿云绕。麦浪飐暖风[4]，

· 207 ·

池塘步芳草[5]。生意秀可餐,宿翳净如扫。问途浑不知,疑是桃源岛[6]。倏忽异境开,柳岸晴丝袅。几家避秦人[7],烟火人间杳。红泉曲曲流,渔子拨蘋藻。欲话个中情,踪迹托深窅。但见邱与坟,萧森列华表。野坐相盘桓[8],白日当空皎。惊人句欲成,恨未携谢朓[9]。移荫酌醁醽[10],尘嚣绝纷扰。行乐须及时[11],闻道苦不早[12]。转瞬逝春华,生死一鲜槁[13]。劳碌腥膻中[14],忧思令人老[15]。我怀安淡泊,信口谈非矫,付与总随天,自得以为宝。

【注释】
[1] 春风沂水:指放情自然,旷达高尚的生活乐趣。 沂水:水名,在山东省曲阜境内,孔子的出生地。参见《论语·先进》。

[2] 塍(chéng):田畦,田间的界路。

[3] 屧(xiè):古代鞋的木底,亦泛指鞋。参见南朝梁萧子显《南齐书·江泌传》。

[4] 飑:飞扬,飘扬。

[5] 池塘步芳草:化用谢灵运《登池上楼》诗句。

[6] 桃源岛:指陶渊明《桃花源》所记胜景。

[7] 秦人:指与外界隔绝的先世之人,典出《桃花源记》。

[8] 盘桓:徘徊,逗留。

[9] 谢朓:南朝齐诗人,与"大谢"谢灵运同族,世称"小谢"。事见《南齐书·列传》第二十八,《南史·列传》第九。

[10] 醁醽(lù líng):美酒名。见《晋起居注》。

[11] 行乐及时:不失时机,寻欢作乐。

[12] 闻道:领会某种道理。语出《论语·里仁》。

[13] 鲜槁(kǎo):指新鲜的和干制的鱼、肉食品。槁,谓干肉。见《周

礼·天官·庖人》)。

[14] 腥膻(shān)：腥而膻的味道，比喻人间丑恶污浊的环境。

[15] 忧思令人老：化用《古诗十九首·行行重行行》之意。

荆　花

叶接枝连气本同，栽培几度费元功[1]。田家庭院芳华好，莫遣娇莺絮晚风[2]。

【注释】

[1] 元功：大功。此指造化之功。

[2] 娇莺：谓莺娇媚的啼声。

早春得雪

和光始暖读书帷，玉屑横空片片霏[1]。庾岭刚添梅影瘦[2]，平畴早润麦苗肥。披来鹤氅衣初重[3]，咏到蛮腰絮正飞。绿满窗前生意畅，从兹寸草报春晖[4]。

【注释】

[1] 玉屑：以喻美好的文辞。

[2] 庾岭：山名，即大庾岭，为五岭之一，在江西省大庾县南。

[3] 鹤氅：鸟羽制成的裘，用作外套。

[4] 报春晖：春天的日光，象征慈母之爱，喻报答父母养育之恩。用孟郊《游子吟》诗意。

送茂才黄湘纫昆仲扶榇归粤西[1]

唱到骊驹意悯然[2],匆匆别绪柳丝牵。生憎俗面尘三斗[3],转恨乡关路八千[4]。潭水桃花怜后会[5],雪泥鸿爪记前缘[6]。扶摇九万知非远[7],莫待闻鸡始著鞭[8]。

【注释】

[1]茂才:即秀才。因避汉光武帝刘秀名讳,改秀为茂。 黄湘纫:未详。 榇(chèn):棺材。 粤西:是广东省西部地区的简称。

[2]骊驹:逸诗篇名。古代告别时所赋的歌词。

[3]尘三斗:即三斗尘。语出《新唐书·权怀恩传》:"宁饮三斗尘,无逢权怀恩。"

[4]路八千:形容路途遥远。化用韩愈《左迁至蓝关示侄孙湘》诗句。

[5]潭水桃花:比喻友情深厚,比桃花潭的水还深。化用李白《赠汪伦》诗句。

[6]雪泥鸿爪:雪泥:融化着雪水的泥土。大雁在雪泥上踏过留下的爪印,比喻往事遗留的痕迹。化用苏轼《和子由渑池怀旧》诗句。

[7]扶摇:指盘旋而上,腾飞。语出《庄子·逍遥游》。比喻仕途得意。

[8]闻鸡:听到鸡叫,指黎明。同"闻鸡起舞",喻志士奋发之情。典出《晋书·祖逖传》。 著鞭:意思指鞭打,用鞭子赶。常用以勉人努力进取。语出《三国志·吴志·吴主传》南朝宋裴松之注引晋虞溥《江表传》。

读《垩室录》感赋[1]

猗欤李夫子[2],前不愧古人。锐志继绝学,独行绍先民。贫也讵足病[3],性命存其真。居忧溯庸行[4],在在反诸身[5]。嗟我入世来,已历三十春。日夕对前贤,胡为薄于亲[6]。父书慕手泽[7],北堂白发新[8]。养体且未能[9],安望养志醇[10]。低徊《垩室录》,雪涕频沾巾[11]。

【注释】

[1]《垩(è)室录》:书名,清代李颙撰。

[2] 猗欤:即"猗与"。叹词,表示赞美。语出《诗经·周颂·潜》。李夫子:即李颙,字中孚,号二曲,陕西周至人,明清之际哲学家。著有《四书反身录》《二曲集》等。

[3] 讵足病:如果值得责备。意指李颙贫困之事。

[4] 居忧:指居父母之丧。 庸行:日常的行事。

[5] 在在:处处,到处,各方面。 反诸身:即反求诸身。反过来寻求自身的问题。见《礼记·中庸》。

[6] 胡为:为什么。语见《诗经·邶风·式微》。

[7] 手泽:手汗。后以手泽指称先人或前辈的遗墨、遗物等。

[8] 北堂:古指居室东房的后部,为妇女洗涤之所。见《仪礼·士昏礼》。后以"北堂"为母亲之代称,参见《诗经·卫风·伯兮》。

[9] 养体:保养身体,满足身体的需要。也谓奉养父母,供给父母生活所需。

[10] 养志:保摄志气。指培养、保持不慕荣利的志向,也谓奉养父母能顺从其意志。见《孟子·离娄上》。

[11] 雪涕:擦拭眼泪;晶莹泪珠。

汉南书院,自松制府后[1],废为公廨久矣[2]。戊辰秋仲[3],严乐园师来守汉郡[4],下车即筹修复。爰购东西邻地,增葺斋舍,广生童膏火、名额[5],自是远方之士日至。公暇,辄至院,集诸生讲解经义,以李司徒、张博望诸先达相勖[6]。延姑臧龚恩斋先生主讲。庚午秋闱[7],领乡荐者六人[8],中副车二[9],甚盛事也,因赋此以志乐育之效云

乐育怀开善气冲,鳣堂太守昌儒风[10]。昌明至道周虞部[11],妙解群经戴侍中[12]。未必诸生真鹿鹿[13],休教古圣特熊熊[14]。竭来《江汉》宣王化[15],莫负《菁莪》造士衷[16]。

【注释】

[1]松制府:指松筠,字湘圃,蒙古正蓝旗人,清朝大臣。嘉庆年间任陕甘总督,驻扎汉中,曾为汉南书院捐资修缮。制府,指制置司衙门,掌军务。

[2]公廨:旧时官府衙门的别称。

[3]戊辰:清嘉庆十三年,公元1808年。

[4]严乐园:指清严如熤。

[5]生童:生员和童生,泛指学童。 膏火:代指维持书院等运行的费用。 膏:灯油;火:饮食。

[6]李司徒:指汉司徒李固;张博望:指汉博望侯张骞,二人皆汉中人。 相勖:勉励。

[7]庚午：清嘉庆十五年(公元1810)。　秋闱：秋天的乡试。
[8]领乡荐：亦省作"领荐"。谓乡试中举。
[9]副车：清代称乡试的副榜贡生。
[10]鳣(shàn)堂：古时讲学之所。典出《后汉书·杨震传》。
[11]周虞部：指宋代理学家、文学家、哲学家周敦颐，世称濂溪先生。曾任虞部郎中，后世称为"周虞部"。
[12]戴侍中：东汉戴凭，官居侍中，事见《后汉书·儒林列传(戴凭传)》。
[13]鹿鹿：平凡。
[14]熊熊：形容气势壮盛的样子。
[15]江汉：《诗经·大雅》篇名。这是一首记叙召伯虎平淮夷，受周王赏赐的诗。
[16]菁莪(é)：《诗经·小雅》中《菁菁者莪》篇名的简称。其诗旨历来有争议，结合本诗引证，以"育才说"为是。　造士：学业有成就的士子。语本《礼记·王制·司徒》。

　　微行几见惜宵中[1]，果否遗经究始终。灯下赤文腾字绿，窗前白雪点炉红。棘闱鹗表钦融荐[2]，栈阁囊钱助阮空[3]。多少同人今不贱，个侬常愿坐春风[4]。

【注释】
[1]宵中：夜半。
[2]棘闱：旧时在考场四周围上荆棘，以防止闲人擅自进入，故称为"棘闱"。后成为科举时代对考场、试院的称谓。　鹗表：典故名，指推荐人才的表章。典出《后汉书·祢衡传》。
[3]栈阁：存放东西的屋子。　囊钱：囊中仅有的几文钱。　阮空：典故，指晋"竹林七贤"之一阮咸的儿子阮孚钱袋空。典出《韵正群玉·阳韵·一钱囊》。后人用"阮郎贫""阮囊羞涩"来指代文人贫寒的状况。

[4]个侬：吴人称自己为"我侬"，称别人叫"渠侬"或"他侬"，"个侬"即"他侬"。

嘉庆癸酉[1]，郿匪煽乱，延及汉沔。兵尚未至，乐园师捐赀，练义勇数百，严巡边境，感而赋此

盗弄潢池孰与怜[2]，先驱五马重防边[3]。愿将铜虎麾前士[4]，销尽狼烽顶上烟[5]。此日挥军严仆射[6]，当年聚米马文渊[7]。城狐社鼠纷奔踔[8]，佳气葱茏遍汉川。

【注释】

[1]嘉庆癸酉：嘉庆十八年(1813)。岐山三才峡伐木场木工因伐木场停工乏食而造反。严如熤派兵剿讨，供给粮饷，受到朝廷嘉奖。参见清陶澍《布政使衔陕西按察使乐园严公墓志》。

[2]潢池：池塘，即"弄兵潢池"之意。旧时对农民起义的蔑称，也指发动兵变。

[3]五马：汉时太守乘坐的车用五匹马驾辕，因借指太守的车驾。

[4]铜虎：即"铜虎符"。古代传达命令或调兵遣将所用的凭证。

[5]狼烽：指古时边防燃狼粪以报警的烽火。

[6]严仆射(yè)：指严如熤。 仆射：官名，秦始置，汉以后因之。

[7]马文渊：东汉马援，字文渊。建武八年(32)，刘秀亲征隗嚣，马援用"堆米为山"推演阵法，战胜了隗嚣。事见《后汉书·马援传》。

[8]城狐社鼠：城墙上的狐狸，社庙里的老鼠。比喻仗势干坏事的人。见《晏子春秋·内篇问上》。 踔(chuō)：意思是跳，跳跃。

214

汉中水利,导源自太白山[1]。岁旱祷雨辄应[2],乐园师建祠城西北隅,掘土得泉。诗以纪之

岧峣太白俯秦川[3],此地如何涌冽泉。出醴自关太平瑞[4],承流难得长官贤。灵湫顺听穹苍令[5],香火遥迎远岫烟[6]。喜挈银瓶试薪汲,仁波滋液慰农廛[7]。

【注释】

[1] 太白山：该山主体位于陕西宝鸡眉县、太白县。
[2] 祷雨：向神灵祷告,乞求降雨。
[3] 岧(tiáo)峣：山高峻貌。
[4] 醴(lǐ)：甘甜的泉水。
[5] 灵湫：深潭,大水池。古时以为大池中往往多灵物,故称。
[6] 岫(xiù)烟：山中云烟。
[7] 滋液：谓渗透的汁液。 农廛(chán)：农户所住的房屋。

校郡志成[1]

善善从长训语深[2],成仁取义费搜寻。蝇青恐玷丰年玉[3],夜黑曾严故友金时有以万钱求列郡志者,筠深斥之[4]。兴废百年归指掌[5],编摩五载耐精心[6]。莫愁此后无知己[7],多少前贤说至今。

【注释】

[1] 郡志：杨筠参与严如熤主编的《续修汉南郡志》，即《(嘉庆)汉中府志》)。

[2] 善善：意为赞扬好人好事。语出《新序·杂事第四》。

[3] 蝇青：即青蝇,比喻佞人。 丰年玉：比喻有用的人才。参见《世说新语·赏誉》。

[4] 故友金：原注:时有以万钱求列郡志者,筠深斥之。笔者注:指杨筠拒绝有人用重金求名列《郡志》者。

[5] 指掌：比喻事理浅显易明或对事情非常熟悉了解。语出《论语·八佾》。

[6] 编摩：犹编集。 五载：形容很长的时间。

[7] 莫愁此后无知己：化用高适《别董大》诗句,有变通。

丁丑十一月哭王汉章[1]

青天搔首问如何,欲拟《招魂》寄汨罗[2]。医国能兼雕朽木[3],活人不自起沉疴[4]。刚怜季子悲乌鸟客岁,师母辞世[5],旋痛孤儿诵《蓼莪》季子从余读书[6]。岁纪龙蛇胡太骤[7],伤心难掩涕滂沱[8]。

【注释】

[1] 丁丑：嘉庆二十二年(公元 1817)。 王汉章：未详。

[2] 汨罗：指汨罗江,洞庭湖水系河流之一。屈原投此江殉节,此处用屈原之典,表达对王汉章的哀悼。

[3] 医国：谓为国除患祛弊,也指医术高明。语出《国语·晋语八》。雕朽木：雕琢腐烂的木头,形容无药可救或指事物和局面败势已定,无可挽回。语出《论语·公冶长》。

[4] 沉疴(kē)：指久治不愈的病。

[5] 季子：少子，泛指小儿子。　乌鸟：古称乌鸟反哺，因以喻孝亲之人子。

[6]《蓼莪》：《诗经·小雅》篇名，这是一首体现孝道的诗。

[7] 岁纪：指年代。　龙蛇：比喻非常的人物。　骤：急速，突然，忽然。

[8] 滂沱：比喻眼泪流得很多，哭得厉害。

山颓木坏太无情[1]，坐我春风恩谊明[2]。痛痒相关真父子[3]，针砭齐下古师生[4]。满怀未了门题凤[5]，遗憾何穷柳啭莺。卧榻丁宁犹在耳[6]，嗟来属纩不闻声[7]。

【注释】

[1] 山颓木坏：泰山倒塌，梁木折断，比喻为人敬仰的人的死亡。见《礼记·檀弓上》。

[2] 坐我春风：比喻承良师的教诲，犹如沐于春风。

[3] 痛痒：比喻利害关系。

[4] 针砭：比喻发现或指出错误，以求改正。砭，古代治病刺穴的石针，后泛指金针治疗和砭石出血。

[5] 门题凤：指人的平庸。"凤"的繁体字拆开为"凡鸟"二字，有"造门题凤"之典。典出《世说新语·简傲》。

[6] 丁宁：即"叮咛"，反复地嘱咐。

[7] 属纩(kuàng)：用细丝棉放在人鼻孔前，看看是否有气，即纩息。此指人死亡。

凤　仙[1]

碧桐深处蔚轻霞,叶底翩翩舞袖斜。最是冰弦调月下[2],多情还让女儿花[3]。

【注释】
[1]凤仙:凤仙花科凤仙花属植物,别名指甲花等,有药用价值。
[2]冰弦:琴弦的美称。传说中有用冰蚕丝作的琴弦,故称。
[2]女儿花:凤仙花的别称。

严乐园师初夏雨霁,清晖亭集同人赋芍药花[1]

拨开云雾见青天,婪尾留春带露妍[2]。绛帐多情倾北海[3],缁林盛会接南禅[4]。一轮日丽珊瑚朵[5],满座风生玳瑁筵[6]。借问腰黄谁得似[7],广陵瑞兆魏公贤[8]。

【注释】
[1]清晖亭:在陕西汉中市内区古汉台内,康熙三十七年汉中知府陈邦器整修古汉台,在其东北隅建成清晖亭。乾隆三十二年汉中知府王时熏整修清晖亭,并立碑记之。
[2]婪尾:指酒巡至末座,最后、末尾的意思。
[3]绛帐:典故名,即"红色帐帏"。东汉经学家马融设帐讲学之典,后多用于尊崇称美之意。典出《后汉书·马融传》。

[4]缁林：寺院也，犹僧界，僧众。僧着缁衣，故曰缁。寺院为僧所居住之丛林，故曰缁林。　南禅：佛教禅宗五祖弘忍以下所分的两支之一。一支以慧能为代表，主张顿悟，因活动地区在南方，即南禅，被称南宗。

[5]珊瑚：指由珊瑚虫分泌的石灰质骨骼聚结而成的东西，状如树枝，多为红色，可做装饰品，供玩赏。

[6]玳瑁：一种生活在海底的爬行动物，背甲可制成宝石，十分珍贵。这里是用来描述筵席的精美与豪华。

[7]腰黄：犹腰金。谓身居显要。

[8]广陵：古地名。古城扬州的先名，今江苏省扬州市下辖主城区。瑞兆：吉祥的征兆。

襄城张玉泉师，卒于凤翔学署，柩归长林，即位哭之[1]

浮生何茫茫，倏忽惊掣电[2]。愁云黯泰巅[3]，遽掩哲人面。痛哉玉泉师，鸡林名夙擅[4]。岐阳振铎音[5]，士习竞丕变。忆昔岁庚寅，孤露伤卑贱。歧路哭杨朱[6]，鸳鸯眯针线。筠本单寒人[7]，窃附君苗砚[8]。素心每相期，樗栎邀殊眷[9]。惟师孝德纯，庐墓绝荤宴[10]。身教尤心仪[11]，深情课修践[12]。庚春复追随，长侍先生馔。龙门点额还[13]，归心急如箭。未遑诣鳣堂[14]，少慰私衷恋。胡然天降凶[15]，幽明隔相见。玉砌兰苗芽，那解集霜霰。闻耗重惊惶，难禁泪珠溅。赗赙愧未能[16]，临穴空一奠。大雅半沦亡筠师多下世，今存者严乐园、张介侯、勒时东数先生而已[17]，谁欤施呵谴。挥翰志

・219・

微情,愿补耆旧传[18]。模范千秋存,德冠苞中县褒城,晋义熙中,名苞中县[19]。

【注释】
[1]张玉泉:未详。　凤翔:古县名。古称雍,今隶属于陕西省宝鸡市。　长林:古属褒城县,今属陕西汉中市勉县。
[2]倏忽:指很快地,忽而间。
[3]泰巅:泰山之顶。
[4]鸡林:新罗附近地区。此用白居易"诗入鸡林"典故,言张玉泉诗名远播。
[5]岐阳:岐山之南。　振铎:古时宣布政教法令时,振铎以警众。语见《国语·吴语》。后引申为从事教职的代称,这里指张玉泉在凤翔学署任教。
[6]"歧路"句:用来形容对迷失方向的忧虑感伤。杨朱,又称杨子,战国魏国人,思想家。典出《荀子·王霸》《淮南子·说林训》。
[7]筠:作者自称。　单寒:本指衣服穿得少,不能御寒。此谓家世寒微,没有地位。
[8]君苗砚:君苗,即崔君苗,晋人。砚,指焚砚,典故名,又作焚研,指毁坏文具,不再著述,夸赞对方文采卓绝,也用作自谦文才不如他人。典出《晋书·陆机传》。
[9]樗栎(chū lì):典故名。典出《庄子·逍遥游》《庄子·人间世》。樗和栎指两种树名,古人认为这两种树的质地都不好,不能成材。后因以"樗栎"比喻无用之材或平庸无用之人,也用作自谦之辞。
[10]庐墓:古人于父母或师长死后,服丧期间在墓旁搭盖小屋居住,守护坟墓,谓之庐墓。
[11]心仪:本义为内心倾向,多指心中向往、仰慕。
[12]修践:即"修身践言。"指的是要注意自身的修养,诺言许下就要实践(实现),不要轻易更改。语出《礼记·曲礼上》。
[13]龙门点额:比喻仕路失意或科场落第。参见《水经注·河水四》。

[14] 鳣堂：古时讲学之所。典出《后汉书·杨震传》。
[15] 胡然：为什么。
[16] 赗赙(fèng fù)：因助办丧事而以财物相赠。
[17] "大雅"句：原注：筠师多下世，今存者严乐园、张介侯、勒时东数先生而已。笔者注：大雅：风雅，文雅。
[18] 耆旧传：耆旧指年高而有德行有声望的人。旧志中常设"耆旧传"，以记载其事迹。此指东汉南郑人祝龟(字符灵)所作《汉中耆旧传》，已佚。参见《华阳国志·先贤士女总赞》中的《汉中士女》，《华阳国志·后贤志》中《陈寿传》。
[19] "德冠"句：原注：褒城，晋义熙中，名苞中县。笔者注：苞中县：古县名，西汉置，治今陕西省勉县东褒城镇东，属汉中郡。东汉末移治今汉中市西北打钟寺，东晋义熙中改为苞中县，南朝宋废。

元月念三日[1]，王惟一以诗稿见寄，并惠黄花一枝，有"赠君金蔫蕊，贻我玉堂诗"之句，率笔答之

性懒苦长吟，良朋惠德音。开函三尺素[2]，索笑一丛金[3]。晚节香能否，先施愧正深[4]。满头思乱插，瘦极不胜簪[5]。

【注释】
[1] 元月念三日：即元月二十三日。
[2] 尺素：古代通常用长一尺的绢帛书写文章，故称这种短笺为尺素。
[3] 索笑：犹逗乐，取笑。 一丛金：指黄花。
[4] 先施：指人先行拜访或馈赠礼物。语出《礼记·中庸》。
[5] "满头"二句：簪，这里指簪花。上句用杜牧《九日齐山登高》"菊花须插满头归"意，下句用杜甫《春望》"浑欲不胜簪"意，二句意谓想把黄花

· 221 ·

插满头,却因太瘦插不上。

叠前韵

唧唧草虫吟,寒更结赏音。人惟同淡菊,谊反重南金[1]。惠我香非晚,思君意更深。愿开三益径[2],长此订朋簪[3]。

【注释】

[1] 南金:指南方出产的铜,此指友人送的贵重之物。
[2] 三益:谓直、谅、多闻。语本《论语·季氏》。也借指良友。
[3] 朋簪:指称朋友。

元 日[1]

爆竹声连曙,春光胜旧年。人迎沧海日,车带茂陵烟[2]。朴略风犹古,奔驰马不前。屠苏欢对饮[3],同唱大罗天[4]。

【注释】

[1] 元日:农历正月初一,即汉族传统节日春节。出自《尚书·舜典》。
[2] 茂陵:位于陕西咸阳兴平东北,是汉武帝刘彻的陵寝。
[3] 屠苏:屠苏,酒名。古代中国风俗于农历正月初一饮屠苏酒以避瘟疫。见《荆楚岁时记》。
[4] 大罗天:道教所称三十六天中最高一重天,即仙界。

马伏波祠[1]

勒铭铜柱记当年[2],矍铄哉翁故土传[3]。上雨旁风旧祠墓,画沙聚米古山川[4]。荣名岂假椒房贵[5],壮志端知马革坚[6]。刻鹄我惭兄子诫[7],茂陵道左拜文渊[8]。

【注释】

[1]马伏波祠:马援,字文渊,扶风郡茂陵县(今陕西兴平)人。东汉初年著名军事家,官至伏波将军,世称"马伏波"。本诗所引典故皆出《后汉书·马援传》《东观汉记·马援传》,马援祠遗址建于清代,它位于陕西咸阳杨陵区五泉镇毕公村。

[2]勒铭铜柱:指马援征南立铜柱之事。

[3]矍铄:形容老年人很有精神的样子。

[4]画沙聚米:指马援聚米为山谷,指画形势。

[5]椒房:西汉未央宫皇后所居殿名,亦称椒室,后亦用为后妃的代称。此指马援蒙冤后之事。

[6]马革:即"马革裹尸"。典出马援。

[7]刻鹄:即刻鹄(hú)类鹜(wù)。鹄,天鹅;鹜,鸭子。比喻仿效前贤。 兄子诫:指马援著《诫兄子严敦书》。均见《马援传》。

[8]文渊:指马援。

杨　镰

字鸾声,号鞠坡。南郑人,拔贡生,举孝廉方正,官罗田知县[1]。

【注释】
[1]罗田：古县名,今属湖北黄冈。

赠别杨兆江回鹿原[1]

数载论交地,归思欻向东[2]。堂虚能受月[3],人去但怀风。渭水秦山外[4],周原汉畤中[5]。离愁千里共,相慰寄诗筒[6]。

【注释】
[1]鹿原：位于今陕西西安高陵区,附近有汉阳陵。
[2]欻(xū)：忽然,迅速。
[3]堂虚：意即虚室,谓心中纯净无欲。
[4]渭水：即渭河,是黄河的最大支流。
[5]周原：周文化的发祥地和灭商之前周人的聚居地,其遗址位于今陕西省宝鸡市扶风、岐山一带。　汉畤(zhì)：指汉时帝王祭天地五帝的地方,此指周原的重要地位。
[6]诗筒：盛诗稿以便传递的竹筒。

陈国选

字东堂,南郑人,拔贡生。

谷雨日苏台看牡丹

却怜春事半阑珊[1],喜傍苏台得巨观[2]。丛带午风香倍郁,花沾晓雨色弥丹。红霞点点环池水,秾艳枝枝灿石峦[3]。深色非关百金产,不妨常作画图看。

【注释】
[1]阑珊:意思是凄凉、凄楚、凋零。
[2]巨观:大观,宏伟的景象。
[3]灿:光彩,明亮,耀眼。

亦乐楼落成喜雨

百尺高楼正落成,恰逢甘澍慰苍生[1]。偕民共乐情弥畅,与物皆春岁自亨。快睹商霖飘玉槛[2],喜看郇黍茂金城[3]。摛词愧乏如椽笔[4],击壤乌乌颂荡平[5]。

【注释】
[1]甘澍(shù):甘雨,好雨。澍,及时的雨。
[2]商霖:典故名,典出《尚书·商书·说命上》。后遂以"商霖"称济世之佐,用于称誉大臣之词。 玉槛:玉石栏干,也泛指华美的栏干。
[3]郇黍:典故。出自《诗经·曹风·下泉》。郇伯,文王之子封于郇,为郇侯,曾为州伯(诸侯之长),故称郇伯。后世诗文中,常将郇伯与《诗经·召南·甘棠》中的召伯连用,以"郇黍召棠"比喻官吏的德化显著,遗爱在民,成为颂扬官吏政绩的典实。 金城:坚固的城墙。
[4]摛(chī)词:也作"摛辞",铺陈文词。
[5]击壤:为颂太平盛世的典故。见《艺文类聚》卷十一引晋皇甫谧《帝王世纪》。 乌乌:歌呼声。

楚 屿

字海洲,南郑人。拔贡生,官安邑知县[1],治绩详《赐葛堂文集》[2]。

【注释】

[1]安邑:古都邑名,是夏县的古称。今属山西省运城市。

[2]《赐葛堂文集》:洋县嘉庆进士岳震川的文集。见本书卷三岳震川小传。

小铜炉

小小熏炉造化存[1],提携至便手重扪[2]。从知不是因人热,留得余香尽日温[3]。

【注释】

[1]熏炉:古时用来熏香和取暖的炉子。 造化:福分,好运气,也指自然或自然界的创造者。语出《庄子·大宗师》。

[2]手重扪:频繁用手触摸,表示对铜炉的喜爱。

[3]余香:浓郁的香气,也指残留的香气。参见《西京杂记》卷一。

晓发史村至高河

晓发史村驿[1],驰驱车马过。平泉流迤逦[2],姑射蔚嵯峨[3]。古道风尘少,秋原禾黍多。两行排雁齿[4],

揽辔到高河[5]。

【注释】

[1]史村驿：即今山西襄汾县。清乾隆二十七年设驿丞驻此。
[2]迤逦：曲折连绵的样子。
[3]姑射(yè)：山名；神人：得道的人，原指姑射山的得道真人。见《庄子·逍遥游》。后诗文中以姑射为神仙或美人代称。 嵯峨：形容山势高峻。
[4]雁齿：比喻排列整齐之物。
[5]揽辔：挽住马缰。

晚宿灵石小水头[1]

日斜天已暮，雉堞见山城[2]。潦水途多陌，石崖心暗惊。人家岩畔语，河势枕函声[3]。暂息征夫驾[4]，明朝再计程。

【注释】

[1]灵石小水头：在山西省晋中市灵石县。唐杜光庭传奇小说《虬髯客传》的故事与此有关，后人建李卫公祠(英雄祠)。
[2]雉堞：又称齿墙、垛墙、战墙，是有锯齿状垛墙的城墙，也泛指城墙。
[3]枕函：中间可以藏物的匣状枕头，后亦引申为珍藏。
[4]征夫：古指出征的士卒。

黄元龙

字潜夫，号秋岩，南郑人。拔贡生，官西宁教授，著有《留耕堂集》。

送张池亭自安定左迁归韩城二首[1]

位不兼他职,如何竟左迁。官卑从吏议,客瘦忌人怜。士感携茶惠,僧叨问字缘[2]。《甘棠》三柏树[3],渐渐荫汾川[4]。

【注释】

[1] 张池亭:未详。 安定:地名。西汉置,治所在今甘肃泾川县北五里水泉寺村。 左迁:降低官职,即"降官",犹言下迁。 韩城:古称"龙门""夏阳""少梁",今属陕西。

[2] 问字:请教学问,出《汉书》卷八七《扬雄传》。

[3]《甘棠》:《诗经·召南》中的一篇,是周人纪念召伯的诗。

[4] 汾川:古县名,今宜川县东北七十余里汾川村。

欲归归不得,愁里送张颠[1]。我愧为黄泽[2],君能过郑虔[3]。挑灯谈数夜,赠策别三边[4]。雪压金明路,临歧意黯然[5]。

【注释】

[1] 张颠:相传唐著名草书家张旭醉后往往有颠狂之态,故人称张颠。事见《新唐书》、《国史补》等,此用以代指同姓的张池亭。

[2] 黄泽:字楚望,资州(今四川资中)人,元代理学家、经学家、教育家。事见《元史》列传、《新元史》列传。

[3] 郑虔:字趋庭,郑州荥泽人,唐代文学家、书画家。事见《新唐

书》、《唐才子传》等。

[4]赠策：指致送书信或临别赠言，典出《左传·文公十三年》。　三边：古时通常为三个不同地区的合称，在各朝代含义有所不同，后泛指边境，边疆。

[5]临歧：指古人送别在岔路口处分手。

延安野猪山取湫[1]

亚支盘结厚[2]，山下注灵泉[3]。水汇诸峰雨，波澄一镜烟[4]。蛟龙尊窟宅[5]，父老荐牲牷[6]。一勺携瓶得，甘霖遍大千[7]。

【注释】

[1]湫：水潭，水池。
[2]盘结：指旋绕，盘绕。森林里古木参天，粗藤盘结。
[3]灵泉：对泉水的美称。
[4]一镜：指像一面明镜的平水。
[5]窟宅：动物栖止的洞穴。
[6]牲牷：古代祭祀用的纯色全牲，泛指祭品。参见《左传·桓公六年》。
[7]大千："大千世界"的省称。

老马感赋

天涯何处是知音，踏遍边垣岁月侵。伏枥空存千里志[1]，翦鬃枉费九方心[2]。寒风凛冽毛先皱，秋草迷离病转深。惭愧主人三品料[3]，霜啼漫说辔如琴。

【注释】

[1] 伏枥：马伏在槽上，受人驯养。常常用以形容壮志未酬，蛰居待时的状态。

[2] 九方：即九方皋，人名，春秋时人，善相马，后比喻善于发掘良才的人。事见《列子·说符》。

[3] 三品料：用《新唐书·李林甫传》，李林甫形容官员如立仗马，默默无声，只要给他们充足的马料（"三只刍豆"）。一但发出不和谐的声音，就可以罢黜他们。

高台日望筑黄金[1]，汗血声名直到今[2]。堪托死生惟有骨，若经烽火讵无心。盐车困顿豪情减[3]，竹耳低垂瘦影沉。回首萧萧新虎脊[4]，谩将恋栈妄推寻[5]。

【注释】

[1] "高台"句：意即黄金台，亦称招贤台，战国时期燕昭王筑，为燕昭王尊师郭隗之所，遗址在今河北省定兴县高里乡北章村台上。事见《战国策·燕策一》。

[2] 汗血：即汗血宝马。汉张骞出使西域时，在大宛国所见的一种良马。事见《史记·大宛列传》《汉书·西域传》等。

[3] 盐车：运载盐的车子，即指"骥伏盐车"。才华遭到抑制，处境困厄，喻贤才屈沉于下。典出《战国策·楚策四》。

[4] 虎脊：本谓骏马毛色如虎，后用作骏马的代称。见《汉书·礼乐志》。

[5] 恋栈：马舍不得离开马棚，用来讥讽做官的人舍不得离开自己的职位。后以"恋栈"喻贪恋禄位。

题府谷苏玉章画莲[1]

雨长精神露长胎[2],清香暗逗小楼台。何人会得新凉境,玉井峰头濯魄来[3]。

【注释】
[1] 府谷:古地名,五代时设县。现属陕西榆林。
[2] 长胎:指莲花花梗顶端花瓣未开前矩圆状椭圆形至倒卵形状态。
[3] 玉井峰:在甘肃省定西市临洮县玉井镇境内。

癸未将回南郑别弟[1]

七十韶光仅四年[2],奔驰何日可停鞭。据鞍顾盼风生腋,揽辔澄清剑倚天。雁阵冲寒声断续[3],霜花点野路缠绵。秋岩不惯乘车险[4],骑马看山最了然。

【注释】
[1] 癸未:清道光三年,公元1823年。
[2] 韶光:指美好的时光,多指美丽的春光。
[3] 雁阵:群雁飞时排列整齐,像军队的阵势。
[4] 秋岩:作者黄元龙号秋岩。

热气熏蒸夏到秋,无端清泪落双眸。胸中有恨题诗少,梦里还家作客愁[1]。机械岂堪施骨肉[2],亲朋应笑购骅骝[3]。季涛莫说阿兄苦,银海今朝病已瘳[4]。

【注释】

[1] 客愁:行旅怀乡的愁思。

[2] 机械:犹言巧诈。

[3] 骅骝:指赤红色的骏马,周穆王的"八骏"之一。见《荀子·性恶》。后常指代骏马。

[4] 银海:道家、医家称人的眼睛。 瘳(chōu):病愈。

甲申梦至先师陈汉鸥家,醒后感赋[1]

矮屋三间半客堂,洞庭月里梦徜徉[2]。伤心再到寻师地[3],惟见飞尘落笔床[4]。

【注释】

[1] 甲申:道光四年(1824年)。 陈汉鸥:即陈洪范,字九畴,号汉鸥,洋县人。乾隆癸卯举人,官湖广知县。本书卷三收有诗作。

[2] 洞庭:即洞庭湖,古称云梦等,始于春秋、战国时期,因湖中洞庭山(即今君山)而得名。

[3] 寻师:求师。

[4] 飞尘:指飞扬的灰尘,喻轻微的事物。 笔床:卧置毛笔的器具。

丙戌题铜堤村店壁[1]

漫说花开缓缓归,黄尘十丈扑征衣[2]。斑鸠唤雨斜阳外,赚得渔郎下钓矶[3]。

【注释】
[1]丙戌:清道光六年,公元1826年。　铜堤村:地名。陕西省延安市洛川县旧县镇下辖的行政村。有人认为,铜堤乃"同蹄"之讹,"同蹄氏"即古羌族的一个分支部落,主要分布在铜堤(今陕西洛川)。参见《(嘉庆)洛川县志》。
[2]黄尘:黄色的尘土,亦用指战尘。　征衣:旅人之衣,也指出征将士之衣。
[3]钓矶:钓鱼时坐的岩石。

夜闻蟋蟀二首

唧唧虫声彻夜吟,草根篱畔气萧森。三分明月添幽兴[1],半亩方塘洗俗心[2]。岂有不平鸣激烈,若弹别调转深沉[3]。更阑倚枕清如许[4],欲谱唐风上古琴[5]。

【注释】
[1]三分明月:十分是满月,三分是残月。　幽兴:幽雅的兴味。
[2]半亩方塘:出朱熹《观书有感》诗。俗心:追求利禄名位等世俗的心志。
[3]别调:另外自成其他音调。
[4]更阑:更深夜残。　清如许:清澈得像这样。
[5]唐风:《诗经》十五国风之一。由于周朝时晋国始封地位于"唐尧故地",初始国君称唐叔虞,故在当时晋国也被称为唐国。

蟋蟀鸣时万感侵,海棠花下有遗音[1]。征人回首边垣冷[2],寡妇端居岁月深[3]。结客昔年犹绿鬓[4],高台何处筑黄金[5]。流光迅速真如寄,秋老梧桐影已沉。

【注释】

[1] 遗音:指蟋蟀留下的声音。
[2] 边垣:边塞、边疆。
[3] 端居:指严正坐姿的室内场所。
[4] 绿鬓:乌黑而有光泽的鬓发,形容年轻美貌。
[5] "高台"句:见本卷《老马感赋》注[4]。

二谢 大谢名锡侯,小谢名申 集题词[1]

廉吏儿孙不讳穷,清贫天欲练诗翁[2]。麻坪寺外躬耕者[3],说到先人泪眼红。

【注释】

[1] 二谢:原注:大谢名锡侯,小谢名申。
[2] 诗翁:指负有诗名而年事较高者,后亦为对诗人的尊称。
[3] 麻坪寺:今在陕西省汉中市汉台区河东店镇麻坪寺村。

落石关南黑水[1]"华阳黑水惟梁州",即在褒城鸡头关石门崖下边,高踪老去欲逃禅[2]。如何谢朓惊人句,不向石门崖壁镌[3]。

【注释】

[1] 黑水:《尚书·禹贡》:"华阳黑水惟梁州。"华指华山,华阳为华山

之南。黑水说法不一,此处应为汉中境内的褒河(古称褒水),见《读史方舆纪要》卷五十六"黑水"条。

[2] 高踪:高尚的言行事迹。 逃禅:是指逃离禅戒。

[3] 石门:战国古隧道。石门位于今陕西汉中北,褒斜道南端段,又称"小石门",现淹没于褒河水库中。石门开凿为汉明帝刘庄时,现留有历代摩崖石刻13种精品,现陈列于汉中市博物馆的展览大厅内:1.《石门》碑;2.《畜君开通褒斜道》摩崖;3.《畜君碑释文》摩崖;4.《李君表》摩崖;5.《石门颂》摩崖;6.《杨淮表纪》摩崖;7.《玉盆》摩崖;8.《石虎》摩崖;9.《衮雪》摩崖;10.《李苞通阁道》摩崖;11.《潘宗伯、韩仲元》摩崖;12.《石门铭》摩崖;13.《重修山河堰》摩崖。

哦松才调拟崔丞[1],科目无缘感慨增[2]。漫说从军投笔起,早亲师教懔冰兢门人王世琳服官后,镌诗行世[3]。

【注释】

[1] 哦松:唐博陵崔斯立为蓝田县丞,官署内庭中有松、竹、老槐,斯立常在二松间吟哦诗文,事见韩愈《蓝田县丞厅壁记》。后因以"哦松"谓担任县丞或代指县丞。

[2] 科目:指隋唐以来分科选拔官吏的名目。参见《日知录·科目》。

[3] "早亲"二句:原注:门人王世琳服官后,镌诗行世。笔者注:冰兢:语出《诗经·小雅·小宛》。后以"冰兢"表示恐惧、谨慎之意。

断简残编慨冷轩[1],十亡八九任烦冤[2]。一生心血销难尽,秦火堆中救法言[3]。

【注释】

[1] 断简残编:指残缺不全的书籍文章,也作"断简残篇"、"残篇断简"或"残编断简"。

[2]烦冤：烦躁愤懑。

[3]秦火：秦火指秦始皇焚书事。　法言：合乎礼法的言论。

题扇头画白菜

秋末兢晚菘[1]，佳品同春韭[2]。清腴菜根香，不仅能适口。叶翻露华垂[3]，喜动灌园叟[4]。小市堆青苍，红盐下村妇[5]。旨蓄堪御冬[6]，洗濯净尘垢[7]。我昔游京华，安肃产为首[8]。肥嫩甲天下，应缘得天厚。边垣莲花白，奇形肖印纽[9]。但愁性微寒，食多需火酒[10]。江南诩瓢儿[11]，风味差足耦。汉中地卑湿[12]，野蔬号渊薮[13]。何物老画师，闲情注南亩[14]。前仿沈芦舟[15]，后仿焦亦柳吴兴沈焯，号芦舟。城固焦欲惠，字亦柳，俱善画白菜。貌此清芬姿，孤洁如佳友。劳劳车马客[16]，能知此味否。肥甘腻胃肠[17]，便便腹早负。洞我光明脏[18]，清凉拂左右。奉扬忆仁风[19]，炎热顿释手，嗜好到秋岩，澹泊抑已久。瓮头桑落熟[20]，黄芽盈瓦缶[21]。花猪肉细切，烂醉诗或有。携榼邀同心[22]，登高拟重九。

【注释】

[1]晚菘：即"秋菘"，是指秋末冬初的大白菜。见《南齐书·周颙传》。

[2]春韭：古人以春初早韭为美味，故以"剪春韭"为召饮的谦辞，亦省作"翦韭"。

[3]露华：露水，露气。

[4] 灌园叟：此指浇园的农夫。

[5] 红盐：是红色粉末，也是食盐的一种。

[6] 旨蓄：贮藏的美好食品。语出《诗经·邶风·谷风》。

[7] 洗濯：洗涤，洗掉衣物等上面的污垢。

[8] 安肃：旧县名，治所在今河北徐水。

[9] 印纽：即"印鼻"，亦称"印首"。印章顶部的雕刻装饰叫作"纽"。

[10] 火酒：即烧酒。

[11] 瓢儿：即瓢儿菜，上海青的别称。

[12] "汉中"句：地势低下潮湿。汉中处在秦岭以南，大巴山以北的盆地中，中间有长江的最大支流汉水穿过，相比较关中大地，汉中地势低，湿气重，故诗人有此感觉。

[13] 渊薮(sǒu)：比喻人或事物聚集的地方。

[14] 南亩：谓农田。

[15] 沈芦舟：字竹宾，原名雒，号芦舟，又号墨壶外史，清代画家，江苏吴江人。见《墨林今话》《瓯钵罗室书画过目考》《海上墨林》等。

[16] 车马客：指贵客。

[17] 肥甘：肥美的食品，指滋味鲜美。

[18] 脏：脏腑。

[19] 仁风：形容恩泽如风之流布。旧时多用以颂扬帝王或地方长官的德政。

[20] 甏头：酒甏的口。

[21] 瓦缶：指小口大腹的瓦器。

[22] 榼(kē)：古代盛酒的器具，泛指盒一类的器物。

黄作柽

字圣木，号荫春。南郑廪生，元龙长子。

廉泉让水歌[1]

热不息恶木[2],渴不饮盗泉[3]。盗泉亦何富,雅赒沦清涟[4]。其名苟不美,亦若将浼焉。异哉汉中路,双涧何涓涓。嘉名锡廉让[5],清流兢相传[6]。其廉竟何似,不受饮马钱。其让复何似,不争众流先。掬手试新汲[7],沁齿消馋涎[8]。坐令盗跖辈[9],化为首阳贤[10]。世风习贪诈,溪壑嗟难填。渴害为心害,尘襟谁涤湔[11]。我愿来此地,卜居远市廛[12]。置身廉让间,仰企范柏年[13]。

【注释】

[1]廉泉让水:见本卷《拴马岭谒张桓侯庙》注[6]。

[2]恶木:贱劣的树。

[3]盗泉:古泉名,故址在今山东泗水东北。见《淮南子·说林训》。后遂称不义之财为"盗泉",以不饮盗泉表示清廉自守。

[4]雅赒:指高尚美好的声名。

[5]廉让:清廉逊让。廉泉和让水的并称,喻指风俗醇美之地。见"廉泉让水"。

[6]清流:原指清澈的流水,喻指德行高洁负有名望的士大夫。参见《后汉书·党锢列传》等。

[7]汲:指从井里打水,取水,也指形容心情急切、努力追求。

[8]馋涎:指因食欲而口中分泌的液体。形容极其馋的样子。

[9]盗跖:即盗,春秋时人,传说中的大盗。《庄子》《吕氏春秋》等典籍多有记载。

238

[10] 首阳：山名。相传商末孤竹君的两位王子伯夷、叔齐采薇隐居处。见《论语·季氏》《史记·伯夷列传》等。
[11] 湔(jiān)：用水头冲洗。
[12] 市廛：本指市中店铺，也指店铺集中的市区。
[13] 范柏年：梁州(今汉中)人，为官有"廉泉让水"故事，见《宋书》，《南史》等。

黄作棣

字友棠，南郑廪生，元龙次子。

汉高皇拜将坛在汉中南郊[1]

几丈荒坛阅雨风，残碑断碣已全空。汉家四百灵长祚[2]，犹在城南夕照中。

【注释】

[1] 汉高皇：指刘邦，谥号高皇帝。见《史记·高祖本纪》。 拜将坛：亦称拜将台，位于陕西汉中城区风景路中段北侧，相传为刘邦拜韩信为大将时所筑。事见《史记·淮阴侯列传》。

[2] 汉家四百：指从西汉刘邦起，至东汉末，合计400余年，故有此"汉家四百年"之称。 灵长：广远绵长。 祚：福，赐福。此指王朝的地位。

余翔汉

字濯斯，一字仲藏，号云樵，南郑人。岁贡生，敦品励行，潜心闽洛[1],岳副使礼在汉[2],崇奖师儒,于翔汉尤推重。日与讨论古文诗,皆有法,工晋人书[3],邑人宝之。著有《江汉草堂集》一卷。子士鹏。

【注释】

[1]闽洛:宋代理学以二程(程颢、程颐)和朱熹为首两学派的并称。朱熹曾侨寓福建之建阳,故称。

[2]岳副使礼:即岳礼。见本卷楚文曔生平注[3]。

[3]晋人书:指晋人的书法,主要是指钟繇、王羲之父子。参见近人马宗霍《书林藻鉴》评述。

山 云

青山一片在云间[1],云爱青山日往还。青山万古只如此,云去云来不自闲[2]。

【注释】

[1]青山:青山是指长满绿色植物的山,古代也指归隐之处。

[2]自闲:悠闲自得。

卧 雪[1]

一夜山城雪,江村映晓寒。拥炉余宿火,伏枕揽空阑。抗俗功名薄[2],违时岁月残[3]。谁知高卧里[4],犹是旧袁安[5]。

【注释】

[1]卧雪：汉代袁安卧雪的典故。典出《后汉书·袁安传》李贤注引晋周斐《汝南先贤传》。

[2]抗俗：与世俗偏见相对抗。

[3]违时：谓违背当时的形势或时代的趋势。

[4]高卧：安卧，悠闲地躺着，指隐居不仕。

[5]袁安：字邵公(一作召公)，汝南汝阳(今河南商水西南)人。东汉大臣，《后汉书》有传。

过姜东哲村居

破屋秋光满[1]，萧然旧日贫。窗虚禽入案[2]，院静犬迎人。坐对黄花瘦[3]，闲题绿字新[4]。何须樽酒供，物外话殷勤[5]。

【注释】

[1]秋光：秋日的阳光。

[2]案：古称案几。

[3]黄花瘦：黄花即菊花。用李清照"人比黄花瘦"，也暗示了人的憔悴。

[4]绿字：古代石碑上刻的文字，填以色漆。

[5]物外：世外。谓超脱于尘世之外。

夕 望

夕气下秋皋[1]，凉风惊入案。掩卷启柴扉[2]，驰情仰河汉[3]。明月何皎皎[4],众星何烂烂[5]。达人遵高轨[6],物情忌傲岸。安得遣物役[7],尘外资萧散[8]。冥心穷大化[9],托体游汗漫[10]。

【注释】

[1] 秋皋:秋天的水边高处。

[2] 柴扉:柴门,亦指贫寒的家园。

[3] 河汉:本义指黄河和汉水,后来指天上的银河。

[4] 明月何皎皎:汉代的一首文人五言诗,收入《古诗十九首》之中。皎皎:本义是洁白明亮,引申为月光照耀的意思。

[5] 烂烂:光亮,光芒闪耀的样子。

[6] 达人:通达事理的人。 高轨:为高尚的行为规范。

[7] 物役:为外界事物所役使,引申为人事牵累。

[8] 萧散:犹萧洒。形容举止、神情等闲散舒适。

[9] 冥心:泯灭俗念,使心境宁静。 大化:化育万物,指宇宙自然。

[10] 汗漫:广大,漫无边际,形容漫游之远。

奉和苏太守署篆汉南,寄怀省中诸僚友原韵[1]

关山千里事宵征[2],匹马南来不计程。云树半开秦栈路[3],夕阳斜照汉江城。新硎有政当前发[4],旧友相思别后生。最是厅间帘卷处,月华一片照梁明。

【注释】

[1] 苏太守:未详。 署篆:代理官职,篆意为官印。 省中:宫禁之中,这里指朝廷。

[2] 宵征：夜行。语出《诗经·召南·小星》。
[3] 秦栈：指秦时所筑自秦入蜀的栈道。
[4] 新硎(xíng)：形容非常锋利或初露锋芒。硎，磨刀石。

初夏漫兴

不必山巅与水隈,小园幽靓足徘徊[1]。韵移柳外流莺啭,影动花梢蛱蝶回。半亩晴烟扶绿笋,一窗新雨洗黄梅。素心深得闲中趣,疏阔毋劳二仲来[2]。

【注释】

[1] 幽靓：幽静。
[2] 疏阔：犹豁达,胸襟开阔。　二仲：指汉代的羊仲、裘仲。后用以泛指廉洁隐退之士。

晚　眺

纵懒久成癖,出门将何之。睠言向东郭[1],怡然豁襟期[2]。密林含夕照,流光入碧池。坐石扪松竹,闲情赋小诗。白云长在谷,飞鸟归来迟。心尚谁复问,空山无尽时。

【注释】

[1] 睠言：同"睠言",怀念回顾的样子。出自《诗经·小雅·大东》。东郭：指城的东郊。

[2]襟期：襟怀、志趣。

夏日过龚人龙书堂[1]

何处可消暑，开轩近水塘[2]。好风如有待，过我自生凉。倚树蝉流响[3]，看花露湿裳。林间山月吐[4]，幽映读书堂。

【注释】

[1]龚人龙：未详。　书堂：有学堂、书房等意思。
[2]开轩：开窗。
[3]流响：传播响声，亦指传出的声响。
[4]山月吐：指月光从山涧流泻。

西　园

久抱远游意，奈为尘事牵[1]。人情殊若此，余意自恬然。夜雨林中尽，秋花槛外偏[2]。行吟方得句[3]，散步老松边。

【注释】

[1]尘事：尘俗之事，指世俗的事。
[2]槛(jiàn)外：栏杆外面。
[3]行吟：边行走边吟唱。

立 石

超然众阜外[1],峭立高峰顶。岂谓厌尘垢[2],而独栖清冷。草树莫能蔽,烟霞偶其影[3]。上自干星斗[4],下复荫谷岭。试投中流里[5],砥登应难并[6]。

【注释】
[1] 阜:指小的山丘。
[2] 尘垢:尘埃和污垢,犹世俗。
[3] 烟霞:烟雾和云霞,指红尘俗世。
[4] 星斗:泛指天上的星星,也特指北斗星。
[5] 中流:在水流之中。
[6] 砥(dǐ)登:谓容易攀登。

夜坐怀陇西赵自涤[1]

秋气深今夜,闲情露坐时。故人不可见,明月照相思。汉水流无尽,陇云归自迟。音书长间隔[2],况复定前期[3]。

【注释】
[1] 陇西:古县名,今属甘肃定西。 赵自涤:未详。
[2] 音书:音讯,书信。
[3] 况复:何况,况且。

闻　蝉

岂有万难已,清言日日陈[1]。方将移北院,倏尔振南邻[2]。操洁心诚苦,鸣高世所嗔[3]。赏音既不作[4],何事响秋旻[5]。

【注释】
[1] 清言:本来是指魏晋时代对玄理的研讨与谈论,也指清雅高妙的言论。这里指蝉的鸣叫声。
[2] 倏尔:迅疾的样子,常形容时间短暂。
[3] 嗔:不满和怪罪的意思。
[4] 赏音:犹知音。
[5] 秋旻:秋日的天空。

秋日言怀

林木重秋气,凉风吹萧疏[1]。高梧感时至,几叶坠吾庐。栖蝉始停响,归鸟行相呼。披衣遵阶砌[2],散步纡庭除[3]。暝色犹未合[4],白云与之俱。闲情恣松竹,寓目怀清虚[5]。思澄境斯寂,虑澹神乃舒[6]。醉谢浮生事[7],笑拥诸子书[8]。物外谁复论,冥然抱其愚[9]。

【注释】

[1]萧疏:清冷疏散,稀稀落落。

[2]阶砌:台阶。

[3]庭除:指庭前阶下,庭院。

[4]暝色:指昏暗的天色,同"暮色"。

[5]清虚:清净虚无,清高淡泊。

[6]虑澹:思虑淡泊。虑,思考,考虑。澹,通"淡"。

[7]浮生:空虚不实的人生。古代老庄学派认为人生在世空虚无定,故称人生为浮生。出自《庄子·刻意》。

[8]诸子书:指先秦时期各个学术派别著作的总称。

[9]冥然:沉静不语,清静无为。

弃妾词

何意成弃置,还牵郎衣语[1]。妾身或当出[2],后来勿轻去[3]。

【注释】

[1]郎衣:宋时称贫家男子娶妻时所穿的绢衣。

[2]出:指休妻。

[3]去:与"出"意同,休妻。

东溪即事[1]

生平耽山水,到处即留目[2]。得趣不在多,素怀自知足。临流清可濯[3],坐石静无欲。秋果几林黄,闲云好岭宿。日夕来长风,幽响遍修竹[4]。

【注释】

[1] 东溪:水名,古诗文中常有吟咏。
[2] 留目:犹注目,注视。
[3] 清可濯:化用《孟子·离娄上》所载《沧浪之水歌》。
[4] 修竹:茂密高大的竹林。

过友人山居

廉水环如带,南山翠作屏[1]。白云连栋起,青霭傍阶生[2]。桂老深秋色,桐高落叶声。幽栖当有日,同此一藏名[3]。

【注释】

[1] 南山:此指汉山。
[2] 青霭:指云气。
[3] 藏名:隐匿名声。

汉江秋

天高风急草欲霜[1],晴空一雁下寒江。江口声喧争渡晚,黄沙漠漠鱼梁浅[2]。村野秋来烟雨多,荻芦深处闻渔歌[3]。逶迤雨岸入平陆[4],遥接廉泉夹花竹。有客冥游成独行[5],长堤鸥鹭间相迎。大火西流知几日[6],萧萧芦苇水云清。

【注释】

[1] 天高风急:化用杜甫《登高》诗句。

[2] 鱼梁浅:由于水浅鱼梁就显露出水面。化用孟浩然《与诸子登岘山》诗句。

[3] 荻芦:多年生草本植物,又名岗柴、江荻。渔歌:打鱼人唱的歌。

[4] 逶迤:形容河流等蜿蜒曲折。

[5] 冥游:即神游。名僧与高士都讲究内心的参省,通过神游无极而探骊得珠,思味人生宇宙妙谛玄机。

[6] 大火西流:表示酷暑即将退去,天气渐渐凉爽,秋天将至。

重阳有怀

佳节已重九,菊花开未开。空持一樽酒,偶影酌高斋[1]。启扉邀清迥[2],寒山入户来。顾兹幽以适,无为更登台。但念故人去,芳躅久不回[3]。常恐违良时,宛然负所怀[4]。

【注释】

[1] 高斋:高雅的书斋,常用作对他人屋舍的敬称。

[2] 清迥:清明旷远。

[3] 芳躅:指故人的踪迹。

[4] 宛然:仿佛。

闲　居

漠漠山城昼欲昏,北风吹雪湿窗痕。年来懒问梅花信[1],落叶飞红静掩门。

【注释】

[1] 梅花信：梅花开的消息。

寒夜吟

夜气厉茆堂[1],北风响清冽[2]。中宵耿不寐[3],拥衾自为悦。宿鸟好幽栖,霜木正萧屑[4]。披衣仰天宇[5],河汉半明灭[6]。流目空山违,听钟深院别。独有落月随,澹白浑如雪。

【注释】

[1] 茆堂：草盖的屋舍。茆,通"茅"。
[2] 清冽：清澈寒冷。
[3] 中宵：夜晚的意思。
[4] 萧屑：形容凄凉而细碎的声音。
[5] 天宇：指天空。
[6] 河汉：指天上的银河。

冬日登郡西城楼

木落长林叶满台,楼高处处鸟飞回。千山冷翠当空出[1],一带斜阳入暮来。雪压孤城砧杵歇[2],烟残万井水云开。谁云秦汉遗风在[3],地老天荒蔓草莱[4]。

【注释】
[1] 冷翠:清凉感的翠绿色。
[2] 砧杵:捣衣石和棒槌,指捣衣。
[3] 秦汉遗风:谓在汉中府遗留下来的秦朝和汉朝的文化特点或风气,这是作者的慨叹。
[4] 蔓草:泛指蔓生的野草。 莱:本是指一种一年生草本植物。后由引申指生满杂草,也引申为除草。

野　步

闲游任所适,到处兴偏长。山涧流云影[1],风林吐药香。归禽飞带响,过雨晚生凉。随意穿深柳,清辉映客裳[2]。

【注释】
[1] 流云:云的影像。
[2] 清辉:清光,此指皎洁的月光。

雨夜喜魏妹倩瑁见过[1]

今夕知何夕,寂寥风雨窗。索居难自好,孤感易为伤。幸子来蓬户[2],持杯坐竹床[3]。烧灯深夜语[4],不厌漏声长[5]。

【注释】

[1]魏妹倩瑁:未详。　见过:犹来访。
[2]蓬户:用蓬草编成的门户,指穷人居住的陋室。
[3]竹床:竹制家具的一种。由大大小小的各种竹子制成,天气炎热时睡在上面很凉爽。
[4]烧灯:意思是点灯。
[5]漏声:铜壶滴漏之声。

三里村即事[1]

江村雨后暮烟和,一径迢遥穿薜萝[2]。木落晚山黄叶遍,天含秋水白云多。登临只恐芳华尽[3],疏阔其如人事何[4]。卧病近来踪迹倦,石桥连日喜重过。

【注释】

[1]三里村:在今汉中市城北。
[2]薜萝:薜荔和女萝,两者皆野生植物,常攀缘于山野林木或屋壁之上。后借以指隐者或高士的衣服。

[3] 芳华：亦作"芳花"，指香花。
[4] 疏阔：久隔，久别。

雪居杂兴

恣间违物役，况复雪中居。林竹当亭满，窗梅覆梦虚。自然饶澹泊[1]，长此抱清疏。乃悟漆园叟[2]，游心大象初[3]。

【注释】

[1] 澹泊：清静寡欲，不追求功名利禄。
[2] 漆园：即漆园吏，指庄子。见《史记·老庄申韩列传》。
[3] 游心：留心，心神倾注在某一方面。　大象：即"大象无形"，不要过分的主张，要兼容百态。见《老子》第四十一章。

黄沙陈先生怀慎见过[1]

长忆无由见，开轩望夕晖[2]。何缘携竹杖，来此叩荆扉[3]。雪覆空堂静，鸟分宿雾飞[4]。清疏慎勿厌，芳躅幸相依[5]。

【注释】

[1] 黄沙：位于陕西汉中勉县县城以东的汉江北岸，为古代驿站（黄沙驿）。　陈怀慎：未详。
[2] 夕晖：日暮前余辉映照，即夕阳的光辉。

［3］荆扉：柴门。
［4］宿雾：即夜雾，是一种天气现象，指夜晚时生成的雾气。
［5］芳躅(zhú)：指贤人的踪迹。

同孟廷弼、陈希圣、彭绶昌、王运会春夜宴集[1]

往事安可问，年华空复长。人生遭际难，耿耿抱沉想[2]。幸兹天气佳，高斋开夕爽[3]。宿鸟惊花飞，惠风动林响[4]。相与共追陪，豁然成偶傥[5]。凉月照绳床[6]，余光覆樽上。春酒喜及时，供咏言凤赏。清欢非所禁，念劳深慨慷。聚散曷有常，莫令芳辰往[7]。烧烛更徘徊[8]，昏钟入林莽[9]。

【注释】
［1］孟廷弼、陈希圣、彭绶昌、王运会：作者的朋友。其中彭绶昌，字第锡，南郑诸生，能古文。本书卷二收有诗作。
［2］耿耿：心中挂怀、烦躁不安的样子。
［3］高斋：高雅的书斋。常用作对他人屋舍的敬称。
［4］惠风：柔和的风。
［5］偶傥：形容洒脱，不拘束，也有非常、特别的意思。
［6］绳床：古时一种可以折叠的轻便坐具，以板为之，并用绳穿织而成。又称"胡床""交床"。
［7］芳辰：美好的时光，多指春季。
［8］烧烛：烧香点烛，指灯火。
［9］昏钟：指禅林中初更一点（即午后八时）所鸣之钟声。又转指初更时刻，与"晓钟"相对称。

除 夕

纵懒忘时序[1],惊心独问年[2]。还知两岁事,乃在一宵悬[3]。腊梦随更落[4],春思逐酒牵[5]。此种深代谢,倚枕不成眠。

【注释】

[1] 时序:时间的先后,季节的次序。

[2] 问年:典故,即"绛老问年"。典出《左传·襄公三十年》,后遂用为咏老人之典。

[3] 悬:没有着落,没有结束。

[4] 腊梦:因除夕还在腊月中,故梦称为腊梦。

[5] 春思:春日的思绪,春日的情怀。

春皋上作

随意东皋上[1],忘机憩绿阴。清池春水满,幽谷落花深。宿雨留青草,晴云在碧岑[2]。坐来村野静,远盘出疏林[3]。

【注释】

[1] 东皋:水边向阳高地,东面的山丘。也泛指田园、原野。

[2] 碧岑:青山。

[3] 远盘:远处的巨石。盘,通"磐",大石。

拟　古

菟丝不孤生[1],因依乔木力。高鸟宿层阴,委身凤凰侧。不畏群鹊憎,深心务自得。朝视学和鸣[2],暮视学刷翼[3]。常恐晨风发[4],凤去失颜色。日月莫我待,顾影独恻恻[5]。岂恋高冈栖,岂贪竹实食。物生各有托,相尚在明德[6]。

【注释】
[1] 菟丝:草名,俗称菟丝子。古人常以"菟丝""女萝"比喻新婚夫妇。
[2] 和鸣:互相应和而鸣,后比喻夫妻和睦。
[3] 刷翼:形容迅速地振动翅膀。
[4] 晨风:鸟名,即鹯鸟,属于鹞鹰一类的猛禽。见《诗经·秦风·晨风》。
[5] 恻恻:忧伤悲痛的样子。
[6] 明德:指美德,后也指才德兼备的人。

栈　中

惆怅巴山路[1],徘徊倚石丛。涧含千嶂雨[2],叶落一林风。曲径羊肠险[3],荒村鸟道通[4]。斜阳催客辔,策马渡长虹[5]。

【注释】

[1] 巴山：即指大巴山，是嘉陵江和汉江的分水岭，四川盆地和汉中盆地的地理界线。

[2] 千嶂：形容山峦众多。

[3] 羊肠：比喻指狭窄曲折的小路。

[4] 鸟道：本指鸟的迁徙路线，引申为难行的路。

[5] 长虹：指虹彩。

题魏妹倩瑁书屋

茅屋依田野，桑麻左右宜[1]。翠深山入牖[2]，流响水分池。步月开萝径[3]，怜花护竹篱。由来风雅士[4]，幽意足人思。

【注释】

[1] 桑麻：桑树和麻。后泛指农作物或农事。

[2] 牖：本义为窗户，古建筑中室与堂之间的窗子，后泛指窗。

[3] 萝径：藤萝悬垂的小路。

[4] 风雅士：文人雅士。

林　皋

何取林皋恋[1]，独无尘事婴[2]。素心深翰墨[3]，生计愧躬耕。时倚窗前石，近听树上莺。闲闲清昼永[4]，遂此幽居情。

【注释】

[1] 林皋：指山林皋壤或树林水岸。
[2] 尘事婴：为世俗的事所缠绕。婴，缠绕。
[3] 翰墨：笔和墨，借指文章书画等。义同"笔墨"，原指文辞，后世亦泛指文章、书法和中国画。
[4] 闲闲：从容自得，悠闲的样子。见《诗经·魏风·十亩之间》。

林皋值雨

闲轩避暑卧，四面晚窗开。云响轻雷过，风凉急雨来。残虹明远涧[1]，飞鸟下高槐。坐里林皋暮，月华池上回[2]。

【注释】

[1] 残虹：未消尽的彩虹。
[2] 月华：月光，月色。

西　山

西山畅游兴，随步入幽林。风约双泉响[1]，日移半壑阴。空岩春树碧，古寺野云深。眺听无尘迹[2]，契子招隐心[3]。

【注释】

[1] 风约：跟风有个约会，想出去踏风，出去郊游的意思。

［2］眺听：犹视听,谓耳目所及。
［3］契：相合,相投。　招隐：招人归隐。

听　钟

冷响春容静夕烟[1],遥从窗外倩风传[2]。不知此夜谁听得,明月空亭客未眠。

【注释】
［1］夕烟：傍晚时的烟霭,亦指黄昏时的炊烟。
［2］倩：即请之意。

五丁关[1]

秋风黄叶里,匹马五丁关。秦氏人千载,蜀门水一弯[2]。岚光浮碧壑[3],日色下寒山。顿觉乡途远,浮云回首间[4]。

【注释】
［1］五丁关：地名,是指秦巴蜀道古金牛栈道之咽喉要塞,位于今陕西省汉中市宁强县境内。关上原竖有"五丁开关处"石碑一通,《蜀王本纪》、《华阳国志》、《方舆胜览》等载有五丁关的历史故事。
［2］蜀门：山名,即剑门。在四川省剑阁县北,山势险峻,古为戍守之处。亦代称蜀地。
［3］岚光：山间雾气经日光照射而发出的光彩。

[4]浮云：飘浮的云彩。

秋夜独坐

晚云归乱壑，月华满空庭。庭广清如水，凉飔冷秋星[1]。飒然就寂阒[2]，呼童闭柴扃[3]。息虑静烦言，兀坐独惺惺[4]。悟悦从所适，缘感何能冥。蛩声振四壁[5]，唧唧孤人听[6]。

【注释】
[1]秋星：秋夜的星辰。
[2]寂阒(qù)：寂静无声。
[3]柴扃：犹柴门，亦以指贫寒的家园。
[4]惺惺：清醒貌。
[5]蛩(qióng)声：蟋蟀的鸣声。
[6]唧唧：鸟鸣、虫吟声。

朝天舟中[1]

落叶沧波一舸孤，巴人新酒正堪沽[2]。半篙秋水清诗草[3]，两岸空山入画图。汀渚惊飞鸿序断[4]，音书欲寄鲤鱼无[5]。客情如许浑难解[6]，江上霜寒老荻芦。

【注释】
[1]朝天：地名，古代属利州府、广元府治地。今四川广元市辖区。

[2]巴人：古代对生活在重庆西南部和四川东部地区的人，称为巴人。

[3]诗草：诗的草稿，指诗作。

[4]汀渚：水中小洲或水边平地。　鸿序：飞鸿的行列。

[5]音书：音讯，书信。　鲤鱼：即指"鱼书"。

[6]客情：指客旅的情怀。　如许：如此，这样，这般。

旅次剑门[1]

剑门青嶂合[2]，旅舍晚烟横。秋草荒山色，清流咽石声。昏林群鸟噪，寒壁一灯明。惆怅天涯客，乡关日暮晴[3]。

【注释】

[1]剑门：指剑门关，位于四川省广元市剑阁县城南，剑门山中断处，两旁断崖峭壁，直入云霄，峰峦倚天似剑，绝崖断离，两壁相对，其状似门，故称"剑门"，享有"剑门天下险"之誉。

[2]青嶂：如屏障的青山。

[3]乡关：指故乡。

送李孝廉仁伯之京[1]

握手送君去，朔风冷夕晖[2]。马嘶江草立，人向石桥归。秦塞饶霜雪[3]，燕山拥翠微[4]。名成归愿早，莫负老莱衣[5]。

【注释】

[1] 李仁伯：未详。

[2] 朔风：指冬天的风,也指寒风、西北风。

[3] 秦塞：秦代所建的要塞。秦国四周有山川险阻,自古称为"四塞之地"。

[4] 燕山：山名。中国北部著名山脉之一,战略要地,在河北北部。翠微：青翠的山色。

[5] 老莱衣：春秋时楚国隐士老莱子穿的五彩衣。后用"老莱衣"为孝养父母之词。见《艺文类聚》卷二十引《列女传》。

春郊即事

原南郭北气初温,骑马平明出里门。烟火一川寒食路[1],风光几处落花村。流莺声里春将半,芳草堤边日欲昏。莫向酒家还索醉[2],晚来江雨断人魂。

【注释】

[1] 寒食：古代在清明节前两天的节日,禁火三天,只吃冷食,所以称寒食。寒食节起源,约与晋国公子重耳和大臣介子推有关,参见《左传》《水经注·汾水》《齐民要术·煮醴酪》《癸辛杂识》《岁时广记》等典籍。

[2] 索醉：找醉。

送熊才归旗[1]

送子蓟门去[2],江天暑正深。火云蒸阁道[3],梅雨湿岩林[4]。仕宦炎凉态,勤劬忠孝心[5]。前途期努力,别泪莫沾襟[6]。

【注释】

[1]熊才:未详。归旗:也称回旗。清代制度,外任之八旗官员及驻防官兵,因升转、降革、丁忧等原因回归京师本旗,或因本人死亡,其家属回至京师本旗居住,均称为归旗或回旗。

[2]蓟门:原指古蓟门关。唐代以关名置蓟州,后亦泛指蓟州(今蓟县)一带。

[3]火云:即红云,指炎夏。 阁道:栈道。

[4]梅雨:是在中国长江中下游地区、出现持续天阴有雨的气候现象,由于正是江南梅子的成熟期,此时段便被称作梅雨季节。

[5]劬(qú):劳苦,勤劳。

[6]沾襟:眼泪沾湿衣襟,形容泪如雨下,多指伤心落泪。

挽周鼎臣[1]

欢同笔砚是何年[2],今日凄凉挂纸钱[3]。常说人间多善类,自君死后更谁贤。文坛早爱能翘足[4],圣道还期共托肩[5]。岂意一棺东郭外[6],顿教长诀晚风前[7]。

【注释】

[1]周鼎臣:未详。

[2]笔砚:笔和砚。指文墨书写之事。

[3]纸钱:迷信的人烧给死人或鬼神的铜钱形的圆纸片,中间有方孔。

[4]翘足:举足,抬起脚来。形容盼望仰慕之切。

[5] 圣道：圣人之道。后也指孔子之道。
[6] 东郭：外城。
[7] 长诀：永远诀别。

登雁塔绝顶望秋怀古

浮图高入碧云天[1]，登尽危梯望豁然。关塞遥怜三晋树[2]，风云近锁五陵烟[3]。秦碑汉碣埋秋草，魏阙隋宫剩暮蝉。霸业萧条王气歇，繁华何处是当年。

【注释】

[1] 浮图：亦作浮屠，休屠。佛陀之异译，古人因称佛教徒为浮屠，后并称佛塔为浮屠，此指雁塔。

[2] 三晋：指战国时期的赵国、魏国、韩国三国的合称，作为地理名词指赵、魏、韩三国故地。

[3] 五陵：汉元帝以前，西汉皇帝每筑一陵，要设一个陵县，将王孙豪富迁去。西汉高祖长陵、惠帝安陵、景帝阳陵、武帝茂陵、昭帝平陵，都在渭水北岸今兴平东北至咸阳附近塬上，合称五陵，又称五陵塬。

昭化夜渡[1]

白水流何急[2]，巴人争渡喧。孤舟当雪夜，匹马失江村。明灭见渔火[3]，微茫辨郭门[4]。方知身万里，踪迹不堪论。

【注释】
[1]昭化：古称葭萌。春秋战国时属蜀王领地，为苴国都城。今为四川广元市昭化区。
[2]白水：古白水关在今广元市青川县永红乡五里垭村，距垭下古白水县城仅一江之隔。见《三国志·法正传》。
[3]渔火：渔火指渔船上的灯光、火把和炊烟。
[4]郭门：外城的门。

同陈长复登郡城南楼秋望[1]

千家砧杵过城头[2]，万里关山独倚楼。鼓角催残江岸月[3]，雁声望断陇云秋。黄花自向风前老，玄鸟偏深塞外愁[4]。何处笛声寥落里[5]，白蘋红蓼满沧州[6]。

【注释】
[1]陈长复：字来心，清巩昌府陇西县北关长巷人，雍正元年（1723）进士，《(乾隆)陇西县志》载其事。
[2]砧杵：亦作"碪杵"。捣衣石和棒槌，亦指捣衣。
[3]鼓角：指战鼓和号角的总称。古代军队中为了发号施令而制作的吹擂之物。
[4]玄鸟：燕的别名。原作"元鸟"，系避清讳。
[5]寥落：冷落，寂寞。
[6]沧州：地名。今属河北省。

凤城邸舍元夕[1]

矗岭云开冷碧空[2]，凤城春色月朦胧。客中莫问传柑事[3],旅舍萧萧夜半钟[4]。

【注释】

[1]凤城:指凤县。今属陕西省宝鸡市。 元夕:旧称农历正月十五日为上元节,是夜称元夕,与"元夜""元宵"同。

[2]碧空:青蓝色的天空。

[3]传柑事:北宋时,上元之夜,宫中宴请近臣,贵戚宫人常以黄柑相赠,谓之"传柑"。参见苏轼《上元侍饮楼上》之三。

[4]萧萧:风声,草木摇落声。

留侯祠[1]

留侯归隐处,紫柏拥祠寒[2]。名就能辞汉[3],功成已报韩[4]。途中一见帝[5],眼底早无官。大用阿谁识[6],苍岩带雾看[7]。

【注释】

[1]留侯祠:汉张良祠。留侯即张良,留侯祠是供奉张良的祠堂。中国有多处留侯祠,这里指汉中留坝县的张良庙。

[2]紫柏:指紫柏山,位于秦岭南麓留坝县境内,山上古树多紫柏,故名紫柏山。张良庙就在紫柏山东山脚下,故称。

[3]辞汉:指张良辞官之事。见《史记·留侯世家》。

[4]报韩:张良先人是韩国人,秦灭韩之后,他要为韩报仇。事见《史记·留侯世家》。

[5]一见帝:指张良在反秦过程中追随刘邦(当时刘邦称沛公,未建国称帝)之事,见《史记·留侯世家》。

[6]大用:重用,委以重任。特指拜相。

[7]苍岩：指紫柏山青色的山峰。

凤　岭[1]

凤飞遗岭在[2]，岭压凤城低。古庙何人住[3]，新诗有壁题[4]。草枯栖野鼠，枫落见山鸡。回首寒云外，岐阳日已西。

【注释】

[1]凤岭：在陕西省凤县城东，曾称南岐山。见《(光绪)凤县志》《(嘉庆)汉中府志》。

[2]凤飞遗岭：凤凰飞翔的地方叫凤翔，凤凰栖息的地方叫凤州。见《方舆胜览》。

[3]古庙：凤岭南天门有一座古寺就是"古朝阳寺"，有凤州八景之一的"暮鼓晨钟"。

[4]壁题：指古凤州西门南的石壁上用草书镌刻果亲王《凤县西门外》诗。见《凤县志》《汉中府志》，果亲王爱新觉罗·胤礼《奉使纪行诗集》。

旅　夜

终南不可见[1]，渭水暗泠泠[2]。绿酒红灯夜，秋风古驿亭。烟消花萼月，露冷柏梁萤[3]。谁解关山外[4]，茫茫一客星[5]。

【注释】

[1] 终南：指终南山。
[2] 泠泠：形容水流的声音。
[3] 柏梁：借指柏梁台。
[4] 关山：山岭。
[5] 客星：是中国古代对天空中新出现的星的统称，见《博物志》卷十。后遂用以为典，亦以指客人。

兴平道中[1]

行李萧条日，因循卧太邱[2]。烟寒槐里暮[3]，叶落茂陵秋[4]。世路频相逼，人情厌久留。长安咫尺地[5]，风雨不胜愁。

【注释】

[1] 兴平：地名，陕西省辖县级市，今为咸阳市代管。
[2] 太邱：很大的山丘。
[3] 槐里：古县名。汉高帝三年(前204)改废丘县置，治所在今陕西兴平东南。
[4] 茂陵：位于陕西省咸阳市兴平市，是汉武帝刘彻的陵寝。
[5] 咫尺：形容距离近。

雁　塔

罡风吹不折[1]，卓尔插青天[2]。摩顶由何世[3]，分身历几年。高能凌日月,直自拂云烟。念我题名近[4],还来揖上禅[5]。

【注释】
[1] 罡风:泛指劲风,也作刚风。
[2] 卓尔:高高直立的样子。青天:指碧蓝的天空。
[3] 摩顶:本为佛教授戒传法时的仪轨,见《法华经》。
[4] 题名:古人为纪念科场登录、旅游行程等,在石碑或壁柱上题记姓名。
[5] 上禅:佛教语,指最高境界之出世间无漏禅。

和三中诗原韵 张子野以三中得名,寿山拈之为题,创而为诗,殆亦今古同情矣。予实不才,敢云颉颃?然心中事岂能说尽,意中人岂能抛尽,眼中泪岂能滴尽耶?因和原韵,聊附寿山之后,请质于子野云尔。[1]

纸帐灯残鼓角哀[2],悠悠夜半尚心裁。谁家归院金为炬[3],何处诗名玉作媒[4]。明月空亭频伏枕,好花酌酒强登台。闲中检点无寻处,偶尔匆匆暗地来。

【注释】
[1] 和三中诗原韵:北宋词人张先,字子野,乌程(今浙江湖州)人。北宋词坛婉约派代表人物。《行香子》词有"心中事,眼中泪,意中人"之句,被人称之为"张三中",见《古今诗话》。 寿山:指张嵩年,字仲龄,号寿山。南郑人,岁贡生。本卷收有诗作。
[2] 纸帐:是一种用藤皮茧纸缝制成的帐子,以稀布为顶,取其透气,

帐上常绘有梅花,情致清雅。参见《遵生八笺》卷八"纸帐"条。

　　[3]金为炬:即金炬,以金粉作饰的蜡烛。

　　[4]玉作媒:以玉为媒介。

　　　　闻道知名海内多,关山深意竟谁何。江花莺语愁中我[1],风雨鸡鸣梦里他[2]。梁栋几回看落月[3],蒹葭一望溯秋波[4]。焦桐拨尽畴为听[5],坐对孤灯只自哦[6]。

【注释】

　　[1]莺语:莺的啼鸣声。

　　[2]风雨鸡鸣:化用《诗经·郑风·风雨》之意。

　　[3]梁栋:屋宇的大梁。

　　[4]蒹葭:特定生长周期的荻与芦。此诗化用《诗经·秦风·蒹葭》诗意。　　秋波:是秋风中的湖波涟漪,清澈、漾动。

　　[5]焦桐:琴名。东汉蔡邕曾用烧焦的桐木造琴,后因称琴为焦桐。

　　[6]自哦:自我吟咏,自我领会、醒悟。

　　　　滴尽西风不为秋[1],乾坤几欲枯双眸[2]。一行洗面和花溅,几点沾襟带雨浮。岂是牛山因老恨[3],非同汾水作闲愁[4]。人间抛去浑难解,洒向银河天上流。

【注释】

　　[1]西风:指秋风。

　　[2]双眸:两颗眼珠。

　　[3]牛山:在今山东淄博东,春秋时齐景公登上牛山感到终有一死而悲哀下泪。比喻因事物变迁而引起的悲哀,也指不知满足而自寻烦恼。参见《晏子春秋·谏上》《列子·力命》《韩诗外传》等。

　　[4]汾水:即汾河,在山西省中部,为中国黄河第二大支流。

游灵岩寺[1]

泉石烟霞何日住[2],灵岩胜地喜今逢。沧江古洞垂千劫[3],碧嶂晴岚锁万重[4]。僧老卧云闲似鹤[5],诗新题壁欲飞龙[6]。他年我觅楼心处[7],便作终南第一峰。

【注释】

[1]灵岩寺:位于陕西省略阳县城南,地处嘉陵江东岸的玉文山腰,又名药水崖,始建于唐开元年间。寺内摩崖刻石众多,尤以东汉的《郙阁颂》最为著名,同陕西汉中的《石门颂》,甘肃成县的《西狭颂》并称为我国的"汉三颂"。

[2]烟霞:烟雾和云霞,后泛指山水、山林。

[3]沧江:江流,江水,以江水呈苍色,故称。此处指嘉陵江。

[4]晴岚:晴天空中仿佛有烟雾笼罩。

[5]闲似鹤:像鹤一样无拘束。指生活闲散、脱离世事的人,多指隐士、道士。比喻闲散安逸不受尘事羁绊的人。

[6]题壁欲飞龙:梁张僧繇于金陵安乐寺壁间画龙,龙破壁飞出。即用此典。

[7]楼心:犹楼中。

寄别魏妹倩辑五[1]

少别难为情,况当千里行。秋风如有约[2],云栈正相迎[3]。独向青郊外,不知白发生。思君频怅望[4],皋上草烟平[5]。

【注释】

[1] 寄别魏妹倩辑五：本卷收有作者《雨夜喜魏妹倩珇见过》《题魏妹倩珇书屋》二首，诗题中均为"魏妹倩珇"。此题中"魏妹倩"后疑漏一字"珇"。辑五，李瑞涞字，见本卷。

[2] 有约：本指提前的预约，这里指季节(秋天)的如期而至。

[3] 云栈：是指悬于半空之中的栈道。

[4] 怅望：惆怅地看望或想望。

[5] 皋上：水边的高地上。

余士鹏

字图南，一字哦云，别号鸠笑子。南郑人，岁贡生，工书画。

和杨孝则题《红拂图》原韵[1]

髯子不成一段奇，柳蒲丛里出琼枝[2]。当时无计脱樊圃[3]，合抱琵琶倩雪儿[4]。

【注释】

[1] 杨孝则：未详。《红拂图》：明代画家尤求创作的纸本墨笔画，现藏于故宫博物院。

[2] 琼枝：传说中的玉树，此处喻美女。本诗指红拂。

[3] 樊圃：有篱的园圃。

[4] 抱琵琶：化用白居易《琵琶行》，后因以比喻女子改嫁或移情他人。此处指红拂对李靖的"愿托乔木"，即"美女择夫"，美人慧眼识英雄。

为折梅花寄故枝,妾心偏爱落巢儿[1]。良媒不羡求凰曲[2],女子翻为天下奇[3]。

【注释】

[1] 落巢:以鸟的落巢喻红拂对李靖的忠贞。

[2] 求凰曲:乐府琴曲有《凤求凰》,传说汉司马相如曾弹此曲向卓文君求爱。用作咏男子求偶的典故,后因称男子求偶为"求凰"。

[3] 翻:改变原来的地位。此指红拂的传奇人生,由杨素的妾,后成为李靖夫人,帮助李靖成就功业,被封一品夫人。参阅《虬髯客传》《红拂记》等。

忧　旱

异族逼剥啄[1],三余充仓箱[2]。子姓苦漂泊,不复恋故乡。故乡当大旱,园圃无青黄[3]。旧谷瓶罍罄[4],蔀屋耽惊惶[5]。嗟彼贫窭民[6],何以充空肠。催科急星火[7],财尽非一方。仳离塞道路[8],长吏褎耳藏[9]。人情习反侧,安能守纪纲[10]。岁饥变易生,忧心更皇皇。素手昧货殖[11],救饥非所将。诗书亦满箧[12],岂堪易稻粱[13]。阶阜望云物[14],杲日方荒荒[15]。每食生叹息,对酒不能尝。何当遣壮士,一为倒沧浪[16]。

【注释】

[1] 剥啄:敲门声。

[2] 三余:耕三余一之意,即耕种三年,可积余一年的粮食,指储备粮

草。见《礼记·王制》。　仓箱：喻丰收。见《诗经·小雅·甫田》。

[3] 园圃：种植果木菜蔬的园地。

[4] 瓶罍：泛指小口大腹的陶瓷容器。

[5] 菩屋：草席盖顶之屋,泛指贫家幽暗简陋之屋。菩(bù),本意指搭棚用的席,引申为遮蔽。

[6] 贫窭(jù)：贫乏,贫穷。　窭：贫穷得无法备礼物,亦泛指贫穷。见《诗经·邶风·北门》。

[7] 催科：催收租税。租税有科条法规,故称。

[8] 仳(pǐ)离：离弃,离别。亦指妇女被遗弃。

[9] 褎(xiù)耳：即"褎如充耳",像聋子一样塞耳不闻,形容拒绝听取别人的意见。

[10] 纪纲：法度。

[11] 货殖：财物,商品。

[12] 箧(qiè)：小箱子。

[13] 稻粱：稻和粱,谷物的总称,借指衣食。

[14] 阶阜：台阶很高。　云物：景物,景色。

[15] 杲日：形容明亮的太阳。见《诗经·卫风·伯兮》。

[16] 沧浪：古水名。有汉水、汉水之别流、汉水之下流、夏水诸说。

戊寅元日[1]

身闲元日如常日,晨起聊为试笔诗[2]。投刺都无差可喜[3],拥炉独坐亦相宜。章华台上春风满[4],大庾峦头淑气迟[5]。对酒自怜增马齿[6],疏慵惭负壮年时[7]。

【注释】

[1] 戊寅：清嘉庆二十三年,公元1818年。

［2］试笔：动笔,开始动笔写作。

［3］投刺：古代礼节,通报姓名以求相见或表示祝贺。刺,指名刺或名帖,也就是现代的名片。典出《后汉书》卷八十下《文苑列传下·祢衡》。

［4］章华台：又称章华宫,是楚灵王修建的离宫,后毁于兵乱,现今经考证位于湖北潜江龙湾附近。见《左传》《国语》《韩非子》《史记》《汉书》《后汉书》以及《水经注》等。

［5］大庾：大庾岭,即庾岭要塞,为南岭中的"五岭"之一。　峦头：山峰。　淑气：温和之气。

［6］马齿：马的牙齿随年龄而添换,看马齿可知马的年龄,借指自己的年龄。

［7］疏慵：疏懒,懒散。

元日雨雪

去年腊尽多晴霁[1],此日雪花偏覆堤。哭路那堪愁没胫,迴车还自恨沾泥。寒侵书幌深深入[2],白压梅花故故低[3]。漫酌椒盘懒就饮[4],午窗睡兴正沉迷。

【注释】

［1］晴霁：晴朗。

［2］书幌：指书斋中的帷幔窗帘,亦指书房。

［3］故故：故意,特意。

［4］椒盘：盛有椒的盘子。古时正月初一日用盘进椒,饮酒则取椒置酒中。

余道隆

字从可,号松阶,南郑诸生。翔汉玄孙,守其高曾云樵、图南两世之诗文[1],珍若拱璧[2],复倩友人王汉麓序之[3],可谓勿忝旧德矣[4]。

【注释】

[1]高曾：高祖和曾祖。泛指远祖。云樵：指余翔汉,号云樵。图南：指余士鹏,字图南。本卷收有他们的诗作,他们是作者的的远祖。

[2]拱璧：古代一种大型玉璧,用于祭祀,因其须双手拱执,故名。后因用以喻极其珍贵之物。

[3]王汉麓：指王德馨,号汉麓,本卷收有诗作。

[4]旧德：谓先人的德泽,昔日的德行善绩。

秋夜怀友

促织响秋阴[1],青灯问客心[2]。阶前苍藓合,松外碧云深。数子书声起,孤怀酒意沉。城高人不见,思断翠微岑[3]。

【注释】

[1]促织：即蟋蟀。

[2]青灯：光线青荧的油灯,象征孤寂、清苦的生活。

[3]翠微：青绿的山色,也泛指青山。

秋日闲居

云暗千山翠未回,闲庭风雨日相催。满林红叶枫初落,一径黄花菊半开。无事采收新药果,多情检点旧樽罍[1]。不堪最是重阳近,烟锁城南几处台[2]。

【注释】

[1] 樽罍:樽与罍皆盛酒器,指酒杯,亦指饮酒。
[2] 烟锁:烟雾笼罩的意思。

东皋晚归

红尽榴花黄尽梅[1],阴晴天气两相催。荒原日暮牛羊下[2],古寺烟深钟磬回[3]。青草池中萍破雨,白云谷口树鸣雷。萧疏最是东皋上,十里孤城策蹇来[4]。

【注释】

[1] 榴花:又名石榴花,落叶灌木或小乔木。
[2] 牛羊下:化用《诗经·王风·君子于役》诗句。
[3] 钟磬:钟和磬,古代礼乐器,佛教法器。后泛指钟、磬之声。
[4] 策蹇:即"策蹇驴",乘跛足驴。见《抱朴子·金丹》。

过友人隐居

落叶下林径,萧然隐士家。窗阴寒桂柏,墟日老桑麻[1]。犬吠柴门静[2],鸟窥竹影斜。秋风高枕卧[3],梦绕短篱花[4]。

【注释】

[1] 墟日：中国南方如湘、赣、闽、粤等地区乡村赶集的日子。在客家人的口语中，一般把乡镇称为墟，把约定俗成的集市交易称为"墟日"。

[2] 柴门：用散碎木材、树枝等做成的简陋的门，旧时用来比喻贫苦人家。

[3] 高枕：犹高卧，谓弃官退隐家居。

[4] 篱花：指菊花。

拟　古

东邻有艳妇[1]，西邻有织女[2]。织女独伤心，丝丝成愁绪。终岁不下堂，筋力劳机杼[3]。秋尽无完衣，临风嗟褴褛[4]。向夜鉴明月，气结不能语。艳妇逞颜色，罗绮纷相聚[5]。同是闺中人，贞邪判甘苦[6]。

【注释】

[1] 东邻有艳妇：东邻有一位美女。化用宋玉《登徒子好色赋》语意。

[2] 西邻：西边的邻居。织女：是代表织女星的女神，是中国古代民间神话传说中一位女神，牛郎织女故事的女主角，与织女相关的传统节日是七夕节。参见《诗经·小雅·大东》。这里泛指从事纺织的女子。

[3] 机杼：指织布机。

[4] 褴褛：指衣服破烂，不整洁，十分凌乱，不堪入目。

[5] 罗绮：罗和绮。多借指丝绸衣裳。

[6] 贞邪：即正邪。

江皋即事

微风吹野草,飒飒度秋吟[1]。独向萧条处,聊消寂寞心。沙平留雁迹,雨急咽蝉音。何处来渔唱[2],轻舟出柳林[3]。

【注释】
[1] 飒飒:形容风吹动树木枝叶发出的声音。
[2] 渔唱:渔人唱的歌。
[3] 柳林:指陕西城固柳林镇。境内有汉太尉李固墓,汉将军辅德王纪信墓、纪信祠等多处文物古迹。

丁南英

字丽午,号鹤皋。南郑人,岁贡生,善书。喜造就后辈,邑中能文之士,多出其门。

送邑侯郭髯樵先生南旋[1]

南飞秋雁映江楼[2],无数风帆载客愁。归宦不堪回首望[3],送行苍赤泪难收[4]。

【注释】
[1] 邑侯:指县令。 郭髯樵:指郭嵩,字乔望,号髯樵。安徽全椒

人,故又号全椒居士,曾任南郑县令。见《(嘉庆)汉中府志》卷九、卷二十七,《赐葛堂文集》卷六《郭君友源墓志铭》)。　南旋:返回南方。

［2］江楼:泛指临江、观江之楼。汉中市博物馆内有望江楼,疑指此。

［3］归宦:再回到官场。

［4］苍赤:指百姓。

雷淑声[1]

南郑人,岁贡生。

【注释】

［1］雷淑声:本卷前已有雷淑声诗,此处收重。

山　居

云连山断处,破屋两三家。古木枯滕蔓,秋风野菊花。有人耕陇阪[1],无客到烟霞。莫笑村居苦,静中高趣奢[2]。

【注释】

［1］陇阪:山坡,高坡。

［2］奢:出色的、美好的。

晚春闲步

彳亍闲游去[1],随风度野桥。涨痕侵岸脚[2],云影东山腰[3]。怪石癯僧立[4],飞花瘦蝶飘[5]。此中多静意,犹胜伴渔樵[6]。

【注释】

[1] 彳(chì)亍(chù):慢步行走,形容小步慢走或时走时停。
[2] 涨痕:涨水的痕迹。
[3] 云影:云的影像。
[4] 癯僧:形容怪石如僧的清瘦。
[5] 瘦蝶:形容花如飘飞的蝴蝶。
[6] 渔樵:打渔砍柴。指渔人和樵夫。

张嵩年

字仲龄,号寿山。南郑人,岁贡生。孝行素著,当道屡旌其间[1]。

【注释】

[1] 当道:指执政,掌权。 屡:多次。 旌:表彰、表扬。

黄河清[1]

寰海如镜方隅平[2],千年真见黄河清。黄河清时圣人出,谁欤砥柱中流擎[3]。漾洄直自郃阳起[4],东行一千二百里。渣滓净尽清光来,一色水天澄到底。岁逢丁未大有年[5],冬杪此瑞征沦涟[6],蜃臣交章贺天子[7],应天锡祉开天颜[8]。

· 281 ·

【注释】

[1]黄河清:黄河水本浑浊,古人以黄河水清为祥瑞的征兆。

[2]寰海:海内,全国。

[3]砥柱中流:是指就像屹立在黄河急流中的砥柱山一样,比喻坚强独立的人能在动荡艰难的环境中起支柱作用。

[4]郃阳:古地名,在今陕西省合阳县东南。

[5]丁未:清乾隆五十二年,公元1787年。

[6]杪(miǎo):一般指树枝的细梢。泛指末尾,末端。 沧涟:水波起伏。

[7]罿:古同"疆"。

[8]锡祉:上天赐福、降福。 天颜:天子的容颜。

卢 和

字节若,号鲁斋。南郑人,廪贡生。事母孝,好义急公,尝于孔庙植柏二百余本[1],施义地,增置汉南书院公田[2],督学张翰山太史[3],亟器许之。

【注释】

[1]本:树的计量单位。

[2]公田:公家之田,封建官府控制的土地。

[3]督学:督导视察教育行政及主持考试,也称视学。 张翰山:应为张岳崧,字翰山,曾任陕甘学政。

睡鹤独立图

高卧三千年[1],独立能不惧。沙石亦萧闲[2],相伴孤松树。九皋声不闻[3],暂向尘寰驻[4]。宵深清梦回[5],悠悠警秋露[6]。

【注释】
[1]"高卧"句：指鹤的长寿。
[2]萧闲：萧洒悠闲。
[3]九皋声：指鹤鸣,借指不同凡俗的声音。见《诗经·小雅·鹤鸣》。后亦用为称美隐士或贤人的典实。
[4]尘寰：人世间。
[5]清梦：犹美梦。
[6]秋露：秋日的露水。

谷雨日苏台看牡丹[1]

喜雨初晴佳景开,牡丹朵朵绽苏台。花因得地缤纷甚,人许登堂次第来[2]。文沼滋培凭长养[3],小峨掩映仿蓬莱。依栏亦具陶成意[4],惭愧参军做赋才[5]。

【注释】
[1]谷雨：是二十四节气之第六个节气,春季的最后一个节气。
[2]登堂：进入室内,比喻学艺已经入门,尚未达到高深的境界。次第：指依次,按照顺序或以一定顺序,一个接一个地。
[3]文沼：美丽的池塘。
[4]陶成：陶冶使成就。
[5]参军：即参军事,古代官名。此处用南朝宋鲍参军(鲍照)的典故。参见《宋书》列传,《南史》列传等。

卢师范

字再希,南郑诸生,和之子。

重九日,侍家严暨玉珊、惟一两师[1],同出西郊登高,遂谒赵嘉吾先生墓[2]

九日悲秋节[3],西郊览胜人。登临今古感,追从父师亲。载酒凌风去[4],舒怀倚树频。白杨萧瑟外[5],宿草忆先民[6]。

【注释】

[1]家严:又称"家君""家尊",是指在别人面前对自己父亲的谦称。玉珊:指陈海霖,字玉珊,号雨三,城固举人,官商州学正。本书卷三收有诗作。 惟一:指王德馨,字桂山,又字惟一,号汉麓,南郑诸生。本书卷二收有诗作。

[2]赵嘉吾:见本卷王玶《和赵嘉吾见赠原韵》注[1]。

[3]悲秋:对萧瑟秋景而伤感。语出《楚辞·九辩》。

[4]凌风:乘风。

[5]萧瑟:形容风吹树叶的声音。

[6]宿草:指墓地上来年的草,用为悼念亡友之辞。见《礼记·檀弓上》。

陈 琚

字佩斯,南郑人,岁贡生。官宜川训导[1]。

【注释】

[1] 宜川：县名。地处陕西省北部,延安市东南部,属延安市管辖。

商山四皓歌

高车山高接穹昊[1],中有畸人寄怀抱[2]。蓬莱缥渺何处好,此间云雾即仙岛。暴秦网密大无道[3],佐以斯高构群小[4]。洁身远引甘枯槁[5],皎皎出群推四皓[6]。逶迤自采紫芝草[7],疗饥何必安期枣[8]。汉皇易储护持早[9],羽翼已成转圜巧[10]。贤士声名真国宝,功成归向青山老[11]。只今遗迹事幽讨[12],白石苍苍水灏灏[13]。

【注释】

[1] 高车：古代车篷高、供立乘的车。 穹昊：犹穹苍。
[2] 畸人：指有独特志行、不同流俗的人。
[3] 网密：比喻繁苛的法令。
[4] 斯高：指李斯与赵高。 群小：指众小人。 构：组合,结成。
[5] 枯槁：形容憔悴。
[6] 皎皎：形容白而明亮,喻"四皓"的形象。
[7] 逶迤：曲折绵延貌。 紫芝：也称木芝,似灵芝,古人以为瑞草,道教以为仙草。
[8] 安期枣：传说中的仙果名。典故出《史记·封禅书》《史记·孝武本纪》。后遂以"安期枣"咏仙道,或称美瓜果。
[9] 汉皇易储：指刘邦意欲废长立幼,商山四皓保全太子地位之事。见《史记·留侯世家》。
[10] 羽翼：翅膀,引申为辅佐。象飞翔的大雁有翅膀,比喻得力的辅

佐之人。此指太子刘盈得"四皓"辅助,羽翼已成。见《史记·留侯世家》。

[11] 青山:指长满绿色植物的山,古代也指归隐之处。

[12] 幽讨:谓寻讨幽隐。

[13] 灏灏:水势浩大。

杨　璜

字石斋,南郑人,岁贡生。性廉洁,精琴理,潜心性命之学,不专以文词训诂为事。官通渭训导[1],及门以理学正宗推之。

【注释】

[1] 通渭:古县名,汉代置,今隶属于甘肃定西。

春　雪

小雪润天街[1],处处嗟奇冷。重裘尚畏寒[2],春与严冬等。遥觇暮云开[3],始知雪在岭。峰峦皆积白,高低聊素影[4]。缓步看秦山[5],难绘此清景。转忆山中氓[6],能无冻馁警[7]。归偕良友欢,灯花照炯炯[8]。

【注释】

[1] 天街:指帝都的街市。

[2] 重裘:厚毛皮衣。

[3] 遥觇(chān):远远的窥视。

[4] 素影:指月影。

[5] 秦山:指长安以南的终南山,山为秦岭山脉一部分,故云秦山。

[6] 氓：古代称郊外的百姓。
[7] 冻馁：寒冷饥饿，受冻挨饿。
[8] 炯炯：明亮或光亮貌。

不　寐

趁晓扫残霜后叶，挑灯吟爱晚年诗[1]。但愁夜深不成寐，妨我晴窗展卷时[2]。

【注释】

[1] 挑灯：拨动灯火，点灯。
[2] 晴窗：明亮的窗户。　展卷：打开书本，借指读书。

宋师濂

字也溪，南郑人。廪生，性方严，师道克立[1]，邑知名士多出其门，贫者并经理其饮食[2]，诲之尤不倦。

【注释】

[1] 师道克立：从师问学之道能够确立。见清曾国藩《送唐先生南归序》。
[2] 经理：照料。

忧旱有感[1] 此诗疑明季所做

火云缭绕赤轮悬[2]，尘起梁州万井烟[3]。术士通衢犹卖雨[4],农夫乡里已无年[5]。忽传选秀充宫嫔[6],又说登髦补宦官[7]。婚嫁横添劳攘事[8],何堪边鼓更喧阗[9]。

【注释】

[1]忧旱有感:原注云此诗疑明季所做。此注所疑,乃诗中有"忽传选秀充宫嫔,又说登髦补宦官"两句,似为明朝之事,见后此二句注释。

[2]火云:红云,多指炎夏。 赤轮:指烈日。

[3]梁州:古九州之一,约在今陕西、四川一带,此指汉中。 万井:古代以地方一里(一平方里)为一井,万井本意即一万平方里,引申为千家万户。

[4]"术士"句:通衢:指为四通八达、宽敞平坦的道路。卖雨:此诗题为"忧旱有感",则当是作者所在地有旱情,故有方术之士以求雨为名收取钱财,故云。

[5]无年:饥荒之年。见《周礼·地官·均人》。

[6]选秀:指古代宫廷选秀。 宫嫔:帝王的侍妾。此即诗题注所疑本诗为明季的内证。

[7]登髦:被进用选拔之意。《尔雅·释言》:"髦,选也。"

[8]劳攘:纷扰,纷乱。

[9]边鼓:边疆的战鼓。 喧阗:喧闹杂乱。

蒋全福

字用介,号丹林,南郑廪生。

太白神泉[1]

天汉城西涌冽泉[2],巍峨祠宇起祥烟[3]。不因太守源头浚[4],那得清流一镜圆[5]严乐园师修太白庙,始得此泉。

【注释】

[1]太白神泉:为汉中著名的古迹。太白神泉位于老汉中城的西北部的校场坝,有太白泉和一池湖水,湖水面积约四亩。参见《(嘉庆)汉中府志》。

[2]天汉:古时指银河。此指汉中。

[3]祥烟:祥瑞的烟气。

[4]浚:表示疏通,挖深的意思

[5]镜圆:比喻圆满。

王德馨

字桂山,又字惟一,号汉麓,南郑诸生。著有《汉中纪闻》《崇俭堂文集》《松橘堂诗集》。

小辋川志景 有序[1]

尝览摩诘《辋川图》[2],与裴道士唱和集[3],叹其山水幽邃,形势峭绝,恨不能一到其境。岁壬午秋[4],至旱麓之东南[5],登天坡,在望曲水一坝,宛如画屏[6]。下石堰则诸境俱现[7]。因思辋川之山水固佳,兹亦不多让也[8]。以无能诗者,而山水之胜遂隐。呜呼!佳水灵山,一系乎作者之显晦[9]。辋川为宋延清所有[10],归于王氏,其地始传。王氏之后,至今千有余年,其阅人更不知几何。而辋川终为王氏有,诗之有无,其关系于胜迹也,何如乎。归来与老友张石桥剧谈妙景[11],石桥曰:"盍就其景而各系以诗,若仿为画图,请俟来者[12]。"

【注释】

[1] 小辋川：即作者所言在"旱麓之东南"的一处景致。

[2] 摩诘：指唐代诗人王维,字摩诘。《辋川图》：是王维所作的单幅壁画,原作已无存,现只有历代临摹本存世。

[3] 裴道士：指唐代诗人裴迪,王维的道友。两人唱和,为辋川二十景,各写了一首五言绝句,共四十首集成了《辋川集》。

[4] 壬午：清道光二年,公元1822年。

[5] 旱麓：旱山山脚。旱山,山名,指汉山,在今陕西南郑。

[6] 画屏：有画饰的屏风。

[7] 石堰：用以挡水、溢流的石筑低坝,可抬高水位,便利灌溉和航运。

[8] 不多让：不比……差,跟……比起来毫不逊色。

[9] 显晦：显指名声显赫,晦指声名不彰。

[10] 宋延清：指初唐诗人宋之问。宋之问,字延清,名少连,虢州弘农(今河南省灵宝)人,与沈佺期并称"沈宋"。两《唐书》皆有传。

[11] 张石桥：指张叶玉,字瑞五,号石桥,汉中府学廪生。本书卷二收有其诗作。剧谈：犹畅谈。

[12] 俟：等待、等到、待及。

天马沟

天马舞深沟[1],溪泉日夜流。树多啼鸟隐,屋老晚烟浮。稼穑田园美[2],耘锄袯襫稠[3]。友人相闻讯,杯酒庆丰收。

【注释】

[1] 天马：传说中的异兽名。见《山海经·北次三经》。后也用"天马"指代骏马。

[2] 稼穑：耕种收获,泛指农业劳动。
[3] 袯襫(bó shì)：古时指农夫穿的蓑衣之类。

曲水岩

澄碧流方曲,幽岩点古苔[1]。堰凭沙势筑,田背水汀开[2]。茆屋三间稳[3],诗人一个来。所愁江浪涌,荡去旧蒿莱[4]。

【注释】
[1] 古苔：指阴幽岩石上生长的青苔。
[2] 水汀：水边平地。
[3] 茆屋：即茅屋。茆,同"茅",茅草。
[4] 蒿莱：野草,杂草。

乌云峡

云影罩模糊[1],山深峡望乌。沙飞人顿避,石乱草斜铺。瀑泻惟闻响,樵归不见夫。秋晴遥指处[2],点点露如珠。

【注释】
[1] 云影：云的影像。
[2] 秋晴：晴朗的秋天。

竹坞[1]

左右琅玕盛[2],山坳坞在林[3]。香飞幽涧岸,节抱故人心。久借云裳伴[4],长怀凤翙音[5]。游踪聊寄此,万景豁尘襟[6]。

【注释】

[1] 竹坞：指竹林茂盛的山坞或竹舍、竹楼。
[2] 琅玕：翠竹的美称。
[3] 坞：地势四周高而中间凹的地方。
[4] 云裳：仙人的衣服。仙人以云为衣,故称。
[5] 凤翙(huì)：凤鸟飞翔的声音。翙,鸟飞的声音。
[6] 尘襟：世俗的胸襟。

高砦[1]

山腰危且险,结屋有农人[2]。蛙响知初夏[3],花飘送晚春。万千林木茂,下上鸟声新。一饱无余事,何烦效避秦[4]。

【注释】

[1] 高砦(zhài)：高大的山寨。砦,同"寨"。
[2] 结屋：指构筑屋舍。
[3] 蛙响：青蛙的响亮叫声。
[4] 避秦：指躲避强暴或战乱,后以"避秦"指避世隐居。

朝阳庄

道左有人家,门前水漾沙[1]。隔江邻共语,傍岸树偏斜。十亩闲闲地[2],群峰片片霞。往来尘客过[3],藤蔓护篱笆[4]。

【注释】

[1]水漾:水波随风荡漾的样子。

[2]十亩:即十亩之间,指郊外所受场圃之地。化用《诗经·魏风·十亩之间》诗句。

[3]尘客:凡俗之人。

[4]篱笆:用竹、苇或树枝等编成,可作为障隔的栅栏。

闻南郑梦禅陈明府 名明申 勘验水灾感怀[1]

不寐念穷黎[2],哀鸿不住啼[3]。无家栖半厦[4],有谷没长堤。妻女洪涛逝,邱坟曲渚低[5]。龙游何太忍,民舍尽成溪[6]。

【注释】

[1]明府:汉代对太守的别称,明清用以指知县、知府等地方长官。陈明申,生平未详,著有《夔行记程》一书。

[2]穷黎:贫苦百姓。

[3]哀鸿:悲鸣的鸿雁。比喻哀伤苦痛、流离失所的人。

[4]半厦:在房屋后的半个后廊。

[5]邱坟:坟墓。 曲渚:曲折的小洲,迂回的河湾。

[6]溪:山里的小河沟,泛指小河沟。

晓 雪

枕间碎玉声[1],晓起视幽院。满林缀琼瑶[2],浓云布轻霰[3]。亟整夜来书,为赏寒花艳[4]。煮酒邀嘉客,捧炉暖冻砚。苔径人迹稀,看梅孰我先。忽闻孤鹤声,微茫形不见。

【注释】

[1]碎玉声:细小的玉片或玉屑的敲击声。

[2]琼瑶:指美玉。见《诗经·卫风·木瓜》。此处是喻雪。

[3]霰(xiàn):空中降落的白色不透明的小冰粒,常呈球形或圆锥形,多在下雪前或下雪时出现,有的地区叫雪子、雪糁。

[4]寒花:寒冷时节开放的花。这里指寒梅,因其凌寒开放,故称。

山　行

山畔送斜阳[1],樵歌隔岸扬。荒村秋树里,残月碧云旁。水曲桥通路,花欹露湿裳[2]。归来村犬吠,坐看暮烟苍。

【注释】

[1]斜阳:傍晚时西斜的太阳。

[2]欹:倾斜。倒在一边。

九月十八日从马鞍山归[1]

雨夜不成寐,微醺坐深篠[2]。强卧俟鸡鸣,辗转迟清晓。柴门恰对山,山隙月色皛[3]。泉声滚滚来,瑟缩惊寒鸟。整衣出田间,零露滴林杪。牧童驱野牛,翠鸭飞曲沼。呼伴劝同餐,偕行穿紫蓼[4]。路滑日未升,岚碧峰旋绕。数里谢层峦[5],秋江入浩淼[6]。舟子泛篙轻[7],竞渡绝喧扰。抵岸望仙桥,残蝉音未了。

【注释】

[1] 马鞍山:古地名,今安徽省地级市。
[2] 深篠:深远、深邃的样子。
[3] 皛(xiǎo):皎洁,明亮。
[4] 紫蓼:即青荼。见《古今注·草木》。
[5] 层峦:重重叠叠的山岭。
[6] 浩淼:指水面广阔。
[7] 舟子:船夫。见《诗经·邶风·匏有苦叶》。

亦乐楼落成喜雨

土木岂妄兴,所亟在民喜。民心亦有天,欣合雨意起[1]。雨匪私吾民,感孚有至理[2]。或谓旱弥月[3],叹干势未已[4]。或谓山泽蒸,时雨从兹始。不知我公德,上应天井鬼[5]。酝酿十六年,默契昊苍彼[6]。应念有甘霖[7],渠堰流鱣鲔[8]。民力肇丰穰[9],楼成高若巇[10]。画栏周四围,云护空濛里[11]。天晴诸山出,望远穷郊垒。浩荡江汉长,屴崱秦峰归[12]。作人雅化渥[13],梁栋超杞梓[14]。报国在贡人[15],郅治甘棠企[16]。喜雨亭未荒[17],亦乐楼堪比。今兹托骈幪[18],况乃沦肌髓[19]。

作歌抒微情,不在谀乐只[20]。

【注释】
[1] 欣合：谓受感而动,和合融洽。
[2] 感孚：使人感动信服。
[3] 弭月：整月。
[4] 瞁干：干枯,萎缩。
[5] 井鬼：中国古代天文学名称。二十八星宿中,井、鬼对应的地下属地是雍州,而汉中在古代属雍州。
[6] 昊苍：苍天。
[7] 甘霖：指久旱以后所下的雨。
[8] 鱣鲔：两种鱼。鱣,黄鱼,一说赤鲤；鲔,鲟鱼,一说鲤属。
[9] 丰穰：犹丰熟。
[10] 巇(yí)：高耸险峻。
[11] 空濛：迷茫缥缈的样子。
[12] 屴崱(lì zè)：形容山峰高耸。
[13] 雅化：谓趋于文雅、高雅,泛指纯正的教化。 渥：沾湿,沾润。
[14] 杞梓：原指两种木材名字,后比喻优秀的人才。
[15] 贡人：古代由府、州、县推荐到朝廷的人士。
[16] 郅治：大治。 甘棠：《诗经·召南》中的篇名,诗写召公治政,深受百姓爱戴,植甘棠树以纪念,后遂以"甘棠"称颂循吏的美政和遗爱。
[17] 喜雨亭：宋代苏轼所建,位于陕西凤翔东湖之中。因天旱求雨成功,喜雨亭园建成,作《喜雨亭记》。
[18] 骈幪：古代称帐幕之类覆盖用的东西,在旁的叫骈,在上的叫幪,引申为覆盖、荫护。
[19] 肌髓：肌肉与骨髓,比喻内心深处。
[20] 乐只：和美、快乐。

题洽天雒丈藏画

突出危岩傲碧天[1],闲花野草共流连。水平不计波涛险,稳刺渔篙泊晚船[2]。

【注释】
[1]碧天:青天,蓝色的天空。
[2]渔篙:捕鱼的竹竿。

层峰古树荫山房[1],落落人踪送夕阳[2]。笛弄不闻声远近,开窗遥对碧云凉[3]。

【注释】
[1]山房:山中的房舍。
[2]落落:稀疏,零落,形容孤独,不遇合。
[3]碧云:是指碧空中的云,喻远方或天边。

茂林屋暗野红飞[1],远入遥天耸翠微[2]。欲向此中寻乐地,不知游客几时归。

【注释】
[1]红飞:落花。
[2]翠微:青翠的山色。

幽篁深处一亭开[1],客去何时得再来。我欲招凉难觅友[2],此君层许坐莓苔[3]。

【注释】

[1]幽篁:幽深又茂密的竹林。
[2]招凉:招致凉气,避暑。
[3]莓苔:青苔。

画眉关[1]

阁迥峰头立[2],山深产画眉[3]。鸟来栖树稳,客去看云移。石磴风泉响[4],茶烟佛寺遗[5]。此途艰上下,过此履平夷[6]。

【注释】

[1]画眉关:地名,在今陕西留坝县南十里。
[2]阁迥:廊阁曲折深幽。
[3]画眉:画眉鸟。
[4]石磴:石级,石台阶。
[5]茶烟:特指烧茶煮水、泡茶时产生的烟。
[6]平夷:平坦。

寄胡先生寿域[1]

日暖开澄霁[2],山空带晓寒。一湾江水碧,两岸锦枫丹[3]。搦管临风易[4],披帷觌面难[5]。荒村频问讯,无计共盘桓[6]。

【注释】

[1] 胡寿域：未详。
[2] 澄霁：天色清朗。
[3] 锦枫：色彩鲜艳的枫树。
[4] 搦管：执笔，也指写诗文。　临风：指迎风，当风。
[5] 披帷：拨开帷幕。　觌(dí)面：当面，迎面，见面。
[6] 盘桓：徘徊，逗留。

送段槐庭先生归兰州[1]

宦况贫兼病，西归最惨神[2]。功名双鬓白，事业一编新[3]。山下幽兰茂[4]，城头皓月亲[5]。此行睽两地[6]，不见古时人。

【注释】

[1] 段槐庭：未详。
[2] 惨神：伤神的意思。
[3] 一编：即一编书。
[4] 幽兰：兰花。
[5] 皓月：明亮的月亮。
[6] 睽(kuí)：张目注视。

盛登魁

字鼎一，南郑诸生。

西庄遇雨,寄黄秋岩[1]

卜筑茆檐在近郊[2],长天倦鸟息林巢。科名已分抛双管[3],肥遁徒占玩六爻[4]。观稼幸当丰稔岁[5],望年肯与布衣交[6]。高怀不尽迟留意[7],雨歇珠垂绿树梢。

【注释】

[1] 黄秋岩:指黄元龙,字潜夫,号秋岩。本卷收有其诗作。

[2] 卜筑:指择地建筑住宅,即定居之意。茆檐:茅屋。茆,同"茅"。

[3] "科名"句:言功名已定,可以抛却读书作文之笔了。管即笔,双管出《图画见闻志》张璪作画能双笔齐下,言其技艺高超,此亦用典来赞美黄元龙文章技艺的高超。

[4] 肥遁:即"飞遁",指称退隐。语出《周易·遁》。 六爻(yáo):六爻是一种起源于周朝时期的占卜预测。

[5] 丰稔:犹丰熟,富足。

[6] 望年:盼望或希望之意。 布衣交:平民之间的交往、友谊。也指显贵与无官职的人相交往。出自《战国策·齐策三》。

[7] 高怀:意为大志;高尚的胸怀。

盛际斯

字备九,南郑诸生,鼎一之子。

西郊遇雨,敬次家大人元韵[1]

守拙躬耕舍近郊[2],藐兹村落一枝巢。犬声乍吠新来客,鸡骨频占大有爻[3]。暂设清蔬邀益友,更无别味向心交[4]。归时缓步何嫌晚,月上城头挂树梢。

【注释】
[1]家大人:对他人称自己的父亲。 元韵:原韵。
[2]守拙:封建士大夫自诩清高,不做官,清贫自守,叫守拙。
[3]鸡骨:鸡的骨头,古时或用以占卜。 大有(yǒu):为《易经》六十四卦之十四卦,指民以食为天,昌隆通泰,祈求好运之意。
[4]心交:指知心朋友。

党 直

字靖共,南郑诸生。

秋兴回文

明月夜来倦鸟归[1],淡星摇处冷风微。横江锦浪长天涌,清露秋寒惊雁飞[2]。

【注释】
[1]倦鸟:倦飞之鸟,亦以喻倦游之人。

[2] 清露：指洁净的露水。

秋宫怨

忽闻御辇晚朝归[1]，淡扫娥眉出翠帏[2]。侍到黄昏人语静，宫中只有暮鸦飞。

【注释】
[1] 御辇：皇帝乘车，亦指皇帝乘坐的车子。
[2] 翠帏：翠色的帷帐。

夜雨 六言

只疑木落霜坠，惊起寒鸦乱鸣[1]。一夜不眠静听，芭蕉叶上分明[2]。

【注释】
[1] 寒鸦：天寒归林的乌鸦。
[2] 芭蕉：芭蕉科、芭蕉属多年生草本植物。

彭绥昌

字第锡，南郑诸生，能古文。

斋居即事

一曲清溪斜过门,碧翻帘影上苔痕[1]。扶筇伫立柴扉外[2],云树苍茫见远村。

【注释】
[1] 苔痕:苔藓滋生之迹。
[2] 扶筇:扶杖。

闲门斜对远山开,日坐孤吟掩翠苔[1]。云影天光收不尽[2],卷帘明月又飞来。

【注释】
[1] 翠苔:苔藓。
[2] 云影:云的影像。 天光:指日光、天空的光辉。

十里平冈落日红,竹溪仄径石桥通[1]。闲过老衲留清话[2],顿觉尘心一半空[3]。

【注释】
[1] 竹溪:竹林和溪水,指清幽的境地。 仄径:狭窄的小路。
[2] 老衲:年老的僧人。亦为老僧自称。 清话:高雅不俗的言谈。
[3] 尘心:指凡俗之心,名利之念。

霖雨苍生愿已虚,相偕童冠乐群居[1]。明时不上金门赋[2]，消遣穷愁学著书。

【注释】

[1] 童冠：指青少年。语出《论语·先进》。

[2] 金门赋：指献赋于金门，以求功名。汉代征召来的人中才能优异者，令待诏金马门。

紫柏山留侯祠

楚汉争逐鹿，不顾烹乃翁[1]。父子且相薄[2]，君臣焉保终。所以明哲士[3]，遁迹从赤松[4]。辟谷亦偶托[5]，安问黄石公[6]。至今碧山下[7]，紫柏郁青葱。荒祠委薜萝，古屋白云封。惆怅斯人远[8]，木落寒山空。

【注释】

[1] 烹乃翁：楚汉相争时，项羽抓刘邦父要挟刘邦投降，刘邦就以分一杯羹作答。见《史记·项羽本纪》。

[2] 父子且相薄：刘邦立国后，宠幸戚夫人及儿子赵王如意，欲废太子刘盈。事见《史记·留侯世家》。

[3] 明哲：聪慧而洞察事理。

[4] 赤松：即赤松子，相传为上古时神仙。张良晚年言从赤松子游，以示退隐，见《史记·留侯世家》。

[5] 辟谷：道家养生中的"不食五谷"，是古人常用的一种养生方式。参见《庄子·逍遥游》。

[6] 黄石公：秦汉时道家代表人物，授张良《太公兵法》。见《史记·留侯世家》。

[7] 碧山：青山。

[8]斯人：此人，指张良。

秀野堂杂咏[1]

江城小雨夜初收，山色朝看湿翠浮[2]。门掩绿杨风细细[3]，杏花村外唤春鸠[4]。

【注释】
[1]秀野堂：疑为彭绥昌的书斋。
[2]翠浮：山间青色烟云漂浮。
[3]细细：指缓缓的和风。
[4]春鸠：鸟名，即布谷鸟、杜鹃，象鸽子，有斑鸠、山鸠等。

隐隐轻雷隔夕阳，风清小院墨池香[1]。暮云带雨归飞急，散作人间一夜凉。

【注释】
[1]墨池：洗笔砚的池子。著名书法家汉张芝、晋王羲之等，均有"墨池"传说著称后世。

闻吹铁笛碧峰头[1]，云气苍茫十指流。便欲乘风招白鹤[2]，数声惊破海天秋。

【注释】
[1]铁笛：铁制的笛管。相传隐者、高士善吹此笛，笛音响亮非凡。见朱熹《武夷精舍杂咏·铁笛亭序》。

[2] 白鹤：鸟名。又名仙鹤。古代有关神仙的传说，往往有白鹤。此处化用张炎《浪淘沙·余画墨水仙并题其上》词句。

张炳蔚

字子文，号廉溪，南郑诸生，工晋人书。

拜将坛怀古

江流咽尽鼓鼙声[1]，谁似淮阴善将兵[2]。学剑早轻万人敌[3]，登坛还使一军惊[4]。从龙几见侯封遂[5]，鹥雉翻教祸本成[6]。猛士飘零王气歇[7]，歌风台下暮云横[8]。

【注释】

[1] 鼓鼙：古代军中常用的乐器，后借指军事。

[2] 淮阴：指汉代韩信，事见《史记·淮阴侯列传》。

[3] 万人敌：一人可敌万人，极言勇武过人。典出《史记·项羽本纪》。

[4] 登坛：指韩信拜将事，见《史记·淮阴侯列传》。

[5] 从龙：旧以龙为君象，故称从帝王创业开国为从龙。

[6] 鹥(yǎo)雉：鸟名，锦鸡，似山鸡而小，冠羽尤美。此处指吕后杀韩信事。见《史记·淮阴侯列传》。

[7] 猛士：指韩信。 飘零：陨落，飘落。 王气：旧指象征帝王运数的祥瑞之气。

[8] 歌风：指《大风歌》，出自《史记·高祖本纪》。 暮云：黄昏的云。

焦 升

字东寅,南郑诸生。

栈中晓行遇雨

茅店鸡声早[1],出门天未明。晓烟和雾黯[2],阴雨带云生。漠漠留人意[3],潇潇送客情[4]。长安何日到,不畏路难行。

【注释】
[1]茅店:用茅草盖成的旅舍。
[2]雾黯:薄雾黯然无光。
[3]漠漠:指寂静无声。
[4]潇潇:形容雨下得急。

马援故里

雄图久改汉山河,此地犹称马伏波。铜柱烟销名尚在[1],茂陵骨朽史难磨[2]。车余薏苡成诬枉[3],戒有诗章人咏歌[4]。矍铄哉翁留万祀[5],云台无像痛如何[6]。

【注释】
[1]铜柱:指马援征南立铜柱之事。见《后汉书·马援传》唐李贤注引《广州记》。

［2］茂陵：汉扶风郡茂陵县(今陕西兴平)，马援故里。

［3］车余薏苡：东汉马援领兵到南疆打仗，用薏苡治瘴，旋归来时，带回几车薏苡药种。 诬枉：诬陷冤枉。指马援死后，遭梁松诬陷，被光武帝撤销封印。事见《后汉书·马援传》。

［4］戒有诗章：指马援著《诫兄子严敦书》。见《后汉书·马援传》。

［5］矍铄：形容老年人很有精神的样子。 万祀：万年。引申为世代供奉。

［6］云台：指汉洛阳南宫云台阁。东汉明帝刘庄在洛阳南宫云台阁命人画二十八位为汉建功立业的大将画像，称为云台二十八将，没有马援。事见《后汉书·马援传》。

陈毓彩

南郑诸生。

汉　台

赤帝龙兴事已陈[1]，层台巩固尚如新。窗收栈道千峰秀[2]，座揽梁州万树春。当日宫廷湮故迹，此时郡国有仁人[3]。迎来便洒随军雨，犹忆三章改暴秦[4]。

【注释】

［1］赤帝：指汉高祖刘邦，见《史记·高祖本纪》。

［2］栈道：也叫阁道、栈阁。这里指褒斜栈道。

［3］仁人：指有德行的人。此指萧何助刘邦，为汉立国做出了杰出贡献。事见《史记·萧相国世家》。

［4］三章：即刘邦约法三章。见《史记·高祖本纪》。

将　坛

四百炎刘此地开[1],登坛国士果奇才[2]。陈仓度后秦方定[3],火井然时楚已灰[4]。水咽波声思上将,城临老树伴崇台[5]。忠魂恸共寒烟散,挂甲亭前春不回[6]。

【注释】

[1]四百炎刘:指两汉四百年刘姓江山。

[2]国士:指韩信。

[3]陈仓:即陈仓道,又称故道、嘉陵道,是关中通往四川的一条重要通道。

[4]火井:又称火泉,天然气井。因火自地下出,故得此称。始见《汉书·郊祀志》。

[5]崇台:指汉中城南的拜将台。

[6]挂甲:指战将解甲,喻年老力衰,不再征战。

孤山杂兴[1]

径入桃源别有情[2],况逢揽胜是清明[3]。岩前花影摇山影,树里泉声杂鸟声。景丽偏添诗酒兴[4],爱深重结水云盟[5]。归来一路渔灯满,直送游人过郡城。

【注释】

[1]孤山:山名,今汉中市汉台区西南汉江与褒河交汇处,称小孤山。

参见《(康熙)汉南郡志·舆地志》《(嘉庆)汉中府志·山川》。

[2]桃源：喻指人间胜境。

[3]清明：喻太平盛世。

[4]景丽：风景美丽。

[5]水云盟：水天云色加在一起，结成联盟，形容深厚的情谊。

张熙载

字亮工，号寅晻，南郑诸生。

谷雨日苏台看牡丹

人重不借花，花每因人重。借花溯名人，欧阳辉有宋[1]。使君乐民乐[2]，辟地留宾从。汉上春风香，奇葩手自种[3]。爱花如爱才，园亭亦骈襛[4]。清署有余闲[5]，鸣琴醒鹤梦[6]。烂漫倚苏台，紫黄并酣纵[7]。放眼双芝轩，小峨鸟声哢[8]。时逢谷雨晴，含润呈鸾凤[9]。燕集呼名流[10]，新醅试春瓮[11]。琼岛醉芳芬，人与花伯仲[12]。自分缘偶悭，未获笔砚共。越夕尚余馨[13]，徒怅云飞栋[14]。惊人佳句多，如射的多中[15]。评鹭具别裁[16]，诗教传秦雍[17]。殷勤谢郇厨[18]，瑶章蕲捧诵[19]。

【注释】

[1]欧阳：指宋代欧阳修。在洛阳为官时，写有《洛阳牡丹记》及赞美牡丹的诗词。

［2］使君乐民乐：化用欧阳修《醉翁亭记》语句。
［3］奇葩：奇特而美丽的花朵。
［4］帡幪：本指古代帐幕之类的物品,后亦引申为覆盖或庇护。
［5］清署：指官署。
［6］鹤梦：谓超凡脱俗的向往。
［7］紫黄：紫者为尊,黄者为贵,紫黄合一,至尊至贵。
［8］小峨：小的高山。　哢(lòng)：鸟叫。
［9］鸾凤：鸾鸟和凤凰,古代传说中的神鸟。比喻贤俊之士。
［10］燕集：也作"宴集"。宴饮集会。
［11］新醅：新酿的酒。　春瓮：指酒瓮,亦指酒。
［12］伯仲：兄弟间排行的次序。后比喻事物(或才能)不相上下。
［13］余馨：残留的香味。
［14］飞栋：高耸的屋梁。
［15］射的：指用箭射靶,也指箭靶。
［16］评骘：评定。　别裁：鉴别裁定优劣,决定取舍。
［17］秦雍：古秦地。在今陕西省和甘肃省一带,此指山南之地。
［18］郇厨：指唐朝韦陟封郇国公,精于烹饪美食,时称"郇厨"。见《云仙杂记》卷三"郇公厨"。后以郇厨称盛宴。
［19］瑶章：对他人诗文、信札的美称。　捧诵：也作"捧读",敬辞。敬指诵读别人的诗文或者来信。

长安雨夜感怀,奉桂山先生[1]

连云到处是丹枫[2],人易悲秋况客中。念我情怀凭尺鲤[3],想君高尚仰飞鸿[4]。征衣深夜一帘雨[5],旅馆寒灯四壁虫。指日蓉屏重把酒,莼鲈何事叹西风[6]。

【注释】

[1]桂山：王德馨，字桂山，又字惟一，号汉麓，南郑诸生。著有《汉中纪闻》《崇俭堂文集》《松橘堂诗集》。

[2]连云：与天空之云相连。形容高远，众多。

[3]尺鲤：指书信。

[4]飞鸿：古时常以鸿雁传信，故用以代表音信。

[5]征衣：旅人之衣。

[6]莼鲈：西晋张翰故事。典出《晋书·张翰传》，后称思乡之情为"莼鲈之思"。

任錤肃

字西屏，号梅溪。祖居旌阳[1]，迁南郑。长申韩之学[2]，著有《功过格鉴古录》二十四卷，《鹦鹉禅空同杂咏》两卷。

【注释】

[1]旌阳：古地名。今四川德阳旌阳区。

[2]申韩之学：战国时法家申不害和韩非的并称。后世以"申韩"代表法家，称申韩之学。

出　郭

带犊骑驴作胜游[1]，乳瓶茶灶备珍馐[2]。家人嘱咐防风雨，兴至何能为病留。

【注释】

[1]胜游：快意的游览。

[2]珍馐：是指珍奇名贵的食物，泛指美味。

见　峰

陟险登危仗短筇[1]，芒鞋棕帽步从容[2]。冲天矗起九千仞[3]，指点东台第一峰。

【注释】
[1]筇：一种竹，实心，节高，宜于作拐杖。
[2]芒鞋：草鞋，用植物的叶或杆编织的鞋子。　棕帽：平民男子戴的用以棕编制的帽子。
[3]九千仞：形容极高或极深。古以八尺为仞。

香　山[1]

西方雄镇推祁连[2]，派分万里支绵延。孕结崆峒特挺拔[3]，钟灵毓秀千斯年[4]。山势嶙峋插天起，中有仙人广成子[5]。黄帝问道得真诠，骑龙飞上天宫里。万千人上崆峒山[6]，人人到此开心颜。微躯虽病兴犹昔，儿曹扶挈同跻攀[7]。东台洞中有玄鹤[8]，我来君出如相约。忽远忽近忽深林，瞬息不见真仙禽。翻翻步上飞仙洞，洞口石阶三百蹬。莫惊牵索上天梯，履险还须神色定。一折再折高复高，蓦然出井升云霄。不知绝壁高何极，但见泾流线一条。努力再上朝阳阁[9]，微风荡荡云漠漠。群峰罗拜如儿孙,苍茫东望烟含郭。寻幽山后更崔巍,香山胜境如蓬莱。来龙夭矫分明见,三流环抱波潆洄。郁郁涧底峰稠叠[10],重重拥护云天接。此中应有不传经,何处深岩藏玉牒[11]。忆昔曾登太华巅,仰天池上摩青天。崆峒别具玲珑相[12],各著雄名曼古传[13]。

【注释】

[1] 香山:在今甘肃平凉崆峒山。"香峰斗连"是崆峒十二景之一,山顶原建有香山寺。

[2] 祁连:青海省海北藏族自治州有祁连县。

[3] 崆峒:山高峻貌。

[4] 钟灵毓秀:凝聚了天地间的灵气,孕育着优秀的人物。指山川秀美,人才辈出。

[5] 广成子:相传是上古黄帝时候的道家人物,修行于崆峒山和神仙洞,黄帝曾拜广成子为师,问治国之术。事见《庄子·外篇·在宥》《神仙传》等。

[6] 崆峒山:山名,位于甘肃省平凉市,是丝绸之路西出关中之要塞,自古就有"中华道教第一山"之美誉。

[7] 儿曹:尊长称呼后辈的用词,泛指晚辈的孩子们。

[8] 玄鹤:古人对鹤的称呼。玄原作元,系避清讳。

[9] 朝阳阁:在崆峒山问道宫中。

[10] 稠叠:稠密重叠,密密层层。

[11] 玉牒:古代帝王封禅、郊祀的玉简文书。此指佛道之书。

[12] 玲珑:精巧貌。

[13] 曼古:远古。

到 家

拖病寻芳入翠微[1],长生药采紫芝肥[2]。家人迎说而翁健[3],新自崆峒顶上归。

【注释】

[1] 翠微：青绿的山色。
[2] 紫芝：是真菌的一种,似灵芝。古人以为瑞草,道教以为仙草。
[3] 而翁：即尔翁。指是你的父亲、用于称人父亲、或为父者自称。

和祝兰坡曾题高平演元观,有明襄陵王塑像,恭谒后周览画壁原韵[1]

瞻仰明藩像[2],前光溯远猷[3]。功繇开创主[4],地拓不庭侯。决策方兴武,投鞭即断流[5]。从容登大位,辗转定中州。勇将鹰扬奋,勋臣亮采畴[6]。遐陬归版籍[7],边境守咽喉。贡献殊方至[8],衣冠万国周[9]。九重青琐闼[10],千尺碧云楼。茅土诸王袭[11],桐封百禄遒[12]。襄陵分胜地,韩沐重金瓯[13]。胄子天潢派[14],贤孙燕冀谋[15]。望隆群下服,德懋众心收[16]。才俊钤韬备[17],菁英薮泽搜[18]。仁慈驱虎豹,宽厚伏鸺鹠[19]。前代遗图在[20],当年旧迹留。正容虔揖笏[21],端拱儗垂旒[22]。丰采凭高手,精神拟虎头。鼛鼛震节鼓[23],坎坎

· 315 ·

拨箜篌[24]。缅想琼宫丽[25],追思乐事稠。何时颓玉殿[26],一旦变荒邱。往辙成虚幻,繁华付水沤。不闻赓雅调,竟尔少清讴。寂寞残香烬,萧条绝庶馐[27]。但余碑碣竖[28],读罢意悠悠。

【注释】

[1] 祝兰坡:即祝曾。襄陵王:疑指朱冲烁,明代韩宪王朱松后世诸孙,多有袭封襄陵王。

[2] 藩像:指诗题中的明襄陵王塑像。

[3] 远猷:长远的打算,远大的谋略。

[4] "功繇"句:繇,同"由"。此句言襄陵王有开创之功。

[5] 投鞭即断流:即前秦苻坚攻晋时,言投鞭断流。见《晋书·苻坚载记》。

[6] 勋臣:有功绩之臣。 亮采:辅佐政事。

[7] 遐陬:意思为边远一隅。

[8] 殊方:远方,异域。

[9] 衣冠:衣服和帽子。借指文明礼教。

[10] 青琐:典故名,原指装饰皇宫门窗的青色连环花纹,后借指宫廷,泛指豪华富丽的房屋建筑。见《汉书·元后传》。 闳:指类似于门挂帘的东西。

[11] 茅土:指王、侯的封爵。见汉蔡邕《独断》卷下。

[12] 桐封:典故,即桐叶封弟,省称"桐封",周代成王之事。见《吕氏春秋·览部》卷十八《审应览·重言》。 百禄:犹多福。

[13] 韩沐:指蒙受韩王的恩惠。 金瓯:用以指国土。

[14] 胄子:指帝王或贵族的长子。语出《尚书·舜典》。 天潢:皇族,帝王后裔。

[15] 燕冀:泛指明燕王朱棣统治的北部地区。

[16] 德懋:指在德行上勉力。语出《尚书·仲虺之诰》。

[17] 铃韬：古代兵法有《玉铃篇》和《玄女六韬要决》。后因以"铃韬"泛指兵书或谋略。

[18] 菁英：精华，精英。 薮泽：指水草茂密的沼泽湖泊地带，犹渊薮，喻人或物荟聚之处。

[19] 鸺鹠(xiū liú)：鸱鸮科的鸟。

[20] 遗图：指画壁。

[21] 搢笏(jìn hù)：古代君臣朝见时均执笏，用以记事备忘，不用时插于腰带上，也叫"插笏"。参见《谷梁传·僖公三年》。

[22] 垂旒：古代帝王贵族冠冕前后的装饰，以丝绳系玉串而成。

[23] 鼕鼕：即冬冬，鼓声，击鼓的次数。鼕，"冬"的繁体字；拟声词，用于形容敲鼓的声音。

[24] 箜篌：古代传统弹弦乐器又称拨弦乐器，最初称"坎侯"或"空侯"。

[25] 琼宫：亦作"瑶宫"。玉饰之宫，多指天宫或道院。后泛指华美的宫室。

[26] 玉殿：宫殿的美称。

[27] 庶馐：多种美味。

[28] 碑碣：古代把长方形的碑石称碑，圆顶形的称碣。

和杨蓉裳芳灿《雨窗对菊》元韵[1]

秋风不断吹，霪雨漫平麓[2]。高低尽溟濛[3]，潇潇下落木[4]。晚桂香全歇，浸倒东篱菊[5]。分移翡翠盆，黄白标名目[6]。日精品格高，延龄寿可续。馥郁近明窗，烂漫堆华屋[7]。如此风光好，霖久美不足。载酒少良朋，坐对成幽独。太守忧民忧，祈晴已三渎[8]。旋晴旋霢霂[9]，千里无偏曲。黄花绕劲节，禾黍铺田熟。霜降已多时,苔痕上阶绿[10]。

【注释】

[1] 杨蓉裳:即杨芳灿,字才叔,号蓉裳,江苏金匮(今无锡)人,清文学家。曾主讲关中书院,参与修《四川通志》。

[2] 平麓:平原与山麓。

[3] 溟濛:形容烟雾弥漫,景色模糊。也作冥濛。

[4] 潇潇下落木:化用唐杜甫《登高》诗句。

[5] 东篱菊:写隐士的田园生活,典出陶渊明《饮酒二十首》其五。

[6] 黄白:指菊花的颜色。

[7] 华屋:华美的屋宇。

[8] 祈晴:因久雨而祈祷天晴。 渎:亵渎,轻慢。

[9] 霢霂(màimù):小雨。

[10] 阶绿:台阶上的苔痕颜色碧绿。

任本让

字象三,号鹤岑。南郑诸生,铣肃之孙。研学甚力,居家有孝友风。

凉州[1] 庚午十一月

披裘过孟夏[2],况复遇隆冬。凛冽凉何剧[3],寒风夜吼松。

【注释】

[1]凉州：今甘肃省武威市的古称。　庚午：清嘉庆十五年(1810)。

[2]孟夏：初夏，指农历四月。

[3]凛冽：寒冷得刺骨。

甘泉 在甘州府城内，东城根上建高楼，题曰"河西第一楼"[1]

城上俯危楼，泉甘水自流。履冰知气冷[2]，涧底有鱼游。

【注释】

[1]甘泉：甘泉有二，一在城西南甘浚山下，泉水甘冽，西魏因之称张掖为甘州；一在城南门内城墙下，即今之甘泉巷民族小学内。见《甘州府志》。

[2]履冰：行于冰上。

玉门 辛未正月[1]

眼望金天纵去辕[2]，忽闻红柳鸟声喧。关山月曲无烦奏[3]，今已春风度玉门[4]。

【注释】

[1]玉门：古旧县名。西汉置，今为县级市，属甘肃省酒泉市管辖。辛未：清嘉庆十六年(1811)。

[2]金天：指秋天，秋天的天空。

319

[3] 关山月：《关山月》为汉乐府之曲，多表现了戍边将士征战疆场及思乡报国的情感。

[4] 春风度玉门：化用王之涣《凉州词》诗句。玉门关，始置于汉武帝开通西域道路、设置河西四郡之时，因西域输入玉石时取道于此而得名。汉时为通往西域各地的门户，故址在今甘肃敦煌西北小方盘城。

哈　密[1]

鄯善称前汉[2]，如今隶版图。雄藩开别域，台吉缠头称其王子曰台吉镇冲途[3]。玉子回官分田种[4]，阿奇台吉中军三品花翎率履趋[5]。贡充瓜味永，香远果花铺。把浪名童异，央哥唤妇殊。袍长裁白练[6]，帽翅耀黄狐[7]。珙背回王祖茔张螭吻[8]，银章印虎符。奇形惊碧眼[9]，古貌说虬须[10]。食馔供刀匕[11]，帷房贴罽氀[12]。兴来羊鼓击，醉后马鞍呼。炊爨劳薪水[13]，丁粮备挽输[14]。归诚西域诸部，惟哈密以康熙二十五年内附，归诚最早邀圣化[15]，回纥尽喁喁[16]。

【注释】

[1] 哈密：旧县名。古称西漠、古戎地、昆莫等，今为新疆维吾尔自治区的地级市。

[2] 鄯善：地名，县名。在新疆吐鲁番盆地东部，隶属新疆吐鲁番市。西域城邦名，本名楼兰，西汉元凤四年改国名鄯善，故治所在今新疆若羌县治卡克里克。

[3] 台吉：源于汉语"太子"的音译。缠头：即"缠头回子"之省，是清代对哈密一带维吾尔族的称呼。

［4］玉子：指清代回部的官名，即"玉资伯克"，又称"玉孜伯克""羽滋伯克"。维吾尔语，意为"百夫长"，负责征收百户之粮赋。

［5］阿奇：阿奇为"阿奇木伯克"之省，是清代新疆回部各伯克中官阶最高者，总管一城之穆斯林事务。

［6］白练：白色熟绢。

［7］黄狐：黄毛狐狸。

［8］珙背：哈密回王坟墓、坟地的装饰物。螭吻：古代神兽。螭吻由鸱尾、鸱吻（音吃吻）演变而来，唐朝以前的鸱尾加上龙头和龙尾后逐渐演变为明朝以后的螭吻，有驱凶辟邪的作用。

［9］碧眼：绿色的眼睛。指胡人。

［10］虬须：指蜷曲的胡须，特指两腮上的胡须。

［11］食馔：有"食馔一口"典故。典出北齐彭城王高浟为政清廉的故事，见《北齐书·彭城王浟传》。此指饮食之事。 刀匕：指刀和匙，餐具。

［12］罽毹(jìlú)：用兽毛做成的毡子一类的东西。

［13］炊爨(cuàn)：烧火煮饭或指从事炊事的人。

［14］丁粮：按人口所征收的税粮。 挽输：犹运输。

［15］归诚：原注：西域诸部，惟哈密以康熙二十五年内附，归诚最早。

［16］回纥(hé)：古族名。原游牧于今鄂尔浑河流域，后发展形成后来的维吾尔族。 喁喁(yóng yóng)：比喻众人敬仰归向的样子。

天　山[1]

南山口上已崚嶒[2]，又向天山伛偻登[3]。平步琉璃低世界[4]，惊心滑沷履春冰[5]。泥封古碣传闻幻上有唐姜兴本纪功碑，禁人开看。看则大雪丈余，小雪五六尺。然天山之雪盛,夏亦深数尺,不关碑之开看也[6],烟锁巍祠礼敬承峰顶有关壮缪庙。三十二盘顶层十六盘,中层如之,视鸡关为稍中回首处,万山郁郁看云蒸。

【注释】

[1] 天山:世界七大山系之一,中国境内的天山山脉把新疆大致分成两部分:南边是塔里木盆地,北边是准噶尔盆地。托木尔峰是天山山脉的最高峰,锡尔河、楚河和伊犁河都发源于天山。

[2] 峻嶒:形容山势高峻。

[3] 伛偻:即腰背弯曲。出自《淮南子·精神训》。

[4] 琉璃:亦作"瑠璃",中国汉族传统手工艺品之一,采用古代青铜脱蜡铸造法高温脱蜡而成的水晶作品,古人也叫它"五色石"。

[5] 滑泏:也作"滑趿",谓泥泞滑溜。

[6] "泥封"句:原注:上有唐姜兴本纪功碑,禁人开看。看则大雪丈余,小雪五六尺。然天山之雪盛,夏亦深数尺,不关碑之开看也。

岳公台 公讳钟琪[1]

将军奉命扫尘埃[2],瘴雨蛮烟取次开[3]。当日忠勤何计此,偏留姓字纪层台[4]。

【注释】

[1] 岳公台:岳公即清代名将岳钟琪。岳公台位于新疆巴里坤哈萨克自治县南部,为纪念川陕总督、宁远大将军、威信公岳钟琪在平定准噶尔部之乱时曾两驻军于山麓的山神庙一带,取名岳公台。

[2] 尘埃:本指飞扬的灰土。这里指扫除叛乱平定边患。

[3] 瘴雨蛮烟:指南方有瘴气的烟雨,也泛指十分荒凉的地方。

[4]层台：重台，高台。

巴里坤即镇西府[1]

历尽风沙苦,今才到镇西。人从车上望,马向枥中嘶[2]。满汉分城驻,军民划界犁。咽喉称要地,竟夜听更鼙[3]。

【注释】

[1]巴里坤：一说系突厥语"虎湖"之意,因巴里坤湖而得名；一说系蒙古语"巴尔库勒"的谐音,意为"虎前爪",以地势险要取名；一说为古代月氏语。　镇西府：治今巴里坤哈萨克自治县。巴里坤哈萨克自治县,是新疆维吾尔自治区哈密市下辖自治县。

[2]枥中：马槽中。

[3]更鼙(pí)：报更的鼓声。

石人子在巴里坤孔道右,顽然一石,略似人形,舆夫过此,必以辇脂膏之,否则不利

竟传顽石貌如人[1],石上涂膏迹尚新[2]。巴里坤前来往客,频将脂秣慰贪唇[3]。

【注释】

[1]顽石：就是非常坚硬的石头,泛指金刚石、玉石、宝石、钻石之类的石头。在传说中,顽石是女娲补天炼烧的红、黄、蓝、白、黑五彩灵石,亦

323

称补天顽石。

[2]涂膏：涂抹油脂、油漆之类的东西。

[3]脂秣：即秣马脂车之意。意思是喂饱马、给车涂好油脂,指准备作战或准备好交通工具。

灵山在乌鲁木齐满城西,上赐名曰福寿山。

相传达摩证道处,山麓有祠,俗称红庙[1]

灵山高处万寻多[2],只履逍遥纪达摩[3]。半岭飞沙岩拥护山半风沙特甚,人难伫足,故无有陟其巅者,西天保障耸嵯峨[4]。春秋祭典颁仪部[5],福寿封辞出太和[6]。自是佛慈垂荫元[7],迄今红庙傍岩阿[8]。

【注释】

[1]灵山：即福寿山,在今新疆乌鲁木齐市西南郊之雅玛里克山。

[2]万寻：形容极高。寻,古代八尺为一寻。

[3]只履：一只芒鞋,为僧人送行或追悼亡僧之典。见《五灯会元·东土祖师·初祖菩提达摩祖师》。达摩：菩提达摩,南印度人,南北朝禅僧,略称达摩或达磨,意译为觉法,参见《续高僧传》。

[4]西天：中国古代对印度的称谓,因为印度古称"天竺",在中国西南方向,故略称"西天"。

[5]祭典：祭祀的礼仪法度。仪部：明初礼部所属四部之一,后用为对礼部主事及郎中的别称。见《明史·职官志一》。

[6]封辞：上奏天神的奏章。太和：北魏孝文帝拓跋弘的太和年号。指孝文帝建少林寺之事,借达摩传说以说明灵山的影响。

[7]荫元：荫庇的开始。此指对禅宗庇佑。

[8]岩阿：山的曲折处。

伊犁二首[1]

远别家园半载余,到时刚值麦秋初。颇嫌御冷重裘热,始把欺风大帽除[2]。岸柳叶长垂碧涧,林桃花谢点清渠。高堂阿母劳牵挂,脱辖先驰一纸书[3]。

【注释】

[1]伊犁:伊犁得名于伊犁河,史称伊列、伊丽、伊里等名,现为新疆维吾尔自治区伊犁哈萨克自治州。

[2]欺风:即欺风落帽。典出东晋孟嘉,事见《晋书》。

[3]脱辖:源见"陈遵投辖",指殷勤留客。事见《汉书·游侠列传·陈遵》。 一纸书:代指书信。

乌孙曾说旧郊墟[1],同轨欢歌庆比间[2]。五百官员七国号满洲、蒙古、汉人、察哈尔、额鲁特、锡伯、缠头,万三兵甲九成居惠远城、绥定城、塔勒奇城、惠宁城、拱宸城、瞻德城、广仁城、熙春城、金顶寺城。秋高阵阵调新马,冰凿冲冲照锦鱼[3]。更有皇屯稽事重汉营十八屯,总兵统之,廿年积聚备边储[4]。

【注释】

[1]乌孙:古代西域国名,地在今伊犁河谷。见《汉书·西域传下·乌孙国》《张骞传》。

[2]同轨:车辙宽度相同。引申为同一、一统。比间:比、间为古代户籍编制基本单位。后因以"比间"泛称乡里。见《周礼·地官·大司徒》。

〔3〕成：即城。 冰凿冲冲：化用《诗经·豳风·七月》诗句。锦鱼：鲈形目隆头鱼科的一属鱼类。

〔4〕边储：指边防用的储备粮食或物资。

山南诗选　卷三

国　朝

李　发

字孟灼,城固人。康熙己丑进士[1],官庆阳府教授[2]。

【注释】

[1]己丑:康熙四十八年,公元1709年。
[2]庆阳府:北宋宣和七年改庆阳军节度为庆阳府,属永兴军路,今甘肃省庆阳市。

晚渡壻水[1]

鸡犬皆随去[2],如何君独留。仙踪从古化[3],壻水至今流。鸦阵冲烟起,鸥群逐浪浮。斜阳临渡处,我意想丹邱[4]。

【注释】

[1]壻水:即湑水,又称湑水河,即今陕西城固县西北湑水。见《水经

注·沔水》。

[2]鸡犬：此指西汉居摄二年(7)城固人唐公房服仙药"白日升天""拔宅飞升"的传说。事见《真诰》卷一三、《(雍正)陕西通志》卷六五引《城固县志》及今存的《仙人唐公房碑》。

[3]仙踪：仙人的踪迹。

[4]丹邱：也作"丹丘"，传说中神仙所居之地。

叶华晫

城固人。康熙乙未进士[1]，明敏豪爽，有过人才，工制艺[2]，官曲沃知县[3]。

【注释】

[1]乙未：康熙五十四年，公元1715年。

[2]制艺：明清科举考试的文字程式。又叫制义，即八股文，因是制举应试文章，故有其名。

[3]曲沃：古县名。春秋时曾为晋国都城，今隶属山西临汾。

登杜台

仄径沿村折[1]，溪云返照明。亭虚延竹色，台敞受松声。枕石藤常覆，敲棋鸟不惊[2]。江边山列幛[3]，排闼亦多情[4]。

【注释】

[1]仄径：指狭窄、歪斜的小路。

[2]敲棋：下围棋,以每一举棋必斟酌推敲之,故云。

[3]列幛：相连的山峰。

[4]排闼(tà)：推门,撞开门。

康世德

字孚吉,号竹窗,城固人。荫生[1],官台州府同知[2]。子坦岳、坦嵋。

【注释】

[1]荫生：凭借上代余荫而取得监生资格的人被称为荫生。

[2]台州府：府名,明代设置,府治临海县,在今浙江省临海市。　同知：官名,明清时期为知府的副职。

感　怀

鹊噪疏林挂夕阳[1],倦游心事逐秋长。漫言松菊荒陶径[2],剩有琴书愧阮囊[3]。怅望乡关聊极目,栖迟归梦暗回肠[4]。几时问得南山舍[5],学种成都八百桑[6]。

【注释】

[1]鹊噪：鹊鸣声,俗谓喜兆。

[2]陶径：借用陶渊明《归去来兮辞》诗句之意。后借指隐者之居。

[3]阮囊：晋阮孚囊中仅一钱。后用以指贫困无财。

[4]栖迟：游玩休憩。语见《诗经·陈风·衡门》。后也用作滞留、漂泊失意。

[5] 南山：南山指秦岭以南，代指作者的家乡。

[6] 成都八百桑：典故，借指微薄的俸禄。事见《三国志·蜀志·诸葛亮传》。

康坦岳

字云瞻，号五峰，城固人。乾隆丙戌进士[1]，官广西宁明知州[2]。为政廉明刚果，去后民犹思之。子锡新。

【注释】

[1] 丙戌：乾隆三十一年，公元 1766 年。

[2] 宁明：县名，今隶属广西壮族自治区崇左市。

苍山祷雨志喜[1]

旱魃将肆虐[2]，百谷蕲膏雨[3]。山云恣偃蹇[4]，骄阳暴焦土。岭头田拆龟[5]，辙中水涸鲋[6]。嘉颖本郁葱[7]，忍使华不吐。十日恐无禾[8]，焉望周原膴[9]。卧薪愧戴封[10]，徘徊膺自抚。一诚祷西郊，庙峙苍山古。礼罢未移晷[11]，凉风生廊庑。殷殷后山雷，疑鸣殿角鼓。屏翳驱云车[12]，滂沱甘泽溥。不嫌踏泥泞，不惜湿绥组[13]。讵敢贪天功[14]，差幸蒙天祐。回思未雨时，何堪日当午。计期庆秋成，多黍而多稌[15]。

【注释】

[1] 苍山：青山。　祷雨：祈神降雨。

[2] 旱魃：中国古代神话传说中引起旱灾的怪物。语出《诗经·大雅·云汉》。

[3] 膏雨：滋润作物的霖雨。

[4] 偃蹇：形容山云骄横傲慢，盛气凌人的样子。

[5] 田拆龟：由于干旱，农田裂开如同龟壳一样。拆，同"坼(chè)"，裂开，绽开。

[6] 涸鲋：涸辙之鲋，见《庄子·外物》。喻指处境艰难或无益之助。

[7] 嘉颖：指嘉禾之穗。

[8] 十日：古代神话传说天本有十日，尧命后羿射落九日。典出《山海经·大荒东经》《淮南子》等。

[9] 周原膴：化用《诗经·大雅·绵》诗句。　周原：地名，在岐山之南，周朝的先人曾迁居于此。　膴：土地肥美。

[10] 戴封：字平仲，东汉大臣。事见《后汉书》本传。

[11] 移晷(guǐ)：日影移动；比喻经过若干时间。

[12] 屏翳：中国古代传说中的神名，在不同的书籍记载里有雨师、云神、雷师、风师等多种不同的身份。

[13] 绶组：用来系官印或玉佩的丝带。

[14] 贪天功：谓贪占他人的功劳。典出《左传·僖公二十四年》载晋臣介之推不言禄之事。

[15] 多黍而多稌(tú)：化用《诗经·周颂·丰年》诗句。黍，黍子，即小米；稌，稻子。

康坦嵋

字蜀瞻，号对峰。城固人，乾隆甲戌进士[1]。

【注释】

[1] 甲戌：乾隆十九年，公元1754年。

梦游汉台吊淮阴[1]

梦绕兴元大将坛[2]，苍茫云树动高寒。千秋遗迹青山老，万里悲风落照残。不尽源泉流滚滚，如闻铁马尚桓桓[3]。只今台上浓花发，犹表当年汉帜丹[4]。

【注释】

[1] 汉台：指汉中拜将台。
[2] 兴元：此指兴元府，唐代为山南西道节度使理所，即今汉中市。大将坛：指拜韩信之坛。
[3] 桓桓：威武的样子，引申为高大的样子，又引申为宽广、坦然的样子。
[4] 汉帜：汉王刘邦军队的旗帜。语出《汉书·韩信传》。

范二兄招饮，归家口占[1]

薄云细雨月模糊，浊酒邀宾清宴娱。话到人情鸣剑匣[2]，勘来世事倒兵厨[3]。归家不畏泥行苦，入室惟余弱子呼。底事至今成梦想[4]，那堪灯影照流苏[5]。

【注释】

[1] 口占：谓作诗文不起草稿，随口而成。

[2]鸣剑：指良剑。剑藏在匣内,却能发出吟声,被喻为"鸣剑"。见《拾遗记·颛顼》。

　　[3]兵厨：典故名,代称储存好酒的地方。见《三国志·魏志·阮籍传》裴注引《魏氏春秋》《世说新语·任诞》。

　　[4]底事：何事,什么事。

　　[5]流苏：又称穗子,为一种下垂的、以五彩羽毛或丝绒等扎成、如禾穗状的饰物,常见挂与帐中窗帘四角或玉佩扇子手柄。借指饰有流苏的帷帐。

康锡新

　　字铭三,号雉桥,城固人。嘉庆丁卯副榜[1],由深州州判擢任邱令[2],襄平节相特疏荐之[3]。历官至湖北督粮道,著有《雉桥诗稿》。

【注释】

　　[1]丁卯：嘉庆十二年,公元1807年。

　　[2]深州：古代县名。现为河北省衡水市下属县级市。　任邱：古代县名。今属河北沧州。

　　[3]襄平：古县名,治所在今辽宁辽阳。　节相：清代总督带大学士衔之尊称。

舜弹琴处 在今山西蒲州鸣条山,有琴亭,其地叩之铮铮有声

　　蒲坂熏风起暮寒[1],五弦曾向此间弹[2]。粤稽古舜神如遇[3],愠解吾民曲未残[4]。灵石纵横音戛击[5],荒亭寂寞月阑干[6]。从今莫忆湘江事[7],瑟杳琴空欲和难。

【注释】

[1]蒲坂：一般指永济，又称智邑，曾为五帝之一舜帝的都城。现是山西省辖县级市，由运城市代管。

[2]五弦：古代乐器名。见《韩非子·外储说左上》。

[3]粤稽："粤若稽古"的略语。查考，考证之意。

[4]愠解：消除怨怒。

[5]灵石：灵石乃是自然造化之中，灵气融入石块，形成了灵石。

[6]阑干：栏杆。

[7]湘江事：指舜妃娥皇、女英事。见《史记·五帝本纪》等。

自　嘲

富贵驱人尽日忙，侬家富贵异寻常。窗萦蛛网垂珠箔[1]，瓮汲龙泉贮玉浆[2]。月上骤燃千品烛[3]，花开同供六时香[4]。闷开更有怡情处，竹雨松风夜奏簧。

【注释】

[1]珠箔：即珠帘。

[2]玉浆：用美玉制成的浆液，在中国神话传说中饮了它可以成仙。比喻美酒或甜美的清泉。

[3]千品烛：喻指非常多的蜡烛。

[4]六时香：佛教的说法，在晨朝、日中、日没（以上三时为昼）、初夜、中夜、后夜（以上三时为夜）六个时辰上香。

中秋无月

玉镜妆慵偶未开[1],幽人翘首几疑猜。纵然不见婵娟影[2],也有天香入座来[3]。

【注释】

[1] 玉镜：比喻明月。
[2] 婵娟：形容姿态美好;古诗文里多用来形容女子,也形容月亮、花等。
[3] 天香：芳香的美称。

秋云淡淡每如罗[1],掩蔽今宵怪尔多[2]。莫道朦胧无奈此,举头天外待如何。

【注释】

[1] 罗：陈列、散布的状态。
[2] 掩蔽：遮掩,遮蔽。 尔：如此,这样。

夏夕南村漫兴

乔林薄印夕阳痕[1],引径荷香入远村。烟树迷离归鸟乱[2],送入山月破黄昏。

【注释】

[1] 薄印：很多的痕迹。

[2]迷离：模糊而难以分辨清楚。

适兴[1]

适兴,避烦嚣也。城居纷纭,学终就荒,我实自扰。今栖梁峰寺,足卒业矣。自注

心闲身自在,授徒本非优。瞿昙聊为友[2],顽石能点头。梵音三更彻[3],书声与之悠。近窗迎素月[4],卷帘送斗牛[5]。寺钟促天曙[6],群鸟鸣啾啾。披衣听未足,春林风欲秋。案榻萦瑞气[7],此际岚正浮[8]。翘首向峰巅,海气生重楼。攀藤寻所自,青云傍我游。暖暖日弄影[9],光彩相夷犹。龙湾晓渡开,树里辨芳洲。人烟互高下,桑柘皆和柔[10]。坡陀牧驱犊[11],滉漾波呈鸥[12]。实心忘怀抱,亭午方句留。静中天乃尔,仙佛安足俦[13]。但得性情适,乐与仁知侔[14]。行行澹吾虑[15],迹象将焉求。

【注释】

[1]卒业：完成未竟的事业。
[2]瞿昙：印度刹帝力种之中的一个姓,瞿昙仙人之苗裔,即释尊所属之本姓,又作裘昙、乔答摩等,亦作佛的代称。
[3]梵音：又作梵声。指佛的声音,即佛报得清净微妙之音声。
[4]素月：皎洁的月亮。
[5]斗牛：二十八宿中的斗宿和牛宿。
[6]天曙：黎明时的天空。
[7]瑞气：祥瑞的云气,吉祥之气。
[8]岚：山间的雾气。

[9]暧暧：昏暗,日月无光。
[10]桑柘：本指桑木与柘木,后泛指农桑之事。见《礼记·月令》。
[11]坡陀：山势起伏,不平坦。　驱犊：驱赶着牛群。
[12]滉漾：即荡漾,水浮动荡漾的样子。
[13]俦：伴侣,同类,同辈。
[14]侔：相等,齐等,相同。
[15]行行：不停地前行,指情况进展或时序运行。　澹吾虑：澹：澄净；虑：思绪。意谓心情恬静,没有顾虑。

七夕拈韵[1]

紫垣奎彩灿秋山[2],笔蘸银河染黛鬟[3]。上界依然苦离别[4],世途何用巧机关[5]。桥填鹊羽星双渡[6],烛结云帷月一弯[7]。果得聘钱无别恨[8],锦裳不惜售人间[9]。

【注释】

[1]七夕：七夕节,是中国民间的传统节日,因拜祭"七姐"活动在七月七晚上举行,故名"七夕"。经历史发展,七夕被赋予了"牛郎织女"的美丽爱情传说。　拈韵：随意取用某一韵做诗,与"限韵"相对。
[2]紫垣：星座名。
[3]黛鬟(huán)：指女子的黑发鬟。
[4]上界：天界,指天上神仙居住的地方。
[5]机关：周密而巧妙的计谋。
[6]鹊羽：指喜鹊。参见"鹊桥"。在神话传说中,每年农历七月七日飞鹊在银河上架起桥梁,让牛郎和织女得以相见,称作鹊桥。
[7]云帷：云帐。

[8]聘钱：即天帝聘钱。后因以用为借钱娶妇之典。事见《太平御览》卷三十一引《荆楚岁时记》。
[9]锦裳：织女织出的彩锦，形容华丽的衣服。 人间：尘世，世俗社会。

俗传七夕拜星，可以求富，戏题一绝

华筵拂绮拜仙舆[1]，胜读黄公致富书。岂识聘钱偿不得，那来闲币济穷庐[2]。

【注释】
[1]华筵：丰盛的筵席。 仙舆：指御辇，皇家用的车驾。
[2]穷庐：贫贱者居住的屋。

石鼓歌[1]

夏商没兮文武远[2]，三代遗文存者鲜。赫赫宣王号中兴[3]，南征淮徐北伐狁[4]。岐阳告庙武成心[5]，干豆不供亲搜狩[6]。兽挺亡群鸟堕飞，射则贯兮四矢反[7]。文事从教钟鼎铭[8]，武功亦借鼓鼙撰[9]。天为雨粟鬼夜哭[10]，散置陈仓石嶄嶄[11]。自时厥后无闻知，满目荆榛孰曾觏。瑞云作幕苔为衣，秦火不遭劫竟免[12]。匪曰石坚剥落难，法物晦蒙终复显[13]。不信但观汾之鼎[14]，洪涛沙泥弗能掩。更有汲冢藏遗书[15]，洎今人犹识古简[16]。天开唐运启文明,此鼓依然列山巅[17]。荥阳郡公识宏博[18],移之凤翔备观览。后归开封徙北平[19],毡包席裹频入辇。自甲至癸数始全[20],存九亡一犹有憾[21]。购求得之野老家[22],虽有残缺形可辨。约高二尺锐两头[23],文笔细微刻琢浅。远若虹伸结络奇[24],近视琼树离披宛[25]。群儒聚讼徒纷纷,总缘不识史籀篆[26]。前有韦韩后有苏[27],歌咏分明无或舛。四百六十五字详[28],一半模糊尚待阐。断自周宣石不言,石若有知头亦点。而今得地列成均[29],灿若星斗永不转。朱甍画栋蔽风雨[30],廊腰袤长护以槛[31]。四方来观争描摹,太学门外车乘满[32]。蝌蚪隶书迥相殊[33],拟以斯冰真俗眼[34]。辞严义密雅颂音[35],编入诗章庶无忝。奏功蒙瞍时摩挲[36],桐鱼宁许妄击搴[37]。回思原野湮沉日,何啻席珍待抡选[38]。圣人在上宝遗文,万世从兹垂礼典。

【注释】

[1]石鼓:战国时的秦刻石(一说为周宣王时制),唐代在今陕西省凤翔县发现,共有十个,每个石鼓上刻着一篇有韵的文章,这就是石鼓文,是中国最早的石刻文字,是用大篆体写成的。

[2]文武:指周文王、周武王。

[3]宣王:周宣王。 中兴:周宣王即位后,任用召穆公、周定公、尹吉甫等大臣,整顿朝政,使周朝王室得到复兴,史称"宣王中兴"。

[4]淮徐:即东部黄淮、江淮一带的淮夷和徐戎,曾数次抗周,宣王曾命尹吉甫征讨。 狁:即猃狁,周时西北方少数民族,宣王派尹吉甫领兵北伐猃狁。参见《诗经》相关诗篇。

[5] 岐阳：位于岐山县东北方向的祝家庄镇。告庙：古代天子或诸侯出巡或遇兵戎等重大事件而祭告祖庙。见《国语·晋语八》。

[6] 干豆：放在祭器中供祭祀用的干肉。见《礼记·王制》。 搜狝(sōu xiǎn)：春猎与秋猎，亦泛指狩猎。

[7] 四矢：四只箭。语出《诗经·齐风·猗嗟》。

[8] 钟鼎：钟和鼎，上面多铭刻记事表功的文字。

[9] 鼓鼙(pí)：擂动战鼓。

[10] "天雨"句：传苍颉造字，天雨粟，鬼夜哭。指惊天动地的大事。参见《淮南子·本经训》《论衡·感虚》。

[11] 陈仓石：又称陈仓石鼓，发现于凤翔府陈仓境内的陈仓山(今陕西省宝鸡市石鼓山)。

[12] 秦火：指秦始皇焚书事。

[13] 法物：古代帝王用于仪仗、祭祀的器物，宗教礼器、乐器及依法使用的器具。这里指石鼓。

[14] 汾之鼎：即汾阴鼎，也称汾鼎。参见《史记·封禅书》《汉书·吾丘寿王传》。

[15] 汲冢藏遗书：即汲冢书。西晋武帝时，汲郡人不(fǒu 否)准盗古魏国墓冢后发现的竹简古书，称为《汲冢书》。参见《晋书·束皙传》。

[16] 洎(jì)：到，及。古简：古代汗简，后借指著述。

[17] 山巘(yǎn)：大山上的小山。

[18] 荥阳郡公：指唐朝宰相郑余庆对石鼓的保存之事。

[19] 开封徙北平：指石鼓遭劫流落的历史。从唐至宋，石鼓历经厄运，而后的元、明、清三代，石鼓一直没离开过北京。

[20] 甲至癸：指中国古代历法"十干"，即"天干"：甲、乙、丙、丁、戊、己、庚、辛、壬、癸被称为"十天干"。其与"十二地支"：子、丑、寅、卯、辰、巳、午、未、申、酉、戌、亥，按固定的顺序互相配合，组成了干支纪法，用于纪日、纪月、纪年、纪时等。

[21] 存九亡一：指唐代"安史之乱"后石鼓的存亡情况。

[22] 野老家：指存于民间。宋代金石收藏家向传师在凤翔太氏家族

查找"作原石鼓"时,在凤翔县石落务村屠户家中发现了失踪石鼓,后报官府送石鼓往汴梁。

[23] 约高二尺:石鼓共十个,高二尺,直径一尺多。

[24] 虹伸:亦作"虹申",如虹般伸展。　结络:连结交错,编织成的网状物。

[25] 琼树:仙树名,后对树木的美称。　离披:本指树枝零落分散的样子。这里是说石鼓文字参差错杂。

[26] 籀篆:古代的一种书体,即大篆。这里指石鼓上面的文字,即籀文。

[27] "前有"句:唐代韦应物、韩愈,宋代苏轼,都作有同名的《石鼓歌》流传于世,影响巨大。

[28] 四百六十五字:指石鼓文字数。每鼓一首四言诗,十首为一组,原约六百字,唐宋时已残。宋代欧阳修所见也仅四百六十五字。据传,唐大历十年(775)已有《石鼓文》拓本问世。

[29] 成均:学校。见《周礼·春官·大司乐》。

[30] 朱甍(méng)画栋:朱红色的屋顶,有彩绘装饰的栋梁楼阁。借指华丽的建筑。

[31] 廊腰:走廊、回廊的转折处。　袤长:绵延。

[32] 太学:中国古代的国立最高学府,太学之名始于西周,始设于汉武帝元朔五年(前124)。

[33] 蝌蚪:指蝌蚪文,也叫"蝌蚪书"、"蝌蚪篆",书体的一种,因头粗尾细形似蝌蚪而得名,是先秦时期的古文。隶书:汉字的一种字体,有秦隶、汉隶等,一般认为由篆书发展而来。

[34] 斯冰:秦李斯、唐李阳冰的并称,二人皆以篆书名世。

[35] 辞严义密:指石鼓的拓本文字庄严,义理精密。　雅颂音:《诗经》内容和乐曲分类的名称。雅乐为朝廷的乐曲,颂为宗庙祭祀的乐曲。

[36] 奏功:奏效,取得功效。　蒙瞍:亦作"蒙叟",盲人。　摩挲:抚摸。

[37] 桐鱼:一种用桐木制成的鱼形击鼓用具。见南朝宋刘敬叔《异

苑》卷二。　宁许：如此，这样。

[38] 何啻(chì)：犹何止，岂只，以反问的语气表示不止。　席珍：亦称"席上珍"。坐席上的珍宝，比喻儒者美善的才学。　抡选：选拔，挑选。

刘天宠

字承三，号梅峰，城固人。乾隆乙未进士[1]，官刑部福建司主事[2]。少家贫，就乡塾，舌耕养亲。兄恭，析爨后[3]，复合，与共甘苦。抚姊妹，待宗族，均有恩。官京师时，倡修汉中馆，同乡公车至止如归。居官廉正仁厚，尝代同官受过。年稍衰，即乞归。王文端公杰送之曰[4]："儒者，难进易退，公之退，可谓易矣。"学有渊源，沉浸于《六经》，旁及秦、汉、唐、宋诸家，发为文章，有序有物。教人以立品为先，讲求明体达用之学[5]，从游多人杰，如嘉树孙中丞、颐园初尚书，皆表著一时。同郡何怀道、周之域、韩履宠、高绥宇诸名士[6]，一经指授，即翘然异于众。家居二十余年，非讲礼读法，未尝一至公府，守土者咸心敬之。卒年八十有七。

【注释】

[1] 乙未：清乾隆四十年，公元 1775 年。

[2] 刑部福建司：即刑部福建清吏司，刑部所属内部机构。　主事：官名。清代各部司官中下属官，主持、掌理事务。

[3] 析爨(cuàn)：兄弟分立门户，分立炉灶。指分家。

[4] 王文端公杰：指王杰，字伟人，号惺国，别称王文端，陕西韩城人。清朝状元、名臣，有清一代陕西第一名臣，嘉庆时为首辅。

[5] 明体达用：北宋胡瑗提出的教育主张。参见清黄宗羲《宋元学案·安定学案》。

[6] 何怀道、周之域、韩履宠、高绥宇：汉中知名学者，其中本卷中收

有韩履宠、高绥宇二人的诗作。

五日逐穷[1],枕上口占

声声爆竹曙光催,一枕黄粱惊暗回[2]。信有穷神今日去,未闻鬼蜮几时来[3]。能将不滥学君子[4],何羡多余聚鹿台[5]。为语儿孙勤本业,书田美种及时培。

【注释】

[1] 五日逐穷:正月初五"送穷",是中国民间一种很有特色的岁时风俗。参见《全唐文》卷五五七《韩愈十一·送穷文》。

[2] 一枕黄粱:原比喻人生虚幻,后比喻不能实现的梦想。见《枕中记》。

[3] 鬼蜮:指害人的鬼和怪物,比喻阴险的人。因鬼与蜮都是暗中害人之物。

[4] 不滥:不妄为,不过多。

[5] 鹿台:是商都宫苑建筑,为殷纣王所建,是殷纣积财处。周武王伐纣,纣兵败,登鹿台自焚而死。

田种玉

字双五,号斗溪,城固人。乾隆庚子进士[1],官博士,著《五经纂》《学庸讲义》。生平耽嗜古籍,读书斗山[2],尝以好学为乐云。

【注释】

[1] 庚子:清乾隆四十五年,公元1780年。

[2]斗山：秦岭南麓伏牛山之余脉，在城固县城西北二十里处。因形似斗杓，合成北斗七星星座，以此得名。见《玉堂闲话》《城固县志》。

武侯墓

将星忽尔陨城陴[1]，万古伤心吊水湄[2]。临汉堤边云漠漠，定军山下草离离[3]。乾坤事业三分鼎[4]，今古文章二表词[5]。风月悲凉何所见，后人惟诵少陵诗[6]。

【注释】

[1]将星：古人认为帝王将相与天上星宿相应，将星即象征大将的星宿。这里指诸葛亮。 城陴：亦作"城埤"，指城堞，泛指城郭。

[2]水湄：水边、水岸、水跟岸之间的亦水亦岸亦草的地方。武侯墓在汉水南岸，故言水湄。

[3]定军山：位于陕西省汉中市勉县城南五公里，为三国时期古战场，蜀将黄忠斩夏侯渊、赵颙于此。定军山下有武侯墓，见《三国志·诸葛亮传》。 离离：草繁茂的样子。

[4]三分鼎：比喻三方分立，互相抗衡。此指诸葛亮《隆中对》提出了联吴、抗魏，三分天下的战略对策。

[5]二表词：指诸葛亮的前后《出师表》。

[6]少陵诗：指杜甫的《蜀相》诗。少陵，指杜甫，他自号少陵野老，后世称为杜少陵。

韩履宠

字锡三，号瑶圃，城固人。嘉庆乙丑进士[1]，官无锡知县。先外祖喜论史事，行文有奇气。宰无锡，折狱神明，部民一睹面，永记其姓名,无敢再讼者,有"韩青天"之称。外孙高万鹏补注。

【注释】

[1] 乙丑:清嘉庆十年,公元 1805 年。

题渊明松菊图

君门不恋恋衡门[1],栗里生还认旧村[2]。捹弃一官桑梓乐[3],就荒三径菊松存。岁寒黛色柯千尺[4],秋老黄花酒一尊[5]。何用折腰乞斗米[6],野人篱下有鸡豚[7]。

【注释】

[1] 衡门:横木为门,指简陋的房屋,借指隐者所居。
[2] 栗里:地名,在今江西九江西南,晋陶渊明曾居于此。
[3] 桑梓:桑、梓是古人在住宅周围栽植的树,后人用来借指故乡。见《诗经·小雅·小弁》。
[4] 黛色:青黑色。　柯:草木的枝茎。
[5] 黄花酒:菊花酒的别称。
[6] 折腰乞斗米:折腰:弯腰行礼,指屈身于人。见《晋书·陶潜传》。
[7] 野人:乡野之人。　鸡豚:鸡和猪,泛指丰盛的饭菜。

秋夜待月

行坐相亲已有年,今宵清景忽迁延。宾鸿北去弋何慕[1],乌鹊南飞影不前[2]。搔首问天天孰语,举头望月月应怜。霎时却待金风起[3],赢得蟾光分外妍[4]。先外祖性刚方,作宰每忤长官意,十余年不迁调,引疾而归。此二作殆有感而发欤。外孙高万鹏补注。

【注释】

[1]"宾鸿"句:扬雄《法言·问明》:"鸿飞冥冥,弋何慕(篡)焉。"
[2]乌鹊南飞:用鹊鸟南飞,喻人生流离不定。用曹操《短歌行》语。
[3]金风:秋风。旧说以四季分配五行,秋令在五行中属金。
[4]蟾光:即月光。

高树勋[1]

字建庵,号南渠,城固人。道光辛巳解元[2],癸未进士[3]。官翰林院庶吉士。后由中允出守直隶正定府,升直隶清河道署,直隶按察使,卒于任。为文清真超俗,在词垣十载,所作试帖,诗律赋最多,皆端庄流丽。字仿欧阳率更,临有《九成宫帖》,门人刊诸石,见者珍之。惜无子,经兵燹后,手迹无存矣。高万鹏补注。

【注释】

[1]高树勋:高建瓴族孙。见本卷高建瓴《寿严乐园夫子》题注。
[2]辛巳:清道光元年,公元1821年。解元:明清科举制度中乡试(省一级考试)第一名。
[3]癸未:清道光三年,公元1823年。

仲春寿严乐园夫子[1]

鹿鸣鹗荐桂花天[2],乌府开樽祝上仙[3]。风纪好同秋色净,精神长与月华圆。金梁抃舞三千里[4],父老讴歌二十年[5]。我托龙门恩倍渥[6],南山一曲写蛮笺[7]。

【注释】

[1]仲春:春季的第二个月,即农历二月。 寿:用作动词,祝寿。严乐园:指严如熤,字炳文,号乐园。

[2]鹿鸣:鹿的鸣叫,语出《诗经·小雅·鹿鸣》。后用作古代宴群臣嘉宾所用的乐歌。 鹗荐:比喻推举有才能的人。参见《后汉书》卷八十下《文苑列传下·祢衡》。

[3]乌府:御史府的别称。典出《汉书·朱博传》。这里指严如熤府邸。 上仙:成仙,登仙。这里是祝寿辞。

[4]金梁:指汉中。 抃(biàn)舞:拍手鼓掌而舞,极言欢乐。 三千里:疑指严如熤家乡湖南溆浦至陕西汉中的距离。

[5]讴歌:歌咏以颂功德。 二十年:指严如熤嘉庆十三年(1808)任汉中知府,道光六年(1826)卒,近二十年。

[6]龙门:誉称官高品正者的高门望第。典出《后汉书·党锢列传·李膺传》。 渥:恩泽隆厚。

[7]蛮笺:唐时高丽纸的别称,亦指蜀地所产名贵的彩色笺纸。似指严如熤的《苗防备览》《三省边防备览》《洋防辑要》等治国良策。

茫茫宦海几升沉,辱宠何关静者心。世味自浓情愈淡,国恩加厚感弥深。凌霄翠竹无寒暑[1],拔地苍松自古今。福泽由来归器量,千秋叔度想胸襟[2]。

【注释】
[1]凌霄:迫近云霄,比喻志向高远。
[2]叔度:汉黄宪、廉范两人的字为"叔度",两人品学超群、气量广远。后用"叔度"赞颂为百姓谋福利的官员。两人事迹见《后汉书》本传。此是对严如熤的称许。

　　有守终须有远猷[1],希文心事乐兼忧[2]。山成聚米筹方熟[3],夫子著有《汉江南北三省边舆图考》水到成渠润自流[4]。夫子修复南、褒、城、洋各堰渠。甲申春,卢厚山中丞委办西安、凤翔各处水利。万井人烟炊玉粒,三边雉叶巩金瓯[5]。无疆乐利延闾里[6],汗简何惭姓字留[7]。

【注释】
[1]有守:指有节操,有职守。《尚书·洪范》语出。　远猷:指长远的打算,远大的谋略。
[2]希文:宋范仲淹的字。因倡导的"先天下之忧而忧,后天下之乐而乐"思想和仁人志士节操,后世有"希文忧乐"之典。
[3]"山成"句:聚米:指划形势,运筹决策。见《后汉书·马援传》。筹方熟:意思是全面考虑,仔细筹划。
[4]"水到"句:其事见《清史稿》本传。　甲申:清道光四年,公元1824年。　卢厚山:字静之,号厚山,河北涿州人。嘉庆四年(1799)进士,曾任陕西巡抚。
[5]巩金瓯:巩:巩固的意思。金瓯,在古代比喻疆土之完固,亦用以指国土。所以巩金瓯有巩固国土的意思。
[6]闾里:里巷,平民聚居之处,借指平民。见《周礼·天官·小宰》。
[7]汗简:以火炙竹简,简会出汗,所以称汗简,也称杀青,供书写所用。

师师寮采仰陶甄[1],独尚宽平蓄众贤。未必栖枝都是凤,那堪逐雀猛于鹯[2]。销完生性金从革[3],炼尽顽根石补天。坐有春风人自化,潘花陶柳遍秦川[4]。

【注释】

[1]师师:相互师法。 寮采:同"寮寀",官舍,引申为官的代称。陶甄:比喻陶冶、教化。也指权位或掌握权位的人。

[2]鹯(zhān):古书上说的一种猛禽,似鹞鹰。

[3]金从革:运气术语。五运主岁之中,金岁不及的名称。参见《黄帝内经·素问·五常政大论》《尚书·洪范》。

[4]潘花:指晋潘岳为河阳令时,于县中满种桃李,后因以"潘花"为典,称赞官吏勤于政事,善于治理。陶柳:指晋陶潜宅边有五株柳树,自号五柳先生,作《五柳先生传》,后世因称柳为"陶柳"。

蔽芾棠阴汉水隈[1],黄童白叟上春台[2]。星临一路褰帷见[3],雨遍三农敛手来[4]。夫子久旱祷雨,久雨祷晴,无不立应,郡人咸以为异。家有盖藏瓶不罄,野无粮莠网常开[5]。红莲歌罢黄醅熟[6],共酌流霞晋寿杯[7]。

【注释】

[1]蔽芾棠阴:典故名,西周召伯之典。见《诗经·召南·甘棠》。后用以颂称有德化的地方长官。

[2]黄童白叟:黄口小儿和白发老人,泛指老老少少。

[3]褰帷:撩起帷幔。后遂以"褰帷露冕"为帝王对有政绩官吏的恩宠之典。

[4]"雨遍"句:三农:古代指山农、泽农、平地农。山农指猎户,泽农指渔夫,平地农才是现在所指的农民之意,见《事林广记》。敛手:表示恭

敬。此指严如熤恭敬求雨之态。

[5]稂莠：稂和莠，都是形状像禾苗而妨害禾苗生长的杂草，比喻害群之人。

[6]红莲：早稻名。见宋范成大《吴郡志·土物下》。　黄醅：黄酒。

[7]流霞：传说中天上神仙的饮料，也泛指美酒。

　　爱士群推六一公[1]，几番真赏许谁同。节当长后犹培竹，尾未焦时已辨桐[2]。但得河汾敷化雨[3]，讵无房杜畅春风[4]。即今步月登瀛者[5]，尽在当年夹袋中[6]。

【注释】

[1]六一公：指宋代欧阳修，他晚年自号"六一居士"，故称。

[2]尾未焦时已辨桐：即尾焦辨桐，典出《后汉书·蔡邕传》。后用"焦琴"喻人才遭到埋没。

[3]河汾：黄河与汾水的并称。隋末大儒王通在黄河、汾水之间设馆教学，求学者达千余人，房玄龄、杜如晦、魏徵等都是他的门徒，而这些人都是唐初的功臣，时称"河汾门下"。比喻名师门下，人才济济或人才辈出。化雨：长养万物的时雨，比喻循循善诱潜移默化的教育。语本《孟子·尽心上》。

[4]房杜：唐太宗时名相房玄龄、杜如晦的并称。

[5]登瀛：指登上瀛台，清代新进士及第授官仪式之一。

[6]夹袋：古人随身携带的、用来盛放零碎杂物的袋子。夹袋中人物，是指当权者的亲信或被收揽作备用的人。

和盐鼎

　　城固人。顺治丙戌举人[1]，官御史[2]。

【注释】

[1] 丙戌：清顺治三年，公元 1646 年。
[2] 御史：官名。明清指主管纠察的官吏。

吊饶氏抱女死节[1]

哀哀饶氏妇[2]，烈气满江头[3]。重义死何畏[4]，全身生岂求。松摧青不改，玉碎白常留。芳骨随波去，清名万古流。

【注释】

[1] 饶氏：城固县烈女饶氏，见《(嘉庆)汉中府志》卷十六"人物·城固县烈女"。
[2] 哀哀：悲痛不已的样子。
[3] 烈气：指太阳的炽热之气，谓气性刚直。
[4] 重义：谓以道义为重。

张资深

城固人。康熙甲子举人[1]。

【注释】

[1] 甲子：清康熙二十三年，公元 1684 年。

蟾宫吸月亭 在城固斗山[1]

仙迹茫茫何处寻,山人遥指白云岑。月亭仿佛云姝杳,蟾窟埋藏芝草深[2]。石室漫劳传往事[3],清流犹喜涤尘襟[4]。松梢风送涛声起,吹入岩巅和鸟音。

【注释】
[1] 蟾宫:指广寒宫,即月宫。 吸月亭:在城固斗山北面的半坡凹谷处,这是一个可与蓬莱仙岛媲美的虚幻幽境。本卷收有杜华同题《蟾宫吸月亭》,可互参。
[2] 蟾窟:犹蟾宫。
[3] 石室:岩洞。
[4] 清流:清澈的流水。喻指德行高洁负有名望的士大夫。

余发林

字茂材,号晴园,城固人。乾隆癸酉举人[1],官崖州知州[2]。

【注释】
[1] 癸酉:清乾隆十八年,公元 1753 年。
[2] 崖州:今属海南三亚。

书院秋思

叶落西风满院斜,纷纷桃李是谁家。寂寥永夜残灯蕊,萧瑟空阶冷月华[1]。梦入慈帏愁问寝[2],心飞艺苑湿生花[3]。虫声四壁添惆怅,无限秋思拥绛纱[4]。

【注释】

[1]月华:月光,月色。
[2]慈帏:也作"慈闱"。特指慈母,多用于对人称自己的母亲。
[3]艺苑:文学艺术荟萃的处所。 生花:开花。以比喻好文章。参《开元天宝遗事·梦笔头生花》。
[4]绛纱:犹绛帐。对师门、讲席之敬称。见《后汉书·马融传》。

秦天锡

城固举人,历官御史。

恭读御制诗《滋麦如酥雨》

圣泽甘如醴[1],祥膏润似酥。熏风才入奏,麦浪已平铺。双穗三农庆,千箱万姓呼[2]。谁能忘帝力[3],歌颂遍泥涂。

【注释】

[1]圣泽:帝王的恩泽。
[2]千箱:形容丰年储粮之多。
[3]帝力:帝王的作用或恩德。

刘 翼

字景尧,号藻亭,城固举人。工楷书,官湖北知县。

当口寺[1]

夜宿当口寺,早看黄猫山[2]。军声何处震,惟听沔潺潺[3]。

【注释】

[1] 当口寺:在汉中市勉县城东南5公里的温泉乡牟营村处养家河畔,山顶有寺,名"当口寺",建于明代。参见《(光绪)勉县志》。

[2] 黄猫山:为汉中勉县定军山十二连山之一。

[3] 沔:沔水,水名,汉水的上游,见《水经注》。 潺潺:指形容水流动的样子。

题定军山图[1] 王惟一画扇

十二连珠数定军[2],此山藏有武侯坟[3]。写来颇起登临兴,远寺红霞映夕曛。

【注释】

[1] 题定军山图:原注:王惟一画扇。

[2] 十二连珠:指定军山十二连山:石山子、大山、定军山、中山子、小陡山、八阵山、千户山、一字山、卧牛山、鸡心山、黄猫山、元山子等。

[3]武侯坟:即武侯墓,三国蜀丞相诸葛亮死后葬于定军山下。

陈海霖原名其蕴

字玉珊,号雨三,城固举人。未冠,登科,颖悟绝伦。周尚书兆基亟器许之[1]。生平游历半天下,俱见于诗,官商州学正[2]。

【注释】

[1]周尚书兆基:周兆基,字廉党,号莲塘。清江夏(今湖北武昌)人,乾隆进士,官至工部尚书、礼部尚书,著有《佩文诗韵》。器许:器重而赞许。

[2]商州:今属于陕西商洛。学正:地方学校学官。

艮岳石歌[1]嘉庆丁丑岁,客汴梁相国寺,仅存艮岳石数十枚。
比游大名,则随地有之。故老相传,盖皆金人北还所弃也。
酒怀芒角,戏为短歌。自注

女儿五色浊天魄[2],再醉金天失金策[3]。王气星飞玉雉祠,仙人雨泣铜驼陌[4]。北门北望即岩疆,云是旋车弃战场。天上皱纹余水碧,人间崩麓有沙黄。忆昔徽庙富文史[5],搜剔云根入包甑[6]。一邱一壑谓过之,五岳三涂卧游耳[7]。媪相公相为比肩[8],应奉东南尽御船[9]。遗粪自开秦道路[10],怨言同启晋山川[11]。艮山突兀结冥想,不爱蓬壶爱方丈[12]。四海血流嬴政鞭[13],一卷指点巨灵掌[14]。供献夤缘逮郡官[15],慈溪岸赭太湖丹[16]。栖真别筑八仙峻,廷寿同呼万岁欢。就中神运夸奇瑞[17],盘固侯封妙游戏[18]。十鼓未镌敷庆文[19],六州已割昭功地[20]。仓皇北狩泣青襟[21],从此支机竟陆沉[22]。异代球图轻八宝[23],当时尺寸重千金。求鱼乾谷圣所恻[24],一物亦堪竭民力。破碎崇朝等党碑[25],卢胡窃笑资强国[26]。天津桥畔杜鹃鸣[27],绍述三朝祸本成[28]。翁仲年年相对语[29],吾家安石误苍生。

【注释】

[1] 艮岳:古典园林建筑之一,中国宋代的著名宫苑。艮岳位于汴京(今河南开封)城内,宋徽宗所建,并作《御制艮岳记》。

[2] 女儿五色:指女娲炼五色石以补苍天。见《淮南子·览冥训》。

[3] 金策:古代记载大事或帝王诏命的连编金简。

[4] 铜驼:铜铸的骆驼,多置于宫门寝殿之前。借指京城,宫廷。

[5] 徽庙:宋代皇帝赵佶庙号徽宗,宋人因称徽宗为"徽庙"。见《耆旧续闻》卷三。

[6] 云根:山石。 包匦(guǐ):裹束而置匣中,代称贡品。参见《尚书·禹贡》。

[7] 三涂:山名。在河南嵩县西南,伊水之北,亦称崖口,又称水门。

[8] 媪相公相:指北宋的童贯和蔡京。蔡京被称作"公相",童贯被称作"媪相",梁师成则被称作"隐相"。见《老学庵笔记》卷四。 比肩:并列,居同等地位。

[9] 御船:皇家的船,此指运奇石的"花石船"。

[10] 遗粪:即"石牛粪金,五丁开道"典故。见《艺文类聚》卷九四引汉扬雄《蜀王本纪》。

[11] 怨言:晋文公与介之推的典故。事见《左传·僖公二十四年》。

[12] 蓬壶方丈:古代传说中的海中仙山。见《拾遗记·高辛》。

[13] 疑兼用秦始皇鞭石填海的典故。

[14]一卷指点：指秦末黄石公授张良一卷兵书,见《史记·留侯世家》。巨灵掌：河神巨灵劈开华山之掌;巨灵,又称巨灵神。事见《搜神记》卷十三。

[15]夤缘：本指攀附上升,后喻攀附权贵,向上巴结。

[16]慈溪：今浙江宁波下辖县级市,有悠久的青瓷文化,是越窑青瓷的主要发源地之一。

[17]神运：宋徽宗赵佶为在汴京(开封)修筑土山"艮岳",而派遣朱勔在江南四处搜寻奇花异石,时人称此类花石的运送为"神运"。参见《宣和遗事》前集。

[18]盘固侯：对太湖石的戏称。参见《泊宅编》卷三,《五杂组·地部一》。

[19]十鼓：即唐代出土的十个石鼓,后被送到汴京,宋徽宗令在十面石鼓上的文字槽缝之间填注黄金,靖康之变时,则因鼓身被填注的黄金,而被金兵掠去。

[20]六州：本指古代九州中的六州,此指燕云十六州。

[21]北狩：本指到北方狩猎,皇帝被掳到北方去的婉词。此指宋徽钦二帝被金人俘虏,押送北方。青襟：喻指襟怀,心胸。

[22]支机：支机石,传说织女用来支撑织布机的石头。　陆沉：埋没。

[23]球图：指天球与河图,皆古代天子之宝器。也指国家。　八宝：天子八种印玺的总称。参见《南村辍耕录》。

[24]乾谷：即干谷,又称死谷,岩溶地貌分布区干涸的河谷。

[25]崇朝：整个早晨,比喻时间极短。见《诗经·卫风·河广》。党碑：即党人碑。参阅《宋史·徽宗纪》。

[26]卢胡：喉中的笑声,谓笑声发于喉间。典出《后汉书》卷四八。

[27]"天津"句：指邵雍于天津桥上闻杜鹃声,预测出宋代将"用南士为相,引南人专务变更,天下自此多事矣"。指王安石变法。而王安石变法传统上被认为北宋覆亡的导火索,故最后一句说"安石误苍生"。

[28]三朝：指宋徽宗赵佶、宋钦宗赵桓、宋高宗赵构三朝。

· 357 ·

[29]翁仲：秦始皇时的一名大力士，名阮翁仲。参见《史记·秦始皇本纪》等。于是后人就把立于宫阙庙堂和陵墓前的铜人或石人称为"翁仲"。

闻芥航观察迁河帅，寄一律志喜[1]

玉音秘殿霭晴春[2]，十日三迁拜命新[3]。转漕兼持经国计[4]，治河须用读书人。匹夫忠信能投璧[5]，圣主忧勤在属薪[6]。九折邛崃河九曲[7]，王尊良驭不惊尘[8]。

【注释】

[1]芥航：清代张井，字晴槔，号芥航，陕西肤施（今延安市）人。嘉庆六年（1801）中进士，曾河道总督，兼漕运总督。 河帅：河道总督的别称。

[2]玉音：尊称帝王的言语。 秘殿：奥深的宫殿。

[3]拜命：受命，指拜官任职。

[4]转漕：转运粮饷。古时陆运称"转"，水运称"漕"。 经国：治理国家。

[5]投璧：即"负薪投璧"。是指汉武帝率群臣背柴草、沉玉璧以塞黄河瓠子决口事。见《史记·河渠书》。

[6]忧勤：指帝王或朝廷为国事而忧虑勤劳。

[7]九折邛崃：指九曲邛崃山，见《华阳国志》。 河九曲：指黄河流经的九个省区，而这些省区又由其中的各个渡口而闻名。

[8]王尊：字子赣，西汉末大臣，在任东郡太守时，治黄河泛滥有功，受到嘉奖。为益州刺史时，经过邛崃九折坂，叱驭而止，弃官归家。事见《汉书·王尊传》。

观蒋节相阅大兵,因赠小村观察[1]

阵图铁铸六州雄[2],幕府秋清画角风[3]。太保旧兼周二伯[4],将军新拜汉三公[5]。惭充司马劳韩愈[6],闻说门人礼戴崇[7]。衣钵他年传故事[8],龙骧姓字况江东[9]。戴崇,沛人。尝与彭宣同受业于张禹,位至九卿。

【注释】

[1]蒋节相:应指蒋攸铦,字砺堂,汉军镶红旗人。乾隆四十九年(1784)进士。任四川总督时,督办川陕军政事务。

[2]阵图:古代军队作战时兵力部署、队形变化的图式。也特指三国蜀诸葛亮所摆的八阵图。 铁铸六州:用唐末魏博节度使罗绍威之语。参见《北梦琐言》卷十四、《资治通鉴·唐昭宣帝天佑三年》。

[3]幕府:本指将帅在外的营帐,后亦泛指军政大吏的府署。

[4]太保:西周始置,监护与辅弼国君之官。太保与太师、太傅合称"三公"。 周二伯:指周公、召公。

[5]汉三公:两汉的三公制度在各个时期,因政治的需要,不断变化。三公指司马、司徒、司空,也有大司马、大司徒、大司空等,汉末曹操废三公。

[6]司马劳韩愈:指唐穆宗长庆年间,韩愈由兵部侍郎出为宣慰使,前往镇州,抚慰驻军。

[7]戴崇:西汉大儒张禹有彭宣、戴崇两位弟子,彭宣性严谨,戴崇性随和,张禹内心更喜戴崇,故常召戴崇入后堂宴饮。见《汉书·张禹传》。

[8]衣钵:原指佛教中师父传授给徒弟的袈裟和饭碗,后泛指传授下来的思想、学术、技能等。传故事:指北魏时达摩禅宗一祖传衣钵给二祖慧可,有二祖慧可(僧可)"立雪断臂"求法的故事。事迹见载《景德传灯录》等。

[9]龙骧：指西晋时灭吴的龙骧将军王浚。

挽王听山太史[1]名斑，南郑人

如此人琴竟寂寥[2]，鸡窗灯火忆垂髫[3]。万言小试轻叉手[4]，五斗长贫误折腰[5]。白马独来惟涕泪，元龙众论亦矜骄[6]。酒徒他日题神道，一任冤魂付大招[7]。

【注释】

[1]王听山：名斑，字摺方，号听山，南郑人。嘉庆壬戌（1802年）进士，翰林院庶吉士，改通渭知县。卷二有诗作。

[2]人琴：意同"人琴俱亡"，为睹物思人，痛悼亡友之典。典源《世说新语·伤逝》记晋王子猷、子敬之事。

[3]鸡窗：典出《幽明录》载晋兖州刺史沛国宋处宗与鸡言语之事。后以"鸡窗"指书斋、书房。垂髫：指儿童或童年。

[4]叉手：也作"叉手万言""叉手吟"等，形容才思敏捷。典出温庭筠。见《唐摭言》、《北梦琐言》卷四。

[5]五斗长贫误折腰：引晋陶渊明典，反用其意。

[6]元龙：源见"元龙高卧"，用三国魏陈登的典故。原比喻对客人怠慢无礼。后用此形容高处、尊处，或指尊贵的人、杰出的人物。见《三国志·陈登传》。矜骄：指自大倨傲。

[7]大招：《楚辞》篇名，是楚宫较早的招魂词。

高绥宇

号龙峰，城固人。岁贡生，敦行孝友，邃于易理，精堪舆[1]，术制艺，力仿天崇。乡试屡荐不售[2]，课子授徒，从学者众。子建瓴。

【注释】

[1] 堪舆：堪舆术，即相地术，俗称风水术。见《汉书·艺文志》。
[2] 不售：指考试不中。

嘉庆癸酉乡试[1]，病未终场，中秋对月志感

<small>先大夫乡试十余次，七膺房荐，是科闱作极得意。二场病，不能赴，后不复试。授徒以终。孙万鹏补注[2]</small>

频年此夕雨中过[3]，今夕尤增感慨多。射策未能随俊彦[4]，衔杯竟欲问嫦娥[5]。云轻月影涵无际，风定星河静不波[6]。独坐开襟纳宇宙，盈虚消长总包罗[7]。

【注释】

[1] 嘉庆癸酉：清嘉庆十八年，公元1813年。
[2] 房荐：明、清科举乡会试时，考试房官所推荐之文卷。
[3] 频年：连年，多年。
[4] 射策：即设科射策，汉朝选官考试的方法之一。见《汉书·儒林传》。后"射策"泛指应试。　俊彦：杰出之士，贤才。
[5] 衔杯：口含酒杯，多指饮酒。
[6] 星河：指银河。
[7] 盈虚消长：盈满或空虚。指发展变化。

沉沉锁院月华临[1]，我作旁观感不禁。烛尽三条酣白战，更深五夜促清吟。共攀丹桂齐修斧[2]，谁是焦桐可截琴[3]。回首昔时辛苦地，者番犹有未灰心[4]。

【注释】

[1]锁院:指科举考试的一种措施,考生入试场后即封锁院门,以防范舞弊。后泛指科举考场。

[2]"共攀"句:丹桂指月亮。玉斧修月,出《酉阳杂俎》前集卷一。此诗作于中秋,此句用以咏圆月。

[3]焦桐截琴:东汉蔡邕典故。见本卷《仲春寿严乐园夫子》第六首注[2]。此句指选拔人才。

[4]者番:这番;这次。

秋霖乍霁客衣单,静对蟾光万景宽。照我襟怀空翳障[1],任人指点说团圞[2]。长安八水波心澈[3],太华三峰露掌寒[4]。安得凌烟将月捧[5],置身上界出云端[6]。

【注释】

[1]翳障:障蔽。

[2]团圞(luán):团栾。圆貌;团聚。

[3]长安八水:指的是渭、泾、沣、涝、潏(jué)、滈、浐、灞八条河流,它们在西安城四周穿流,均属黄河水系,后世有"八水绕长安"之说。

[4]太华三峰:太华即华山。三峰,指华山的芙蓉、玉女、明星三峰。一说莲花、玉女、松桧三峰。

[5]凌烟:犹凌云,直上云霄。

[6]上界:天界,指仙佛所居之地。

夜气澄清客自眠,依稀入梦谢尘缘。蟾宫高迥容梯上,兔魄分明比镜圆[1]。心悟前身应是月,神游幻境合登仙。一声寒柝忽惊醒[2],桂子余香在枕边[3]。

【注释】

[1] 兔魄:月亮的别称。古人称月初生明为魄;又传说月中有白兔捣药,所以称月亮为兔魄。

[2] 寒柝(tuò):寒夜打更的木梆声。

[3] 桂子:桂花。

别长安诸友

秋风萧飒叹归欤[1],回首青门事事虚[2]。旅客形单魂梦怯,家人情重友朋疏。寒灯独夜愁无那[3],羸马长途气不舒[4]。剑阁戒严秦栈警[5],行行何处觅安居教匪未靖[6]。

【注释】

[1] 归欤:返回本处,引申为辞官回家。语出《论语·公冶长》。

[2] 青门:汉长安城东南门。本名霸城门,因其门色青,故俗呼为"青门"。因青门外有霸桥,汉人送客至此桥,折柳赠别,见《三辅黄图·桥》。后因以"青门"泛指游冶、送别之处。

[3] 无那:无奈,无可奈何。

[4] 羸马:瘦弱的马匹。羸,瘦弱。

[5] 剑阁:指剑阁道。因剑山峭壁间栈(古称阁)道而得名,又称剑门蜀道,位于今四川省剑阁县东北。见《战国策·秦策》。

[6] 教匪:对清代嘉庆年间川陕白莲教起义的称谓。

咸阳夕渡

落日照轻舟,咸阳古渡头。客心急西向[1],渭水只东流。城影随波荡,天光入暮愁。匆匆投旅舍,无意问闲鸥[2]。

【注释】
[1] 西向:指作者向西归家。
[2] 闲鸥:比喻退隐闲散之人。

兴平晓发

野店鸡声唱[1],行人各据鞍[2]。征尘和雾重,落月带星残。拂面秋风急,沾衣晓露寒[3]。茂陵何处是,云树正迷漫[4]。

【注释】
[1] 野店:指乡村旅舍。
[2] 据鞍:跨着马鞍,亦借指行军作战。
[3] 沾衣:沾湿衣服。
[4] 云树:云和树。高耸入云的树木,比喻朋友阔别远隔。 迷漫:指茫茫一片,让人分辨不清楚。

道旁乞人

嗟汝太颠连[1],流离道路边。濡头频及地[2],苦口尽呼天。携子增贫相,逢人募善缘[3]。随车挥不去,只为一文钱。

【注释】
[1] 颠连:指困顿不堪的人。
[2] 濡头:濡首,沉湎于酒而有失本性常态之意。语出《周易·未济》。
[3] 善缘:佛教语,指与佛门的缘分。这里犹言布施。

高建瓴

字汉屋,号兰溪,城固人,道光辛巳举人[1]。体貌魁梧,声若洪钟,文如其人,无一语不端重。后大挑一等,历任广东澄海、高明知县,连平知州。乞病归里,讲学本邑斗山二十余年,为门人改试帖诗最多,古体诗偶为之,兵燹后,片稿无存。今披此集,不胜凄怆。男万鹏补注。[2]

【注释】
[1] 辛巳:清道光元年,公元1821年。
[2] 大挑:清乾隆时制,三科不中的举人,由吏部据其形貌应对挑选,一等以知县用,二等以教职用。每六年举行一次,意在使举人出身的士人有较宽的出路,名曰大挑。

寿严乐园夫子 用族孙南渠太史原韵[1]

弧星耀自楚南天[2],瑞集乌台宴列仙[3]。龙马精神秋益壮[4],松筠寿相月常圆[5]。长官质朴移新俗,太守清贫忆旧年。廿载循声传不尽,吟毫莫罄五花笺[6]。

【注释】

[1]族孙南渠太史:指高树勋,字南渠,因官翰林院庶吉士,故有"太史"之称。

[2]弧星:指弧矢星,又名天弓,在天狼星东南。按分野,严如熤为楚地溆浦人,属弧矢星之地。

[3]乌台:汉代时御史台外柏树上有很多乌鸦,所以人称御史台为乌台,又称为"柏台""乌府"等。典出《汉书·朱博传》。此指严如熤府邸。

[4]龙马精神:龙马:古代传说中的骏马。像龙马一样的精神,比喻人的精神健旺。

[5]松筠:松树和竹子,后因以"松筠"喻节操坚贞。

[6]吟毫:写诗的笔。 罄:完,尽。 五花笺:精致华美的笺纸。

救时经济智谋沉[1],戡乱韬钤鉴帝心[2]。夫子在籍,佐姜中丞晟平苗,著《苗防备览》一书。举孝廉方正,廷试第一,上《平定三省乱民善后事宜疏》《屯政方略》。宦陕,平川、楚教匪,由县、厅擢汉中守,升陕安道。符节拜从天阙迥[3],恩波来助汉江深[4]。廉泉让水风原古,五袴双歧颂自今[5]。犹记制科推第一[6],敷陈早已悚宸襟[7]。

【注释】

[1] 经济：经世济民。

[2] 戡乱：平定叛乱。韬钤：古代兵书《六韬》《玉钤篇》的并称。后因以泛指兵书，借指用兵谋略。

[3] 天阙：天子的宫阙，亦指朝廷或京都。

[4] 恩波：帝王的恩泽。

[5] 五袴：五袴谣，典故名。典出《后汉书·廉范传》。后指称颂地方官吏施行善政。 双歧：典故名。比喻年成好，粮食丰收。亦用以称颂吏治成绩卓著。典出《后汉书·张堪传》。

[6] 制科：唐朝科举的一种，由天子亲试。此指嘉庆五年（1800），严如熤被举孝廉方正科，廷试，上万言策，受嘉庆帝称许。

[7] 敷陈：详尽的陈述。 宸襟：帝王的思虑、判断；亦借指帝王。

治行无双仰大猷[1]，经营常为小民忧。三边扼险披图验[2]，夫子著《三省边防备览》一书。众堰依防顺轨流[3]。汉南各堰，皆夫子勘修。结寨烽消郊外垒[4]，夫子劝修堡塞，坚壁清野，教匪始衰。筹荒食贮道旁瓯[5]。夫子立社仓，遇灾散赈，全活甚众。梁州坐镇培元气[6]，秦蜀咽喉伟绩留。

【注释】

[1] 大猷：谓治国大道。语出《诗经·小雅·巧言》。

[2] 三边：指清代四川、陕西、湖北三省接壤的边区，即严如熤《三省边防备览》所谓之"三省"。 披图：这里指严如熤所绘三省边界图。

[3] 众堰：指汉中众多的河堰，最著名的是三堰：山河堰、五门堰、杨填堰，严如熤都进行过勘察修建，参见《（嘉庆）汉中府志》。2016年10月，"汉中三堰"整体申报世界灌溉工程遗产成功。

[4] "结寨"句：此事指严如熤防范白莲教起义而采取的措施。参见《清史稿》《清史列传》。

367

[5]"筹荒"句：事见《清史稿》《清史列传》。
[6]元气：指人或组织的生命力和精气神。

化行南国沐陶甄[1]，重遇甘棠召伯贤。息讼争能消雀鼠[2]，安良害总去鹰鹯[3]。荡平幸睹同风日，祈祷能回不雨天。识面髯公呼妇孺，夫子美须髯，部民呼为"胡子爷"。武乡歌颂及文川[4]。

【注释】

[1]化行：教化施行。 南国：古指江汉一带的诸侯国。见《诗经·小雅·四月》。此指汉水中上游地区。 陶甄：比喻陶冶、教化。也喻君王治理天下。

[2]雀鼠：即雀鼠之争，指强暴侵凌引起的争讼。典出《诗经·召南·行露》。

[3]鹰鹯：鹰与鹯。比喻忠勇的人。语出《左传·文公十八年》。

[4]"武乡"句：指教化普及、风俗纯正的地区。典出《南史·胡谐之传》。武乡，在今汉中市汉台区；文川，在今汉中市城固县。

桃李成阴满路隈，书声常绕汉家台[1]。夫子选士，入府署汉台读书。兰言契处横经坐[2]，花判闲时问字来[3]。马帐风高丝竹静[4]，鱼庭秋迥绮筵开[5]。终南佳气官斋霭，愿上台莱献寿杯[6]。

【注释】

[1]"书声"句：府署：又名府衙，此指汉中府衙。严如熤任汉中知府后，捐资修建汉南书院，亲自选士，并建讲堂斋舍，仿鹿洞、苏湖学规，五日一临，躬亲讲授。参见《清史稿》《清史列传》及《汉中府志》。

［2］兰言：喻指心意相投的言论。见《周易·系辞上》。 横经：横陈经籍,指受业或读书。

［3］花判：旧时官吏用骈体文写成的语带滑稽的判词,引申为判决,犹评判。参见《容斋随笔·唐书判》。

［4］马帐：典故名。典出《后汉书·马融传》,后指通儒的书斋或儒者传业授徒之所。风高：风仪高超。丝竹：弦乐器和管乐器,后泛指音乐。

［5］鱼庭：源见"孔鲤趋庭",谓尊长或老师施教之所。典出《论语·季氏》。 绮筵：华丽丰盛的筵席。

［6］台莱：祝寿语。语出《诗经·小雅·北山》。

海屋添筹祝我公[1],夫子著《洋防辑要》一书。民心欢忭士心同。怜才广覆千间厦,汉南书院,废为行馆,夫子捐资,拓地重修。植节高凌百尺桐。夫子教士,励节为先。旧乘重编光汉志,夫子重修《汉中府志》。新诗盈卷采秦风[2]。夫子采《山南诗》,待刊。微材私幸成焦尾,都入柯亭顾盼中[3]。

【注释】

［1］"海屋"句：海屋添筹,用于祝人长寿,出自宋苏轼《东坡志林》卷二。海屋,寓言中堆存记录沧桑变化筹码的房间。

［2］"新诗"句：所谓"夫子采《山南诗》,待刊"者,即指本书《山南诗选》。

［3］柯亭：古地名。位于江南古镇柯桥,一名千秋亭,又名高迁亭。在今浙江省绍兴市西南,以产良竹著名,见《后汉书·蔡邕传》唐李贤注引张骘《文士传》,后人用"柯亭"赞美笛音。

赵志昂

字若驹,城固人,副贡生。性方正,教授里塾,成名者众。官洵阳学博[1]。乾隆末,教匪滋事,为诸生陈说大义,勉以守境保土。及匪逼近,率生徒与邑宰分城守[2],贼卒莫能犯。嗣奉檄查赈石泉[3],涉历艰险,归,病卒于任。渭南学官,戊辰[4]举人孟陬,其子也。

【注释】

[1]洵阳:古属陕西布政司兴安府,今陕西省安康市旬阳县。 学博:唐制,府郡置经学博士各一人,掌以五经教授学生。后泛称学官为学博。

[2]邑宰:县邑之长,即县令。

[3]奉檄:收到征召录用的通知书。查赈:指检查灾情,赈济灾民。

[4]戊辰:清嘉庆十三年,公元1808年。

白云山留侯祠[1]

青山迥不染红尘,避谷求仙岂必真[2]。志在酬韩因事汉[3],功成殪项已平秦[4]。

【注释】

[1]白云山:在今河南省洛阳市嵩县。留侯祠是汉朝开国元勋张良隐居的地方。

[2]避谷:即辟谷,不吃五谷,方士道家当做修炼成仙的一种方法。见《史记·留侯世家》。

[3]酬韩:指张良年轻时反秦,是因为报效韩国。他不惜家财为韩报仇,行刺秦始皇。事见《史记·留侯世家》。

[4]殪项:消灭了项羽。殪,杀死。 项:指项羽。

送张世兄归蜀

春秋多义侠,古道信非虚。羊舌挥其泪[1],郈成分所居[2]。挹兹升斗水[3],苏彼涸车鱼[4]。死者英灵在,能无结草欤[5]。

【注释】

[1] 羊舌:春秋晋国大夫叔向缅怀友谊之典。参见《文选》卷五十五。后用为咏仁爱关怀的典故。

[2] 郈(hòu)成:即郈成子,鲁国的大臣,以善于观察人而闻名天下。"郈成分宅",称美他人资助亡友亲属之典,典出《孔丛子·陈士义》。

[3] 挹兹:即挹兹注彼,把液体从一个容器中舀出,倒入另一个容器,语本《诗经·大雅·泂酌》。引申为以有余来弥补不足。

[4] 涸(hé)车鱼:典故名。同"涸辙之鲋",典出《庄子·外物》。比喻在困境中急待援助的人。。

[5] 结草:用作受恩深重生死图报的典故,见《左传·宣公十五年》。

观音碥[1]

石壁宁无碍,山根铲始平。马登云路稳,人坐竹舆轻[2]。法象游三界[3],慈航引众生[4]。自非龙象力[5],猿狖亦悲鸣[6]。

【注释】

[1]观音碥:地名,在今陕西留坝县青桥驿。见清贾汉复《修碥记》、党崇雅《贾大司马修栈道记》《贾大司马修栈咏》等,日本学者竹添进一郎的《栈云峡雨日记》等也有记载。

[2]竹舆:用竹做的轿子。

[3]法象:古代哲学术语。对自然界一切事物现象的总称。出自《周易·系辞上》。 三界:指佛家所说的三界,欲界、色界、无色界。因三界迷苦如大海之无边际,故又称苦界、苦海。

[4]慈航:佛教用语,指的是以慈悲心,救渡众生,出生死海,有如舟航。

[5]龙象:龙与象,指力量。故佛教用以喻诸阿罗汉中修行勇猛有最大能力者。

[6]猿狖:泛指猿猴。

杜 华

城固人,岁贡生,官教谕[1]。

【注释】

[1]教谕:官名。元明清县学的教官,主管文庙祭祀,教育所属生员。

蟾宫吸月亭[1] 在城固斗山

斗岫何年辟草莱[2],仙宫云向岭头开。气蒸蟾窟山光隐,月映龙潭水意洄。松底绿茵供夏簟[3],岩边幽鸟宥春杯[4]。闲寻旧日遗踪迹,惟见苍烟锁碧苔。

【注释】

[1] 蟾宫吸月亭：见本卷张资深《蟾宫吸月亭》注[1]。

[2] 斗岫：指斗山。 草莱：杂草丛生。

[3] 夏簟：夏天盛饭的竹器。

[4] 幽鸟：幽静环境中的鸟儿。形容鸟不好动,给人一种幽雅的感觉,凸显一种神秘,幽静的视觉享受。

刘亨吉

字天衢,号西村,城固人。岁贡生。性情倜傥,好吟咏,书宗米南宫[1]。

【注释】

[1] 米南宫：米芾,北宋著名书画家。南宫,尚书省的别称,唐宋时对在礼部管文翰的官又称作"南宫舍人",米芾曾官礼部员外郎,世称米南宫。

读《赤壁赋》[1]

赤壁耸千年[2],坡公胜事传[3]。为欣秋既望[4],愿与客登仙。风月谁为主[5],江山我是缘。莫哀生易尽,且喜酒当前。棹泛清湘峡,箫吹白露天。杯盘狼藉后[6],一枕乐陶然[7]。

【注释】

[1]《赤壁赋》：北宋文学家苏轼创作的一篇赋,即《前赤壁赋》,作于宋神宗元丰五年(1082)作者贬谪黄州(今湖北黄冈)时。

[2] 赤壁：古地名，古称蒲圻，今赤壁市属湖北省咸宁市代管的县级市，东汉建安时期"赤壁之战"就发生在这里。
[3] 坡公：对宋苏轼的敬称，苏轼号东坡居士。
[4] 既望：农历每月十六。农历每月十五日为"望日"，十六日为"既望"。
[5] 风月：指清风明月，泛指美好的景色。
[6] 杯盘狼藉：形容酒饭后，杯盘等乱七八糟地放着。
[7] 陶然：指喜悦、快乐貌。

读《秋声赋》[1]

想象庐陵客[2]，焚膏午夜秋[3]。千声金象至[4]，一赋北窗幽。入耳音余冷，挥毫韵欲流。明河吹皎洁[5]，皓月播飕飗[6]。有意鸣金铁[7]，多情续咏讴[8]。画图图不尽，落叶满阶收。

【注释】

[1]《秋声赋》：北宋政治家、文学家、史学家欧阳修的赋作。
[2] 庐陵客：欧阳修是吉州永丰（今属江西吉安）人，因吉州原属庐陵郡，故以"庐陵欧阳修"自居。
[3] 焚膏：指夜间继续工作或学习。焚，焚烧。膏，油脂。
[4] 金象：秋天的景象。中国古代"五行"中金主管西方与秋季，故言。
[5] 明河：天河，银河。
[6] 飕飗（sōu liú）：指寒气，寒风。
[7] 金铁：形容秋风之声如铁器的撞击声。
[8] 咏讴：歌唱吟咏。

许斓

城固人,岁贡生。

丙申秋旱,署篆王明府步祷三日,大雨,赋诗以志[1]

佛母香云至[2],相逢便洒然。好期宁用卜,普度不临渊[3]。罂贮盈囊米[4],榆生满树钱。应知来大有[5],处处颂仁天。

【注释】

[1] 丙申:乾隆四十一年,公元 1776 年。 署篆:代理县令。 明府:"明府君"的略称,后多用以称县令。 步祷:进行禹步祷告。禹步,是指在祷神仪礼中常用的一种步法动作,传为夏禹所创,故称禹步。

[2] 佛母:藏传佛教特有的神祇,顾名思义为诸佛之母。 香云:美好的云气,即祥云。

[3] 普度:佛教用语,指广施法力,超度众生。

[4] 囊米:口袋盛装的米。

[5] 大有:《周易》卦名,即乾下离上,象征大、多。也指丰收。

许天魁

城固人。岁贡生。

丙申秋旱,署篆王明府步祷三日,大雨,赋诗以志

云雾连山起,淋漓入地流[1]。汗粘滋柱础[2],声定湿林鸠。高阜青逾秀[3],中田绿更稠[4]。苍生霖雨遍,何以报贤侯[5]。

【注释】

[1] 淋漓:雨水流淌的样子。
[2] 柱础:俗称磉盘,或柱础石,它是承受屋柱压力的垫基石。
[3] 高阜:高的土山。
[4] 中田:田中。
[5] 贤侯:对有德位者的敬称。这里指县令。

张　勇[1]

字非熊,洋县人。顺治初,从总制孟乔芳[2]首立武功,安定边徼。历总戎[3],升提督[4],镇守三十余年,屹若长城。吴三桂叛,力控不得西向。阮亭集称"河西三将气如虹,百战功名次上公"[5],勇其一也。寇平,以将军加太师,封靖逆侯,谥襄壮。

【注释】

[1] 张勇:字非熊,陕西咸宁(今陕西省西安市)人,清初名将。任云南提督、甘肃提督等。《清史稿》有传。张勇籍贯,汉中史志等记载有误。
[2] 总制:官名,即总督。避明武宗讳,乃改总督为总制。　孟乔芳:字心亭,直隶永平(今河北卢龙)人,祖籍徐州,汉军镶红旗,清初名将,担任

陕西总督近十年,为清初平定四川、汉中、关中的盗贼及宁夏、甘肃回民叛乱,立有战功。《清史稿》及《清史列传》载其事迹。

[3]总戎:清时称总兵为总戎。

[4]提督:全称为提督军务总兵官,为武职官名,为清朝各省绿营最高长官。

[5]阮亭:清初杰出诗人、学者王士禛,号阮亭,又号渔洋山人,世称王渔洋。《秦中凯歌(六首)》其五有"河西三将气如虹,百战功名次上公"之句。

过崆峒山

蚩尤战后久销兵[1],此处犹存访道名。万里山河尘不起,松风常带凤鸾声[2]。

【注释】

[1]蚩尤:上古时代九黎部落的领袖,也是牛图腾和鸟图腾氏族的首领。

[2]凤鸾:泛指凤凰之类的神鸟,也指笙箫等乐器。

屈振奇

洋县人。顺治乙未进士[1],官中书[2]。

【注释】

[1]顺治乙未:顺治十二年,公元 1655 年。

[2]中书:古代文官官职名,清代沿明制,于内阁置中书若干人。

感　怀

十载三春独卧楼,五更百舌唤千愁[1]。乡书何处觅鸿雁,仕路徒劳任马牛。令长栽花容易老[2],将军射虎不封侯[3]。可怜羽檄交驰日[4],驿馆梅花照白头。

【注释】

[1]百舌:鸟名。又叫反舌,鸫科类鸟。立春后鸣叫不已,夏至后停止鸣中。

[2]"令长"句:令长,秦汉时治万户以上县者为令,不足万户者为长,后因以"令长"泛指县令。　栽花:用晋潘岳典。

[3]"将军"句:将军,指汉代"飞将军"李广。射虎,指李广在守右北平时射虎之事,事见《史记·李将军列传》。

[4]羽檄交驰:羽檄:插上鸟羽的紧急文书,比喻军情紧急。

常九经

洋县人。顺治戊戌进士[1],官知县。

【注释】

[1]顺治戊戌:顺治十五年,公元1658年。

酆都山

仙山叠翠带烟霞,几度攀缘石磴斜。远岫岩峣环帝座[1],江流曲折抱龙砂[2]。风清莺啭岩巅树,春暖麇衔洞口花。信是蓬壶堪辟谷[3],不须方外觅胡麻[4]。

【注释】

[1]岩峣:亦作"迢峣"。山高峻貌。

[2]龙砂:风水名词。在古代把受到滋养的、富有生机的特殊土地和土壤称为"龙砂",古人认为龙砂可以为人带来财富等好运。

[3]蓬壶:即蓬莱,古代传说中的海中仙山。 辟谷:古人常用的一种养生方式。

[4]方外:域外、边远地区,也称世俗之外,旧时指神仙居住的地方。胡麻:即今天的芝麻。传统道教认为食胡麻可以成仙,称"胡麻饭"。

黄玉铉

洋县人。顺治己亥进士[1],官知县。

【注释】

[1]顺治己亥:清顺治十六年,公元1659年。

游佛岩楼[1]

秦岭遥连古佛楼,层岩天半几春秋。当年闻呗曾跌坐[2],今日翻经欲点头[3]。风送晚霞山色近,月迎清涧水声悠。此来欲觅传灯录[4],踏破苍苔岂泛游。

【注释】

[1]佛岩楼:即洋县念佛岩,寺庙原有过楼、钟楼等,后被毁。寺与唐代佛教净土宗第四代祖师法照大师有关,见《重修念佛岩记》。

[2]呗:印度咏经或唱赞都称为"呗",在中国只有唱赞称为"呗"。跌坐:指佛像的坐姿。

[3]翻经:指翻译佛经。　点头:表示允许、赞成或领会等。

[4]传灯录:又称灯录,是宋代禅宗时代产物。指记载禅宗历代传法机缘之著作,著名的《景德传灯录》《五灯会元》等。

齐士琬

字汉源,洋县人,康熙庚辰进士[1]。

【注释】

[1]康熙庚辰:康熙三十九年,公元1700年。

斗　山

突兀一峰起,崚嶒削不成[1]。鸟从天际落,人在画中行。滩水连山响,浮云匝地生[2]。会当秋夜眺,风月更双清。

【注释】

[1]崚嶒:高耸突兀。

[2]匝地:遍地,满地。

李友竹

字劲香,号南村,洋县人。嘉庆己未进士[1],官彰明知县[2]。

【注释】

[1] 嘉庆己未:清嘉庆四年,公元1799年。
[2] 彰明:古旧县名,江油市的前身之一,今四川省江油市。

长新店遇雨[1]

野馆花浓雨散丝,玉鞭西指去迟迟[2]。茶烟张幕封茅屋[3],柳丝穿珠拂酒旗[4]。一带遥山云脚暗,半犁新润马蹄知。前旌初载君恩重[5],好是星轺布泽时[6]。

【注释】

[1] 长新店:在今北京市丰台区西南。明称长店,清改称长新店。参见《宛署杂记》《帝京景物略》《日下旧闻考》等。
[2] 玉鞭:用玉石做手柄的马鞭,也喻高贵的地位身份。
[3] 张幕:张设帷幕。
[4] 酒旗:亦称酒望、酒帘、青旗、锦斾等,古代酒店悬挂于路边用与招揽生意的锦旗。
[5] 前旌:帝王官吏仪仗中前行的旗帜。借指前军、前线。 初载:初年;早期阶段。语出《诗经·大雅·大明》。
[6] 星轺(yáo):古代称皇帝使者为"星使",因称使者所乘车为"星轺"。

邯郸道中[1]

明月邯郸道,疑来水墨间。两行官树绿,一路野花殷。沙际车行缓[2],枝头鸟语闲。只愁多宿雾,不见太行山[3]。

【注释】

[1]邯郸:古地名,今河北省辖地级市。
[2]沙际:沙洲或沙滩边。
[3]太行山:又名五行山、王母山、女娲山,是中国东部地区的重要山脉和地理分界线。

沔县谒诸葛武侯祠二首[1]

车向西川指[2],途从汉水分。遥看沔阳树,知近武侯坟。驿未临筹笔[3],山先识定军[4]。当年出师地,郁郁锁烟云。

【注释】

[1]沔县:即勉县,现属陕西汉中。
[2]西川:唐代行政区划名,后泛指四川中西部地区。
[3]筹笔:古驿站,位于广元市朝天镇北的筹笔乡,是金牛道上的主要驿站。诸葛亮北伐曹魏曾在这里撰拟了奏章《后出师表》,后人称它为筹笔驿。

［4］定军：即定军山。

形势三巴险[1]，勋名诸葛高。敌甘巾帼受[2]，运想马牛劳[3]。苔散祠前发，松翻墓下涛。宗臣遗像在[4]，肃拜荐溪毛[5]。

【注释】

［1］三巴：地理名词。相当今四川嘉陵江和綦江流域以东的大部。

［2］"敌甘"句：司马懿辱受巾帼的典故。事见《晋书·宣帝传》。

［3］"运想"句：即指木牛流马运输之事。见《三国志·蜀志·诸葛亮传》。

［4］宗臣：世所敬仰的名臣。

［5］肃拜：中国汉族古代的一种礼俗。两膝齐跪而举手下手，为九拜之一。见《周礼·春官·大祝》。溪毛：溪边野菜。语出《左传·隐公三年》。

鸡头关[1]

仰陟天梯步步难[2]，我来只作坦途看。关山若似人情险，那有行尘到七盘[3]。

【注释】

［1］鸡头关：在今陕西汉中西北。见《（嘉庆）汉中府志》《（道光）褒城县志》。

［2］天梯：古人想象中登天的阶梯，通常比喻高而险的山路。

［3］行尘：行走时扬起的尘埃，常用以形容远行者。　七盘：即七盘山，在今陕西汉中市西北鸡头关下。见《清一统志·汉中府一》。

岳震川[1]

子一山,号韵秋,洋县人。嘉庆辛酉进士[2],官内阁中书。以母老终养。主讲关中,从游者勖以明体达用,一时名士如路德等[3],皆出其门。著述甚富,有《赐葛堂文集》六卷,《倚松寓舍杂诗》一卷。

【注释】

[1] 岳震川:字中干,号一山,陕西洋县人。嘉庆六年(1801)大挑授知县,随即中进士。授内阁中书,担任顺天乡试对读官,为赡养父母辞官回乡。他回到陕西,先后在关中、汉南、关南三书院掌管教务,担任讲席。

[2] 嘉庆辛酉:清嘉庆六年,公元1801年。

[3] 路德:字润生,号鹭洲,西安府盩厔(今陕西周至)人,清代著名教育家。清嘉庆十四年(1809)中进士,被选庶吉士,先后任户部湖广主事,中宪大夫等。授徒育人,卓有成效,著作有《仁在堂文集》等。

弟震有省予城固寓舍[1]

孤贫一圬者[2],因乱解怜予。谓有精庐在[3],而来赁舍居。避兵管宁远[4],系劲贾生虚[5]。空读孙吴传[6],鸰原吾不如[7]。

【注释】

[1] 震有:岳震川之弟岳震有。 省(xǐng)予:指从外地回家探望我,有"省亲"的意思。

[2] 圬者:圬人。圬,原是涂抹的意思,指泥水匠的工作。作者以"圬

者"谓贫贱。

[3] 精庐：学舍，读书讲学之所。

[4] 管宁：字幼安。北海郡朱虚县(今山东省安丘、临朐东南)人，汉末三国时期著名隐士。事见《三国志·魏书·袁张凉国田王邴管传》。

[5] 贾生：指贾谊，洛阳(今河南省洛阳市)人，西汉初年著名政论家、文学家，世称贾生。后遭贬，为长沙王太傅，故后世亦称贾长沙、贾太傅。事见《史记·屈原贾生列传》《汉书·贾谊传》。

[6] 孙吴传：《孙吴列传》是汉司马迁为孙武和吴起所作的合传。孙吴是春秋时孙武和战国时吴起的并称，二人皆古代兵家。孙武著《兵法》十三篇，吴起著《吴子》四十八篇。后用为咏将军之典。

[7] "鸰原"句：古代先哲的谦逊精神。中国文化则把鸽子视为信义和家庭和睦的标志，因以指代顾家、回归。

运粮夫[1] 二月廿三日，城固运粮夫至洋县马铺河，
　　　　　　遇贼队，捉其一，送城固署。

庖人不治庖[2]，尸祝不越代[3]。嘉此运粮夫，捉贼气慷慨。妖贼腊月来，千百之家丧亲爱。二月初复来，饱肉醉眠竟无碍。城固龙头寺，贼住四日，乃拔营东北行。下旬来者数盈千，路熟村空谁能耐。来势尚未已，百逢仅一贷[4]。我闻二帅明、德二公竟向商山趋[5]，三转大郡兵有无。见贼当如缚虎急[6]，请君视此运粮夫。

【注释】

[1] 运粮夫：据诗题小注，此诗所写指嘉庆三年(1789)，清将明亮与德楞泰围剿白莲教高均德、王聪儿、姚之富部于洋县、城固、洵阳等地。

[2]庖人：即厨师。 不治庖：在祭祀的时候，厨师不作祭肴。

[3]尸祝：古代祭祀时对神主掌祝的人。 不越代：尸祝的人来代庖，是行不通的。语出《庄子·逍遥游》。

[4]百逢仅一贷：意谓百不一贷，犹言无一宽免。

[5]二帅：原注：明、德二公。明、德二公是指清将明亮、德楞泰。二人为清中期将领，在平定甘肃回民起事，镇压苗民起义、白莲教起义的过程中屡立战功。二人在赵尔巽《清史稿》中有传。此指嘉庆三年(1798)，明亮与德楞泰在陕南镇压白莲教起义。

[6]缚虎：捆住猛虎，亦喻征服极难征服之人。

双剑歌[1]

尚方斩佞朱云死[2]，淮阴少年辱国士[3]。我昔得此胜万牛，说来肯向俗人耳。天水杨子杨于果硕亭，以湖北县令剿贼，有功，荐擢通判，为余作《双剑歌》。为我歌[4]，作令能与虎牙摩。文吏习勇数得隽，纷纷健儿徒奔波。我剑十年不曾吼，古匣共栖剥落久。虎气双腾秋水寒，济公义首同心肝[5]。

【注释】

[1]双剑歌：指诗中所说杨子作《双剑歌》。

[2]"尚方"句：朱云，字游，西汉人。少好任侠，为人狂直，多次上书抨击朝廷大臣，有"折槛"的典故。事见《汉书·朱云传》。

[3]"淮阴"句：指汉淮阴人韩信年少胯下受辱之事。见《史记·淮阴侯列传》。

[4]"天水"句：杨于果，字硕亭，晚年自号审岩，甘肃秦安人。杨子自

幼颖异,被视为神童。后任官湖北诸县,政绩显著,声誉甚佳。著有《审岩文集》《审岩诗集》等。参见《清史列传》《(道光)秦安县志》。

[5]济公:救济大众。　义首:合乎正义的开始。

二月初五日绝句

春来琥珀不曾斟[1],腊尾喧阗直到今[2]。谁忍更披工部句[3],花真溅泪鸟惊心[4]。

【注释】

[1]琥珀:是一种透明的生物化石,是松柏科、云实科、南洋杉科等植物的树脂化石,古人认为琥珀有趋吉避凶、镇宅安神的功能。

[2]腊尾:农历年末。　喧阗:喧哗、热闹。

[3]"工部"句:指唐代诗人杜甫诗句。杜甫曾任检校工部员外郎,故后人称为杜工部。

[4]"花真"句:以花鸟拟人,感时伤别,花也溅泪,鸟亦惊心。化用唐杜甫《春望》诗句。

驱马挥刀骇比邻[1],汉南愁绝此芳春[2]。富儿救死真无策[3],忍为凶徒作主人。

【注释】

[1]比邻:乡邻,邻居。

[2]汉南:古时为汉南郡,中国古代行政区划名。辖境约当今陕西省石泉县以东、洵阳县以西的汉水流域。　愁绝:指极端忧愁。

[3]富儿:富人,亦指富家子弟。

银鞍那费橐中金[1],云锦成群过柳林[2]。不谓此曹蜂蚁闹[3],奸谋直似范阳深[4]。

【注释】

[1] 银鞍:银饰的马鞍,代指骏马。 橐(tuó)中金:囊中所装珠宝金银财物。

[2] 云锦:织有云纹图案的丝织品。 柳林:即柳林镇,地名,位于城固县中部偏西,为汉中与城固之间的交通要道,有"城固西大门"之称。

[3] 此曹:这些人、这类人。此处指白莲教"匪徒"。 蜂蚁:系"蜂屯蚁杂"之省写,喻指人群纷纭杂乱,如蜂蚁之聚集。典出唐韩愈《韩昌黎文集》卷四《送郑尚书序》。

[4] 范阳:中国古代地名及行政区划名。指唐朝天宝十四载,身兼范阳、平卢、河东三节度使的安禄山发动的"安史之乱",给唐朝带来巨大的灾难。此诗暗指汉南匪寇的猖獗。

二月初三日书所见[1]

寇逼独开城西门,贫移富徙争来奔。西南何堪著两眼[2],庐火谷焰烧云温[3]。柯公已入郡城去,劳人草草无归处[4]。县城果否熔坚金[5],侯门鹄立待天曙[6]。万人足下谁家儿,老妪倾跌命如丝。又闻争舟毙少女,铤走不及山中麋[7]。吁嗟乎!贼再渡江秉大烛,四野搜剔骅骝足[8]。城中人海波方扬,康衢一哭泪相续[9]。

【注释】

[1] 二月初三日书所见:诗中所描写的内容,与前《运粮夫》《双剑歌》

《二月初五日绝句》及后面几首诗作,是写清嘉庆元年(1796)至嘉庆十年(1805)间川陕楚白莲教起义在陕南的情况。由于阶级立场,诗中称白莲教为"贼"。

[2] 何堪:怎能忍受。

[3] 烧云温:把天上的云都被火烧热了。

[4] 劳人:忧伤之人。语出《诗经·小雅·巷伯》。

[5] 果否:是否。

[6] 侯门:诸侯之门。旧时指显贵人家,贵宦人家。 鹄立:如鹄延颈而立,形容盼望等待。

[7] 铤走:疾速奔跑。 麋:鹿类,是指似鹿而较大的哺乳动物,俗称四不像。

[8] 骅骝:指赤红色的骏马,周穆王的"八骏"之一。后常指代骏马。

[9] 康衢:指四通八达的大路。

城洋民穿穴避寇,死者百余人[1]

寇至郊无乐,安敦任古风[2]。死偏随窟兔,远只羡云鸿[3]。险失春江浅,烟寒野巷空。古来有庄贾[4],专制在元戎[5]。

【注释】

[1] 城洋:陕西城固县、洋县的合称。见岳震川《赐葛堂文集》卷四《洋县铁冶河李光桂死贼记》。

[2] 古风:指古代的风俗习惯,多指质朴的生活作风。

[3] 云鸿:飞行于高空中的大雁,也喻志向远大者。

[4] 庄贾:春秋时期人物,后被穰苴斩首示众,以立军威。事见《史记·司马穰苴列传》。

[5]元戎：军中主将，统帅。

城固城西二十里外，贼骑突至，男女趋渡无舟，赴江死者数十人

竟作怀沙客[1]，都归万里流。百年此生聚，几姓共沉浮？鱼腹真堪葬[2]，乌瞻不尽愁[3]。平生师白傅[4]，和泪写秦讴[5]。

【注释】

[1]怀沙：《楚辞·九章》中的篇名。《史记·屈原贾生列传》谓此篇为屈原自投汨罗江前的绝笔，述其怀沙砾以自沉之由。后以"怀沙"为因忠愤而投水死义之典。

[2]鱼腹：即葬身鱼腹，指被水淹死。见屈原《渔父》。 真堪：真可以、真能够。

[3]乌瞻：一作"瞻乌"，本指乌鸦聚集于在位的小人之屋，人民当求明君而归服。后用以比喻因乱世而无所归依的人民。

[4]白傅：唐诗人白居易的代称。白居易晚年曾官太子少傅，故称。

[5]秦讴：指白居易所写的十首讽喻诗《秦中吟》。

吊明经尚君惨死寇兵[1]

护乡久久树旌旗，公战何人奋铁衣[2]。记得解扬称考死[3]，先生大节已全归[4]。

【注释】

[1] 明经：本是汉朝出现的选举官员的科目。明清时对贡生的尊称。

[2] 铁衣：用铁甲编成的战衣。借指战士或战事。

[3] 解扬：春秋时晋国大夫。　考死：死得其所。后世将解扬作为忠义守信的典范，见《左传·宣公十五年》。

[4] 大节：指临难不苟的节操。　全归：为保身而得善名以终。语出《礼记·祭义》。

吊贤良方正尚君死高均德之难[1]

秦俗从来赋小戎[2]，鼓声不起气如虹。谁云良将怯如鼋音灭，尚有书生作鬼雄[3]。

【注释】

[1] 贤良方正：是汉文帝时推选的一种举荐官吏后备人员的制度，唐宋沿用，设贤良方正科。指德才兼备的好人品。参见《史记·孝文本纪》。高均德：清湖北襄阳人。白莲教义军首领。嘉庆三年，为清德楞泰于放马场击败，被擒而死。

[2] 小戎：兵车。因车厢较小，故称小戎。这里指《诗经·秦风·小戎》："小戎俴收，五楘梁辀。"

[3] 鬼雄：鬼中之雄杰，一般用以誉为国捐躯者。

两广文先生致胙

无为最忆我生初，虎豹丛边赁屋居。身在流民图画里[1]，犹分膰胙馂神余[2]。

【注释】

[1]流民图画：宋神宗熙宁年间,河东、河北、陕西一带发生大饥荒,郑侠绘流民图上奏宋神宗,得以发放赈济。后以此典形容忧民疾苦,救济灾民等。见《东轩笔录》卷五,亦见《宋史·王安石传》《郑侠传》。

[2]膰胙：古代祭祀时供的熟肉。 馂：吃剩下的食物。

正月廿四日,陈、姚诸生为余安笔砚尊经阁下[1]

高营虽东去[2],为敢归茅屋。巴蜀通呼吸,渠魁恣往复[3]。诸营总未减[4],齐王氏、王三槐、冉文畴、罗其清等。据处食民畜。迁徙不择音,顿踣若骇鹿[5]。我为久客计,远移一困谷[6]。姻觉幕儒术[7],诸子森如竹。宫墙肃然入,苍翠罗嘉木。圣道夫岂远[8],所忌在干禄[9]。群经如提耳[10],植根童孺读。但用便身图,此事堪痛哭。乌鸟有欢声[11],雨过风清穆。洒然忘忧患,可以乐幽独。

【注释】

[1]正月廿四日：指嘉庆三年(1798)正月。 尊经阁：为藏书之所,用以贮藏儒家重要经典及百家子史诸书,以供学宫生员博览经籍,阅读研求。

[2]高营：指白莲教高均德部。

[3]渠魁：首领,头领,大头目。语出《尚书·胤征》。

[4]"诸营"句：小注所云齐王氏、王三槐、冉文畴、罗其清,均为白莲教首领。齐王氏即王聪儿。

[5]顿踣：跌倒,引申为困顿。

[6] 囷(qūn)谷：中国民间传统的储藏谷物的圆仓。
[7] 姻党：姻族。
[8] 圣道：指圣人之道、圣贤之道,也特指孔子之道。见《庄子·天道》。
[9] 干禄：是指求福。旧社会中称钻营当官,追名逐利为干禄。见《诗经·大雅·旱麓》。
[10] 提耳：恳切教导。语出《诗经·大雅·抑》。
[11] 乌鸟：乌鸦之属。古称乌鸟反哺,因以喻孝亲之人子。

破竹[1] 三月

敢许诗如老杜工[2],身遭丧乱颇相同。一思弟妹怜渠瘦[3],谁爱文章继父风。漂泊思乡催短鬓,忠良翊圣望元戎[4]。白盐赤甲材官聚[5],何日佳音破竹中。

【注释】
[1] 破竹：劈竹子。喻循势而下,顺利无阻。
[2] 老杜工：指唐代诗人杜甫诗歌语言精工凝练。
[3] 怜渠：喜欢、爱怜他。
[4] 翊圣：辅佐天子。
[5] 白盐赤甲：四川奉节(古夔州)瞿塘峡关两侧的高山名,南曰"白盐山",北曰"赤甲山"。　材官：秦汉设置的主要步兵兵种。

三月初五日送内子旋里[1]

乱离犹复忍愁穷,缯布生涯待女工[2]。归去只缘桑柘绿[3],夜来定续玉钗红[4]。渡江莫触潜蛟怒,陟险宜防啸虎风。最是敝庐抛不得[5],儒家干橹与君同[6]。

【注释】

[1] 内子:内人,妻子。旋里:返回故乡。

[2] 缯布:缯帛布匹。缯,古代对丝织品的总称。缯帛,丝绸之统称。布匹,布以匹计,故统称布为布匹。

[3] 桑柘:桑木与柘木。泛指农桑之事。

[4] 玉钗:玉制的钗,由两股合成,燕形。用作指代美女,此指妻子。

[5] 敝庐:本指破旧的房子,亦作谦辞。

[6] 干橹:小盾大盾,亦泛指武器。

初六日记所见

昨日归途约比邻,今朝负担入城闉[1]。阁前露宿怜黄小,树下行厨铲绿匀。近郭尚怀寒齿虑[2],童年忍使断头频。贼掠童子,辄令斩人试胆。传闻泾渭材官守[3],此夕妖氛已绕秦。

【注释】

[1] 城闉(yīn):城内重门,亦泛指城郭。

[2] 寒齿:牙齿外露而寒,比喻有外忧。比喻因友邻被侵而受到威胁。见《穀梁传·僖公二年》。

[3] 泾渭:指泾水和渭水。古人谓泾浊渭清(实为泾清渭浊),因常用"泾渭"喻人品的优劣清浊,事物的真伪是非。语出《诗经·邶风·谷风》。

394

农蚕篇

农父爱牛如爱儿,牵入城中对牛悲。不死食里资尔健,安耕稳种知何时。织妇爱蚕如爱女,春深不愿城中处。江村桑柘浮嫩黄,堆箔蠕蠕闻夜茹[1]。农夫蚕妇纷遁逃,俯啄仰顾心忉忉[2]。苦战禽生庇江汉[3],当今谁似曹王皋[4]。

【注释】

[1] 箔:用竹篾编成的养蚕的器具。 蠕蠕:蚕虫蠕动的样子。

[2] 忉忉:形容忧愁。

[3] 禽生:即擒生,意思是活捉敌人。

[4] 曹王皋:即李皋,字子兰。是老曹王、唐太宗之子李明的玄孙。任官政绩突出,深受百姓爱戴。见韩愈《曹成王碑》、《旧唐书》卷一三一《李皋传》、《资治通鉴》卷二二六。

书　感

几人臭味最相亲[1],郁郁淹留惜此辰。宋璟铁心容作赋[2],鲁连玉貌恳求人[3]。西南天地干戈满[4],尧舜忧虞诘责频[5]。何日长歌《洗兵马》[6],归休桑亩罢吟呻。

【注释】

[1] 臭味:臭恶之气味。比喻志趣或同类。

[2] 宋璟:唐朝名相,博学多才,擅长文学;耿介有节,守法持正,性喜梅花,所作《梅花赋》,世所称誉。

[3] 鲁连:指鲁仲连,战国时齐国人,著名的思想家、辩论家和社会活动家。 玉貌:对人容颜的敬称。见《战国策·赵策三》《史记·鲁仲连邹阳列传》。

[4] 干戈:干指盾牌,戈指进攻的类似矛的武器,因以"干戈"用作兵器的通称,后来引申为指战争。这里指清嘉庆年间西南川、陕白莲教起义的战争。

[5] 忧虞:忧虑。虞,猜测,预料。

[6] 洗兵马:杜甫"安史之乱"时期歌颂唐军胜利之作。此处"长歌洗兵马"即战争获得胜利之意。

三月初六日示钦曾[1]

吾儿未壮见烽烟,足茧江头亦可怜[2]。忧患乍尝应断酒,田园渐废忍高眠。熟精选理知何日,游泳康衢羡昔年。八口今还分两地[3],劳人不寐拥青毡[4]。

【注释】

[1] 钦曾:作者长子。见《赐葛堂文集》卷一《述两舅氏示钦曾、鸾曾(丁卯)》、卷二《丙寅六月二十五示钦曾书》《丁卯五月录乙丑月八月寄钦曾之书》。

[2] 足茧:见"足趼"。脚掌因磨擦而生出的硬皮,喻指跋涉辛劳。

[3] 八口:特指有老人和小孩的大家庭。

[4] 青毡:青色毛毯。指清寒贫困者,亦指清寒贫困的生活。

不寐放歌

吴楚七国昔称乱[1],列侯办装出关东[2]。长安富儿吝成癖,惟有无盐财相通[3]。凯旋偿息利十倍,当时富厚归诸公。乃知斩将搴旗意[4],或为重赏捐微躬[5]。货殖之传被物议[6],史公笑骂洵非空[7]。我朝弊吏重廉正,讵肯乘此贪青铜[8]。况复管承党未散[9],赎罪诏责杨仆功[10]。防江已失汉之广[11],贼骑又趋周岐丰[12]。兴师日过千金费,苍生几郡号哀鸿。积尸窀穸尽草草[13],流移寝馈咸匆匆[14]。春深西畴少举趾[15],救死往往抛牛宫[16]。注意安在在良将,忘私忘家催铁骢[17]。身画麟阁岂忧富[18],听卑上有天王聪[19]。虮虱之臣尚不寐[20],诸公不与常人同。莫使竟成燎原势,亟灭郁攸安宸衷[21]。

【注释】

[1] "吴楚"句:西汉景帝时,因采用晁错的《削藩策》,以吴王刘濞为代表诸藩王发动叛乱,史称"吴楚七国之乱",后被平息。参见《汉书》相关诸传记载。

[2] 办装:置办行装。这里指为军队作战所需的用具和器械、装备、装甲等。

[3] 无盐:复姓,即无盐氏。见《史记·货殖列传》。

[4] 搴旗:指拔取敌方旗帜。

[5] 微躬:谦词,卑贱的身子。

[6] 货殖之传：指《史记》中《货殖列传》。 物议：众人的议论，多指非议。

[7] 史公：即太史公，是西汉武帝时期设立的官职名称，司马迁在《史记》中对其父司马谈称呼及自称，后特指司马迁。 笑骂：讥笑辱骂。

[8] 青铜：指青铜制品中的铜钱。

[9] 管承：东汉末据北海淳于一带的海贼首领，后降于曹魏。事见《三国志·武帝纪》《何夔传》《乐进传》《李典传》《张郃传》等。

[10] 杨仆：西汉名将。汉武帝时，为御史，后为主爵都尉。事见《汉书》卷九十《酷吏传》。

[11] 汉之广：指汉水之广阔。语出《诗经·周南·汉广》。

[12] 周岐：指西周时期的岐地。周族古公亶父因受戎狄威逼，自豳(今陕西彬县)迁居岐山下周原(今陕西岐山县东北)。 丰：周国都名，即丰京。在今陕西长安县西沣河西岸。

[13] 窀穸(zhūn xī)：墓穴，埋葬。

[14] 流移：流亡，迁移。指流离失所的人。 寝馈：指寝食，吃住，又指时刻在其中。

[15] 西畴：西面的田畴，泛指田地。 举趾：举足，抬脚。

[16] 牛宫：古代国家饲养禽畜的处所，专指牛栏。见《越绝书·外传记吴地传》。

[17] 铁骢：毛色青白相杂的马，泛指骏马。

[18] 麟阁："麒麟阁"的省称，供奉功臣及用于典藏历代记载资料和秘密历史文件。汉宣帝时曾图霍光等十一位功臣像与阁上，以表扬其功绩。见《汉书·苏武传》。封建时代，多以"麒麟阁"或"麟阁"表示卓越的功勋和最高的荣誉。

[19] 听卑：即天高听卑，典故名，出自《史记·宋微子世家》。

[20] 虮虱之臣：犹言微贱之臣。虮虱，虱子及虱卵，比喻卑微。

[21] 郁攸：火气，火焰。出自《左传·哀公三年》。

洋县城北周家坎,周氏妇刘,年二十三,贼杀其舅姑,掠其夫及叔。骂贼,割裂其唇辅[1],骂益厉,经宿死[2]。高生献昆之姨也[3],述其事,纪以诗

天只杀掠唇何爱[4],极口骂贼舌本在[5]。泰山寡妇哭重忧[6],周家少妇冰齿碎[7]。凶徒割唇连面皮,楚痛未死血泪垂。手抉庭堂一尺土[8],贼不可得空尔为。我闻烈妇之血渍砖上,现出妇人婴儿状,沙磨炭锻倍分明[9],贞爽不灭书非妄[10],此妇生随舅姑死,土中血痕无人理,黄绢幼妇属阿谁[11],守土诸贤宜表里[12]。

【注释】

[1] 唇辅:唇辅相连,唇齿相依,比喻关系密切,相互依靠。出自《左传·僖公五年》。

[2] 经宿:经过一夜的时间。

[3] 高生献昆:不详。

[4] 天只:我的天哪！ 只:助词。语出《诗经·鄘风·柏舟》。

[5] 极口:指竭尽口舌。

[6] 泰山寡妇:疑指晋谢道韫《泰山吟》所咏寡妇。

[7] 冰齿:皓齿。

[8] 抉:剔出。

[9] 炭锻:锻烧之意,就是把开的药锻生成药炭,有止血之功。

[10] 贞爽:贞洁。爽,洁白。

[11] 黄绢幼妇:"绝妙"二字的隐语。典出《世说新语·捷悟》。 阿

399

谁：是唐宋时期口头语言,常用作禅林语,即"谁"。

　　[12] 表里：表面和内部,内外。指事物的内外情况,一切原委。

赠何敬修大兄[1]

　　急难真如昆弟同[2],此来亲见古人风。亟迎江母岩城外,便住周郎大宅中。几度佩牛上崇雉[3],渐看汗马慰征鸿[4]。齐王氏、姚之富二逆,戮于郧西境内。东郊眺咏应余约,新涨靴纹待钓翁[5]。

【注释】

　　[1] 何敬修：未详。　大兄：为长兄或对朋辈的敬称。

　　[2] 昆弟：同昆仲,指兄和弟。

　　[3] 佩牛：借指持带刀剑,谓尚武。　崇雉：层层的雉墙。

　　[4] 汗马：指战马奔走而出汗,喻指劳苦征战。　征鸿：即征雁,意为"远飞的大雁",古人常利用它们寄寓自己的情怀。

　　[5] 靴纹：靴皮的花纹,形容细波微浪。　钓翁：渔翁。

三月十二日灯下

　　三看烽火幸粗安[1],蜀汉之间卜宅难[2]。欲效申屠栖野树[3],鹤儿鸠妇著身宽[4]。

【注释】

　　[1] 粗安：大致安定,大致安好。

[2]卜宅：用占卜的方法来选择住处或判断居住地的吉凶。

[3]申屠栖野树：指东汉申屠蟠隐居避祸的故事。事见《后汉书·周黄徐姜申屠列传》。

[4]鹤儿鸠妇：像鹤一样的儿子，雌鸟一样的妇人，比喻隐居山林的闲适生活。

安得蟾光每夜明，万家走集此孤城[1]。蜀中战斗无消息，一枕苍凉击柝声[2]。

【注释】

[1]走集：聚集。

[2]一枕：犹言一卧，卧必以枕，故称。 击柝(tuò)声：旧时巡夜敲梆子的声音，有时亦喻战事、战乱。

答劲香[1]

五子河梁始[2]，将军有化工[3]。青莲腾焰后[4]，健笔数空同[5]。之子才堪继[6]，身脾气独雄[7]。琼瑶无以报，慰我远飘蓬。

【注释】

[1]劲香：即李友竹，字劲香，号南村，洋县人。嘉庆己未进士，官彰明知县。本卷收有诗作。事迹见岳震川《赐葛堂文集》卷二《与李劲香书(庚戌)》、卷三《送李劲香谒铨序(戊辰)》。

[2]五子：说法不一，疑指五子之歌。 河梁：桥梁，借指送别之地。见旧题汉李陵《与苏武》诗之三。

[3]化工：指自然的造化者，也指自然形成的工巧。

[4]青莲：是一种青色莲花，常比喻性格品质高尚的君子。唐代李白号青莲居士，诗即指此。　腾焰：升腾的火焰。此处指青莲绽放，喻李白声名赫赫。

[5]健笔：雄健的文笔，比喻人善于为文或借指文章气势雄健。

[6]之子：这个人。

[7]身脒(xiū)：指身体瘦弱之状。脒，瘦。腹脊之间。

二月十三日夜梦先君[1]

我自就外傅[2]，驱犊希相从。皇皇应举选[3]，驰车清渭东。何裨于孝养，髀消逐秋风[4]。忌日何忍忆，初收穄稏红[5]。尽力不留余，臂枯荣不丰。壮日会呕血，白发子职供。昨宵梦所瞻，怱若疾竖攻。似欲告诫然，不闻一发矇[6]。我为流离子，久去父母邦。焚巢以为虑[7]，又虞旅琐凶[8]。得毋感泉下[9]，鉴此怵惕衷[10]。纷纷黄巾满[11]，松楸鲜来踪[12]。先灵失凭依，对我凝愁容。百年景真泪，绝望崇公封[13]。但求携薄祭，年年如德公[14]。寒食暂归来，四顾怀剑烽。

【注释】

[1]先君：已故的父亲。

[2]外傅：指古代贵族子弟到一定年龄出外就学。

[3]皇皇：指心不安。

[4]髀(bì)消：大腿上的肉减少了。髀，大腿。

[5]穄稏(bà yà)：水稻的别称。

402

[6] 发矇(méng)：使盲人眼睛复明,喻启发蒙昧,开拓眼界。矇,同"蒙",盲,目失明。

[7] 焚巢：焚烧盘踞藏身的地方,比喻彻底摧毁。

[8] 旅琐：旅居困顿。语出《周易·旅》。

[9] 得毋：即"得无"。恐怕,是不是。 泉下：黄泉之下,死后所居之处,指阴间。

[10] 怵惕：恐惧警惕。见《尚书·冏命》。

[11] 黄巾：东汉末年张角所领导的农民起义军,因头包黄巾而得名。见《后汉书·皇甫嵩传》。后借作乱者,寇盗。

[12] 松楸：指松树与楸树,墓地多植,因以代称坟墓,也特指父母坟茔。

[13] 崇公：崇国公的简称,指欧阳修的父亲。见欧阳修《泷冈阡表》。

[14] 德公：指三国时庞德公不愿做官,入鹿门山采药隐居之事,见《后汉书·庞公传》。后借指隐士。

三月晦日[1]

麦浪秧针卜有年[2],不堪四度见烽烟。金州一炬平安火[3],切望西来到汉川[4]。石泉、汉阴、紫阳,道梗已数日矣。

【注释】

[1] 三月晦日：指农历三月最后一天。

[2] 秧针：指初生的稻秧。 有年：年成好,丰收之年。见《穀梁传·桓公三年》。

[3] 金州：古代州府名,即今陕西安康市。 一炬：一把火。

[4] 汉川：这里是指陕南流域的安康一带。

咏　史

唐室昔丧乱,骄满成巅危。供顿竟无人[1],尽失汉官仪[2]。薾然田舍翁[3],谒帝言国疵[4]。禄山奸谋早[5],弹劾辄诛夷。蒙尘比阶厉[6],九庙由此隳[7]。是以辟门圣[8],不使聪明亏。臣记宋璟相[9],数数进箴规[10],衮职赖以补[11],租庸调以时[12]。迩来尚阿谀,盈廷皆脂韦[13]。阙门外万状[14],陛下不得知。草泽咸疾首,知有今日为。九阍虎豹守[15],焉睹神圣姿。天子亦赧颜[16],慰谕而遣之。后世帝王贤,勿忘郭翁从谨辞[17]。

【注释】

[1]供顿:本指供给行旅宴饮所需之物,这里是指没有人为朝廷供给生活用品等。

[2]汉官仪:指《汉官仪》,汉代应劭撰,为两汉典章制度的汇编,大部分已经亡佚,今存清人辑本。此指安史之乱后,朝廷尽失自汉以来的礼仪典章。

[3]田舍翁:年老的庄稼汉。此作者自谓。

[4]谒帝:拜见皇帝。　国疵:指朝廷的瑕疵、弊端。

[5]禄山:即安禄山。唐代安史之乱的叛臣之首。

[6]阶厉:祸害的开端,导致祸害。也指导致祸害的人。

[7]九庙:指帝王的宗庙。

[8]辟门:开门,谓广罗贤才。

[9]宋璟:唐朝名相,与姚崇同心协力,辅佐唐玄宗开创"开元盛世",

两《唐书》皆有传。

[10]箴规：劝戒规谏。

[11]衮职：古代指三公的职位，亦借指三公。

[12]租庸调：唐时实行的赋税制度，以征收谷物、布匹或者为政府服役为主，是以均田制的推行为基础的赋役制度。

[13]脂韦：油脂和软皮。后因以"脂韦"比喻阿谀或圆滑。

[14]阙门：两观之间，亦指高楼大门。见《穀梁传·桓公三年》。

[15]九阊：九天之门，亦指九天，后也喻朝廷。

[16]赧颜：羞惭脸红、惭愧。

[17]郭翁：唐咸阳（今属陕西）人。在安史之乱时，借献食之机，向唐玄宗进言。事见《资治通鉴·唐纪三十四》。

余家沟[1] 先伯祖岐，巢府君手置山庄，嘉树茂悦，渚田腴润。先伯父储善府君筑屋三间，去我珥尔沟二里许[2]。震川尝看秧过憩，伯父盛粥命饮，喜溢颜面，群从随餐，脱笠梧下，牛卧泉鸣，鸟声远至。阅数十年，清适无改[3]。嘉庆二年之冬[4]，逮今春深，寇虐相寻[5]。弟宁辈奉老携孥涉江再往，夜望南北，烟焰腾飞，昔并桃源[6]，今如燕幕[7]，慨念惊劳，歌以记事。

山居眷长嬴[8]，一家散笠影。共有先畴佳[9]，远绝尘嚣境。昔往得亲欢，今赴伤敌猛。深深盘谷游[10]，惕惕中逵梗[11]。寒江再三涉，白发遭不幸。祸比同日灾，魂悸春宵警。室矮瓜葛连，霜卧梧叶冷。我客乐城隅[12]，闻此泪如绠。又虞废耕垈[13]，何由得遗秉。愿归同姜衾[14]，兰陔并祝哽[15]。

【注释】

[1] 余家沟：地名，岳震川先伯所居山庄。

[2] 珥尔沟：地名，岳震川先祖所居岳氏家族之地。见《赐葛堂文集》卷二《请浮梁项漪南孝画〈珥尔沟先墅图〉(辛酉)》、卷四《珥尔沟稻田记》。

[3] 清适：清美，闲适舒畅。

[4] 嘉庆二年：公元1797年。

[5] 相寻：相继，接连不断。

[6] 桃源："桃花源"的省称，此指作者伯父的山庄。

[7] 燕幕：即"燕巢于幕"，典故名。燕子在帐幕上筑巢，比喻处境非常危险。典出《左传·襄公二十九年》。

[8] 长嬴：亦作"长赢"，夏天的别称。

[9] 先畴：先人所遗的田地。

[10] 盘谷：四周皆是山地的凹谷，称为"盘谷"。参见唐韩愈《送李愿归盘谷序》，后因以"盘谷"咏隐居之地。

[11] 惕惕：指惊恐不安心绪不宁的情状。　中逵：指道路交错之处，亦指大路。

[12] 乐城：陕西城固县，古称乐城，在今陕西城固县东八里，秦汉三国时为城固县治。见晋常璩《华阳国志》。

[13] 耕垡(fá)：耕田翻土，泛指务农。垡，耕地，把土翻起来。

[14] 同姜衾：意谓"同衾"，谓共被而寝，比喻亲近。

[15] 兰陔：即《南陔》，本是《诗经·小雅》中的篇名，有名无辞。晋束皙据《诗序》旨意，补写《补亡诗·南陔》。参见《文选》卷十九，《先秦汉魏晋南北朝诗》晋诗卷四。后因以"兰(南)陔"为孝子养亲的典故。　祝哽：即祝哽祝噎，意思是请年老致仕者饮酒吃饭，设置专人祷祝他们不哽不噎。

为表弟杪小成作

株守吾庐志亦坚[1]，人方避寇尚求田。包腐空觅怀春女[2],骇鹿常惩衣锦仙[3]。寇常掠人,余以李太白见污于逆璘为戒。预说盖棺知有命,不叫锄耒恐无年[4]。流离此日艰危甚,薪桂难分一缕烟[5]。

【注释】

[1] 株守：死守不放。比喻拘泥守旧,不知变通。

[2] "包麕"句：指吉士以杀死的麕赠予女子来引诱她,化用《诗经·召南·野有死麕》诗意。

[3] "骇鹿"句：骇鹿:指受惊的鹿,犹逐鹿。 衣锦仙：李白因永王李璘事件而获罪入狱,后被流放夜郎。本诗当指此。

[4] 锄耒：锄和耒,泛指农具。 无年：饥荒之年。

[5] 薪桂：薪贵于桂,柴贵得像桂木。形容物价高得出奇,人民生活极其困难。出自《战国策·楚策三》。

二月九日

逼近清明归计难,拥矛时上女墙看[1]。几村儿女终宵走,万斛囷仓一炬残[2]。新鬼啾啾闻静夜[3],溺人滚滚下惊湍。但求常奠北邙米[4],不敢椎牛望达官[5]。

【注释】

[1] 女墙：古代城墙上面呈凹凸形的小墙,建于城墙顶的内侧。

[2] 万斛：极言容量之多。 斛：古代容量单位。 囷仓：粮仓。

[3] 啾啾：象声词,泛指像各种凄切尖细的声音,这里形容"鬼"的叫声。

[4] 北邙：山名,北邙山的简称,因在洛阳之北,故名。东汉、魏、晋的

王侯公卿多葬于此,后借指墓地或坟墓。

[5]椎牛:谓击杀牛祭墓,指亲人亡殁,不能奉养的痛苦,见《韩诗外传》卷七。

赠演三紫台[1]

据险凶徒志,孤城或不危。奇居菘韭货,贫未㸑廖炊[2]。朋好黄垆远[3],将军紫阁迟[4]。眼中经见事,执手但长噫。

【注释】

[1]演三:未详。　紫台:唐中书省的代称。

[2]㸑廖(yǎn yí):门闩,古代木门的门栅。用春秋时百里奚之典。见《颜氏家训·书证》引古乐府歌《百里奚词》。

[3]黄垆:魏晋王戎于黄公酒垆前伤怀嵇康、阮籍。见《世说新语·伤逝》。后用"黄垆"比喻伤怀往事、悼念亡友之辞。

[4]紫阁:金碧辉煌的殿阁。唐代曾改中书省为紫微省,称宰相府第为紫阁。后世也用作名臣贤相的代称。

赠陈玉珊同年[1]

乍得朋簪盍[2],翻因剧寇来。谈兵怀细柳[3],多垒失江梅[4]。峻堞呼同陟[5],芳尊久不开[6]。巨源春燕日[7],周廉堂先生,擢国字司业。应命子昂才[8]。

【注释】

[1]陈玉珊：指陈海霖,字玉珊,号雨三,城固举人,本书卷三收有诗作。　同年：指同时,科举时代称同榜或同一年考中者,见《唐国史补》卷下。两人为嘉庆六年(1801)进士。

[2]朋簪盍(hé)：借指朋友间的聚会。朋簪,指朋辈。盍,合,聚合。

[3]细柳：地名,在今陕西咸阳西南渭河北岸,有细柳仓,即汉周亚夫屯军处。后用作咏军营的典故,也用来咏军纪严明的将军。

[4]多垒：指营垒众多,喻寇乱频繁。　江梅：杏属植物,是一种野生梅花,又称野梅。江梅型梅花一般是一花一果,是最常见的梅花,具有重要的观赏价值及药用价值。

[5]堞：城墙上齿形的矮墙。　陟：从低处走向高处,登高,上升。

[6]芳尊：即"芳樽",指精致的酒器,亦借指美酒。

[7]巨源：三国魏山涛,字巨源。名士嵇康有《与山巨源绝交书》,后人常用此事作为拒绝出仕的典故。参见《文选》卷四三三。　春燕：春季的大宴。宋制,宫廷每年于春、秋两季设大宴。见《宋史·五行志四》。周兆基,字廉堂,号莲塘,湖北江夏(今武汉)人,嘉庆二年丁巳(1797年)迁国子监司业,官至礼部尚书。著有《佩文诗韵》。

[8]应命：从命,遵命。　子昂：指唐代诗人陈子昂。

寄李汉京暨邓生实修[1]

邓攸窘急抛儿去[2],贾获仓皇载母行[3]。春到今年浑不见,穿林多马少啼莺。

【注释】

[1]李汉京、邓实修：未详。

[2]邓攸：字伯道,平阳襄陵(今山西襄汾东北)人。永嘉之乱中"救

侄舍儿",参见《世说新语·德行》。见卷二《哭龚斋师》注[4]。

[3] 贾获：春秋时陈国大夫。鲁襄公二十五年，兵乱中献车救太子，事见《左传·襄公二十五年》。

赠蓝介甫七兄、樊仲山二兄[1]

负却江头杨柳风，寇来我亦厌雕虫[2]。若逢陆馥求方略[3]，二子应居十善中[4]。

【注释】

[1] 蓝介甫、樊仲山：未详。
[2] 雕虫：比喻从事不足道的小技艺。
[3] 陆馥：本姓步六孤，字受洛拔，鲜卑族，代（今山西北部）人。任官为政清平，抑强扶弱，吏民爱之。事见《魏书》《北史》。
[4] 十善：佛教语。不犯十恶，即是十善。

寄逊甫洋县[1]

修篁日日念吾庐[2]，不被饥驱被盗驱。君到谢桥应怅望[3]，尘封邺架近何如[4]。

【注释】

[1] 逊甫：即张逊甫，平凉人，作者门人。见《赐葛堂文集》卷三《送张逊甫入都序》，卷六《张逊甫哀词》。
[2] 修篁：修竹，长竹。

[3]谢桥：非六朝或唐时谢娘桥或谢秋娘之桥。因作者是洋县谢村镇东韩村人，或实指洋县的谢村桥。 怅望：惆怅地看望或想望。

[4]邺架：唐李泌封邺候。藏书插架三万轴。后因以"邺架"比喻藏书处。

县郭人家俯水湄[1]，黑山钞掠叹生离[2]。怜君新作筼筜客[3]，不及吾乡有笋时。

【注释】

[1]水湄：水边、水岸、水跟岸之间的亦水亦岸亦草的地方。

[2]钞掠：抢夺、劫取。

[3]筼筜：一种皮薄、节长而竿高的生长在水边的大竹子。这里应指陕西洋县西北五里筼筜谷所产之竹，宋代苏轼有《文与可画筼筜谷偃竹记》载其事。见《读史方舆纪要》卷五六洋县"青谷"条下。

御寇诗一篇七章

圣清受命，九州涤溉[1]。日出爝息[2]，明坠我代[3]。天威震叠，亦克以爱。始启辽阳[4]，终拓极塞。天覆全付，选杰征晦。赞赞翼翼[5]，熙帝之绎[6]。一德允协，歌桓颂赉[7]。

【注释】

[1]涤溉：洗涤。

[2]爝息：小火把（火炬）熄灭。

[3]明坠：指明朝坠落，即明朝灭亡。

・411・

［4］辽阳：古称襄平、辽东城，今属辽宁。

［5］赞赞翼翼：即赞翼，辅助。

［6］熙帝之绂：兴盛帝王的功业。语出《尚书·舜典》："有能奋庸，熙帝之载。"绂，古通"载"。

［7］歌桓颂赍：《桓》和《赍》是《诗经·周颂》中的两篇，都是歌颂周武王的乐歌。

五圣传序[1]，天清地宁。妖星乍耀[2]，肆虐生灵。雍豫梁益[3]，驰骤辎軿[4]。祸始枝江[5]，蔓延四岭[6]。哀我群黎，化为磷青。痛此嫩室，烟煤飘零。守令悚惧，坚壁昼扃[7]。

【注释】

［1］五圣：五位圣人，指神农、尧、舜、禹、汤。见《淮南子·修务训》。

［2］妖星：古代指预兆灾祸的星，如彗星等，这里指白莲教"匪患"。

［3］雍豫梁益：《尚书》九州中的雍州、豫州、梁州、益州四个州，为清中期白莲教起义和活动的地区。

［4］辎軿：辎车和軿车的并称，后泛指有屏蔽的车子。

［5］枝江：地名，今湖北省宜昌市代管县级市。此指清乾隆、嘉庆时期的楚、川、陕白莲教起义。

［6］四岭：陕西省地名，以地形命名。设立于清代时期，后废止。

［7］坚壁：加固城墙和堡垒，把物资转移走或埋藏起来，使不落到敌人的手里。　昼扃：谓门白昼关闭。

恶木葱郁，盘结株根。盗泉浩漾[1]，浚其秽源。大将持重陕甘总督宜公绵[2]。寇党益繁。克捷匪一，渠魁悉歼[3]。始伏于莽，继逞平原。严旨屡降，求恶之元。将权亟更,执非屏藩[4]。

【注释】

[1]盗泉:古泉名,故址在今山东泗水县东北。古代以不饮盗泉表示清廉自守,见《尸子》卷下,《后汉书·列女传》。参见卷二《廉泉让水歌》注[3]。　浩瀁:水无际貌。

[2]宜公绵:宜绵,清名将,曾任陕西布政使,兼管四川总督事务,参与平定川楚陕白莲教起义。

[3]渠魁:指首领,头领,大头目。　歼:原刻本缺,根据《尚书·胤征》"歼厥渠魁,胁从罔治"之语意及本诗韵脚补。

[4]屏藩:屏风和藩篱,比喻边疆地带的国土、防御设施或保卫国家的将士。

卫骉鲁駉[1],戎政以强。我骑有数,官授骕骦[2]。寇入聚落,胁引选良。有违而走,矛刺其吭。东庑西厢[3],资彼腾骧[4]。不屑刍豆[5],饲以粳粱[6]。力追鲜逮,国瘛弥狂[7]。

【注释】

[1]卫骉:卫地高大的骏马。语出《诗经·墉风·定之方中》。　鲁駉:鲁国养的肥大的公马。《駉》是《诗经·鲁颂》的一篇。

[2]骕骦:本作"肃爽""肃霜",亦作"骕騻",古代的一种骏马。

[3]庑:搭建于主房舍前面的半敞开式屋舍,用于安置马匹、接待来客或留宿来客。

[4]腾骧:飞腾、奔腾。引申为地位上升,宦途得意。也形容高昂超卓。

[5]刍豆:草和豆,指牛马的饲料。

[6]粳粱:粳米。

[7]瘛(zhì):疯狂。

我任我辇[1],运输孔艰。寇不裹粮,救死谁悭[2]。竭肉倾米,饱彼凶顽。既饱焚积,烟飞不还。又逼农时,敌谋益奸。春鳸趣耕[3],弃牛胥迁[4]。种不入地,奚望有年。

【注释】

[1] 辇:古代用人拉或推的车,也指乘车,载运,运送。

[2] 悭(qiān):缺乏。

[3] 春鳸:鸟名,农桑候鸟。相传为古代金天氏的春季农官。

[4] 胥迁:全部迁徙。

国初上将,战皆用奇。吴据武关[1],鸟道畴追[2]。奋威绕背,挥刀乘危。保宁夺桥,叫其佳儿。三藩连鸡[3],摧于熊罴。扼仙霞关[4],文臣之为。三将取鹝[5],神机孰窥。

【注释】

[1] 武关:古晋楚、秦楚国界出入检查处,位于陕西省商洛市丹凤县东武关河的北岸,与函谷关、萧关、大散关成为"秦之四塞",是古代兵家必争之地。

[2] 鸟道:只有飞鸟能通过的道,比喻极其险峻难行的山路。

[3] 三藩:清朝初期云南的平西王吴三桂、广东的平南王尚可喜、福建的靖南王耿精忠发起的反清事件。 连鸡:亦作"联鸡"。指缚在一起的鸡。喻群雄相互牵掣,不能一致行动。典出《战国策·秦策一》。

[4] 仙霞关:古称古泉山、泉岭山、保泉山,为中国古代关隘,与剑门关、函谷关、雁门关并称中国四大古关口。

[5] 三将取鹝:疑指平定三藩的三位汉人大将,他们是张勇、王进宝

和赵良栋。张勇被封为一等侯,死后追封太师,子孙也皆得到封赏;王进宝为二等子爵,死后封为太子少保,且爵位都是世袭制;赵良栋死后封为一等子爵,爵位世袭。

何今用武,不与昔同。爰爰狡兔[1],不罹罦罝[2]。舍奇用正,屡战罔功。勒侯发令[3],恤我南邦。惩昔安舒,督令厉锋。我草莽臣,忧思无穷。帝望建櫜[4],民待岁丰。

【注释】

[1]爰爰:舒缓的样子。
[2]罦罝(fú chōng):也叫覆车网。一种装设机关的网,能自动捕鸟兽。
[3]勒侯:指清代名将勒保,曾陕甘总督、四川总督、经略大臣(节制川、楚、陕、甘、豫五省军务)等。乾嘉年间在平苗、围剿白莲教起义中,战功显赫。
[4]建櫜(gāo):将兵甲收藏于武库的意思。

二月二十五日作

虎符慎重付公侯[1],捷奏当宽圣主忧。诸将早云坑竖子[2],三秦今日赋梁辀[3]。夜虞清渭衔枚渡[4],贼偷渡汉江,已成故智。阵中蚕丛荷戟稠[5]。马腹鞭长恐难及,勒侯尚在重庆。中丞半壁已绸缪[6]。

【注释】

[1]公侯:指勒保,见前注。本诗夹注中又称"勒侯"。

［2］竖子：小子，对人的蔑称。

［3］梁輈：古代车上用以驾马的曲辕。突出车前为穹隆形，如屋梁，故名。

［4］"夜虞"句：虞，猜测，预料；忧虑；欺骗。衔枚，古代行军时口中衔着枚，以防出声。

［5］蚕丛：相传为蜀王的先祖，教人蚕桑。这里借指蜀地。 荷戟：指背负着戟。

［6］中丞：汉代御史大夫下设官职。明、清两代常以副都御史或佥都御使出任巡抚，清代各省巡抚例兼右都御史衔，因此明、清巡抚也称中丞。绸缪：缠缚，密密缠绕。比喻事前作好准备工作。语见《诗经·豳风·鸱鸮》。

又 赋

一夜头堪白，当春病欲生。寇谋多更遂，将略久谁成。杕杜歌何日[1]，嘉禾露正倾[2]。秦川平似掌，莫任此纵横。

【注释】

［1］杕杜：此指《诗经·唐风》中的篇目，主要是写在战乱饥荒的情况下底层百姓流离失所的悲惨生活。

［2］嘉禾：生长奇特美好的谷物，古人以之为吉祥的征兆。

奉怀王汉川先生[1]

寇熟商於路[2]，紫芝何处生[3]。老儒官最冷，两载守孤城。家祸庐存半[4]，二月二十四日，寇烧家楼三间。毡留箧尽倾。告归知未可，危险不胜情。

【注释】

[1] 王汉川：未详。

[2] 商於：为春秋战国时期秦楚边境地域名。楚国商密(今河南南阳市淅川县西南)、於中(今河南南阳市西峡县东)两地的合称，位于秦岭南麓、丹水与淅水的交汇处，为楚文化的发源地之一。

[3] 紫芝：也称木芝，似灵芝，常比喻贤人。

[4] 家祸庐存半：嘉庆三年(1798)二月，白莲教首领王聪儿(齐王氏)、姚之富率部由西乡到洋县，分军东助高均德，自率一军趋北栈，与清军鏖战，诗指此。

守戎张公龄霞帐中谈兵[1]

我于庵幔中[2]，一识济南士。吐词气慷慨，老大伤膴仕[3]。大兵自远征，勇弱相较比。刚悍数两川，粤东亦虎兕[4]。撒拉更胜蜀[5]，胆烈尽可恃[6]。其貌多不飏[7]，其勇过蒯垒[8]。去者比清人[9]，去冬，散归制府，宜公命哈密协镇李公，压送回籍，换兵从征。来者异趋市。此语孚久闻，破敌有长技。勒侯近愤发[10]，虩怒投燕几[11]。自古将成功，恩能得人死。回部属何人[12]，鸠爱均七子[13]。

【注释】

[1] 张龄霞：时任汉中守备。因剿白莲教"教匪"阵亡，在嘉庆六年(1801)受到朝廷的赏恤。参见《清实录·仁宗(嘉庆)实录》卷八十五。

417

[2] 庵幔：有帷帐的房舍。

[3] 膴仕：高官厚禄。

[4] 虎兕：虎与犀牛，比喻凶恶残暴的人。语见《论语·季氏》。

[5] 撒拉：应指撒拉族，中国信仰伊斯兰教的少数民族之一。主要分布在青海、甘肃等省。

[6] 胆烈：有胆量而勇烈。

[7] 不飏：其貌不扬。"飏"同"扬"。

[8] 劘(mó)垒：逼近敌人的营垒，亦指战事。

[9] "去者"句：小注所言宜公，指宜绵。见前《御寇诗一篇七章》第三首注[2]。清人，应指《诗经·郑风·清人》，此诗是一首政治讽刺诗，揭露郑国国君不爱惜民众，久役人民于河上，兵众不满，纷纷逃役。

[10] 勒侯：指勒保，见前《御寇诗一篇七章》第七首注[3]。

[11] 虓(xiāo)怒：指暴怒。 燕几：最早是古人倚凭用的一种小几。见《仪礼·士丧礼》。

[12] 回部：清代对新疆天山南路的通称。该地为维吾尔族、乌孜别克族所聚居，清朝对该地信仰伊斯兰教的少数民族多称为"缠回"，故名，亦称"回部"。

[13] "鸤爱"句：谓人君对臣民当一视同仁。语本《诗经·曹风·鸤鸠》。

城固龙头寺李氏之女[1]，嫁陈氏数月，与三十五妇人避寇寺后，持矛贼肋之去，其祖姑叩头乞哀，贼曰："不去杀汝。"妇抗声答曰："杀，不去。"遂受矛而毙。嘉庆三年二月初四[2]，社日也[3]

乌鹊双飞，不乐凤凰。妾是庶人，不乐宋王[4]。矧汝枭獍徒[5]，虎噬而鸱张[6]。三十六妇入蜂眼[7]，贪此婵娟少妇妆[8],谁知少妇百炼钢。祖母哭此妇,花时桃夭折[9]。夫婿哭此妇,惨然新婚别。阳城春社断男头[10],城固春社见女烈。我睹王师肺肠热[11],我避妖贼樊眦裂[12]。我钦新妇心如铁,陈子殷勤倩我歌[13]。倾肝血,和古雪[14],撰质词[15],或不灭。

【注释】

[1] 龙头寺:地名。又称龙头镇,因龙头寺而得名。龙头寺建于唐大顺二年(891)。见《(嘉庆)汉中府志》卷十四"祀典"。

[2] 嘉庆三年:公元1798年。

[3] 社日:古时祭祀土神的日子,一般在立春、立秋后第五个戊日。

[4] "乌鹊"四句:这是《乌鹊歌》的第二首,是战国初宋国韩凭之妻何氏创作的一组四言诗。 凤凰:传说中的鸟王名,暗指宋王戴偃。 宋王:战国时宋国国君,名偃,谥康王。

[5] 枭獍:旧说枭为恶鸟,生而食母;獍为恶兽,生而食父,比喻忘恩负义之徒或狠毒的人。

[6] 虎噬:意思是虎啮食,比喻勇猛。 鸱张:像鸱鸟张翼一样,比喻嚣张、凶暴。

[7] 蜂眼:说的是眼睛如蜜蜂的眼睛一般,这种人大多内心非常的冷酷和残忍,参见《左传·文公元年》,后用"蜂目豺声"来比喻恶人的容貌和声音。

[8] 婵娟:形容女子姿态美好。古诗文里多用来形容美女、美人,此指陈氏妇。

[9] 桃夭:指《诗经·周南》中的一篇,后世就用桃花喻美人。

[10] "阳城"句:楚国阳城君为守义而死。事见《吕氏春秋·离俗览·上德》。 春社:又称春社日,春季祭祀土地神的日子。

[11] 肺肠:比喻内心,心思。语出《诗经·大雅·桑柔》。

[12] 樊:篱笆。 眦裂:目眶瞪裂,形容盛怒。

[13] 倩：请。

[14] 古雪：经久未化的积雪。形容经过很长时间的人与事。

[15] 质词：质言，实言。

咏时薛氏死贼事

我闻富州烈女陈淑真[1]，绝弦一曲声酸辛。东湖水浅不得没[2]，甘令鸣镝集其身[3]。薛氏不琴复不水，农家有妇花难比。驱之不往扶不起，骂贼去作清白鬼。

【注释】

[1] 富州：宋代荆湖北路羁縻州，治所即今湖北恩施州来凤县。 陈淑真：元人，富州陈璧女，元末遭陈友谅寇而死。见《新元史·列传第一四二·列女中》。另见《元史》卷二百一《列传第八十八·列女二》，无衣带词。

[2] 东湖：疑为来凤县境的小河。

[3] 鸣镝：古时一种射出去带响的箭，多用于发号令。

薛、牛二生死贼歌

我不识薛畅、牛义方[1]，二生死贼亦激昂。牛师陈汉鸥[2]，一官未补没武昌。平生锋颖过千将[3]，经书满腹史提要，遇忠孝字言尤详。宜有弟子百炼钢，两腋利刃白如霜。外袭羊裘顾而长[4]，贼见破胆讶生狂，未及刺贼身已戕。薛事艮斋李扃户[5]，苦教师亦良不知。会说巡远南八事[6],口角流沫湿书囊。畅也不屈不义色不改,眼中岂有千豺狼。到死只作平等看,但无若神之须比睢阳[7]。古来草间偷活多名辈,后人节取垂琳琅[8]。二生读书无车五,二生名未登序簧[9]。一死直见古肝肠,千顽万懦惊刃铓[10]。渴葬在何许,吾将整带裳,为尔再拜浇椒浆[11]。

【注释】

[1] 薛畅、牛义方:应是未入庠的士子。从诗中看,牛义方为陈汉鸥的弟子。

[2] 陈汉鸥:即陈洪范,字九畴,号汉鸥,洋县人。乾隆癸卯举人,官湖广知县。本书卷三收有诗作。

[3] 锋颖:尖细,锋快,尖利。比喻卓越的才干,凌厉的气势。

[4] 外袭:外衣。袭,计算成套的衣服或被褥的单位。

[5] 艮斋:南宋薛季宣号"艮斋",学者称"艮斋先生",因称所创学派为"艮斋学派"。李肩户:未详。

[6] 巡远:唐代名臣张巡、许远的并称。安史之乱中,二人协力死守睢阳而垂名后世。参见《齐东野语·二张援襄》。南八:南霁云,从张巡守睢阳,城陷不屈,与张巡等同被害。见韩愈《张中丞传后叙》。

[7] 睢阳:古地名。今属河南商丘。睢阳之战是唐代安史之乱时期的一场著名战役,又称睢阳保卫战。张巡、许远等与叛军血战,并坚守十个月,城陷后,张巡与许远等一起被俘,张巡等三十六人遇害。

[8] 琳琅:精美的玉石,比喻美好珍贵的东西。

[9] 序簧(hóng):是指古代的学校。

[10] 刃铓:锋利。

[11] 椒浆:以椒浸制的酒浆,即椒酒。古代多用以祭神。

洋县戚氏村生员宋天赐之母李，贞女也，未及请旌，母子死于贼

白发之女，宋母之贞。不曾结缡[1]，闻仓庚声[2]。缟总趋丧[3]，姑嫜悲迎[4]。哀哀抚子[5]，壮为诸生。寇胁之往，女手挽争。女手无毒，血眦双瞠[6]。宋生虽弱，骂污我簀。贼壮宋生[7]，天道不平。子死何生，尚加以兵。女耶母耶，向笔畴赓[8]。表闾作式[9]，何让陶婴[10]。厉鬼杀贼，呜呼宋生！

【注释】

[1] 结缡：古代嫁女的一种仪式。女子临嫁，母亲给她结上佩巾。语出《诗经·豳风·东山》。后指结婚。

[2] 仓庚：黄莺的别名。语出《诗经·豳风·七月》。

[3] 缟总：以八寸长的白绢束发。见《礼记·丧服·曾子问》。

[4] 姑嫜：丈夫的母亲与父亲。

[5] 哀哀：指悲痛不已的样子。语出《诗经·小雅·蓼莪》。

[6] 瞠(chēng)：瞪着眼看。

[7] 壮：原本疑误，应为"戕"，形似而误。

[8] 畴赓：同样的传续。

[9] 表闾：指旌表闾里，以显彰功德的意思。出自本《史记·殷本纪》。 作式：即表式，表率、楷模。

[10] 陶婴：春秋时期贞节妇女的典型。参见《列女传·鲁寡陶婴》。

二月二十一日夜,大风至晓不息

春窗不许开,一夜大风来。到晓声弥劲,余寒去复回。帘轻频上下,池净怨尘埃。得意初垂柳,惊心欲谢梅。论文依蛰室[1],看剑向金垒[2]。客有相如病[3],新诗拥被裁。

【注释】

[1] 蛰室:静谧之室。

[2] 金垒:金戈铁马的军属重地。

[3] 相如病:西汉辞赋家司马相如患有消渴疾,即今所谓糖尿病,晚年病居茂陵。后用为咏文士生病之典。参《史记》《汉书》司马相如本传。

洋　州[1]

枕秦面蜀倚川岩,朝见来车暮去帆。经似赵匡堪作守[2],吏如与可亦容馋[3]。戴韩妙迹碑犹在[4],戴嵩牛、韩干马,石刻嵌县署壁间。浣汉清流境不凡[5]。只是筼筜变禾黍,无由烧笋佐杯衔[6]。

【注释】

[1] 洋州:古州名,西魏置,以洋水为名,明洪武三年改洋州为洋县。

[2] 赵匡:唐经学家,字伯循,河东(今山西永济)人。官至洋州刺史。赵匡对《春秋》进行义疏阐述,撰《春秋阐微纂类义疏》,其遗说《玉函山房辑

佚书》辑存1卷。

[3] 与可：文同，字与可，号笑笑居士，人称石室先生。北宋梓州梓潼郡永泰县(今四川绵阳)人。著名画家、诗人。文同以善画竹著称，曾做洋州知州时，对洋州城北筼筜谷茂林修竹，情有独钟，观竹、画竹，品尝竹笋，表弟苏轼《文与可画筼筜谷偃竹记》记其事。

[4] 戴韩：戴嵩，唐代画家。擅画田家、川原之景，画水牛尤为著名，传世作品有《斗牛图》。韩干，唐画家。擅绘肖像、人物、鬼神、花竹，以画马著称，代表作有《牧马图》《照夜白图》等。

[5] 漾汉：指洋州境内的漾水，流入汉江。

[6] 烧笋：指文同在洋州筼筜谷游览画竹，烧笋佐餐。在熙宁二年初，邀苏轼、苏辙兄弟至筼筜谷山庄，制作了一席竹笋筵款待，深得苏氏兄弟赞赏。

渡　汉

负笈劳吾弟[1]，鸡鸣到汉滨。无金求骏马，有伴遇樵人。冰结溪边路，霜埋岭下薪。离情思远道，何日奉清尘[2]。

【注释】

[1] 负笈：指背着书箱，形容所读书之多，也指游学外地。

[2] 清尘：车后扬起的尘埃，亦用作对尊贵者的敬称。后形容清高的遗风，高尚的品质。

恶人鼻[1] 自列金坝而南里许,有峰高数十丈,石径盘曲,行者苦之,故得此名

曲径同秦栈[2],孤峰石五棱。樵夫愁陟巘[3],楚客苦担簦[4]。怪突人无礼,支离面可憎[5]。蹇驴频卧处[6],作此记吾曾。

【注释】

[1]恶人鼻:恶人鼻在今陕西汉中宁强县大安镇烈金坝汉王山,秦置"金牛驿",是入川的重要通道。列,现作"烈"。
[2]秦栈:指秦时所筑自秦入蜀的栈道。
[3]陟巘(yǎn):登上山峰。
[4]楚客:唐宋诗词中的一个代名词,后指客居他乡的人。　担簦(dēng):指背着伞;谓奔走,跋涉。
[5]支离:指衰残瘦弱的样子。
[6]蹇驴:跛蹇驽弱的驴子,比喻驽钝的人。

三插河 楚蜀之民,多迁于此

流离来汉上,茅屋仅容身。卖米都无市,居山尽是邻。乳儿云梦女[1],饮犊锦城人[2]。永好无相害,天涯势更亲。

【注释】

[1] 云梦：古地名。古时，属荆州之城。云梦因水而得名，今隶属湖北省孝感市。

[2] 饮犊：典故。典出《高士传·许由》。后因用作洁身远避，不求仕进的典故。　锦城：成都的别称。西汉时期，朝廷在成都设置了专门蜀锦专管机构，置"锦官"管理，成都称锦官城。

书房湾

山光眉欲画，池影镜新磨。绿静千寻竹，红摇万柄荷。春窗闻鸟语，晓月听樵歌[1]。邵子忘惊喜[2]，此为安乐窝。

【注释】

[1] 晓月：指拂晓的月亮。　樵歌：古琴曲《樵歌》，相传为宋末毛敏仲作。现代一般认为樵歌是樵夫唱的歌。

[2] 邵子：即邵雍，字尧夫，自号安乐先生、伊川翁，后人称百源先生。北宋哲学家、易学家，有内圣外王之誉。

文溪里 旧友陈秀山居于此

自怪文游少，深山有古人。门高迎远岫[1]，园广接芳津。不语心常静，无文道更真。一尊吾已醉，粗问药君臣[2]。秀山卖药及酒，于平地市北。

【注释】

[1] 远岫：远处的峰峦。

[2] 药君臣：药君臣是中药方剂学术语，见于《黄帝内经》，系方剂配伍组成的基本原则。

平　地

四角围青巘[1]，肥田十里平。村墟都有竹，山水并无名。客为春朝至[2]，箫因雪后清。蓉塘少府，善吹洞箫。征鞍旋去此[3]，耿耿抱离情。

【注释】

[1] 青巘：青翠重叠的高峰。

[2] 春朝(zhāo)：春天的早晨，泛指春天。

[3] 征鞍：犹征马。指旅行者所乘的马。

赵　贞

洋县人，康熙己卯举人[1]。

【注释】

[1] 康熙己卯：康熙三十八年，公元1699年。

子房山留侯辟谷处[1]

侯兮求仙学辟谷[2]，佹说相追赤松躅[3]。赤松丹灶归何乡,千载白云抱孤麓。欲上峰头问帝苍[4],乱山空翠飞茫茫。大风已歇汉炎冷[5],赢得此山名子房。

【注释】
[1]子房山:此指汉中市洋县马畅镇子房山,原名白云山,又称牛蹄山,因子房而得名。因山上有个张良庙,相传为是张良(子房)修道辟谷处,它始建于东汉末年。
[2]侯兮:指留侯张良。
[3]佹(guǐ)说:虚妄之辞。佹,古通"诡"。
[4]帝苍:即苍帝,传说中主东方之神。见《史记·天官书》。
[5]大风:指汉刘邦《大风歌》。见《史记·高祖本纪》。 汉炎:汉朝的权势。

陈洪范

字九畴,号汉鸥,洋县人。乾隆癸卯举人[1],官湖广知县[2],著有《承燕堂诗》一卷。南郑黄腾汉为之刊行[3]。

【注释】
[1]乾隆癸卯:清乾隆四十八年,公元1783年。
[2]湖广:作为地名,在明清时代及其以后指两湖(湖北、湖南)。
[3]黄腾汉:乾隆五十七年(1792)壬子恩科副贡生。善治家,扶贫弱,东关文昌庙焚毁后,他独力修复,事见《(乾隆)南郑县志》《(光绪)续修南郑县志》。

谷口纳凉

嵌冥山曲盘[1]，深谷开小口。岩扉锁寂寥[2]，一隙通户牖[3]。阴阴多老松，袅袅杂细柳。薜萝结翠屋[4]，扫径竹为帚。鲜花覆平台，绿净绝尘垢。鸟语迷高低，溪流环左右。屐齿破台痕[5]，迤逦偕嘉友[6]。到来披草坐，浑忘时渐久。风从树梢落，泠然真可受[7]。攀条争挂衣，纨扇各释手[8]。折莲传碧筒[9]，香浮绿蚁酒[10]。终日须尽归，何必问几斗。颓然枕石眠，看云屡翘首。便觉隔人间，相逢只樵叟[11]。宁止烦暑消，俗虑更何有。是谁卧北窗[12]，同上羲皇否[13]。

【注释】

[1] 嵌冥：云雾迷蒙貌。嵌，晦暗不明；冥，昏暗、晦冥。

[2] 岩扉：指岩洞的门，也借指隐士的住处。

[3] 户牖：门窗，门户。

[4] 薜萝：薜荔和女萝。

[5] 屐齿：木屐底下凸出像齿的部分。此指足迹。

[6] 迤逦：曲折连绵。

[7] 泠然：清凉、寒凉的意思。

[8] 纨扇：古扇名，用细绢制成的团扇，是中国汉族传统工艺品及艺术品。

[9] 碧筒：指荷叶柄。一指"碧筒杯"。

[10] 绿蚁酒：指的是新酿的酒还未滤清时，酒面浮起酒渣，色微绿（即绿酒），细如蚁（即酒的泡沫），称为"绿蚁"。

[11] 樵叟：打柴的老翁。

[12] 北窗：典故名。作吟咏隐逸生活的典故。见陶潜《与子俨等疏》。

[13] 羲皇：伏羲，借指生活清闲自适。见陶潜《与子俨等疏》。

拟柳子厚商於路《孤松》[1]步韵

不植泰山阿[2]，乃在商於路。势将傲冰霜，宁复伤朽蠹[3]。虬枝老龙鳞[4]，鬼神烦守护。云深渥泽多[5]，湛湛蓄承露[6]。

【注释】

[1]《孤松》：唐柳宗元诗作。

[2] 泰山阿：泰山，即"太山"，犹言"大山""高山"。阿(ē)，山坳。

[3] 朽蠹：朽腐虫蚀。比喻衰残。

[4] 虬枝：盘屈的树枝。　龙鳞：松桧之属。松桧之皮如龙鳞，故称。

[5] 渥泽：恩惠。

[6] 湛湛：露水浓重的样子。语出《诗经·小雅·湛露》。

商山怀古，用陶渊明《赠羊长史》使秦经商山韵[1]

昔闻巢与许[2]，揖让羞唐虞[3]。后有黄绮辈[4]，俾睨留侯书[5]。汉家提三尺[6]，逐鹿池上都。先入关者王[7]，捷足谁能逾。群策皆辐辏[8]，四百此权舆[9]。欲疗烟霞癖[10]，勋名得与俱。哲人早见几，不肯少踟蹰。

430

兔死狗必烹[11],韩彭竟何如[12]。漠漠空山路,荒谷不厌芜。愿言蹑芳躅[13],邂逅接欢娱。尘心渐未尽[14],分与仙源疏[15],岩扉独延伫[16],白云自卷舒。

【注释】

[1]《赠羊长史》:晋陶渊明诗作。 使秦:指左将军朱龄石的长史羊松龄奉命出使秦地。

[2]巢与许:巢父和许由的并称。相传二人均为尧时人,隐居不仕,后因以为隐士的代称,或称颂高洁的志向。

[3]揖让:指古代宾主相见的礼节。这里指禅让,让位于贤。 唐虞:是唐尧与虞舜的并称,古人以为太平盛世。

[4]黄绮:汉初商山四皓中之夏黄公、绮里季的合称,作咏隐士的典故。

[5]俾睨:斜着眼看,侧目而视,有厌恶或高傲之意。 留侯书:指黄石公授张良《太公兵法》。

[6]"汉家"句:指汉高祖刘邦提三尺剑取天下之事。事见《史记·高祖本纪》。

[7]先入关者王:秦末战争中,楚怀王曾"与诸将约:先入定关中者王之"。见《史记·高祖本纪》。此处所指的关亦是函谷关。

[8]辐辏:集中,聚集。形容人或物聚集像车辐集中于车毂一样,也作"辐凑"。

[9]"四百"句:指汉家天下四百年的起始。 权舆:起始;也有萌芽、新生的意思。见《诗经·秦风·权舆》。

[10]烟霞癖:谓酷爱山水成癖。

[11]"兔死"句:意思是把抓住兔子的猎狗烹煮吃掉,比喻成就事业后就把有功之臣杀了。出自《韩非子·内储说下》,也见《淮南子·说林训》《史记·越王勾践世家》。

[12]韩彭:汉代名将淮阴侯韩信与建成侯彭越的并称,二人都是汉

高祖手下的功臣,后都被诛杀。后遂用为咏良将之典。

[13] 芳躅:指前贤的踪迹。

[14] 尘心:指凡俗之心,名利之念。

[15] 仙源:是道教称神仙所居之处。

[16] 延伫:久立,久留。

孤山父子歌,用王禹偁《不见阳城驿》韵[1]

偶披商南志[2],得读古人诗。古人诗既多,我心犹少之。自昔设卒伍[3],防守各有司。及闻孤山事[4],使人兴咨嗟[5]。明天启二年[6],二月仲春时。回贼肆猖獗[7],蚁聚相指麾[8]。魑魅与魍魉[9],出没亦甚奇。蹂躏羊圈沟,虚张骇人词[10]。众才三十二,谬称五百齐。人各鸟兽散[11],能捍贼者谁。独有李三让,不惧势寒微[12]。偕其子英秀,挺身确不移。孤山系吾族,何堪贼在兹。奋力急公难,乃是丈夫为。率众同追逐,贼伎无所施。遂逸清油河[13],孤兔窜有基。三让蹑其后,明岈岭参差[14]。徒手冒白刃,身无介胄维[15]。失机遂被创,骂贼力无遗。其子痛入髓,饮泣夫谁知。连砍贼七人,荒葛贯累累。从此贼远遁,父子名俱垂。贤宰命立祠[16],哀鬼其馁而[17]。未稔今何如[18],不祀良足悲。作歌心恻恻[19],敢言自悦怡。

【注释】

[1]《不见阳城驿》:宋王禹偁诗作。

[2]商南志:指《商南县志》,清罗文思辑,清乾隆十三年(1748年)成书。

[3]卒伍:古代军队编制,五人为伍,百人为卒。后泛指行伍,军队。

[4]孤山事:商南李三让与回寇激战而死之事。参见清罗文思《商南县志》卷十"人物"、十一"记事"、卷十二"艺文"。

[5]咨嗟:叹息,表示某种感情。

[6]天启二年:明熹宗二年,公元1622年。

[7]回贼:明清官方文献《明实录》《明史》《明经世文编》等对回民起义和西北辖境外入寇之吐鲁番(哈密)的称谓,本诗作者为清代官员,故也深受其影响。

[8]蚁聚:如蚂蚁般聚集。比喻结集者之多。 指麾:发号施令,指示别人行动。

[9]魑魅:传说中山林间害人的精怪。常喻指坏人或邪恶势力。魍魉:古代神话传说中的山川精怪。

[10]骇人词:使人充满惊骇恐慌的言词。因贼寇只有三十二人,却谎称有五百之众,故言"骇人词"。

[11]鸟兽散:形容人群像受惊的鸟兽那样四散而去。

[12]寒微:指出身贫贱,社会地位低下的人。此指李三让。

[13]清油河:商南八大河流之一,因清澈靓丽暨美丽动人的历史传说而得名。

[14]参差:长短、高低不齐的样子。

[15]介胄:铠甲和头盔,指武士。此指李三让没有护身的盔甲。

[16]贤宰:贤明的地方长官,此指商南县令黄养正。 立祠:社会公众或某个阶层为共同祭祀某个人物而修建的房屋。这里指黄养正为李三让予以厚葬,捐资立祠,为其撰写了《孤山父子兵碑记》。

[17]馁而:饥饿。

[18]未稔:意思是犹没有成熟。 稔:谷熟也。

[19]恻恻:悲痛,凄凉。

六月插秧

秋将近,叶渐黄,布谷啼残久杳茫。两瓮焦麦看看尽[1],可怜四野如涤场。夏至前后期十日,屈指三旬月又毕。旱魃不死无奈何,忧成鼠思首成疾[2]。昨夜初得雨半犁,疏渠引水到荒畦。禾苗半枯根未朽,重见短芽抽浅泥。短芽旖旎尚觉好[3],连日晴烘成白草。陇上谁复操豚蹄[4],欲从田祖祈香稻。君不见,野老吞声泣路隅,共说性命延斯须[5]。今岁幸蒙免田赋,来春何以输官租。

【注释】
[1]焦麦:陈燋的麦子。焦,同"燋"。
[2]鼠思:忧思,忧伤。鼠,通"癙(shǔ)"。语出《诗经·小雅·雨无正》。
[3]旖旎:多用来描写景物柔美、婀娜多姿的样子;也比喻女子美丽。
[4]豚蹄:猪蹄子,即"豚蹄禳田",参见《史记·滑稽列传》。
[5]斯须:片刻。

棘人行,送何敬修旋里[1]

哀哉棘人,乃是天涯之旅人。连日水浆不入口,通宵衣带不解身。纵然癯极轻似燕[2],岂能一朝飞到汉水滨。我劝棘人加餐饭,万里关山归路远。我劝棘人且少眠,血泪和流两眼穿。犹忆正月过君家,相约射策赴京华[3]。贤尊雪髯凤好客,延之上座礼有加。临行重进一杯酒,舍泪不言心已剖。为怜爱子惜别离,殷勤相托意诚厚。扶杖送我乐城西,春水桥边杨柳堤。前行聊复整鞍马,相期同上青云梯[4]。自惭铩羽归不得[5],君亦暂息六月翼[6]。作客他乡意转亲,晨夕同炊共旅食。忽然汉南付书来,堂上灵椿一夜摧[7]。可怜骨肉成永诀,闻之谁不生悲哀。君本少年子,失怙何所倚[8]。念此裂肝肠,日夜啼不止。哀哉棘人,都门西出故人违,茕茕独行谁相依[9]。每食必饱勿忍饥,须念有母在慈帏[10],朝朝暮暮盼儿归。

【注释】

[1] 棘人:后人居父母丧时,自称"棘人"。 旋里:返回故乡。

[2] 癯(qú):瘦。

[3] 射策:汉代考试取士方法之一,后泛指应试。

[4] 青云梯:上天的阶梯。比喻高位或谋取高位的途径。

[5] 铩羽:翅膀被摧毁,不能高飞。比喻人受摧残而失志。

[6] 六月翼:意谓暂歇,不用作为。典出《庄子·逍遥游》。

[7] 灵椿:古代传说中的长寿之树。典出《庄子·逍遥游》,此处比喻父亲。

[8] 失怙(hù):称父亲死去为"失怙"。语本《诗经·小雅·蓼莪》。

[9] 茕茕(qióng):形容忧思的样子,孤独无依的样子。语本《诗经·小雅·正月》。

[10] 慈帏:也作"慈闱",为旧时母亲的代称。封建时代以皇后母仪天下,故亦以称皇后。

敬题郭髯樵先生戴笠图[1]

陶令何恋米五斗[2]，兴来葛巾且漉酒[3]。岐亭隐者方山冠[4]，晚年风骨清珊珊[5]。是谁曳杖而戴笠，须眉飒爽不可及[6]。清远闲放海鹤姿[7]，屹然独向九皋立。吾闻东坡长髯衣翩翩[8]，林间撷卉人疑仙。此图毋乃其是邪，我师全椒居士号研泉[9]。

【注释】

[1]郭髯樵：即郭嵩。本书卷二《送邑侯郭髯樵先生南旋》有注。戴笠：戴斗笠，形容清贫。语出《风土记》，后以"戴笠"指贫贱的故人。

[2]陶令：指晋陶潜。陶潜曾任彭泽令，故称。

[3]葛巾漉酒：陶渊明好酒，以至用头巾滤酒，滤后又照旧戴上。后用滤酒葛巾、葛巾漉酒等词形容爱酒成癖，嗜酒为荣，赞美真率超脱。见陶渊明《饮酒》诗其二十，萧统《陶渊明传》等。

[4]"岐亭"句：指宋苏轼《方山子传》所载隐者方山子，即陈慥，苏轼友人，贵家公子，隐居不仕。　岐亭：在今湖北麻城。　方山冠：唐宋时的隐士帽。

[5]珊珊：高洁飘逸貌。

[6]飒爽：矫健强劲的样子。

[7]海鹤：海鸟名，或说即江鸥。

[8]东坡长髯衣翩翩：似指《东坡笠屐图》中苏东坡的形象。这一绘画母题是体现苏东坡被贬海南的儋州，其逍遥世外、达观自在的人生情态。

[9]全椒居士：郭嵩，安徽全椒人，故号全椒居士。

题郭友源小照[1]

画山必画峰,层峦叠嶂数岱宗[2];画水必画波,洪涛巨浪江与河。人生有峰是精神,惟有精神写不真。百年万感岁所遇,一日七情迭相因[3]。人生有波是事业,事业更难措笔法[4]。十五二十玉韫山[5],三十四十剑出匣。君长于今三十余,往来日月无有虚。平生燕游得十友[6],搜罗缃素盈五车[7]。君之事业在此储,君之精神乐此且。予情与君两眷恋,一年能得几相见。我不见君鄙吝生,幽居欲画侍中面。何物丹青貌得活[8],元气淋漓如可掇[9]。绮罗风里读书声[10],听来尽在秋毫末。画栏以外苔径旁,柳荫中夹小池塘。波面沙鸥三两行,蒲渠芡芰交芬芳[11]。池比汉兮鸥是我,随君到处乐徜徉。

【注释】

[1] 郭友源:名璟燕,字紫超,又字友源,号赋梅。南郑公郭嵩长子,深受其父影响。著有《南郑半舫唱和集》《留坝开云山房唱和集》等。曾对书法汉隶兴趣浓烈,著有《石门碑考》(书已失传),深得师友称赞。其事迹见岳震川《赐葛文集堂》卷六《郭君友源墓志铭》。

[2] 岱宗:即泰山。泰山旧谓居五岳之首,为诸山所宗,故称。

[3] 七情:人的七种感情,一般指喜、怒、哀、惧、爱、恶(wù)、欲。见《礼记·礼运》。 相因:相袭,相承,相关。

[4] 笔法:写字、作画、写文章的技巧或特色。

[5] 玉韫：即"玉韫珠藏"。好的玉器和珍珠被珍藏,比喻掩藏才智。后指怀藏才德的真人不露相。

[6] 燕游：闲游,漫游,宴饮游乐。 十友：称相友好的十人。见《新唐书·陆余庆传》。

[7] 缃素：浅黄色的绢帛,古时多用以书写。指书卷、书籍。 五车：即五车书,典故名。典出《庄子·天下》,后遂用"五车书"指书多或形容读书多,学问深。

[8] 丹青：丹为红色的朱砂,青为青色的石青,古人常以此为颜料作画,故代指绘画。后指史册、史籍。

[9] 元气：这里指人的精神、精气。 淋漓：形容充盛、酣畅。

[10] 绮罗：泛指华贵的丝织品或丝绸衣服。这里形容诗风华丽柔靡。

[11] 芡茇：菱芡,指菱角和芡实。

商南忆在京诗友,用罗隐《商於驿与于韫玉话别》韵[1]

滞迹都门客[2],萍踪各不同。人随飞鸟散,事逐落花空。日下翔云路,山中碍棘丛[3]。荣枯吾自卜,何待问仙翁[4]。

【注释】

[1] 罗隐《商於驿与于韫玉话别》：诗一题作《寄许融》,见《全唐诗》卷六五九。

[2] 都门：京都城门,借指京都。

[3] 棘丛：丛生的荆棘。

[4] 仙翁：称男性神仙,仙人。

商路早行，步温庭筠韵[1]

窈窱空山路[2]，宵征在异乡。松涛风似雨，草露月如霜。鸟宿依高树，萤飞过短墙。试将残梦续，梦到旧林塘[3]。

【注释】
[1] 步温庭筠韵：温庭筠有《商山早行》，与本题中"商路早行"略有不同。
[2] 窈窱(tiǎo)：幽深的样子。窱，通作窕。
[3] 林塘：树林池塘。

商南略似汉中，用温纯《入层峰驿宿武关》韵[1]

地尽梁州域，怀乡感物华。水田浇处处，香稻食家家。雨笠青溪迥[2]，风帘绿柳斜。鳣堂仍旧好[3]，未便怨天涯。

【注释】
[1] 温纯：字景文，一字叔文，号一斋。陕西三原人。明嘉靖四十四年(1565)进士。有《温恭毅公集》，《明史》有传。温纯有《过武关》诗，与诗题《入层峰驿宿武关》不同。
[2] 雨笠：指遮雨的笠帽。　青溪：碧绿的溪水。
[3] 鳣堂：古时讲学之所。典出《后汉书·杨震传》。

送岳一山,携赵、史二生赴商南[1]

六月商於我旧游,嘉君今复买轻舟[2]。云山万里师偕弟,春水三篙客伴鸥[3]。展卷都忘滩石恶,裁诗共爱野花稠[4]。重披绛帐瞻山斗[5],为道营巢铁佛头[6]。

【注释】

[1] 岳一山:即岳震川,见卷三作者小传。赵、史二人不详,从诗中可知为岳震川弟子。

[2] 轻舟:轻快的小船。

[3] 三篙:指水的深度。

[4] 裁诗:作诗。

[5] 绛帐:讲座或师长的美称。典出《后汉书·马融传》。 山斗:泰山、北斗的合称。犹言泰斗,比喻为世人所钦仰的人。语出《新唐书·韩愈传赞》,后被用作敬称,用来称呼对方。

[6] 营巢:筑巢。 铁佛头:地名。

初到酆山作

自觉俗尘过面生[1],寻山得路且行行。云扉乍辟仙源近[2],月观长开法界清[3]。欲向人间欺汗漫[4],须从此地到蓬瀛[5]。夜来稳睡心如洗,一枕松风万壑声。

【注释】

[1] 俗尘：人间。也指世俗人的踪迹。
[2] 云扉：云的门扇，云的状态。　仙源：道教称神仙所居之处。
[3] 法界：佛教语，通常泛称各种事物的现象及其本质。
[4] 汗漫：广大，漫无边际。
[5] 蓬瀛：蓬莱和瀛洲。神山名，相传为仙人所居之处，亦泛指仙境。

留　客

　　梅子熟时正麦秋[1]，客来访我到山头。故人动作三秋别[2]，今夜何妨一夕留。共指青溪看白鹭，同披绿草数黄牛。苍苍暮色岩扉合，借问君还欲去不。

【注释】

[1] 麦秋：麦秋指初夏，通常指农历四、五月。见蔡邕《月令章句》。
[2] 三秋：秋季，亦指秋季第三月，即农历九月。亦指三年，后比喻很长的一段时间。语出《诗经·王风·采葛》。

金华寺晓钟[1]

　　睡觉丛林曙色横[2]，鼓声初罢又钟声。噌吰响起星频落[3]，咿哑飞来鸟乍惊[4]。韵彻梁原千户晓，音流汉水一川平。少陵闻此发深省[5]，肯学逃禅了一生[6]。

【注释】

[1] 金华寺：在今陕西省汉中市汉台区七里街道下辖的金华村。见《(嘉庆)汉中府志》卷十四"祀典"。

[2] 曙色：拂晓时的天色。

[3] 噌吰(chēng hóng)：形容钟声洪亮。

[4] 咿哑：鸣叫声。

[5] 少陵：指唐杜甫。杜甫常以"杜陵"表示其祖籍郡望，自号少陵野老，世称杜少陵。此处疑化用杜甫《游龙门奉先寺》诗意。

[6] 逃禅：逃出禅戒。也指遁世而参禅。

闰四月

仲吕重调月一周[1]，清和令节故夷犹[2]。芳田正喜多梅雨[3]，乐岁难逢再麦秋。阔绝三春花事杳[4]，淹迟首夏鸟声悠[5]。年年记得菖蒲酒[6]，莫滞熏风上石榴。

【注释】

[1] 仲吕：本指中吕，古乐十二律的第六律，又称小吕。这里是农历四月的代称。古有"孟夏之月，律中仲吕"之说，故称。

[2] 令节：最佳时节。 夷犹：犹豫，迟疑不前。

[3] 梅雨：黄梅季节下的雨。也作霉雨。

[4] 三春：春季三个月，农历正月称孟春，二月称仲春，三月称季春。

[5] 首夏：始夏，初夏。指农历四月。

[6] 菖蒲酒：用菖蒲叶浸制的药酒。旧俗端午节饮之，可以避邪去疾疫。

池河街

两岸青山夹水流,渔翁泛泛弄扁舟[1]。江村如画夕阳里,一半柳荫一半楼。

【注释】
[1] 扁舟:小船。

商山四皓歌

商於六百里,秦楚争未已。其中有幽人[1],高卧坚不起。善骂原不为高皇[2],道引还同张子房[3]。羽翮已就飘然去[4],世间富贵非所望。君不见,窈窕松柏道,遗冢累累覆青草[5]。云扉长护旧紫芝[6],千古清风说四皓。

【注释】
[1] 幽人:幽隐之人,隐士。
[2] 善骂:指刘邦轻士喜欢骂人。见《史记·留侯世家》。　高皇:指汉高祖刘邦。
[3] 道引:道家的养生法。　张子房:指张良。
[4] 羽翮(hé):鸟翅。语出《史记·留侯世家》。
[5] 遗冢:古墓,荒坟。
[6] 紫芝:真菌的一种,也称木芝,此比喻贤人。

僧　院[1]

僧院棕榈静,吟诗坐绿苔[2]。鸟衔池水去,山过短墙来。种菊偏遭蠹,浮莲尚未开[3]。人情惊宠辱,若个住蓬莱。

【注释】

[1] 僧院：佛教寺庙、寺院的总称。

[2] 绿苔：青苔。

[3] 浮莲：多年生宿根浮水草本植物,因它浮于水面生长,又叫水浮莲。

从荆子关舟行,出丹江抵汉水[1]

山中阻雨买舟行[2],荆子关前绿涨平。东下丹江三百里,西来汉水几千程。家书远隔双鱼杳,客箧长随一叶轻。正是斜阳愁绪乱,绕樯风燕也多情。

【注释】

[1] 荆子关：隶属于河南省南阳市淅川县,地处豫、鄂、陕三省交界,有"鸡鸣三省"之称。　丹江：长江水系支流汉江的支流,在丹江口市注入汉江,尧时即名丹水。

[2] 阻雨：指遇雨受阻,无法行进。

舟次老河口[1]

长堤延十里,鳞次泊艨艟[2]。帆落楼窗低,人行阁道中[3]。波摇江树绿,水浸岸灯红。此夜逢星使[4],旌旗动晚风。

【注释】

[1]舟次：船停泊之所,即码头。 老河口：今属湖北襄阳,位于鄂北门户、汉水中游。

[2]艨艟：又作艨冲,古代具有良好防护的进攻性快艇。

[3]阁道：又称复道、栈道,高楼间或山岩险要处架空的通道。

[4]星使：古时认为天节八星主使臣事,因称帝王的使者为星使。后遂以"星使"喻指朝廷使者。典出《后汉书·方术列传·李合传》。

龙窝滩

何年龙跃去,地复号龙窝。铁纽穿青壁[1],银花溅白波[2]。浪翻鳞甲动[3],石竖爪牙多。全仗灵胥力[4],风帆一瞥过[5]。

【注释】

[1]铁纽：用铁链制成的铁链、铁扣。 青壁：青色的山壁,这里指青山。

[2]银花：指水中的鱼。

[3]鳞甲：动物用以蔽护躯体的甲壳，后泛指一切有鳞和甲的水生动物。

[4]灵胥：指春秋吴国伍子胥。相传伍子胥死后为涛神，故称。借指波浪、浪涛。

[5]一瞥：迅速地看一眼，常喻极短的时间。

月夜泊均州[1]

均州城外水盈盈，水接天光一镜明。远浦渔歌灯数点[2]，孤蓬客梦月三更[3]。潭深倒见楼台影，夜静时闻鼓角声。更拟来朝重解缆，此身真个是浮生。

【注释】

[1]均州：即今湖北省丹江口市。

[2]渔歌：中国民歌的一种，指打鱼人唱的民歌小调。

[3]孤蓬：随风飘转的蓬草，常比喻飘泊无定的孤客。

马鬃滩[1]

乱石插当中，纷披似马鬃。骄嘶常喷沫[2]，弄影欲追风。碱礌千重出[3]，腾骧万匹同[4]。冲涛皆汗血[5]，骈首尽朝东[6]。

【注释】

[1]马鬃滩：在今陕西省西乡县城西沙河镇。

[2]骄嘶：形容健壮的马在骄傲地嘶鸣。

[3] 碱(qì)礌(léi)：像玉的石头在翻滚。
[4] 腾骧：飞腾、奔腾。
[5] 汗血：汗出如血，指汗血马。
[6] 骈首：头靠着头，并排。

难　滩

到滩皆变色，停楫叫嚣时[1]。水与舟相斗，蒿为石所欺。两船齐合纽[2]，双缆共维持。自愧随商贾[3]，依依济险危[4]。

【注释】

[1] 叫嚣：犹呼啸，发出很大的响声。
[2] 合纽：两船合拢在一起。
[3] 商贾：是古代对商人的称呼，行商坐贾，简称商贾。
[4] 依依：形容思慕怀念的心情。

酆山晓望

昨夜涛声卷屋檐，今朝睡起觉风恬[1]。残云几缕枭山半，晓月一钩悬树尖[2]。烟舍村村棋满局，池塘处处镜开奁[3]。春来只道名园好，未似空山看不厌[4]。

【注释】

[1] 风恬：风儿平静安逸。

[2]晓月：拂晓的月亮。

[3]开奁(lián)：打开镜匣。 奁：女子梳妆用的镜匣，泛指精巧的小匣子。

[4]不厌：不满足。

留侯祠

万金家破未为忧，日夜狙秦欲报仇[1]。沧海得人心已尽[2]，祖龙脱命志难休[3]。圯桥不惜经三往[4]，水石何妨试一投[5]。看到韩侯如猎犬[6]，高情愿结赤松游[7]。

【注释】

[1]狙秦：指秦末张良狙击秦始皇。事见《史记·留侯世家》。

[2]沧海得人：指张良求得沧海君大力士。事见《史记·留侯世家》。

[3]祖龙：这里特指秦始皇。

[4]圯(yí)桥：下邳城东南，沂水上桥名。古下邳今属江苏省睢宁县。

[5]"水石"句：即如石投水。像石头投入水里沉没一样，比喻互相合得来。

[6]韩侯：这里指韩信。 猎犬：指经过训练，用来帮助人类打猎的狗，又称"猎狗"。这里指韩信为刘邦打天下，犹如猎犬一样。

[7]高情：高隐超然物外之情。

午日忧旱

细葛轻罗斗画船[1]，谁知四野正堪怜[2]。才逢小暑多秋草[3],不是新畲尚火田[4]。怯对榴花红吐焰[5],愁看艾叶碧含烟[6]。还将彩缕续残命[7],强把蒲觞任醉眠[8]。

【注释】

[1] 细葛:指用最细最好的葛丝做的布。 轻罗:是一种质地轻盈质量上乘的柔软丝织品。 画船:装饰华美的游船。
[2] 堪怜:值得可怜或惹人怜爱。
[3] 小暑:是二十四节气之第十一个节气,干支历午月的结束以及未月的起始,于每年公历 7 月 6—8 日交节。
[4] 新畲(yú):新开垦的田。开垦两年的田叫新,开垦第三年的田叫畲。出自《诗经·周颂·臣工》。 火田:火耕之田。
[5] 榴花:又名石榴花,夏季开花,以观花为主。见《博物志》。
[6] 艾叶:中药名。为菊科植物艾的干燥叶。夏季花未开时采摘,除去杂质,晒干。
[7] 彩缕:彩色丝线。
[8] 蒲觞:原指端午节喝菖蒲酒以去除瘟疫之气,后为端午节的代称。

得全椒师友书[1]

樱桃梅子落空庭[2],一雨兼旬户昼扃[3]。师友江南劳问询,别来萧瑟报遗经[4]。

【注释】

[1] 全椒师:指郭嵩(髯樵),前有注。
[2] 樱桃梅子:樱桃、梅子、枇杷,每年 5 到 6 月间成熟,并称为"果中三友"。

[3] 兼旬：两个十天,二十天。　昼扃：门白昼关闭。

[4] 萧瑟：形容风吹树叶的声音,也形容环境冷清、凄凉。　遗经：指古代留传下来的经书,谓留给子孙以经书。

汉水东流是寸心,怪他钱起最能吟[1]。从前客里沉疴在[2],曾听庐陵欧九琴[3]。

【注释】

[1] 钱起：字仲文,唐代诗人。被誉为"大历十才子之冠",又与郎士元齐名,称"钱郎"。

[2] 沉疴：久治不愈的病。

[3] 庐陵：庐陵郡,就是吉州,现在江西省吉安市。宋代欧阳修,吉州永丰(今江西省永丰县)人,以"庐陵欧阳修"自居。

怀骆二亭[1]

别子几年无个字,交情如水复如冰。何时西涧吟诗去[2],一渡春潮访骆丞[3]。

【注释】

[1] 骆二亭：未详。

[2] 西涧：一名上马河,滁州城西的一条河流,在今安徽滁州市西。韦应物有诗《滁州西涧》。

[3] 春潮：春天的潮汐。　骆丞：指唐代骆宾王。骆宾王曾任临海县丞,故称。

由潼至商南,用王摩诘《送李太守由阳城驿赴上洛》韵[1]

山形连华岳[2],谷口锁森沉[3]。北望潼关远[4],南来洛水深[5]。小舟空系岸,残灶自依林[6]。马踏莓苔径[7],人穿薜荔阴[8]。迅雷摧急雨,悬瀑落高岑[9]。鹿洞欣相引[10],难忘负笈心。

【注释】

[1] 王摩诘:指唐代诗人王维。王维诗题名《送李太守赴上洛》,与诗题略有不同。

[2] 华岳:西岳华山的别名。

[3] 谷口:古地名,有多处。现多借指隐者所居之处。

[4] 潼关:关隘名。古称桃林塞,东汉时设潼关,故址在今陕西省潼关县东南,处陕西、山西、河南三省要冲,素称险要。

[5] 洛水:古水名。一名北洛水。即今陕西省北洛河。

[6] 残灶:剩下来的灶具。

[7] 莓苔:青苔,阴湿地方生长的绿色苔藓。

[8] 薜荔:又名木莲、木馒头等,桑科榕属。

[9] 高岑:高山。

[10] 鹿洞:指白鹿洞,宋朱熹讲学处。

李南枝

子肇春,号柳溪,洋县举人。

乙酉秋,霖雨决堰堤,水溢民居,官吏购饼以济,赋诗记之[1]

大造不言造[2],美利不言利[3]。王民泯识知[4],小惠奚足异。阽危乍见时[5],骈幪虚广被[6]。一念济厄艰,涓滴皆抚字[7]。岁月纪作噩,霖霪浸禾穟[8]。粳稻已半黄[9],万众咸惊悸[10]。奈兹民命何,祈晴劳长吏[11]。呼吁总无凭,扬戈徒憔悴[12]。况复溃堰堤,出之民不意。泠水溢田园,午炊绝饛饎[13]。哀哉仰屋人[14],铤鹿胸堕泪[15]。我官信仁慈,务置生全地。赤子尽吾民,燃眉胡可弃。饼饵代夕飧[16],城市购殊易。遍德未敢云,灾黎急荫庇[17]。何以答上官,安辑敦道谊[18]。寄语司牧者[19],子惠吾能记[20]。

【注释】

[1]乙酉:乾隆三十年,公元1765年。

[2]大造:指天地,大自然。

[3]美利:大利,丰厚的利益。

[4]识知:见识,知识。

[5]阽危:面临危险。

[6]骈幪:本指古代帐幕之类的物品,后亦引申为覆盖。　广被:遍及。

[7]抚字:抚育爱养子女,亦指良吏爱护人民。字,哺育、养育。

[8]霖霪(yín):连绵之雨,久雨。雨过三日为霖,过十日为霪。　禾穟:也作"禾穗",稻谷的穗子。

[9]粳稻:稻的一种,茎秆较矮,叶子较窄,深绿色,米粒短而粗。

[10] 惊悸：因惊恐而心跳得厉害。

[11] 祈晴：因久雨而祈祷天晴。

[12] 扔戈：挥动着戈，形容勇猛进军和雄伟的气势、气魄。扔，通"挥"。

[13] 馈(fēn)饎(xī)：煮饭做酒。馈，蒸饭，煮米半熟用箕漉出再蒸熟。饎，酒食。语出《诗经·大雅·泂酌》。

[14] 仰屋：抬头仰望屋顶，形容穷困得想不出办法的样子。

[15] 铤鹿：快速奔逃的鹿，亦比喻处于穷途末路铤而走险的人。

[16] 饼饵：饼类食品的总称，用面或米制成。语本《急就篇》卷十。

[17] 灾黎：灾民。 荫庇：大树枝叶遮蔽阳光，宜于人们休息。比喻尊长照顾着晚辈或祖宗保佑着子孙。

[18] 安辑：犹安抚，安定和睦。 道谊：道义。

[19] 司牧：管理，统治。后代称国君或地方长官。

[20] 子惠：慈爱，施以仁惠。

雨霁

报到金天豁上台[1]，秋高气爽快佳哉。驱将屏翳山川去[2]，现出琉璃世界来。地宝充盈欣不日，王民轩舞遍无雷[3]。寰瀛今喜遂葵向[4]，鼓腹还思帝力培[5]。

【注释】

[1] 金天：指秋天，秋天的天空。

[2] 屏翳：指雨师。

[3] 轩舞：跳舞，泛指游乐。

[4] 寰瀛：天下，全世界。 葵向：以葵向着太阳，表达心向之诚。典出曹植《求通亲亲表》。

[5] 鼓腹：鼓起肚子，谓饱食，形容太平欢乐。

苦雨吟

昨年旱溢遍,伾离慨中谷[1]。今年雨旸时[2],彧彧生百谷[3]。降麋说来牟[4],疮痍未全复[5]。我稼幸如云,又过烹葵菽[6]。早稻甫登场,余亦庆半熟。蒸晒得阳和[7],获飨民皆福。胡然月离毕[8],滂沱连信宿[9]。霹雳蛟龙随[10],潢潦盈沟渎[11]。今日又明日,晴难甲子卜[12]。立视禾生芽,何以果民腹。补漏问畴能[13],眉额空频蹙[14]。好生德民洽,粒我吁于穆[15]。斋心陈危词[16],再申豚蹄祝。眚灾悔自召[17],遇人戒不淑[18]。淳风返敦庞[19],肥牡诸父速[20]。当阳霁景开[21],无苦司民牧。

【注释】

[1] 伾(pǐ)离:夫妻离散,特指妻子被遗弃而离去。语出《诗经·王风·中谷有蓷》。 中谷:同谷中,山谷之中。语出《诗经·王风·中谷有蓷》。

[2] 雨旸:雨天和晴天。

[3] 彧彧:茂盛的样子。语出《诗经·小雅·信南山》。

[4] 降麋:麋鹿自古被称为吉祥之物。 来牟:古时种植的大小麦子的统称。语出《诗经·周颂·思文》。

[5] 疮痍:创伤,比喻遭受战争灾害破坏后民生凋敝的景象。

[6] 葵菽:蔬菜和豆类的总称。 葵:蔬菜名(冬苋菜)。 菽:豆类的总称。语出《诗经·豳风·七月》。

[7] 阳和:阳气,春天的暖气。

[8] 胡然:突然。为何,表示疑问或反诘。语出《诗经·鄘风·君子

偕老》。　离毕：月亮附于毕星,是天将降雨的征兆。毕,二十八宿之一。

[9]滂沱:形容雨下得很大。　信宿:连住两夜,也表示两夜。语出《诗经·豳风·九罭》。这里指大雨连续两三日。

[10]霹雳:指雷电,是云与地面之间发生的强烈雷电现象。　蛟龙:古代传说的两种动物,居深水中。相传蛟能发洪水,龙能兴云雨。

[11]湟潦:低洼积水处。潦(lào),古同"涝",雨水过多,水淹。　沟洫:指田间水道,沟渠。

[12]甲子卜:上古的占卜法,主要卜问晴雨。

[13]补漏问畴能:谁能去将那天漏处补住,化用杜甫《九日寄岑参》诗句。

[14]频蹙:皱眉。

[15]粒我:粒,米食,一说"养育"。此处用如动词,养育的意思。语出《诗经·周颂·思文》。　于穆:对美好的赞叹。语出《诗经·周颂·维天之命》。

[16]斋心:祛除杂念,使心神凝寂。　危词:使人惊奇的言语。

[17]眚(shěng)灾:亦作"眚烖",因过失而造成灾害。眚,过错,灾祸。

[18]不淑:不善,不良。语出《诗经·鄘风·君子偕老》。

[19]敦庞:敦厚朴实。

[20]肥牡:雄壮的公羊。　诸父:指同姓的长辈。

[21]霁景:雨后晴明的景色。

455

山南诗选　卷四

国　朝

段秀生

字实中,号红溪,定远厅诸生[1]。

【注释】

[1] 定远厅:清嘉庆七年(1802)分西乡县置,属汉中府。治所今陕西镇巴县。因汉封班超为定远侯,食邑于此,故名。后改为定远县,又改为镇巴县。

拴马岭谒张桓侯庙[1]

树荫高冈一径幽,昔年拴马属桓侯。停骖小憩空山里[2],解辔聊登翠岭头[3]。志在长驱扶汉鼎[4],人宁扶枥老巴州[5]。祠堂百尺松杉翠,慷慨书生笔共投。

【注释】

[1] 拴马岭:位于镇巴县境北部的陈家滩乡拉溪塘村境内。见《(光

绪)定远厅志》卷三"地理志"。

[2]停骖：将马勒住，停止前进，有停车的意思。

[3]翠岭：绿色的山岭。

[4]汉鼎：汉代的鼎，为国之重器。亦用以指汉代社稷。

[5]扶枥：马伏在槽上。后用为壮志未酬，蛰居待时的典故。　巴州：古地名，在今四川巴中市。

刘　煦

字春帆，西乡人，拔贡生[1]。

【注释】

[1]拔贡生：一种清代选拔人才的制度。清制，初定六年一次，乾隆七年改为每十二年(即逢酉岁)一次，由各省学政选拔秀才中文行兼优的人，贡入京师，称为"拔贡生"，简称"拔贡"。参阅《听雨丛谈》卷五、《清史稿·选举志一》。

谷雨日苏台看牡丹

一品敷新艳[1]，春情郁玉台[2]。龙门登羡峻[3]，骥尾附叨陪[4]。教泽沾多士，宾筵萃众材。仪鸿坛是杏[5]，集燕市瞻槐[6]。喜雨因时降，怜花即景开。彩幡应善护[7]，羯鼓不劳催[8]。魏紫姚黄轶[9]，金裙玉佩推。放衙蜂乍采[10]，绕梦蝶慵回[11]。有色经风动，其香逐月来。画图披锦绣，品地近蓬莱。烂烂欺园李[12]，煌煌杂砌苔[13]。依人舒绛靥，对我露红腮。看向园西既，移从砚北才[14]。

天心工酝酿,人意快低徊。衣染同弹柳[15],羹和拟咏梅[16]。即今情共惬,忆昔手分栽。下尺膏疑沐[17],枝千锦散堆。依然宜醉酒,是处庆延杯。坡老名亭意[18],谪仙进调才[19]。何庸夸富贵[20],长此赖滋培[21]。

【注释】

[1] 敷:铺展,铺开。　新艳:新奇艳丽。

[2] 春情:春天的情景、意兴。　玉台:原为汉朝时所建的台名,后泛称宫廷中的楼台。这里指观赏牡丹的楼台。

[3] 龙门:即禹门口,在山西省河津县西北和陕西省韩城市东北。见《三秦记》。

[4] 骥尾:依附在千里马的尾巴上。骥,千里马。比喻依附他人而成名,亦常用为自谦的套语。　叨陪:是一个谦辞,意思是叨光陪侍。

[5] 仪鸿:盛大的典仪。

[6] 瞻槐:瞻仰槐树,表示游子怀念故里。槐树是一种庇荫人的树,槐树是"守土树",一般栽在村口或庙门前,以候望游子叶落归根,魂归故里。

[7] 彩幡:见"彩幓",彩胜。即幓胜,唐宋风俗,每逢立春日,剪纸或绸作幓戴在头上或系在花下,以庆祝春日来临。

[8] 羯鼓:乐器名,也称为"两杖鼓"。源自西域,状似小鼓,两面蒙皮,均可击打。

[9] 魏紫:牡丹花名贵品种之一,相传为五代宋时洛阳魏仁浦家所植,色紫红,故名。　姚黄:牡丹花名贵品种之一,是宋代姚姓人家所培育的千叶黄花。后用"魏紫姚黄"来泛称牡丹的优良品种。

[10] 放衙:属吏早晚参谒主司听候差遣谓之衙参,退衙谓之"放衙"。

[11] 慵回:即庸回,指用心不良之奸邪小人。

[12] 烂烂:色彩鲜艳貌。

[13] 煌煌:明亮辉耀、光彩夺目的样子。

[14]砚北:谓几案面南,人坐砚北。指从事著作。

[15]衣染:即"柳汁染衣"的典故,后因用为将取得功名的典故。参见《云仙杂记》卷一。

[16]羹和:即和羹,借指梅花。

[17]膏疑沐:即膏沐,古代妇女润发的油脂。疑,通"凝"。语出《诗经·卫风·伯兮》。

[18]坡老:是对宋苏轼的敬称。 名亭:此应指与苏轼相关的名亭,著名的有三个:喜雨亭(见苏轼《喜雨亭记》)、遗爱亭(见苏轼《遗爱亭记》)、醉翁亭(见欧阳修《醉翁亭记》)。此似指苏轼在陕西凤翔府做签判时,主持修建的喜雨亭。

[19]谪仙:谪居世间的仙人,常用以称誉才学优异的人。这里专指李白。 调才:即才调,犹才气,多指文才。

[20]何庸:何用、何须的意思。

[21]滋培:栽培,养育。

王 栾

字馨斯,号立亭,宁强人。乾隆己丑进士[1],官云和知县[2]。教士有法,入浙闱,同考所得皆知名士。数十年后,门人有典试蜀中者[3],犹造门拜其木主[4],足征教泽之深矣[5]。

【注释】

[1]乾隆己丑:乾隆十年,公元1745年。

[2]云和:县名,今浙江丽水市下辖县。

[3]典试:指主持考试之事。

[4]造门:上门,到别人家去。 木主:木制的神位,上书死者姓名以供祭祀。又称神主,俗称牌位。

[5]教泽:教化或教育的恩泽。

戊子八月,浙江闱中恭祝万寿,敬占一律[1]

每岁呼嵩小邑同[2],频来瞻拜棘闱中[3]。舆图开辟遐荒外[4],吏治澄清沧海东。恩湛万年仙草露,香飘六合桂花风[5]。文场分校看明月,长此冰轮挂碧空[6]。

【注释】
[1] 戊子:指乾隆三十三年,公元 1768 年。 闱中:科举时代称考场。
[2] 呼嵩:是对君主祝颂。 小邑:小县城。
[3] 瞻拜:参拜,瞻仰礼拜。 棘闱:贡院的别称,亦作"棘院"。
[4] 舆图:即地图。后泛指疆土、疆域。
[5] 六合:指上下和东南西北四方,泛指天下或宇宙。
[6] 冰轮:指月亮。

严公均

字衡石,号竹溪,勉县人。乾隆戊辰进士[1],官云南锦屏知县[2]。性仁慈,不尚鞭棰[3],以教化为主。评选唐诗《寸锦集》四卷,未刊而卒。

【注释】
[1] 乾隆戊辰:乾隆十三年,公元 1748 年。
[2] 云南锦屏:此处记载似有误。锦屏县不在云南,在贵州,从诗作中也可证。清雍正五年(1727)改铜鼓卫置,属黎平府。治所在今贵州锦

屏县东南铜鼓乡。道光十二年(1832)废入开泰县。

[3]鞭棰:同"鞭捶",鞭打。比喻督促、勉励。

黔中春望[1]

春来黔地总无春,叠嶂层峦不解新。隔岁松杉徒自古,芳时桃李未曾匀。迟迟丽日回荒岭,细细和风拂棘薪。汉水秦关何处是,蛮烟塞雨度花晨[2]。

【注释】

[1]黔中:战国楚置黔中郡,郡治在原巫郡所在地,辖今湖南西部及毗连的川、黔区域。唐又分江南道置黔中道,治黔州(治今重庆彭水),西面包有今贵州大部,后世遂以黔为贵州的别称。

[2]蛮烟:指南方少数民族地区山林中的瘴气。 塞雨:指边塞上的风雨。 花晨:犹花朝。相传阴历二月十二日或十五日为百花生日,称为"花朝"。

赠 菊

萧萧数种放篱边[1],对尔忘言意洒然[2]。色到真时应自淡,态从傲里反生妍。美人岂是尘中艳,名士原多物外缘[3]。合有微情通脉脉[4],不同臭味莫相怜[5]。

【注释】

[1]萧萧:萧条,寂静。

[2] 忘言：谓心中领会其意,不须用言语来说明。语本《庄子·外物》。
[3] 物外：超脱于尘世之外。
[4] 微情：隐藏而不显露的感情。
[5] 臭味：气味。比喻同类。

春日感怀

东风起暮尘,天末一孤身[1]。柳忆家园早[2],花翻边塞新。三春行乐地[3],万里故乡人。有酒谁为举[4],灯前影共亲。

【注释】

[1] 天末：天的尽头,指极远的地方。
[2] 柳忆：柳丝飘拂的情韵,所引发的思念家乡的感慨。
[3] 行乐：消遣娱乐、游戏取乐。
[4] 有酒：谓喝醉酒。

旅　行

言念迷途远[1],昨非今更非[2]。一官长淡淡[3],五柳任依依。魏阙心长恋[4],林泉信正稀[5]。悠悠冠盖里[6],裘马自轻肥[7]。

【注释】

[1] 言念：想念。语出《诗经·秦风·小戎》。　迷途：迷失道路。

[2]昨非：昔日之非，意思是过去是错的。语本陶渊明《归去来兮辞》。

[3]一官：一个官职；古代也把人分阶层，官为第一。见宋郑思肖《心史》，宋谢枋得《叠山集》。

[4]魏阙：指宫门上巍然高出的观楼，后用以借指朝廷。

[5]林泉：山林与泉石。

[6]冠盖里：古地名，在今湖北襄阳。是名臣冠族聚集的地方，见《荆州记》。

[7]裘马自轻肥：即裘马轻肥，形容生活豪华，排场阔气。语出《论语·雍也》。

山　宿

斜阳半岭阴[1]，乔木郁森森。倒景舒流耀[2]，半规穿密林[3]。岩阿清气吐[4]，幽幌夜光侵[5]。野馆银釭摈[6]，开窗待月临。

【注释】

[1]半岭：半山腰。

[2]倒景：即"倒影"，景，同影。这里指夕阳返照。　流耀：闪动的光。

[3]半规：半圆形，指落山时隐没一半的太阳。

[4]清气：清明之气。

[5]幽幌：指夜晚雾气像帐幔一样。

[6]银釭：银白色的灯盏、烛台，即银灯。

登银顶关楼[1]

临高望不极[2],环嶂雾烟中[3]。涌地攒峰翠[4],悬天荡日红。昆仑何处起,溟渤测安终[5]。欲展神州日,鞭山到海东[6]。

【注释】

[1] 银顶:疑为银鼎山,位于四川广安市邻水县城,保存有明清以来的古炮台、城墙、楼阁、石刻等军事、文化遗迹。 关楼:城上供瞭望用的小楼。
[2] 不极:无穷,无限。
[3] 环嶂:环绕在高山的嶂气。
[4] 攒峰:密集的山峰。
[5] 溟渤:溟海和渤海,多泛指大海。
[6] 鞭山:典故名,即"鞭山驱石",指传说中神驱山石助秦始皇造东海之桥,见南朝梁任昉《述异记》。

严庆云

字蔼如,号澹园,勉县人。公均长子,乾隆辛未进士[1],官平凉知府[2]。政绩详岳一山《赐葛堂文集》中[3],著有《澹园闲咏》。

【注释】

[1] 乾隆辛未:乾隆十六年,公元1751年。
[2] 平凉:今甘肃平凉市。

[3]岳一山：即岳震川,汉南著名学者。《赐葛堂文集》:岳震川著,其中有《平凉府知府澹园严公传》,载严庆云事迹。

温泉道上[1]

浴沂雅趣渺难寻[2],匹马重游嗣旧音[3]。流水行云身外意,青畴绿野眼前心[4]。穷经昔愧登科早[5],临政时惭受禄深。咏罢归来忘所适,夕阳带雨入松林。

【注释】
[1]温泉：位于陕南汉中市勉县城南3公里的马鞍山下的温泉乡郭家湾村,隔汉江与定军山相望。见《水经注·沔水》。
[2]浴沂：谓在沂水洗澡。后多用"浴沂"喻一种怡然处世的高尚情操。语本《论语·先进》。
[3]旧音：本指旧的读音,此指乡音。
[4]青畴：绿色的田野。
[5]登科：科举时代应考人被录取。

冰

涣涣河中水[1],栗栗北风侵[2]。溅溅冰澌流[3],泠泠杂佩音[4]。积阴不可极[5],焉测天地心。寒光照我怀,我怀凄以深。履霜识不早[6],坚冰力可任。先机失所预[7],咨嗟怀古今[8]。

· 465 ·

【注释】

[1] 涣涣：水势盛大。语出《诗经·郑风·溱洧》。

[2] 栗栗：寒冷的样子。

[3] 溅溅：流水声，形容水流急速的样子。

[4] 泠泠：本指流水声，借指清幽的声音。　杂佩：总称连缀在一起的各种佩玉。语出《诗经·郑风·女曰鸡鸣》。

[5] 积阴：谓阴气聚集，指酷寒之气。

[6] 履霜：踩踏霜地而知寒冬将至。语出《诗经·魏风·葛屦》。

[7] 先机：先占有利的时机。

[8] 咨嗟：赞叹、叹息。

游玉龙寺次壁韵[1]

穿林望古寺，幽想发新欣。侧步千岩耸，凌高万象分。疏钟流逸响[2]，画栋幻朝云[3]。萧萧松杉下，天香空外闻[4]。

【注释】

[1] 玉龙寺：位于四川泸州城西北30公里濑溪河畔，该寺建于明嘉靖十五年(1536)，清同治八年(1869)改建。

[2] 逸响：本指奔放的乐音，此为玉龙寺稀疏的钟声。

[3] 画栋：有彩绘的栋梁楼阁。　朝云：本指早晨之云，这里疑为巫山神女庙名。参见宋玉《高唐赋》。

[4] 天香：指芳香的美称。

茹不群招游灵隐寺[1]

鹤引龙宫胜[2],清晨露未晞。径随芳草去,云逐落花飞。古殿牵乔木,疏钟响翠微。隔檐鸣鸟动,应是话禅机[3]。

【注释】

[1] 灵隐寺:又名云林寺,在浙江省杭州市。相传印度僧人慧理至此,认为飞来峰是"仙灵所隐"之地,遂面山建寺,取名"灵隐"。

[2] 鹤引:指模仿鹤等鸟类屈伸肢体的动作,谓做气功之类。

[3] 禅机:本意为佛教禅宗和尚谈禅说法时,用含有机要秘诀的言辞、动作或事物来暗示教义,使人得以触机领悟,故名。后用以称能发人深省富有意味的妙语。

新 霁

乍觉园林净,钩帘晓兴浓。苔留沾絮蝶,露泻落花蜂。远岫披云碧[1],高城抹日红。凭高长啸处,万窍起清风[2]。

【注释】

[1] 远岫:远处的峰峦。

[2] 万窍:指大地上大大小小的孔穴。也指人的各种感觉器官。窍,人的耳目口鼻等器官之孔。

崆峒谷[1]

轩皇穷大隐[2],鬼斧凿灵开[3]。溪吼蛟龙去,石连虎豹来。岚光明绿渚[4],云气湿丹台[5]。几处峰朝拱,如迎玉辇回[6]。

【注释】
[1]崆峒谷：位于甘肃省平凉市崆峒山谷,传说被尊为人文始祖的轩辕黄帝曾亲临崆峒山,向智者广成子请教治国之道和养生之术。
[2]轩皇：即黄帝轩辕氏。
[3]鬼斧：鬼神使用的斧斤,喻指超人的力量。
[4]岚光：山间雾气经日光照射而发出的光彩。
[5]丹台：道教指神仙的居处。
[6]玉辇：古代天子所乘之车,以玉为饰,又称玉辂。

广成泉[1]

一勺天人迹[2],微尘不可加。寒光摇翠壁[3],净影落明霞[4]。云抱空山月,风开宝镜花[5]。平生江海意,与此兴仍奢。

【注释】
[1]广成泉：在甘肃平凉崆峒山,山麓有广成泉。
[2]一勺：本是计量单位,这里形容广成泉泉小水浅。

[3] 翠壁：青绿色的岩壁。
[4] 明霞：灿烂的云霞。
[5] 宝镜：镜子的美称，这里喻指月。

雷神峰[1]

何处震天鼓，雷峰入太清[2]。松深层殿远[3]。岩静晓云轻。秉烛将燃火有峰名石烛[4]，驱龙欲做城[5]有峰名苍龙。诸山森在眼，儿辈看峥嵘[6]。

【注释】

[1] 雷神峰：在甘肃平凉崆峒山有雷神峰。也有称雷声峰，因雷雨时节雷声在空谷激荡，犹如山崩地裂，惊人心魄，故取名"雷声峰"。
[2] 太清：指天道，天空。
[3] 层殿：谓多重而高大的宫殿。
[4] "秉烛"句：秉烛:拿着点燃的蜡烛。 石烛：石油制成的烛。诗中指峰名。
[5] "驱龙"句：原注：有峰名苍龙。
[6] 峥嵘：形容山的高峻突兀或建筑物的高大耸立。

野　居

别有壶中趣[1]，渔樵未是闲[2]。何方非绿水，到处即青山。树拥千家野，云空一鸟还。诗成仍自火[3]，不许落人间。

【注释】

[1] 壶中趣:"壶公"的典故,借指隐遁学仙的志趣。见《后汉书·费长房传》、《神仙传》卷九、《水经注·汝水》。

[2] "渔樵"句:指百姓之间的闲聊。典出《渔樵闲话录》。

[3] 自火:同伙,自家人。

独 眺

睡起无余事,推窗看白云。关山原不碍[1],天地独留痕。鸟破春郊寂,人归野径昏。浮生存巨眼[2],此意与谁论。

【注释】

[1] 关山:泛指关隘山岭。

[2] 巨眼:喻指锐利的鉴别能力。

闲 居

懒趣闲中得,一杯岁月过。无交还厌客[1],有病亦高歌。债欠青山少,情亲绿水多。蓬壶应未远[2],吾道足岩阿[3]。

【注释】

[1] 无交:没有交谊。语出《周易·系辞下》。

[2] 蓬壶:即蓬莱,古代传说中的海中仙山。

[3] 岩阿：山的曲折处。

关山道中

不履关山险，安知云水奇[1]。危峰争上下，古径逐高低。谷静樵人乐，林空野鸟悲。烟霞计未就[2]，余恨鹿门期[3]。

【注释】
[1] 云水：本指云与水。这里指漫游在山水之间，犹如行云流水一般。
[2] 烟霞：烟雾和云霞，也指山水景物。后引申指红尘俗世。
[3] 鹿门期：指归隐的期愿。源见"鹿门采药"，见《高士传》卷下。

哭阎生莑[1]

识子研山口[2]，梅花开正奇。重来征雁过[3]，三听野猿悲[4]。挂剑危峰下，怀人曲水湄[5]。客中风雪夜，泪尽不成诗。

【注释】
[1] 阎生莑（běng）：不详。
[2] 研山：坐落于河北省滦州市南端，滦河西岸，其状势如虎，历来有"研山虎踞"之称，文峰塔和碧霞元君祠便建于研山山顶。
[3] 征雁：迁徙的雁，多指秋天南飞的雁。
[4] 野猿：属灵长目人猿总科动物的一种，有的特征跟人类相似，因

在野外生存,故称。

[5] 曲水:古代风俗,于农历三月上巳日就水滨宴饮,认为可祓除不祥,后人因引水环曲成渠,流觞取饮,相与为乐,称为曲水。

晚游蟠龙寺[1]

烟霞债未满,杯酒寄蘋汀[2]。古木秋巢鸟,蟠龙夜听经[3]。歌怜一水碧,望断数峰青。片月林梢落[4],诗怀在杳冥[5]。

【注释】

[1] 蟠龙寺:在陕西岐山县斜谷南山内。见《(光绪)岐山县志》卷三"祠祀"。

[2] 蘋汀:长满水草的小洲。汀,小水洲。

[3] 蟠龙:中国民间传说中蛰伏在地而未升天之龙,龙的形状作盘曲环绕。在古代传统建筑中,一般把盘绕在柱上的龙和装饰庄梁上、天花板上的龙均习惯地称为蟠龙。

[4] 片月:弦月。这里指一片月光。

[5] 杳冥:极高或极远以致看不清的地方。

法华寺晓望[1]

地险秋归早,危楼晓气孤。苍茫招太乙[2],罗列识皇图[3]。半岭云初散,乔松鸟独呼。凭高长啸处,日出正东隅[4]。

【注释】

[1] 法华寺：位于陕西省岐山县西崛山(蒲村镇崛山村北)。见《(光绪)岐山县志》卷一"地理"。

[2] 太乙：太乙山,终南山主峰名,是终南山的代称,在陕西西安附近。

[3] 皇图：国家的版图。

[4] 东隅：东方日出之地,后借指早晨。

春　郊

鸿钧一气转长川[1],霭霭春容淡淡烟。杨柳未舒含太极[2],梅花欲吐见先天。沿村飞鸟争鸣树,近水渔家好放船。如此风光人不醉,浮生空有杖头钱[3]。

【注释】

[1] 鸿钧：大钧,指天或大自然,也比喻国柄、朝政。也借指鸿恩。

[2] 太极：中国文化史上的一个重要概念、范畴,有多种含义。这里指太初、原始的意思。

[3] 杖头钱：典故名。指买酒钱,或指人物放荡不羁。典出《晋书·阮修传》。

舟　行

芙蓉花落又蹉跎[1],万里西风一叶过。客里诗怀凌楚岫[2],愁中酒兴寄吴歌[3]。江声琐碎行人少,天意昂藏秋雨多[4]。回首长安何处是,夕阳白鹭下烟波。

【注释】

[1]芙蓉:荷花的别称,也称莲,也叫芙蕖。本诗用"芙蓉"形象,表达光阴荏苒的感慨。 蹉跎:光阴白白地过去。

[2]楚岫:楚地山峦,指巫山。后泛指男女欢会处。

[3]吴歌:又称"吴声歌曲",流行于长江下游的江南一带,以六朝古都建康为中心,盛行在镇江、常州、苏州等古吴地区,内容多是歌咏男女情爱,现存三百余首。参见《宋书·乐志》。

[4]昂藏:超拔出众貌,此指天气爽朗。

哭何子畏[1]

故人不复共盘餐,咫尺精魂笑语难[2]。几度瑶琴悲日落[3],一声旅雁叫霜寒[4]。有生天地何尝窄,归去身心自觉宽。剪尽西窗中夜烛[5],《离骚》读罢倚栏干。

【注释】

[1]何子畏:未详。

[2]精魂:精神魂魄。

[3]瑶琴:用玉装饰的琴,或指音色优美的琴。

[4]旅雁:指南飞或北归的雁群。

[5]"剪尽"句:化用李商隐《夜雨寄北》。原指思念远方妻子,盼望相聚夜语,后泛指亲友深夜秉烛长谈。

云栈道中[1]

危峰峭壁日相望,云树森森栈路长。水净鱼龙窥月影[2],山寒猿鹤破岚光[3]。崖边秋尽花犹发,谷口风来草自香。几度欲归归未得,空教萝薜笑人忙[4]。

【注释】
[1]云栈:指悬于半空之中的栈道。
[2]月影:映于水中或隐约于云间的月亮影子,亦指月亮。
[3]猿鹤:指猿和鹤,借指隐逸之士。典出《北山移文》中"鹤怨""猿惊"。 岚光:山间雾气经日光照射而发出的光彩。
[4]萝薜:泛指攀援的蔓生植物,也指女萝和薜荔。也用以指隐士的服装。

寄谢冷轩[1] 名申

孤城急杵捣秋寒[2],一片风沙落日残。天地如斯愁抱璧[3],江湖何处不投竿[4]。青衫泪下《登楼赋》[5],浊酒杯浇舞剑欢。我有骊龙珠尚在[6],赠君莫向世人看。

【注释】
[1]谢冷轩:名申,事迹不详。
[2]急杵:指急速挥动的捣衣杵。
[3]抱璧:指怀宝招祸。典出《左传·哀公十七年》。

[4]投竿：投钓竿于水,谓垂钓。参见《东观汉记·郅恽传》。

[5]青衫泪：青衫,古时学子所穿之服,借指书生。《登楼赋》,东汉文学家王粲的赋作。

[6]骊龙珠：即骊珠,典故名。典出《庄子·列御寇》。后遂以"骊龙珠"指宝珠。后亦比喻珍贵的人或物。

游崆峒

岩峣曾向马头看[1],杖履初登鸟道蟠[2]。肘后萧关通朔漠[3],掌中泾水入长安[4]。晓窗云气诸峰隐,落日松涛五月寒。黄帝广成都不问[5],凭高一啸海天宽。

【注释】

[1]岩峣：亦作"迢峣",形容山势高峻。

[2]杖履：老者所用的手杖和鞋子,谓拄杖漫步。

[3]萧关：在今宁夏固原东南,是历史上著名的关隘,六盘山山脉横亘于关中西北,为其西北屏障。 朔漠：原指北方沙漠地带,有时也泛指北方。

[4]泾水：也称泾河,黄河支流渭河的第一大支流。

[5]黄帝广成：指黄帝到崆峒山问道、拜师广成子事,见《庄子·在宥篇》《神仙传》等。

问道宫[1]

峒山何处是栖真[2],太古烟霞问水滨[3]。衮冕空留黄殿月[4],松杉老去白云身。数声鸟语清怜我,一朵花香冷笑人。不尽攀髯怀昔恨[5],伤心九鼎有谁论[6]。

【注释】

[1] 问道宫:传为黄帝问道会见广成子处,今存元代崇素法师撰书的《重修崆峒山问道宫大什方碑记》碑石等。

[2] 崆山:指崆峒山。 栖真:指存养真性,返其本元。

[3] 太古:意为远古,是中国传说中的盘古开天地的时代。

[4] 衮冕:是指衮衣和冕,是中国古代皇帝及上公的礼服和礼冠,是皇帝等王公贵族在祭天地、宗庙等重大庆典活动时穿戴用的正式服装。参见《周礼·春官·司服》《仪礼·觐礼》等。 黄殿:指的是皇帝的宫殿,黄色是古代帝王的专用色彩。

[5] 攀髯:追随皇帝或哀悼皇帝去世之意。典出《史记·封禅书》。

[6] 九鼎:古代传说夏禹以九州贡金所铸九个鼎,成为夏、商、周三代传国的宝器,象征国家政权。参见《史记·封禅书》。

塞　上

蓬蔂行藏任是非[1],为家海内欲何归。九秋驿路风霜古[2],千里关河草木稀。朔漠重来人尽老,天涯又见雁孤飞。佯狂不解浮生事,笑倚山城看落晖。

【注释】

[1] 蓬蔂:又作"蓬累"。植物名,是蔷薇科、悬钩子属灌木。 行藏:是指出处或行止。

[2] 九秋:指秋天。

摇落霜碪乱捣秋[1],沙鸣雁响水空流[2]。天寒狐兔奔荒野,日暮云风锁戍楼[3]。习气渐消天地债,病根仍系古今愁。可怜塞上兵戈地,父老伤心哭未休。

【注释】

[1]霜碪:为寒秋时捣衣的砧声。

[2]沙鸣:是会发声的沙子。中国有三大沙鸣地,一是甘肃敦煌县南月牙泉畔的鸣沙山,二是宁夏中卫县沙坡头黄河岸边的鸣沙山,三是内蒙古达拉特旗,库布齐沙漠罕台川两岸的响沙湾。

[3]戍楼:指古代边防用以防守、瞭望的岗楼。

孤城剥落枕边陲[1],白草黄沙道路奇。建辟秦王驱虎豹[2],雄图汉武驻旌旗[3]。荒山叶尽秋霜老,古戍风寒战马嘶。羞说萧关长设险,葫芦腰细塞丸泥[4]。

【注释】

[1]剥落:附在物体表面的东西一片片地脱落下来。这里指边地的伤害、毁坏、落拓的面貌。

[2]建辟:开辟建设的意思。 秦王:一般是指战国时期秦国的君主,这里指秦王嬴政,即后来的秦始皇。

[3]雄图:远大的抱负,宏大的谋略。 汉武:汉武帝刘彻的省称。汉武帝开创了西汉王朝最鼎盛繁荣的时期。

[4]塞丸泥:源见"泥封函谷"。用一个小泥丸就可以守住函谷关。比喻能利用险要地势,坚守住军事要地。典出《东观汉记·隗嚣载记》《后汉书·隗嚣公孙述列传》。

林空水净雁声稀,漠漠黄云暗落晖[1]。天地西来风物陋,关河东望故人违。孤城画角寒吹月,万户霜砧夜捣衣[2]。此日蒹葭江汉满,飘零独忆钓鱼矶[3]。

【注释】

[1] 黄云:指边塞之云。塞外沙漠地区黄沙飞扬,天空常呈黄色,故称。

[2] 捣衣:以杵捶击衣物使干净。

[3] 钓鱼矶:是指水边石滩或突出的岩石,习惯简称"钓矶"。

严景云[1]

字泰阶,号蓼园,勉县人。公均次子,由优贡中顺天副榜,官文县教谕[2]。

【注释】

[1] 严景云:清岳震川《赐葛堂文集》中有《文县训导严蓼园先生传》,载严景云事迹。

[2] 文县:今属于甘肃省陇南市,因沿用古文州之文而得县名。

拟 古

汉家苦征伐,征夫守朔方[1]。长年戍不返,有母不遑将[2]。老亲倚闾望[3],少妇催中肠[4]。匈奴议和亲[5],凯歌归故乡。谁知聚首乐,喜尽重悲伤。君谓昔别苦,妾检故时妆。妆红犹鲜艳,宝钗凝碧光。愿言思君子,含泪久怀藏。

【注释】

[1] 朔方：北方。朔气是指北方的寒气,北方很冷,故称朔方。

[2] 不遑：无暇,没有闲暇。

[3] 倚闾：谓父母倚门,望子归来之心殷切。

[4] 中肠：犹内心。

[5] 和亲：也叫做"和戎""和番",是指中原封建王朝与少数民族统治集团出于各种目的而达成的一种政治联姻。

赠王会之 名凑,勉县副榜

俗流讪笑是迂腐[1],吾党如君不可无。守己全凭甘澹泊[2],读书惯下苦工夫。堂前视膳贫多乐[3],座上谈经德不孤。放胆且须行古道[4],莫嫌世路有崎岖。

【注释】

[1] 讪笑：指讥笑或厚颜强笑,勉强装笑。语出《新唐书·韩愈传赞》。

[2] 澹泊：清静寡欲,不追求功名利禄。

[3] 视膳：侍奉双亲进餐的一种礼节。

[4] 放胆：放大胆量,向远处或向高处看。

余殿魁

字蓉萼,号梅村,勉县人。乾隆丙午举人[1],官新乐知县[2]。

【注释】

[1] 乾隆丙午：乾隆五十一年,公元1786年。

[2] 新乐：古县名，今河北省石家庄市代管的县级市。

凤翔留别湖南周先生[1]

相见即相送，含情略致词。君留宜守口，我去莫题诗。世路多荆棘，人情似弈棋[2]。长行黄叶下，定有挞头时[3]。

【注释】
[1] 凤翔：古县名，今陕西省宝鸡市下属区。
[2] 弈棋：下棋，古代多指下围棋。
[3] 挞(tà)头：打头、砸头的意思。

晋阳与楚海洲夜饮思亲[1]

秋雨别慈亲，春风遇故人。筵开汾水际[2]，泪洒汉江滨。鬓发新同鹤[3]，襦衣旧似鹑[4]。不知今夜里，也有酒沾唇。

【注释】
[1] 晋阳：古地名，即今太原。　楚海洲：不详。
[2] 汾水：古称"汾"，又称汾水，黄河的第二大支流。
[3] "鬓发"句：鬓角的头发像仙鹤羽毛般雪白，有鹤发童颜的意思，用以形容老年人气色好。
[4] "襦衣"句：是指短衣，也泛指衣服。似鹑，指衣服破。

寄汧阳陆友[1]

雪铺山顶白,枫染岸头红。我把双樵斧[2],君张一钓篷[3]。浮云来远岫,野鹤唳寒空[4]。两处同时看,伤心迥不同。

【注释】

[1] 汧(qiān)阳:古旧县名,治今陕西省千阳县西,为汧阳郡治。1964年改名千阳县。

[2] 樵斧:柴斧。

[3] 钓篷:指钓鱼船。

[4] 野鹤:指野生的仙鹤,意为鹤居林野,性孤高,常比喻隐居或闲散的人。

乙卯秋新乐即事[1]

岁月逐东流,金风忽报秋。官微心亦系,客久意俱留。渐减还乡梦,旋增用世忧。京南蝗满地[2],赤子尽生愁。

【注释】

[1] 乙卯:指乾隆六十年,公元1795年。

[2] 蝗:俗称蚂蚱,昆虫,种类很多,是农业害虫。

桑

几回鱼雁去[1],不问满园桑。树树经烽火,枝枝近斧戕[2]。已闻焚比屋[3],岂止逾予墙[4]。念此常垂泪,黄沙是故乡[5]。

【注释】

[1]鱼雁:古代用以形容书信。
[2]斧戕:用斧毁坏。
[3]比屋:所居屋舍相邻,家家户户。常用以形容众多、普遍。也借称老百姓。
[4]逾予墙:跳越墙垣,指不合礼法。
[5]黄沙:指沙漠地区。

去南和,别金、谷二广文[1]

觌面已忘年[2],高谈见性天[3]。谁知同臭味,不久各风烟[4]。野水凝沙路,飞霜上客鞭。莫愁官独冷,蓬转也堪怜[5]。

【注释】

[1]南和:古地名,古称和阳、嘉禾。今属河北邢台。
[2]觌面:见面,当面。
[3]见性:佛教语。谓悟彻清净的佛性。

[4] 风烟：犹风尘,尘世。

[5] 蓬转：蓬草随风飞转。喻人流离转徙,四处飘零。

　　海内论文友,于公仰大贤[1]。岭梅驱我去[2],江雪使人怜。执手寒郊外[3],谈心立马前。后逢不敢定,世事两茫然。

【注释】

[1] 大贤：非常有道德才能的人。语出《孟子·离娄上》。

[2] 岭梅：是一种被子植物门木兰纲斗目的植物。

[3] 执手：拉手,握手。

移家到南和

　　汉水连湘泽,频年苦乱离。兵戈违井里[1],江海逐妻儿。觌面初难定[2],闻声遽释疑[3]。几番呼应后,相对泪参差。

【注释】

[1] 井里：乡里。古代同井而成里,故称。

[2] 觌面：见面,当面。

[3] 遽：立即,赶快。释疑,消除疑问或疑难。

灯　花

孤灯何太喜,每夜发奇葩[1]。错教儿童剪,旋看蓓蕾赊[2]。黄埃游子面[3],白屋野人家[4]。好事如来也,明宵再放花。

【注释】

[1] 奇葩：珍贵稀少的花卉。

[2] 蓓蕾：含苞未开的花朵。　赊：本指买卖货物时延期付款或收款,这里指花儿开放延迟。

[3] 黄埃：黄色的尘埃。比喻尘世间。

[4] 白屋：茅屋。古代指平民的住屋,因无色彩装饰,故名。

望家书

季夏驰书去[1],中秋合见还。鱼游秦峪水[2],雁隔郢门山[3]。见说潇湘乱[4],征兵襄汉间[5]。何当剖双鲤,早晚解愁颜。

【注释】

[1] 季夏：夏季最末的一个月,即农历六月。　驰书：急速送信。

[2] 秦峪：泛指秦岭山谷。

[3] 郢门山：古山名,又作楚门山。在今湖北省宜都市西北,东北与虎牙山隔长江相望。

[4]潇湘:古代指湘水,又衍化为地域名称,后泛指湖南全省。

[5]襄汉:襄汉是襄水和汉水流域共同流经区域的统称,该区在湖北省襄阳市。

即　事

闻道襄阳乱,凶徒聚万千。已将侵上蔡[1],势可到幽燕[2]。去马如飞电[3],来人尽控弦[4]。前村阴雾合[5],只恐是烽烟。

【注释】

[1]上蔡:古县名。古蔡国所在地,秦置县。今属河南驻马店。

[2]幽燕:古称今河北北部及辽宁一带。

[3]飞电:古代骏马名。

[4]控弦:拉弓、持弓,借指士兵。

[5]雾合:为云雾笼罩,如雾聚合、集合。

从　军

蜀楚妖氛起[1],干戈岁月深。劳师迟扫荡[2],望气极阴森。韦布虽从事[3],豺狼未共擒。圣朝多雨露[4],屋漏愧臣心。

【注释】

[1]妖氛:亦作"妖雰"。不祥的云气,多喻指凶灾、祸乱。

[2]劳师:指使军队疲劳。

[3]韦布:韦带布衣。古指未仕者或平民的寒素服装,借指寒素之士。

[4]雨露:雨和露,比喻恩泽或育人的思想。

游密云县石匣城南白龙潭,忆县丞牛公[1]

南出石匣城[2],特为龙潭去。溪水绕城流,欲往不知处。隔水问樵夫,遥指山头树。策马渡前津,一涧南来注。涧旁石径斜,知是寻幽路。独游屡忘归,何嫌曲折赴。淡淡山花白,飘飘木叶红。飞鸟吹笙管[3],流泉鼓丝桐[4]。峰回山路转,幽谷生长风。翠柏插霄汉[5],宫观临虚空[6]。老僧两三人,盘桓抚孤松。早知客来意,指点白云峰。下有神龙湫,上有神龙庙。请君渡石桥,亭上恣凭眺。整履步山陬[7],俨然登壶峤[8]。土潭龙为室,丈尺不可料。潭半一门开,斜阳来相照。鱼出长比人,渔翁不敢钓。下堂龙为堂,浮光如镜面。有时丹霞生[9],有时黑龙见。昼晦顷刻分[10],阴晴迭互变。至尊耳其灵,祷雨来前殿。是夜浓云布,崇朝甘泽遍[11]。天文勒贞珉[12],赤牛为神荐。我欲撑小艇,逍遥入岛洲。时采山芝茹,长为麋鹿俦[13]。至今伤老大,风尘尚淹留。何期来此地,心迹两清幽。琴高思乘鲤[14],海客可狎鸥[15]。谁识予心乐,武城有子游[16]。

【注释】

[1] 密云：古地名。今属北京。　白龙潭：在密云城东北五十公里的龙潭山中，距北京市一百公里。见《昌平山水记》卷下。

[2] 石匣城：亦名石匣营。位于密云区东北部的潮河之畔，地处密云区的中心。见《读史方舆纪要》卷十一。

[3] 笙管：即笙。笙有十三管，属管乐器，故称。

[4] 丝桐：古代制琴多用桐木，以丝为弦，故以丝桐为琴的代称。

[5] 霄汉：云霄和天河，指天空极高处。

[6] 虚空：指空中。

[7] 山陬：山角落，借指山区偏僻处。

[8] 壶峤：传说中仙山方壶、员峤的并称。后因用来泛指仙境。

[9] 丹霞：日光照在云上所形成的赤色云气。

[10] 昼晦：是指白日光线昏暗。

[11] 崇朝(zhāo)：终朝，从天亮到早饭时。有时比喻时间短暂，犹言一个早晨。崇，通"终"。

[12] 贞珉：为石刻碑铭的美称。珉，洁白如玉的石头。

[13] 麋鹿：鹿科动物，又名四不像。

[14] "琴高"句：琴高，仙人名，乘鲤升仙。典出《列仙传·琴高》。

[15] "海客"句：传说海边有喜爱鸥鸟者，日月可与它们狎玩，因无机心故，一日有机心后，鸥鸟即不飞下，不再与他亲近。典出《列子·黄帝》。

[16] "武城"句：指孔子弟子子游治武城的典故。见《论语·雍也》《史记·仲尼弟子列传》。　武城：鲁国的城邑，在今山东省费县西南。

自太原往岚县道中[1]

暮上云端宿，朝盘涧道行。谷寒冰未释，春去雪还清。但见青松色，不闻紫燕声[2]。此时无绿柳，何树有新莺。奥窟疑藏虎[3],阴崖似伏精。泥深人乍没,石怪马频惊。峭壁千寻耸[4],长桥一木横。屈身悲岭峻,侧足恨途倾。地僻书难寄,愁多病易生。故乡随处望,今日正天晴。

【注释】
[1]岚县:县名,今隶属山西省吕梁市。
[2]紫燕:燕名,也称越燕。体形小而多声,颔下紫色,营巢于门楣之上,分布于江南。见《尔雅翼·释鸟三》。
[3]奥窟:幽深的洞穴。
[4]千寻:形容极高或极长。

久旱得雨

是夜何人感卧龙,雷声忽送雨千峰。黄沙飞电连连起[1],白马痴云片片浓。但使官清能止火,敢论谷贱反伤农[2]。皇天亢旱悲经月[3],乐岁于今喜又逢。

【注释】
[1]飞电:闪电。
[2]谷贱:指粮价过低,使农民受到损害。
[3]亢旱:长久不下雨,干旱情形严重,大旱。

直隶需次,忆泾阳韩景文[1]

箪食鹑衣屋数椽[2],岐阳下马互相怜[3]。山河杳杳三千里,鱼雁茫茫四五年。北走风沙冲面目,南携笔耒觅书田[4]。两愁若用浊醪解[5],那得沽来酒似泉。

【注释】
[1]直隶:简称"直",旧省名,相当于今河北省。 泾阳:县名,今隶属陕西省咸阳市。 韩景文:不详。
[2]箪食:是指装在箪筥里的饭食。 鹑衣:鹌鹑的羽毛又短又花,故用鹑衣来形容破烂不堪、补丁很多的衣服。语本《荀子·大略》。
[3]岐阳:岐山之南。
[4]笔耒:以毛笔为耒耜,意指靠笔墨为生。 书田:以耕田比喻读书,故称书为"书田"。
[5]浊醪:浊酒。

护索伦兵出直隶,忆差人携家未到[1]

天兵奉使出幽燕,代马长驱几万千[2]。自是蠢蛮将授首,可怜蹂躏已多年。来从鸟道人无阻,去送虫书雁未还[3]。蹇蹇孤臣常叹息[4],故园只恐有烽烟。

【注释】
[1]索伦:我国鄂温克族的古称。
[2]代马:指的是春秋时期代北地狄人所培育的良马。
[3]虫书:秦八体书之一,又名鸟虫书。
[4]蹇蹇:刚正不阿的样子。

舍弟汝翼寄书,谓余老而不归,诗以答之[1]

与子别来又几秋,风光老我不禁愁。看书自觉花生眼,对镜堪怜雪满头[2]。未报涓埃空怅望[3],将供菽水尚淹留[4]。天涯遥忆家人语,定说行藏可自由[5]。

【注释】
[1]舍弟:对自己弟弟的谦称。 汝翼:未详。
[2]堪怜:值得可怜或惹人怜爱。怜,可怜、怜惜、爱惜。 雪:指白发。
[3]涓埃:细流与微尘,比喻微小。
[4]菽水:指所食唯豆和水,形容生活清苦。常指晚辈对长辈的供养。
[5]行藏:指出处或行止,喻做官和退隐。

夜中又寄汝翼弟

共戴尧天作幸民[1],中宵底事自伤神[2]。三千里外零丁客[3],五十年前落拓人[4]。追悔从前终是晚,希图此后复何因。传来阿弟书连纸,知我头颅半是银。

【注释】
[1]尧天:谓尧能法天而行教化,后因以"尧天"称颂帝王盛德和太平盛世。
[2]中宵:中夜,半夜。

[3] 零丁：孤单没有依靠的样子。
[4] 落拓：穷困潦倒，寂寞冷落。

九日登高，遣兴二首

重关百二岂虚名[1]，闻道秦中尚未平。杀气直教天变色，战场不许草还生。鸟喧红叶家无信，人折黄花泪自倾。群盗淘淘非一日[2]，仲连何日笑休兵[3]。

【注释】
[1] 重关百二：即百二秦关，形容秦国地势险要，易守难攻。语出《史记·高祖本纪》。
[2] 淘淘：大水流淌的样子。这里指声势浩大。
[3] 仲连：战国时齐人鲁仲连，喜为人排难解纷，高蹈不仕。参见《战国策·赵策三》《史记·鲁仲连列传》。

万顷波涛似海门[1]，黄河藐小比儿孙。南来羽檄劳肝肺[2]，北下天书断梦魂[3]。击水鳌鱼应许钓[4]，执鞭岛石岂能奔[5]。由今忆昔悲还喜，倾倒菊花酒一樽。

【注释】
[1] 海门：海口，内河通海之处。
[2] 羽檄：古代军事文书，插鸟羽以示紧急，必须迅速传递。亦称"羽书""羽毛书"。
[3] 天书：上天或神仙所降赐的书。比喻看不懂或难以理解的文字，也称伏羲氏《简易道德经》。

[4] 鳌鱼：鳌的俗称,也是古代中国传说中的大龟或大鳌。

[5] 执鞭岛石：典故名,指做事得到神助。见《述异记》,参见卷四《登银顶关楼》注[7]"鞭山"条。

刘应秋

字体元,兴安人[1],贡生。操履高洁,家贫著书,《州志》赖以纂修[2]。老年自理生圹[3],与友朋饮酒赋诗,旷达风殆与晋人埒[4]。有《一砚斋集》。

【注释】

[1] 兴安：今陕西安康。

[2]《州志》赖以纂修：指刘应秋参与兴安州知州王希舜主持编修的康熙三十四年(1695)《兴安州志》。

[3] 生圹(kuàng)：别称生基,又称寿域、寿坟。指生前预造的坟墓。见《陔馀丛考·生圹》。

[4] 埒(liè)：同等,相等。

赤崩湾[1]

湾水赤崩古战场,风沙日日下斜阳。牧童拨草寻遗镞[2],记得将军姓字香[3]。宋洋州开国侯杨从义子大勋,从吴玠与金人战,尽节于此。

【注释】

[1] 赤崩湾：在安康市汉滨区五里镇神仙街东南鲤鱼山下,传为宋将

王彦与金人战处。参见《陕西通志》《兴安府志》"山川"之"鲤鱼山"条。

[2]遗镞：指遗弃或残剩的箭镞。

[3]姓字香：指受到重用或得到后世的纪念。姓字，姓氏和名字，犹姓名。

万春寺[1]

古殿山僧少，传来自盛唐。老松巢鹳鹤[2]，缺瓦坠鸳鸯。阅藏寻南岳[3]，看碑立上方。菟裘营若早[4]，曲槛近前岗[5]。

【注释】

[1]万春寺：位于陕西省安康市劳动乡汉水北岸白云山上。唐代怀让禅师创建，原名不可考。有宋、明、清时期摩崖题刻（大多移存安康市博物馆）。

[2]鹳鹤：鸟名，形似鹤，嘴长而直，顶不红，常活动于水旁，夜宿高树。

[3]南岳：衡山，又名寿岳、南山，为中国"五岳"之一，位于中国湖南省中部偏东南部。

[4]菟裘：古邑名。春秋时鲁邑，在今山东省泗水县北。后世因称士大夫告老退隐的处所为"菟裘"，典出《左传·隐公十一年》。

[5]曲槛：曲折的栏杆。

饶风岭怀古[1]

苍崖薄雾水潺潺，征马长嘶人未还。三百黄柑烦素手[2],五千铁骑出重关[3]。敌兵已据邱陵险,带甲犹盈天地间[4]。大啸高峰云乍合,萧萧落木下空山[5]。

【注释】

[1]饶风岭:位于石泉县饶峰镇,岭上有饶风关,又称饶峰关,是子午道上的一座雄关。南宋抗金过程中"饶风关之战"就发生在这里,参见《宋史·吴玠传》。

[2]"三百"句:南宋将领吴玠与金人交战时,以黄柑送金将撒离喝,是对金人精神的一种震慑。见《宋史·吴玠传》《宋史·王彦》《刘子羽传》等。

[3]五千铁骑:指吴玠的五千死士。见《宋史·吴玠传》。

[4]带甲:指金人众多的戴盔甲的士兵。见《宋史·吴玠传》。

[5]萧萧落木:风声,草木摇落声。

刘瑞星

兴安人,贡生,官知县。

乘鹤观[1]

一自丹成骑鹤去[2],春风瑶草不知年[3]。旧时宫殿皆尘土,惟有孤松生暮烟。

【注释】

[1]乘鹤观:在陕西安康市汉阴县栖云寺旁。见《汉阴厅志》。

[2]骑鹤:是仙家、道士乘鹤云游。乘鹤观相传吕纯阳、黄龙机禅师

弈棋于此,局完,各乘鹤去。

[3] 瑶草:中国神话传说中的仙草。如灵芝等,服之长生或能医治百病的神奇的仙草。

郑圣时

字明辅,兴安人,贡生。

太悬岩,和友人汪若玕招隐[1]

苏门长啸响流泉[2],旷代逸民居野廛[3]。覆地幽篁新照月[4],参天老树久忘年。挥毫纸上惊云起,耽酒篱边傍菊眠[5]。倾倒狂吟高士句[6],价腾更贵洛阳笺[7]。

【注释】

[1] 太悬岩:即太悬崖,在陕西安康市汉阴县月河南岸,凤凰山下。汪若玕(gān):即汪毓珍,作者友人,本卷中收其诗一首,见后。

[2] 苏门长啸:晋阮籍苏门山啸傲山林,后以此表示高士旷达不羁、不同凡响的情趣。参见《三国志·魏书·王粲传》裴松之注引《魏氏春秋》《晋书·阮籍传》《世说新语·栖逸》。

[3] 野廛(chán):犹城乡。廛,古代城市平民一户人家所居的房地。

[4] 幽篁:幽深又茂密的竹林。

[5] 耽酒:指嗜酒。

[6] 高士:指志趣、品行高尚、超脱世俗的人,后多指隐士。

[7] "价腾"句:即"洛阳纸贵",指晋左思《三都赋》成后,抄写的人非常多,洛阳的纸因此都涨价了。后比喻著作广泛流传,风行一时。典出《晋书·左思传》。

董　诏[1]

字朴园,安康人,乾隆甲午举人[2]。富文学,工吟咏。著有《读志脞说》,修《汉阴厅志》[3],亟称详赡。

【注释】

[1] 董诏:字驭臣,号朴园,洵阳县城人,后移居安康县,清代兴安著名学者。

[2] 乾隆甲午:乾隆三十九年,公元1774年。

[3]《汉阴厅志》:是陕西省安康市汉阴县旧志中第七部,修于嘉庆二十三年(1818),由抚民通判钱鹤年(监生)主修,董诏(举人)纂。

文昌阁[1]

洵阳城郭临汉涘,丹楼如霞照汉水[2]。俯视百雉浮朝岚[3],远揖千山晖暮紫。云间高揭文昌字[4],碑云移自城西址。使君相地拓新宫[5],肖像割牲荐兰芷[6]。文昌之祀何所传,或云事本古周礼[7]。宗伯春秋修槱燎[8],斟酌元气昭天纪[9]。或复邻于道家言,不辨固知其妄耳。求人以实难为凿,设象而祭宁无以[10]。古者神必有其依,大雩尚及公卿士[11]。即如社稷本冥寞[12],故主后稷句龙氏[13]。况乎名臣岳降神[14],精现于天乃其理。安知瑶光玉衡间[15],不同傅说骑箕尾[16]。我闻在昔有张仲[17],实与吉甫歌燕喜[18]。张公孝友尹士忠,周文郁郁此同轨[19]。忠君顺长皆孝移,以公尸之允宜矣[20]。高山仰止景行行[21],况乃金碧俨然是。是知文运所由昌[22],本乎忠孝斯蔚起[23]。春华不移秋实佩[24],大辂岂蹈虚车耻[25]。蜀守求经开石室[26],一时作者连顶趾[27]。卿云文章绝代雄[28],我谓殊失文翁指。立言必以立德基,修辞不外修身始。言其所行行所学,是曰威凤非泽雉[29]。文昌之阁众所瞻,作阁之心窥者几。试瞻遗像读丰碑,会见兴贤绍前美[30]。

【注释】

[1] 文昌阁:在洵阳县城北。见《(乾隆)洵阳县志》卷六"祠庙",《(光绪)洵阳县志》卷六"坛庙"。

[2] 丹楼:红楼,这里指文昌阁。

[3] 朝岚:早晨山间的雾气。

[4] 高揭:高耸,高高张贴。揭,举起,高举。

[5] 使君:汉代称太守刺史为使君,汉以后用做对州郡长官的尊称。

[6] 割牲:元朝太庙大祭时的一种礼俗,又称"割奠"。兰芷:兰草与白芷,皆香草。

[7] 周礼:此指周代的礼乐制度。

[8] 宗伯:古代官名,掌祭祀、典礼。见《周礼》。 春秋:常用来表示一年四季。中国古代先民极其重视春、秋两季的祭祀,由此"春秋"衍生出更多的语言义。 槱(yǒu)燎:古代封禅祭天的一种仪礼。以牲体置柴堆上焚之,扬其光炎上达于天,以祀天神。见《周礼·春官·大宗伯》。

[9] 天纪:这里指时日等。

[10] 设象:犹悬象。设立、宣布法令。

[11] 大雩(yú):也叫"雩礼",简称"雩",古代吉礼的一种,所祀对象为被认为能兴云降雨的"山川百源"。

[12] 冥寞:泛指与死相关之事,如死亡、死者、阴间等。

[13] 后稷:周始祖,姬姓,名弃,其母有邰氏女,曰姜嫄。被尊为稷

神、农神、耕神、谷神。农耕始祖,五谷之神。参见《诗经·大雅·生民》《史记·周本纪》。　句龙氏:神话人物,相传为共工子,能平水土,后世附会为后土之神。

[14] 岳降:称颂诞生或诞辰。典出《诗经·大雅·崧高》。

[15] 瑶光:也称为摇光,是北斗七星的第七星,并被视为象征祥瑞的星之一。　玉衡:中国古代又称"廉贞星",是北斗七星中的第一亮星。见《晋书·天文志上》。

[16] 骑箕尾:在箕星与尾星之间有一星宿名叫"傅说",相传是傅说死后升天所化,见《庄子·大宗师》。旧因称统治阶级的大臣之死为"骑箕尾"或"骑箕",后常以"骑箕尾"的典故隐指人的精神不死,魂魄升天。　箕尾:星宿名,箕宿和尾宿的并称,属东方苍龙七宿之一。

[17] 张仲:周朝人,周宣王贤相卿士,与尹吉甫友善,共同辅佐周宣王,使王朝中兴。见《诗经·小雅·六月》。

[18] 吉甫:指周宣王贤臣尹吉甫,西周时房陵人(今湖北房州)。曾率师北伐猃狁至太原,南征淮夷。《诗经·小雅·六月》等篇赞美了尹吉甫功绩。《诗经》中的《崧高》《烝民》《韩奕》《江汉》等篇学者们认为是尹吉甫所作。　燕喜:宴饮喜乐。

[19] 周文郁郁:语出《论语·八佾》。　同轨:本指车辙宽度相同。引申为同一、一统。

[20] 公尸:古代天子祭祀,代被祭者的神灵而受祭的活人。由于以卿为尸,故称公尸。　允宜:合宜。

[21] "高山"句:赞颂品行才学像高山一样,要人仰视,而让人不禁按照他的举止作为行为准则。后以"高山景行",比喻崇高的德行。语出《诗经·小雅·车舝》。

[22] 文运:指科举应试的运气。

[23] 蔚起:蓬勃兴起。

[24] "春华"句:本指春天开花,秋天结果,比喻事物的因果关系。后也用于比喻文采与德行。典出《三国志·魏志·邢颙传》。

[25] 大辂:古时天子所乘之车。

[26]"蜀守"句：即文翁石室、文翁学堂。景帝末蜀郡守文翁,大兴教化,事见《汉书·文翁传》。

[27]顶趾：头顶与足踵,借指全身。

[28]卿云：汉代辞赋家司马相如(字长卿)、扬雄(字子云)的并称。

[29]威凤：瑞鸟。凤有威仪,故称为"威凤",后比喻难得的人才。泽雉：生长于沼泽地的野鸡。

[30]兴贤：发扬贤德。

高辛庙[1]

楼观虽新改,高辛古迹留。送迎先日月,享祀阙春秋[2]。箓裕商周祚[3],书分癸甲陬[4]。顿邱弓剑地[5],凝望暮烟浮。

【注释】

[1]高辛庙：高辛,即帝喾(kù),姬姓,名俊,五帝之一。生于高辛(今属河南商丘),故号高辛氏。其封地在今陕南平利县和汉滨区黄洋河流域。见《山海经·海内经》。诗中所写高辛庙,安康地方学者认为在今旬阳县段家河镇境内。

[2]享祀：祭祀,也指享世。

[3]箓裕：有帝王的符命文书保佑,使后世王朝兴盛。

[4]癸甲：本是中国古代历法中纪日的十天干的两种,甲为第一,癸为第十。后成为八字命理中的一种算命术,也是奇门遁甲中的一种数术。

[5]顿邱：地名。即顿丘。在今河南有两个顿丘：一为汉所置顿丘县,在今河南清丰县,属濮阳;一为《诗经》中的春秋卫邑顿丘,在今河南省浚县,属鹤壁。见《浚县志·古迹》。 弓剑：传说黄帝骑龙仙去,群臣攀附欲上,致坠帝弓。见《史记·封禅书》《列仙传·黄帝》。后因以"弓剑"为

·500·

对已故帝王寄托哀思之词。

同龚尉游临崖寺[1]

赋成怀县真惭拙[2],尉隐山州也学顽[3]。连骑出郊寻古寺,三年对面看灵山[4]。殊无明镜彩虹落,可似双溪夜月间浮梁双溪夜月,有白玉蟾仙迹。乡思渐生禅意澹[5],秀能支派概行删[6]。

【注释】

[1]龚尉:不详。临崖寺:位于陕西安康市旬阳县城东面山崖之上,因系临崖而建,故名,俗称灵岩寺,又作临岩寺。

[2]赋成怀县:晋潘岳曾任怀县令,仕宦不达,以母疾去官,作《闲居赋》,借闲居养亲寄托失意情怀,后因用作咏失意闲居的典故。

[3]尉隐:汉梅福字子真,尝为南昌尉,后隐居,得道成仙。

[4]灵山:道家指有灵验的山,如蓬莱山、昆仑山等。

[5]禅意:犹禅心。指清空安宁的心,也做佛教术语。

[6]秀能:佛教禅宗北宗之祖神秀与南宗之祖慧能的合称,见《景德传灯录》卷四、卷五。 支派:分解出的流派。

石磴峰回屐齿移[1],隐螺城郭望中奇[2]。鹤归丁令叹多冢[3],虎去生公自划池[4]。楚估帆樯将集候[5],文禽枳棘暂栖时[6]。香厨为客偏藏酒[7],盐豉全除知未知[8]。

【注释】

[1]石磴:石级,石台阶。 屐齿:足迹,游踪。

[2]望中：指视野之中，想望之中。

[3]鹤归丁令：见本书卷一《悲愤》二首之一注[6]"鹤飞华表"，参见《搜神后记》卷一"丁令威"条。

[4]虎去：即"渡虎"，见《后汉书·宋均传》。此典咏地方官治理有方，灾害不兴。

[5]楚估：楚地的商人。　帆樯：船帆与桅樯，常指舟楫，船桅，桅杆。借指帆船。

[6]文禽：羽毛有文彩的鸟。鸳鸯、紫鸳鸯、锦鸡、孔雀皆可称为文禽。　枳棘：枳木与棘木，因其多刺而称恶木。常用以比喻恶人或小人，亦比喻艰难险恶的环境。

[7]香厨：即香积厨，僧家的厨房。

[8]盐豉：食品名，即豆豉。用黄豆煮熟霉制而成，常用以调味。

再叠前韵

西岸钟鸣东岸应，住家禅比出家顽。长官爱懒宜稀讼[1]，流水多情自绕山。莫谓相逢才一笑，岂知真意在其间。今朝风便扁舟渡[2]，樵侣吟朋未遽删[3]。

【注释】

[1]稀讼：很少诉讼。

[2]扁舟：指小船。

[3]樵侣：指打柴的伙伴。

茶散香残晷渐移[1]，空空色色转非奇。未能免俗留诗障，老不中书愧墨池[2]。学语儿童先我至子侄俱有游寺诗二十韵,追欢蹀躞趁闲时[3]。重来共宿招提境[4],云冷衣裳总不知。

【注释】

[1] 晷(guǐ):本意是指日影,比喻时光。另指古代用来观测日影以及定时刻的仪器。

[2] 墨池:洗笔砚的池子,指习书写字处。另有王羲之墨池传说故事,见宋曾巩所写《墨池记》。

[3] 蹀躞:小步行走或小步快走。

[4] 招提:原为四方僧的住处,后泛指寺院或僧房。

龙须草[1]

龙须草,非茅非菅非荸荠[2]。山中土少硗确多[3],野氓分持种岩岛[4]。夏雨行时众绿生,覆坂如蓑垂袅袅[5]。叶挺三觚发较纫[6],长逾二笏指可绕[7]。落实取材岁聿秋[8],爬梳竟趁清霜早[9]。理纷难以长镵试[10],薄言捋之各盈抱[11]。胼手能殚脱腕劳[12],饥渴始慰忧心捣[13]。瓮牖茅檐夜深坐[14],柴烧品字围炕燎[15]。徐拈乱丝俾就绪[16],运掌摩挲续成缭[17]。寸增尺累弥由旬[18],皴瘃不惜惜积少[19]。比类而合非一人[20],机设场中寒月皎。系钢析条如贯珠[21],旋转轧轧声侵晓[22]。短者倍寻长倍常[23],叠盘堆屋工未了。汲水讵有嬴瓶凶[24],挂帆用叶济川兆[25]。旦来易向三家求[26],千辛始得营一饱。山家更有别出枝,屡不知足为亦好[27]。

扪按茬弱网在纲[28],意斯柮枒齿分道[29]。牵腰度纬左右交[30],缱绚綦组纷呈巧[31]。仲子遂免于陵饿[32],居士得向青山老。草工至此工始收[33],煮酒烹鸡喜相劳。呜呼!春艺秋芟无尽时[34],之而长作人间宝[35]。

【注释】

[1] 龙须草:灯心草科灯心草属植物。又名蓑草、拟金菜或羊胡子草,茎叶可以做蓑衣、绳索、草鞋等,亦可织席、造纸。

[2] 蒪(pò)茆:植物名。莼菜科莼菜属,多年生水草。

[3] 硗(qiāo):指地坚硬不肥沃。

[4] 岩岛:是指由于地壳运动,岩石性质的差异,经过流水的侵蚀,一些岩石(地层)块体残留在河床中,成为四面环水的孤岛,叫岩岛。

[5] 袅袅:形容细长柔软的东西随风摆动。

[6] 三觚:指很多挺直的棱角。 觚:木简,古人用以书写。

[7] 二笏:指两个竹板。笏,中国古代大臣上朝拿着的手板,用玉、象牙或竹片制成,上面可以记事。

[8] 岁聿:指一年将尽。

[9] 清霜:指的是寒霜。

[10] 长镵(chán):一种翻土的农具。见《农政全书》卷二一《农器·图谱一》。

[11] 薄言:语助词。 盈抱:指满怀。

[12] 胼手:同"胼手胝足"。意思是手脚生茧,形容劳动十分辛勤。脱腕:形容手腕用力且极其迅速。

[13] 忧心捣:即忧心如捣。忧愁得像有东西在捣心一样,形容十分焦急。

[14] 瓮牖:意思为以破瓮为窗,指贫寒之家。 茅檐:代指茅屋,并非茅屋的房檐。

[15] 柴烧:指利用薪柴为燃料烧成的陶瓷制品,主要分为上釉(底

釉)与不上釉(自然釉)两大类。

[16] 乱丝:指散乱的头发,喻纷乱无绪的事物。 就绪:本指从事其本业。后用指安排妥当,有了条理。

[17] 运掌:运用在手掌之中,比喻容易。 摩挲:指用手轻轻按着并一下一下地移动或用手抚摸或用手抚摩。

[18] 由旬:古印度计程单位。见《翻译名义集·数量》。另据《大唐西域记》卷二载,一由旬指帝王一日行军之路程。

[19] 皴瘃(cūn zhú):皮肤开裂,生冻疮。

[20] 比类:整理,按类排比。

[21] 贯珠:成串的珍珠。也比喻珠圆玉润的诗文、声韵。

[22] 轧轧(yà yà):状声词,形容纺织机的声音。 侵晓:指天色渐明之时,拂晓。

[23] 倍寻:倍"寻"谓之"常",也就是说,"常"是"寻"的两倍,即一丈六尺。"寻"和"常"都是古代的度量单位。"寻常"一词便引申出平常、普遍的意思。 倍常:八尺为寻,倍寻为常,倍常为三丈二尺,大不同于一般。

[24] 羸瓶凶:意思是水汲至井上还未离绳索,却打破汲水瓶,必有凶险。语出《周易·井》。

[25] 挂帆:张帆行船。 济川:犹渡河。语出《商书·说命上》。后多以"济川"比喻辅佐帝王。

[26] 易向三家求:向着几家人去求食。

[27] 屦不知足:编鞋子却不看脚样。语出《孟子·告子上》。

[28] 扪授:按摸和揉搓。 荏弱:柔弱,软弱,怯弱。 网在纲:把网结在纲上,才能有条理而不紊乱。语出《尚书·盘庚上》。

[29] 柮(zuó)枒:树端上的枝桠。

[30] 牵腰度纬:这里是指进行纺织时,在原始腰机上将纺织者固定的状态和纺织机杼(梭子)的工作情景。参见《天工开物》。

[31] 繶绚:用丝线编织成的带子绚丽多彩。 綦(qí)组:杂色丝带;谓组织文辞。

[32] 仲子:指陈仲子,战国齐人,因他居住在于陵,后人称他为于陵

· 505 ·

子。　于陵：齐国地名,在今山东长山县南。陈仲子事见《孟子·滕文公下》,有"三咽李螬"的故事,后世用作咏廉士的典故。

[33] 草工：古代六工之一,或谓乃染色之工。见《礼记·曲礼下》。

[34] 秋芟(shān)：立秋以后在农作物地里锄草、松土,使农作物早熟,子实饱满,并防止杂草结子。也作删秋。

[35] 之而：指须毛。见《周礼·考工记·梓人》。后人诗文中多用以形容须毛状的东西或指雕刻的鸟、兽、龙等的须毛耆鬣。

伎陵城行[1]

汉季王气浮参觜[2],帝胄乘符楼桑起[3]。炎精续烬井泉温[4],襟带益荆凭沔水[5]。至今遗恨白郎儿,春秋三叛笔削垂[6]。飞檄迟赴将军幕[7],送款阴溃金城埤[8]。输心当面笑背面[9],颂莽誉骧纷缱绻[10]。方从同辈矢同欢,中向蒿中射蒿箭[11]。感怀羁旅复西倾[12],需泥早致八日兵[13]。渐军已夺白马塞[14],吴援空驻伎陵城[15]。顾此反侧诚何有[16],但惜藩屏为敌守[17]。无复郦商会汉中[18],但说申仪屯洵口[19]。登楼吊古俯江湄[20],败垣剥落草离离[21]。野老不知搜乘地[22],竟传中有防风厂县东临崖山,相传有孟达冢。试问当日头颅行万里[23],谁取残骸葬孤垒[24]？

【注释】

[1] 伎(jì)陵城：在今陕西安康市旬阳县东,汉水南岸。见北魏郦道元《水经注·沔水》。

· 506 ·

［2］汉季：犹言汉之季世，指蜀汉。　参(shēn)觜(zī)：古代天文学名词。属二十八星宿之西方七宿中的两星宿，参、觜对应的分野是益州，即蜀地。

［3］帝胄：指皇族，皇帝的家族。　楼桑：汉末刘备的故里，在今河北涿州南二十里。见《三国志·蜀书·先主传》。

［4］炎精：指火德，火的本性；后指应火运而兴的王朝。

［5］襟带：本指衣襟和腰带。后谓山川屏障环绕，如襟似带，用以比喻险要的地理形势。　益荆：指益州和荆州，汉武帝所置十三刺史部之一。

［6］春秋三叛：指春秋时三个叛逆者：邾国庶其、黑肱、莒国牟夷。

［7］飞檄：速递檄文，紧急檄文。　将军幕：指将军幕府，佐助将军处理军务员职的总称。

［8］送款：传送情意。也指投诚，归降。

［9］"输心"句：当你面对你表示真心，而背后却又讥笑你。输心，把心献给你。形容人表里不一，当面一套，背后一套。语出杜甫《莫相疑行》。

［10］颂莽：歌颂王莽的恩德。参见《汉书·王莽传》。　誉骦：赞誉冯骦的智慧。参见《战国策·齐策》《史记·孟尝君列传》。

［11］蒿箭：以蓬蒿制作之箭，用以比喻无用而不足惜之物。

［12］羁旅：指的是长久寄居他乡。　西倾：是指向西倾斜，比喻年老。

［13］需泥：在淤泥中等待。语出《周易·需》。　八日兵：三国时，司马懿挫败孟达叛变阴谋，八日急行八百里兵临上庸，可谓神兵天降。事见《晋书·宣帝纪》。

［14］白马塞：在今陕西勉县西。相传汉代萧何曾在沔(勉)北修筑白马塞，见《水经注·沔水》。

［15］吴援：指东吴军救援孟达在伎陵城。事见《三国志》。

［16］反侧：反复无常。

［17］藩屏：屏障保护，也比喻边防重镇。

［18］郦商：汉陈留高阳(今河南杞县西南)人，西汉初年将领，协助刘邦征战，曾平定十七县，自己单独率军攻打旬关，平定汉中。事见《史记·樊郦滕灌列传》。

[19]申仪：三国时先为蜀将,后叛归魏。事见《三国志·蜀书·刘彭廖李刘魏杨传》。

[20]江湄：江岸。

[21]败垣(yuán)：倒塌毁坏了的矮墙。 剥落：一片片地脱落,指物体表面的覆盖物脱落。 离离：青草茂盛的样子。语出《诗经·王风·黍离》。

[22]搜乘：检阅兵车。

[23]头颅行万里：指被斩首,头颅远送他方。见《三国志·魏书·袁绍传》注引《典略》,《后汉书·袁绍列传》亦载,两书所载不同。

[24]孤垒：孤立的堡寨。

禹　穴[1]

神禹藏会稽[2],其生在石纽[3]。迁史太白书[4],两地耀先后。导漾趋沧浪[5],曾闻栖托偶[6]。我来探其胜,扁舟出洵口。直下百里间,巉岩如薪剖[7]。微茫一径通,砉然开户牖[8]。纵横十笏地[9],乃憩锡圭后[10]。四壁青琅玕[11],疑镌文蝌蚪[12]。点画寻偏傍,剥泐惜已久[13]。回溯西来流,夹岸连冈阜[14]。纤长垂崖直,沙平倚碛右[15]。淫雨泛波涛,纵目成渊湫[16]。不知未决时,何处穷泽薮[17]。美哉德远矣,于今赐实受。春秋荐兰菊,社腊洁尊卣[18]。西蜀与东越[19],共仰三不朽[20]。擘窠留遗踪[21],郁律蛟蛇走[22]。

【注释】

[1]禹穴：相传大禹治汉水曾于此歇息,因而得名。今安康市旬阳县

关口乡,见《大清一统志·兴安府·古迹》。

[2]"神禹"句:在今浙江省绍兴之会稽山,相传为夏禹的葬地。见《史记·太史公自序》。另,指会稽宛委山,相传禹于此得黄帝之书而复藏之。见《吴越春秋·越王无余外传》。

[3]石纽:古地名。相传为夏禹出生地,在今四川省汶川县境。见《史记·夏本纪》。

[4]迁史:汉司马迁《史记》之别称。

[5]导漾:开通嶓冢山以疏导漾水。语出《尚书·禹贡》。

[6]栖托:寄托,安身。

[7]巉岩:指一种陡而隆起的岩石,如悬崖或崖、孤立突出的岩石。

[8]砉然:象声词。常用以形容破裂声、折断声、开启声、高呼声等。

[9]十笏:形容小面积的建筑物。见《法苑珠林·感通篇》载唐王玄策出使西域事。

[10]锡圭:也作"锡珪"。锡通赐。意思是授以高官重爵。珪,古代诸侯朝聘时所执的玉制礼器。帝王封爵授土时,赐珪以为信物。

[11]青琅玕:形容竹之青翠,比喻绿竹美如玉石。

[12]文蝌蚪:即蝌蚪文。周代的古文字。

[13]剥泐(lè):石料剥蚀断裂。

[14]冈阜:山丘。

[15]碛(qì):浅水中的沙石。

[16]纵目:放眼远望。　渊湫:深水潭。

[17]泽薮:指大泽。

[18]社腊:古代春天和岁末的祀祭神活动。　尊卣(yǒu):古代酒器和礼器的名称。

[19]西蜀:指夏禹的出生地四川汶川。　东越:指夏禹的埋葬地浙江绍兴。

[20]三不朽:指立德、立功、立言,见《左传·襄公二十四年》。

[21]擘窠(bò kē):写字、篆刻时,为求字体大小匀整,以横直界线分格,叫"擘窠"。

· 509 ·

[22]郁律：屈曲的样子。　蛟蛇：指蛟与蛇，比喻字迹。

洧阳旧治[1]

独向洧阳寻戍楼[2]，弹丸自昔号名州[3]。占星旧昧蜀秦楚[4]，置奕旋经梁魏周[5]。地接连冈迷雉堞[6]，池临两水泊渔舟。苍茫沽酒谁同饮[7]，极目飞飞不下鸥[8]。

【注释】

[1]洧阳：古县名。即北魏黄土县，治今陕西省安康旬阳市东北蜀河入汉水东岸，属金州。后入洵阳县。见《旧唐书·地理志》。

[2]戍楼：指边防驻军的瞭望楼。

[3]弹丸：比喻地方狭小。

[4]占星：古代人们对天空星宿变化的观察与思考，并成为了一种占星术，后来人们把这一类知识、活动统称为"占星"。

[5]置奕：设置的时间很久。　旋经：随即经过。　梁魏周：指洧阳在南朝梁、北朝西魏、北朝北周的治辖变迁。

[6]连冈：连绵的山冈。　雉堞：城上的短墙，也泛指城墙。

[7]沽酒：从市上买来的酒，买酒。

[8]极目：用尽目力远望。　飞飞：指飞鸟飞行貌。　不下鸥：典故，亦即"鸥鸟不下"。鸥鸟害怕被抓住而不愿飞下地面来玩耍。比喻察觉别人将要加害于自己，从而加倍注意防范。典出《列子·黄帝》。

黄土旧县[1]

县倚山名锡[2],山留县不存。九原如可作[3],千载竟谁论[4]洵阳史传人物,惟黄土扶猛一人。古戍仍环市[5],寒泉自绕村。白云何处尽,钼钃茯苓根[6]。

【注释】

[1]黄土旧县:北魏时设置,指古代洵阳县,今陕西省安康市旬阳市。

[2]锡:通"赐",给予,赐给。

[3]"九原"句:九原可作,是比喻设想已死的人再生,有悼念及景仰其人之意。语出《国语·晋语八》。

[4]"千载"句:语出唐张公义《金谷园花发怀古》。扶猛,字宗略,其家世代为当地土著族白虎部落的首领。初仕南梁,后归顺西魏。北魏、西魏、北周将领。事见《周书》卷四四列传第三六、《北史》卷六六列传第五四。

[5]古戍:边疆古老的城堡、营垒。

[6]钼钃(chú zhú):用砍刀、斧等工具砍削或锄一类的农具,借指耕作。

大夫营

洵阳同汉郡,高密绍嘉谟[1]。杖策谒天子[2],移营表大夫。带砺忠铭鼎[3],金房绩剖符[4]。岘山片石在[5],驻马费临摹[6]。

511

【注释】

[1]高密：古县名，今属山东潍坊。

[2]"杖策"句：拿着自己的计谋献给天子。谒，面见。

[3]带砺：指衣带和砥石。后因以"带砺"为受皇家恩宠，与国同休之典。　铭鼎：在钟鼎等器物上刻铸文辞。引申为建功立业，以传后世。

[4]金房：指华堂。　剖符：剖分信符。后指授官。

[5]岘山：在今湖北襄阳市，是传说中赤松子洞府道场，传说伏羲死后葬在此处。　片石：据相关史料记载及当代发现，岘山上有十几处摩崖石刻和石刻造像。

[6]驻马：使马停下不走。

庚寅闰五月志异[1]

汉南庚寅夏闰五，漂风烈烈吹急雨。翻盆镇作三宵声[2]，裂帛遂看百川聚[3]。水吼惊涛万马嘶，湍飞骇浪千牛弩[4]。东滩石立冲矶陡，平畴雪涌回澜怒[5]。北城蚁附趋南城[6]，回望东西野成浦。绸缪非乏偃虹堤[7]，鼠窟蚁防焉从补。况复北门仍旧贯，波头高于阈下土。溃穴纷建屋上瓴[8]，排闼直鸣地中鼓[9]。崩墙破壁雷殷山[10]，震瓦摇楼冲撼橹[11]。羊豕猫鼠鹅鸭鸡，飞不得泊浮无浒。急非范痤或骑危[12]，信异尾生多抱柱[13]。拯船甚于千金壶[14]，簸荡舣向高檐庑[15]。经夕渺弥势渐退[16]，纳污复忧茹不吐[17]。崩峭忽惊溜穿石[18]，就下旋如矢脱弣[19]。哀我人斯终岁储[20]，半付东流半为腐[21]。中丞闻变单骑至，戴星橇泥亲拊抚[22]。徐度高庢物土方[23]，细审垫溺询比户[24]。陈奏请赠埔五雉[25]，承诏先给家二釜[26]。三时而毕民困苏[27]，一隅不遗皇仁溥[28]。集泽已息鸿羽肃[29]，陵渊宁俟象齿齰[30]。

【注释】

[1] 庚寅：清乾隆三十五年，公元1770年。　闰五月：是指每逢闰年所加的一个月，故闰五月则是每逢闰年加在农历五月后六月前的那一个月。参见《左传·文公六年》。　志异：指记载奇异之事。

[2] 翻盆：犹倾盆。形容雨极大。　三宵：指夜半。

[3] 裂帛：形容声音像撕帛一样清厉。

[4] 湍飞：形容水流急速。　骇浪：是指汹涌澎湃，令人心惊的浪涛。　牛弩：用牛的筋、角制成的一种强力弩弓。

[5] 平畴：指平坦的田野。　雪涌：雪纷纷而至。　回澜：回旋的波涛。

[6] 蚁附：像蚂蚁一样趋集缘附，形容归附或趋附之人多。

[7] 偃虹堤：是宋代滕子京任岳州知州时修建的一座堤坝，欧阳修于庆历六年(1046)撰写《偃虹堤记》。

[8] 屋上瓴：房屋上仰盖的瓦形成的瓦沟。

[9] 排闼(tà)：推门，撞开门。

[10] 雷殷：隐隐然的雷声。语本《诗经·召南·殷其靁》。

[11] 橹：指楼橹，古时军中用以侦察、防御或攻城的高台，也指顶部没有覆盖的远望楼。

[12] 范痤(cuó)：战国时期政治家、纵横家、魏国宰相，生活年代与信陵君同时。事见《战国策·赵策四》《史记·魏世家》。

[13] 尾生多抱柱：即"尾生抱柱"之典故。后用以比喻坚守信约。典出《庄子·盗跖》。

[14] 千金壶：比喻物虽轻贱，关键时得其所用，却十分珍贵。壶，通

513

"瓠",葫芦。

[15]簸荡:像摇篮一样剧烈摇动和波动。 檐甍:房顶伸出墙壁的部分。

[16]渺弥:为水流旷远貌。

[17]茹不吐:即不茹不吐,后形容人正直不阿,不欺软怕硬。语出《诗经·大雅·烝民》。

[18]溜穿石:山里的滴水可以把石头滴穿。比喻只要有决心有毅力,事情就可以成功。

[19]就下:向下,处于下。 矢脱弣:箭脱了弓把。

[20]哀我人斯:可叹我们这些人。语出《诗经·豳风·破斧》。 终岁:一整年;年终。

[21]半付东流:扔在东流的江河里冲走。比喻希望落空,成果丧失,前功尽弃。

[22]橇泥:古代在泥路上行走所乘的用具。 拊抚:安抚,抚慰。

[23]徐度高庳:是说快慢适中、不急不慢地处理高低不平之处。

[24]垫溺:指淹入水中。 比户:家家户户,一户挨着一户。

[25]陈奏:封建时代臣下向君王进言、上书。 墉五雉:五丈高的城墙。雉为古代城墙的丈量单位。

[26]承诏:奉诏旨。 二釜:笔者按:此处二釜疑为三釜。一釜为六斗四升,三釜比喻微薄的俸禄。见《庄子·寓言》。

[27]三时:指春、夏、秋三季农作之时。 民困苏:即以苏其困。苏,缓解,解除。

[28]一隅不遗:指一个角落、一个地方也不遗漏(遗忘)。 皇仁:皇帝的仁德。 溥:广大,普遍。

[29]鸿:鸿雁,水鸟名,即大雁。 羽肃:鸟飞时扇动翅膀的声音。

[30]陵渊:山丘与深潭。

辛卯五月志庆[1]

我民已获生聚乐,不谓阳侯仍肆虐[2]。弥漫势藉浃旬雨[3]，大浍枝川纷喷礴[4]。跳波老鱼树间舞[5]，隔岸千艘山际泊[6]。浏奔竹箭雪涌浪[7]，狂突若欲来阵薄。循墙浸板乘隙抵[8]，拟将狂飚振秋箨[9]。岂知朝议勤民事，早移高陵塞深壑[10]。隐以金椎土刚卤[11]，脱其汲板痕垠堮[12]。水正而裁不日成，峭壁已住冯冯削[13]。当冲造积箝山骨[14]，如生如附齿骈腭[15]。隐然可厣不可潄[16]，置我衽席覆以幕[17]。何来波臣骋故智[18]，推涛扬波逞不若[19]。浩荡直欲凌巀嶪[20]，进不能胜空坻阁[21]。高墉无事射潮弩[22]，危矶已铦破浪锷[23]。半陂徒浸南山根，五雉自键北门钥[24]。有源固异涸可待[25]，莫继终看势渐却。傍夕中流拥古查[26]，蜿蜒远现双火爆[27]。水阴根阳固其理[28]，如有物凭伸屈蠖[29]。振鳞虽未作之而[30]，出目俨已露闪烁[31]。惊奇诧异人共睹，敛浪息风静不跃[32]。悠然逝处潮陡退，潜鳞似受庚申约[33]。其日申刻，上游忽拥物，类浮查，蜿蜒长十余丈，前有火光如爇双炬，循流而东，载阴载阳，堤上观者诧焉，疑蛟蜃之属也。是物过，水遂退矣。雁台但留新涨痕[34]，鸠居不改旧市郭[35]。倘非绸缪未阴雨，吾民得不复屯瘼[36]。持载虽缘厚地力，补救终仰圣人作。从兹安堵庆民康[37]，终古波澄看水弱[38]。

【注释】

[1] 辛卯：清乾隆三十六年，公元 1771 年。　志庆：是表示庆贺、祝贺。
[2] 阳侯：古代传说中的波涛之神。
[3] 势藉：是指权势地位。　浃旬：一旬，十天。

515

[4]大浍:田间很大的沟渠。　枝川:支流。

[5]跳波老鱼:翻腾的波浪中鱼儿在跳跃,也指鱼儿随乐曲跳跃,比喻音律绝伦。语本《列子·汤问》。　树间舞:在树间起舞。

[6]山际:山边。

[7]竹箭:即筱,细竹。后因以"竹箭"喻河流迅疾。

[8]循墙:沿墙。　乘隙抵:即"乘间抵隙",是指利用机会,趁机钻空子。

[9]秋箨:秋日的竹壳,比喻脆弱易掉落之物。

[10]高陵:高丘,山丘。

[11]金椎:铁铸的捶击具。　刚卤:指土地坚硬而含盐卤。

[12]垠堮:边际、界限。

[13]冯(píng)冯:象声词。语出《诗经·大雅·緜》。冯,古"凭"字,"冯"是"凭"的本字。

[14]当冲:是指在道路的冲要处。　造积:到达最高点。　山骨:山中岩石。

[15]齿骈腭:指齿和腭相连。腭,口腔的上壁。

[16]隐然:隐隐约约的样子。　廞(xīn):淤塞。　漱:冲刷,冲荡。

[17]衽席:床褥与莞簟,泛指卧席,引申为寝处之所。

[18]波臣:指水族。古人设想江海的水族也有君臣,其被统治的臣隶称为"波臣",参见《庄子·外物》。　故智:是指以前用过的计谋。

[19]推涛扬波:推动波涛,掀起浪头。比喻促使或助长不良事物的发展,煽动怂恿,制造事端。　不若:不善,强暴。

[20]浩荡:水势壮阔浩大的样子。　直欲:一直想。　巀嶭(jié niè):高耸。指高峻的山。

[21]坻阁:道路之名。见《周礼·秋官·野庐氏注》。

[22]高墉:高墙。　射潮弩:典故名。一般多指五代时吴越王钱镠(liú)筑捍海塘,怒潮汹涌,版筑不就。乃造竹箭三千枝,于叠雪楼命水犀军架强弩五百以射潮。见《宋史·河渠志七》《十国词话》。后常用以喻指雄心壮志或英勇壮举。

［23］危矶：危险的水边突出的岩石。　铦(xiān)：锋利。　锷：刀剑的刃。

［24］北门钥：北边门户的大锁。典出《左传·僖公三十二年》。此指北部防御要地。

［25］涸可待：河水干涸是可以期待的。

［26］古查：也作"古槎"，古旧的木筏。

［27］火爝：火炬、火把。

［28］水阴根阳：与"火阳根阴"相对。意为水属阴，生于阳变，说明阴阳是互相依存的辩证观点。这是北宋周敦颐易学命题，语出《周子通书·动静》。

［29］屈蠖：指屈身的尺蠖。尺蠖用弯曲来求得伸展，比喻以退为进的策略。语出《周易·系辞下》。

［30］振鳞：振动鳞片。

［31］闪烁：忽隐忽现，变动不定。

［32］敛浪：波浪收敛、平静了。

［33］潜鳞：即鱼。　庚申约：指道教在庚申日有守庚申之约。守庚申亦称"守三尸""斩三尸"，其概念源于汉代纬书，见《河图纪命符》。

［34］雁台：飞雁栖息的高台。　涨痕：涨水的痕迹。

［35］鸠居：谓鸠鸟性拙，不善筑巢，居于鹊之成巢中。语本《诗经·召南·鹊巢》。后也用于居室简陋的谦词。　市郭：犹市井。

［36］屯(zhūn)瘼(mò)：艰难困顿的疾苦。

［37］安堵：安居。　民康：人民康乐。

［38］终古：久远。　波澄：指清波，水波澄净的意思。　水弱：水势弱小。

游万春寺[1]

汉水之北姚墟东[2]，万春古寺小山宫。密树初逢有

・517・

鸣鸟,竹林行尽渐闻钟。峰回悬磴广畴出[3],水泛落花一径通。藓荭初踏石荦确[4],山门徐露松蒙茸[5]。寂历自饶净土胜[6],雕剥渐失天人雄[7]。宝阶长湿三天雨,云铎闲咽三霄风[8]。惟有烟峦争岌嶪[9],绕钵犹献青芙蓉[10]。扪萝更探祖师祠[11],七叶禅启南岳宗[12]。白云一缕萦盘陀[13],丹嶂十笏纳虚空[14]。摩挲难寻面壁影[15],澄澈犹留卓锡踪[16]。顾兹净绿不敢漱,为霖恐有卢师龙[17]。乘兴欲穷岩下谷,夕阳已隐寺东峰。山僧款客煨新芋[18],扫除言语无机锋[19]。半座喜分瑶席碧[20],一龛静对佛灯红[21]。地寂心清浑不寐,莲漏时滴流泉淙[22]。明发登历倍缱绻[23],订约更期蜡屐重[24]。

【注释】

[1]万春寺:见本卷刘应秋《万春寺》注[1]。

[2]姚墟:古地名。或作姚虚、姚丘,又称妫墟,传说为帝舜的出生地,有多处。见《括地志》《元丰九域志·金州》。

[3]悬磴:石桥。 广畴:广阔的田地。

[4]藓(xiǎn)荭(hóng):两种植物名。藓,即苔藓,植物学名词,苔藓植物的一纲,隐花植物的一类。荭,即荭草,也叫水荭,草本红蓼的别称,种蓼属植物。 荦确:指怪石嶙峋貌或者坚硬貌。

[5]蒙茸:(毛发、草木等)蓬松、纷乱的样子。

[6]寂历:寂静空旷。 自饶:自我宽慰、安逸。 净土:佛教词语。指圣者所住之国土也,无五浊之垢染,故云净土。

[7]雕剥:指雕刻、雕削的工艺,也比喻刻意求工。 天人:洞悉宇宙人生本原的人,超越生死、超越轮回之人,亦指神仙仙人。

[8]云铎:形容云的声音。 闲咽:喧闹。 三霄:高空。

[9]烟峦:云雾笼罩的山峦。 岌嶪(niè):高耸险峻的山。

518

[10] 钵：洗涤或盛放东西的陶制的器具,一般泛指僧人所用的食器。

[11] 扪萝：攀援葛藤。

[12] 七叶：指七世,七代。

[13] 盘陀：回旋曲折的样子。

[14] 丹嶂：指山色秀美。

[15] 面壁：佛教指脸对着墙静坐默念,后因以称坐禅。

[16] 卓锡：谓僧人居留为卓锡。僧人外出时皆随身执持锡杖,又名智杖,即德杖。挂单某处,便称为"住锡"或"卓锡",即立锡杖于某处之意。卓,植立；锡,锡杖。

[17] 为霖：用为咏宰相或施泽于民之典,典出《尚书·说命上》。卢师龙：北京八大处正果寺（原名卢师寺）关于卢师和大小青龙施雨的传说。参见《顺天府志》卷十一《宛平县》。

[18] 煨新芋：即煨芋,多指方外之遇。见《邺侯外传》、《宋高僧传》卷十九。

[19] 机锋：佛教禅宗名词,指机警犀利的话语,也指话语里的锋芒。

[20] 半座：佛教术语,即让座席之半分与他人并坐,意谓其地位与自己同等。　瑶席：形容华美的席面,设于神座前供放祭品。

[21] 佛灯红：佛灯,供于佛前的灯火,又称圣灯。佛教酥油灯颜色不同代表的寓意也不同。红色的酥油代表怀业,也叫自在业,能够自在摄受人与非人,身心获得自在,人际关系和家庭关系得到自在等。

[22] 莲漏：即莲花漏,古代计时器的一种。

[23] 登历：登临游历。　缱绻：情意缠绵不忍分离的样子。

[24] 蜡屐：以蜡涂木屐。典出《世说新语·雅量》。后因以"蜡屐"指悠闲、无所作为的生活。

魏山吉都护庙[1]

谁谓尔坚石可碎,妄意鸱张一宇内[2]。出项未合断流军,逾沔先下冲波队。涪城仇池次第降[3],复勒别部陷襄阳[4]。魏兴独敧扬益势[5],一隅孤守临岩疆[6]。至今遗恨吉都护[7],登陴力完急口戍[8]。输忠初拔三辅身[9],策勋旋督五州务[10]。连樯接舻如屯云[11],舣艎屡歼水面军[12]。扼险已撄勍敌忌[13],薄城遂炽荒天氛。一自援师摧南县[14],卒馁城崩犹巷战[15]。夺刀志屈慨慷心,绝粒义赴从容变。车骑惟将遗表论[16],岂知孤忠壮一门[17]。祖殉西朝孙汉上[18],鄰崌血性莲勺尊[19]。于今庙食傍汉浒[20],犹是当年遗堞土[21]。魏山苍苍吉水深,春兰秋菊长终古。吁嗟乎,典午山河迹久陈[22],犹传晋氏有忠臣,孟威不屈彦远死[23],仅得襄阳个半人[24]。

【注释】

[1]魏山:在今陕西省安康市西南九里。见《舆地纪胜》卷一八九引《元和志》。 吉都护庙:东晋魏兴郡太守吉挹(yì)庙。都护,官名。参见《晋书·吉挹传》。

[2]妄意:臆测。 鸱张:像鸱鸟张翼一样,比喻嚣张、凶暴。

[3]涪城:汉高祖所设涪县,今属四川省绵阳市。仇池:山名。在甘肃省成县西,盘道可登,上有水池,故名。在魏晋南北朝时期氐族杨氏以此地为中心,建立仇池国政权。后有杨氏后裔在仇池一带相继建立了后仇池国、武都国、武兴国、阴平国等政权,北周时被杨坚所灭。

[4]复勒别部:犹偏师。主力部队之外协同作战的部队。 陷襄阳:指晋太元三年(378),苻坚遣军争夺襄阳之事。

[5]魏兴:魏兴郡,三国魏置,后改西城郡置,属荆州。相当今陕西安康市、湖北郧县、郧西二县地。 独敧(yǐ):独自支撑、顶住。 扬益势:扬威益州的气势。

[6] 一隅孤守：指吉挹固守、保卫魏兴这个城池。一隅，指一个角落，引申指狭小的空间或偏于一方。

[7] 遗恨：未尽的心愿，未完成的理想。恨，遗憾。

[8] 登陴(pí)：升登城上女墙，引申为守城。

[9] 输忠：献纳忠心。 三辅身：出身于三辅地区。吉挹为冯翊莲芍(今陕西渭南市临渭区)人，属三辅之地左冯翊，故曰"三辅身"。

[10] 策勋：记功勋于策书之上。 旋督五州：指吉挹曾任新野太守、魏兴太守、晋昌太守，封轻车将军、员外散骑侍郎，加督五郡军事，死后追赠为益州刺史。五州，东晋、南朝时指北方的领土。参见《晋书·吉挹传》。

[11] 连樯：樯杆相连，形容船多。 接舻：形容船与船相接，数量多。舻，船头。 屯云：积聚的云气。

[12] 艅艎：泛指大船、大型战舰。

[13] 扼险：是指控制要害。 勍(qíng)敌：强敌或有力的对手。勍，强大、有力的意思。

[14] 一自：指犹言自从。 援师：援救的军队。 南县：古代的一个县，始于秦朝，位于汉江南岸。在江陵县(今湖北荆州)，后改为江陵府。

[15] 卒馁城崩：士卒馁弱，城池陷落。

[16] 车骑：古代将军的名号。车骑将军桓冲上言，盛赞吉挹之忠孝。遗表：魏兴陷落，吉挹绝粒而死，其参军史颖逃回，呈献了吉挹临终前的亲笔奏疏，即"遗表"，具呈守城状况及忠心之志，东晋朝廷下诏，追赠吉挹为益州刺史。

[17] "岂知"句：吉挹祖父吉朗，在西晋愍帝时担任御史中丞。建兴四年(316年)西晋灭亡时，自杀尽忠。后吉挹携带两位兄弟，投奔大司马桓温，成就功业，效命东晋，一门忠烈。

[18] 祖殉西朝：指吉挹祖父吉朗为西晋王朝殉难。 孙汉上：指吉挹在魏兴、襄阳等汉水边征战。

[19] 巀嶭：峻峭、重叠、突兀的样子。 莲勺：古县名。故址在今渭南市临渭区交斜镇来化村，吉挹的籍贯。

[20]庙食:谓死后立庙,受人奉祀,享受祭飨。 汉浒:汉水边。这里指吉挹的庙在汉水边、魏山旁。

[21]遗堞土:残存的城堞之土。

[22]典午:"司马"的隐语,指司马之官职。见《三国志·蜀志·谯周传》。晋帝姓司马氏,后因以"典午"指晋朝。

[23]孟威:东晋大臣周虓(xiāo),一作周颴,字孟威,汝南郡安成县(今河南省汝南县)人。事见《晋书》本传。丁穆,字彦远,谯国(今安徽亳县)人,事见《晋书》本传。

[24]襄阳个半人:个半人,是指一个半人。东晋孝武帝太元三年(378),前秦王苻坚派其子苻丕率领大军围困襄阳,曾说过"朕以十万之师攻襄阳,唯得一人半",这"一人"是指当时居住在襄阳的佛门领袖释道安,而剩下的"半"则是指史学大师习凿齿。习凿齿因为腿瘸,因此被戏称为"半"人。参见《高僧传》卷十六、《太平广记》卷八九异僧三。

丙子九月,汉阴小住,呈梅江公祖[1]

花治汉敖口[2],棠阴周召南[3]。题舆瞻仲举[4],巡部得桓谭[5]。保姓大彭衍[6],真王吴越覃[7]。鸠宗承衣锦[8],卜宅向鱼蚕[9]。排难心常切,综繁性素耽[10]。通商征石柱,石柱厅铅课久亏,代为疏通,官商皆便。筮仕历崤函[11]。雁集人初敉[12],鹗怀乱始戡[13]。橐囊供浩浩[14],转运费潭潭[15]。武库橐弓矢[16],行间脱胄铔[17]。度支筹正握[18],司会议谁参[19]。局外推公预,环中俨凤谙[20]。东西传送远,梁豫委源探[21]。江渚涉夔子[22],浙川询许男[23]。军需旋就绪,寮寀获轻担[24]。公来陕,值军需旁午,以局外人众推与议,远涉川豫,备审供亿程途,遂得就

· 522 ·

绪。交荐封章奏[25]，酬庸圣泽湛[26]。贰车荣上佐[27]，右辅骋华骖[28]。亭雨思苏判[29]，关云说老聃[30]。散关，乃尹喜望气处。安阳轩甫驻[31]，宁陕乱仍餤[32]。邻震烽狂炽，疆侵噬恣贪。高墉增峻壁[33]，长铩锻铦锬[34]。守共龙冈壮，锋摧虎视眈[35]。宁陕叛兵，潜谋东略，且有内应。公增陴浚濠，严诘奸宄，凶徒远窜，因以无事。傅城氛幸灭[36]，卜稼润难涵。映留悲星在，啼绷望乳含。观民凭小阁，散赈启精蓝[37]。虑彼无恒产[38]，嗟来有抱惭[39]。闭门乐衡泌[40]，叩户馈瓶甔[41]。连逢歉岁，散赈平粜于署东北古寺，凭稿园来青阁观焉，粮无冒领，人得实惠，又念贫士不食嗟来，遣役馈之。黉舍勖春诵[42]，奎楼矗晓岚[43]。宾乡秋渐鹗[44]，展卷夜披蟫[45]。设立书院膏火，并以风水之说，于龙冈创建魁楼。自此连科有登贤书者，乡人益奋志。耆旧传编习[46]，缺遗官问郯[47]。邮筒勤寄驿[48]，古堠假乘篮[49]。忘分时前席[50]，扔谦宠盍簪[51]。酒阑移晷语[52]，烛跋竟宵谈[53]。意惬琴流轸[54]，英飞剑扣镡[55]。于兹逢国侨[56]，何处礼瞿昙。不借德音接[57]，焉知仁政甘[58]。曲中情未竭，抚纸尚喃喃。

【注释】

[1]丙子：乾隆二十一年，公元1756年。　梅江：钱鹤年，字梅江，浙江乌程人。嘉庆年间三次出任汉阴通判，前后长达14年（一说16年），政绩显著，他和董诏等纂修的《汉阴厅志》至今犹珍藏。　公祖：旧时士绅对知府以上地方官的尊称。对地位较高者，亦称老公祖、大公祖和公祖父母。

[2]花治：用晋潘岳之典故，即"河阳一县花"。喻地方之美或地方官善于治理。

[3]棠阴:典故。周召伯甘棠之典,喻惠政或良吏的惠行。见《诗经·召南·甘棠》。 周召南:指《诗经》十五国风中的《周南》《召南》,在汉水流域。

[4]题舆:是指景仰贤达,望其出仕。 仲举:东汉陈蕃,字仲举,汝南平舆(今河南省平舆县)人。东汉时期名臣,任内多次谏诤时事,多次遭罢免。见《后汉书》本传。

[5]巡部:察视官署。桓谭:东汉哲学家、经学家,字君山,沛国相(今安徽省淮北市相山区)人。因坚决反对谶纬神学,后被贬。著有《新论》等,见《后汉书》本传。

[6]保姓:中国姓氏之一,起源较早。源于芈姓,出自春秋时期楚国公族后裔保,属于以先祖名字为氏,参见《路史》。 大彭:指彭祖,相传其寿八百岁。

[7]真王吴越:指五代十国中吴越国最后一任国王钱宏俶,见《封钱弘俶为吴越国王玉册文》。 覃(tán):延长,延及。

[8]鸠宗:聚集宗族。鸠通纠,集合。 衣锦:穿锦绣衣裳。

[9]卜宅:用占卜的方法来选择住处或判断居住地的吉凶。 鱼蚕:古蜀国的先王鱼凫和蚕丛的并称。

[10]素耽:本性沉溺、迷恋。

[11]筮仕:古人将出做官,卜问吉凶;亦指初出做官。 崤函:古代地名,崤山与函谷关的合称,相当今河南洛阳以西至潼关一带。

[12]敉(mǐ):安抚,安定。

[13]鸮(xiāo):中国古代对猫头鹰一类鸟的总称,亦称鸱鸮、鸱鸺、土枭、山鸮等。因声音凄厉,古人也以猫头鹰为恶鸟。 戡(kān):主要指用武力平定。

[14]橐(tuó)囊(náng):指盛粮食的口袋。语出《诗经·大雅·公刘》。 浩浩:指浩然正气,正大刚直的气势。

[15]潭潭:深广貌。

[16]櫜(gāo)弓矢:即櫜弓戢矢,意思是指收藏干戈弓矢,后指停息战事。语出《诗经·周颂·时迈》。

[17] 行间：行伍之间，指军中。 胄铠：古代士卒戴的头盔和身上穿的铠甲。

[18] 度支：官署名。魏晋始置，掌管全国的财政收支。见《晋书·职官·列曹尚书》《通典·职官五》《文献通考·职官六·户部尚书》。这里指规划计算开支。

[19] 司会：官名。《周礼》天官之属，主管财政经济及对群官政绩的考察。参阅《周礼·天官·司会》。后世用为度支或仓部的别称。

[20] 环中：庄子用以比喻无是非之境地，见《庄子·齐物论》。 夙谙：很早就熟悉的。

[21] 梁豫：指梁州和豫州。 委源：原由曲衷。本指水的发源和归宿，引申为事情的本末和底细。语本《礼记·学记》。

[22] 夔子：芈姓，夔氏，夔都(今秭归境)人，春秋时夔国最后一个国君。公元前634年，夔被楚灭，见《春秋·僖公二十六年》。 子：夔国是子等国。周代公、侯、伯、子、男五等爵，见《周礼·地官·大司徒》《礼记·王制》。

[23] 浙川：疑指淅川，原本形似而误。淅川，今属河南南阳。 许：指春秋时许国。 男：周代五等爵位的最后一等，许国是男等国。

[24] 寮寀：亦作"寮采"，指官舍，引申为官的代称，指僚属或同僚。

[25] 交荐：共同举荐。 章奏：指臣僚呈报皇帝的文书。

[26] 酬庸：酬功，酬劳。 圣泽：指帝王的恩泽。

[27] 贰车：指副车，后喻指副职。参见《礼记·少仪》。 上佐：部下属官的通称。

[28] 右辅：右内史的别称，西汉主管京畿右内史地区的官，也指汉三辅之一，右扶风的别称。今为陕西凤翔。 骋(chěng)：本意是纵马向前奔驰，引申指放开、尽情施展。 骖(cān)：本意是古代驾在车前两侧的马，引申义是驾三匹马。

[29] 亭雨：指苏轼所写的《喜雨亭记》。 苏判：苏轼于嘉佑六年(1061)任凤翔府签书判官，故称。

[30] "关云"句：关，指大散关，为周朝散国之关隘，故称散关。一说

因置关于大散岭而得名,一说因散谷水而得名。大散关位于宝鸡市南郊秦岭北麓,自古为"川陕咽喉"。见《抱朴子》。

[31]安阳:陕西安康汉阴县在汉魏时期称安阳。　轩:指古代一种有围棚或帷幕的车或者是有窗的长廊或小屋。

[32]宁陕:指宁陕县,隶属陕西省安康市。　餤(dàn):同"啖",吃或给人吃。进食,引伸为增多。

[33]高墉:高的城墙。　峻壁:陡峭如壁的山崖。

[34]长铩(shā):是指古兵器名。有长刃的矛。　锻:把金属放在火里烧,然后用铁锤打,使之定型。　铦(xiān):指古时的一种农具,类似现在的铁锹。由于此器具锋利实用,故又成为锋利的代名词。　錟(tán):古代兵器,长矛。

[35]虎视眈:虎视眈眈之意。语出《周易·颐》。

[36]傅:本义是辅助、辅佐的意思,引申指辅导、教导。　氛:本义是指古代所谓预示吉凶征兆的云气,有时也单指凶气。

[37]散赈:为赈济灾民而分发粮食、财物。　精蓝:佛寺,僧舍。

[38]恒产:指家庭比较固定的产业,土地、田园、房屋等不动产。

[39]嗟来:"嗟来之食"的略语。　抱惭:抱愧。

[40]衡泌:谓隐居之地。语本《诗经·陈风·衡门》。衡:指衡门,横木为门,形容居所简陋。泌,水名,指陈国泌邱的泉水名。

[41]"叩户"句:瓶甄,口小腹大的像坛子一类的瓦器,通常用来盛液体。

[42]黉(hóng)舍:校舍,亦借指学校。　春诵:原指应根据季节采取不同的学习方式。后泛指读书、学习。

[43]奎楼:又名魁星楼。魁星因东汉纬书《孝经援神契》中有"奎主文章"之说,后世附会为神,建奎星阁并塑神像以崇祀之,视为主文章兴衰之神,科举考试则奉为主中式之神,并改"奎星"为"魁星"。　晓岚:天刚拂晓时山中的雾气。

[44]秋渐鹗:雕鹗均善高飞,秋高气爽,正好翱翔,比喻人能在广阔的天地发挥自己的才能。

[45]"展卷"句:展卷:打开书本,借指读书。 蟫(yín):即"衣鱼",一种昆虫,体长而扁,有银灰色细鳞,常在衣服和书里,吃上面的浆糊和胶质物。亦称"蠹鱼"。

[46]耆旧:年高望重之人。

[47]缺遗:缺失遗漏。 官问郯(tán):指春秋时孔子问官于郯子之事。见《左传·昭公十七年》。

[48]邮筒:亦作"邮筩"。古时封寄书信的竹筒。 寄驿:指传递书信问候的使者。

[49]古堠(hòu):有很久远历史的土筑突兀高地,像个山崖、或是一个矗立的小小的泥土柱。 堠:瞭望敌情的土堡,哨所。 乘篮:乘坐竹轿。

[50]前席:表示想要更加接近对方而向前移动座位,大多表示听者对于对方的说话听得入迷之意。

[51]扐(huī)谦:辅佐时谦逊,泛指谦逊。 盍簪(hé zān):指朋友,也指士人聚会。

[52]酒阑:谓酒筵将尽。 移晷(guǐ):是指日影移动,犹言经过了一段时间。晷,日影。

[53]烛跋:跋是蜡烛的底座,此谓烛将燃尽。

[54]意惬:心满意足。 琴流轸:即琴轸,琴上调弦的小柱,亦借指琴。

[55]剑扣镡:意谓剑镡,即剑首,又称剑鼻、剑珥。指剑柄的末端常有的圆形部分,也泛指剑。

[56]于兹:在此。 国侨:姬姓,国氏,名侨,字子产。春秋时期郑国(今河南新郑)人,著名的政治家和思想家。

[57]德音:指善言,旧时用来尊称别人的言辞,也指好名声。

[58]焉知:哪知;怎知。

稿园十咏[1]

卅载曾经处,重来景乍新。径交淇澳竹[2],门护漆

527

园椿[3]。何事寻三岛[4],于兹涤斜尘。客堂扫陈榻[5],喜听雨声春。

【注释】

[1] 稿园:都市园林,在陕西安康市汉阴县,它是由时任汉阴厅通判钱鹤年自捐薪俸于清嘉庆十三年(1808)五月修造而成的。

[2] 淇澳:淇水弯曲处。语本《诗经·卫风·淇奥》。

[3] 漆园椿:祝人长寿之词。漆园,庄周为吏之处,故称。见《庄子·逍遥游》。椿龄喻长寿。

[4] 三岛:指传说中的蓬莱、方丈、瀛洲三座海上仙山,亦泛指仙境。

[5] 客堂扫:典故,东汉陈蕃有扫除天下之志。见《后汉书·陈蕃传》。 陈榻:典故,即"陈蕃榻"。表示礼待贤士。见《后汉书·陈蕃传》《后汉书·徐穉传》。

得半亭前憩[1],疏棂对绮寮[2]。蕉骈鸾尾合,藤冒鹭鸶翘[3]。履道平如砥,折波旋入桥。壶中饶胜赏[4],分道竞相招[5]。

【注释】

[1] 半亭:稿园进门右手依地势修造的亭子,由于这个亭子下部一小截踞于地平面之下,所以它的名子叫"半亭"。

[2] 疏棂:房屋稀疏的窗格。 绮寮:意为雕刻或绘饰得很精美的窗户。

[3] 藤冒(juàn):葛藤缠绕。

[4] 壶中:借指仙境。参见《后汉书·方术列传下·费长房》。

[5] 分道:谓分走不同的道路。 相招:邀请。

花径雕栏外,高亭碕岸旁。伏流响琴筑[1],湍濑送杯觞[2]。羹饫双鱼美,醅沽九醖香[3]。浑忘森画戟[4],移兴入沧浪。

【注释】

[1] 伏流:在地面下的洞穴中或岩层裂缝中流动的水,潜伏地下的水流。　琴筑:古代的两种乐器名。琴为拨弦乐器,筑是一种击弦乐器。

[2] 湍濑:意思是水浅流急处。　杯觞:酒杯。引申为行酒、饮酒。

[3] 醅(pēi):没滤过的酒。　九醖:一种经过重酿的美酒。

[4] 森画戟:密密地排列着因饰有画彩的戟,常用作仪仗。

倒影楼台入,冲融水一泓[1]。未遑中沚溯[2],且作傍池行[3]。舫敞平汀画[4],弓抨射圃声[5]。仙禽何处至[6],拟向九皋鸣[7]。

【注释】

[1] 一泓:一片明净清澈的水。　泓:水清的样子,比喻心地纯洁。

[2] 未遑:没有时间顾及;来不及。　中沚:沚中,小洲里。语出《诗经·小雅·菁菁者莪》。

[3] 傍池:靠着池塘行走。

[4] 舫敞:指在稿园水面建造起来的一种宽敞的船型建筑物,供人们在园林中游玩设宴、观赏水景。

[5] 弓抨:弹响弓弦,虚作射势。　射圃:指习射之场。

[6] 仙禽:指鹤。相传仙人多骑鹤,故称。

[7] 九皋:曲折深远的沼泽。语出《诗经·小雅·鹤鸣》。

水划双堤豁,凌虚数板长[1]。跃渊观发发[2],投食听堂堂[3]。花引洞然径[4],虹骞斠酌梁[5]。行间迷出入[6],四顾笑茫茫[7]。

【注释】
[1]凌虚：升向高空或高高地在空中。
[2]跃渊：鱼在深潭腾跃。语出《诗经·大雅·旱麓》。 发发：象激流及其他声音。语出《诗经·小雅·四月》。
[3]投食：投掷食物。 堂堂：象声词。食物投水时发出的声响。
[4]洞然：明亮的意思。
[5]虹：本义是天空中的小水珠经日光照射和反射作用而形成的弧形彩带。因为虹像拱桥,所以古人常把虹作为拱桥的代称。 骞：高举,飞起。
[6]行间：行与行之间。指成行的物体或人之间。
[7]四顾：环视四周。 茫茫：茂盛。

巉巉岩石里[1],路引小方壶[2]。阿阁三层敞[3],㑹园万众趋[4]。授衣鹑结燠[5],分稻雁群呼。谁信烟云外[6],登临只自娱。

【注释】
[1]巉巉：形容山石突兀重叠。
[2]小方壶：稿园中的一个景区。
[3]阿(ē)阁：四面有檐的楼阁。
[4]㑹园：稿园中的一个景区"稼圃"。
[5]授衣：意思是制备寒衣,也是农历九月的别称。语出《诗经·豳风·七月》。
[6]烟云：烟霭云雾,意思是隐逸之山林。

桑荫垂亭绿,高台映晓晖。雉驯歧穗老[1],丝呕远扬稀[2]。金谷擅丘壑[3]，平泉夸石矶[4]。岂知张鲁绩[5]，于此觏前徽[6]。

【注释】

[1] 雉驯：典故。地方官施行仁政，泽及禽鸟。见《后汉书·鲁恭列传》。

[2] 丝呕：指蚕吐丝。 远扬：指长得太长而高扬的枝条。语出《诗经·豳风·七月》。

[3] 金谷：借指仕宦文人游宴饯别的场所。 丘壑：指山水幽深之处。

[4] 石矶：指水边突出的巨大岩石。

[5] 张鲁：字公祺（《后汉书》作公旗），祖籍沛国丰县（今江苏省丰县）。据传是西汉留侯张良的十世孙、天师道教祖张陵之孙。张鲁为五斗米道的第三代天师（称系师），雄据汉中近三十年，后投降曹操。事见《后汉书》《三国志》。

[6] 前徽：是指前人美好的德行。

水涨月台麓，津长风带桥。縠纹蹙波面[1]，磬折渡池腰[2]。奇石缠藤瘦，名花傍砌娇。茅亭延好雨[3]，银竹喜潇潇[4]。

【注释】

[1] 縠(hú)纹：意思是绉纱似的皱纹，常用以喻水的波纹。 蹙(cù)波：谓波浪涌聚翻腾。

[2] 磬折：弯腰，表示谦恭。 渡池腰：或为渡水腰舟，即渡水葫芦、葫芦舟。

[3] 茅亭：用茅草搭建的凉亭，也称草亭。

[4] 银竹：银白色的竹子，也比喻大雨。

未极高深妙[1],还浮三板船[2]。菱枯鱼脱网,荷尽水含天。九曲随帆转[3],三山信棹沿[4]。何来锵玉佩[5],龙口泻丝泉[6]。

【注释】

[1] 未极:无穷远处,没有期限。 高深妙:指水平高,程度深,深奥微妙。

[2] 三板船:是土家、苗、侗等族一种用于家庭捕鱼的小船。

[3] 九曲:迂回曲折。也指黄河,因其河道曲折,故称。

[4] 三山:是中国神话传说中的海上三神山。见《拾遗记·高辛》。

[5] 锵:形容金属或玉石撞击的声音。 玉佩:佩戴于身上的精美玉器。

[6] 龙口:稿园中修建的像龙头型的出水口。 丝泉:纤细如丝的泉水。

自伴东山屐[1],方知北苑工[2]。几年吟画里,今日入图中。渔者来非误[3],桃源别恨匆[4]。还期红紫节[5],棠荫坐春风[6]。

【注释】

[1] 东山屐:晋谢安在金陵城东筑别墅,常着屐来此游憩。见《晋书·谢安传》。

[2] 北苑:本指宫廷北面的皇室园林。后泛指精美的园林。

[3] 渔者:捕鱼的人。来非误,事见陶渊明《桃花源记》。

[4] 桃源:指桃花源安适怡乐的生活。

[5] 红紫:红色与紫色。古代以青、赤、白、黑、黄为正色,红紫则是正色以外的间色。

[6] 棠荫:见本卷《丙子九月,汉阴小住,呈梅江公祖》注[3]。

碧血坊[1]

败类害善良,如栋仆啮蠡[2]。伟哉节义人[3],所恶甚于死。清风式彝伦[4],贞操光信史[5]。非借搜扬力[6],尘埋谁与洗。

【注释】

[1]碧血:典故。言忠诚但却不被信任,苌弘为人所杀,血三年化为碧玉。后来人们常常用"碧血"来指忠贞坚强的人或烈士。典出《庄子·外物》。

[2]如栋:像房屋的大梁,比喻担负国家重任的人。 啮蠡:蛀虫咬木柱。

[3]节义:谓节操与义行。

[4]清风:清惠的风化,也比喻高洁的品格。语出《诗经·大雅·烝民》。 彝伦:人与人之间关系的准则。

[5]贞操:指坚贞不移的节操,忠于信仰和原则的品德。 信史:是指较为详实可信的史书;也指纪事真实可信、无所讳饰的史籍。见《公羊传·昭公十二年》。

[6]搜扬:访求举拔。

郑侨恭

安康人,贡生。

郑烈女[1]

正气阿谁赋[2],吾门巾帼留[3]。名完夫可谢,节重女同邱。铁骨风难偃,冰心月共悠[4]。至今寒井下[5],情泪不曾收。

【注释】
[1]郑烈女:不详。
[2]正气:是指充塞天地之间的至大至刚之气,体现于人则为浩然的气概,刚正的气节。 阿谁:犹言谁,何人。
[3]吾门:我家。 巾帼:古代妇女的头巾和发饰,借指妇女。
[4]冰心:象冰一样晶莹明亮的心。比喻心地纯洁、表里如一。
[5]寒井:井下寒凉,故称寒井。

王运昌

安康诸生。

送广文李巢林先生归里[1]

欲向桂林栖一枝[2],风流儒雅仰吾师[3]。正当挥麈谈今古[4],无奈分笺赋别离[5]。枯木斜阳秦栈路[6],淡云微雨早秋时。遗编披阅神驰后[7],槐市清阴满院垂[8]。

【注释】

[1] 李巢林：未详。

[2] 桂林栖一枝：即"桂林一枝"，出《晋书·郤诜传》。原为晋时郤诜的自谦语，后称誉人才学出众。

[3] "风流"句：化用杜甫《咏怀古迹五首》其二，意谓你风流的文彩、儒雅的仪表，是我仰慕的师长。

[4] 挥麈：晋人清谈时，常挥动麈尾以为谈助，后因称谈论为挥麈。参见《世说新语·文学》。

[5] 分笺：即擘笺、裁纸。古人写作诗文先要裁纸。

[6] 秦栈：指秦时所筑自秦入蜀的栈道。

[7] 披阅：展卷阅读。　神驰：指心神向往，也谓思念殷切。

[8] 槐市：汉代长安读书人聚会、贸易之市。在长安城东南，因其地多槐树而得名，后借指学宫、学舍等文人会聚之地。见《三辅黄图》、《艺文类聚》卷三十八《礼部上·学校》。　清阴：清凉的树阴。也喻恩泽。

汪毓珍

字若玕，汉阴人。性至孝，凡日用起居，务求悦亲，处兄弟不私财物。由选贡膺北闱乡荐[1]，成进士[2]。淡于仕宦，乐志田园，与武进高寄、同邑郑圣时，徜徉山水，唱和诗文，有集行世。

【注释】

[1] 北闱：我国明、清时期科举制对顺天（今北京市）乡试的通称。

[2] 成进士：汪毓珍，康熙六年(1667)进士，见江庆柏《清朝进士题名录》(上册)第161页。诸志记载不一，似有误。

壬寅九月[1],余山居,构亭于铁溪[2],武进高众偕来访。时清秋气爽,邀余游,为搜遗山,得一岩[3],甚异。人迹罕到,故无名,众偕名焉。属余为诗,以记之

高子探奇踞石巅[4],问山山老不知年。嵌奇万古人不到[5],偶来抱我清琴眠。细敷苍苔作茵褥[6],盖以荡荡青云天。城郭俯瞰若蚁垤[7],倏忽脚下生岚烟[8]。翠屏叠嶂迎幕外[9],瑶草琪葩罗榻前[10]。人间何处可安枕,此石酣睡常怡然。乾坤壁立已久矣[11],至今无得而称焉。高子大呼山灵听,我将名尔为太悬[12]。

【注释】

[1] 壬寅：乾隆四十七年,公元1782年。

[2] 铁溪：在陕西安康市汉阴县月河南岸,凤凰山下。见本卷《太悬岩,和友人汪若玕招隐》注[1]。

[3] 得一岩：即太悬岩(崖)。

[4] 石巅：岩石之顶。

[5] 嵌(qīn)奇：即"嵌崎",险峻,不平。

[6] 苍苔：指青色苔藓。　茵褥：床垫子。

[7] 城郭：古义是指内城和外城。后泛指"城邑"或"城市"。　俯瞰：指俯视,从高处往下看。　蚁垤(dié)：蚂蚁洞口的小土堆,也称为"蚁冢"。

[8] 倏忽：很快地。　岚烟：像薄雾一样的烟。

[9] 翠屏：绿色屏风。形容峰峦排列的绿色山岩。　叠嶂：重迭的山峰。

[10] 瑶草：古代中国传说中的香草。　琪葩：珍贵奇异的花草。
[11] 壁立：形容非常贫困,也形容陡峭的山崖像墙壁一样耸立。
[12] 太悬：即太悬岩(崖)。

王承烈

汉阴人,官静海知县[1]。

【注释】

[1] 静海：今属天津。

邑侯郝公劝养山蚕,既有成效,作歌纪之[1]

任民九职周官垂[2],逸淫忘善古所规[3]。盛世化洽仁风吹[4],春生寒谷歌雍熙[5]。安阳土瘠半石甾,谁有恒产裕旧赀。穷檐株守觉蛮蛮[6],天子命来良有司。兴利除弊日图维,勤念民情荒于嬉[7]。乃亟起而更苏之,何以不寒复不饥。衣食源流当调剂,矧此地宝天降厘[8]。山行马上望中弥,油油槲柞叶纷披[9]。不见屡茧枝上丽[10],只余青葱慰诗脾[11]。因物付物盍念兹[12],自然之利忍弃遗！属其耆老叮咛辞[13],毅然竟白长吏知。星言凤驾树行麾[14],遍历原隰殚心治[15]。招集黔首谕场师[16],芟除草莱施涂茨[17]。育蛾育卵须乘时,初生微渺还如蚳[18]。生机勃勃看蕃滋[19],不落柔条浸湫湄[20]。斧戕宁伐远扬枝,饲蚕蚕如得玉饴。渐移林杪高下差[21],何庸执筐女祈祈[22]。或在中阿或峻嵬[23],疑是星罗疑布棋。称贷不烦把券持,春秋两次无误期。涧蒲梁外藏累累,茧告厥成赖汝为[24]。匠心经营自匪夷[25],恍睹弥罗金碧丝[26]。表里通莹无支离[27],厥篚可贡太液池[28]。比嗤后世类鸠鸤[29],缫车轧轧不能施[30]。睥睨千古创新奇[31],有目共赏叹曰嘻。此中乐利宁有涯[32],知公长留去后思。何必解推功不麋[33],尺幅天成淡雅姿[34]。争羡大醇无小疵[35],善政已教一斑窥[36]。伫看俗易与风移,含哺鼓腹遍蒸黎[37]。从此穷乡无怨咨[38],男耕女织际春曦[39],采风太史可登诗[40]。

【注释】

[1] 邑侯:旧时对县令的尊称。因其主理一邑,故称为"邑侯"。 郝公:指郝敬修,山东高密县人。乾隆三十六年(1771)任汉阴县知县,著有《教养山蚕图说》。

[2] 九职:此指周时的九种职业。见《周礼·天官·大宰》。

[3] 逸淫忘善:安逸享乐容易淫荡,淫荡就会丧失善心。见《国语·鲁语下》。

[4] 化洽:指使教化普沾。

[5] 寒谷:常用以自比为对别人提携奖掖的谢词。 雍熙:和乐的样子。

[6] 穷檐:茅舍,破屋。 株守:比喻拘泥守旧,不知变通。 蚩蚩:敦厚貌。一说,无知貌。语出《诗经·卫风·氓》。

[7] 荒于嬉:荒废于玩乐之中。语出韩愈《进学解》。

[8] 降厘:赐福。

[9] 槲(hú)柞(zhà):两种落叶乔木或灌木,叶子可用来饲养柞蚕。

[10] 檿(yǎn)茧:桑树上的蚕茧。檿,山桑,即桑树。 丽:俪,附着。

538

[11]青葱：形容植物浓绿。 诗脾：诗思。

[12]因物付物：将事物作用于事物。语出《菜根谭》。 念兹：对某人或某事牢记在心，念念不忘。语出《尚书·大禹谟》。

[13]耆(qí)老：六十曰耆，七十曰老，指德高望重的老人。见《礼记·王制》。

[14]星言夙驾：天晴一早驾车出行。星，晴；言，句中助词；夙，早；驾，驾车。语出《诗经·鄘风·定之方中》。 行麾：是指军中指挥用的旌旗。

[15]原隰：广大平坦和低洼潮湿的地方。 殚心：指竭尽心力。

[16]黔首：中国战国时期和秦代对平民的称呼。后泛指黎民、老百姓。 场师：为古代园艺匠师之称。

[17]芟(shān)除：除草，刈除。 草莱：荒地的杂草。

[18]微渺：细小，微末。 蚳(zhǐ)：虫名。

[19]蕃滋：繁殖增益。

[20]柔条：嫩枝，柔软的枝条。 湫湄：水草交接之处。

[21]林杪(miǎo)：树梢，林外。

[22]何庸：何用，何须。 执筐：拿着采桑叶的筐子。语出《诗经·豳风·七月》。 祁祁：徐缓貌。语出《诗经·小雅·大田》。

[23]中阿：丘陵之中。亦指山湾里。语出《诗经·小雅·菁菁者莪》。

[24]厥成：其成、乃成，于是成功的意思。语出《诗经·大雅·文王有声》。"遹求厥宁，遹观厥成。"

[25]匪夷：指不寻常。

[26]弥罗：包罗，布满。 金碧：金黄和碧绿的颜色。

[27]通莹：透明光亮。 支离：指分散，离奇不正或残弱不堪的样子。

[28]厥篚(fěi)：这个篚。篚，盛物的竹器。 太液池：汉、唐时代皆有太液池，是皇家的池苑，均在今陕西省长安县境。

[29]比嗤后世：意思是相较于后世的讥笑。 鸤鸠：亦作尸鸠，即鸤鸠，布谷鸟，显著特点是双音节叫声，并把卵产于别的鸟巢中为它孵化。

[30] 缲车：缲丝所用的器具。

[31] 睥睨(pì nì)：斜着眼睛看，傲视之意。

[32] 乐利：快乐与利益，犹幸福。

[33] 解推：慷慨赠人衣食，谓施惠于人。

[34] 尺幅：本指小幅的纸或绢。这里借指治理的范围。

[35] 大醇：大体纯正、完美。 小疵：小过失，小缺点。

[36] 一斑窥：应是"窥一斑而知全豹"之意，指一个人看事很有见解，从一点可以推出全部，很能举一反三。

[37] 含哺：口里含着食物，形容人民生活安乐。 鼓腹：鼓起肚子，指吃得饱饱的，形容人过着安乐的生活。 蒸黎：百姓，黎民。

[38] 怨咨：怨恨嗟叹。语见《尚书·君牙》。

[39] 春曦：春日太阳升起，亦指春天的太阳。

[40] 采风：是指对民情风俗的采集，也特指对地方民歌民谣的搜集。登诗：用诗的形式记载下来。登，记载。

山县四首

平利山中县[1]，林峦是处明[2]。畸零田易竟[3]，高下路难平。笋蕨官厨采[4]，壶觞野叟迎[5]。圜墙长有草[6]，只此是蓬瀛。

【注释】

[1] 平利：县名，今属陕西安康。

[2] 林峦：树林与峰峦，泛指山林。

[3] 畸零：原指土地零散、不规则，不能划成井田者。也泛指小块零星土地。

[4] 笋蕨：竹笋与蕨菜。 官厨：在古代官宦之家或者文士商贾的

家庭中从事做饭的。

[5] 壶觞：酒器。

[6] 圜(huán)墙：环绕墙垣。

平利山中县，深山度几层。晴岚濛若雨[1]，野火焰逾灯。喧噪林多鸟，凄凉寺少僧。民依谁轸念[2]，比岁祝三登[3]。

【注释】

[1] 晴岚：晴天空中仿佛有烟雾笼罩。

[2] 轸念：悲痛的思念。

[3] 比岁：连年，近年。　三登：指连续二十七年皆五谷丰收，亦借指天下太平。见《汉书·食货志上》。

平利山中县，春深遍岭花。巍峰清户牖[1]，野果饱烟霞[2]。草舍藏林麓[3]，禾塍傍水涯[4]。繁华从未解，翻羡野人家[5]。

【注释】

[1] 户牖：门窗，门户。

[2] 烟霞：是烟雾和云霞，也指山水景物。

[3] 林麓：犹山林。

[4] 禾塍(chéng)：水稻田的边埂。

[5] "翻羡"句：反过来羡慕山野人家。

平利山中县，登高灏气舒[1]。奔驰人逐鹿，驯扰獭衔鱼[2]。秉耒多儒彦[3]，储粮有吏书。醇风希太古[4]，

· 541 ·

先赖黍与与[5]。

【注释】

[1] 灏气：弥漫在天地间之气。
[2] 驯扰：指顺服，驯伏。 獭(tǎ)：食肉目鼬科动物，是水陆"两栖动物"。这里指水獭，捕鱼、蛙、虾等。
[3] 秉耒(lěi)：执耒。耒，古代的一种翻土农具，形如木叉，上有曲柄，下面是犁头，用以松土，可看作犁的前身。 儒彦：才德出众的儒士。
[4] 醇风：淳朴宽厚的作风。
[5] 黍与与：黍子茂盛的样子。

春日游南原

散步南山下，连阡一望平。农桑安蔀屋[1]，歌管醉花城[2]。带腊舒容柳，乘春得意莺。夜游饶有兴，结伴好登瀛[3]。

【注释】

[1] 蔀(bù)屋：指草席盖顶之屋。
[2] 歌管：唱歌奏乐。
[3] 登瀛：是指登上瀛州，犹成仙。

邱通理

字中黄，号南屏，汉阴人，廪贡生[1]。性孝友，积学能文，行谊详《厅志》[2]。

【注释】

[1]廪贡生:廪生,廪膳生员,科举制度中生员名目之一。
[2]行谊:品行,道义。《厅志》:指《(嘉庆)汉阴厅志》。

朝阳洞[1]

古迹由来倚碧空,凌云翠壁势巃嵸[2]。疏林影落回廊外[3],细草春深小洞中。辉映诸天初日照,岚迷大地晚烟笼。怅怀高士今何在,漫拟丹邱此处逢[4]。

【注释】

[1]朝阳洞:位于陕西省安康市汉阴县东龙冈之首悬崖上,洞口有古寺曰朝阳寺。见《(嘉庆)汉阴厅志》。
[2]巃嵸(lóng zōng):山势高峻貌。
[3]回廊:指曲折环绕的走廊。
[4]丹邱:传说中神仙所居之地。

九日龙岗登高[1]

雨余佳气爱重阳,霁后风光景倍良。正是龙山吹帽节,好看彭泽晚花香[2]。朝阳洞外秋容淡,北极宫前野趣长。手把茱萸看不厌[3],回环默诵少陵章。

【注释】

[1]龙岗:在汉阴县城北卧龙山上。

[2]彭泽：县名。晋陶渊明曾任彭泽县令，后因以"彭泽"代指陶潜，作为咏归隐的典故。

[3]茱萸：又名"越椒""艾子"，是一种双子叶植物纲、山茱萸目、山茱萸科、山茱萸属常绿带香的植物。

行经灌台[1]

归来途转曲，行处淖初干[2]。恰值新亭建[3]，亭名抱瓮，己巳夏，梅江通守新建。同寻旧址看。黄花香冉冉[4]，红叶影珊珊[5]。抱瓮台前望[6]，忘机论不刊[7]。

【注释】

[1]灌台：汉阴县历史遗存。相传"灌台"和"丈人亭"的遗址，在今汉阴县城北卧龙冈。史料记载，汉代就建有亭台祭祀抱瓮丈人，宋代县治迁今址后，亦建有灌台、抱瓮亭。见《汉阴厅志》。

[2]淖(nào)：烂泥，泥沼。

[3]"恰值"句：己巳，清嘉庆十四年，公元1809年。梅江，即钱鹤年，时任汉阴厅通判，重修丈人亭和灌台。

[4]黄花：黄色的花，也指菊花。

[5]珊珊：指轻盈、舒缓的样子，美好的样子。

[6]抱瓮台：即灌台。昔孔子高徒子贡南游，途经汉阴灌台与抱瓮丈人促膝论机，见《庄子·天地》。

[7]忘机：道家语，意为消除机巧之心。用以指淡泊清净，忘却世俗烦庸，与世无争。出自《庄子·天地》。　不刊：指不容更动和改变；引申为不可磨灭。

青崖观音殿[1]

名山咫尺景偏幽,几度临池记梦游[2]。见说青崖千叠嶂[3],从知桐水一溪流。风传古洞梵音朗[4],烟锁琳宫紫气浮[5]。拟向此中瞻法界[6],灵峦仿佛是神洲[7]。

【注释】

[1]青崖观音殿:位于汉阴乡平梁镇西北桐花村,崖上有石刻。

[2]临池:指俯视溪池。指学习书法,或作为书法的代称,后来人们用这个典故表示刻苦学习。

[3]叠嶂:重叠的山峰。

[4]梵音:指佛的声音,也指读经的声音。

[5]琳宫:仙宫,是道观、殿堂的美称。

[6]法界:佛教语。通常泛称各种事物的现象及其本质。

[7]灵峦:有灵气的山峦,借指有灵气的地方。

堰　坪[1]

堰坪初极目,山水有清晖[2]。桑柘开三径[3],松篁映四围[4]。锦鳞冲岸出[5],紫燕绕梁归。向暮寻征路[6],余霞傍马飞[7]。

【注释】

[1]堰坪:位于汉阴县漩涡镇凤凰山之南,村落始建于清朝乾隆年

间,距今已有 250 年的历史。

[2] 清晖:明净的光辉、光泽,这里代指山水。

[3] 桑柘:桑木与柘木,泛指农桑之事。

[4] 松篁:指竹与松,另比喻坚贞的节操。

[5] 锦鳞:指传说中的鲤鱼,鱼的美称。

[6] 向暮:傍晚。

[7] 余霞:残霞。

刘成珠

汉阴人,贡生。

鹤观棋枰[1]

谁将楸局布山隈[2],乘兴飘然去不回。一鹤蹁跹看缟素[3],二仙杖履忆蓬莱[4]。棋敲个个寻先著,壁立亭亭压翠苔[5]。柯烂南山人在否[6],遗踪凭吊白云堆[7]。

【注释】

[1] 鹤观:观名。汉武帝时所建,在长安城西茂陵。见《三辅黄图·陵墓》。 棋枰(píng):棋盘,棋局。

[2] 楸局:是楸木制的围棋盘;也指棋局,弈棋。 山隈:山的弯曲处。

[3] 蹁跹:形容旋转舞动。 缟素:缟与素都是白色的生绢,引申为白色。

[4] 二仙杖履:老者所用的手杖和鞋子。

[5] 翠苔:山野中路边的小草和苔藓。

［6］柯烂：典故。即王质观棋烂柯故事,形容人世间的巨变。见南朝梁任昉《述异记》。

［7］遗踪：旧址,陈迹。　凭吊：对着遗迹遗物感慨往古的人或事。

鼓台神峰[1]

突兀关南第一峰[2],鼓台遗迹胜仙踪。根盘太乙摩云峻[3],翠拔层峦带雾浓。疑入秦川窥太华,似从瑶岛望芙蓉[4]。久闻万仞罗屏上[5],倒挂苍崖有碧松[6]。

【注释】

［1］鼓台：即擂鼓台,位于凤凰山南坡中段,地处紫阳、汉阴、汉滨区三县交界地带,相传三国名将张飞曾在此擂鼓退敌而得名。

［2］关南：指武关之南。武关,也叫蓝关,位于丹凤县城东南,是关中地区通往南方的大门。

［3］太乙：即太乙山,唐朝时对终南山的俗称。

［4］瑶岛：传说中的仙岛。

［5］万仞：仞,古代计量单位,古代八尺为仞。万仞,形容山势很高。罗屏：分布排列的屏障。

［6］苍崖：悬崖的峭壁。

汪泽延

汉阴人,贡生。

送汪邑侯[1]

作牧谁留去后思[2],况逢此地更难为。三千户口谁依恃,五十书生苦别离。邑小新传风俗好,官贫久与世情宜。可怜从此秦关去[3],只见云门道上碑[4]。

【注释】
[1]汪邑侯：未详。
[2]作牧：周代侯伯有功德者,加命为州长,得专征伐于诸侯,谓"作牧"。此指担任州郡地方长官。
[3]秦关：指秦地关塞。
[4]云门：指谷口。

夏节妇

廿年夫弃又家贫,黄口儿郎白发亲。立志自安冰蘖苦[1],承欢常奉旨甘新[2]。霜鬓不坠留天地[3],玉镜无尘泣鬼神[4]。闻道朝廷崇节义[5],吾乡巾帼肯沉沦。

【注释】
[1]冰蘖(niè)：冰最寒,蘖味苦。冰蘖指处境清苦如饮冰食蘖,多用来形容妇女的寒苦而有操守。
[2]旨甘：指美好的食物,常指养亲的食品。
[3]霜鬓：白发,借指老年人。

[4]玉镜：本指玉磨成的镜子，此比喻清明之道。
[5]节义：节操与义行。

温孺人冰蘖颂[1]

曾闻冰蘖苦，亲见有传人。赋重田园薄，家成机杼新[2]。剧怜烽火日[3]，不作乱离身。铁石心堪并，霜操孰与伦[4]。

【注释】
[1]孺人：古时称大夫的妻子。见《礼记·曲礼下》。
[2]机杼：指织布机。
[3]剧怜：是对某一事物表示强烈地哀怜、叹息。
[4]霜操：高洁的操守。

许又将

字宋儒，号六乙山人，汉阴人。性和易，喜以诗文发潜德[1]。乾隆乙未修志[2]，当事者每咨访焉。居乡，于贫窭[3]乐解推[4]。市中见有卖铁砂、击鸟兽者[5]，辄解囊赎之，投于河。狡者或淘出复卖，闻之，亦弗较也。乙丑岁初[6]，行挑典公车征[7]，以老辞，恩赐翰林院典簿[8]。

【注释】
[1]潜德：不为人知的美德。
[2]乾隆乙未：清乾隆四十年，公元1775年。

549

[3] 贫窭(jù)：贫穷。

[4] 解推：慷慨赠人衣食，谓施惠于人。

[5] 铁砂：含铁的矿沙。用铁制成的小颗粒，用做猎枪的子弹。

[6] 乙丑：清嘉庆十年，公元1805年。

[7] 行挑典：即行典，主管行装的人。 公车征：即公车征召，汉代的一种选官制度。

[8] 翰林院典簿：清代于翰林院设典簿厅，掌章奏、文移及吏员、差役的管理事务，并保管图书。主官为典簿。

登擂鼓台

孤峰直与太虚齐[1]，极目终南万岭低。风动松声鸣古寨，雨添岚气隐山溪。黄龙杳杳灵湫在[2]，白草萋萋野寺迷[3]。遥指栖云幽绝处，悠然天外听鸣鸡。

【注释】

[1] 太虚：天，天空。

[2] 黄龙：古代传说中的动物名，谶讳家以为是帝王之瑞征。 杳杳：昏暗幽远的样子。 灵湫：深潭，大水池。古时以为大池中往往多灵物，故称。

[3] 萋萋：草木茂盛的样子。

饯县令狄公[1]

望重儒林廊庙珍[2]，安阳雨化一时新[3]。身无媚骨能谐世,胸有鸿文广作人。西土方欣瞻鹗表[4],南溟忽尔起龙鳞[5]。育英本是高贤士,况复声名在紫宸[6]。

【注释】

[1]县令狄公:见《(嘉庆)汉阴厅志》卷五"官师志"载:"狄豸祥,江苏溧阳人,乾隆七年任。"

[2]廊庙:指殿下屋和太庙,后指代朝廷。

[3]雨化:即春风化雨的意思,比喻循循善诱,潜移默化的教育、教化。

[4]鹗表:指推荐人才的表章。典出《后汉书·祢衡传》。

[5]南溟:指南方的大海。语出《庄子·逍遥游》。 龙鳞:似龙鳞的事物,这里指水波,涟漪。

[6]紫宸:本为宫殿名,天子所居。这里泛指宫廷。

匹马嘶风此日行,点尘不染袖双清[1]。千秋大业山林志,一代真儒月旦评[2]。出处原来关命数[3],经纶聊寄在师生[4]。离亭怅望迷烟柳,特简还期拜圣明[5]。

【注释】

[1]双清:形容思想及行事皆无尘俗气。

[2]月旦评:东汉末年由汝南郡人许劭兄弟主持对当代人物或诗文字画等品评、褒贬的一项活动,常在每月初一发表,故称"月旦评"或者"月旦品"。见《后汉书·许劭传》。

[3]出处:古代指出仕及退隐。 命数:犹命运。

[4]经纶:整理丝缕、理出丝绪和编丝成绳,统称经纶。后引申为筹划治理国家大事。

[5]特简:皇帝对官吏的破格选用。后泛指在特定范围内选用某些官吏。 圣明:英明圣哲,无所不知。封建时代称颂帝、后之词。

许又衡

汉阴人，贡生。

饯邑侯狄公

君不见河阳花[1]，至今青史留余葩。又不见岘山碑[2]，旷代犹闻清泪垂[3]。人生感德最绵亘[4]，成败得失何足悲。贤侯治汉甫三年[5]，政绩班班史可传[6]。莫怪康衢人不识[7]，耕田凿井忘尧天[8]。民事忧勤共苦乐，无愆肃乂征时若[9]。逢年大有屡登书，始信阳春真有脚。汉境从来虎患多，年来尽唱踏踏歌。弘农异政今不让[10]，岂是偶然驱渡河。何必催科甘下考[11]，蒲鞭不试乐熙皞[12]。输将比户群争先[13]，囹圄一空生碧草[14]。人事无凭多转移[15]，翩然竟赋归来辞[16]。才名应感天颜喜[17]，指日迁莺预贺之[18]。今宵同人须尽醉，明发匆匆判吟袂[19]。他时重缔香火缘[20]，兹篇留作循良记[21]。

【注释】

[1] 河阳花：用晋潘岳做河阳令栽花之典故。

[2] 岘山碑：典故名。晋羊祜都督荆州诸军事，驻襄阳，有政绩。后人于岘山立碑纪念，称"岘山碑"。见《晋书·羊祜传》。

[3] 旷代：历代，历时长久。

[4] 绵亘：绵延不断。

[5] 贤侯：指对有德位者的敬称。此指狄县令。

[6] 班班：明显、显著、众多的样子。

[7] 康衢(qú)：指四通八达的大路。

[8] 耕田凿井：泛指耕种，务农。

[9] 无愆(qiān)：没有过失。 肃乂(yì)：敬谨镇定。

[10] 异政：优异的政绩。

[11] 催科：催收租税。租税有科条法规，故称。 下考：考察臣下。

[12] 蒲鞭：以蒲草为鞭，常用以表示刑罚宽仁。见《后汉书·刘宽传》。 熙皞：和乐，怡然自得。

[13] 输将：为运送或指缴纳赋税。 比户：家家户户，形容人多而普遍。

[14] "囹圄"句：囹圄，监狱。囹圄生草，形容社会安定，政治清明时，犯罪的人很少。典出《管子·五辅》。

[15] 无凭：无所倚仗。 转移：转换，迁移。意为将某物移动到某地。

[16] 翩然：形容动作轻松迅速的样子。 赋归来辞：指陶渊明《归去来兮辞》。

[17] 应感：是交相感应。有时特指天人感应。 天颜：天子的容颜。

[18] 指日：犹不日。谓为期不远。 迁莺：本义指黄莺飞升移居高树，也指迁升飞翔的黄莺，引申为登第、升官等义。

[19] 明发：黎明，平明。 判吟袂：即判袂，指分袂，离别。

[20] 他时：将来。 香火缘：供佛敬神时燃点的香和灯火。

[21] 循良：官吏奉公守法，指善良守法的官吏。

刘 崇

汉阴人，官泰和令[1]，有惠政，士民立去思碑。

【注释】

[1]泰和令:泰和县令。泰和,县名,古称西昌,今属江西吉安。

归田作

廊庙山林雨欲全,那能有术学飞仙。十年宦海犹惊魄[1],一点浮云但听天[2]。阵阵清风迎旅袂,依依老柳傍行肩。安阳亲友如相问,曼倩奇踪意独专[3]。

【注释】

[1]惊魄:是受惊的神态。
[2]浮云:指飘浮在天空中的云彩,比喻飘忽不定。
[3]曼倩:汉东方朔字。因东方朔善于诙谐滑稽,传说中以东方朔为仙人,古诗中经常用作咏侍臣或仙家的典故。

于文选

汉阴人,文行并著。

汉中司理刘公[1],察盘事竣[2],登城眺望,邑治焕然维新,喜赋一律,次韵奉和

再造封疆孰是俦[3],经纶草昧听权谋[4]。漫言残喘嗟无麦[5],且喜荒田告有秋。樽俎雍雍堪遏乱[6],宫商飒飒任行讴[7]。万民祝颂传千古,沛泽应同汉水流[8]。

【注释】

[1] 司理：刑狱官泛称,主管狱讼刑罚。

[2] 察盘：盘查考察。 事竣：事情做完。

[3] 再造：指重新给予生命。多用于表示对重大恩惠的感激。 封疆：疆界。

[4] 草昧：草野,民间。

[5] 漫言：散言,宣言。 残喘：衰老或临死时的喘息。

[6] 樽俎：古代盛酒肉的器皿。樽以盛酒,俎以盛肉。后来常用做宴席的代称。 雍雍：和洽、和乐的样子。

[7] 宫商：五音中的宫音与商音,引申为音乐、音律。 飒飒：形容风吹动树木枝叶等的声音。

[8] 沛泽：本指沼泽,即水草茂密的低洼地。这里指古代沛邑的大泽,传说为汉高祖刘邦斩白蛇之处。

凤凰山[1]

无边山色霭重重,绣缀天然淡与浓。小雨润来金粟细[2],野花香处碧云封。屏开万障铺金锦[3],目断千村隐暮钟[4]。几度挥毫描不就,空留凤翥粲朝容[5]。

【注释】

[1] 凤凰山：位于陕西省安康市汉阴县境内,西起高梁乡、渭溪乡,东至双乳乡入安康市汉滨区境内。

[2] 金粟：桂花的别名。因其色黄如金,花小如粟,故称。

[3] 金锦：精美鲜艳有彩色花纹的丝织品,比喻美丽或美好。

[4] 暮钟：古时城中、佛寺傍晚报时的方式,即敲钟。

[5] 凤翥：意谓凤凰高飞。

张峻迹[1]

石泉人,隐士。值闯贼猖狂,入山教授,不与人事,尝手纂邑志[2]。

【注释】

[1] 张峻迹：一作张俊迹、张骏迹,明末庠生。清初曾主编《石泉县志》。

[2] 邑志：指《(康熙)石泉县志》。

入汉阴界有感

二十年前此地过,顾瞻犹是旧山河[1]。故人次第俱蝉脱[2],独对西风吊薜萝[3]。

【注释】

[1] 顾瞻：环视。

[2] 次第：指依次,按照顺序或以一定顺序,一个接一个地。 蝉脱：解脱俗世,此指死亡。

[3] 薜萝：薜荔和女萝。两者皆野生植物,常攀缘于山野林木或屋壁之上。后借以指隐者或高士的衣服、住所。

侨寓

谢　申

字冷轩,燕山人。乾隆中,高宗纯皇帝南巡,赴行在献诗,赐六品秩。晚年流寓汉南,殁葬襄城之连城山下。有《冷轩集》四卷,襄城门人王世琳藏之。

长　安

英雄惆怅去无还,浪说金城百二关[1]。唐汉何人非白骨,乾坤故物只青山。秋高马散荒陵外,日落鸦啼古寺间。凭仗愁怀倾浊酒[2],醉来兴废且齐删[3]。

【注释】
[1] 金城:本义是坚固的城,这里指京城长安。
[2] 凭仗:倚仗,凭靠。　浊酒:指未滤的酒,用糯米、黄米等酿制的酒,较混浊。
[3] 兴废:盛衰、兴亡,指兴复废毁的事物。

河　间[1]

马首东来道路长[2],沧州行过又高阳[3]。五更渤海潮头日,九月滹沱渡口霜[4]。天地已开盘古死,神仙未验祖龙亡。黄河故道今犹是,只见人家万顷桑。

【注释】
[1]河间:古称河涧、瀛州。今属河北。
[2]马首:马的前面,马首所向。指策马前进。
[3]沧州:清代,初属直隶省河间府,后大部分属天津府。今属河北。高阳:县名,今属河北保定。
[4]滹沱:水名。即滹沱河,在河北省西部。

扬　州

江北繁华第一州,当时天子造迷楼[1]。凄凉亡国人谁在,浩荡长江水自流。风起豚吹瓜渡浪[2],雨鸣龙挂海门湫[3]。千年形胜供高卧[4],芦蒌丛边只钓舟[5]。

【注释】
[1]迷楼:隋炀帝所建楼名,故址在今江苏省扬州市西北郊。见《南部烟花记·迷楼》。
[2]豚(tún)吹:江豚吹浪。　瓜渡:即瓜洲古渡,古时长江下游主要津渡之一。
[3]雨鸣:即鸣雨,大雨,狂风暴雨。　龙挂:指龙卷风。　海门:今属江苏南通。
[4]形胜:谓地理位置优越,地势险要。也指山川壮美之地。　高卧:高枕而安适无忧的躺卧。
[5]芦蒌:两种生长在水边的草本植物:芦苇和水蒌。　钓舟:犹渔船。

岳　州[1]

破浪风帆疾若飞,茫茫彼岸是耶非。涛翻云梦沙痕没[2],烟暗巴陵树影微[3]。饮恨长江沉屈子,含颦远岫锁湘妃[4]。岳阳楼上年年酒,孰似仙人尽醉归。

【注释】

[1]岳州:古代地,即今湖南岳阳市。

[2]云梦:指云梦泽,古薮泽名,后也借指古代楚地。　沙痕:沙上的痕迹。

[3]巴陵:旧县名,治所在巴陵(今湖南岳阳)。

[4]含颦:皱眉,形容哀愁。　远岫:远处的峰峦。　湘妃:相传为帝尧之二女,帝舜之二妃,名曰娥皇女英。相传二妃没于湘水,遂为湘水之神。

永　州[1]

清晓征帆此暂停[2],晨鸡唤我梦初醒[3]。潇湘雪涌寒涛白[4],楚粤天连瘴岭青[5]。尚有毒蛇生大泽[6],曾无飞雁宿遥汀。重瞳欲吊今何在[7],远岫苍梧隔杳冥[8]。

【注释】

[1]永州:古代地名,雅称"潇湘",今永州市属湖南省辖地级市。

[2]清晓:清晨、天刚亮时。

[3]晨鸡:报晓之雄鸡。

[4]潇湘:原是湖南境内的潇水与湘江,后泛指湖南一带。

[5]瘴岭:有瘴气的山岭。

[6]毒蛇生大泽:《左传·襄公二十一年》:"深山大泽,必生龙蛇。"

[7]重瞳:"一目两眸",就是一个眼睛里有两个瞳孔,在上古神话和典籍里记载有重瞳的人一般都是圣人,此指上古贤君舜帝。

[8]苍梧:狭义的苍梧是指零陵(今湖南永州);广义的苍梧是指今湖南九嶷山以南广西贺江、桂江、郁江区域,即帝舜死的地方。《礼记·檀弓上》:"舜葬于苍梧之野。"

自汉中抵襄阳

一线窥天峡道孤[1],江行村落近环珠。千峰乍转飞篙疾[2],乱石争排怒浪呼。绝壁春光牵葛蔓[3],空山古翠挺松株。舟师太切阳侯赛[4],剌剌陈词类楚巫[5]。

【注释】

[1]峡道:指汉江峡道。

[2]飞篙疾:形容行船飞快。

[3]春光:指春天的风光、景致。

[4]舟师:船夫,舵手。 阳侯:古代传说中的波涛之神。

[5]剌剌(là là):犹言烈烈貌。见《管子·白心》。 陈词:陈述意见。 楚巫:古楚地的巫觋,善以歌舞迎神。

两岸岩花滩路远,遥看城郭起江湾。西来汉水吞巴水[1],南入秦山接楚山[2]。合补《茶经》鹦鹉绿[3],须添

《砚谱》鸲鹆斑[4]。只缘津吏询乡国[5],暂系扁舟缓度关[6]。

【注释】

[1] 巴水:在今四川东北部。

[2] 秦山:在今河南灵宝市西。见《元和郡县图志》卷六。 楚山:即商山,在今陕西丹凤县西商镇南一里。见《水经注·丹水注》。

[3]《茶经》:书名,唐陆羽著。是中国乃至世界现存最早、最完整、最全面介绍茶的第一部专著。 鹦鹉绿:色彩名。一种明亮的黄绿色,以绿色为主,略有明黄。因为像鹦鹉羽毛的黄绿色,因而得名。

[4]《砚谱》:书名,宋唐询撰,今已佚。 鸲鹆斑:鸲砚有鹆斑者,《砚谱》曾记。

[5] 津吏:古代管理渡口、桥梁的官吏。 乡国:家乡、故国。

[6] 扁舟:小船。

海内关河足迹交[1],雄心半作冷灰抛。岂将亨困诬诗谶[2],且据行藏玩易爻[3]。带雨岩花羞欲泣,含风野竹怨先敲。金州记取江声险[4],浩浩神滩泻怒蛟[5]。

【注释】

[1] 关河:函谷关和黄河。

[2] 亨困:即困亨,谓困窘至极则转向通达。 诗谶:谓所作诗无意中预示了后来发生的事。

[3] 易爻:指《周易》的六爻。

[4] 金州:州名,即今陕西安康市。

[5] 浩浩:水盛大的样子。

九日登慈恩塔[1]

浮屠阖辟本神功[2],节届登临眼界空。未许振衣惊斗宿[3],何妨吹帽试天风[4]。终南绕户寒峰碧,渭北当栏霜叶红。老去欲从明岁健,可能云表问仙翁[5]。

【注释】
[1]慈恩塔:即慈恩寺塔,又名大雁塔,见《大慈恩寺三藏法师传》。
[2]浮屠:佛教术语,亦作"浮图"。 阖辟:闭合与开启。
[3]振衣:指抖衣去尘,整衣。 斗宿:北方玄武第一宿,又称斗木獬,是天文学中的二十八宿之一,共有十个星官。
[4]吹帽:见本卷《九日龙岗登高》注[3]。
[5]云表:云外。借指上天,上苍。 仙翁:称男性神仙,仙人。

张子房辟谷处[1]

千古邮亭一旧碑[2],飘然人去怅何追。咸阳瓦解抒韩愤[3],栈阁山焦绝楚疑[4]。向夕猿声啼峭嶂,含风松色冷空祠。见机早遂长生乐,肯受当年好爵縻[5]。

【注释】
[1]张子房辟谷处:此指陕西留坝县紫柏山。见《(嘉庆)汉中府志》卷四"山川上",《(道光)留坝厅志》卷四"土地志"。
[2]邮亭:驿站。

［3］咸阳瓦解：指秦朝灭亡。咸阳，秦朝都城，指代秦朝。 抒韩愤：指张良为韩报仇。见《史记·留侯世家》。

［4］"栈阁"句：张良送刘邦至汉中后烧绝褒斜栈道，以打消项羽的疑虑。事见《史记·留侯世家》。

［5］好爵縻：高官厚禄的羁绊。

    人去青山著旧踪，海天高阔此心胸。月明桥畔逢黄石，雪满山间伴赤松。酂国忧劳空自瘁[1]，淮阴勋略竟谁容[2]。当时鸿雁冥冥志[3]，飞向蓬莱第一峰。

【注释】

［1］酂国：即酂侯，汉高祖刘邦赐给萧何的诸侯封号。萧何，沛（今属江苏沛县）人，西汉初期政治家，汉初三杰之一。

［2］淮阴：指淮阴侯韩信。淮阴县（今江苏省淮安市淮安区）人，西汉开国功臣、军事家，汉初三杰之一。

［3］冥冥：专心致志。

露筋祠[1]

    平时姑与嫂，孰可辩贞淫。翻赖饥蚊口，能知烈女心。岸芦牵浪急[2]，堤柳锁烟深。灵爽还祠庙[3]，常闻赛鼓音[4]。

【注释】

［1］露筋祠：俗称仙女庙，故址在今江苏省高邮县城南三十里，附近有贞女墓。故事见《酉阳杂俎》续集、《露筋庙碑》等。

[2]岸芦：岸边芦苇。

[3]灵爽：指神灵，神明。

[4]赛鼓：祭神赛会的鼓乐声。此指祭祀露筋女的盛会。

题周氏酒家壁

上古穴居人[1]，老死无庆吊[2]。其性如野鹤[3]，寥天各飞啸[4]。咄哉倏与忽[5]，凿破混沌窍[6]。蜗争名利微[7]，蜂起往来闹。百年一骸骨[8]，无涯逐大造[9]。境地胡可齐，因之异情貌。或切蛩蛩悲[10]，或发唱喁笑[11]。或矜猛虎视，或极子规叫[12]。岂知煎熬躯，暗中膏火耗[13]。颜色非金石，谁能久年少。崔巍北邙山[14]，青磷夜照耀[15]。旧鬼诉烦冤，新坟辟奥窔[16]。劝君有斗酒[17]，且以慰幽好。无使醉乡天[18]，嵇阮独笑傲。

【注释】

[1]穴居：营窟而居，居住在山洞里。

[2]庆吊：指庆贺与吊慰，指喜事与丧事。此指世俗礼仪的交往。

[3]野鹤：指野生的仙鹤，意为鹤居林野，性孤高，常比喻隐居或闲散的人。

[4]寥天：辽阔的天空。

[5]咄哉：呵斥人语。 倏(shū)与忽：庄子虚拟的神话故事中的神话人物，倏指的是南海的天帝，忽指的是北海的天帝。见《庄子·应帝王》。

[6]混沌：混沌指的是中央大帝。 窍：孔窍。见《庄子·应帝王》。

[7]蜗争名利微：即蜗名微利。像蜗牛角那样极微小的名声，比喻微不足道枉费精神的名和利。语本《庄子·则阳》。

[8] 骸骨：挖掘出的尸体的骨头。
[9] 无涯：无穷尽，无边际。 大造：指天地，大自然。
[10] 茕(qióng)茕：怀忧貌。
[11] 喁(yóng)喁：象声词。
[12] 子规：又叫杜宇、杜鹃、催归。传说为蜀帝杜宇的魂魄所化。
[13] 膏火：照明用的油火，也特指夜间读书用的灯火。比喻夜间工作的费用。
[14] 北邙山：一般指邙山。邙山位于河南省洛阳市北，历代多有帝王名人身葬于此。
[15] 青磷：鬼火。
[16] 奥窔(yào)：意为室隅深处，亦泛指堂室之内。
[17] 斗酒：指酒的容量。
[18] 醉乡：饮酒沉醉之后，似乎进入了另一番乡境，飘飘然别有滋味。

见　月

久别音问疏[1]，无人念垂白[2]。只有故乡月，来照他乡客。

【注释】

[1] 音问：音讯，书信。
[2] 垂白：白发下垂，谓年老。

商山歌[1]

秦坑士[2]，汉骂士[3]，士骂而生，不如坑而死。石磊磊兮商之山[4]，美芝草兮生其间,采而食之终吾年[5]。

【注释】

[1]商山：山名。在今陕西省商洛市商州区东南,秦末汉初四皓曾在此隐居。

[2]秦坑士：秦焚书坑儒事。见《史记·秦始皇本纪》《儒林列传》等。

[3]汉骂士：即刘邦骂士。见《史记·高祖本纪》《史记·留侯世家》《史记·郦生陆贾列传》等。

[4]磊磊：众多委积貌。

[5]采而食之：指商山四皓采紫芝而食,作隐逸避世之歌《紫芝歌》（亦称《紫芝曲》《紫芝谣》）。

武侯祠石琴[1]

爰有石琴色如玉,大书章武纪汉蜀[2]。王佐勋名久已矣[3],他山谁考当年曲。于维孔明生非时,有才不得显皋夔[4]。使逢尧舜展怀抱,飏拜定赓南熏诗。群雄豺虎窥廊庙,炎刘化作燐火照[5]。沉吟那堪写忠愤,弦急柱促不成调[6]。时而拨出刀枪声,沸沸指端吐甲兵[7]。巾帼不死葫芦谷[8],螳螂之捕绕弦鸣[9]。大贤虽没留手泽[10],尚其宝之念在昔。二表字字泣鬼神[11],请谱新声弹此石。

【注释】

[1]武侯祠石琴：陕西汉中勉县武侯祠琴楼上有台石琴,据说是西晋时期的文物。见《忠武侯祠墓志》卷二。

[2] 章武：蜀汉刘备的年号，共2年。

[3] 王佐：王者的辅佐，佐君成王业的人。　勋名：功名。

[4] 皋夔：是皋陶和夔的并称，传说皋陶是虞舜时刑官，夔是虞舜时乐官。后常借指贤臣。

[5] 炎刘：指以火德王的刘氏汉朝。　爝火：炬火，小火。

[6] 弦急柱促：琴弦发出急促的高音，琴柱弦得已经够紧了。

[7] 甲兵：披甲的士兵，亦指军队。

[8] 巾帼：古代妇女的头巾和发饰。　葫芦谷：即上方谷。在今宝鸡市眉县葫芦峪村。《三国演义》第一百〇三回描写诸葛亮火烧上方谷，但大雨救了司马懿。查《三国志》《晋书》等史籍，均无此记载，可以说火烧葫芦谷这一情节完全是虚构的，是小说家言。

[9] 螳螂之捕：即螳螂捕蝉。指人目光短浅，没有远见，只顾追求眼前的利益。参见《庄子·山木》《说苑·正谏》。

[10] 手泽：先辈存迹。

[11] 二表：指诸葛亮的前后《出师表》。　泣鬼神：指使鬼神为之感泣。

方正学先生祠[1]

皇皇祖命君寰宇[2]，孰敢称兵窥尺土。藩臣跋扈贼天常[3]，自谓周公辅冲主[4]。先生志在扶三纲[5]，血流九族孤忠彰[6]。昔开理学三百载[7]，魂兮归来依素王[8]。

【注释】

[1] 方正学：即方孝孺。明初著名学者，曾在汉中府任教授时，蜀王朱椿赐名其读书处为"正学"。"正学"就成为方孝孺的书斋名，学者称他为

"正学先生"。事见《明史·循吏传》。

[2]皇皇：大的意思。　寰宇：指整个宇宙、整个空间。

[3]藩臣：指拥有封地或封国的亲王或郡王。这里指明燕王朱棣。跋扈：霸道、蛮横、独断专行。　天常：儒家以君臣、父子、夫妇、兄弟、朋友等人伦五常为天生不变的法则，称为"天常"。

[4]周公：姬姓名旦，西周杰出的政治家、军事家、思想家、教育家。周文王子，周武王弟。采邑在周，故称周公。周公摄政时，平乱，东征，又制礼作乐，为西周典章制度的主要创制者。　冲主：年幼的君主。这里指明建文帝朱允炆。

[5]三纲：我国封建社会中谓君为臣纲、父为子纲、夫为妻纲，合称三纲。

[6]九族：泛指亲属，诸说不同。

[7]理学：是两宋时期产生的主要哲学流派，又称道学。代表人物有张载、程颢、程颐、朱熹、陆九渊、王阳明等。

[8]素王：有王者的道德而无王者的权位。

忧来篇

忧来不可禁，蹙蹙心如捣[1]。欲言无相知，搔首仰穹昊[2]。壮志竟何成，白发满皓皓[3]。岂无廉蔺才[4]，坎坷已终老。携手走天涯，归计苦不早[5]。相逢尽萍梗[6]，谁是交情好。摆落作达观[7]，万事付绝倒[8]。乾坤鼓大炉[9]，智愚烁肝脑。圣如孔与孟，何曾因大造[10]。昧者好奔逐，无乃取懊恼。所希在富贵，富贵岂长保。我愿放情志[11]，无使形容槁[12]。不见白日飞，野马腾空道。古今同一丘[13]，化作北邙草。携尊谋薄醉[14],聊以宽怀抱。

【注释】

[1] 蹙蹙:局缩不舒展。语出《诗经·小雅·节南山》。

[2] 搔首:以手搔头,焦急或有所思貌。语出《诗经·邶风·静女》。穹昊:穹苍。

[3] 皓皓:亦作"皜皜",光亮洁白的样子。

[4] 廉蔺:战国时赵国的廉颇和蔺相如的并称。事见《史记·廉颇蔺相如列传》。

[5] 归计:指回家乡的打算、办法。

[6] 萍梗:比喻行踪如浮萍断梗一样,漂泊不定。

[7] 摆落:摆脱,不受拘束。

[8] 绝倒:大笑不能自持。

[9] 大炉:语出《庄子·大宗师》,后以喻天地。

[10] 大造:大功劳,大恩德。

[11] 情志:感情志趣。

[12] 形容:指容貌神色。

[13] 同一丘:谓相似,无区别。

[14] 薄醉:饮酒微醉。

赠襄城吕县长[1]

骢辔来天阙[2],岩疆始剖符[3]。才华呈豹变[4],事业展鹏图。卓茂名何忝[5],文翁化肯殊。携琴兼只鹤[6],举舄曳双凫[7]。法去烦苛尽,风开保障孤。县花争吐艳[8],歧麦遍敷腴[9]。野有农遗秉[10],村无吏索租。遥知歌美政,那愧号名儒。绣虎才无敌[11],囊萤力久勌[12]。高词伸岱华[13],大气涌江湖。汉魏堪同调[14],齐梁恼并驱[15]。泠泠褒水曲[16],矗矗石门隅[17]。芳草随青盖[18],垂杨系白驹[19]。何缘逢大雅[20],不觉动潜夫[21]。旧国音书绝[22],天涯老病俱。无门非按剑[23],何处可吹竽[24]。苦乏逢迎骨[25],甘为冻饿躯。登龙空怅望[26],附骥但踟蹰[27]。地逐秦山险,云连蜀道纡[28]。蹬天穷鸟翮[29],峡月激猿呼。知己敦声气[30],斯文擅楷模。一犁调犊子[31],片叶庇飞雏。即拟征黄贺[32],仍邀访戴娱[33]。十觞话重会[34],敢惜浊醪沽[35]。

【注释】

[1]褒城:古代县名,治所在今陕西汉中市西北的大钟寺,后撤县。吕县长:指乾隆间县令吕尔钟,今陕西宝鸡市麟游县人。见《(道光)褒城县志》卷四"职官表"。

[2]天阙:天子的宫阙,指朝廷或京都。

[3]岩疆:是指边远险要之地。 剖符:古代帝王分封诸侯、功臣时的信证,后因以"剖符""剖竹"为分封、授官之称。

[4]豹变:幼豹长大,毛色发生巨大变化,变得有光泽花纹。指人发生向好的蜕变。

[5]卓茂:字子康,南阳郡宛县(今河南省南阳市宛城区)人,汉朝大臣。事见《后汉书·卓鲁魏刘列传》。

[6]"携琴"句:宋代赵抃去四川做官,随身仅有一张琴和一只鹤。形容行装简少,也比喻为官清廉。见《梦溪笔谈·人事》《宋史·赵抃列传》。

[7]"举舄(xì)"句:后人用以比喻县令,有时也以此咏尚书。典出《后汉书·方术传上·王乔》。

[8]县花:用潘岳为河阳令时满县栽花之典。

[9]歧麦:典故,即两歧麦秀,多用来称颂吏治成绩卓著。见《后汉

书·张堪传》。　敷腴：喜悦的样子。

[10] 遗(wèi)秉：遗留下的禾把、禾束。

[11] 绣虎：曹植才华横溢，号绣虎。后以是称擅长诗文、词藻华丽者。见《类说》卷四引《玉箱杂记》。

[12] 囊萤：用袋子装萤火虫。用晋车胤囊萤苦读事。后以"囊萤"称美勤苦攻读的行为。

[13] 高词：指高妙的诗作。

[14] 同调：比喻志趣或主张相同的人。

[15] 并驱：两马并进，比喻齐头并进。

[16] 泠(líng)泠：形容水流的声音。

[17] 矗(chù)矗：高峻貌重叠的状态。

[18] 芳草：指香草，比喻忠贞或贤德之人。　青盖：青色的车盖。汉制用于皇太子、皇子所乘之车。宋制，宰相仪仗张青色伞盖。这里借指高官。

[19] 垂杨：垂柳，古诗文中杨柳常通用。　白驹：白色骏马。比喻贤人、隐士。语出《诗经·小雅·白驹》。也用作赠别贤士之辞。

[20] 大雅：高尚雅正。喻指德高大才、学识渊博的人。

[21] 潜夫：指隐者。典出《后汉书·王符传》。

[22] 旧国：故乡。

[23] 按剑：即以手抚剑，预示击剑之势。见《史记·鲁仲连邹阳列传》。

[24] 吹竽：典故名，比喻指没有真实本领而混在行家中充数，亦或用作自谦之词。典出《韩非子·内储说上》。

[25] 逢迎：故意迎合他人心意。

[26] 登龙：即"登龙门"，即升官，飞黄腾达之意。

[27] 附骥：典故名，比喻依附先辈或名人之后而成名。后遂以"附骥尾"后常用为自谦的套语，亦省作"附尾""附骥"。典出《史记·伯夷列传》。　踟蹰：徘徊不前的样子。

[28] 蜀道：是古代由长安通往蜀地的道路。有褒斜道、子午道、故道、傥骆道、金牛道、米仓道等。

[29] 穷鸟：无处可栖的鸟。比喻处境困穷的人。

[30] 声气：声音和气息。后用以比喻朋友间志趣相投合。

[31] 一犁：形容春雨的深度。 犊子：指体型相对较大的动物幼崽，比如牛的幼崽，一般称为牛犊子。后演绎引申为晚辈、小辈的含义。

[32] 征黄：西汉黄霸为颍川太守，有治绩，被征为京兆尹。事见《汉书·循吏传·黄霸》后因以"征黄"指地方官员有治，必将被朝廷征召，升任京官。

[33] 访戴：晋王子猷夜访戴安道，乘兴而来，兴尽而返。典出《世说新语·任诞》。后以"访戴"喻指访友或行事洒脱。

[34] 十觥：十杯酒，指喝了很多酒。觥：古代称酒杯。

[35] 浊醪沽：买浊酒的意思。 浊醪：浊酒。

寄及门任廷奏、王世琳[1]

乍别两及门，我怀念未已。道义恶别离[2]，何曾异父子[3]。任生颇慧悟[4]，而不慕经史[5]。学力苟不辍[6]，天机乃日起[7]。王生粗晓文[8]，笔底犹荆杞[9]。何不作静参[10]，摊书守故纸[11]。老夫近古稀，万事心俱死。独有念汝辈，惓惓寤寐里[12]。汝住褒溪滨[13]，我迁江汉涘。思之不可见，咫尺而千里。勖哉蔚儒宗[14]，及时修厥美。厥美无弃暴，当为天下士。

【注释】

[1] 及门：是正式登门拜师受业的学生。后以"及门"指受业弟子。任廷奏、王世琳：未详。

[2] 道义：指道德义理。

[3] 何曾：何尝，几曾。

[4] 任生：指任廷奏。　慧悟：聪明颖悟。

[5] 经史：泛指古代典籍。

[6] 不辍：不停止，继续不断。

[7] 天机：犹灵性。谓天赋灵机。

[8] 王生：指王世琳。　晓文：粗略明白文章。

[9] 荆杞：野生灌木，带钩刺，每视为恶木。因亦用以形容蓁莽荒秽、残破萧条的景象。

[10] 静参：静心参悟。

[11] 摊书：摊开书本，谓读书。　故纸：指古书旧籍。

[12] 惓(quán)惓：深切思念，念念不忘。　寤寐：醒和睡。引申指日夜思念、渴望。语出《诗经·周南·关雎》。

[13] 褒溪：指褒河，古称褒水，元代一度称紫金河，明代称褒谷水，为长江支流汉江上游左岸较大支流。

[14] 勖哉：勉励意，就是好好的勉励(努力)吧。语出《尚书·牧誓》。儒宗：儒者宗师，泛指读书人所宗仰的学者。

赠褒城金县长四首[1]

使君五马来[2]，驻在褒江沚。官清江亦清，姑饮褒江水。仁声日以远[3]，民情日已喜。道路何所闻，但有讴歌起[4]。

【注释】

[1] 金县长：县志记载不详，待考。

[2] 使君：汉代称呼太守刺史，汉以后用做对州郡长官的尊称。这里指金县长。

［3］仁声：指施行仁德而赢得的声誉。
［4］讴歌：歌咏以颂功德。

至宝烂生光[1]，邦国称奇玩[2]。皎皎径寸珠[3]，悬之章华殿[4]。我思匡济才[5]，弹丸岂足恋[6]。今日龚与黄[7]，他日伊与旦[8]。

【注释】

［1］至宝：极其珍贵的宝物。　生光：发出光辉。
［2］奇玩：供玩赏的珍品。
［3］皎皎：洁白，明亮。　径寸珠：直径一寸的大珠。
［4］章华殿：即章华台，又称章华宫，春秋时期楚国王室园林宫殿。
［5］匡济：挽救艰难时势，救助当今人世。
［6］弹丸：比喻地方狭小。
［7］龚与黄：汉龚遂和黄霸，二人皆以善于理郡著称。后因以"龚黄"咏州郡长官。见《汉书》卷八九《循吏传序》。
［8］伊与旦：即伊尹和周公。商伊尹和西周周公旦，两人都曾摄政。周公名旦，与伊尹并称伊旦，也称伊周。后亦指执掌朝政的大臣。

严风吹雪散[1]，杲杲见晴曦[2]。使君如冬日，万蛰回春姿。饥劬不自保[3]，穷途当告谁。引领望扶桑[4]，恩光不我遗[5]。

【注释】

［1］严风：指寒风。
［2］杲杲：明亮的样子。语出《诗经·卫风·伯兮》。　晴曦：日光；太阳。
［3］饥劬：饥饿劳累。

[4]扶桑：传说日出于扶桑之下，拂其树杪而升，因谓为日出处。亦代指太阳。

[5]恩光：犹恩泽。

骏马无人识，意态雄何为。长辕久困顿，仰天悲踟蹰。不叹盐车苦[1]，但愁知己稀。所愿逢伯乐[2]，与之驰东西。

【注释】

[1]盐车：指运载盐的车子，喻贤才屈沉于下。典出《战国策·楚策四》。

[2]伯乐：相传春秋时秦国人，名孙阳，以善相马著称。现在引申为善于发现、推荐、培养和使用人才的人。见《吕氏春秋·观表》。

赵应会

字嘉吾，商州人。乾隆壬子举人[1]，官汉中教授，卒后，贫不能归，友人卢和葬于郡城之西郊，因家焉。

【注释】

[1]乾隆壬子：清乾隆五十七年，公元1792年。

过马嵬坡[1]

清平才是谱词臣[2]，瞥去长生殿里人[3]。异日尚传妃子袜[4]，此时谁侍上皇巾[5]。丽都春禊连环玉[6]，仓猝秋栖弱草尘[7]。若使九龄还好在[8]，管教倾国不成真[9]。

【注释】

[1] 马嵬坡:马嵬驿的通称。因晋代名将马嵬曾在此筑城而得名,是唐杨贵妃墓所在地,在陕西省咸阳市兴平市西。

[2] 清平:太平。 词臣:指文学侍从之臣,为皇帝充当顾问参政的博学多识之臣即为词臣。

[3] 长生殿:唐长安大明宫寝殿。

[4] 妃子袜:指杨贵妃的袜子,古代诗文戏曲中常吟咏。见《翰府名谈》佚文《玄宗遗录》。

[5] 上皇巾:即皇巾,一般是皇帝生病时戴的。黄缎制成,前低后高,背后有朝天翅一对。 上皇:指唐玄宗李隆基。

[6] 丽都:华丽,华贵。 春禊(xì):古时民俗,官民于三月上巳在水滨举行盥洗祭礼,以除不祥,谓之春禊。 连环玉:连接成串的玉环,即玉连环,古代一种玉器玩具。

[7] 仓猝:匆忙急迫,非常事变。 秋栖弱草尘:即轻尘弱草,轻尘栖息于弱草之上,比喻人生短促,虚幻无常。

[8] 九龄:指张九龄,字子寿,韶州曲江(今广东韶关市)人。唐朝开元名相、政治家、文学家、诗人,为"开元之治"作出了积极贡献。

[9] 管教:定使。 倾国:倾覆邦国。汉《李延年歌》:"北方有佳人,绝世而独立。一顾倾人城,再顾倾人国。"这里指杨贵妃因美貌而倾国。

捣 衣[1]

时至秋来暑渐希,深闺不住捣寒衣[2]。几回响趁阑干月[3],泪洒清砧戍未归[4]。

【注释】

[1] 捣衣:洗衣时用木杵在砧上捶击衣服,使之干净,称"捣衣"。后

往往表现征人离妇、远别故乡的惆怅情绪。

[2]深闺：旧时指富贵人家的女子所住的闺房。 捣寒衣：指旧时缝制寒衣，用捶棒捣平皱折时传出的砧声。

[3]阑干月：月上阑干。阑干，横斜貌。

[4]清砧：是捶衣石的美称。

凉秋一雁正南飞,苦忆边风冷铁衣[1]。为浣征裳拭清泪[2],料应瘦减旧腰围[3]。

【注释】

[1]铁衣：用铁甲编成的战衣。

[2]征裳：出征将士穿的衣裳。 清泪：眼泪。

[3]瘦减：指减缩。

孙洪勋

号鹤墅,天津人。乾隆戊子副贡[1],官宁羌州判[2]。生平好二氏,谓释、道与儒,异流而同归。罢官不能旋里,侨寓汉中。殁后,友人卢和以师谊葬于东郊。

【注释】

[1]乾隆戊子：清乾隆三十三年,公元1768年。 副贡：科举制度中,贡入国子监的生员之一种。

[2]宁羌州判：宁羌州,治今陕西省宁强县。 州判：官名。清朝地方各州之副职,分掌督粮、捕盗、海防、水利诸事。

赠杨菊坡镳徵士[1]镳,字鸾声,征举孝廉

草得玄经仕正强[2],程门雪满玉为堂[3]。高才健举苏黄亚[4],明诏新征贾董良[5]。青雀遥衔三鳣集[6],黄童梦献四环将[7]。芳名早诵登楼赋[8],大器争看日月光。

【注释】

[1]杨菊坡:杨镳,字鸾声,号鞠坡、菊坡。本书卷二有诗作及小传。 徵士:古人称赞学行并高,而不出仕的隐士。

[2]草得玄经:《太玄经》。玄,原作"元"避清讳故。后多以"草玄"指潜心著述。

[3]程门雪:同"程门立雪",言尊敬师长和虔诚向学。 程:程颐,宋代著名理学家; 立雪:站在雪地里,形容尊师重道。

[4]苏黄:北宋诗人苏轼和黄庭坚的并称。苏轼和黄庭坚都是宋诗风格的体现者,影响很大,因而自北宋末以后,常常以"苏黄"并称。参《宋史·文苑传·黄庭坚》。

[5]明诏:英明的诏示。 贾董:汉贾谊和董仲舒的并称,二人以文才著名。

[6]青雀:鸟名,桑扈的别名。这里指青鸟,是神话传说中西王母所使之神鸟。 三鳣集:鹳雀衔三鳣鱼飞集讲堂前,喻为登公卿高位的吉兆。典出《后汉书·杨震传》。

[7]黄童:指黄香。典故名,指黄香的卓才美德,后人用此典誉称才高德美的年轻人。见《后汉书·黄香传》。 梦献:古代群臣于季冬献吉梦给天子以贺吉祥的一种活动。泛指得吉梦。

[8]登楼赋:东汉文学家王粲的赋作《登楼赋》,旧时常作为文人思

乡、怀才不遇的典故。

陆兆隆

字盛斯,一字斌臣,号芸轩,樵李人[1]。流寓汉中,殁葬南郊。

【注释】

[1] 樵(zuì)李:古地名。在今浙江省嘉兴西南。见《春秋·定公十四年》杜预注。

闻　捷

青年负壮志,老去心已灰。久客霜侵鬓[1],消愁酒满杯。邮传军火止[2],捷报羽书来[3]。指顾苗氛静[4],欣欣望凯回。

【注释】

[1] 霜侵鬓:双鬓白发。比喻经历了岁月的洗礼,青春不常在。
[2] 邮传:驿传,传递文书的驿站。
[3] 羽书:即羽檄,古代插有鸟羽的紧急军事文书。见《汉书·高帝纪》。
[4] 指顾:手指目视,一指一瞥之间。形容时间的短暂、迅速。

岁暮即事

戎马襄城北[1],妖氛乱积旬[2]。阵云深敌野,烽火夜惊人。荆楚鸿书断[3]，慈闱蝶梦频[4]。不须愁岁暮，天意欲回春。

【注释】

[1] 襄城：秦朝古地名。春秋时楚灵王在泛之西北隅筑新城，因周襄王曾居此，故更名"襄城"。

[2] 妖氛：不祥的云气。多喻指凶灾、祸乱。　积旬：谓接连多日。

[3] 荆楚：荆为楚之旧号，略当古荆州地区，在今湖北湖南一带。鸿书：对别人书信的敬称。　蝶梦：庄周在梦中化身为蝴蝶的故事，见《庄子·齐物论》。

[4] 慈闱：旧时母亲的代称。

过金鸡口[1]

蜂蚁动岩穴[2]，雄师劳积年。层峦排剑戟[3]，深谷起炊烟。雨急云随马，峰高路接天。盘旋临绝顶，蜀道等平川[4]。

【注释】

[1] 金鸡口：在今湖北省恩施土家族苗族自治州鹤峰县邬阳乡。

[2] 蜂蚁：蜂与蚁。喻叛乱者。

[3] 剑戟：为古代刀剑，钩戟之类的武器。

[4] 平川：广阔平坦之地。

宿乌阳关军营[1]

层峦叠嶂磴千盘[2]，半岭雷声泻急湍。树隐旌旗云外见,烟笼壁垒雨中看。探奇昔觉游山乐,历险今知行路难。仗义从军嗟白首[3],挑灯愁听角声阑[4]。

【注释】

[1] 乌阳关:即邬阳关,在今湖北省恩施土家族苗族自治州鹤峰县城北部边地。传说容美田氏土司派驻此地首任守官姓邬,此关口开阔且光照好,故名。清嘉庆年间,白莲教起义,邬阳关是重要的战场。

[2] 层峦叠嶂:形容山峰多而险峻。层峦,山连着山;迭障,许多高险的像屏障一样的山。

[3] 白首:犹白发,表示年老。

[4] 挑灯:点灯。 愁听:意思是听而生愁,怕听。

春日许香泉送余赴楚三首[1]

斜阳汉水上,扶病共登舟。故国缘多事[2],衰年作远游[3]。马嘶芳草岸,鸥戏白沙洲[4]。相顾谁为伴,惟君慰我愁。

【注释】

[1] 许香泉:未详。

[2] 故国:故乡。

[3] 远游:指到远方游历。

[4] 白沙洲:在今湖北武汉市武昌城区西南长江中。

昨夜添新涨,春江好放船。青回杨柳岸,红入杏花天[1]。风雨连三楚[2],干戈定两川[3]。何时一樽酒,共醉太平年。

【注释】

[1] 杏花天：杏花开放时节为三月底到四月中旬，这时正值春季，因此古代诗人将春季称为杏花天。

[2] 三楚：古地名，指的是先秦时期楚国的疆域，秦汉时期分为西楚、东楚、南楚。见《史记·货殖列传》。

[3] 干戈：均为古代兵器。后来引申为战争。 两川：指东川和西川的合称。唐肃宗至德二年(757)，剑南道置东川、西川两节度使，因有两川之称。

浪白滩声急，春晴花欲燃[1]。危楼欹断岸[2]，峭壁挂飞泉。云树连秦栈，烟波接楚天。昔贤碑尚在[3]，落落岘山前。

【注释】

[1] 花欲燃：花红似火。

[2] 危楼：高楼。危，高。 欹(qī)：斜倚，斜靠。断岸：江边绝壁。

[3] "昔贤"句：指岘山的羊公碑，后人为纪念西晋名将羊祜而建。

阻　雨

晓起风犹急，春寒雨未晴。云低千嶂隐[1]，江阔一舟横。入夜添新涨，因时乃发生。秦川妖孽净[2]，为洗凯旋兵。

【注释】

[1] 千嶂：很多像屏障一样的山峰。

[2] 妖孽：此指乱军。

雨夜舟泊白河县，寄王惟一[1]

怀君风雨夜，舟系近山城。酒醒愁还续，滩喧梦易惊。角声缘岸起，渔火隔江明[2]。荆楚长为客，家园未息兵。五更游子意[3]，千里故人情。漂泊空衰老，儿曹赖有成[4]。

【注释】

[1] 王惟一：即王德馨，字桂山，又字惟一，号旱麓，本书卷二收有其诗。

[2] 渔火：指渔船上的灯光、火把和炊烟。

[3] 五更：古代中国把夜晚分成五个时间段，首尾及三个节点用鼓打更报时，所以叫作五更、五鼓或五夜。这里指即天将明。

[4] 儿曹：指晚辈的孩子们。

思　归

历尽秦川复楚游，此身云水共沉浮。相看故旧如晨宿[1]，回忆年华付逝流。一榻清风千里梦[2]，半窗落月五更愁[3]。生涯已卜纶竿里[4]，归向江头买钓舟[5]。

【注释】

[1]晨宿：同"辰宿"，星宿，星座。

[2]一榻清风：寓意生活非常惬意，与清风、明月、溪水为伴，形容古代文人闲逸、洒脱的生活状态。

[3]半窗落月：窗开半扇，仰望残月。

[4]生涯：指生命有边际、限度，后指生命、人生。 纶竿：钓竿。

[5]钓舟：犹渔船。

和钱味菽《秋夜述怀》韵[1]

秋声萧飒起林颠[2]，绕砌虫鸣破客眠。凉月近人宜对酒，空囊无计整归鞭[3]。年来衰老悲明镜[4]，时望平安报夕烟。顾影自怜还自叹，干戈满地欲何迁。

【注释】

[1]钱味菽：未详。

[2]萧飒：形容风雨吹打草木发出的声音，是一种萧条冷落的景象。

[3]空囊：无钱的口袋，谓倾尽钱财。

[4]明镜：指明亮的镜子。

江城日暮角声哀[1]，一片秋阴送晚雷。乘兴诗成如有助，谋生计拙似无才。秭归战垒多新骨[2]，汉上田畴半草莱[3]。满目烽烟何日净，夜深不语独衔杯[4]。

【注释】

[1]江城：临江之城市、城郭。

[2] 秭归：古县名,屈原的故乡,今属湖北宜昌。见《水经注·江水》。
[3] 田畴：泛指田地。　草莱：杂生的草,荒芜之地。
[4] 衔杯：口含酒杯,谓饮酒。

重阳前二日

风雨重阳近,辞家又一年。衰窥明镜里,愁对晚花前[1]。杯酒天涯客,楼台日暮烟。万缘空醉后[2],秋色复堪怜。

【注释】
[1] 晚花：傍晚将要凋谢的花。形容年老,引申为晚年。
[2] 万缘：指世俗的一切因缘。

月夜宿慈光上人禅室二首

寂寂僧房外[1],更阑独倚轩。心清江月净,风细雨花翻。面壁参空色[2],鸣钟静市喧。栖迟闻蜀警[3],此处即桃源。

【注释】
[1] 寂寂：寂静无声,孤单冷落。
[2] 空色：佛教术语。无形叫做空,有形叫做色。见《摩诃般若波罗蜜多心经》。
[3] 栖迟：休息,安身。　蜀警：指蜀地有危险紧急的情况或事情。

戒酒缘多病,交情为懒疏[1]。江云收积雨,山月照阶除[2]。抚枕闻清磬[3],挑灯检道书[4]。时慈光赠余《悟真生面》一册。学禅消妄念[5],从此悟真如[6]。

【注释】

[1] 懒疏:指懒散而松懈。
[2] 阶除:指台阶。
[3] 清磬(qìng):清逸的磬声。磬,用玉、石、金属制成的敲打乐器。
[4] 道书:道教之书。此指小注所言"《悟真生面》"。
[5] 学禅:犹学佛。 妄念:虚妄的意念,亦即凡夫贪恋六尘境界的心。
[6] 真如:佛教术语。即非真如,假名真如,真如无我,无我一切皆真如。一般解释为不变的最高真理或本体,为一切万有之根源。

秋日寄王惟一

楚北三秋事[1],平安慰晚年。悲添新战骨,幸已靖烽烟。碧水名园里,黄花浊酒前。他乡幽兴在[2],囊内任无钱。

【注释】

[1] 楚北:地域名,泛指湖北。
[2] 幽兴:幽雅的兴致。

元日述怀,忆本明上人

十年客里九逢春[1],六十尘寰寄自身[2]。不向真如寻觉路,更从何处问迷津[3]。云横楚岫原无意[4],雪映江梅别有神。柏酒盈樽频献寿[5],衰颜又对岁华新[6]。

【注释】

[1]客里:离乡在外期间。
[2]尘寰:人世间。
[3]迷津:指找不到渡口,多指使人迷惘的境界。
[4]楚岫:楚地山峦;指巫山。
[5]柏酒:即柏叶酒。中国传统习俗,谓春节饮之,可以辟邪。见《荆楚岁时记》。 盈樽:指充满盛酒的容器。
[6]岁华:时光,年华。

偶 望

无限悲生事,家山襄水西[1]。烽烟归路怯,战垒阵云迷。逆水江鱼上,迎风海燕低。吾身何所适,为问武陵溪[2]。

【注释】

[1]襄水:河流名,俗称南渠,在襄阳城南扁山西麓。见《(同治)襄阳县志·山川》。
[2]武陵溪:陶渊明《桃花源记》载武陵渔人误入桃花源事,指世外桃源之境。

归 来

兵戈今已息,衰老幸归来。交态贫方识[1],潜修志未灰[2]。春晴花气发,日暖岭云开。乐事寻常有[3],诗成酒一杯。

【注释】

[1] 交态:犹言世态人情。语出《史记·汲郑列传》。
[2] 潜修:指潜心修炼。
[3] 寻常:平常,普通。

祖承佑

字朗亭,汉军正蓝旗人[1]。官宾州知州[2],以善导民,刻书训世。晚岁流寓汉南,与城固康世德友善,以女妻世德次子坦嵋,名德宿学[3],并称于时。

【注释】

[1] 汉军正蓝旗:八旗汉军是清朝八旗的三个组成部分之一,分属正黄、正白、正红、正蓝、镶黄、镶白、镶红、镶蓝八旗。
[2] 宾州:古州名,今广西宾阳县地。见《舆地纪胜》卷一一五宾州。
[3] 宿学:意思是指学识渊博、修养有素的学者。

粤西有感,寄呈康吉人二首[1]

霜雪无端两鬓催,秦山遥阻友传杯[2]。蛮疆幸被春光早[3],正月桃花满树开。

【注释】

[1]粤西：是广东省西部沿海地区的简称,包括湛江、茂名、阳江三个地级市。 康吉人：指康世德。吉人,为善良的人,有福之人。

[2]传杯：为宴饮中传递酒杯劝酒。

[3]蛮疆：南方边疆。

　　炎方燕子惯依人[1],秋去春来不厌频[2]。作客十年同燕子,那知秋去又逢春。

【注释】

[1]炎方：指南方炎热地区。燕子惯依人：燕子喜欢亲近人。

[2]厌频：意思是嫌恶屡次。

闺秀

叶 秀

字香规,号碧田女史。处士叶有声女,布衣吴新室,南郑人。

偶 望

妾住汉江滨,心澄汉江水。日日盼秦云[1],兴怀人彼美。雅诗歌《旱麓》[2],榛楛丰乡里[3]。芳徽终邈然[4],怅望林泉里。

【注释】
[1] 秦云:喻指思念的佳人。
[2]《旱麓》:《诗经·大雅》中的一篇。诗写周王在陕西汉中南郑汉山祭祀的状况。
[3] 榛楛:树名,榛木与楛木。泛指丛生的杂木。
[4] 芳徽:即徽芳,意思是盛德,美德。 邈然:遥远、高远的样子。

方外

释心玉

金华寺僧[1],南郑人。

【注释】

[1] 金华寺:又名福严寺,在今南郑区新集镇金华村。见《(嘉庆)汉中府志》。

夜　坐

云水飘蓬野兴增[1],浣花溪畔月如冰[2]。归来夜静当炉坐[3],红火堆中悟上乘[4]。

【注释】

[1] 云水:指僧道。僧道云游四方,如行云流水,故称。　飘蓬:比喻飘泊无定。　野兴:是指对郊游的兴致或对自然景物的情趣。

[2] 浣花溪:一名濯锦江,又名百花潭。在四川省成都市西郊,为锦江支流,溪旁有唐杜甫的故居浣花草堂。

[3] 当炉:面对火炉。

[4] 上乘:佛教语,即大乘。去一切烦恼,悟得真理;又指其悟性,即上乘禅。

同 兴

延庆寺僧[1],善画,南郑人。

【注释】
[1] 延庆寺:俗呼打钟寺。见《(雍正)陕西通志》。

无 题

身如病鹤怯寒风[1],日日垂帘画碧丛[2]。记得汉江秋浪涌,鸬鹚无数伴渔翁[3]。

【注释】
[1] 病鹤:生病的仙鹤,比喻人处于困境,孤独、沦落。
[2] 碧丛:绿丛。
[3] 鸬鹚:水鸟名,俗叫"鱼鹰"。渔人常用来捕鱼,又名"乌鬼""水老鸦"。

虚白道人[1]

姓李名复心,居勉县武侯祠。深明老庄,精易理,著有《忠武祠墓志》及《朗吟集》[2]。

【注释】
[1] 虚白道人:四川成都人。姓李名复心,任武侯祠住持后方曰虚白,其生平事迹不详。

[2]《忠武祠墓志》：即《忠武侯祠墓志》。今有郭鹏校注本《忠武侯祠墓志校注》。《朗吟集》，一作《朗吟稿》，虚白道人的诗集。

石　琴

武侯余手泽[1]，敲石尚留音。缅彼隆中对[2]，如闻《梁甫吟》[3]。玉徽虽剥落[4]，遗响未消沉[5]。谁谱无弦曲，山高水复深。

【注释】
[1]手泽：先辈存迹。
[2]隆中对：指三国诸葛亮在隆中与刘备的谈话。见《三国志·蜀志·诸葛亮传》。
[3]《梁甫吟》：是诸葛亮创作的一首乐府诗，今或以为伪托之作。
[4]玉徽：玉制的琴徽。
[5]遗响：犹余音。

晚步闻樵唱声

暮鸦催霁景[1]，樵唱白云窝[2]。步月垂青笠[3]，迎风挂碧蓑。丁丁求友句[4]，呖呖负薪歌[5]。隔岸呼樵子，生涯近若何。

【注释】
[1]暮鸦：暮色中还不时传来老鸦的叫声。　霁景：雨后晴明的景色。

[2] 樵唱：樵歌。

[3] 步月：月下散步。 青笠：青竹编的斗笠,形容渔翁的打扮。

[4] 丁丁求友：是说鸟鸣为求友,常用于交友的题材。典出《诗经·小雅·伐木》。

[5] 呖呖：形容鸟类清脆的叫声,也用来形容女子婉转悦耳的声音。

沔阳道中[1]

百里真如画,春光点碧桃[2]。地环三水秀[3]沮、漾,沔也,天挺一峰高[4]雷峰山,高二千余仞,为群山之祖。不见青羊驿[5],犹闻白马涛[6]。频年征战地,荡寇几英豪[7]时白莲教匪滋扰,尚未全平。

【注释】

[1] 沔阳：古县名,治今陕西省勉县东旧州铺,以在沔水之阳(北)得名。

[2] 碧桃：桃树的一种。花重瓣,不结实,供观赏和药用。

[3] 三水秀：指沮水、漾水、沔水三水,沔水为古时的汉水,沮水、漾水皆为汉水支流。

[4] 一峰高：原注:雷峰山,高二千余仞,为群山之祖。

[5] 青羊驿：今陕西勉县西南青羊驿镇。

[6] 白马涛：指白马水,即今甘肃文县西南白马峪河。见《水经·漾水注》。

[7] 荡寇：消灭、荡平乱军,此时白莲教起义军。

七盘关[1]

不知秦蜀险,拨雾上云岚[2]。万壑流川北[3],孤峰接汉南[4]。山形盘作七,河派别成三关下有三岔河。独立雄关上,高真近蔚蓝[5]。

【注释】

[1]七盘关:又称棋盘关,位于川陕交界咽喉处的七盘岭上,是四川连接秦岭以北的东北、华北、中原以及西北的唯一道路枢纽。见《清一统志·汉中府二》"铁锁关"条。

[2]云岚:山中云雾之气。

[3]川北:地域名,即四川北部,指以广元、巴中、南充为中心的四川盆地北部地区。

[4]汉南:明代中后期指称陕西南部、汉江上游地区。参见王浩远《汉南地域观念演变考述》,载《陕西理工大学学报(社会科学版)》2017年第3期。

[5]蔚蓝:用来形容类似晴朗天空的颜色的一种蓝色。

成都留别吴正亭

检点诗囊收绿绮[1],朝来又踏岭头云正亭送余诗有"芒佳踏破岭头云"句。三千里外逢知己,二月春前早约君。山看锦屏怜秀色[2],江流巴峡赏奇文[3]。芙蓉城畔桃花放[4],共酌琴台醉夕曛[5]。

【注释】

[1] 诗囊：指贮放诗稿的袋子。传说唐李贺即有诗囊贮放诗稿。典出李商隐《李长吉小传》。

[2] 锦屏：锦绣的屏风。　秀色：优美的景色。

[3] 巴峡：位于湖北省巴东县西,由石洞峡、铜锣峡、明月峡组成,见《华阳国志·巴志》。

[4] 芙蓉城：是四川成都的别称,又称蓉城、锦城。见《蜀梼杌》卷下。

[5] 琴台：作为弹琴场所的一种高而平的建筑物。　夕曛：指黄昏。

定远厅冒雪过星子山[1] 山高三千余仞,在庭东南。

星子山头雨雪飘,千崖万壑上层霄[2]。水流削壁云飞涧,策杖寻梅过野桥[3]。

【注释】

[1] 定远厅：取"汉定远侯封邑"之意置定远厅,今陕西镇巴县。　星子山：在陕西省镇巴县境东部。

[2] 层霄：高空。

[3] 策杖：拄杖,也称杖策。

登汉武帝祈仙台[1] 在中部县轩辕皇帝陵前。

武帝祈仙尚有踪,高台筑向翠微峰[2]。金丹仿佛云中授[3],绛节虚无梦里逢[4]。几见真人来跨鹤[5],犹闻羽士说攀龙[6]。至今寂寞空山上,明月依然照古松。

【注释】

[1]祈仙台：西汉汉武帝刘彻建的一座求仙问神的建筑物。见《史记·封禅书》。　中部县，现为陕西黄陵县。

[2]翠微：青翠的山色，也泛指青翠的山。

[3]金丹：古代方士炼金石为丹药，认为服之可以长生不老。见《抱朴子·金丹》。　云中：云霄之中，常用指传说中的仙境。

[4]绛节：传说中上帝或仙君的一种仪仗。

[5]跨鹤：乘鹤，骑鹤。道教认为得道后能骑鹤飞升。

[6]羽士：道士的别称。　攀龙：指追随皇帝或哀悼皇帝去世。参见《史记·封禅书》。

白玉楼晚眺_{襄阳府}

归帆趁急流，雁落一声秋。已近黄花节[1]，还登白玉楼。遥峰披紫幔，新月挂银钩[2]。甚事烟波里，长如不系舟。

【注释】

[1]黄花节：指重阳节。

[2]银钩：比喻弯月。

再登黄鹤楼[1]

再饮登楼酒，楼高望眼开。两江流不尽，万里客重来。好弄游仙笛[2]，谁夸作赋才。衔杯空极目[3]，黄鹤几时回。

【注释】

[1] 黄鹤楼：古代名楼,旧址在湖北武昌黄鹤矶上,因唐诗人崔颢登楼所题《黄鹤楼》一诗而名扬四海。
[2] 游仙：谓游心仙境,脱离尘俗。
[3] 衔杯：口含酒杯,谓饮酒。

送张文甫之长安[1]时客商於

微云十里马蹄轻,道左依依送客行[2]。论古昨宵才半夜,参元一语已三更[3]。画桥月色添佳兴,野馆梅花散宿醒[4]。此去长安仍小住,归来扫径煮茶迎。

【注释】

[1] 张文甫：未详。
[2] 道左：道路旁边。
[3] 参元：道家语,又叫朝元。
[4] 宿醒：指宿醉。

望四皓墓[1]

漠漠空山里,曾传四皓歌。易储回汉主[2],避辱就岩阿[3]。戚后嘘唏绝[4],留侯赞助多。至今荒冢在,芝草秀如何[5]。

【注释】

[1] 四皓：商山四皓,秦时隐士,汉代逸民。前已有注。

[2] 易储：更换储君(太子)。指刘邦欲立赵王如意,废太子刘盈。见《史记·留侯世家》。

[3] 岩阿：山的曲折处。

[4] 戚后：即戚夫人,亦称戚姬,汉高祖刘邦宠姬,生刘如意。刘邦曾欲废太子刘盈立如意。事见《史记·留侯世家》等。　嘘唏：哽咽,抽泣。

[5] 芝草：菌属。古以为瑞草,服之能成仙,四皓隐居商山,作《采芝歌》。

人皇寺送性园上人游华山,呈张律师

华岳有吾师[1],烦君寄所思。仙人还指掌,玉女尚留祠[2]。水远河流细,峰高雁度迟。欲观沧海日[3],更上仰天池[4]。

【注释】

[1] 华岳：指西岳华山。

[2] 玉女：中国神话传说中的仙女。

[3] 沧海：指大海。以其一望无际、水深呈青苍色,故名。

[4] 天池：天上仙界之池。

登灵灏楼寄友[1]

入望郁苍苍,楼高送晚凉。岳撑天外紫[2],河走海边黄。云过有奇气，月来如故乡。低徊风雅处[3]，应笑客尘忙[4]。

【注释】

[1] 灵灏楼：应为陕西华阴西岳庙灏灵殿楼。

[2] 岳：指西岳华山。

[3] 风雅：风流儒雅。

[4] 客尘：佛教语，指尘世的种种烦恼。

望太华山[1]

太华曾闻巨灵擘[2]，遗踪每被白云遮[3]。三峰已孕金天秀[4]，十丈犹开玉井花[5]。武帝行宫沦蔓草[6]，仙人遗像卧流霞[7]。炉中拟炼长生药，虎啸龙吟月未斜。

【注释】

[1] 太华山：指华山。

[2] 巨灵擘：典故，即巨灵擘山。巨灵，神话传说中劈开华山的河神。见南朝宋刘义庆《搜神记》等。

[3] 遗踪：旧址，陈迹。

[4] 三峰：指三山峰，华山之莲花、毛女、松桧三山峰。　金天：指黄色的天。古时以为祥瑞。

[5] 玉井花：传说中神奇的莲花。　玉井：在华山西峰下镇岳宫院内。井深丈余，水清澈甘冽。见《雍胜略》。

[6] 蔓草：蔓延生长的草。

[7] 流霞：浮动的彩云。

龙门洞赠陈野仙[1]

何处是仙家,龙门叠径斜[2]。垂帘焚柏子[3],扫石晒松花[4]。野鹤眠深树,山人坐古楂[5]。红尘应不到,一片白云遮。

【注释】

[1] 龙门洞:道观建筑群,位于陕西省宝鸡市陇县西北部、陕甘交界处的六盘山南段景福山麓,古名灵仙岩。 陈野仙:民间传说中的神医。原名陈明耀,清嘉庆年间甘肃靖远县人,少时出家于留坝紫柏山张良庙。

[2] 径斜:指路比较曲折的意思。

[3] 柏子:即柏子香。

[4] 松花:又叫松黄、松笔头。就是松属马尾松的开花,有药用功效。

[5] 山人:指仙家、道士之流。这里指陈野仙。 古楂:即古槎,古旧的木筏。

游韩城县象山,听惠风律师讲金丹大道,步许莲塘[1]名秉简,郃阳人先生原韵

问道来仙境,登高望远山。云开华岳掌,烟锁禹门关[2]。蕉叶传清籁[3],琪花带笑颜[4]。拜求真口诀,遥指碧云间。

【注释】

[1]象山：位于韩城金城西北，因其形似俯卧之大象，故名"象山"。金丹大道：道家修炼进入了金丹期，得到了大道。许秉简，字孟书，号莲塘，东王乡莘里村人，清乾隆时举人，性刚直，好诗赋，著有《灌田奇法》《洽阳记略》等书。

[2]禹门：即龙门，地名。在山西河津县西北、陕西韩城县东北。相传为夏禹所凿，故名。

[3]蕉叶：芭蕉叶。　清籁：指清亮的声音。

[4]琪花：指莹洁如玉的花。

玄中玄妙妙[1]，许我悟先天[2]。欲探山头月，须寻海底船。功修原自宝[3]，忠孝是神仙。劈破鸿蒙窍[4]，根株一气连[5]。

【注释】

[1]玄中：指《道德经》第五十五章《玄中》。　玄妙妙：形容事理深奥微妙，难以捉摸，也泛指微妙的道理或诀窍。

[2]先天：指宇宙的本体，万物的本原。

[3]自宝：用自己的力量保全自己。

[4]鸿蒙：自然的元气。

[5]根株：比喻事物的根基、基础。

半夜雷声吼，龙潭露一阳[1]。三三随地缩[2]，九九自天长[3]。漫怅峨嵋远[4]，遥怜鬓发苍。铁鞋将踏破[5]，幸已入仙乡。

【注释】

[1]一阳：指一阳初动。

[2]三三：道教术语,三三行满道归根。 地缩：即缩地,又称缩地法、缩地术,是道教的仙术之一。见《神仙传·壶公》。

[3]九九：道教术语,九九数完道归真。 天长：时间长久。

[4]峨嵋：山名。在四川峨眉县西南,因山势逶迤,有山峰相对如蛾眉,故名。

[5]铁鞋：比喻耐穿无比的鞋。

潼关晓望[1]

野寺晨钟发,仙人掌上红。散鸦啼古树,淡月驻长空。漫道无舟济,缘知有路通。青门应不远[2],缓步入褒中[3]。

【注释】

[1]潼关：地理名词。位于陕西省渭南市潼关县北,是关中的东大门,历来为兵家必争之地。

[2]青门：汉代长安城的东南门。因其门色青,故俗呼为"青门"或"青城门",见《三辅黄图·都城十二门》。青门外有灞桥,汉人送客至此桥,折柳赠别,见《三辅黄图·桥》。后因以"青门"泛指游冶、送别之处。

[3]褒中：古县名。治所在今陕西汉中市西北褒城镇东。

过杨升庵故里[1]

山回水抱郁苍苍,一代簪缨首此乡[2]公父廷和,为华盖殿大学士。三百年来文苑富,长留史籍姓名香[3]明史载,三百年来,著作之富,杨氏一人而已。

【注释】
[1] 杨升庵:即杨慎,字用修,初号月溪、升庵,又号逸史氏等,四川新都(今属四川成都)人。明代文学家、史学家、哲学家、学者。进士及第,仕途坎坷,被贬云南三十年,著述达四百余种。《明史》有传。
[2] 簪缨:古代达官贵人的冠饰,后遂借以指高官显宦。杨慎父杨廷和,曾拜东阁大学士,后出任首辅,为高官显贵。
[3] 长留史籍:杨慎家世显赫,诗文甚佳,千古留名,名字被世人所传诵。

次汉中府[1]

汉郡唐都未尽墟,今来访古暂停车。李家直节传来世[2]《后汉书》南郑李颉、李郃、李固、李燮、李法数世,悉以儒学显,权氏诗编著令誉[3]《旧唐书》:略阳权德舆,仕至吏部尚书,诗文传世数百卷。衮雪才华残石剥[4]石门、玉盆刻有蔡邕隶书"衮雪"二字,登坛将略夕阳疏[5]汉高皇拜将坛在南郊。雄图霸业都销尽,只有芳鳞丙穴鱼[6]。

【注释】
[1] 次:出外远行时停留的处所。
[2] 来世:后世,后代。
[3] 权氏诗编:关于权德舆籍贯和生平,在书前"例言"中已出注,刊世的诗文集在书后参考文献中已列出。　令誉:美好的声誉,美好的声名。

[4]衮雪：衮雪刻石原在陕西汉中褒谷石门褒谷口,石门十三品之一,现存陕西汉中市博物馆。相传是曹操亲笔所书,但也有不同意见。

[5]登坛：拜将坛,亦称拜将台,位于汉中市城区风景路中段北侧,相传为刘邦拜韩信为大将时所筑。

[6]丙穴鱼：鱼名,嘉鱼之异名。汉中沔阳县北有丙穴,穴出嘉鱼,是为美味,称丙穴鱼。后用以喻称美物。见《水经注·沔水》。

登峨嵋绝顶漫兴[1]

独立峨嵋巅,始觉众山小。玉垒与锦屏[2],突兀青了了。泸雅何微茫[3],长江一线淼。有美人兮天一方,溯洄宛在水中央[4]。餐松柏兮饮琼浆,衣芰荷兮带薜萝[5]。怀抱绿绮长啸歌[6],宅深势阻山之阿。我欲往询兮,虽猿狖之轻捷而不得过[7]。倩渔翁兮频寄语[8],帝乡不可期兮[9],富贵非所愿,甘心岩穴兮意若何[10]！

【注释】

[1]漫兴：谓率意为诗,并不刻意求工。

[2]玉垒：指玉垒山,在四川省理县东南。多作成都的代称。　锦屏：指四川省南充市蓬安县锦屏山。

[3]泸雅：指泸州和雅安。

[4]溯洄：逆着河流的道路往上游走,化用《诗经·秦风·蒹葭》诗意。

[5]芰荷：指菱叶与荷叶。

[6]绿绮：乐器名,古琴别称。相传汉朝司马相如作玉如意赋,梁王赐给他绿绮琴。也称为"绿琴"。

[7] 猨狖：泛指猿猴。

[8] 渔翁：渔夫。这里指《楚辞·渔父》的故事。

[9] 帝乡不可期：仙人所居的都会，不可以期冀。语出陶渊明《归去来兮辞·并序》。

[10] 岩穴：指山洞。

附　录

清史稿·严如熤传

　　严如熤,字炳文,湖南溆浦人。年十三,补诸生,举优贡。研究舆图、兵法、星卜之书,尤留心兵事。

　　乾隆六十年,贵州苗乱,湖南巡抚姜晟辟佐幕,上平苗议十二事,言宜急复乾州,进永绥,与保靖、松桃、镇筸声势可通。攻乾州道泸溪,必先得大小章。大小章者,故土司遗民,名曰仡佬,骁健,与苗世仇。如熤募能仡佬语者往,开示利害,挟其酋六人出,推诚与同卧起,乃送质,率其属阳投乾州为内应,约一举破贼,因黔师牵掣未果。次年,卒赖其众,救两镇兵于河溪。后复平陇,战花园,皆为军锋。大小章于大府檄或不受,必得如熤手书始行云。

　　嘉庆五年,举孝廉方正。廷试平定川、楚、陕三省方略策,如熤对几万言,略谓:"军兴数载,师老财匮。以数万罢惫之众,与狯贼追逐数千里长林深谷中。投诚之贼,无地安置,则已降复乱;流离之民,生活无资,则良亦从乱。乡勇戍卒,多游手募充。虑一旦兵撤饷停,则反思延乱。如此,则乱何由弭?臣愚以为莫若仿古屯田之法。三省自遭蹂躏,叛亡各产不下亿万亩,举流民降贼之无归、乡勇戍卒之无业者,悉编入屯,团练捍卫,计可养胜兵数十万。饷省而兵增,化盗为民,计无逾此。"仁宗亲擢第一。

次日，召诣军机处询屯政，复条上十二事。召见，以知县发陕西。下其疏于三省大吏，令采行。

六年，补洵阳，县在万山中，与湖北边界相错，兵贼往来如织。时方厉行坚壁清野，如熤于筑堡练团，措置尤力。贼至无可掠，去则抄其尾。又择坚寨当冲者，储粮供给官军。徐天德、樊人杰败于张家坪，因马鞍寨阻其前，故不得窜。杨遇春破张天伦，亦赖太平寨夹击之力。以功加知州衔，赐花翎。八年，击湖北逸匪于蜀河口，斩王祥，擒方孝德，晋秩同知直隶州。新设定远厅，即以如熤补授。九年，建新城，复于西南百余里黎坝、渔渡坝筑二石城为犄角。治团如洵阳，贼至辄歼，先后擒陈心元、冯世周。丁母忧，大吏议留任，辞不可，服阕。十三年，补潼关厅。寻擢汉中知府。兵燹后，民困兵骄，散勇逸匪，心犹未革。如熤联营伍，立保甲，治堡寨，问民疾苦。兴劝农事，行区田法，教纺织，使务本计。修复褒城山河堰及城固五门、杨填二堰，各灌田数万亩，他小堰百余，皆履勘浚治，水利普兴。复汉中书院，亲临讲授。于华州渭南开谕悍回，缚献亡命数十人；于宁羌解散湖北流民；于城固擒教首陈恒义；皆治渠魁，宽胁从。令行禁止，人心帖服，南山遂大定。

道光元年，擢陕安道。会廷议川、楚、陕边防建设事宜，下三省察勘，以如熤任其事，周历相度，析官移治，增营改汛，建城口、白河、砖坪、太平、佛坪五厅，移驻文武。奏上，报可。如熤尝言："山内州县距省远，多推诿牵掣。宜仿古梁州自为一道及明郧阳巡抚之制，专设大员镇抚，割三省州县以附益之，庶势专权一，可百世无患。"以更张重大，未竟其议。三年，宣宗以如熤在陕年久，熟于南山情形，任事以来，地方安靖，特诏嘉奖，加按察使衔，以示旌异。巡抚卢坤尤重之，采其议增厅治于盩厔、洋县界，增营汛于商州及略阳；檄勘全秦水利，于沣、泾、浐、渭诸川，郑白、龙首诸渠,规画俱备。社仓、义学,亦以次推行。五年,擢贵州按察使,未到官。六年,入觐,仍调陕西,抵任数日而卒,赠布政使。陕民请比朱邑桐乡故事,留葬南山,勿得,乃请祀名宦。湖南亦祀乡贤。

如煜自为县令至臬司,皆出特擢。在汉中十余年不调,得成其镇抚南山之功。宣宗每论疆吏才,必首及之。将大用,已不及待。为人性豪迈,去边幅,泊荣利,视之如田夫野老。于舆地险要,如聚米画沙。所规画常在数十年外,措施略见所著书。尝佐那彦成筹海寇,有《洋防备览》;佐姜晟筹苗疆,有《苗防备览》;佐傅鼐筹屯田,有《屯防书》。又有《三省边防备览》,汉江南北、三省山内各图,《汉中府志》及《乐园诗文集》。

子正基,原名芝,字山舫。副贡生。少随父练习吏事。道光中,官河南知县,有声。擢郑州知州。治贾鲁河,息水患。河决开封,正基佐守护。治河兵狱,雪其冤,得河兵死力,城赖以完。母忧归,服阕,补奉天复州。兴屯练,捕盗有法,民杀盗者勿论。奉天治吏素弛,府尹下所属,以正基为法,盗风为戢。引疾去。江南大吏疏调,擢授常州知府。二十九年,大水,勘灾勤至,郡人感之,输钱二十余万助赈,全活甚众。累署淮扬道、按察使。咸丰初,侍郎曾国藩、吕贤基交章荐之,命赴广西治军需,授右江道。擢河南布政使,留广西。时粤匪披猖,将帅龃龉,师久无功。正基曲为调和,疏论其事,谓:"师克在和,事期共济。统兵大帅与地方大吏,宜定纷更不齐之势,联疏阔难合之情。布德信以服人心,明功罪以扬士气。勿因贼盛而生推诿,勿因兵单而务自救,勿以小忿而不为应援,勿以偶挫而坐观成败。庶逆氛可殄,大功可成。"时以为谠言。二年,桂林围解,赐花翎。寻随大军赴湖北,时武昌初复,命驰往抚恤难民,署湖北布政使。调广东,复赴广西清核军需。内召授通政副使,迁通政使。七年,引疾归,卒。

论曰:乱之所由起与乱之所由平,亦在民之能治否耳。教匪起于官逼民叛,其间独一得民心之刘清,卒赖以招抚,助诛剿之成功。征苗频烦大兵,而未杜乱源,傅鼐乃以一厅一道之力,剿抚兼施,岩疆绥定。南山善后,严如熤始终其事,化榛莽为桑麻。此其功皆在一时节钺之上,光于史策矣。

(卷三六一·列传一四八)

参考文献

黄寿祺、张善文撰:《周易译注》,上海古籍出版社2018年版。
钱宗武译注:《尚书译注》,中华书局2022年版。
程俊英译注:《诗经译注》,上海古籍出版社2021年版。
杨天宇译注:《周礼译注》,上海古籍出版社2016年版。
杨伯峻撰:《春秋左传注》,中华书局2009年版。
程树德撰,程俊英、蒋见元点校:《论语集释》,中华书局2014年版。

(汉)司马迁著:《史记》,中华书局1982年版。
(汉)班固著:《汉书》中华书局1962年版。
(南朝宋)范晔著:《后汉书》,中华书局1965年版。
(晋)陈寿著:《三国志》,中华书局1982年版。
(唐)房玄龄等撰:《晋书》,中华书局1974年版。
(后晋)刘昫等撰:《旧唐书》,中华书局1975年版。
(宋)欧阳修等撰:《新唐书》,中华书局1975年版。
(元)脱脱等撰:《宋史》,中华书局1985年版。
(清)张廷玉等撰:《明史》,中华书局1974年版。
赵尔巽等撰:《清史稿》,中华书局1977年版。
王钟翰点校:《清史列传》,中华书局1987年版。
蔡冠洛编著:《清代七百名人传》,中国书店1984年版。

江庆柏编:《清朝进士题名录》,中华书局2007年版。

(清)郭庆藩撰,王孝鱼点校:《庄子集释》,中华书局2012年版。
(清)王先谦撰,沈啸寰点校:《荀子集解》,中华书局2013年版。
许维遹撰,梁运华整理:《吕氏春秋集释》,中华书局2009年版。
何宁撰:《淮南子集释》,中华书局1998年版。
陈剑译注:《老子译注》,上海古籍出版社2016年版。
严北溟、严捷译注:《列子译注》,上海古籍出版社2016年版。
袁珂校注:《山海经校注》,上海古籍出版社1980年版。
(晋)葛洪撰:《西京杂记》,中华书局1985年版。
(晋)张华撰,范宁校证:《博物志校证》,中华书局1980年版。
(晋)干宝撰,(南朝宋)陶潜撰,李剑国辑校:《新辑搜神记·新辑搜神后记》,中华书局2017年版。

(清)严如熤辑:《山南诗选》,清道光五年辑,光绪十三年刊本。
(清)严如熤撰,黄守红标点,朱树人校订:《严如熤集》,岳麓书社2013年版。
(南朝梁)萧统编,(唐)李善注:《文选》,中华书局1977年版。
徐震堮校笺:《世说新语校笺》,中华书局1984年版。
(唐)欧阳询撰,汪绍楹校:《艺文类聚》,上海古籍出版社

1982年版。

(宋)郭茂倩编:《乐府诗集》,中华书局1979年版。

(宋)李昉等编:《文苑英华》,中华书局1966年版。

(清)彭定求等编:《全唐诗》,中华书局2008年版。

清史编纂委员会编:《清代诗文集汇编》,上海古籍出版社2011年版。

徐世昌编:《晚晴簃诗汇》,中华书局1990年版。

张舜徽著:《清人文集别录》,中华书局1963年版。

袁行云著:《清人诗集叙录》,人民文学出版社2016年版。

李灵年、杨忠主编:《清人别集总目》,安徽教育出版社2008年版。

柯愈春著:《清人诗文集总目提要》,北京古籍出版社2001年版。

(日)松村昂著:《清诗总集叙录》(日文版),汲古书院2010年版。

(唐)权德舆撰,霍旭东校点:《权德舆诗集》,甘肃人民出版社1994年版。

(唐)权德舆撰,郭广伟点校:《权德舆诗文集》,上海古籍出版社2008年版。

(清)穆彰阿、潘锡恩等纂修:嘉庆《大清一统志》,上海古籍出版社2008年版。

(明)赵廷瑞修,(明)马理等纂,董健桥等校注:《陕西通志》,三秦出版社2006年版。

(清)严如熤主修,郭鹏校勘:《(嘉庆)汉中府志校勘》,三秦出版社2012年版。

(清)齐德五等修:《(同治)溆浦县志》,四库全书影印本。

任乃强著:《华阳国志校补图志》,上海古籍出版社 1987 年版。

(北魏)郦道元注,杨守敬等疏,段熙仲点校,陈桥驿复校:《水经注疏》,江苏古籍出版社 1989 年版。

(南朝梁)宗懔撰,(隋)杜公瞻注,姜彦稚辑校:《荆楚岁时记》,中华书局 2018 年版。

(宋)乐史撰,王文楚点校:《太平寰宇记》,中华书局 1983 年版。

(宋)王象之撰:《舆地纪胜》,中华书局 1992 年版。

(宋)祝穆撰,祝洙增订,施和金点校:《方舆胜览》,中华书局 2003 年版。

(清)顾祖禹撰,贺次君、施和金点校:《读史方舆纪要》,中华书局 2005 年版。

马强著:《汉水上游与蜀道历史地理研究》,四川人民出版社 2004 年版。

鲁西奇著:《区域历史地理研究:对象与方法——汉水流域的个案考察》,广西人民出版社 2000 年版。

刘清河主编:《汉水文化史》,陕西人民出版社 2013 年版。

张显锋、周卫妮著:《汉中地方文献整理与研究》,科学出版社 2021 年版。

王浩远著:《陕南明清方志研究》,中国社会科学出版社 2021 年版。

郭荣章著:《石门摩崖刻石研究》,陕西人民美术出版社 1985 年版。

陈显远编著:《汉中碑石》,三秦出版社 1996 年版。

张沛编著:《安康碑石》,三秦出版社 1991 年版。

后　　记

　　历经数年的《山南诗选释注》终于杀青了，这是一件值得欣慰的事，也让人感慨良多。对于《山南诗选》这样一部古代的诗歌作品，怎样以通俗的面貌展示给读者，笔者以为除了标点、断句和一定的整理外，必要的注释是必不可少的。对古籍的注释和翻译，有利于中国优秀传统文化的传承、增强文化自信、弘扬中华文化精神。

　　但是，注释古籍的工作也并非易事，尤其是对古代诗歌的注释，更是不易。明人陈琏《唐诗三体序》云："选诗固难，注诗尤难，非学识大过于人焉能及此哉？"（《琴轩集》卷四《唐诗三体序》）清人杭世骏《李义山诗注序》中亦云："诠释之学，较古昔作者尤难。语必溯源，一也；事必数典，二也；学必贯三才而穷七略，三也。"（《道古堂集》卷八《李义山诗注序》）当代学者陈永正在《诗注要义》（上海古籍出版社 2018 年版）开篇即讲："注释诗歌之难，其缘由有三：一为注家难得，二为典实难考，三为本意难寻。"指出了影响注释的主客观因素，认为注释属于学术基础建设工作，是一种综合性研究，涉及古代文学、古典文献学、历史学等各个学科。

　　《山南诗选》的注释，是非常艰难的工作。有时为了一个字，翻检很多部字典辞书，为了一个人名、地名，竭尽寻查方志、史书，为了一个词的解释，往往要沉吟苦思，甚至寝食难安、辗转反侧……。尽管如此，笔者仍然认为这项工作极富意义，自己从中得到学习提升，也能给阅读此书的人提供便利。即使多年来坐冷板凳,远遁于喧嚣的社会,也自得乐趣。

需要说明的是,尽管我们作了很大的努力,但限于水平和时间,书中涉及的某些作品及人事,在文献中已难以查询,只好阙如,希望之后能补充完善。书中有失当和疏误之处,祈请专家和读者批评指正。

在本书注释过程中,得到了许多师友的关心与支持,也得到弟子们的帮助,在此谨向他们致以真诚的谢意!

西南大学教授、历史学博士、博士生导师马强先生在百忙之中,应约拨冗赐序,对拙稿的肯定褒赞,对我们是极大的鼓励与鞭策,在此表示衷心的感谢!

书法家刘一平先生,慨然应允为拙著题写书名,益使增色添彩,对此,表示诚挚的感谢!

最后,感谢陕西理工大学汉水文化重点学科、汉水文化研究中心建设项目经费对本书出版的资助!

笔者于汉水之滨
2022 年 11 月 18 日

图书在版编目(CIP)数据

山南诗选释注 /(清)严如熤辑;刘昌安,温勤能释注. --上海:上海古籍出版社,2024.12. --ISBN 978-7-5732-1370-9

I. I222.72

中国国家版本馆CIP数据核字第2024BE3809号

山南诗选释注

[清]严如熤　辑
刘昌安　温勤能　释注
上海古籍出版社出版发行
(上海市闵行区号景路159弄1—5号A座5F　邮政编码201101)
(1)网址:www.guji.com.cn
(2)E-mail:guji1@guji.com.cn
(3)易文网网址:www.ewen.co
上海中华印刷有限公司印刷
开本890×1240　1/32　印张28.875　插页4　字数487,000
2024年12月第1版　2024年12月第1次印刷
印数:1—1,010
ISBN 978-7-5732-1370-9
I·3871　定价:98.00元
如有质量问题,请与承印公司联系